FOLIO POLICIER

Georges Simenon

Les dossiers de l'Agence O

Gallimard

Georges Simenon naît à Liège le 13 février 1903. Après des études chez les jésuites, il devient, en 1919, apprenti pâtissier, puis commis de librairie, et enfin reporter et billettiste à *La Gazette de Liège*. Il publie en souscription son premier roman, *Au pont des Arches*, en 1921, et quitte Liège pour Paris. Il se marie en 1923 avec « Tigy », et fait paraître des contes et des nouvelles dans plusieurs journaux. *Le roman d'une dactylo*, son premier roman « populaire », paraît en 1924, sous un pseudonyme. Jusqu'en 1930, il publie contes, nouvelles, romans chez différents éditeurs.

En 1931, le commissaire Maigret commence ses enquêtes… On tourne les premiers films adaptés de l'œuvre de Georges Simenon. Il alterne romans, voyages et reportages, et quitte son éditeur Fayard pour les Éditions Gallimard où il rencontre André Gide.

Durant la guerre, il est responsable des réfugiés belges à La Rochelle et vit en Vendée. En 1945, il émigre aux États-Unis. Après avoir divorcé et s'être remarié avec Denyse Ouimet, il rentre en Europe et s'installe définitivement en Suisse.

La publication de ses œuvres complètes (72 volumes !) commence en 1967. Cinq ans plus tard, il annonce officiellement sa décision de ne plus écrire de romans.

Georges Simenon meurt à Lausanne en 1989.

LA CAGE D'ÉMILE

1

Où une jeune fille défaille dans les bras du solide Torrence, et où l'on surprend l'étrange hiérarchie qui règne à l'agence.

Onze heures du matin. On sent que le brouillard visqueux dans lequel Paris s'est éveillé ne se lèvera pas de la journée. La jeune fille a fait arrêter son taxi, faubourg Montmartre et elle s'est précipitée vivement dans la Cité Bergère. Il doit y avoir répétition au Palace, car deux ou trois douzaines de figurantes ou de danseuses font les cent pas sur le trottoir.

Juste en face de l'entrée des artistes du grand music-hall, un salon de coiffure, à la devanture peinte en un mauve criard : « Chez Adolphe. »

À droite, une petite porte, un couloir obscur, un escalier qu'aucune concierge ne défend. Une plaque d'émail, des mots en noir sur blanc : « Agence O, second étage à gauche. »

Les plus grandes vedettes mondiales ont franchi la porte en face et des hommes politiques célèbres, des princes du sang, des milliardaires se sont glissés dans les coulisses du Palace.

Combien de ces mêmes personnages, par des matins pareils à celui-ci, se sont-ils précipités, col relevé et chapeau baissé, dans l'escalier de l'Agence O ?

Sur le palier, la jeune fille marque un temps d'arrêt et tire un miroir de son sac. Mais ce n'est pas pour se refaire une beauté. Au contraire, pendant qu'elle se regarde, son visage prend une expression encore plus affolée.

Elle sonne. Un pas traînant. La porte est ouverte par un garçon de bureau qui ne paie pas de mine. L'antichambre est miteuse. Un journal sur une petite table. Sans doute le garçon de bureau était-il en train de lire ?

— Je voudrais voir le directeur… prononce-t-elle avec agitation. Voulez-vous lui dire que c'est très urgent…

Et elle se tamponne les yeux de son mouchoir. L'huissier a dû en voir d'autres, car il se dirige sans se presser vers une porte, disparaît, revient un peu plus tard et se contente de faire un signe.

L'instant d'après, la jeune fille pénètre dans le bureau de Joseph Torrence, ex-inspecteur de la Police judiciaire, directeur de l'Agence O, une des plus fameuses agences de police privée du monde entier.

— Donnez-vous la peine d'entrer, mademoiselle… Veuillez vous asseoir…

Rien de plus banal que ce bureau qui a entendu tant de terribles confidences. Rien de plus rassurant que le grand Torrence, un colosse débonnaire à la quarantaine bien soignée et bien nourrie.

La fenêtre, qui donne sur la Cité Bergère, a des vitres dépolies. Les murs sont garnis de bibliothèques et de classeurs. Derrière le bureau d'acajou, à portée de la main de Torrence, un coffre-fort comme il y en a dans tous les bureaux d'affaires.

— Excusez-moi, monsieur, d'être un peu nerveuse… Vous comprendrez, quand vous saurez… Nous sommes bien seuls, n'est-ce pas ?… J'arrive de La Rochelle… Il s'est passé là-bas…

Elle ne s'est pas assise. Elle va. Elle vient. Elle froisse et défroisse son mouchoir, en proie à l'agitation la plus vive, tandis que Torrence bourre méthodiquement sa pipe.

À ce moment, une porte s'ouvre. Un long jeune homme roux, qui semble avoir trop grandi et dont le complet est devenu trop petit, pénètre dans la pièce, s'excuse, balbutie :

— Pardon, patron…

— Qu'est-ce que c'est, Émile ?

— Rien… Je… J'avais oublié…

Il prend quelque chose, un dossier quelconque, dans les rayons, et il disparaît si gauchement qu'il se heurte au chambranle de la porte.

— Continuez, mademoiselle…

— Je ne sais même plus où j'en étais… Tout cela est tellement tragique, tellement inattendu… Mon pauvre papa…

— Peut-être que si vous commenciez par m'apprendre qui vous êtes ?…

— Denise… Denise Étrillard, de La Rochelle… Mon père est le notaire Étrillard… Il viendra vous voir cet après-midi… Il me suit… Mais j'ai si peur que j'ai préféré…

Juste derrière le banal bureau de Torrence, il y a un bureau plus petit, plus sombre, encombré des objets les plus hétéroclites. Le jeune homme roux que le grand patron a appelé Émile s'est assis devant une vulgaire table en bois blanc. Il s'est penché. Il a tourné une sorte de commutateur et aussitôt il entend distinctement tout ce qui se dit dans la pièce voisine.

En face de lui, un judas. De l'autre côté, personne ne pourrait soupçonner ce judas, qui a l'air d'un honnête miroir encastré entre les rayons de la bibliothèque.

Impassible, les yeux immobiles derrière de grosses lunettes d'écaille, une cigarette éteinte aux lèvres, Émile écoute et regarde, un peu comme ces aiguilleurs qu'on aperçoit au passage dans leur cage de verre.

La jeune fille a dit : *Denise Étrillard... Mon père est le notaire Étrillard...*

Sans broncher, Émile a attiré vers lui un lourd annuaire. Il cherche dans la liste des notaires, à la lettre E... Étienne... Étriveau... Pas d'Étrillard !

Il regarde et écoute toujours. Cette fois, c'est un annuaire des téléphones qu'il feuillette, aux pages consacrées à La Rochelle... Il existe bien un Étrillard, ou plutôt une veuve Étrillard, marchande de poisson...

De l'autre côté de la vitre, la voix fait :

— Je ne me sens pas capable, en ce moment, de vous fournir de longues explications... Mon père, qui sera ici à quatre heures au plus tard, vous dira mieux que moi... C'est tellement inattendu... Tout ce que je vous demande, c'est, en attendant, de mettre en lieu sûr les documents que j'ai pu sauver...

Émile saisit un appareil téléphonique placé à portée de sa main. La sonnerie retentit dans le bureau de Torrence. Torrence décroche, écoute.

— Demandez-lui à quelle heure elle est arrivée…

Pendant ce temps, la jeune fille a sorti de son sac une imposante enveloppe jaune que cinq cachets de cire rouge rendent plus solennelle.

— Vous venez d'arriver à Paris ?

— Le temps de sauter dans un taxi et je suis accourue… C'est mon père qui m'a dit…

— Qui vous a dit de vous adresser à nous ?

— Nous étions bien tranquilles, hier au soir, quand nous avons entendu du bruit dans l'étude… Mon père a saisi son revolver… Dans l'obscurité, il y avait un homme, mais il a eu le temps de s'enfuir par la porte-fenêtre… Mon père a compris tout de suite qu'on en voulait à ces documents… Il lui était impossible de quitter aussitôt La Rochelle… Par crainte d'un nouvel attentat, il m'a chargée… Quand il vous aura tout expliqué, vous comprendrez ma nervosité, mon angoisse… Ceux qui nous poursuivent sont implacables…

Pendant ce temps-là, Émile-le-roux a toujours l'air d'un brave employé qui accomplit tranquillement sa besogne. Après l'annuaire des notaires de France, après l'annuaire des téléphones de la Charente-Inférieure, c'est maintenant l'Indicateur des chemins de fer qu'il consulte, sans perdre la jeune fille des yeux plus de quelques secondes.

Elle est très bien, cette jeune fille. Elle est habillée exactement comme une provinciale de bonne famille. Son tailleur gris est parfaitement coupé. Son chapeau est à la mode sans être agressif. Les gants sont en suède gris perle.

Mais il y a un détail que Torrence n'a pas pu voir, parce qu'il est trop près, il est difficile d'examiner avec toute l'attention voulue une personne et qui vous parle.

Tandis qu'Émile, à son microscope, comme il appelle son judas…

Si, comme elle le raconte, elle a quitté précipitamment La Rochelle, si elle a voyagé une partie de la nuit, si elle vient seulement de débarquer et si de la gare elle a pris directement un taxi pour la Cité Bergère, comment se fait-il que ce tailleur si simple et si correct ait encore ses plis bien nets, surtout le pli des manches qui se forme quand on met un vêtement dans une malle ?

La Rochelle… La Rochelle-Orsay… Eh bien, le seul train par lequel elle a pu venir de La Rochelle est arrivé à Paris à 6 h 43 du matin…

— Tout ce que je vous demande, c'est de mettre ce document en sûreté dans votre coffre jusqu'à l'arrivée de mon père… Je vous en supplie, monsieur… Il vous expliquera… Et je suis sûre que vous ne refuserez pas de nous aider…

Elle ment bien. Elle est même émouvante. Elle va. Elle vient. Est-ce que sa nervosité elle-même est jouée ?

— Si vous m'affirmez que votre père viendra cet après-midi… grogne Torrence. J'aimerais pourtant que vous me laissiez votre adresse à Paris… Vous êtes descendue à l'hôtel ?

— Pas encore… Je vais y aller… Je voulais avant tout…

— À quel hôtel descendrez-vous ?

— Mais… À l'hôtel d'Orsay… À la gare même… Vous garderez ce document, n'est-ce pas ?… Je suppose qu'on peut avoir confiance dans votre coffre ?… Personne n'oserait…

Elle esquisse un pâle sourire.

— Personne n'oserait, non, mademoiselle… Je vais d'ailleurs enfermer cette enveloppe sous vos yeux…

Et le bon géant Torrence se lève, tire une petite clef de sa poche, ouvre le coffre-fort. La jeune fille, machinalement s'approche.

— Si vous saviez comme cela me soulage de voir enfin ces papiers en sûreté !… Il s'agit de l'honneur, de la vie de toute une famille…

Pendant que Torrence referme consciencieusement le coffre, Émile a décroché à nouveau le téléphone intérieur, mais cette fois il est branché sur l'appareil du garçon de bureau qui lit son journal dans l'antichambre. La conversation est brève, si on peut appeler cela une conversation. Émile, en effet, se contente de prononcer :

— Chapeau…

En même temps, le jeune homme roux fronce les sourcils. Denise, le coffre refermé, s'est appuyée au bureau de Torrence et elle murmure :

— Je vous demande pardon… J'ai tenu bon jusqu'ici… Les nerfs me soutenaient… Maintenant que ma tâche est presque terminée, je… je…

— Vous vous sentez mal ? s'inquiète Torrence.

— Je ne sais pas… Je…

— Attention…

Elle s'est laissée aller dans ses bras. Elle a les yeux mi-clos. Elle cherche sa respiration, elle se débat contre l'évanouissement qui la menace.

Torrence veut appeler. Elle proteste.

— Non… Pardonnez-moi… Ce n'est rien… Une défaillance…

Elle s'efforce de sourire, un pauvre sourire qui émeut l'épais Torrence.

— Vous serez ici à quatre heures, n'est-ce pas ?... Je viendrai avec mon père... Vous saurez tout... Je suis certaine, maintenant, que vous ne nous refuserez pas votre aide...

Elle est debout au milieu du bureau. Elle se baisse.

— Mon gant... Au revoir, monsieur... Croyez que...

Barbet, le garçon de bureau qu'on appelle ainsi à cause de sa face velue, aux poils en friche, se lève pour la reconduire jusqu'au palier. Dès qu'elle est dans l'escalier, se coiffe d'un melon verdâtre, célèbre Cité Bergère, endosse son pardessus et, sortant par une autre issue, arrive faubourg Montmartre avant la visiteuse.

Quant à Torrence, il s'est tourné vers la vitre et s'est contenté de faire un clin d'œil. Émile quitte le bureau et pénètre chez le patron.

— Qu'est-ce que vous dites de cette petite ?

Alors, l'employé au complet étriqué n'hésite pas à prononcer sur un ton qui n'admet pas de réplique :

— Je dis que vous êtes un idiot !

Tous ceux qui ont mis les pieds à l'Agence O, tous ceux qui, en des circonstances difficiles ou dramatiques ont fait appel au célèbre détective Torrence, seraient bien étonnés s'ils pouvaient le voir, confus, tête basse, bafouillant en face de ce jeune homme qu'il présente tantôt comme son employé, tantôt comme son photographe, parfois comme son chauffeur.

Il est vrai qu'Émile a changé. Certes, son costume n'est devenu ni plus grand ni plus large. Ses cheveux ne sont pas d'un roux moins ardent et il a toujours des taches de son aux alentours du nez, des yeux de myope sous les lunettes d'écaille.

Pourtant, il paraît moins jeune. Vingt-cinq ans ? Trente-cinq ? Bien malin qui pourrait le dire. Sa voix est sèche, tranchante.

— Qu'est-ce que vous aviez mis dans la poche gauche de votre veston ? questionne-t-il.

Torrence fouille ses poches.

— Mon Dieu…

— Oui, « Mon Dieu » ! Si vous croyez que c'est par plaisir qu'une jeune fille se jette dans vos bras.

— Mais… elle était…

Torrence est abattu, navré, humilié.

— Je vous demande pardon, patron… elle avait fini par m'émouvoir… Je ne suis qu'un idiot, vous avez raison… Quant à ce qu'elle m'a pris… C'est une catastrophe… Il faut courir après… Il faut la retrouver coûte que coûte…

— Barbet est sur ses talons…

Torrence a beau être habitué, il est émerveillé, une fois de plus.

— Le mouchoir, n'est-ce pas ? questionne Émile.

— Oui… Vous vous souvenez… Je l'avais mis précieusement dans une vieille enveloppe… Je comptais, cet après-midi…

— Ouvrez vite le coffre, idiot…

— Que je… que j'ouvre…

— Dépêchez-vous…

Torrence obéit. Malgré sa taille et sa carrure, il n'est qu'un petit garçon en face de ce maigre jeune homme à lunettes.

— Vous ne comprenez pas encore ?

— Comprendre quoi ?

— Retirez l'enveloppe… Posez-la sur votre bureau… Non, sur le plancher, c'est plus prudent…

Allons donc ! Cette fois, le patron exagère. Torrence ne voit pas en quoi une enveloppe qui contient tout au plus une dizaine de feuilles de papier… Il existe des bombes de petites dimensions, c'est vrai, mais tout de même pas à ce point-là…

— Pourvu qu'elle ne parvienne pas à semer Barbet…

Cette fois, c'est le comble et Torrence en a les yeux ronds. Semer Barbet ! Est-ce que quelqu'un est jamais arrivé à semer Barbet ?

— Vous vous souvenez, Torrence, de la définition d'un bon caporal ? Grand, fort et bête… Eh bien, si cela continue, je vais être obligé de vous nommer caporal…

— Qu'est-ce que vous voulez que je réponde ?

— Rien… Qu'est-ce que nous avons fait ce matin ?

— Nous avons été alertés dès 8 heures par la compagnie d'assurances…

— Combien de fois est-ce arrivé pendant les derniers six mois ?

— Il faudrait que je consulte mon agenda… Douze ou treize fois…

— Et qu'est-ce que nous trouvions chaque fois sur les lieux ?

— Rien !

— C'est-à-dire que nous trouvions une bijouterie cambriolée… Toujours de la même manière… Un homme qui se laisse enfermer la veille au soir dans l'immeuble… Un homme qui se moque des serrures les plus compliquées et de tous les dispositifs d'alarme existant… Du beau travail, proprement fait… Qu'a-t-il, jusqu'ici, laissé comme traces ?

Torrence a l'air d'un mauvais élève dont le front se couvre de honte.

— Aucune trace…

— Et ce matin, dans cette bijouterie de la rue Tronchet ?

— Nous avons trouvé un mouchoir…

— Cela ne vous dit rien ?

Torrence écrase son bureau d'un formidable coup de poing.

— Idiot que je suis… Triple idiot… Quintuple idiot !…

— Vous ne sentez rien ?

Il renifle. Ses larges narines de bon vivant battent l'air comme des ailes d'oiseau.

— Je ne sens rien…

Deux ou trois fois déjà Émile a regardé le téléphone avec une certaine inquiétude.

— Pourvu que Barbet…

Six mois que l'Agence O est en échec. Six mois que la plus importante compagnie d'assurances, spécialisée dans l'assurance des bijoux, s'est adressée à elle, la police ne trouvant rien. Pendant ce temps, treize cambriolages. Pas un indice. Pas la plus petite piste.

Et ce matin… Torrence et Émile-le-roux, encombrés d'un volumineux appareil photographique, étaient sur les lieux en même temps que la police officielle. Il y avait foule devant la vitrine de la bijouterie.

— Patron… Je vous demande pardon… Vous ne pourriez pas m'aider à recharger mon appareil ?

Torrence s'est approché. Émile lui a soufflé :

— Sous mon pied… Un mouchoir… Attention…

Torrence, docilement, a laissé tomber quelque chose.

Il a ramassé le mouchoir. Un peu plus tard, profitant de ce qu'on ne le regardait pas, il l'a glissé dans une enveloppe et il a mis cette enveloppe dans sa poche.

Qui est-ce qui a pu surprendre ce geste ? Quelqu'un qui était dehors, dans la foule, un des deux ou trois cents curieux.

Dans le taxi, en revenant Cité Bergère, ils ont jeté un coup d'œil au mouchoir. Dans un coin, il y avait une marque de blanchisseuse.

Émile a déclaré :

— Maintenant, nous les tenons… Dès cet après-midi, Torrence, vous commencez la tournée des blanchisseries…

Le téléphone retentit.

— Allô… Oui… Où ? Aux Quatre-Sergents ?… Déjeunez, mon vieux… Qu'est-ce que vous voulez que je vous dise ?… Par exemple, si vous avez le malheur de la lâcher…

Il expliqua à Torrence :

— Votre jeune fille de La Rochelle est installée au restaurant des Quatre-Sergents, à la Bastille, où elle vient de commander à déjeuner… Vous ne sentez toujours rien ?

— Je crois que je commence un rhume…

— Mais vous n'avez pas les yeux bouchés…

Par terre, un mince filet de fumée monte de l'enveloppe jaune. Torrence veut se précipiter.

— Laissez, mon vieux… C'est bien ce que je pensais…

— Vous pensiez que cette enveloppe allait brûler ?

— Sinon, il n'y avait aucune raison pour la faire mettre avec tant d'insistance dans notre coffre-fort.

— J'avoue…

— … que vous ne comprenez pas… C'est pourtant simple… *On* vous a vu ramasser le mouchoir et le glisser dans votre poche… *On* a aussitôt compris que nous avions enfin un indice et comme la réputation de l'Agence O est assez solidement établie, *on* a eu peur… À quelle heure sommes-nous rentrés au bureau, Torrence ?

— À dix heures et demie…

— Et à onze heures, cette Denise arrive… Où pouvait être le mouchoir à ce moment ?… Ou bien il était resté dans votre poche, ou bien vous l'aviez posé sur votre bureau, ou bien encore, en homme prudent, vous l'aviez enfermé provisoirement dans le coffre-fort… Regardez…

Cette fois, une petite flamme naissait timidement de l'enveloppe puis, en quelques instants, celle-ci brûlait avec les papiers qu'elle contenait.

— Voilà ! Que cette enveloppe soit restée dans notre coffre et tout ce que celui-ci contenait était la proie des flammes… Un petit truc de chimie que connaissent tous les étudiants… Du papier buvard imprégné d'un mélange chimique qui, après un certain temps de contact avec l'air, entre en combustion…

« Pendant qu'elle vous débitait son boniment, la jeune fille de La Rochelle, dont la détresse vous a ému, allait et venait dans le bureau et rien ne lui échappait…

« Vous avez ouvert le coffre tout grand… Elle s'est penchée… Elle n'a pas vu l'enveloppe au mouchoir…

« Il y avait des chances pour que celui-ci fût encore dans votre poche et cela lui a coûté une petite comédie supplémentaire, celle de la demoiselle qui se trouve mal et qui se raccroche aux épaules du bon gros monsieur…

— Je ne suis pas si gros que ça…, protesta Torrence.

— N'empêche qu'elle a réussi, qu'elle a récupéré le mouchoir et que, si cet animal de Barbet a le malheur de la lâcher…

Il décrocha son chapeau, son pardessus…

— Je ferais mieux d'y aller moi-même…

— Je vous accompagne, patron ?…

Et le pauvre Torrence avait de bons yeux de chien battu.

Le monde entier, pourtant, le considérait comme un des plus grands détectives.

2

Où des ciseaux à raisin servent à autre chose qu'à couper du raisin et où un punch au rhum se voit affecter un rôle inattendu.

Tous les clients s'en sont allés les uns après les autres. La salle est presque vide. Il flotte maintenant une odeur de cuisine refroidie, de vin et de café.

Dans un coin, près de la porte, Émile a renvoyé Barbet avec qui il a dîné, fameusement dîné même, car il y avait des escargots à la carte et il en a avalé deux douzaines. C'est inouï ce qu'Émile, pour long et maigre qu'il soit, peut engloutir de victuailles, surtout des plus lourdes, des plus indigestes, qui font hésiter les meilleurs estomacs.

— File au bureau… Tu diras au patron que je ne sais pas quand je rentrerai…

A-t-il trop mangé ? La demi-bouteille de bordeaux produit-elle son effet ? Il a pourtant commandé un café filtre. Il est vrai qu'il en corrige les effets par une fine-maison.

En face de lui, la jeune fille de La Rochelle a tiré un étui en or de son sac et elle a allumé une cigarette égyptienne. Ils se regardent, par-dessus le vide qui les sépare. Il reste encore un peu de sciure de bois par terre. On a commencé à mettre de l'ordre, à balayer, à changer les nappes, mais ils sont tous les deux là, qui gênent, et il est déjà trois heures.

En arrivant, Émile n'a pas essayé de ruser. Il est allé droit à Barbet qui, dans son coin, s'efforçait de se cacher derrière un journal.

— Ça va !… Comment est-elle venue ?

— Taxi… C'est dommage ! soupire Barbet qui, si la jeune fille avait pris le métro, ou l'autobus, ou si seulement elle avait marché un peu dans la rue, se serait arrangé pour savoir ce qu'il y a dans son sac à main.

Barbet, sous un autre nom bien connu de la police, a été jadis fameux comme voleur à la tire. Il a même tenu une école, du côté de la porte Clignancourt, avec un mannequin à sonnettes sur lequel les élèves se faisaient la main.

Maintenant, il est devenu honnête homme. Pourquoi ? Cela ne regarde personne, qu'Émile et lui.

— Elle n'a pas téléphoné ?… Elle n'a rencontré personne ?…

— Non… Seulement, elle est allée une fois au lavabo… Je l'ai suivie jusqu'à la porte… Je ne pouvais décemment pas entrer avec elle…

Elle les regarde et Émile est sûr qu'elle l'a reconnu. Comme elle l'a à peine aperçu Cité Bergère, c'est bien elle qui était le matin mêlée à la foule devant la bijouterie de la rue Tronchet.

Allons !… Il y a des gens avec qui il est inutile de tirer certaines ficelles…

— Tu peux aller, Barbet…

Il n'y a plus qu'elle et lui dans le restaurant, séparés par toute la largeur de la salle, et par moments on pourrait croire qu'ils se sourient.

À tel point qu'une des serveuses, impatientée, dit à sa collègue :

— Je me demande ce qu'ils ont à faire tant de chichis… Qu'ils se décident, bon Dieu !… Ils finiront quand même bien par là…

À trois heures dix, Émile murmure avec une sorte de timidité qui le quitte rarement en public, une politesse exagérée qui s'harmonise bien avec son aspect :

— Voulez-vous avoir l'obligeance de me donner une seconde fine, s'il vous plaît, mademoiselle ?…

En face, la jeune fille qui se dit de La Rochelle, appelle à son tour :

— Vous me donnerez un raisin ?… Et un punch au rhum !…

— Flambé ?

— Bien sûr, flambé…

On lui sert le raisin en même temps que des ciseaux légèrement courbes. La serveuse frotte une allumette pour mettre le feu au rhum qui forme une couche brune au-dessus du verre.

Alors, l'inconnue, posément, après un regard à Émile, prend un mouchoir dans son sac, en coupe un coin à l'aide des ciseaux et pose ce bout de tissu sur l'alcool en flammes.

— Qu'est-ce que vous faites ? balbutie la serveuse ?

— Rien... C'est une recette à moi...

Et elle sourit à Émile, d'un sourire engageant. Émile se lève, traverse le restaurant.

— Vous permettez ?

— Je vous en prie... Mademoiselle ?... Apportez le verre de monsieur à ma table...

Et l'instant d'après, la serveuse triomphe à l'office :

— Qu'est-ce que je vous disais ?... Des manières !... Pour en arriver où tout le monde en arrive !... Qu'ils y aillent, bon Dieu !... Qu'ils y aillent !... Mais qu'ils me laissent la place libre pour faire mon *mastic*...

— Je crois, n'est-ce pas, que nous n'avons pas encore eu l'honneur d'être présentés l'un à l'autre ?

Et, en disant cela, elle lui souffle au visage la fumée de sa cigarette. Quant à lui, il détourne légèrement la tête, par discrétion, car il pense à ses deux douzaines d'escargots où l'ail n'a pas été épargné.

— À moins, fait-il, que vous ne soyez vraiment la fille du notaire de La Rochelle ?...

Elle rit. Elle se détend. Allons ! Elle sent, elle aussi, qu'elle n'est plus en face de Torrence et que le moment n'est pas aux amusettes.

— Il n'y a pas eu de bobo dans votre coffre ?

— L'enveloppe a été retirée à temps...

— C'est Torrence, votre patron, qui a découvert ça ?

— Monsieur Torrence, récite-t-il, comme s'il lisait un prospectus, est un homme qui voit tout, qui sait tout, qui pense à tout.

— … Mais qui met cependant un certain temps à découvrir qu'on lui fait les poches… C'est au point que je me demande si vous n'étiez pas caché quelque part dans la pièce et si ce n'est pas vous qui… Mais venons-en aux choses sérieuses… Vous comptez rester ici tout l'après-midi ?

— Je n'y tiens pas particulièrement…

— Jouons cartes sur table, voulez-vous ?… D'abord, c'est votre collègue barbichu qui a été chargé de me suivre… Vous êtes venu le relayer… La réputation de l'Agence O et les succès qu'elle a obtenus jusqu'ici m'inclinent à penser qu'il serait enfantin d'essayer avec vous le coup de la maison à double issue ou des métros successifs… Vous avez perdu la première manche, mais vous avez gagné la seconde…

— Je ne comprends pas… murmure-t-il, avec une tête à gifles, à force d'ingénuité.

— Vous aviez le mouchoir… Je l'ai repris… Au fait, je veux bien vous rendre ce qui en reste… La marque est dans mon verre… Donc, vous êtes chargé de me suivre… Et moi, du coup, je ne peux plus aller nulle part… C'est gai !

— Ma foi, soupire-t-il, ce n'est pas tellement désagréable.

— Pour vous, peut-être… Mademoiselle ! L'addition, s'il vous plaît…

— Les deux ensemble ?

— Ah ! non… Monsieur paiera la sienne…

Que dirait Torrence s'il la voyait ainsi ? Plus jeune fille du tout, ou alors jeune fille bougrement dessalée. Avec, pourtant, ce qu'on pourrait appeler de la distinction, un quelque chose qu'on rencontre rarement dans les milieux où la police, officielle ou non, travaille d'habitude.

— Vous n'êtes jamais plus bavard ?

— Jamais…

— Tant pis… Nous empêchons ces braves filles de faire leur service… Payez et allons-nous-en !… Je suppose que la direction que nous prenons vous est égale ?… Dans ce cas, marchons vers les quais… C'est plus calme…

Ils ne se doutent pas que leur serveuse vient de perdre son pari. Car elle a parié avec les copines qu'on verrait le couple foncer vers le premier hôtel de la rue de la Bastille. Au lieu de cela, ils marchent tranquillement le long du boulevard Henri-IV.

— Vous voulez savoir coûte que coûte où je vais, d'où je viens, pour le compte de qui j'ai travaillé ce matin ? C'est bien cela, n'est-ce pas ? Vous m'avez suivie. Vous me suivrez obstinément. Et moi, de mon côté, je suis décidée à ne pas vous renseigner, autrement dit, à ne pas rentrer chez moi et à n'avoir aucun contact avec les gens que je connais…

Elle se tourne vers lui, elle s'irrite, elle éclate :

— Mais, vous ne pouvez donc pas allumer votre cigarette ?

— Pardon… Une habitude… Je ne l'allume jamais…

Elle avait cru que ce serait tout simple et jamais elle n'a rencontré un garçon aussi impassible que ce grand jeune homme roux qui la suit avec une docilité exemplaire.

— Dans ce cas, pourquoi la gardez-vous aux lèvres ?

— Je ne sais pas… Si cela vous ennuie vraiment…

— Pourquoi voulez-vous vous faire passer pour le photographe du détective Torrence ?

— Pardon… Vous dites que je me fais passer…

— Ne faites pas l'idiot… Ce matin, vous aviez un gros appareil sur le ventre… Vous feigniez de prendre des photos… Mais vous avez oublié de retirer le petit chapeau de cuir qui couvrait votre objectif…

Il sourit. Il accorde :

— Pas mal…

— Qu'est-ce que vous êtes dans la maison ?

— Un employé…

— On vous paie mal, en tout cas.

— Comment le savez-vous ?

— Parce que vous portez des complets de confection qui rétrécissent à la pluie…

Ils sont arrivés à l'île Saint-Louis. Elle soupire :

— Je me demande ce que je vais faire de vous… Sans compter que je serais bien contente de changer de costume…

— En effet !

— Pourquoi dites-vous « en effet » ?

— Parce que vous avez passé ce petit tailleur en hâte, à la dernière minute, au point qu'il y a encore des plis aux manches. Vous avez l'habitude de vous habiller autrement, sans doute plus luxueusement, car vous n'avez pas changé de bas et ce sont des bas à cent dix francs la paire… Un peu cher pour la fille d'un notaire de province…

— Vous vous y connaissez en bas ?

Il baisse la tête en rougissant.

— En tout cas, votre ou vos complices vous attendent et sont inquiets… Je me demande comment vous allez faire, en ma compagnie, pour les rassurer… Il faudra aussi que vous dormiez quelque part… Il faudra…

— C'est gai !

— C'est ce que j'allais dire…

Ils regardent machinalement un train de péniches qu'un remorqueur traîne à contre-courant.

— D'autre part, fait Émile, avec son humilité congénitale, si vous ne couchez pas dans votre lit, demain nous serons renseignés…

Elle tressaille, le regarde, questionne :

— Expliquez-moi ça…

— Au point où nous en sommes, je m'en voudrais de vous refuser quelque chose… Veuillez suivre un instant mon raisonnement… Si le mouchoir oublié sur les lieux du cambriolage de la bijouterie est une pièce à conviction assez sérieuse pour motiver votre tentative de ce matin…

— Dépêchez-vous !… On gèle…

— … Je dis qu'il y a deux sortes de marques de blanchisseurs… Celles qu'on fait pour les particuliers… Celles-là ne sont pas dangereuses… Les blanchisseries modernes ont une trop grosse clientèle. C'est pourquoi elles ont une marque spéciale pour les grands hôtels…

— C'est idiot ! laisse-t-elle tomber.

— N'empêche que cela vous a fait pâlir… Quoi qu'il en soit, je suppose que vous et votre, ou vos complices, habitez l'hôtel, vraisemblablement, un grand hôtel… La marque pouvait nous mettre sur la piste… Elle fait maintenant partie d'un punch à votre manière que personne ne boira, je l'espère… Dites donc !… Si cela vous était égal… C'est à cause des escargots… Cela vous ennuierait de boire un demi au comptoir dans ce petit bar ?…

Elle le suit avec condescendance.

— Deux demis !

— Cela ne me dit toujours pas pourquoi, si je ne dors pas cette nuit dans mon lit…

— Vous avez vu que j'ai renvoyé mon collègue…

— Celui qui ressemble à un chien pour la chasse au canard ?

— C'est cela… Il va se livrer, avec quelques camarades, à un vrai travail de bénédictin… Demain matin, nous aurons le nom et le signalement de toutes les femmes de votre âge inscrites dans un hôtel de Paris et n'ayant pas passé la nuit dans leur chambre… À votre santé !… Je vous dois, patron ?…

— Je vous ai posé une question, tout à l'heure.

— Ah ! Je ne me souviens plus…

Ils longent à nouveau la Seine.

— Combien gagnez-vous au service de l'Agence O ?… Que diriez-vous si…

— Cela dépendrait de ce que vous avez sur vous…

Elle le prend au mot, ouvre son sac. Ils sont à la pointe de l'île, d'où on aperçoit l'église Notre-Dame. Le brouillard est devenu plus clair.

— Si je vous donnais…

Elle compte les billets… Trente… Quarante…

— Cinquante mille ?

Elle exulte déjà. Il est impossible que ce jeune

homme mal habillé, qui a l'air d'un employé pauvre, refuse une pareille fortune.

— Je vous demande seulement de rater le métro que je vais prendre…

— Et après, dit-il tranquillement, vous allez manquer d'argent liquide… Mais si!… Cinquante mille francs, c'est ce que vous avez dans votre sac… Si vous ne retrouviez pas votre complice?… Si, effrayé, il avait déjà pris le large…

Elle ne peut contenir un léger sourire.

— Vous refusez?… Ce n'est pas assez?…

— C'est trop et trop peu… Je suis mauvais mathématicien… Le coup de cette nuit vous rapporte huit cent mille francs de bijoux… Celui du mois dernier, rue de la Paix, deux millions… Celui du boulevard Poissonnière…

— Je vous le demande une dernière fois: OUI, NON.

Alors, gauchement galant, il murmure:

— Je me plais vraiment trop en votre compagnie…

— Tant pis pour vous!

Elle feint de ne plus s'occuper de lui. Elle franchit le pont, appelle un taxi. Il y monte derrière elle sans y être invité. La voiture s'arrête devant un magasin de lingerie de la rue Saint-Honoré.

— Je suppose que vous n'allez pas…

— J'adore la lingerie fine, je vous assure…

Il la suit de rayon en rayon. Au moment de passer à la caisse, la vendeuse demande:

— À quelle adresse?…

Et elle, à qui vient une idée subite :

— Donnez tout cela au valet de chambre de mon mari…

Chaussures… Bas de soie… De temps en temps, elle lui lance un coup d'œil ironique, mais il ne bronche pas et il ne lâche ses paquets, de temps en temps, que pour essuyer soigneusement les verres de ses lunettes.

— Vous n'en avez pas encore assez ?

— Moi, cela m'est égal… C'est le taxi qui ne pourra pas tout contenir…

Cinq heures… Six heures… Le chauffeur, quand on le fait stationner à un carrefour encombré, les regarde d'un mauvais œil et les suit jusqu'à la porte du magasin…

— Hôtel… Voyons… Hôtel du Louvre…

Et, à l'hôtel, elle demande une chambre. Émile suit toujours.

— Une chambre à deux lits ?

— Mais non ! Pour moi seule…

— Et pour monsieur ?…

— Rien pour moi… murmure Émile.

Elle est exaspérée. Dans la chambre, où les paquets s'entassent sur le lit, elle trépigne presque.

— Vous allez continuer longtemps ?

— Je crois que le mieux que nous ayons à faire est d'aller prendre un cocktail au bar… Il y a un excellent bar américain dans l'hôtel…

— Vous vous connaissez en bars américains, vous ?

— Comme en bas de soie, madame Baxter…

C'est le nom qu'elle vient de donner à la réception de l'hôtel.

— Et je m'y connais encore mieux en voleurs de bijoux… Vous avez vraiment tort de ne pas venir prendre un *manhattan*…

Elle le suit, sidérée. Il est difficile d'imaginer l'humble M. Émile dans un bar américain, et pourtant il y est à son aise et il rectifie même les dosages du barman.

— Voyez-vous, petite madame…

— Je vous défends de m'appeler petite madame…

— Voyez-vous, chère amie…

Elle a ouvert la bouche pour protester à nouveau, mais elle sent bien qu'elle n'aura pas le dernier mot. On pourrait lui donner des gifles à le rendre rouge comme une écrevisse, le piétiner, le couvrir d'injures, il ne perdrait rien de son calme et de son étrange assurance, d'autant plus étrange qu'elle se double d'une extraordinaire modestie d'aspect.

— Vous êtes jeune ?… poursuit-il.

— Et vous ?

— Moi !… Si vous saviez !… Enfin ! Vous avez choisi la spécialité la plus difficile, celle qui rapporte le plus en apparence, certes, étant donné la valeur des bijoux… Mais que d'aléas !… Et à combien les receleurs, même les plus honnêtes, si je puis dire, rachètent-ils les bijoux volés ?… Un métier d'autant plus dangereux que seuls quelques rares spécialistes y réussissent et que la police en connaît la manière…

— Ainsi, selon vous, le vol de cette nuit…

— Le vol de cette nuit et les douze vols qui l'ont précédé à Paris pendant ces derniers mois, je vous aurais juré, voilà quelques jours encore, qu'ils étaient l'œuvre de Ted-le-Chauve… Barman !… La même chose…

— Pourquoi dites-vous que voilà quelques jours encore, vous auriez juré…

— Parce que j'ai… pardon… Mon patron, M. Torrence, qui est un homme extraordinaire dans son genre, a eu l'idée de télégraphier à la police de New York pour s'assurer que Ted-le-Chauve est toujours sous les verrous… La réponse est arrivée hier… Elle est formelle…

— Vous avez donc la preuve que je ne suis pas Ted-le-Chauve ni sa complice ?… ricane-t-elle.

— Ted-le-Chauve, ma petite demoiselle…

— Tout à l'heure, vous disiez ma petite madame…

— Et il m'arrivera peut-être de vous dire ma petite, tout court ! Buvez votre verre… Ted-le-Chauve, disais-je, n'a jamais eu de complice mâle ou femelle… Les seuls voleurs de bijoux qui aient réussi, qui aient atteint à la classe internationale, ont toujours travaillé seuls… Mais Ted-le-Chauve, lui, a apporté un perfectionnement dans la manière…

Elle rit, du bout des dents.

— Vous avez l'air d'un instituteur…

— D'un instituteur de campagne, n'est-ce pas ?…

Il y a des moments où elle ne sait plus. Il y a en lui un étrange mélange d'humilité et d'orgueil, d'autorité et de modestie. Son regard…

— Quel est, croyez-vous, le moment le plus dangereux pour un voleur de bijoux ?

— Vous paraissez vous y connaître mieux que moi…

— C'est celui où il les revend… Les bijoux de valeur ont une identité, un signalement qui permet de les suivre à la piste… C'est pourquoi Ted-le-

Chauve n'a jamais travaillé à la petite semaine. Quand il travaille, c'est en gros… Pendant trois mois, pendant six, il dévaste les bijouteries d'une ville, que ce soit Paris, Londres, Buenos Aires ou Rome… Du bon travail, vite exécuté, toujours selon les mêmes procédés… Mais, tant qu'il est dans le pays, il a bien soin de ne pas revendre une seule des pièces volées…

« Ted-le-Chauve est, si vous voulez, un grossiste. Il a les moyens de voir venir, comme on dit vulgairement… Lorsque le magot est suffisant, il disparaît… On n'entend plus parler de lui… C'est en vain que les polices internationales attendent son arrivée…

« La vente se fait très loin, sur un autre continent, longtemps après… Ted-le-Chauve en a pour quelques années à vivre en paix… Je parierais qu'il y a un endroit au monde où il est connu sous un autre nom, honoré, peut-être maire de sa ville ou de son village ?…

« Les fonds baissent-ils ?… Il prépare une nouvelle campagne… Il sera absent six mois ou un an…

Il avale le contenu de son verre, en commande d'autres.

— Eh bien ! conclut-il, si la police des États-Unis ne m'affirmait formellement… pardon, n'affirmait à mon patron, l'ex-inspecteur Torrence, que Ted-le-Chauve est en prison, je jurerais, moi…

Alors il se passe une chose inattendue. C'est la jeune femme qui lui pose la main sur le poignet et qui questionne :

— Qui êtes-vous ?

— Vous ne croyez pas que c'est plutôt à moi de vous le demander ? Je suis un simple employé de l'Agence O…

— Si les simples employés vous ressemblaient, je me demande à quoi ressemblerait le patron…

— C'est bien ce que je pense…

— Mais pourquoi, si vous êtes le patron, vous faites-vous passer pour…

— Ma foi, au point où nous en sommes – et j'ai bu trois *manhattan*, sans compter mes deux verres de fine aux Quatre-Sergents et mon demi dans le bistrot de l'île Saint-Louis – au point où nous en sommes, je peux vous avouer que c'est une méthode à moi… Si, ce matin, c'était moi qui vous avais reçue…

— Je me serais méfiée…

— Peut-être… Ou c'est moi qui me serais méfié… Sans compter que je suis très timide, que…

— Et moi qui vous ai offert cinquante mille francs !

— Vous avez une idée de l'endroit où nous irons dîner ?… Je vous ai vu acheter une robe du soir… C'est une chance d'avoir la taille mannequin… Mais si nous nous habillons, il faudra que vous veniez chez moi et que vous attendiez avec maman pendant que…

— Dites-moi, monsieur Émile…

— Quoi ?

— Si vous le pouviez, me feriez-vous mettre en prison ?

La lèvre de la jeune femme tremble. Elle se sent en beauté. Elle se voit dans une glace, entre les bouteilles. Ses yeux sont brillants, ses lèvres animées. Et son compagnon, de son côté, n'est-il pas quelque peu ému ?

Elle attendait la réponse, les doigts crispés. Celle-ci tombe comme un caillou.

— Sans hésiter…

— Vous n'avez donc pas de cœur ?

— Mon père, mademoiselle, a été tué par des… Mais c'est une histoire qu'on ne raconte pas ici… Je puis ajouter mieux, si cela peut vous empêcher de faire une bêtise… Au cas où vous essaieriez de me fausser compagnie, je n'hésiterais pas à vous tirer une balle dans la jambe – que vous avez fort belle – tant je suis persuadé de votre complicité dans les vols qui…

— Sale bête ! fait-elle en lui donnant un coup de pied dans le tibia.

— Et maintenant, questionne-t-il, on s'habille ? On ne s'habille pas ? Je téléphone à maman qu'elle me prépare mon smoking, ou bien…

— Vous ne prétendez pourtant pas rester dans ma chambre pendant que je me changerai ?

— Hélas si… Mais, si vous voulez, on me fera un petit coin près de la porte, avec un paravent.

Cinq minutes plus tard, l'ascenseur de l'hôtel les emporte vers l'appartement 125.

3

Où Torrence fait une découverte et où certaine jeune fille se montre soudain aussi bavarde qu'un policier peut le désirer.

— Maman, pendant que je m'habille, tu serais gentille de surveiller mademoiselle, de l'empêcher de sortir ou de communiquer avec qui que ce soit…

C'est dans un appartement confortable, bourgeois

au possible, du boulevard Raspail. La mère d'Émile est aussi petite qu'il est grand et, certainement, ses cheveux maintenant gris n'ont jamais été roux. Comme si c'était la chose la plus naturelle du monde, son fils lui a mis un revolver dans la main. Elle feint de ne pas s'en apercevoir. Elle sourit à sa visiteuse. Elle lui fait des politesses, sans la moindre ironie.

— Asseyez-vous, mademoiselle… Que puis-je vous offrir ?… Ainsi donc, vous êtes une amie d'Émile…

Cinq minutes plus tard, celui-ci est prêt et il embrasse sa mère sur les deux joues, lui reprend son revolver qu'il enfonce dans sa poche.

— Si vous voulez que nous allions souper…

Ils ne tardent pas à entrer au *Pélican*, rue de Clichy, où des couples dansent déjà entre les tables, aux sons d'un orchestre cubain. Émile n'a pas perdu son air timide et pourtant c'est en connaisseur qu'il commande le repas.

— Voulez-vous dire à ce monsieur de venir me parler ?

C'est Torrence qui, en smoking lui aussi, le plastron terriblement empesé, le teint brique, est installé à une petite table de l'autre côté de la piste.

— Vous permettez, mademoiselle ?

Émile ne la quitte pas des yeux. Les deux hommes sont debout à quelques mètres.

— J'ai suivi vos conseils… fait Torrence. J'ai commencé par les hôtels chics mais sans luxe tapageur. J'ai montré la photographie de notre demoiselle à tous les portiers… Au sixième hôtel, le *Majestic*, avenue Friedland, on a paru assez étonné…

« — Je croyais que cette personne était chez elle… m'a dit le concierge.

« Il a téléphoné dans l'appartement.

« — Curieux… Je m'aperçois que son frère est sorti aussi… Sans doute ne tardera-t-il pas à rentrer…

Et Torrence poursuit :

— J'ai fait réunir le personnel de l'étage. Le couple est inscrit sous le nom de Dolly et James Morisson, de Philadelphie… La jeune fille occupait le 45 et le jeune homme le 47… Les appartements communiquent… Autant qu'il m'a été possible de me renseigner, James Morisson, qui a des habitudes assez irrégulières, n'a pas couché à l'hôtel la nuit dernière et il n'aurait pas reparu depuis lors…

— Les bagages ? questionne Émile.

— Je n'ai pas osé, devant le personnel… J'ai loué le 43… *Je suis accompagné de mon valet de chambre privé…*

Un clin d'œil de Torrence explique clairement que ce valet de chambre n'est autre que le velu Barbet et que celui-ci, à l'heure qu'il est, est sans doute fort occupé à visiter les appartements voisins.

— Dès qu'il y aura un résultat, prévenez-moi… Ici ou ailleurs. Si nous quittons le *Pélican*, je laisserai un message…

— Excusez-moi, mademoiselle Morisson… Quelques instructions à donner à mon patron, comme vous le voyez… Ce caviar est-il frais, au moins ?

Elle n'a pas paru autrement étonnée de la découverte qu'il vient de faire. Par contre, elle écarquille les yeux quand il poursuit :

— Figurez-vous que Torrence doit avoir ce soir une conversation sérieuse avec votre frère James…

— Vraiment ?

— James est en ce moment avec un de nos amis… Torrence va le rejoindre et je suis persuadé que votre frère voudra lui donner quelques explications…

Elle baisse la tête sur son assiette. Elle soupire :

— Pauvre James !…

— C'est assez ennuyeux pour lui, en effet… Encore un peu de caviar ?… Une goutte de citron ?…

— Écoutez-moi, monsieur Émile…

Elle est nerveuse, agitée.

— Je ne pensais pas que vous iriez aussi vite en besogne… Je me demande encore comment mon frère a pu être assez imprudent pour… Laissez-moi d'abord vous poser une question… Quel est exactement votre rôle dans cette affaire ?…

— L'Agence O est chargée par une des plus importantes compagnies d'assurances, qui est sa cliente depuis longtemps, de mettre la main sur les bijoux dérobés au cours des treize cambriolages de bijouteries de ces derniers mois…

— C'est tout, n'est-ce pas ?

— Que voulez-vous dire ?

— Je veux dire que, n'appartenant pas à la police officielle, vous n'êtes pas obligé de livrer qui que ce soit à la justice…

Les danseurs, près d'eux, les couples qui soupent à d'autres tables, ne peuvent se douter du sens de cette conversation poursuivie du bout des lèvres.

— Mon frère est un idiot… poursuit la jeune fille. Je savais bien qu'il nous mettrait dans l'embarras… Déjà ce matin, j'ai dû intervenir pour empêcher le mouchoir marqué de rester entre vos mains…

— Si nous dansions ? propose-t-il, au grand étonnement de sa compagne.

Le plus inattendu, c'est qu'il danse à la perfection. Leur entretien se poursuit sur la piste que les projecteurs éclairent en orangé et la jeune fille a l'impression que son compagnon la serre avec plus d'insistance qu'il ne serait nécessaire.

— Vous ne vous êtes pas tout à fait trompé, tout à l'heure, monsieur Émile, quand vous avez parlé de Ted-le-Chauve… Vous avez cru reconnaître ses méthodes et c'est assez naturel… Je suis la fille de Ted-le-Chauve… James est mon frère jumeau. Jusqu'à présent, notre père nous a tenus en dehors de son activité…

Ils reprennent leur place et du champagne est apporté sur la table.

— Peu importe où nous vivions… Sachez seulement que nous vivions, James et moi, comme un jeune homme et une jeune fille de bonne famille… Récemment, notre père a été arrêté en Amérique… C'est la première fois que la police réussit à le prendre… Encore a-t-il fallu un étrange concours de circonstances… Nous avons pensé, James et moi, que si nous pouvions réunir une somme suffisante, nous parviendrions sans doute à l'arracher de prison… Nous sommes venus à Paris et…

— Et vous avez imité les méthodes de votre père ! conclut Émile.

Elle sourit faiblement.

— Vous voyez que cela ne nous a pas réussi… Il a fallu que James, en travaillant, perde son mouchoir… Je vous ai vu à travers la vitrine… J'ai voulu…

Ses yeux se sont embués. Ses lèvres un peu tremblantes, elle boit une gorgée de champagne.

— Je ne vous en veux pas… Nous suivons chacun notre route, n'est-ce pas ?… Ce qui m'effraie, c'est de savoir James en prison… C'est un garçon délicat… De nous deux, quand nous étions petits, c'était lui la fille… Vous dites ?

— Rien du tout…

— Voilà pourquoi, tout à l'heure, je vous ai posé une question… Même s'il est vraiment arrêté, James ne pourra pas vous dire où sont les bijoux, car c'est moi qui me suis chargée de les cacher… Si vous me promettez de ne pas l'inquiéter, je vous les remettrai… Vous aurez accompli votre tâche et je vous promets, de mon côté, que la nuit même, James et moi, passerons la frontière…

Elle a tendu la main par-dessus la table et elle touche la main d'Émile.

— Soyez gentil… murmure-t-elle avec une moue émouvante.

Il ne retire pas sa main. Il est embarrassé et il finit, comme toujours en pareil cas, par essuyer longuement, minutieusement, les verres de ses lunettes.

— Les bijoux sont au *Majestic* ? questionne-t-il après avoir toussé pour s'éclaircir la voix.

— Vous allez trop vite en besogne… Si je vous réponds, qu'est-ce qui me garantit que vous tiendrez votre promesse ?

— Pardon ! Je n'ai encore fait aucune promesse…

— Vous refusez ? Vous vous figurez que James parlera ? Vous ne le connaissez pas. Il est plus têtu, plus obstiné qu'une femme et… Quelle heure est-il ?

— Onze heures et demie…

Tiens ! Tiens ! Pourquoi donc cela semble-t-il augmenter sa nervosité ? Est-ce que par hasard James devrait, à cette heure-là, rentrer au *Majestic*, ou bien…

— Voulez-vous que nous fassions cette danse ? propose-t-il.

— Non… Merci… Je suis un peu lasse… Sans compter que je pense à mon frère et que… Servez-moi à boire, voulez-vous ?

Sa main tremble, tremble… Émile tient la bouteille de champagne… Il se penche par-dessus la table… Sa dernière vision, ce sont les yeux de la jeune fille, qu'il voit de très près, et il lui semble qu'ils sont tout pétillants d'ironie…

Il n'a pas le temps d'y réfléchir longtemps. Au même instant, l'obscurité se fait dans la salle. On entend des garçons qui se précipitent. Des couples s'entrechoquent, des rires fusent.

— Ne bougez pas, mesdames, messieurs… Une seconde de patience, s'il vous plaît… Un plomb a sauté…

Émile a essayé de saisir sa compagne, mais sa main n'a rencontré que le vide. Il va droit devant lui, dans la direction de la porte et de l'escalier, mais on lui barre le passage sans le vouloir et il y a même des gens qu'ils bousculent et qui protestent.

— Où va-t-il, celui-là… En voilà une brute !…

Les lampes se rallument. Pas de Dolly dans la salle. Au fait, s'appelle-t-elle Dolly, Denise ou autrement ? Émile descend au vestiaire.

— Vous n'avez pas vu une jeune femme qui…

— Celle qui vient de sortir parce qu'elle ne se sentait pas bien ? J'ai voulu lui donner son manteau, mais elle a refusé en disant qu'elle ne faisait que prendre l'air un instant…

Pas de Denise-Dolly dehors, bien entendu. Émile est nu-tête, en smoking, sur le trottoir à peu près désert, non loin de l'enseigne lumineuse du « Casino de Paris », quand un taxi s'arrête. Torrence en descend.

— Où est-il ? questionne-t-il.

Émile fronce les sourcils. Il se demande si Torrence...

— Vous l'avez laissé filer, patron ?... Figurez-vous qu'en fouillant ses bagages, nous avons découvert que le frère et la sœur ne faisaient qu'une seule et même personne... Un homme évidemment !...

— Ou une femme, réplique Émile.

— Quelqu'un, en tout cas, de rudement fort...

— Voilà ce que c'est d'avoir de la pudeur... soupire le jeune homme roux. Pendant qu'elle changeait de vêtements, à l'hôtel, je suis resté derrière un paravent... Elle en a profité pour écrire un billet... Ici, elle a dû le glisser au maître d'hôtel ou à un garçon, avec un gros billet de banque, sans doute... « *Faites l'obscurité pendant quelques instants, à onze heures et demie précises...* » Elle a eu soin de me demander à boire, pour que j'aie une bouteille à la main...

Torrence ne dit rien. Peut-être, cependant, n'est-il pas fâché que son étrange patron essuie à son tour un échec ? Il se permet enfin de questionner :

— Vous êtes sûr qu'elle ne vous a pas fait les poches ?

4

Où Torrence s'émeut de l'inactivité de son patron et où cependant celui-ci finit par donner des ordres.

Trois heures du matin, Cité Bergère. Torrence a fait bouillir de l'eau sur un réchaud électrique et a préparé du café. Quant à Émile, il est étendu de tout son long sur un étroit divan et il regarde fixement le plafond.

— Ce que je ne comprends pas, si vous voulez que je vous dise toute la vérité, c'est que vous ne veniez même pas jeter un coup d'œil à l'hôtel *Majestic*… Je sais bien que Barbet laisse rarement échapper un indice… Moi-même, j'ai tout examiné…

Émile ne bronche pas. Entend-il seulement la voix de Torrence ? On pourrait en douter.

— En somme, quelle est la situation ?… Nous avons la preuve que le voleur ou la voleuse…

— La voleuse… soupire Émile.

Et il n'ose pas ajouter que tout à l'heure, en dansant, il l'a serrée d'assez près pour être sûr que c'était une femme qu'il tenait dans ses bras…

— Soit… Si vous y tenez… Donc, nous avons la preuve que les vols de bijoux ont été commis par une femme, que cette femme vivait au *Majestic* sous le nom de Dolly Morisson et sous celui de son frère James, ce qui est assez pratique, car cela lui permettrait de sortir tantôt sous les apparences d'une jeune fille et tantôt sous celles d'un jeune homme… Personne, dans un grand hôtel comme le *Majestic*, ne s'est étonné de ne jamais voir ensemble le frère et la sœur… Quant à savoir si la demoiselle est vraiment la fille de Ted-le-Chauve… Toujours est-il qu'elle nous a échappé… Une question se pose, la seule qui ait encore de l'importance… *Où sont cachés les bijoux ?*… Car il est certain qu'elle ira là où sont les bijoux… Le *Majestic* est surveillé… Nous n'avons rien trouvé dans les deux appartements… Rien non plus n'a été déposé dans le coffre de l'hôtel…

Émile murmure d'une voix de rêve :

— Ce que vous pouvez être bavard, Torrence, pour un policier !

— Et vous, ce que vous pouvez être apathique ! Enfin, je me demande si vous vous rendez compte que les heures passent… Certes, j'ai porté à la police officielle la photographie de notre inconnue et, à l'heure qu'il est, toutes les gares, tous les ports…

— Écoutez, Torrence, si vous continuez à faire tant de bruit, je vais m'étendre sur le palier…

Voyons… Étant donné que… À cause de ce Torrence, il faut sans cesse reprendre le raisonnement… Étant donné que cette femme a volé par treize fois des bijoux… Étant donné qu'elle occupe deux appartements dans un grand hôtel de Paris… Étant donné que les bijoux n'ont pas été vendus… Étant donné qu'ils ne paraissent pas se trouver dans l'hôtel…

— Donnez-moi une tasse de café, Torrence !…

Que faisait Ted-le-Chauve en pareil cas ? C'est ce qu'on ignore, car il n'a jamais parlé de ses méthodes à personne. Émile est persuadé que, sur un point au moins, la jeune fille n'a pas menti. Elle est bien la fille de Ted-le-Chauve. Sans doute même n'a-t-elle entrepris cette série de cambriolages que pour réunir une somme importante lui permettant de faire évader son père.

Tout cela se tient… *Cela sonne vrai…*

Bon !… La voilà à Paris… Elle réussit un premier coup, celui du boulevard de Strasbourg… Puis les cambriolages se succèdent, presque de semaine en semaine…

Que fait-elle des bijoux ? Tout est là… *Que fait-elle des bijoux en attendant d'en avoir pour une somme suffisante et d'aller les revendre à l'étranger ?*

Comme s'il devinait le cours des pensées de son chef, Torrence prononce en préparant une nouvelle cafetière de café :

— Elle a sûrement un second domicile à Paris…

— Je jurerais que non…

Pourquoi ? D'abord, parce qu'elle est extrêmement intelligente. Ensuite parce qu'elle emploie des méthodes que son père, *qui n'a été arrêté qu'une seule fois au cours d'une longue carrière*, a mis tous ses soins à polir.

Or, si Ted-le-Chauve est en prison depuis plusieurs mois, la police américaine n'a pas encore réussi à mettre la main sur les bijoux qu'il a volés !

D'autre part, au *Majestic*, dans le double fond d'une malle, on a retrouvé une trousse complète de cambrioleur. Si la jeune fille avait un autre domicile, il est probable qu'elle y aurait laissé cette trousse compromettante…

— Cela ne vous ferait rien de vous asseoir au lieu d'aller et venir comme un ours de cirque ?

— J'essaie de ne pas m'endormir, grogne Torrence. Si nous devons passer la nuit ici…

Allons! Recommençons... Cette fois, Émile pense à la première personne... C'est lui la jeune fille... C'est lui la voleuse... Il vient de réussir son premier coup... Il a les bijoux dans sa poche... Ce n'est pas très volumineux... Il ne s'intéresse qu'aux bijoux de valeur, et de préférence aux diamants...

Que va-t-il en faire?

Une grande ride barre son front. Il fixe toujours la même tache du plafond qui devient une obsession.

Il faut, il est indispensable que ces bijoux soient en lieu sûr pendant des semaines, voire des mois...

Il faut que si, par accident, je suis arrêtée, ou suivie... que si on découvre mon domicile...

Il sent qu'il approche de la vérité. Parbleu! Qu'on la soupçonne, qu'on la file, qu'on fouille ses bagages, ce qui compte, *c'est qu'on ne découvre aucune preuve contre elle...*

— Vous comprenez, mon petit Torrence?

Un petit Torrence d'un mètre quatre-vingt-cinq, qui regarde son maigre patron avec des yeux ronds.

— Qu'est-ce que je comprends?

— Combien existe-t-il de bureaux de poste à Paris?

— Une centaine, je pense...

— Quelle heure est-il?

— Quatre heures et demie du matin...

— Cela vous ennuirait-il d'éveiller le chef de la Police judiciaire?... Il ne peut rien refuser à l'ancien collaborateur du commissaire Maigret... Demandez-lui, pour une heure, demain matin, autant d'hommes qu'il peut vous en fournir... Vous ne vous imaginez pas à quel point c'est urgent... Les bureaux de poste ouvrent à huit heures, n'est-ce pas?... Il faudrait que, dans chacun d'eux... Vous avez compris ?... Qu'on tire le nombre voulu de photographies... Rien que la tête... Sans les vêtements... Non, plus de café, merci ! Je vais essayer de dormir, en attendant...

Paris commence à vivre. Le brouillard s'est liquéfié, transformé en une pluie fine et glacée. Les rues sont comme laquées. Des hommes encore endormis et maussades se présentent au même moment dans la plupart des bureaux de poste, où les employés viennent d'arriver.

— Police judiciaire... Pourriez-vous me dire si, ces derniers temps, une personne ressemblant à cette photographie...

Émile ronfle. On ne pourrait jamais imaginer qu'un jeune homme aussi maigre puisse faire autant de bruit en dormant. Il est un peu moins de neuf heures quand Torrence le secoue.

— Patron !... Patron !...

— Où ?... questionne Émile en reprenant aussitôt ses esprits.

— Dunkerque... Hôtel Franco-Belge...

— Au téléphone ! Vite...

— L'hôtel ?

— L'hôtel et la police de Dunkerque... En vitesse !...

Ils sont encore tous les deux en smoking. Les plastrons sont moins éblouissants, les barbes ont poussé. Torrence, en outre, a secoué partout les cendres de sa pipe. Cela sent le lendemain d'une nuit de veille, avec des tasses sales, des restes de croissants sur les bureaux.

— Allô, mademoiselle, voulez-vous me donner d'urgence le 180 à Dunkerque… Ensuite, vous me donnerez le 243… Oui… Priorité…

Émile a gagné son petit bureau. Il a décidément la passion des indicateurs. Dunkerque… Il était onze heures et demie quand la jeune fille a quitté le *Pélican*… Bon ! Pas de chemin de fer avant six heures du matin… Donc, elle n'a pas encore pu arriver à Dunkerque par chemin de fer.

Par contre, si elle a pris une voiture… Il compte les kilomètres, sur la carte, se livre à de rapides calculs…

Une sonnerie…

— Patron… C'est l'Hôtel Franco-Belge…

— Allô !… La direction de l'hôtel ?… Vous dites que le directeur n'est pas arrivé ?… C'est la caissière ?… Ici, police…

Inutile d'ajouter que c'est une agence privée.

— Écoutez-moi, madame… Pendant les dernières semaines, vous avez reçu de petits colis au nom d'une de vos clientes, Mme Olry, n'est-ce pas ?…

La caissière répète :

— Mme Olry ?… Attendez ! Je demande… Ce n'est pas moi… Jean ! Est-ce qu'il est arrivé des colis au nom de Mme Olry ?… Vous dites ?… Oui, monsieur… C'est exact… Il paraît que c'est une personne qui nous écrit de l'étranger pour nous demander de garder son courrier… Jean !… D'où cette personne a-t-elle écrit ? Un instant, monsieur… Vous dites, Jean ?… De Berne ?…

Et la voix plus forte dans le téléphone :

— De Berne, monsieur… Il paraît qu'il y a plusieurs colis d'arrivés… Un instant, madame… Jean, voulez-vous vous occuper de madame ?…

Intuition ?… Émile pâlit…

— Ne coupez pas !… madame la caissière !… Dites-moi, c'est à une cliente que vous venez de parler, n'est-ce pas ?

— Oui, monsieur…

— Une cliente qui est arrivée en voiture ?…

— Un instant… Je regarde… Oui, il y a en effet, une voiture devant la porte… Un taxi parisien…

— Mais taisez-vous, pour l'amour de Dieu… Ne parlez pas tant !… Écoutez-moi bien !… Il ne faut pas que cette cliente s'en aille… Elle va sans doute vous demander les colis arrivés pour Mme Olry… Il est indispensable que…

— Vous croyez que c'est Mme Olry ?…

— La dinde ! hurle Émile au comble de la fureur.

La caissière, qui n'y voit que du feu, manie en effet la gaffe le plus naturellement du monde. Ne voilà-t-il pas qu'elle se tourne vers sa cliente, qu'elle questionne :

— Vous êtes bien madame Olry ?… On me téléphone justement pour…

— Taisez-vous !

— Comment ?… Je n'entends pas bien…

— Parbleu !… Qu'est-ce qu'elle fait, maintenant, votre cliente ?

— Attendez… Je la rappelle… Madame ! Hé ! Madame… Qu'est-ce que ?… Jean, courez donc après cette dame et demandez-lui si… Allô ! Vous êtes toujours à l'appareil ?… Figurez-vous que cette dame vient de remonter en voiture… Oui… Jean !… Le taxi est parti ?… Allô !… Le taxi est parti. Dites-moi, monsieur, qu'est-ce que je dois faire, maintenant ?… Si on me réclame ces colis, est-ce qu'il faut ?…

— Où sont-ils ?

— Je ne sais pas... Sans doute dans un coin du bureau, avec la correspondance qui attend des voyageurs... Cela arrive souvent que...

— Vous allez enfermer tout de suite ces colis dans votre coffre... Vous ne les remettrez à personne, vous m'entendez, à personne... Si cette dame revient... Mais je suis bien tranquille... Après ce qu'elle a entendu, elle ne reviendra pas... Mais non, madame !... Bonjour, madame...

Quand il raccroche, il a les yeux hagards. Il s'essuie le front. Il se laisse tomber sur sa chaise.

— Si je tenais cette caissière de malheur...

Et Torrence, qui n'y a rien compris, de questionner :

— Qu'est-ce qui se passe ?

— Que nous la tenions !... Que pendant que je téléphonais, elle était là, dans le hall de l'hôtel... Elle arrivait de Paris en taxi... Quelques secondes encore et elle réclamait les petits paquets arrivés pour elle... Il suffisait de la faire cueillir par la police... Je savais que je ne me trompais pas, que je ne pouvais pas me tromper... *C'était fatalement près de la frontière*... Comprenez-vous, Torrence ?... Simple comme bonjour... Après chaque cambriolage, les bijoux partaient en petits colis, pas même recommandés, à l'adresse d'une certaine Mme Olry... Ils allaient dans un hôtel proche de la frontière... Ainsi, en cas de pépin...

Il prit une cigarette dans son étui, mais selon son habitude, il oublia de l'allumer. Il se calmait petit à petit. Il finit même par sourire.

— Elle a dû se demander comment j'ai pu...

Une impression à la fois agréable et exaspérante : celle d'avoir lutté contre quelqu'un de très fort, d'avoir joué à égalité.

Or, il n'y avait pas de perdant !

Certes, Émile avait retrouvé les bijoux et c'était tout ce que demandaient les compagnies d'assurances. Mais Dolly… Était-ce Dolly ?… Était-ce Denise ?… Bref, la jeune fille avait le temps, maintenant, de franchir la frontière…

Sans doute ne la reverrait-il pas.

Quel souvenir garderait-elle de lui ?

Quel souvenir gardait-il d'elle ?

— Qu'est-ce que je fais, patron ? questionnait Torrence.

— Il faudrait téléphoner à la compagnie… Vous demanderez à un de ses délégués d'aller là-bas avec vous… Vous direz que… que vous avez tout découvert cette nuit, grâce à vos méthodes personnelles et à l'organisation unique au monde de l'Agence O…

— Le chef de la P.J. va me demander ce que la demoiselle est devenue…

— Eh bien, vous répondrez la vérité… Que vous n'en savez rien…

À ce moment, un client sonna. Barbet, toujours en faction au *Majestic*, ne pouvait aller ouvrir. Ce fut Émile qui y alla, oubliant qu'il était en smoking.

— Vous désirez voir le patron ?… De la part de qui ?… Je vais demander s'il peut vous recevoir…

LA CABANE EN BOIS

1

Où, par un froid polaire et dans un paysage peu engageant, Torrence et son photographe Émile n'en vont pas moins à la chasse au cadavre.

— Sale boîte, sale métier ! gronde Torrence en dépassant Longjumeau et en lorgnant avec concupiscence la devanture d'un petit bistrot tiède.

La nuit, le thermomètre est descendu aux environs de vingt degrés sous zéro. Il est dix heures du matin. Le ciel est livide, les cailloux blancs comme de la glace, le nez de Torrence d'un violet inquiétant. Il est vrai qu'il conduit une petite auto découverte et qu'il doit tous les quelques kilomètres gratter la couche de glace qui se forme sur le pare-brise.

— De quelle boîte parlez-vous ? demande gentiment son long et maigre compagnon, l'ineffable Émile, encombré d'un monstrueux appareil photographique.

— De l'Agence O, parbleu ! Comme si le patron ne pourrait pas nous offrir une bagnole fermée…

Et Émile soupire comiquement :

— Je me demande si le patron n'a pas raison… Certaines personnes, surtout celles qui sont un peu fortes et qui usent largement des bonnes choses ont, paraît-il, une fâcheuse tendance à s'assoupir au volant des voitures trop confortables…

Ça, c'est pour Torrence, puissant et sanguin. Quant au patron de l'Agence O, la célèbre agence de détectives, le monde entier serait bien étonné d'apprendre qu'il n'est autre qu'Émile le photographe, toujours humble et râpé.

— Ou bien ce coup de téléphone est une mystification, grogne Torrence qui s'est levé du mauvais pied ce matin-là, ou bien nous allons nous trouver en présence d'une vieille folle…

Drôle de coup de téléphone, en tout cas. Torrence était bien au chaud dans son bureau. Dans le petit bureau de derrière, d'où il peut tout voir et tout entendre, Émile taillait méticuleusement un crayon. La sonnerie a retenti. Ils ont décroché ensemble, car deux appareils sont branchés sur la ligne.

— Allô… L'Agence O ?… Je voudrais parler à l'inspecteur Torrence…

Car les gens continuent à donner à Torrence son ancien titre de la Police judiciaire, où il a été longtemps le collaborateur préféré de Maigret.

— Allô, c'est lui-même à l'appareil…

— Attendez que je m'assure qu'il est toujours là…

— Allô… De qui parlez-vous ?…

— Le temps de jeter un coup d'œil par la fenêtre… Oui… Je le vois… Si notre conversation est soudain interrompue, ne vous étonnez pas et surtout ne rappelez pas… Ici, Marie Dossin… Oui, avec deux S…

Maison du Lac, par Ingrannes, dans la forêt d'Orléans… Les gens du pays disent le Château du Lac… Il faut que vous veniez, mais vous devez me promettre de ne rien dire à la police officielle… Ce matin, j'ai découvert un cadavre dans la cabane en bois… Allô !…

— J'écoute…

Pendant ce temps-là, Émile, qui aime la précision en tout, sténographie cet étrange message.

— Allô !… Il ne faut pas que mon mari sache que je vous téléphone… C'est lui que je surveille par la fenêtre… Il ignore que je sais, comprenez-vous ?

— De qui est le cadavre ?

— Je crois… je l'ai mal vu, dans la demi-obscurité, mais je crois que c'est celui de Jean Marchons, un de nos amis… Il est pendu à une poutre…

— Hum… Il s'agit donc d'un suicide ?

— Je ne sais pas… Je ne crois pas… Venez… Avant de vous présenter au château, essayez de pénétrer dans la cabane en bois qui est au bord de l'étang… Vous trouverez facilement… La porte n'est pas fermée… J'ai peur… Attention !… Je crois qu'*il* rentre…

Arpajon… Étampes… Pithiviers… Ils ont l'impression d'être seuls sur la route, et quand une voiture les dépasse, par aventure, ce sont des Parisiens qui vont à la chasse au canard. La forêt est aussi peu engageante que possible, avec ses troncs noirs qui se dessinent sur le blanc du ciel. L'auto s'arrête en face de l'église d'Ingrannes et les deux hommes entrent à l'auberge.

Peut-être, à d'autres moments, le pays est-il plus sympathique, mais, par ce temps, tout se découpe en blanc et noir comme une lettre mortuaire et la bonne femme qui leur sert du rhum n'est guère avenante.

— Le Château du Lac ?... Prenez le deuxième chemin à gauche, dans le bois du Loup Pendu...

Tiens ! Tiens ! Même les loups, qu'on pend dans le pays !

— Vous connaissez M. Dossin ?

— Pourquoi ne le connaîtrais-je pas ?

Les deux hommes échangent un coup d'œil à cette réponse pour le moins inattendue.

— Et Mme Dossin ?...

— Qu'est-ce que vous lui voulez à Mme Dossin ?

— Rien... Nous irons peut-être lui rendre visite... Il y a longtemps qu'ils habitent le pays ?

— Peut-être bien que oui...

— C'est un de leurs amis, M. Jean Marchons, qui nous a dit...

Elle ne bronche pas, les deux mains sur un ventre rondouillard.

— Vous connaissez M. Marchons ? insiste Torrence.

— On ne peut connaître tout le monde.

Après un pareil succès, les voilà qui engagent la petite auto dans les chemins forestiers tout craquants de neige durcie. Le radiateur fume comme une locomotive. De temps en temps, les pneus patinent sur la glace.

— Vous voyez un château, vous ?

Une demi-heure durant, ils tournent en rond et ils se retrouvent sur la place d'Ingrannes où ils décident de lutter contre le froid en buvant un second verre de rhum.

— Eh bien ! vous l'avez vu ? questionne la

patronne de l'auberge, qui ne doit sourire qu'une fois l'an.

— Qui ?

— M. Dossin... Il sort d'ici à l'instant...

— Il était seul ?

— Pourquoi ne serait-il pas seul, cet homme ? Je lui ai annoncé qu'il aurait de la visite...

Cette fois, ils se renseignent plus minutieusement et quelques minutes plus tard, ils aperçoivent la surface glacée d'un assez grand étang à qui on a donné le nom plus pompeux de lac. À droite de l'étang, derrière un bois de sapins, on découvre des toits d'ardoise et on devine une propriété importante où un chien aboie en entendant le moteur.

Torrence n'est pas en train. Il questionne sans courage :

— Qu'est-ce qu'on fait ?

L'illustre détective, ce matin-là, ne paie décidément pas de mine et Émile n'est guère plus brillant que lui.

— On sonne... décide Émile. Du moment que la vieille a averti de notre arrivée...

— Cependant, au téléphone, Mme Dossin a recommandé...

Émile hausse les épaules, descend de voiture et va sonner à une grille en fer forgé. Un chien s'en vient, furieux, de l'autre côté de cette grille et fait tous ses efforts pour happer un pan du pardessus d'Émile.

— Quelqu'un ! hurle celui-ci... Il n'y a donc personne, là-dedans.

Deux fois, trois fois, il sonne, sans résultat, ou plutôt avec le seul résultat de rendre le chien littéralement enragé. Soudain, une voix fait, tout près de lui, si près qu'il sursaute :

— Vous désirez ?

L'homme qui est là ne vient pas de la maison, mais des bois. C'est un homme de cinquante ans, peut-être davantage, aux moustaches et à la barbe poivre et sel. Il est botté, vêtu d'un costume de chasse et il porte une courte veste doublée de fourrure qui lui donne l'air très châtelain.

— C'est mon patron qui désire… balbutie Émile en se tournant vers la petite auto dont le moteur tourne toujours.

Qu'est-ce que Torrence va bien pouvoir raconter ? Il descend de voiture. Il tousse. Il commence :

— J'aurais voulu avoir l'honneur de rencontrer Mme Dossin pour qui je suis chargé de…

— Ma femme est au lit… laisse tomber assez sèchement le maître du Château du Lac.

— Je suis désolé d'apprendre que Mme Dossin est malade. J'espère que ce n'est pas grave ?

Le châtelain ne répond pas, mais son attitude dit clairement :

— Je ne vois pas en quoi la santé de ma femme vous regarde.

Et il attend.

— Patron… intervient Émile, qui voit le moment où Torrence, désemparé, va faire demi-tour… Vous connaissez ma passion pour les sites pittoresques. Puisque vous êtes un ami, je veux dire, puisque vous avez connu jadis Mme Dossin, peut-être, pourriez-vous demander à son mari la permission de photographier cette cabane en bois que j'aperçois au bord du lac ?… Avec cette lumière glauque, ces reflets sur la glace, je crois que je…

M. Dossin les observe l'un après l'autre en fronçant

les sourcils et, la main sur la clef qu'il vient d'introduire dans la serrure de la grille, il laisse tomber :

— Photographiez tout ce que vous voudrez.

Bon ! il n'a pas lâché le chien sur leurs talons. C'est déjà ça ! Sans plus s'inquiéter d'eux, il traverse la cour assez vaste et on le voit gravir lentement, gravement, les marches du perron.

— Drôle de maison... grogne Torrence. Qu'est-ce qu'on fait ?

— On photographie, parbleu...

— Je suis de plus en plus persuadé qu'il s'agit d'une mauvaise farce qu'on nous a jouée...

— Moi, pas...

Ils s'approchent de l'étang. La cabane est une cabane comme on en voit au bord de la plupart des étangs, destinée sans doute à garer une barque et des engins de pêche. Émile, qui suppose que le maître du château le surveille par quelque fenêtre, joue en conscience son rôle de photographe.

— S'il y a vraiment un pendu dans cette cabane...

Il se rapproche... La porte n'a pas de verrou, pas de serrure, aucun système de fermeture. Il la pousse... Les planches sont disjointes et laissent passer un peu de jour... Un vieux canot achève de pourrir hors de l'eau...

— Qu'est-ce que je vous disais ? ricane Torrence qui est entré derrière Émile.

Pas de pendu. Pas même l'ombre d'un pendu. Pas le plus petit bout de corde de pendu.

— Si je connaissais l'enfant de salaud qui m'a fait donner ce coup de téléphone...

Torrence ne décolère pas. Émile, lui, examine les lieux avec une patience angélique.

— Vous voulez me hisser sur vos épaules, patron ?

Ainsi, il peut atteindre la poutre du plafond où est fixé un gros crochet de fer. Torrence croit devoir ricaner :

— Vous avez trouvé le pendu ?

— Pas encore… Mais ce crochet, qui devrait être rouillé, ne l'est pas, tout au moins à l'endroit où la corde a frotté…

— Quelle corde ?

— Celle qu'on a retirée… Vous pouvez me remettre par terre…

« Ce n'est pas grand-chose, mais c'est plus que rien. Si ce crochet de fer n'avait pas servi récemment, il serait rouillé sur toute sa surface alors qu'il ne l'est que sur les parties qui n'ont pas subi de frottement.

« Qu'est-ce qu'il y a dans cette caisse ?

Torrence se penche.

— Des outils… Par exemple, ils sont dans un fichu état et ils ne doivent pas servir souvent…

Un ruban de scie, des clous, des hameçons, des anneaux de fer, un bric-à-brac comme on en trouve dans les maisons de campagne. Tout est rouillé. Émile n'en examine pas moins ces objets un par un et il tire une loupe de sa poche. Comme il étudie un marteau assez lourd, il murmure :

— Voici en tout cas un objet qui a servi…

Sur le fer du marteau, il y a quelques cheveux coagulés comme si l'outil avait défoncé un crâne.

Torrence n'est pas convaincu.

— Il me semblait que nous cherchions un pendu… À moins qu'on ne soit arrivé à pendre les gens à coups de marteau…

Un bond d'Émile, qui a vu quelque chose et qui s'élance de l'autre côté de la barque. Il brandit un journal, un journal de la région. Il en cherche la date. Il triomphe :

— C'est le journal de ce matin… Autrement dit, quelqu'un est entré dans cette cabane peu de temps avant nous car, autant que j'en puisse juger, le journal ne doit pas arriver à Ingrannes avant neuf ou dix heures du matin… Allons voir Mme Dossin…

— On ne nous laissera pas entrer…

— Tirez votre plan, patron… Il faut absolument que nous ayons une conversation avec cette dame qui donne de si mystérieux coups de téléphone…

Dix minutes plus tard, après qu'Émile a photographié le crochet de fer et mis le journal en lieu sûr, les deux hommes sont à nouveau à la grille du château où le chien leur réserve le même accueil que tout à l'heure.

Ils sonnent une fois, deux fois… Soudain, à une fenêtre du premier étage, Émile aperçoit un visage féminin qui, sans doute à cause de la vitre embuée, paraît d'une pâleur mortelle.

— Regardez, patron… On dirait qu'elle nous fait signe…

C'est vrai. Mais signe de quoi ? Il est difficile de comprendre les gestes de ses mains. Elle leur désigne quelque chose. Est-ce la cabane ? Eh bien, ils en viennent, de la cabane.

Plus loin ? Il n'y a rien, plus loin, que l'étang. Et l'étang est gelé. Est-ce qu'elle voudrait dire que le pendu a été jeté dans l'eau ? C'est impossible. Alors ?

— Sonnez encore…

La porte s'ouvre, au-dessus du perron. Le maître de céans est là, une pipe aux dents, à les regarder de loin. Viendra-t-il ouvrir la grille ou va-t-il les laisser dans cette position assez humiliante pour deux célèbres détectives ?

Il semble réfléchir, hésiter. Enfin, il se tourne vers l'intérieur de la maison. Il appelle.

— On nous enverrait quelques chevrotines que cela ne m'étonnerait nullement, remarque Torrence.

Mais non. Un domestique en tenue correcte vient à l'appel de son maître. Celui-ci lui dit quelques mots. Le domestique traverse la cour, une grosse clef à la main.

— Si ces messieurs veulent se donner la peine d'entrer… M. Dossin me prie de recommander à ces messieurs de mettre leur voiture au garage, à cause du froid…

Torrence n'aime pas ça. Cette sollicitude subite l'inquiète quelque peu. Une fois sa voiture dans le garage, de l'autre côté de cette grille qu'il est si difficile de se faire ouvrir, qui sait s'ils quitteront le château au moment où il leur plaira ?

— Allez-y ! lui souffle Émile.

À cent vingt kilomètres de Paris, à quinze kilomètres de Pithiviers – tiens ! Torrence s'est promis d'acheter au retour un des fameux pâtés d'alouettes du pays – ils pourraient se croire dans l'endroit le plus désert du monde.

Le chien continue à grogner, mais en sourdine, en reniflant le photographe.

Le maître de maison qui les attend toujours au haut du perron a assez grande allure. Le garage contient déjà deux voitures, une grosse conduite intérieure de marque américaine et une petite auto qui doit servir aux provisions.

Quand les deux hommes arrivent près de M. Dossin, celui-ci questionne avec beaucoup de bonne grâce :

— Puis-je savoir, messieurs, lequel de vous est l'illustre détective Torrence ?

Celui-ci s'incline, mais n'est pas plus fier pour cela. Qui a pu révéler leur identité ? Son nom n'est pas dans l'auto, qu'on aurait pu examiner pendant qu'ils étaient dans la cabane.

— J'ignorais à qui j'avais l'honneur de parler… Si vous voulez vous donner la peine d'entrer dans ma modeste demeure…

En fait de modeste demeure, c'est bien ce que les deux hommes ont vu de plus confortable, de plus chaud. Non pas le château fastueux, mais la gentilhommière où tout est prévu pour le confort et pour la vie harmonieuse. On les introduit dans une bibliothèque aux murs couverts de chêne. Des bûches flambent dans l'âtre. Les fauteuils sont en cuir fauve et des tapis sont jetés sur un magnifique carrelage ancien.

— Je viens seulement d'apprendre que ma femme vous a téléphoné ce matin…

Donc, il s'est renseigné à la poste. Il a obtenu de la buraliste le numéro que sa femme avait demandé à Paris.

— Asseyez-vous, je vous en prie… Je suppose qu'un petit verre d'armagnac, par ce froid…

Le flacon est vénérable, les verres en cristal taillé. Le domestique s'est éclipsé et l'hôte paraît plus grand seigneur que jamais, avec une ombre de tristesse qui n'échappe pas aux deux hommes.

— Je vous avouerai, messieurs, que si je vous ai assez mal reçus ce matin, lors de votre première visite, c'est que j'ai de bonnes raisons, plus exactement une raison grave, pour écarter les curieux de cette maison… À votre santé…

— Cet armagnac… commence Torrence.

— Il a soixante-dix ans d'âge… Je vous disais… Vous avez l'habitude, étant donné votre profession, de recevoir de dramatiques confidences… Eh bien, messieurs, sachez donc que ma pauvre femme n'a plus toute sa raison…

Sa voix est devenue comme cassée. Il baisse la tête.

— Je ne me suis jamais décidé à la mettre dans une… dans une maison de santé… ce qui vous explique…

Torrence regarde Émile comme pour savoir ce qu'il doit penser de ce discours. Émile regarde fixement les dalles, ou plutôt les bottes de son hôte, de belles bottes, ma foi, solides et souples, qui gainent la jambe.

On pourrait croire qu'à cet instant la seule pensée d'Émile est celle-ci :

— Je voudrais bien avoir des bottes pareilles…

Or, ce n'est pas du tout ce qu'Émile pense et, s'il fronce les sourcils, c'est qu'il se demande :

— Pourquoi diable, pendant le peu de temps que nous avons passé dans la cabane, ce monsieur a-t-il éprouvé le besoin de changer de bottes, alors que celles qu'il portait ce matin n'étaient ni mouillées, ni sales ?

Et il essaie de se souvenir des premières bottes, qui étaient à lacer, tandis que celles-ci sont des bottes d'équitation.

Il y aurait bien une explication… Si M. Dossin a eu tout à coup l'idée de monter à cheval, il est possible qu'il ait préféré changer de bottes… Les cavaliers sont gens qui aiment les traditions, la correction dans la tenue…

— … ce qui vous explique, messieurs, la vie retirée et assez farouche qu'on mène dans…

Il tressaille, car Émile vient de prendre la parole au moment où on s'y attendait le moins. Et c'est pour demander d'un air innocent, pour ne pas dire stupide :

— Vous avez des chevaux ?

— Non… Je ne vois pas en quoi…

— Cela n'a pas d'importance… Continuez…

Puisque ce n'est pas pour monter à cheval, pourquoi, diantre, a-t-il changé de bottes ?

2

Où un médecin de famille vient à point et où certain faisan viendrait plus à point encore s'il n'était accompagné d'une visite.

Maigret travaillait volontiers à la bière, ou au gros rouge. Torrence, qui a été son élève pendant si longtemps, travaille indifféremment à tout ce qui se boit et le bon feu de bûches ne lui vaut rien, ni le fauteuil profond dans lequel il s'enlise. A-t-il seulement entendu que la cloche d'entrée retentissait ? On gratte à la porte. Celle-ci s'ouvre. L'hôte se lève.

— Vous permettez ?

À peine reste-t-il quelques secondes dans le vestibule et, quand il revient, il est encore plus grave que précédemment.

— Le docteur… annonce-t-il. Il est monté chez ma femme… Vous voyez, messieurs, que je ne vous fais aucun mystère… C'est une situation pénible, difficile…

Cet homme est parfait. Avec sa barbe à peu près carrée, il pourrait jouer des personnages historiques, toujours des personnages honnêtes, des hommes au grand cœur. Torrence, qui lutte mal contre l'engourdissement et dont les semelles sont léchées par les flammes du foyer, murmure sans conviction :

— Et votre ami Jean Marchons ?... Y a-t-il longtemps que vous ne l'avez vu ?

— Plusieurs jours... Il habite Pithiviers... Il vient assez rarement nous voir...

Bon ! Voilà déjà le docteur qui redescend. Cette fois on l'introduit sans mystère dans la bibliothèque et il y apporte une atmosphère de conte d'enfants. Ce n'est pas un docteur, c'est un gnome, c'est un lutin, dont le visage rond et rose, la barbiche d'un blanc éblouissant, les petits yeux qui pétillent semblent faits pour inspirer la plus absolue confiance.

— Entrez, docteur... Ces messieurs viennent de Paris... Permettez que je vous présente... Le célèbre détective Torrence, de l'Agence O, et son aide, monsieur... monsieur...

— Émile !

— Voulez-vous, docteur, leur dire ce que vous savez de ma femme... Messieurs, je vous avertis que le docteur Aberton est notre médecin de campagne, qu'il vit ici, à Sully, c'est-à-dire à huit kilomètres, depuis sa plus tendre enfance... Dites-leur, docteur.

— Eh bien ! messieurs, je suis obligé, puisque mon estimé client me relève du secret professionnel, de vous avouer que Mme Dossin, qui est depuis longtemps ma malade, fait depuis un certain temps des troubles mentaux et...

— Une goutte d'armagnac, docteur ?...

— Volontiers… D'autant plus que voilà qu'il neige… C'est un remède que nous ne mettons pas souvent sur nos ordonnances mais que nos malades prennent sans nous consulter… Ha ! Ha !…

Torrence est là comme un coq en pâte, les pieds au feu, un verre qu'on ne lui laisse jamais vide entre les mains. Existe-t-il quelque part de plus braves gens et une maison meilleure ? Il se détend. Il va même jusqu'à expliquer :

— Vous savez, nous avons l'habitude, dans notre métier, des dénonciations de femmes, et nous savons ce qu'il faut en penser…

Émile est moins aimable et il lui arrive de murmurer :

— N'oubliez pas, patron, que vous étiez venu pour avoir une conversation en tête à tête avec Mme Dossin…

M. Dossin et le docteur se regardent.

— C'est son médecin qui décidera… fait enfin M. Dossin. Dans l'état où elle est, avec la crise qu'elle a eue ce matin, je ne sais pas si…

— Certainement pas ! déclare le docteur. Si même la police officielle me demandait mon avis, je lui dirais : « À moins d'un cas d'une gravité extrême, j'insiste pour que ma cliente soit laissée en paix… »

— Je vous remercie, docteur… Il ne me reste, monsieur, qu'à prendre congé et à…

— Une dernière goutte d'armagnac ?…

Les voilà à nouveau dans leur petite auto, Torrence et Émile.

— Vous n'avez pas honte, patron ?

— De quoi ?

— Vous avez bu trois pleins verres d'alcool et vous en avez les yeux humides… Quant aux bottes…

— Quelles bottes ?

— Celles que M. Dossin a enlevées…

— Vous n'allez pas prétendre qu'il a retiré ses bottes sans que je m'en aperçoive…

— Il les a changées avant notre arrivée… Peu importe… Arrêtez-vous à Ingrannes…

Ils ne s'adressent plus, cette fois, à la tenancière de l'auberge, dont ils se méfient, mais à un homme qui coltine les fagots sur la route.

— Où peut-on manger et coucher dans le pays ?

— À Sully, monsieur…

Le bureau de poste, lui aussi, est à Sully. La neige tombe à petits flocons serrés qui vous glissent entre le cou et le col du pardessus et se liquéfient dans votre dos.

— Qu'est-ce que je disais, ce matin ? exulte Torrence. Une plaisanterie ou une folle… Eh bien ! c'est une folle… À moins que ce médecin de campagne ne soit un figurant qui joue son rôle à la perfection, on ne me fera pas croire…

Ils atteignent Sully, près d'un canal. Ils descendent dans une auberge plus confortable que celle d'Ingrannes.

— Vous pourriez nous servir à déjeuner et éventuellement nous coucher pour la nuit ?…

— Je vais demander au patron…

Une demi-heure après, on leur sert à déjeuner un superbe faisan qui a certainement été pris au collet, car la chasse est fermée.

— Vous savez, messieurs, les pintades, par ici, ressemblent beaucoup aux faisans…

Le patron leur lance un clin d'œil.

— Vous connaissez le docteur Aberton ?

— Parbleu ! C'est le meilleur homme de la terre. Si on manquait de saint Joseph pour la crèche de Noël, c'est lui qu'on y mettrait avec l'âne et le bœuf…

— C'est un ami des gens du château, n'est-ce pas ?

— C'est l'ami de tout le monde… Il rend service à tout le monde… Et, pour ce qui est d'apprécier un bon petit verre…

— Que pensez-vous de Mme Dossin ?

— Hum !

— Pardon… Je n'ai pas très bien compris… Vous avez dit ?

— J'ai dit : « Hum ! »

— Ce qui signifie ?

— Cela signifie « Hum… » comme j'ai l'honneur de vous le dire. Encore une aile… Mais si !… Vous comprenez, dans le pays, nous n'aimons pas beaucoup les créatures…

— Les quoi ?

— Les créatures… Alors, quand ce pauvre M. Dossin a ramené cette… cette : « Hum !… »

— Un instant… Voulez-vous dire que Mme Dossin a un amant…

L'aubergiste devient plus grave.

— Tout le monde vous le dira, oui, monsieur.

— Est-ce que son amant s'appelle Jean Marchons ?…

— Ici, monsieur, nous ne tenons pas le rayon des racontars…

— Peut-être pouvez-vous nous apprendre quand même qui est M. Jean Marchons ?…

— C'est un charmant homme… Un homme trop charmant même, qui a des rentes, dit-on, et qui, dit-on, est venu s'installer à Pithiviers pour être plus près de… Pardon… Je crois que cela brûle sur le feu…

Ce qui brûlait, c'était sa langue. Combien de temps faudra-t-il maintenant pour la réchauffer à nouveau ?

— Qu'est-ce que vous en dites, patron ? questionne Émile à voix basse.

— C'est une merveille.

— Quoi ?

— Ce faisan… Pour le reste, du moment que le docteur… Nous ne pouvons quand même pas violer le domicile de cet homme et pénétrer de force dans la chambre d'une femme malade… Vous êtes jeune, monsieur Émile… Je suis plus âgé que vous et il m'en a cuit plusieurs fois, alors que j'appartenais pourtant à la police officielle, de passer outre aux avis de la Faculté… Qu'est-ce que le docteur a affirmé ?… Qu'elle est folle…

— Et qu'est-ce que le crochet a dit ?

— Allons !… Allons !… Ne vous emballez pas… On peut avoir suspendu n'importe quoi à ce crochet… Un sac de quelque chose… Si le docteur n'était venu et n'avait été aussi affirmatif…

Le patron jaillit à nouveau de sa cuisine où grésillent des champignons qui viennent tout droit de la forêt.

— Si nous comprenons bien, monsieur, Mme Dossin était la maîtresse de Jean Marchons, et son pauvre bougre de mari ne se doutait de rien… Ha ! Ha !…

Le patron, lui, ne rit pas.

— Mais cette dame n'a-t-elle pas l'esprit un peu dérangé ?… insiste Émile en finissant sa cuisse de faisan.

— Je ne sais pas si c'est ça que vous appelez l'esprit…, riposte le patron de l'auberge. Chez nous, ça s'appelle autrement. Et si j'avais une femme pareille, je vous prie de croire que…

Un geste catégorique termine sa pensée.

— Avec les champignons, messieurs, qu'est-ce que je vous sers comme vin ?… Que diriez-vous d'un petit vin du Rhône assez corsé, mais juste assez ! et ensuite d'une…

Il n'a pas le temps d'achever. La porte s'ouvre. Une femme surgit. Il balbutie :

— Madame…

Deux yeux fiévreux, des yeux immenses, magnifiques, habités par l'inquiétude. Un visage pâle. Des cheveux que coiffe une jolie toque de fourrure. Des bottes souples.

Elle est arrivée en vélo. Sa machine est encore appuyée à la devanture.

— Monsieur Torrence ?

— C'est moi…

— Vous avez vu, n'est-ce pas ?… Il ne vous a pas laissé parvenir jusqu'à moi…

C'est donc cette Mme Dossin qui leur a téléphoné et qu'ils ont en vain essayé de voir.

— Excusez-moi… Regardez à quoi j'en suis réduite…

Elle entrouvre son manteau de fourrure et on s'aperçoit qu'en dessous elle est en chemise de nuit.

— Il ne voulait pas que je vous parle… Il a tout fait pour m'empêcher de sortir… J'ai bien pensé que vous ne partiriez pas, que vous ne croiriez pas ses mensonges… Je vous jure qu'il l'a tué !… Je m'en doutais… Il y a longtemps que j'avais peur…

— Excusez-moi, patron… Vous n'auriez pas une pièce où nous puissions…

— Il y a bien la salle qui sert pour les noces et les banquets, mais elle n'est pas chauffée… Il faut dire qu'ici on se marie de préférence en été…

Tant pis pour le froid ! Et pour les champignons ! Et pour le vin du Rhône qui a une si belle couleur mordorée…

— Je vous écoute, madame… prononce Torrence en s'asseyant sur une table.

— J'ai dû m'enfuir par la fenêtre… Ce matin, je suis sûre que Joseph a surpris notre communication téléphonique…

— Joseph ?

— Son valet de chambre, qui nous sert aussi bien de maître d'hôtel… C'est son âme damnée… Si vous saviez ce que j'ai pu souffrir dans cette maison !… Je l'ai trompé, c'est vrai…

— Pardon… Qui avez-vous trompé ?

— Mon mari…

Elle a au moins vingt ans de moins que lui. C'est une femme magnifique au visage ardent, à la vitalité intense.

— Je l'ai trompé, je l'avoue… Mais il savait bien, quand je l'ai épousé, que j'avais vingt ans et qu'il en avait près de cinquante… Il savait que je ne pourrais vivre heureuse dans ce château humide et froid…

— Pardon, madame… Au téléphone, ce matin, vous avez parlé d'un cadavre…

— Vous ne l'avez pas trouvé ?

— Non…

Elle semble un instant ahurie. Elle murmure comme pour elle-même :

— Je me demande quand il a pu…

— Vous feriez mieux, madame, de reprendre vos

esprits et de nous raconter les événements dans leur ordre chronologique…

— Mais il va venir…

— Et après ?

— Il me ramènera au château… Il m'enfermera à nouveau… Si vous saviez dans quelle fureur il est entré quand il a appris que j'avais fait appel à des détectives…

— Que savez-vous de Jean Marchons ?…

— C'est mon amant… *C'était* mon amant…

— Vous dites *c'était*… Depuis combien de temps le connaissiez-vous ?

— Depuis des années…

— Et votre mari ne se doutait de rien ?

— Jusqu'à ces derniers temps…

C'est Torrence qui a posé les questions. Soudain Émile demande timidement :

— Où le rencontriez-vous ?

— Dans les bois… À Orléans… À Paris…

— Et dans la cabane en bois ?

— Jamais…

— Je vous remercie…

À Torrence de continuer.

— Lorsque vous m'avez téléphoné ce matin, que saviez-vous ?

— Hier… Oui, c'est hier que je devais recevoir la visite de Jean vers quatre heures… Il faut vous dire que mon mari était à la chasse et que, dans ces cas-là…

— Nous comprenons…

— Jean avait l'habitude de laisser sa voiture chez un de ses fermiers… Car il avait acheté deux fermes dans le pays… J'entendais de loin le bruit de son klaxon…

— Et vous l'avez entendu hier ?

— Je l'ai entendu… Or, Jean n'est pas venu… Mon mari, par contre, est rentré plus tôt que de coutume… Peu après, je l'ai vu sortir à nouveau et se diriger vers la cabane en bois… Je n'y ai pas attaché d'importance…

— Il avait un marteau à la main ? interroge Émile.

— … Je… je ne sais pas…

— Il est resté longtemps absent ?

— Quelques minutes… Il a été sombre pendant toute la soirée… J'étais inquiète… Ce matin, dès le lever du jour, je me suis précipitée dehors…

— Vous aviez un pressentiment ? fait Torrence qui pense toujours à ses champignons ratés.

— Je ne sais pas comment vous dire… J'avais entendu le klaxon à l'arrivée… Je ne l'avais pas entendu au départ… Dans les bois, surtout dans cette forêt qui est si déserte en dehors de la saison de la chasse, les sons portent loin… Je pensais à Jean… Je me disais que si mon mari l'avait guetté…

Émile, candide, murmure :

— Vous êtes entrée dans la cabane en bois…

— Oui… Et j'ai vu un corps qui pendait… Celui de Jean Marchons… Je suis rentrée à la maison… J'ai attendu d'être seule… Je vous ai téléphoné…

— Pourquoi n'avez-vous pas averti la police ?

Elle les regarde avec étonnement.

— Parce que je ne pouvais pas, comme ça, dénoncer mon mari… Je voulais d'abord savoir…

— Avez-vous vu du sang ?

— Du sang ? répète-t-elle en regardant tour à tour Torrence et Émile.

— Et un marteau ?…

— Je ne comprends pas ce que vous voulez dire… Le corps pendait au gros crochet qui est au milieu de la poutre… J'ai attendu que mon mari sorte, comme il le fait chaque matin… Je l'épiais par la fenêtre… Je vous ai téléphoné… Joseph a dû entendre… Après, quand vous étiez en bas, car j'ai bien compris que vous étiez en bas, et j'avais même essayé de vous adresser des signes par la fenêtre, le docteur est venu et a voulu me faire croire que j'étais malade… Je ne suis pas malade… Mais il a peur, vous comprenez… Ils ont peur… Car je découvre maintenant que le docteur s'est mis avec lui… Mon mari était jaloux de Jean… Il l'a tué… Je ne sais pas où, ce matin, il a porté son corps, mais je suis sûre qu'il l'a tué…

C'est une femme splendide, comme on n'en voit que quelques échantillons au cours de sa vie.

— Pardon, madame…

Émile prend un air de plus en plus timide pour poser ses questions.

— Pourriez-vous me dire dans quelles circonstances vous avez épousé M. Dossin ?…

— Il n'y a aucune honte à cela… Maman venait de mourir… J'étais seule… Nous nous sommes rencontrés à bord d'un paquebot… J'ai eu peur, à cause de son âge, mais il m'a juré qu'il saurait toujours comprendre…

— Vous vous êtes installés tout de suite au Château du Lac ?

— Pas tout de suite… Pendant trois ans, nous avons voyagé, allant de Cannes en Italie, d'Italie aux sports d'hiver…

— Et votre mari se montrait jaloux ?

— Oui…

— C'est par jalousie qu'il est venu vous enfermer ici ?

— Je le crois…

— Et cependant, vous êtes parvenue… Je vous demande pardon, mais les moindres détails ont leur importance… Jean Marchons…

— Je l'ai connu à Paris, lors d'un de nos brefs séjours… Il a habité Pithiviers à cause de moi… C'est pourquoi mon mari l'a tué…

— Vous ignorez évidemment comment il l'a tué ?…

Elle les regarde un instant tour à tour.

— Je n'étais pas là… dit-elle. Il était pendu…

— Vous savez qu'il est très difficile de pendre quelqu'un qui ne désire pas se laisser faire ?

Alors elle éclate en sanglots.

— Comment voulez-vous que je sache ?… Vous me posez des questions… Moi, je ne sais pas… Et il va venir me reprendre… Il prétendra à nouveau que je suis folle… Je vous jure… Je vous jure sur la tête de ma mère que je ne suis pas…

Une voiture s'arrête au même moment devant l'auberge. Émile va à la fenêtre.

— C'est votre mari, annonce-t-il calmement.

— Monsieur Torrence… Monsieur Torrence !… Je vous en supplie… Faites n'importe quoi… Appelez la police… Je ne veux pas… Je ne veux pas…

L'aubergiste paraît.

— C'est justement M. Dossin qui… Je lui ai dit que… que…

— Faites monter ! intervient Émile.

Torrence a rarement été aussi embarrassé de sa vie. Que serait-ce s'il faisait encore partie de la Police judiciaire ? À quelle scène va-t-on assister ?

Pas du tout. M. Dossin est calme, plus grave que jamais.

— Excusez-moi, messieurs, dit-il, avec un sourire triste. J'ai eu beau veiller, il a suffi d'un moment pour…

Le plus étrange, c'est que la jeune femme ne proteste pas.

— Je vous suis, balbutie-t-elle. Je pensais bien que vous viendriez. Mais j'aime mieux vous annoncer que ces messieurs savent tout et que la police…

L'aubergiste a disparu. Peut-être est-il dans un coin, à écouter, mais on ne le voit pas.

— Vous permettez, messieurs, que je reconduise ma femme et que… Il est bien entendu que je reste à votre entière disposition…

— Messieurs… fait-elle en le suivant, souvenez-vous de ce que je vous ai révélé et agissez en conséquence…

Tout cela dans la salle de noces et banquets où il reste encore des guirlandes en papier découpé de la dernière fête !

L'œil de Torrence demande nettement à Émile :

— Qu'est-ce que je fais ?

Émile, comme par hasard, regarde ailleurs. Il regarde par la fenêtre. Il regarde le canal où un marinier…

Soudain, il prononce avec une autorité inattendue :

— Cela ne vous ferait rien d'attendre ici quelques minutes ? Je suis à vous tout de suite…

Souple comme une anguille, il est sorti de la pièce. Il traverse la salle commune de l'auberge, le quai, il arrive au bord de l'eau.

— Qui est-ce ? questionne-t-il.

— C'est justement ce que je me demande, fait

comiquement le marinier en lui montrant le corps tout raide dans son bachot. Je l'ai trouvé en amont, à trois ou quatre kilomètres… Il n'y en avait qu'un petit morceau qui dépassait, mais je me suis dit…

Émile ne saura jamais ce que le marinier s'est dit en faisant cette macabre découverte. En effet, il est fort occupé à vider les poches du mort. À la fenêtre du premier étage de l'auberge, il voit le gras Torrence qui le suit des yeux avec ahurissement.

Un portefeuille. Des cartes de visite.

Jean Marchons…

— C'est que… Je crois qu'il faudrait prévenir le garde-champêtre, proteste le marinier… Déjà quand je l'ai retiré de l'eau, près de l'étang, ma femme me faisait remarquer qu'on ne doit pas…

Et Émile, qui vient de découvrir ce que les médecins légistes nomment une plaie contuse au cuir chevelu, exactement la plaie qu'aurait produite un coup de marteau, riposte par un peu protocolaire :

— Ta gueule !

3

Où Émile s'occupe encore de bottes pendant que Torrence fait pour le mieux.

Le corps a été étendu sur le billard, dans la salle de l'auberge, et c'est Émile qui a jeté dessus la housse verdâtre qui tout à l'heure recouvrait ce billard. La patronne, s'essuyant les mains, est accourue de la buanderie et il a fallu la remonter à l'aide d'un petit verre tandis que la bonne hoche la tête d'un air stupide.

Quelqu'un, paraît-il, est parti à la recherche du garde-champêtre. En attendant, Torrence a appelé Orléans au téléphone. Tout en parlant, il regarde rêveusement M. Dossin qui reste là, immobile, le front dans la main.

— Allô !... Oui... Vous feriez bien de prévenir le Parquet... L'assassinat est à peu près sûr... Oui... Je resterai ici jusqu'à votre arrivée... Bien entendu, je ferai en sorte que personne ne bouge...

Dossin tressaille. Est-ce que ces derniers mots n'ont pas été prononcés à son intention ?

— Ne craignez rien, murmure-t-il avec un triste sourire. Je n'ai nullement l'intention de m'enfuir...

— Cette fois-ci, pourtant, il faudra bien que tu avoues, n'est-ce pas ?

C'est sa femme qui l'attaque, d'une voix dure, coupante.

— Crois-tu que tu pourras encore raconter aux gens que je suis folle et que c'est par pitié que tu me tiens enfermée dans ce château lugubre ?... Parce que tu es jaloux, oui !... Jaloux maladivement !... Jaloux au point de guetter et de tuer l'homme que j'aimais !... Quand tu as vu que j'avais découvert ton crime, tu t'es hâté de faire disparaître le corps... Je me doutais que tu l'avais jeté dans le canal dont l'eau n'est pas encore gelée comme celle de l'étang...

Émile se souvient de la première vision qu'il a eue de la jeune femme quand, derrière la vitre du premier étage, fantôme blême, elle lui adressait des signes qu'il ne comprenait pas. Comment aurait-il pu se douter que, ce qu'elle lui montrait de la sorte, c'était le canal dans le lointain ?

Sans se préoccuper de Torrence, voilà Émile qui se dirige vers la porte, comme s'il était frappé par une idée. Il écarte les quelques curieux groupés sur le seuil, relève le col de son pardessus et s'installe dans la petite voiture.

Quelques minutes plus tard, il arrive au Château du Lac qui semble plus désert, plus désolé que jamais dans l'immobilité glacée de la forêt. Seul le chien pousse le museau entre les barreaux de la grille, renifle, gronde sourdement.

Émile ne cherche pas à entrer : laissant sa voiture dans le chemin, il gagne la cabane en bois et de là se repère. Le canal ne peut être que devant lui, de l'autre côté de l'étang qu'il faut contourner.

Émile marche dans cette direction, lentement, le regard fureteur. Malheureusement, la terre gelée ne garde aucune trace. Il parcourt de la sorte un demi-kilomètre environ. Le soir va bientôt tomber. Le paysage est impressionnant comme un décor lunaire et le silence a quelque chose d'effrayant.

Le canal n'est plus qu'à trois cents mètres quand Émile s'arrête, satisfait. On dirait qu'il vient enfin de trouver ce qu'il cherchait. Le terrain appartient-il à un autre propriétaire ? Toujours est-il que trois fils de fer barbelés sont tendus en travers du chemin qu'il suit.

Il ne s'impatiente pas. Il sonne deux fois, trois fois. Il regarde le chien qui ne cesse d'aboyer et qui, sans cette bienheureuse grille…

Le solennel domestique se décide enfin à venir ouvrir, ou plus exactement à parlementer.

— Il n'y a personne à la maison…

— Je sais… C'est votre patron qui m'envoie… Comme il ne rentrera pas cette nuit, ni probablement les suivantes, il voudrait que je lui apporte quelques objets de toilette ainsi que du linge de rechange…

Émile ne risque guère. Au point où en sont les choses, il y a toutes les chances pour que M. Dossin soit en effet arrêté avant le soir.

— Il vous a remis un billet ? questionne le valet de chambre, méfiant.

— Il pense à tout autre chose qu'à écrire des billets… Comprenez donc la situation, que diable !… On vient de découvrir le cadavre de Jean Marchons…

— Ah !

— Cela ne paraît pas vous étonner autrement…

L'autre ne bronche pas.

— M'ouvrez-vous ou ne m'ouvrez-vous pas ?

L'obscurité est à peu près complète quand la porte est enfin entrouverte.

— Vous êtes coriace, mon ami… Maintenant, si vous voulez me conduire à la chambre de M. Dossin…

— Je me demande s'il ne serait pas de mon devoir d'exiger un mandat de perquisition…

— C'est cela !… Je vous conseille de continuer vos manières…

— Qu'est-ce que vous pourriez me faire ?… Sans compter qu'il y a le chien…

C'est que le gaillard serait capable de mettre Émile à la porte ! Il vaut mieux ruser.

— Faites ce que votre maître vous demande…

Donnez-moi son pyjama, ses pantoufles, sa brosse à dents, son rasoir…

L'innocence de cette nomenclature décide Joseph. Ils pénètrent tous les deux dans une assez vaste chambre du premier étage.

Les vêtements sont suspendus dans une immense armoire ancienne et Émile se dirige vers une autre armoire du même genre qui lui fait pendant. Il ne s'est pas trompé : celle-ci contient les chaussures. Il y en a une quinzaine de paires, soigneusement rangées.

— C'est curieux… fait-il à mi-voix.

— Qu'est-ce qui est curieux ?

— Il manque une paire de bottes… À moins que vous ne les ayez descendues pour les cirer…

— M. Dossin a ses bottes aux pieds…

— Je ne parle pas de ses bottes d'équitation, mais des bottes à lacer qu'il portait ce matin avant notre arrivée…

Le domestique n'hésite pas une seconde.

— *Monsieur n'a jamais eu de bottes à lacer…*

— Écoutez, Joseph… Ce matin, j'ai vu, de mes yeux vu, que M. Dossin portait des bottes à lacer… Cela n'a d'ailleurs aucune importance… Si le détail m'a frappé, c'est que je voudrais m'acheter des bottes semblables…

— Monsieur n'a jamais eu de bottes à lacer…

— Moi, je vous répète…

— Monsieur n'a jamais…

— Joseph, je vous en conjure, ne m'exaspérez pas… Je vous préviens tout de suite que cela pourrait vous mener loin… Demain ou après-demain, ce n'est plus à moi que vous aurez à répondre, mais au juge d'instruction... Il vous posera la même question sous la foi du serment... Affirmerez-vous, sous la foi du serment, que votre patron...

— ... n'a jamais eu de bottes à lacer, parfaitement !

— Vous serez poursuivi pour faux témoignage...

— C'est ce que nous verrons... En attendant – et les yeux du domestique se font plus durs – c'est vous qui avez menti en prétendant que M. Dossin vous avait chargé d'une commission... Je comprends maintenant... Tout ce que vous vouliez, c'était fouiller sa chambre avec l'espoir d'y trouver je ne sais quelle paire de bottes... Eh bien ! si vous ne filez pas tout de suite...

Décidément, ce n'est pas une maison où il soit bon de s'attarder. Émile préfère ne pas insister. Il descend même l'escalier assez vite, car l'air de Joseph ne lui dit rien qui vaille. Quant à la cour où rôde le chien...

Tout va bien. La grille est refermée. Émile remonte en voiture, il regarde fixement l'obscurité devant lui et, avant même de mettre le moteur en marche, il murmure :

— Que diable ont-ils bien pu faire de ces bottes ?

La maison, dans une rue calme de Pithiviers, est assez coquette. Par la serrure, avant de sonner, Émile a aperçu de la lumière. Bientôt une femme d'un certain âge vient lui ouvrir, tressaille, met la main sur sa poitrine, questionne :

— Il est arrivé un malheur, n'est-ce pas ?

— Pardon, madame... C'est bien ici qu'habite M. Marchons ?... Pourrais-je savoir à qui j'ai l'honneur...

— Entrez, monsieur... Ne restez pas dans le froid et dans l'obscurité... Attendez que j'éclaire le salon... Mais, de grâce, rassurez-moi !... Ou plutôt dites-moi la vérité... Je suis la gouvernante de Jean... C'est moi qui l'ai élevé... Il me considérait pour ainsi dire comme sa mère... Vous dites ?... Pourquoi baissez-vous la tête ?... Il est arrivé un malheur ?... Quand j'ai vu qu'il ne rentrait pas... Il n'est pas mort, au moins ?

— Il est mort, madame...

— On l'a tué ?... On a fait ça ?...

Elle pleure. Elle s'écroule dans un fauteuil.

— Je lui ai toujours dit que cela finirait mal... Un beau garçon comme lui, bien portant, avec une certaine fortune... Il aurait pu épouser n'importe quelle jeune fille... Au lieu de ça, le voilà qui s'entiche de cette... de cette... C'est une créature, n'est-ce pas, monsieur ?... On ne me fera pas croire qu'une femme honnête et propre épouse un homme de vingt ou vingt-cinq ans plus âgé qu'elle... Comment est-ce arrivé ?... Il les a surpris ensemble ?... Il a tiré, évidemment !... Un homme qui a toujours le fusil à l'épaule... Je devine ce qui s'est passé... Il aura fait semblant d'aller à la chasse... Puis il sera revenu sans bruit et il aura tiré... Où l'a-t-il atteint, monsieur ?

— Il n'a pas tiré...

— Alors, qu'est-ce qu'il a fait ?

— Il...

Pourquoi, dans ce petit salon confortable, devant cette brave femme qui pleure, Émile est-il frappé par l'énormité de ce qu'il va dire ?

— Il... C'est-à-dire que Jean Marchons a eu le crâne défoncé d'un coup de marteau, puis...

La pauvre femme a porté sa main à sa tête comme si c'était elle qu'on frappait.

— Puis on l'a pendu…

— Qu'est-ce que vous dites ?

— Enfin, on a jeté son corps dans le canal…

Cette fois, c'en est trop. Elle s'est levée. Elle regarde avec une certaine inquiétude ce visiteur qui prononce de telles énormités.

— Vous n'allez pas me faire croire… Mais alors, celui qui a fait ça est un fou… Il n'y a qu'un fou pour…

Émile a une manie qui déroute toujours les gens et qui a le don d'exaspérer le patient Torrence lui-même. Quand une idée lui passe par la tête, il fonce soudain, sans s'inquiéter de son interlocuteur qu'il laisse en plan.

C'est ce qui lui arrive une fois de plus.

— Il n'y a qu'un fou pour… a commencé la gouvernante qui s'essuie les yeux.

Et elle n'a pas fini sa phrase qu'Émile est sorti sans rien dire. Il ouvre la porte de la rue, se dirige vers son auto. Elle est obligée de courir après lui.

— Mais où est-il ?… Monsieur ? Dites-moi au moins où il est…

— C'est vrai… Eh bien ! si vous voulez monter…

— Attendez que je prenne un manteau, que je ferme la porte…

Tout le long du chemin, il ne lui adresse pas la parole. Il ne l'écoute pas.

Mme Dossin n'est pas folle, il le jurerait. Or, le docteur a affirmé…

— Pourquoi, oui, dites-moi pourquoi on l'aurait pendu s'il était déjà mort ?

— Et vous, dites-moi pourquoi, s'il était pendu, on l'aurait frappé à coups de marteau ?

Des phares en veilleuse, dans le lointain. C'est Sully, le bord du canal, les voitures de ces messieurs du Parquet d'Orléans et de la Brigade mobile.

Émile pousse la porte de l'auberge. Dans la salle mal éclairée, de nombreux personnages sont immobiles quand la gouvernante se précipite vers le billard, soulève la housse, pousse un grand cri et s'évanouit.

4

Où Émile, dédaigneux de l'enquête officielle, joue, avec l'impénétrable Joseph pour adversaire, à un étrange jeu.

Sans doute, pour le passant non averti, le Château du Lac présenterait-il, ce soir-là, un certain air de fête. Il ressemble à s'y méprendre à certaines cartes postales de Noël : les sapins qui l'entourent se sont poudrés de neige ; dans la cour aussi, un épais tapis blanc amortit le bruit des pas. Deux ou trois chauffeurs battent la semelle près des autos qui attendent au pied du perron et toutes les fenêtres sont éclairées.

Ces messieurs du Parquet d'Orléans ont décidé, puisqu'ils étaient déjà à Sully, de faire sans tarder leur descente sur les lieux.

Pendant que les policiers vont et viennent dans toutes les pièces à la recherche de Dieu sait quel indice, les plus importants personnages sont réunis dans la bibliothèque. Le substitut et le juge d'instruction sont assis à une longue table de chêne au bout de laquelle un greffier à lunettes a pris place.

Torrence, debout le dos au feu, fume lentement sa pipe. De temps en temps il sourcille, surtout quand des pas se rapprochent de la porte, car depuis l'arrivée au château, Émile a subitement disparu.

Au fond d'un fauteuil, Mme Dossin est plus belle que jamais. Sous le coup de la nervosité, il lui arrive fréquemment de se mordiller les lèvres, si bien que celles-ci sont devenues d'un beau rouge de sang. Ses yeux sombres reflètent un feu ardent. Une créature admirable, de celles qui sont capables de faire rêver les foules comme de déchaîner des drames. Quelle vedette de cinéma elle serait !…

On a appelé par téléphone le docteur Aberton qui, lui, a plus l'air d'un gnome que jamais et qui, à vrai dire, ne paraît pas très à son aise.

— Ce n'est pas à moi que vous devez répondre, docteur… C'est à ces messieurs… Mais j'exige que vous le fassiez avec une entière franchise… Ce matin, quand M. Torrence était ici, vous êtes accouru… Était-ce votre habitude de me rendre visite à pareille heure ?

— Pas précisément, mais…

Elle questionne.

Son mari se tient debout non loin de son fauteuil et fixe obstinément un tapis à ramages bleus.

— Répondez clairement, je vous prie… Est-ce que vous me donniez des soins réguliers ?… Est-ce que vous me considériez comme votre malade ?

— Pas officiellement…

Les doigts fins de la jeune femme jouent avec un

mouchoir de dentelle qui ne résistera pas longtemps. Torrence ne peut s'empêcher de l'admirer, encore qu'elle lui fasse peur.

— Pourquoi, dans ce cas, avez-vous menti à M. Torrence ?... Ne vous troublez pas... J'ai entendu ce que vous avez dit... Or, je sais, moi, que c'est mon mari qui vous a appelé téléphoniquement et qui vous a prié d'affirmer que je suis folle...

Une bûche s'écroule et lance des étincelles. Torrence oublie de tirer sur sa pipe. Le juge d'instruction, par contenance, joue avec un coupe-papier, tandis que le substitut essuie soigneusement un monocle qui n'en a pas besoin.

— Répondez par oui ou par non : m'avez-vous soignée comme on soigne une folle ?

— Pas précisément...

— Est-ce que vous me considérez comme folle ?

— Je répondrai à cette question dans le cabinet de monsieur le juge...

— Vous n'osez pas répéter que je suis folle... Si je l'étais, vous m'auriez traitée comme telle et vous m'auriez donné vos soins... Messieurs, je vous demande d'enregistrer l'attitude du docteur Aberton qui, pour complaire à mon mari, pour le sauver, n'a pas hésité...

— Je regrette de devoir vous dire, madame, que, légalement, il y a des chances pour que vous ne soyez pas jugée comme responsable de vos actes...

Le juge s'adresse à M. Dossin.

— Vous niez toujours avoir tué Jean Marchons dans la cabane en bois ?...

Le châtelain baisse la tête sans répondre.

— Vous niez l'avoir pendu ensuite ?... Puis, ce

matin, sachant que l'Agence O allait s'occuper de cette affaire, avoir retiré le cadavre de la cabane et l'avoir transporté jusqu'au canal ?... Je vous ferai remarquer qu'il paraît impossible qu'une femme, même vigoureuse, ait effectué seule ce transport... D'autre part, si elle s'était servie d'un véhicule, ce véhicule aurait laissé des traces...

Par la porte entrouverte, Torrence aperçoit Émile qui passe, affairé, bientôt suivi par le valet de chambre qui ne le quitte pas plus que son ombre.

Émile a pris son parti de la présence de Joseph. Il feint même de trouver cette présence agréable et il lui parle, comme à un camarade.

— Vous avez tort, mon pauvre Joseph... Ou alors, vous n'êtes pas le domestique fidèle et dévoué que j'imaginais... Ou encore, ce n'est pas M. Dossin que vous considérez comme votre maître mais cette femme... Voyons !... Ce placard... Par exemple, je vous félicite pour l'ordre qui règne dans la maison... Si mes moyens me permettaient de vous attacher à mon service... Toujours rien !... Voyons... Comment, dans une maison comme celle-ci, faire disparaître définitivement une paire de bottes ?...

« Et il n'y a pas que les bottes !... Il y a encore la corde, la fameuse corde de pendu qui a bel et bien existé, malgré tout ce qu'on pourra prétendre puisque le frottement a rendu le crochet lisse et brillant...

« Par ici, si vous le voulez bien...

Chose étrange, Joseph ne s'inquiète pas des autres policiers, qui pourtant fouillent la maison avec beaucoup plus de méthode qu'Émile. Il est vrai qu'eux ne savent pas ce qu'ils cherchent. Ils fouillent par habitude, parce que, dans toute affaire criminelle, la police recherche les moindres indices.

— Vous verrez, mon pauvre Joseph, que vous me demanderez pardon de la mauvaise grâce que vous manifestez à mon égard… Ou bien j'ai raison, et alors vous êtes un imbécile… Ou bien j'ai tort, et dans ce cas vous passerez une partie importante de ce qui vous reste à vivre dans une cellule… Mais… Sacrebleu !… Vous ne pouviez pas le dire tout de suite ?… Ce sont vos cheminées monumentales qui m'ont mis dedans… On n'imagine pas, en voyant des bûches d'un mètre flamber dans toutes les cheminées, que c'est insuffisant et qu'il faut par surcroît avoir recours au chauffage central… Où est le calorifère, Joseph ?… Ne vous dérangez pas… Je n'ai qu'à suivre les tuyaux… Parbleu !… Où faire disparaître une paire de bottes et une forte corde sinon dans un calorifère où…

Il se tourne vers une des chambres où deux inspecteurs fouillent les armoires.

— Pardon, messieurs… Mon patron, l'inspecteur Torrence vient d'avoir une idée ?… Pour la contrôler, j'aurais besoin de votre aide… Auriez-vous l'extrême obligeance de m'accompagner à la cave ?… Pas si vite, Joseph !… Messieurs, je vous prie, empêchez ce domestique trop zélé de passer devant… Les menottes sont peut-être superflues, mais il serait navrant que ce garçon arrive au calorifère avant nous…

— Voyez-vous, messieurs, ce qui m'étonne, c'est qu'un malheur ne soit pas arrivé plus tôt…

C'est toujours Mme Dossin qui parle et, ce qui est hallucinant pour tous ceux qui l'écoutent, ce qui crée un malaise auquel nul n'échappe, pas même le greffier pourtant habitué aux situations dramatiques, c'est cette question qui se pose à tous les esprits.

— Est-elle folle ?

Elle s'anime. Elle détache toutes les syllabes.

— Quand j'ai consenti à l'épouser, il m'a juré que jamais, à cause de son âge, il ne se permettrait d'être jaloux… C'est à cette seule condition que j'ai accepté de devenir sa femme… Il me promettait une vie agréable, de nombreux voyages, des séjours sur la Côte d'Azur et dans les villes d'eau… Hélas ! cette jalousie que j'appréhendais n'a pas tardé à le ronger, à dominer tous ses autres sentiments… C'est pourquoi il est venu m'enfermer ici où il empêchait pour ainsi dire tout contact entre le monde et moi…

L'accent est tellement sincère !… Et comment ne pas comprendre la passion de cet homme de cinquante ans, ses tortures en face de cette créature splendide ?

— J'ai eu un amant, c'est vrai… J'aimais Jean Marchons… Il m'aimait… Nous avions formé le projet de nous enfuir et nous n'attendions qu'une circonstance favorable, car ces rendez-vous dans la forêt nous faisaient peur…

Torrence a tressailli. Personne ne songe plus à la vieille gouvernante de Jean Marchons qui est assise près de la porte et qui pleure. Or, elle vient de lever la tête. Elle a ouvert la bouche, mais elle n'a pas eu le temps de parler.

Alors, Torrence s'approche d'elle, lui met doucement la main sur l'épaule, l'attire dans le hall, puis dans un petit salon du rez-de-chaussée dont il referme la porte.

— Il l'a tué… Dans sa rage, il l'a ensuite pendu, peut-être pour faire croire plus tard, quand par hasard on découvrirait le corps, à un suicide?… Mais il a surpris ma conversation téléphonique de ce matin… Il a eu peur… Il a jeté le cadavre dans le canal… Il a essayé par tous les moyens, avec l'aide du docteur, de me faire passer pour folle et de m'accuser de son crime… Pourquoi, dites-moi, pourquoi aurais-je tué l'homme que j'aimais?

Dans la cave, Émile, qui a le visage et les mains noirs de charbon, murmure avec sa politesse exquise et cette humilité qui cadre bien avec les attributions qu'il a choisies à l'Agence O :

— Je vous demande, messieurs, d'avoir l'extrême amabilité de ne pas toucher à ces cendres… Vous remarquerez, n'est-ce pas, qu'on distingue nettement les œillets des bottes… Quant à cette sorte de serpent blanchâtre, je suis persuadé que vos experts découvriront que ce sont les cendres d'une corde de chanvre…

— Il faut tout de suite prévenir le substitut… fait un des inspecteurs. Après ça, je ne crois pas que le bonhomme se montre encore aussi sûr de lui… Quand on pense qu'il a essayé de faire passer sa femme pour folle et…

— Vous venez, Joseph?

Le domestique est outré de cette familiarité.

— Je vous assure, mon garçon, que vous feriez mieux de me suivre… Je vais être obligé, là-haut, de révéler certaines choses qui risquent de changer quelque peu le sens de l'enquête…

Au moment où Émile, suivi de Joseph, pénètre dans la bibliothèque, c'est M. Dossin qui est sur la sellette. Toujours droit, mais le regard rivé au sol, il ne répond pas ou se contente de répéter d'une voix qui va faiblissant :

— Je n'ai rien à dire…

Dix fois, vingt fois le juge d'instruction répète ses questions :

— Vous niez avoir pénétré ce matin dans la cabane en bois et en avoir retiré le cadavre de…

Émile a cherché Torrence des yeux et ne l'a pas trouvé. Tant pis. Il s'avance, sans se souvenir qu'il a du noir sur le visage, ce qui produit un effet assez inattendu.

— Pardon, monsieur le juge…

— Un instant… Que faites-vous ici ?… Qui êtes-vous ?…

— Excusez-moi de vous déranger… Je suis le photographe de l'Agence O… Sur les ordres et les indications de l'ex-inspecteur Torrence, je viens de me livrer à certaines recherches… Et j'ai acquis à l'instant même la preuve que c'est bien M. Dossin qui a retiré ce matin le corps de Jean Marchons de la cabane en bois et qui l'a transporté jusqu'au canal…

— Où est cette preuve ?

— Dans la cave… Près du calorifère… Deux policiers la gardent… Il s'agit des bottes à lacer que

M. Dossin portait ce matin lorsque nous sommes arrivés et qui avaient disparu… Je… Je veux dire M. Torrence a trouvé étrange ce souci de faire disparaître une paire de bottes et d'en nier jusqu'à l'existence… J'ai cherché… Les bottes ont été brûlées dans le calorifère, sans doute parce qu'elles portaient des traces prouvant que M. Dossin a franchi ce matin les fils barbelés qui sont tendus sur le chemin du canal…

« La corde est en bas aussi, consumée mais reconnaissable, et l'analyse des débris…

Le juge et le substitut se penchent l'un vers l'autre et ont une brève conversation à mi-voix.

— Je suppose, monsieur Dossin, que, dans ces conditions, vous ne songez plus à nier un acte qui…

Juste au moment où la porte s'ouvre pour livrer passage à Torrence, Émile lève le doigt, comme à l'école.

— Je vous demande pardon, monsieur le juge… Il y a le marteau…

— Que voulez-vous dire ? Le marteau, si je ne me trompe, a été retrouvé dans la cabane en bois…

— Justement…

— Pourquoi, justement ? Expliquez-vous, jeune homme…

— *Le marteau ne devrait pas y être*… Voici M. Torrence qui me le disait à l'instant… N'est-ce pas, patron ?… Si M. Dossin avait tué Jean Marchons, le marteau se trouverait actuellement au fond du canal ou dans les cendres du calorifère, *mais nous ne l'aurions certainement pas retrouvé dans la cabane*…

— Je ne comprends pas…

— M. Torrence m'expliquait... Supposons que M. Dossin ait tué hier Jean Marchons... Il n'ignore pas qu'il l'a tué d'un coup de marteau sur le crâne... Qu'il espère que personne ne pénétrera d'ici longtemps dans la cabane en bois, soit !... Cependant, il serait élémentaire de faire disparaître ce marteau... Ce matin, il apprend que la police va arriver, qu'elle fouillera la cabane... Donc, il veut faire disparaître toute trace du crime...

— Cela me paraît évident.

— C'est si vrai qu'il brûle la corde... Il pousse même le souci de sa sécurité jusqu'à brûler des bottes qui pourraient le trahir. Pourquoi n'a-t-il pas pris le marteau ?...

— Mais...

— *Parce qu'il ne l'a pas vu... Parce qu'il ne savait pas où il se trouvait... Parce qu'il ignorait peut-être qu'il existât...* S'il avait commis le crime, je le répète, il connaîtrait la place exacte du marteau et...

Émile est pourpre de confusion. Il détourne son regard, car celui-ci vient de rencontrer les yeux de M. Dossin, qui expriment une surprise attristée.

— Ce jeune homme est fou... s'écrie Mme Dossin, qui a un mouvement pour jaillir de son fauteuil.

— J'aurais aimé que M. Torrence s'expliquât lui-même, car je ne suis que son modeste employé, et je ne connais pas toute sa pensée... Il m'a dit tout à l'heure qu'à son avis M. Dossin n'avait appris le crime que ce matin, par le coup de téléphone de sa femme, vraisemblablement par Joseph, chargé d'écouter à la porte... Pour expliquer ce coup de téléphone à nos yeux, il a fait venir le docteur Aberton et nous a parlé de la folie de Mme Dossin...

— Je ne suis pas folle…

— Mais si, madame… C'est vous-même, tout à l'heure, qui supplierez le docteur de vous reconnaître pour telle… Votre mari, pour vous éviter la prison… Votre mari qui a pour vous une passion aveugle et qui, plutôt que de vous perdre, a accepté des…

— Il était horriblement jaloux…

— Il souffrait peut-être, mais il évitait de s'apercevoir ouvertement de vos écarts et…

— C'est faux !…

M. Dossin a tiré son mouchoir de sa poche, s'est essuyé le front, puis s'est approché d'un guéridon. Comme il verse un liquide doré dans un verre de cristal taillé, quelqu'un se précipite, le commissaire de la Brigade mobile. Et le châtelain de murmurer :

— Ne craignez rien… Je ne m'empoisonnerai pas… J'ai seulement besoin d'une goutte d'alcool pour…

Quant à sa femme, elle s'écrie avec exaltation :

— J'ignore qui est ce jeune homme aussi ridicule que prétentieux, mais je voudrais bien qu'il me dise pourquoi j'aurais tué un homme que j'aimais et avec qui je devais prochainement…

Torrence, cette fois, s'est avancé, le grand, le débonnaire Torrence qui a enfin son mot à dire.

— Non, madame, vous ne deviez pas fuir avec Jean Marchons… Je viens de questionner longuement la gouvernante de celui-ci… Jean Marchons vous a beaucoup aimée, c'est vrai… C'est pour vous qu'il s'est installé dans ce pays et qu'il renoncé à une vie plus normale… Mais il s'est rendu compte de ce qu'il y avait de fantasque dans votre caractère, et la gouvernante ici présente… Veuillez avancer, madame… N'ayez pas peur… Dites à ces messieurs ce que…

— Il m'avait juré, fait-elle, que c'était le dernier rendez-vous auquel…

Elle éclate en sanglots, et, au même instant, Mme Dossin change d'attitude, si rapidement qu'un malaise pèse sur l'assistance. Ce n'est plus la femme ardente, mais maîtresse d'elle-même, qui s'est défendue jusqu'ici. C'est une furie déchaînée. Elle crie. Elle s'agite. C'est à Émile que va sa rage et c'est sur lui qu'elle se précipiterait si le petit docteur à barbiche blanche ne l'arrêtait au passage avec une force insoupçonnée.

— Il ment !… C'est un espion de mon mari !… C'est un fou !… Vous ne voyez donc pas que c'est un fou ?… La preuve, c'est qu'il se maquille en noir et que…

On vient à l'aide du docteur et, quand celui-ci peut enfin s'approcher de la table des magistrats, il murmure :

— Qu'est-ce que je vous disais ?… Une crise… Ce n'est malheureusement pas la première… Mon client et ami, M. Dossin, me faisait venir fréquemment et je la surveillais… Mais il ne voulait pour rien au monde s'en séparer… Ce jeune homme a raison… Il y a des passions, à notre âge…

M. Dossin s'est tourné vers le mur pour cacher son émotion. Joseph, à travers la pièce, regarde son ennemi Émile avec des yeux stupéfaits. Ainsi, c'était pour sauver son maître que cet étrange jeune homme s'acharnait à retrouver la paire de bottes ?

Le juge balbutie :

— Messieurs, je… je crois… Vous ne pourriez pas la calmer, docteur ?…

— Si on veut me donner un coup de main, je vais tout au moins lui faire une piqûre et…

— Nous n'arriverons jamais à Paris… grogne Torrence, congelé au volant. Le radiateur fume comme un paquebot et j'entends dans le moteur des coups sourds qui…

Ils dépassent des charrettes de maraîchers qui vont d'Arpajon aux Halles. Demain, les journaux annonceront fièrement qu'on a battu les records du froid pendant les cinquante dernières années.

— Sacrée folle !… Quand je pense…

Et Émile de murmurer en se mouchant :

— Pas si folle que ça, à ses heures… L'idée de faire appel à nous, par exemple… Son mari aurait eu bien de la peine à s'en tirer… Surtout que le pauvre homme avait commis la gaffe de faire disparaître le cadavre… Il aurait été condamné… Et elle, elle devenait libre, disposant sans doute de la fortune…

— Mais la corde ?… Pourquoi le pendre ?… *Pourquoi pendre un mort ?…*

Émile se mouche de plus belle. Demain, il aura le nez bleuâtre, ce qui s'harmonisera étrangement avec ses cheveux roux.

— Qui sait ?…

— Qui sait quoi ?

— C'est peut-être la preuve qu'elle est vraiment folle… Il est difficile de savoir ce qui se passe dans la cervelle des fous… Mais c'est peut-être aussi la preuve… Car enfin, patron, l'objection que vous venez de soulever, c'est celle que son avocat ne manquera pas de soulever aux Assises… *Pourquoi pendre un mort ?*... Et c'est ce qui la sauvera de la prison ou peut-être pis...

Longjumeau. Deux heures du matin. Pas une lumière aux maisons. Toc... Toc... Toc...

— Ça y est ! annonce Torrence en lâchant son volant.

— Quoi ?

— La panne... Des femmes pareilles... Moi, je... je...

— Vous en faites pas, patron... J'aperçois un garage, et je vais aller y sonner...

L'HOMME TOUT NU

1

Où l'on s'aperçoit que l'habit fait parfois le moine et où le fameux détective Torrence cueille un client dans un endroit assez inattendu.

De nombreuses femmes, assure-t-on, sont jalouses de leur belle-mère. Elles se plaignent de ce que leurs maris, quand ils retournent « chez eux » fût-ce pour passer une heure, s'épanouissent et se montrent d'une humeur particulièrement enjouée qui irrite les épouses.

Le grand et solide Torrence n'était jamais aussi radieux que quand il venait faire un tour à la « maison ». Et la « maison », pour lui, c'était celle de ses débuts, c'était ce Quai des Orfèvres où il avait été quinze ans durant, comme inspecteur de la Police judiciaire, le bras droit du commissaire Maigret.

Pour les collègues, Torrence avait mal tourné, puisqu'il était devenu détective privé. Pour la majorité des gens, il avait fait fortune, puisque aussi bien il était, en titre tout au moins, le grand patron de l'Agence O, la plus sérieuse, la plus connue, la plus illustre des agences de police privée.

Ce matin-là, justement, il était venu faire un tour au Quai des Orfèvres, sous prétexte d'un vague renseignement à demander, en réalité pour renifler pendant quelques heures l'atmosphère jadis si familière. Tout en flânant, en serrant des mains, en bavardant avec de vieux camarades, il était arrivé aux locaux de l'anthropométrie qui, pour les *clients*, sont peut-être, de tous, les plus sinistres.

Mais, en ceci comme en tout, il y a l'habitude. Torrence aimait ces escaliers toujours poussiéreux, ces appareils aux apparences barbares, cette brutalité, ce cynisme voulu de ceux qui sont garants de la sécurité d'un pays.

— Ce n'est pourtant pas le jour de la grande rafle... remarqua-t-il à l'oreille d'un collègue.

Car les grandes rafles, dans les quartiers dangereux de Paris, se font d'habitude à jour fixe. Or, il régnait ce matin-là, à l'Identité judiciaire, la fièvre des grands jours. Soixante hommes pour le moins, de tout âge, de tout poil, des jeunes, des vieux, des blonds, des noirs, de vrais nègres même, attendaient, nus comme des vers, comme on attend pour le conseil de révision.

Des employés, installés à des tables patinées par les ans, prenaient les empreintes digitales. D'autres les comparaient avec les fiches existantes. On parlait toutes les langues. On entendait tous les accents. Certains protestaient. D'autres étaient doux comme des agneaux. D'autres, enfin, essayaient, comme à la porte d'un cinéma un soir de cohue, de passer avant leur tour.

Un inspecteur ami explique à Torrence :

— Une rafle supplémentaire dans le quartier Barbès-Rochechouart.

Un quartier qui « donne » toujours. Il est rare qu'un coup de filet inopiné n'y soit pas fructueux en gros et moyen gibier.

Dans une autre pièce, les femmes attendaient leur tour, plus bruyantes et plus cyniques que les hommes.

Torrence avait fait si longtemps ce métier-là ! La voiture cellulaire, le fameux panier à salade, les cars de renfort cachés au coin des rues, les coups de sifflets, à l'heure H, la fuite éperdue, les cris, les bousculades, les protestations et l'irruption de la police dans les débits suspects dans les arrière-salles, voire dans les caves.

Après cela, tout le monde est embarqué dans les véhicules.

Ceux-ci ne tardent pas à déverser leur cargaison au Dépôt. Interrogatoire par un commissaire. Quelques-uns, ceux qui ont des papiers vraiment en règle, filent aussitôt. Quant aux autres, la majorité, ils passent la nuit dans la grande salle du Dépôt, sur des bancs, où ils peuvent…

Puis, le matin, c'est la fouille, la petite pièce où tous se mettent nus comme des vers, les empreintes, l'anthropométrie…

Torrence, la pipe au bec, car il singe volontiers son ancien patron Maigret et il a adopté une pipe encore plus grosse que la sienne, regarde vaguement des anatomies diverses qui n'ont rien de bien ragoûtant dans le jour blafard. Il y a plus de pieds sales que de pieds propres. Soudain, le regard de Torrence glisse sur un visage, y revient, exprime l'étonnement.

Non ! Ce n'est pas possible !... D'ailleurs... Mais non, voyons ! Torrence n'est pas fou... Il est impossible que cet homme tout nu, coincé dans la file, entre un Arabe et un petit jeune homme malingre, soit le célèbre avocat Duboin...

Curieuse ressemblance quand même... La barbe en moins, évidemment... Me Duboin est très fier de sa barbe qu'il porte carrée, d'un brun chaud, et que les journaux ont reproduite si souvent...

Sans cette barbe, pourtant...

Ici, l'homme a le visage couvert de poils d'un demi-centimètre, taillés à la diable, sans doute sous un pont par un clochard coiffeur...

— Roulez votre pouce... Appuyez... Comme ceci... Les autres doigts, maintenant... Tous ensemble...

L'homme obéit docilement, mais il semble à Torrence que son regard ne le quitte pas.

— Rhabillez-vous...

Torrence le suit des yeux. Quand il revient du vestiaire, l'inconnu est vêtu des hardes les plus invraisemblables qui soient et ces hardes ont, en outre, le malheur de ne pas être à sa taille.

Le système des fiches a fonctionné. Rien au compte de l'inconnu.

— À l'anthropométrie... Prenez votre tour...

Mensurations du crâne, de l'angle facial... Photo de face et de profil... Il semble à Torrence qu'un curieux sourire flotte sur les lèvres de son bonhomme...

Et, en effet, comme cet inconnu passe auprès de lui, avec le troupeau si divers, une voix murmure :

— Ayez l'obligeance, monsieur Torrence, de m'attendre à la sortie...

Il a un quart d'heure devant lui. Il se précipite à la *Chope Dauphine*, où, du temps de Maigret, on vidait de si savoureux demis de bière mousseuse. Il en commande un. Il se précipite au téléphone.

— Allô!... Je suis bien chez Me Duboin?... Je voudrais parler à Me Duboin, s'il vous plaît... Vous dites qu'il n'est pas chez lui?... J'ai déjà téléphoné à huit heures du matin et il n'y était pas... Ah! Il n'est pas rentré de la nuit?... Je vous remercie... Non... Ce n'est pas la peine. Je le verrai personnellement...

Torrence est très ému. Il revoit toujours cet homme tout nu parmi tant d'hommes nus, ces joues couvertes de poils d'un demi-centimètre, puis ces hardes pitoyables, que nul n'oserait donner au plus pauvre des pauvres.

Il attend, debout à quelques pas de la sortie du Dépôt.

— Vous auriez pu retenir un taxi, mon cher Torrence...

C'est l'homme qui traîne la patte comme une véritable épave.

— Appelez-en un, je vous en prie...

Torrence obéit, sidéré. Le clochard pénètre dans la voiture avant lui, sans façon. C'est lui qui écarte la vitre et qui lance au chauffeur :

— À l'Agence O... Cité Bergère... Vous entrerez dans la Cité...

Il referme la vitre avec soin, se laisse aller sur la banquette, en homme qui respire enfin. Torrence ouvre la bouche.

— Tout à l'heure, mon ami!... Tout à l'heure!...

L'auto s'arrête bientôt dans la calme Cité Bergère, où les bureaux de l'Agence O perchent au-dessus de la boutique d'un coiffeur.

— C'est encore une chance !... remarque l'homme.

— Pardon, mais je voudrais savoir...

— Réglez le taxi, voulez-vous ?...

Les voilà tous les deux dans le bureau de l'agence. Le garçon, Barbet, se précipite. Quelques instants plus tard, la porte matelassée est refermée sur Torrence et sur son compagnon.

— Mais oui, mon cher... Me Duboin, comme vous vous en êtes rendu compte... C'est une chance que vous vous soyez trouvé là... Nous sommes seuls, n'est-ce pas, absolument seuls ?

Il va à la porte qu'il ouvre et qu'il referme. Il s'assure que les fenêtres sont impénétrables aux regards, car elles sont munies de vitres dépolies.

— Asseyez-vous, mon bon ami... Et, avant tout, donnez-moi une cigarette... Vous avez du feu ?... Merci... Maintenant, allons au plus pressé... Décrochez votre téléphone... Demandez mon appartement... Appelez ma femme à l'appareil... Là... Très bien... Dites-lui...

Me Duboin a beau être un des avocats les plus célèbres du Barreau de Paris, il y a encore des choses qu'il ignore. Pour lui, Torrence n'est jamais qu'un inspecteur de police qui a réussi, c'est-à-dire qui est sorti de la « boîte » pour se mettre à son compte. Si cette réussite est exceptionnelle, tant mieux. Cela n'empêche pas de traiter Torrence avec une condescendance familière qui est de mise au Palais et, au besoin, de lui taper sur le ventre en l'appelant « mon bon »…

— Allô !… L'appartement de Me Duboin ?

Il ne se doute pas, par exemple, que s'ils sont seuls dans ce bureau, ils n'y sont cependant pas tout à fait seuls. Derrière une vitre qui a tout l'air d'un miroir, un jeune homme roux tient à la main, lui aussi, un récepteur téléphonique et ses yeux ne quittent pas le visiteur.

C'est Émile, le vrai patron de l'Agence O.

— Oui, ma chérie… Je vais te passer l'inspecteur Torrence, qui te confirmera que des raisons d'ordre strictement professionnel m'ont empêché de rentrer cette nuit et même de te prévenir… Dites-lui, Torrence…

— Je vous assure, madame, murmure Torrence, que votre mari…

Et Mme Duboin de répliquer :

— Blonde ou brune, la raison d'ordre professionnel ?

— Je vous assure, madame…

— Je te jure, chérie… Tu verras par toi-même tout à l'heure… Je vais d'ailleurs t'envoyer l'inspecteur ; tu seras gentille de lui faire remettre par le valet de chambre un de mes complets et un manteau… Oui… Linge, chaussettes, souliers… Il t'expliquera…

Coup d'œil de l'avocat à Torrence, qui répète avec conscience :

— Je vous expliquerai, madame…

Le jeune homme, dans son petit bureau, celui que tout le monde appelle M. Émile et qui passe, tantôt pour le photographe, tantôt pour l'employé à tout faire de l'Agence O, ne perd ni un mot, ni un jeu de physionomie de l'étrange avocat.

— À tout de suite, chérie… Donne à l'inspecteur Torrence ce que je t'ai demandé…

Il raccroche. Il commande, car cet homme en guenilles commande comme quelqu'un qui en a l'habitude :

— Vous devez être bien avec le merlan d'en bas… Comment s'appelle-t-il encore ?… J'ai vu son prénom sur la devanture… Adolphe, c'est ça… Faites-moi monter Adolphe… Dites-lui d'être discret… Peut-être a-t-il dans sa boutique de quoi me reconstituer une fausse barbe…

— Adolphe a dans sa clientèle de nombreux acteurs et figurants du Palace, dont l'entrée des artistes est juste en face…

— Parfait ?… Allez-y, mon bon ami !… Nous déjeunerons ensuite en tête à tête et je vous dirai…

— Dites-moi, jeune homme… Votre figure ne m'est pas inconnue.

— Je travaille, d'habitude, avec M. Torrence…

L'avocat a quarante-cinq ans. Il est gras. Il est sûr de lui. Il traite tous les individus comme de vagues comparses. On sent que le monde lui appartient.

Même le fait d'avoir encore sur le corps une partie des vêtements d'un clochard ne lui enlève rien de sa superbe. Torrence ne va-t-il pas lui apporter ses habits ?

— Quel est votre rôle exact dans cette maison ?

— La photographie, monsieur…

— Dans ce cas, oubliez donc que vous m'avez vu… Compris ?

Et il glisse un billet de cent francs dans la main

d'Émile, qui accepte avec humilité, comme s'il n'était pas le véritable propriétaire et animateur de l'Agence O.

— Toujours bien avec la Police judiciaire, hein, votre patron ?…

— Pas mal, monsieur… Du moins, je le pense…

— Vous croyez que c'est un homme discret, sur qui on peut compter ?

— J'en mettrais mon petit doigt à couper…

— Merci, jeune homme… Attention…

Torrence revient. Il apporte un complet plus digne d'un maître du Barreau que celui que porte présentement Me Duboin : pantalon rayé et veston noir bordé de soie. Chemise à demi empesée et une délicieuse cravate papillon, à petits pois blancs sur fond bleu.

Cinq minutes suffisent à la transformation.

— Dites-moi, mon cher Torrence… Cette barbe a l'air de tenir ?… Ma femme ne vous a pas posé trop de questions ?… Je lui avais dit que j'allais au cinéma avec des amis… Évidemment que…

Il y a, dans les bureaux de la Cité Bergère, des traditions que l'avocat ne connaît heureusement pas. De même qu'il ignore que tous ses gestes sont épiés par Émile, à l'aspect si inoffensif, de même qu'il est loin de se douter qu'un micro permet au même Émile d'entendre tout ce qu'il dit, de même il ne peut savoir que ledit Émile, en cet instant, décrochant un téléphone intérieur qui communique avec l'appareil du garçon de bureau, commande à celui-ci :

— *Chapeau !*

Et « Chapeau », cela veut dire, en langage conventionnel :

— Mon petit Barbet, vous allez suivre le monsieur qui sort et ne le lâcher sous aucun prétexte... Vous me rendrez ensuite compte personnellement de tous ses faits et gestes.

— Que diriez-vous du *Café de Paris*, mon cher Torrence ?... Je vous avoue qu'après la nuit que je viens de passer, je ne serais pas fâché de me retremper dans une ambiance quelque peu élégante... Allons !... Passez devant, je vous prie... Entre la poire et le fromage, je me ferai un plaisir de vous expliquer... Nous allons travailler ensemble, mon ami !... Vous verrez... J'ai toujours dit que votre Agence O...

2

Où on voit un avocat illustre troquer ses vêtements contre ceux d'un sordide inconnu, se couper la barbe à l'aide de vieux ciseaux et s'adresser ensuite à l'Agence O.

— Un cigare, mon bon ami... Mais si ! Ils sont excellents...

L'avocat se penche vers Torrence qui vient de tirer sa pipe de sa poche et lui souffle :

— Pas ici ! Je vous assure que cela ferait mauvais effet...

L'avocat Duboin, au *Café de Paris*, est comme un petit poisson dans l'eau fraîche. Dès son entrée, il est allé serrer des mains. À peine assis, il s'est relevé pour aller serrer d'autres mains. Plus trace, chez lui, de son aventure du matin et de sa piteuse attitude à l'anthropométrie.

— Vous m'excuserez, mon cher ami… C'était X…, le gros banquier… Il déjeune avec le ministre de…

Sa barbe seule l'inquiète et, de temps en temps, il s'assure que la chaleur ne va pas la séparer de son menton. Cela donne un petit geste amusant qui deviendra sans doute un tic.

Enfin, l'heure calme est venue. Ces messieurs qui déjeunent chaque jour au *Café de Paris* ont regagné la Bourse, les ministères ou les champs de courses. Il ne reste plus dans la salle discrète que quelques isolés.

— Figurez-vous que ce matin, quand vous m'avez reconnu… Car j'ai bien vu que vous m'aviez reconnu… Avouez!…

— J'avoue… fait Torrence.

— Qu'alliez-vous faire?… Toute la question est là… Vous alliez évidemment révéler à vos anciens collègues qu'un de ces hommes, qui, tout nus, se suivaient en file indienne pour passer la visite, n'était autre que l'avocat Duboin… Eh bien, cher ami, au même instant, moi, je pensais à vous… Vous voyez qu'il y a des hasards dans l'existence… Oui, je me disais:

«— Il n'y a que l'Agence O et son célèbre détective Torrence, pour élucider la sombre histoire à laquelle me voilà mêlé…

«Vous étiez là… Je vous ai fait signe… Voilà!

Et, là-dessus, il appelle:

— Eugène!… Ce cigare ne tire pas…

On lui apporte la boîte de cigares. Il en choisit un

autre, ce qui étonnerait bien ses compagnons de la nuit.

— Je disais donc, mon cher Torrence… Je sais que vos tarifs sont élevés… Une agence comme la vôtre, qui travaille pour toutes les grosses compagnies d'assurances… Peu importe !… La question, pour le moment, est de réussir, c'est-à-dire de résoudre un problème qui… un problème…

Torrence a trop bien déjeuné et somnole. C'est un sanguin et les plats relevés ne lui valent rien. Que lui a-t-on fait avaler, bon sang ? Des truffes sous la cendre. Des champignons farcis. Du faisan… Exactement tout ce que le médecin lui défend en le menaçant d'embolie ! Et les vins !… Et l'alcool qui raccroche, dans un énorme verre à dégustation, les reflets des lampes électriques…

— Mon bon ami, il s'agit d'une femme… J'ignore son nom… Je me rends compte que j'ai été dupe, que j'ai été mettons imprudent… Je suis avocat, je ne suis pas détective… Je vous fais donc amende honorable… Hier, j'ai reçu une lettre de cette femme, qui signait simplement Huguette… Écriture aristocratique… Elle disait qu'ayant absolument besoin de mon aide, elle me priait de me trouver à onze heures du soir au petit bar du boulevard Rochechouart appelé *Chez Jules*… J'y suis allé… Est-il besoin de dire que je n'ai rencontré personne…

— Pardon… La lettre de cette femme est…

— Elle me priait de la brûler et j'ai eu la naïveté de le faire…

— À quelle heure la police est-elle arrivée ?

— Vers minuit… Je m'étais plus ou moins caché dans un coin… J'aurais pu montrer ma carte, me faire relâcher sur-le-champ… Mais imaginez-vous les échos dans les journaux ?… « L'avocat Duboin pris dans une rafle, boulevard Rochechouart… » Je n'ai rien dit, mon bon ami… Noblesse oblige… Vous me comprenez, n'est-ce pas ?… Encore un cigare ?… Un peu de fine ?… Mais si…

— Vous vous êtes laissé conduire au Dépôt ?… Pourtant, vous étiez habillé…

— Comme d'habitude, mon bon ami… Comme d'habitude… Un peu plus discrètement peut-être… Au Dépôt, j'ai bien pensé que nous allions être examinés de plus près… Je suis parvenu, car j'avais quelque argent en poche, à troquer mes vêtements contre ceux d'un gueux qui avait été arrêté en même temps que moi…

— Votre barbe ?…

— J'y arrive… Ma barbe est malheureusement célèbre à Paris et dans toute la France… C'est elle qui m'a donné le plus de soucis… Je sais que les inspecteurs d'aujourd'hui ne valent pas ceux de votre époque, mais quand même, je craignais… Enfin !… Nous étions là une soixantaine… D'abord, je n'ai trouvé qu'un canif et j'allais m'en servir quand un affreux bonhomme, dont le métier est de tondre les chiens et de couper les chats sur les quais, m'a loué, pour quelques minutes, ses ciseaux pliants… Voilà qui vous explique, mon ami, l'état dans lequel vous m'avez trouvé ce matin…

— Et vous n'avez aucune idée de la femme qui…

— Celle qui m'a écrit ?… Aucune… C'est bien pourquoi j'ai pensé, dès que je vous ai aperçu, à m'adresser à votre agence… Vous êtes un as, mon cher Torrence… Avec vous, pas d'insuccès… Vous filez à Pau et…

— Pau ?…

— Je ne vous ai pas dit que le timbre de la lettre que j'ai reçue portait le cachet de Pau ?… Voilà le fil conducteur… Je vous remets un chèque de cinq mille francs à titre de provision… Mais si !… Je sais ce que coûtent les enquêtes… Vous filez à Pau par le premier train…

— Je ne connais même pas l'écriture de cette femme…

— Je me fie à vous… Vous ne serez pas une heure dans cette ville sans flairer aussitôt le…

Et il appelle d'une voix de stentor, sa voix du Palais, quand dans sa péroraison il donne ce que ses confrères appellent son « coup de gueule » :

— Eugène !… La même chose…

— Je vous assure… proteste Torrence, qui est déjà violacé et que gagne une chaleur dangereuse.

— Mais non, mon bon ami… Eugène !… L'indicateur, mon petit… Cherchez-moi l'heure des trains pour Pau… Pau, oui, comme un peau de bête… À votre santé, mon vieux Torrence… Vous allez me rendre un sacré service en découvrant qui est cette péronelle qui a essayé de me mettre en méchante posture… Car enfin… Pensez à ma réputation… Qu'est-ce que je serais allé faire chez Jules ?… Me Duboin au Dépôt !… Pourquoi pas en prison ?… Ha !… Ha !… Eh ! bien, Eugène, ce train ?…

— Il y a un rapide à 4 h 17, monsieur…

— Quelle heure est-il ?

— Trois heures quarante…

— L'addition, Eugène… Au fait, mon bon ami, vous n'êtes pas marié, n'est-ce pas ?… Sinon, je me chargerais de téléphoner à votre femme…

Diable d'homme. Il ne vous donne pas le temps de respirer, pas même le temps de réfléchir. Et il a réponse à tout. La preuve : Torrence a trouvé une excuse ultime.

— Il faut que je passe au bureau pour prendre de l'argent…

— Vous êtes fou, mon ami… Bon !… J'oubliais que je n'avais plus sur moi mon portefeuille… Eugène… Appelez-moi le gérant… Dites-moi, mon cher… Voulez-vous me passer deux… Non… Mettons trois billets de mille… trois ou quatre… Je vous rendrai cela tout à l'heure…

— Avec plaisir, mon cher maître…

— C'est qu'il y a au bureau un certain nombre d'affaires qui…

— Allons donc… Vous avez du personnel… J'ai aperçu là-bas un long jeune homme à lunettes, celui que vous appelez Émile, je pense… Il ne paraît pas très intelligent, mais je suis sûr qu'il est au courant… Merci, Eugène !… En route, mon bon ami !… Je vous accompagne à la gare… Mais si !… Cette affaire me tient à cœur, comprenez-vous ?… C'est la première que je vous confie, mais il y va peut-être de mon honneur… Taxi, chasseur…

Les voilà en taxi. Torrence a vaguement aperçu, dehors, la silhouette de Barbet. Mais comment communiquer avec Barbet ? Et celui-ci ne va-t-il pas perdre la piste ?

— Sa lettre, c'est tout ce que je peux vous dire, était suppliante… C'était celle d'une femme du monde… Vous n'aurez pas de peine à trouver… Il faut que je sache pourquoi cette femme me donnait rendez-vous dans un bar plus que louche boulevard Rochechouart et…

Si seulement Torrence n'avait pas tant mangé, tant bu de vins généreux. Il est juste à point pour une sieste voluptueuse, mais pas pour la réflexion. Brouhaha à la gare d'Orsay. Porteurs qui se précipitent.

— Par ici… Je vais vous prendre votre billet… Une première, évidemment…

Le cher maître lui tient le bras. Barbet a dû sauter dans un taxi, lui aussi, car il est sur leurs talons. Torrence feint de bourrer une pipe pendant que l'avocat est occupé au guichet. Il laisse tomber sa blague à tabac.

— Pardon, monsieur… Vous perdez quelque chose…

Me Duboin les regarde ! Tant pis. Torrence parvient à balbutier du bout des lèvres, en feignant de chercher de la monnaie dans ses poches :

— Dis à M. Émile que c'est probablement une question de minutes… Boulevard Rochechouart… Bar Jules…

— Vous aviez perdu votre tabac ?… Grave ! Très grave pour un ancien collaborateur de Maigret… Par ici… Nous avons juste le temps… Vous arriverez cette nuit… Je compte sur un télégramme de vous demain matin, même si vous n'avez rien de nouveau à m'apprendre… Encore une fois, ne regardez pas aux frais… Je mets mon point d'honneur à mettre tous les atouts dans votre jeu pour que l'Agence O tire cette affaire au clair, et vous verrez que…

Zut ! Il a même pris un ticket de quai ! Il ne lâche toujours pas le bras de Torrence. Cet homme a la cordialité bougrement insistante.

— Des journaux ?… Mais si… Tenez… Nous allons acheter quelques livres… Que diriez-vous d'un roman policier…

Il fait ce qu'il dit.

— Il vous reste assez de tabac ?

Un père conduisant son fils au paquebot n'aurait pas plus d'attentions.

— Voyons… Voiture 3… Compartiment 2… Je vous ai pris une place dans le sens de la marche…

Le rapide est en gare. On s'agite déjà. Torrence est embarqué sans avoir le temps de protester.

— Télégramme… N'oubliez pas de me télégraphier… crie le cher maître, alors que le train s'ébranle.

Et Torrence ne peut faire qu'un signe, en criant – mais sa voix est couverte par le bruit du train :

— Votre barbe…

C'est, en effet, la barbe de maître Duboin qui se décolle.

Un garçon annonce en agitant sa petite sonnette :

— Premier service… Billets pour le premier service…

Torrence n'a pas faim. Soudain, pourtant, il s'agite.

— Dites-moi… Quelle est la première gare où…

— Tours !… Le train ne s'arrête pas avant…

— Allô !… Monsieur Émile ?…

M. Émile est tranquillement assis dans son petit bureau, devant le vasistas qui donne sur le bureau de Torrence. À le voir, on le prendrait pour un jeune employé modèle, et ses cheveux roux lui donnent un air que d'aucuns considèrent comme particulièrement naïf.

— Ici, Barbet…

Barbet ne s'est jamais appelé Barbet. De même qu'avant de faire partie de l'Agence O, en qualité de garçon de bureau, il a été célèbre comme tireur de laine. Peu importe, puisqu'il est réconcilié avec l'honnêteté !

Tout au moins dans un certain sens. La preuve, la suite de cette conversation téléphonique.

— Z'ont bouffé au *Café de Paris*… Impossible d'entrer officiellement, tenue piteuse… Pourtant, jeté un coup d'œil en vendant des *Paris-Midi*… Le patron Torrence s'en est mis jusqu'aux yeux…

— Ensuite ?

— L'avocat a embarqué Torrence dans un train en direction de Pau… Pourra pas en descendre avant onze heures quarante-cinq du soir…

— Ensuite ?…

— L'avocat est rentré chez lui, rue Montaigne… Il y est…

— Rien d'autre ?

— Torrence m'a soufflé comme ça que c'était sans doute une question de minutes… Un certain bar appelé *Chez Jules*, boulevard Rochechouart… Je peux vous tuyauter… J'ai fréquenté… Zut !… On pourrait être à l'écoute… Enfin, dans le temps, c'était un coin où les *fourgues* aimaient se réunir…

— C'est tout ?

— Je lui ai chipé une clef…

— À qui ?

— À l'avocat… Juste au moment où il montait en

voiture… Figurez-vous que j'ai été bousculé et que je suis tombé la main dans sa poche… C'est comme par hasard la clef d'un coffre-fort… Cette fois, patron, c'est tout… Je suis en face, dans un bistrot de chauffeurs… La maison n'a qu'une issue… J'ai commandé un gros rouge et j'attends…

— Dites donc, Barbet, vous qui vous y connaissez en clefs… C'est du moderne ?…

— Tout ce qu'il y a de moderne, patron…

— Attendez-moi…

— Au cas où l'avocat sortirait ?…

— J'arrive dans quelques minutes… Évidemment, il faudrait le suivre… Mais laissez la clef au bistrot… Dans une enveloppe…

Des gens, en Europe Centrale, en Amérique, ailleurs, qui ont entendu parler de l'Agence O, imaginent des locaux somptueux et un personnel à ne savoir qu'en faire. Ils seraient bien étonnés s'ils voyaient Émile mettre ses lunettes d'écaille et enfiler son pardessus râpé dans les locaux déserts, qui ne brillent ni par le luxe, ni même par le confort.

Il est vrai que, ce matin, ils étaient encore trop. La preuve, c'est que Torrence en a profité pour aller faire un tour au Quai des Orfèvres ?

Maintenant…

— Mademoiselle Berthe…

Une jeune fille blonde, délicieusement capitonnée, l'air aussi innocent, aussi jeune fille que possible, se présente, un carnet de sténo à la main.

— Non… Rien à dicter… Je vous confie les bureaux…

— Jusqu'à quelle heure ?

— Est-ce que je sais, moi ?… Peut-être minuit ?…

Peut-être demain midi ?... En tout cas, qu'il y ait toujours quelqu'un au téléphone...

Émile a un complet râpé, un pardessus qui sent la confection et qui s'est rétréci à la pluie. Il complète sa tenue par un énorme appareil photographique qu'il a l'habitude de porter en bandoulière. Cela lui permet d'entrer partout, de s'arrêter partout, de passer partout inaperçu.

— Un photographe... dit-on dédaigneusement.

Tandis que, si on savait que c'est lui, lui seul, l'illustre détective qui dirige l'Agence O et qui a réussi les affaires les plus sensationnelles...

— Taxi... Rue Montaigne... Je vous arrêterai...

À sa lèvre collée une cigarette jamais allumée, qui est comme sa marque de fabrique. S'il réfléchit, il n'en a pas l'air.

— C'est cela... Laissez-moi ici... dit-il au chauffeur.

Il ne se doute pas encore que le voilà embarqué dans une des affaires les plus difficiles de sa carrière.

Torrence, qui a ses défauts, certes, mais qui n'est pas un idiot, n'a-t-il pas pris soin de souffler à Barbet :

— Dis au patron que c'est une question de minutes...

Or, Émile pénètre dans le petit bar pour chauffeurs qu'on lui a désigné. Il cherche son collaborateur des yeux.

— Je crois que j'ai un message pour vous... lui dit le patron, de son comptoir.

Parbleu ! L'avocat est sorti de chez lui. Barbet a été obligé de le suivre !

On tend à Émile une enveloppe. Cette enveloppe

contient une petite clef de coffre-fort. Elle contient aussi une feuille de papier sur laquelle on a écrit rapidement, au crayon :

« Je file. *RE* 265.78 verte. »

Un numéro de voiture et son signalement, évidemment.

— Un café, patron… Dites-moi… La personne qui m'a laissé ce message…

L'autre écoute. Émile se tait.

— Eh bien ? questionne le patron. Qu'est-ce que vous vouliez me demander ?

— Moi ?… Rien… Absolument rien…

— Pourtant, vous avez dit…

— J'ai dit quelque chose ?…

Il n'y a que lui pour prendre un air aussi idiot. Une vraie tête à gifles !

— Je vous jure… Ce café est d'un chaud…

C'est que, tout contre Émile, si contre lui qu'il sent une main remuer le long de son flanc, se trouve un personnage peu rassurant. Ce personnage doit avoir les mêmes aptitudes que Barbet pour faire des incursions discrètes dans les poches de ses contemporains.

Et, si Émile a l'air naïf, il pense vite.

— Étant donné que je n'ai pas l'air de transporter des ors… Étant donné que les pick-pockets sont plutôt rares dans les bistrots de ce genre… Étant donné que je viens juste de recevoir une clef des mains de cet estimable marchand de vin… Étant donné que ce bistrot est juste en face du domicile de Me Duboin…

Ce n'est qu'une toute petite partie du problème. Voyons !

Me Duboin, avocat célèbre, s'est rendu la veille au soir dans un sordide bouge du boulevard

Rochechouart où, selon Barbet, qui s'y connaît, se réunissent volontiers les receleurs – ce que Barbet, dans son langage imagé, appelle les *fourgues*.

Une descente de police a lieu et Me Duboin préfère se laisser conduire au Dépôt que de décliner son identité.

Étrange, déjà. N'aurait-il pas pu prétendre, comme tant d'autres bourgeois qui aiment se frotter à la pègre, qu'il venait faire une simple étude de mœurs ? Ou voir un client ?… Ou…

Ce n'est pas tout. Cet homme si soigné, si bien habillé, n'hésite pas à changer de vêtements avec un clochard pour être sûr de n'être pas reconnu et il pousse ce souci jusqu'à couper, avec des ciseaux, une barbe quasi historique.

Est-ce tout ? Pas encore ! Il croit que Torrence l'a reconnu, ce qui est presque exact. Il se sert de lui pour sortir plus facilement du Dépôt, pour se rhabiller de neuf, reprendre son aspect ordinaire et rassurer sa femme.

Mais que fait-il de Torrence ?

Émile manque de détails. Tout ce qu'il sait, c'est que le pauvre Torrence est dans un train qui ne s'arrêtera, à Tours, que vers minuit. Et que Torrence a dit :

— C'est une question de minutes…

Or, au cours de ses transformations successives, Me Duboin est parvenu à ne pas se séparer d'un objet, une clef minuscule, la clef d'un coffre-fort d'un modèle moderne.

Barbet s'en est emparé. Barbet a parié un jour, si on le poussait, de s'emparer de la montre du préfet de police sans que personne s'en aperçoive ! Il en est capable.

Cette clef, maintenant, est dans la poche d'Émile, qui a l'air d'un photographe miteux.

Or, à ce moment précis, un inconnu essaie de glisser sa main dans cette poche…

Et on se trouve en face de la maison de Me Duboin…

Si Émile, au lieu d'être un détective privé – même pas ! officiellement il n'est que le photographe d'un détective privé ! – si Émile était un solennel commissaire de la Police judiciaire, il empoignerait son bonhomme par le col et il vous l'emmènerait Quai des Orfèvres.

Là, il commencerait un bon petit interrogatoire du type dit *à la chansonnette*, avec tout ce qu'il faut, et peut-être après quelques heures…

Émile ne peut rien de tout ça. Les minutes comptent. Torrence l'a dit.

Suivre le type ? Et si le type se met à jouer à la belote jusqu'aux petites heures ?

— Du moment qu'il veut la clef, c'est lui qui me suivra…

Et, fort de ce raisonnement, Émile paie sa consommation, remercie le patron, sort dignement du bistrot.

Il est à peu près quatre heures et demie de l'aprèsmidi. Une phrase bourdonne dans sa tête :

— Les minutes comptent…

Il gagne à pied les Champs-Élysées.

Tout va bien : le type est sur ses talons.

3

Où c'est une clef qui entraîne Émile, lequel Émile entraîne toujours derrière lui un inconnu.

Si Émile en avait le loisir, il se raconterait, pour se consoler, l'histoire du soldat qui crie dans la nuit :

— J'ai fait deux prisonniers, mon lieutenant…

— Amenez-les…

— C'est qu'ils ne veulent pas me lâcher…

Trois fois Émile s'est arrêté dans des endroits publics. Trois fois son suiveur s'est arrêté comme lui, avec l'intention évidente d'attendre autant qu'il le faudra. Si bien qu'on assiste à cette chose paradoxale : Émile, de l'Agence O, file un individu, mais c'est cet individu qui le suit !

Allons ! Il faut en prendre son parti. Un quart d'heure plus tard, Émile se fait annoncer à M. Augagneur. M. Augagneur, vêtu d'une longue blouse grise, n'est autre que le contremaître de la plus importante fabrique de coffres-forts et, si M. Augagneur cessait soudain d'être un honnête homme, peu de gens sentiraient encore leur magot en sûreté.

— Bonjour, monsieur Émile… Comment va l'inspecteur Torrence ?… Qu'est-ce que je peux faire pour vous, cette fois ?

Émile sort la petite clef de sa poche. M. Augagneur a compris qu'on lui demandait d'en tirer tous les renseignements possibles.

— Je peux vous dire tout de suite qu'il ne s'agit pas d'un coffre de fabrication française… C'est de la fabrication anglaise et ce modèle n'a été mis au point que voilà deux ans, ce qui limite le champ des recherches…

— À combien évaluez-vous le nombre de coffres de ce genre qui ont pu être mis en circulation en deux ans ?

— Fort peu… Ce sont des appareils excessivement coûteux, particulièrement conçus pour résister aux procédés les plus modernes d'effraction… Mais, si vous avez quelques minutes et si vous voulez en faire les frais, nous pouvons demander Smith and Smith, de Londres, au téléphone… Grâce au numéro qui est sur cette clef…

— Vous permettez un instant ?

Émile passe dans l'antichambre. Sur une des banquettes, il trouve son suiveur, le nez plongé dans un magazine. Il appelle l'huissier.

— Qu'est-ce que ce monsieur vous a demandé ? fait-il à voix basse.

— Comment ? Vous ne le connaissez pas ?

— Expliquez-vous !

— Mais… Il m'a simplement annoncé qu'il était avec vous…

Quelques minutes plus tard, M. Augagneur a la maison Smith and Smith au bout du fil.

— 26.836, oui… Modèle B… Vous dites ?… Sir James… Comment ?… Épelez le nom, s'il vous plaît… R comme Robert… A comme Arthur… Raleigh… Oui… Et vous dites que ce coffre a été installé par vos soins dans la villa que sir Raleigh possède au Touquet ?… Pardon… Non… Je ne comprends pas… En Australie ?… Curieux, évidemment… Je vous remercie… Non, c'est une agence privée… Au fait, vous la connaissez… L'Agence O… Oui… Évidemment !… Je vous remercie, mon cher collègue…

M. Augagneur explique à Émile, qui a attendu sagement.

— Sans doute n'avez-vous pas tout compris… L'histoire est assez curieuse… Il paraît que ce coffre a été commandé voilà un an et demi environ, au nom de sir James Raleigh… Sir Raleigh possède une villa au Touquet et c'est dans cette villa que le coffre a été installé par les soins de Smith and Smith… Or, à cette époque, sir Raleigh était en Australie et il n'est pas revenu en Europe depuis… C'est son valet de chambre qui a fait la commande en son nom et qui a payé, en billets de banque, les frais assez considérables…

— Croyez-vous qu'il soit possible, avec cette clef, d'ouvrir le coffre si on n'en connaît pas la combinaison ?

— C'est tout à fait impossible…

— Je ne parle pas moi, bien entendu… Mais un spécialiste…

— Je ne le pense pas… Peut-être même celui qui a construit le coffre serait-il incapable…

— Je vous remercie…

L'homme, dans l'antichambre, attend toujours. Il est difficile de lui fixer un âge, une profession et même une nationalité.

C'est un métèque comme on en rencontre tant aux environs de l'Étoile. Il pourrait vivre des courses, ou du jeu, graviter dans le monde du cinéma ou des affaires véreuses. Il est bien vêtu, mais son élégance est par trop spéciale.

Un comparse ? Un chef ?

En tout cas, il ne manque pas de cynisme. Quand Émile sort, en effet, c'est lui qui lui ouvre la porte et qui le fait passer avant lui. Ils descendent l'escalier à deux ou trois marches de distance. Cet escalier est désert. Soudain, Émile a l'intuition du danger. Il serait incapable de dire ce qui l'a averti. Mais il a la certitude qu'il va être l'objet d'une attaque. C'est trop facile aussi ! Si cette clef a une importance quelconque, quel jeu d'enfant, pour un homme habitué à ce sport, de sauter sur Émile qu'encombre toujours son appareil photographique, de l'étourdir, de lui arracher la clef et de fuir…

Émile a à peine quelques secondes pour réfléchir. À quel étage se trouve-t-il maintenant ? Les bureaux de la maison de coffres-forts devaient être au quatrième… Il est donc au second… une porte, devant lui… Il fonce au moment précis où on essaie de lui frapper le crâne avec une petite matraque en caoutchouc qui frôle à peine sa nuque.

Dix, quinze jeunes femmes se retournent et le regardent avec stupeur. Il est dans les salons de la maison Émilienne Sœurs, modistes. Ces demoiselles se demandent…

— Bonjour, mesdemoiselles… murmure Émile.

Son suiveur est toujours là. Il a eu le temps de remettre sa matraque en poche. Il salue.

— Je suis avec Monsieur…

— Vous désirez ?…

Alors Émile lance un nom de journal, n'importe lequel.

— On m'a chargé de venir photographier vos nouveaux modèles…

— Je vais vous conduire à Mlle Émilienne... Si vous voulez me suivre par ici...

Si encore, dans ce sacré métier, on avait le temps de prendre des décisions! Mais c'est toujours la même chose. C'est toujours à la dernière seconde que les événements se présentent de la façon la plus inattendue.

Téléphoner à la police pour demander un ou deux inspecteurs de renfort? Et après? L'Agence O est une agence privée. Jusqu'à preuve du contraire, Me Duboin est un client de l'Agence O qui a chargé celle-ci d'une tâche précise.

Que cette histoire de lettre venue de Pau soit une blague, un moyen d'éloigner Torrence de Paris, c'est possible. Mais Émile ne se sent pas le droit, pour autant, d'alerter la police officielle.

D'autre part, il se rend mieux compte, maintenant, du danger. Cette clef, on la veut à tout prix. Qui? Mystère. Toujours est-il que l'individu qui est toujours sur les talons d'Émile ne recule devant rien pour s'en emparer.

Dans les rues animées, aucun danger... Mais dès qu'Émile sera dans un endroit désert...

— Entrez, monsieur...

Émile se retourne vers son métèque.

— Vous, veuillez m'attendre...

C'est toujours ça de gagné.

— Excusez-moi, madame Émilienne... J'ai dû user de cette ruse pour donner un coup de téléphone... Agence O... Si vous me permettez de me servir de votre appareil...

Il demande le numéro de l'Agence O. La sonnerie retentit longuement dans les bureaux de la Cité Bergère. Émile s'impatiente. Personne ne répond.

— Donnez-moi la surveillante, s'il vous plaît... Madame, veuillez sonner encore au...

Il n'est pas possible que Mlle Berthe ait quitté le bureau. Quand elle a reçu une consigne, rien n'est capable de...

— Rien à faire, monsieur... Votre numéro ne répond pas...

S'il y allait ?...

— Allô !... Donnez-moi la caserne des pompiers du Château d'Eau... Pompiers ?... Cité Bergère !... Agence O !... Vite !... Un commencement d'incendie...

Mlle Émilienne le regarde avec des yeux ronds.

— Vous croyez que c'est le feu ?...

Émile attend en pianotant du bout des doigts sur l'appareil. Voyons, les pompiers ne mettront pas plus de quatre minutes pour être Cité Bergère et pour défoncer la porte s'il le faut... Il tire sa montre... Trois... Quatre minutes...

Il demande à nouveau son numéro. On tarde à répondre.

— Allô !... L'Agence O ?...

C'est une voix d'homme qui lui répond, une voix qui n'est ni celle de Barbet, ni celle de Torrence. Une voix méfiante par-dessus le marché.

— Qui est à l'appareil ?

— Un employé de l'Agence... C'est un pompier qui me répond ?... Dites-moi vite ce que vous avez trouvé...

— Comment avez-vous pu deviner ?...

— Mais répondez, sacrebleu !...

— Il y a ici une jeune femme, sans doute la

dactylo, qui a été chloroformée… Nous attendons le docteur…

— Du désordre ?

— C'est-à-dire que les locaux ont été fouillés de fond en comble… Vous arrivez ?…

— Oui… C'est-à-dire… Je ne sais pas encore… Mettez un agent en faction… Je vous expliquerai plus tard…

Quand même, un petit frisson vient de lui glisser le long de l'échine. Certes, l'Agence O n'a pas toujours eu affaire à des petits saints. Il y a eu des moments difficiles, certains qui frisaient le tragique.

Mais, cette fois, Émile a l'impression de jouer une partie plus dangereuse que jamais. Le plus troublant, c'est cette dispersion voulue des forces de l'agence. Torrence bloqué dans un train… Barbet à la poursuite de l'avocat… Émile qui a un inconnu sur les talons et Mlle Berthe qu'on vient chloroformer à domicile.

Ils y tiennent donc bien, à cette clef ? Combien sont-ils ? Que veulent-ils ? Hésiteraient-ils à commettre un meurtre pour arriver à leurs fins ?

La main d'Émile s'est posée à nouveau sur l'appareil téléphonique. Ce serait si facile ! Un coup de téléphone au chef de la Police judiciaire. Quelques minutes plus tard, arriveraient deux inspecteurs…

— Vous partez ? questionne Mlle Émilienne.

— Je vais seulement vous demander de me faire accompagner jusqu'à un taxi par deux de vos vendeuses…

Elle ne comprend pas. Elle ne peut pas comprendre qu'il ne doit à aucun prix rester seul avec son suiveur, fût-ce le temps de descendre deux étages.

— Qu'elles prennent donc des cartons à chapeau, pour la vraisemblance…

Les demoiselles s'amusent. Émile laisse passer trois taxis avant d'en choisir un qui paraît capable de fournir une longue course à vive allure. En outre, le chauffeur est jeune, costaud.

— Où est-ce que je vous conduis ?

— Nulle part pour le moment… Promenez-vous dans les rues les plus encombrées… Vous avez un bon rétroviseur ?… Ça va… Derrière nous, un homme vient de monter dans ce taxi rouge et noir… Ce taxi va nous suivre…

— Compris, patron… Il faut que je le sème !…

— Au contraire…

— Il faut que je le suive ?

— Non plus… C'est lui qui va nous suivre et vous ferez en sorte qu'il ne nous perde pas de vue… Maintenant, allez-y… Restez dans le quartier… Je vous garderai sans doute toute la soirée et toute la nuit…

Et Émile se colle à la lèvre une cigarette non allumée, selon son étrange habitude. Longtemps Torrence l'a plaisanté sur cette manie. Puis un jour, l'ancien inspecteur a remarqué que les cigarettes d'Émile, bien qu'éteintes, diminuaient de longueur.

— Dites donc, patron… Mais, ma parole, vous chiquez !

Émile a rougi. Torrence n'a pas insisté. Émile ne chique pas comme un vieux matelot, évidemment. Mais enfin, surtout dans les moments de grande réflexion, il mordille les brins de tabac un à un, ce dont il ne veut absolument pas convenir.

Or, il ne se souvient pas d'avoir eu autant de problèmes à résoudre à la fois.

— Question de minutes… a dit Torrence.

Cela paraît évident, puisqu'on ne l'a éloigné que pour la nuit tout au plus. L'avocat Duboin ne peut espérer l'avoir convaincu de la réalité de son histoire de Pau. C'est bien pourquoi, d'ailleurs, il est resté à la gare d'Orsay jusqu'au départ du train. À Tours, Torrence descendra. S'il n'a pas de train pour rentrer à Paris, il louera une voiture, et il arrivera aux premières heures du jour. Est-ce que Torrence sait quelque chose ? Est-ce que au cours de son déjeuner avec l'avocat, celui-ci s'est trahi quelque peu ?

Bon ! Le taxi rouge et noir est toujours derrière… Mais pourquoi le chauffeur d'Émile a-t-il pris la rue Caulaincourt, et surtout pourquoi ralentit-il soudain et donne-t-il, à un rythme étrange, une série de coups de klaxon ?

— Dites donc, mon ami…

— Je vous demande pardon, monsieur… Mais vous m'avez dit que vous me garderiez probablement toute la nuit… Vous m'avez permis de circuler n'importe où en attendant… J'en ai profité pour prévenir la bourgeoise… J'habite au 67, au second étage… Je suis sûr que ma femme a entendu ma petite musique… Cela signifie que je ne sais pas quand je rentrerai…

Dans ce cas, c'est le suiveur, derrière, qui doit se demander la signification de la musique !

Où en est-on ?… Un maître du barreau est allé dans un débit plus que louche du boulevard Rochechouart… Est-ce là qu'on lui a remis la fameuse clef ?

Curieux quand même que la clef d'un coffre-fort qui appartient en principe à un membre éminent de l'aristocratie anglaise, se trouve dans un pareil endroit! Surtout que le boulevard Rochechouart, s'il est souvent le rendez-vous de certaines catégories assez basses de malfaiteurs, est peu fréquenté par ces messieurs de la cambriole de luxe.

C'est à cause de cette clef, pourtant…

Me Duboin sait-il, maintenant, qu'elle lui a été volée? Dans ce cas, que va-t-il faire? Où est-il allé, avec toujours Barbet sur les talons?

Et pourquoi le métèque ne l'a-t-il pas suivi? Sans doute celui-ci a-t-il vu Barbet mettre la clef dans une enveloppe et passer celle-ci au patron du bistrot?

Émile frappe à la vitre.

— Dites-moi… Vous avez un revolver?…

— Pourquoi?… Vous êtes de la police?

— Mais non, mon ami…

— Dans ce cas, je peux bien vous avouer que j'ai toujours un revolver dans ma bagnole… Comme je fais souvent la nuit et qu'il y a eu quelques attentats l'année dernière…

— Chargé?

— Six balles…

— Donnez-le-moi…

— Mais…

— N'ayez pas peur… Donnez-le-moi et filez sur la route du Touquet… Personnellement, vous n'avez rien à craindre… Qu'est-ce qu'il y a dans ce bidon, à côté de vous?

— De l'essence de secours…

— Voulez-vous laisser tomber cette petite clef dans le bidon?… Merci… Maintenant, nous pouvons rouler…

— Et pour ce qui est de croûter?

— Pour ce qui est de croûter, comme vous dites, nous verrons ça en chemin… Dites-vous bien, cependant, qu'il n'y a désormais qu'une chose précieuse dans votre bagnole, et que c'est ce bidon d'essence… Je veux dire la clef qui est dedans…

— Savez-vous que, pour la reprendre, il faudra dessouder le bidon ?

— Peu importe… Pas trop vite… Le taxi rouge et noir, derrière nous, est arrêté par un barrage et risque de nous perdre…

Ce n'est plus qu'une demi-cigarette qu'Émile a au coin des lèvres.

4

Où Barbet, à court d'essence, n'hésite pas à employer les grands moyens, et où d'autres personnages emploient des moyens encore plus catégoriques.

Il pleuvait à torrent. La route était gluante. Malgré l'essuie-glace, on n'y voyait pas devant soi et, plusieurs fois, on avait failli s'écraser sur l'arrière de gros camions. La dernière borne aperçue annonçait :

— *Abbeville : 17 km…*

Combien avait-on fait de kilomètres depuis ? Toujours est-il qu'Émile se pencha soudain.

— Arrêtez !… J'aperçois là-bas, près du fossé, une voiture que je crois reconnaître…

Il n'y en avait pas une, mais deux, dont un taxi parisien. Quant à l'autre, c'était la voiture de l'avocat Duboin.

— Je me demande comment ils ont pu s'emboutir… grogna le chauffeur.

Émile n'éprouva pas le besoin d'ajouter que, pour sa part, il croyait comprendre. Quant à la voiture qui les suivait, elle s'était arrêtée à quelque distance et elle avait éteint ses phares.

— Qu'est-ce qu'on fait, patron ?

— Continuons doucement… Ils n'ont pas pu aller loin…

Et, en effet, à trois cents mètres au plus, une lumière leur désignait un petit restaurant où les chauffeurs de poids lourds ont l'habitude de casser la croûte. À peine entré, Émile aperçut Barbet dont la tête était entourée d'un épais pansement. Cela ne l'empêchait pas d'être attablé devant un savoureux plat de lentilles aux saucisses. Plus loin, Me Duboin, tout seul, devant un morceau de viande froide.

Émile installa son chauffeur à une table, s'assit près de Barbet.

— Raconte vite…

— C'est pas compliqué… On tenait bon, malgré sa grosse bagnole… Juste comme on croyait qu'on allait arriver quelque part, voilà le chauffeur de mon taxi qui m'annonce qu'il n'a plus d'essence dans son réservoir… Alors, ma foi, comme je ne connais que la consigne…

— Quelle consigne ?

— On m'a dit de le suivre, pas vrai ?… Puisque je ne pouvais plus le suivre, je l'ai empêché d'avancer… J'ai dit au chauffeur d'entrer dedans et que l'Agence O serait là pour payer la casse… On a fait un de ces virages sur l'aile…

C'était sans doute la première fois que ce brave

restaurant voyait une réunion de ce genre, car le suiveur d'Émile était arrivé à son tour et s'était installé près de la porte. Quant à Me Duboin, il regardait tous ces personnages avec une évidente méfiance.

— Qu'est-ce qu'il a fait à Paris avant de partir ? questionnait Émile.

— À dire vrai, je crois qu'il a été assez affolé, rapport à sa clef…

Clin d'œil de Barbet, qui n'était jamais aussi heureux, tout honnête homme qu'il fût devenu, que quand on lui donnait la permission de faire les poches.

— Où est-il allé ?

— À la Santé… J'avoue que je ne suis pas entré avec lui… Cependant, pendant qu'il rendait visite à un prisonnier, je me suis renseigné de mon côté… Il paraît que son client est un étranger qu'on appelle le Commodore, un type qui travaille dans le lavage des chèques, les faux titres et tout le saint tremblement… Le grand jeu, quoi !…

— Ensuite ?

— Ensuite, il est entré dans une grande quincaillerie…

— Hein ?…

— Une quincaillerie, oui… Je n'ai pas pu savoir ce qu'il achetait… Depuis, nous sommes sur la route… Comme je vous l'ai dit, quand mon chauffeur m'a annoncé qu'il fallait abandonner, j'ai préféré lui faire faire pour quelques centaines de francs de dégâts… Et encore !… Il paraît qu'il y a une assurance… Il s'arrangera pour prétendre que c'est l'autre qui…

Le Commodore… Émile a les sourcils froncés…

Le Commodore… Il a lu, comme tout le monde, quelques jours auparavant, qu'on avait arrêté dans un grand établissement banquier de l'avenue de l'Opéra, un escroc international, connu sous le nom de Commodore, au moment où il essayait de se faire payer un gros chèque falsifié… On a parlé d'un million…

Quel rapport peut-il y avoir entre…

Soudain, Émile se lève, se dirige droit vers l'avocat qui paraît au comble de la nervosité.

— Comment allez-vous, mon cher maître ?

— J'ai l'impression de vous reconnaître et, cependant… Si vous voulez me rappeler votre nom…

— Émile… L'employé de l'ex-inspecteur Torrence… J'ai pensé que vous auriez peut-être besoin de moi, surtout après le coup de téléphone que je viens de recevoir du patron…

Il a lancé ça en l'air. L'effet est immédiat.

— Qu'est-ce que vous dites ?… Vous avez reçu un coup de téléphone de… C'est bien de M. Torrence que vous avez reçu un coup de téléphone ?

— Pourquoi pas ?

Ce sont des minutes qui paient de bien des désagréments. Surtout qu'Émile file tout ça d'un air angélique, en baissant les yeux.

— Par exemple, je ne sais pas d'où il m'a téléphoné… Cela venait d'assez loin… Il m'a recommandé de me mettre au plus tôt à votre disposition et…

— Pardon, mon ami… Pardon… Mettons de l'ordre dans nos idées, sinon ma pauvre tête va sauter… Vous prétendez que Torrence vous a téléphoné pour vous dire…

— Que vous alliez peut-être au-devant d'ennuis graves et que, si je parvenais à vous rejoindre…

— Mais, sacrebleu, comment votre Torrence – le diable ait son âme – peut-il savoir où je…

— Excusez-moi, je ne suis qu'un employé et il ne me met pas au courant de toutes ses affaires… Il m'a dit comme ça que je vous rattraperais sûrement sur la route du Touquet…

— Alors, c'est lui qui a fait télescoper ma voiture par cet idiot de taxi et…

— Je ne sais pas… Il a ajouté que si vous aviez trop d'avance et si je ne vous rattrapais pas en route, je vous trouverais sûrement dans la villa d'un Anglais, au Touquet… Attendez donc que je retrouve le nom… Sir… Sir James Raleigh…

Jamais homme n'a manifesté une stupéfaction telle que le célèbre avocat à cet instant. Certes, il sait que l'Agence O a réussi quelques coups de maître. Il n'ignore pas que Torrence n'a pas été pour rien le bras droit de l'illustre Maigret. Mais de là…

— À propos… continue Émile d'une voix de jeune fille… Il m'a également parlé, très vite il est vrai, de votre client, le Commodore…

Le diable en personne se serait assis à sa table, que Torrence…

— Que m'a-t-il donc dit à ce sujet ?… Ah ! oui, qu'il est parfois difficile de déterminer exactement où s'arrête le rôle de l'avocat, mais qu'il existe cependant des cas où il est extrêmement dangereux de dépasser certaine limite… Défendre un homme à la barre, c'est bien… Mais aider cet homme à faire disparaître les preuves de sa culpabilité…

— Jeune homme, je ne vous permets pas…

— Il ne parlait pas de vous, j'en suis sûr… C'était une conversation d'ordre général… C'est comme au sujet de sir Raleigh… il y a un détail curieux… Figurez-vous qu'alors que ce noble personnage est en Australie pour deux ans, son valet de chambre ou je ne sais quel domestique de confiance commande, pour son compte – et paie, d'ailleurs – un coffre-fort d'un modèle tout ce qu'il y a de perfectionné… Ce coffre-fort est installé dans la villa du Touquet… Où diable ai-je donc mis la clef ?

— La clef de quoi ?

Et Émile, qui atteint aux limites de la candeur, de murmurer :

— Mais la clef de ce coffre-fort…

— Vous avez cette clef ?

— Torrence… Je veux dire mon patron, me l'a envoyée…

— Par téléphone aussi, sans doute ? raille l'avocat qui s'est levé et qui est devenu cramoisi.

— Je ne sais plus exactement comment il me l'a envoyée… Le fait est que je l'avais tout à l'heure dans cette poche… Même que je me demande…

Émile se tourne vers la table, près de la porte, à laquelle est installé son métèque.

— Je me demande si ce n'est pas ce type… Le fait est qu'il m'a suivi longtemps et que tout à l'heure il m'a bousculé… Ah ! C'est dommage que vous ayez envoyé M. Torrence en province… Je suis sûr que, lui, il vous aurait tout de suite tiré d'embarras…

L'avocat regarde fixement l'inconnu. On le sent en proie à une vive agitation. Enfin, il laisse tomber, comme un vaincu :

— Pour le compte de qui travaillez-vous ?

— Pour le compte de l'Agence O…

— Ce n'est pas ce que je vous demande… Pour le compte de qui l'Agence O travaille-t-elle dans cette affaire ?

— Mais je croyais que c'était pour le vôtre ?… Je vous ai vu ce matin au bureau avec le patron… Vous êtes parti avec lui et j'ai pensé…

— Écoutez, jeune homme, on ne s'est pas souvent moqué de moi…

— Mon cher maître, j'en suis persuadé…

— Le temps nous est compté… Acceptez-vous de travailler pour moi ?

— Puisque je viens de vous dire…

— Trêve de plaisanteries… J'ai horreur des gens qui veulent avoir l'air plus bête qu'ils ne le sont en réalité…

Émile sourit.

— La clef…

— Cela dépend de ce que vous voulez en faire…

— Cela signifie qu'elle est toujours en votre possession ?

— Je peux affirmer que, quoi que vous fassiez, vous ne mettrez pas la main dessus…

— J'irai jusqu'à cinquante mille…

— Cinquante mille quoi ?

— Cinquante mille francs, évidemment… Peu importe s'ils tombent dans votre poche ou dans celle de votre patron… Garçon ! Avez-vous ici un journal du Havre ?…

Il cherche à la dernière page.

— Il est onze heures… À onze heures et demie, le *Mooltan*, qui arrive d'Australie, est attendu au Havre… Sir Raleigh est à bord, et son premier soin sera de prendre une voiture pour se faire conduire au Touquet... Mettons que nous n'avons même plus une heure d'avance sur lui...

— Vous avez rendez-vous avec sir Raleigh ?

Émile tressaille, car Barbet, qui s'ennuie et qui ne désespère sans doute pas d'examiner le contenu des poches du métèque, vient de s'approcher aimablement de lui et de lui proposer un billard. L'homme, par défi, a accepté.

— Écoutez, jeune homme...

— Vous pouvez m'appelez Émile, comme tout le monde...

Alors, l'avocat a une parole énorme, une de ces phrases quasi historiques que le jeune détective voudrait faire enregistrer pour la postérité.

— *Vous en savez beaucoup trop pour qu'on vous appelle Émile*... Écoutez-moi...

— Un instant... Évidemment, en principe, pour ouvrir un coffre-fort, il faut une clef... N'empêche que, si vous vous rendiez au Touquet, c'est que vous espériez, même sans cette clef...

— Qui vous a dit que je voulais ouvrir le coffre ?

— Évidemment... murmure Émile.

— Évidemment quoi ?

— Il y a un autre moyen de détruire des pièces à conviction. Quand on ne peut pas s'en emparer et les mettre en lieu sûr, on peut toujours les détruire... Mais, par exemple, il y a une petite objection... Un coffre-fort, surtout aussi moderne que celui qui nous occupe, cela résiste à un incendie...

— Vous n'imaginez pas que j'allais mettre le feu à...

— Les quincailliers, poursuit Émile sans se laisser

démonter, sont les gens qui vendent les articles les plus variés, depuis les pièges à souris et les casseroles en aluminium jusqu'à… Au fait, j'y pense… Dans certains quartiers… Ou je me trompe fort ou c'est eux qui vendent de la dynamite aux carriers… Un coffre-fort, qui ne peut brûler, peut être quasi pulvérisé avec son contenu… Cela dépend de la charge… Dites donc, mon cher maître, ne croyez-vous pas que nous ferions mieux de ne pas fumer ?

Le succès est inespéré. Surpris, l'avocat vient d'avoir un geste pour éteindre sa cigarette…

Il cède. Cette fois, on sent qu'il sera sincère, qu'il ira jusqu'au bout. Il est vaincu…

— Vous avez une auto ?… Nous parlerons en route, voulez-vous ?… Je m'arrangerai ensuite, pour les honoraires, avec Torrence…

Un clin d'œil d'Émile à Barbet. L'avocat et le pseudo-photographe remontent dans le taxi.

— Si vous avez vraiment cette clef de malheur, l'affaire devient beaucoup plus simple… Je ne dis pas qu'elle soit tout à fait légale, mais vous savez comme moi qu'on ne peut toujours défendre les innocents en restant dans la légalité…

— Je vous écoute, mon cher maître…

— Le Commodore, qui m'a fait appeler avant-hier pour me demander de prendre sa défense, n'est autre que…

— Vous permettez que je devine ? Un proche parent de sir Raleigh.

— Son frère cadet… Peu importe comment il en est arrivé là… Vous n'ignorez pas qu'en Angleterre l'aîné seul hérite de la fortune paternelle… Il a commencé par des dettes ; il a continué par des chèques sans provision et il a fini par tomber entre les mains d'une bande internationale…

— Un instant… Bon… Ils nous suivent…

— Qui ?…

— Mon métèque… Et sans doute ce bonhomme qui jouait au billard avec lui et qui vous a volé votre clef…

— Hein ?

— Remettez-vous… C'est un brave garçon… Continuez…

— Quand sir Raleigh, l'aîné, est parti pour l'Australie, où il resterait un minimum de deux ans, la bande, traquée en Angleterre, a pensé à se servir de sa villa du Touquet, où la police n'aurait jamais eu l'idée de…

— Bon ! Compris. Ensuite…

— Installer à demeure un faux jardinier et un faux valet de chambre, c'était un jeu d'enfant, et les gens du pays n'y ont vu que du feu… Commander un coffre… Y garder tous les documents de la bande et tout son matériel… Quel policier aurait osé fracturer le coffre-fort de sir Raleigh pour y chercher de faux titres et des chèques lavés…

— Dépêchez-vous… Nous venons de traverser Abbeville et Le Touquet n'est plus loin…

— Cent fois le frère de sir Raleigh a essayé de se dégager de cette bande, mais celle-ci avait prise sur lui…

— Comme toujours… Ensuite…

— Le malheur a voulu que, quelques jours avant le retour de son frère en France, on l'ait obligé à un coup qui devait être le dernier…

— Et il a été pris… C'est un excellent exemple et la morale n'a qu'à…

— Si vous m'interrompez tout le temps !... Peu importe à cet homme de faire de la prison sous le nom de Commodore, qui n'est pas le sien... Ce qui compte, c'est que son vrai nom ne soit pas découvert... Or, son frère va rentrer tout à l'heure... Il trouvera ce coffre qu'il n'a jamais commandé... Il fera part de sa stupeur à la police et celle-ci... Comprenez-vous, maintenant ?

— Je comprends, maître, que vous avez accepté de retirer de ce coffre tous les documents compromettants, autrement dit de commettre ce qui, en termes juridiques, s'appelle un cambriolage avec effraction... Combien vous a-t-on offert pour cela ?

— La vie est dure... Si vous saviez combien de clients oublient de nous régler nos honoraires !... J'ai une femme jeune qui... un train de maison...

— Bref, vous avez accepté d'aller chercher la clef là où elle était, c'est-à-dire dans un bar louche du boulevard Rochechouart.

— C'est mon client qui a fait le nécessaire... Il m'a remis une lettre que j'ai postée pour lui... Le chef de la bande, qui est le moins mal disposé à son égard, a accepté...

— Abrégeons, voulez-vous ? Le Touquet n'est plus loin. Il vous a remis la clef. Effrayé à l'idée que, pris dans une rafle, vous alliez devoir avouer ce que vous faisiez dans ce bar... Le malheur, mon cher maître, c'est que d'autres complices, sans doute, dont le monsieur qui nous suit dans un taxi après m'avoir suivi depuis Paris, n'ont pas la même idée que leur chef sur le sort du contenu de ce coffre... Vous comprenez ?... Ils ont leur mot à dire, eux aussi... Ils savent que les chefs s'arrangent souvent pour frustrer les petits de leurs bénéfices, et sans doute n'y a-t-il pas dans ce coffre que des documents sans valeur… Supposez que le butin, ou une partie de celui-ci, y soit aussi… Tenez ! Je ne m'y connais pas beaucoup en hommes… Je parierais pourtant que la carte d'identité de celui qui nous suit porte comme profession sculpteur ou graveur… On a besoin de ces gens-là pour faire de faux titres puis, au dernier moment, on les laisse tomber… Nous arrivons, mon cher maître…

— Qu'avez-vous décidé ?

— Et vous ?

— Si vous me remettez cette clef, si vous me permettez de retirer du coffre les documents accablants pour mon client, je vous promets…

— Une balle dans la peau.

— Qu'est-ce que vous dites ?

— Je dis que le bonhomme qui nous suit n'hésitera pas à nous envoyer une balle dans la peau…

L'avocat respira, soulagé. Et Émile, qui avait mangé une cigarette presque entière en cours de route, soupira :

— Voyez-vous, vous êtes tous les mêmes… Au lieu de vous adresser à nous franchement, quand il en est encore temps, et de nous faciliter la besogne, vous vous croyez les plus malins et vous envoyez un homme comme Torrence sur une voie de garage…

— Vous allez laisser déshonorer une famille ?

— Tout d'abord, je vous ferai remarquer qu'elle s'est déshonorée toute seule et que je n'y suis pour rien… Peut-être aussi certain maître du Barreau a-t-il encouru des peines disciplinaires, sinon plus, qui…

Le chauffeur écarte la vitre.

— Quelle adresse ?

— Un instant…

Et à voix basse, à l'oreille de l'avocat :

— Vous avez la dynamite en poche ?… Jetez-la par la portière, assez loin, dans le fossé…

Un mouvement dans l'ombre lui prouve que l'autre avait obéi.

— Votre Commodore sera quand même condamné ?

— Si on ne découvre pas le contenu du coffre, il sera condamné à une peine légère vraisemblablement avec sursis car la preuve formelle ne pourra pas être administrée…

— Arrêtez, chauffeur…

L'autre voiture, derrière eux, s'arrête aussi.

— Qu'est-ce que vous feriez à ma place ? demande gentiment Émile à l'avocat. En somme, vous êtes notre client… Et notre rôle n'est pas de… Descendons, voulez-vous ?… J'ai des fourmis dans les jambes… Chauffeur… Donnez-moi donc ce bidon d'essence…

— Celui dans lequel…

— Oui… Celui dans lequel j'ai mis tout à l'heure une clef… Posez-le là, sur la route… Je me demande si un certain Barbet n'est pas à rôder par ici…

— Voilà, patron, fit celui-ci qui avait voyagé sur la malle arrière de la deuxième voiture.

— Très bien, Barbet… Nous allons tous prendre quelque chose de chaud, un grog, par exemple, et nous sécher devant un poêle… Le chauffeur aussi… Non ! Laissez ce bidon sur la route…

— Mais vous m'aviez recommandé…

— Mon ami, sachez qu'il n'y a que les serments d'amour qui soient éternels… Et je n'en ai pas encore fait… J'aperçois une lumière… Cela m'étonnerait fort que ce ne soit pas un bar…

Émile a bien de la peine à entraîner sa petite troupe qui n'y comprend rien. Il a eu soin, en passant, de faire sonner la clef dans le bidon abandonné sur le chemin… Quand il passe près du second taxi, il aperçoit la lueur d'une cigarette, dans l'ombre ; et les yeux brillants de son métèque. Il a presque envie de lui dire :

— Dépêche-toi donc, idiot !…

« *Une histoire invraisemblable.*

« *En rentrant d'un long séjour en Australie, sir Raleigh, qui possède une magnifique villa au Touquet, a eu la stupeur de trouver dans celle-ci un coffre-fort qui ne lui a jamais appartenu, mais ce coffre-fort, faut-il l'ajouter, était vide… On se perd en conjectures sur…* »

Torrence est à son bureau, la langue entre les lèvres, comme un bon élève appliqué, et Émile dicte, une cigarette éteinte aux lèvres :

« *… L'Agence O a l'honneur de vous renvoyer les documents qui appartiennent vraisemblablement à votre client, connu sous le nom de Commodore, et qui ont été retirés par un inconnu du coffre installé dans la villa de…* »

— Je ne comprends toujours pas, Émile, comment vous avez pu… murmure le bon Torrence.

— Cela ne fait rien, patron. Continuez :

« *Ce cambrioleur, en sortant de la villa en question, s'est heurté à un de nos collaborateurs, par le plus grand des hasards. Il a fait une chute et au cours de cette chute, il a laissé tomber sur le sol les documents que nous nous faisons un devoir…* »

— Il faudra donner une prime à Barbet, décide Torrence.

— Parbleu !… Je vous laisse trouver la formule de politesse… *L'adresse : Maître Duboin, rue Montaigne, Paris…*

Et Émile se permet de questionner sans même prendre un air malicieux :

— Dites donc, patron, est-ce qu'on mange aussi bien qu'on le prétend au *Café de Paris* ?

L'ARRESTATION DU MUSICIEN

1

Où le détective Torrence, jouant sa partie contre le commissaire Lucas, se lance en pleine illégalité.

— Comment est-il ? avait demandé Torrence au téléphone avant de se décider.

— Un petit, l'air grognon, avec une moustache à la Charlot…

— Bon ! C'est le commissaire Lucas…

Un vieux collègue de Torrence à la Police judiciaire. Cela devenait plus drôle. Lucas, en effet, était un perpétuel inquiet. Le spectre de la gaffe possible le poursuivait littéralement. Honnête homme jusqu'à en être poire. Sensible comme on n'a pas le droit de l'être quand on dirige la lutte contre les criminels. Or, chose curieuse, tout le monde avait peur de Lucas, à cause de son air éternellement grognon.

L'arrivée de Torrence et de son photographe Émile dans le petit bar de la rue Fromentin fut d'autant plus sensationnelle que cette rue de Montmartre, encore qu'elle donne place Pigalle, est une des plus calmes du quartier. À plus forte raison un matin à six heures !

On était en mai. Lucas portait encore son pardessus qui le faisait paraître plus petit car, comme la plupart des petits hommes, il aimait les pardessus amples et longs.

— Tu ressembles à un éteignoir, lui avait dit une fois Torrence.

Lucas buvait un café arrosé, à une table de marbre, près de la fenêtre. Le patron du bar nettoyait son zinc au blanc d'Espagne. Un inspecteur, assis en face du commissaire, écoutait les dernières instructions.

— Tout nous fait supposer qu'il est armé et que c'est un homme à vendre chèrement sa peau… Je passerai le premier et…

Juste à cet instant, la porte s'ouvre et Torrence entre, comme chez lui, comme s'il était tout naturel que le directeur de l'Agence O vînt boire son café, en compagnie de son photographe, dans un bar de la rue Fromentin.

Du coup, voilà l'inquiétude qui s'empare de Lucas.

— Qu'est-ce que tu fais ici, toi ?

— Et toi ?

— Heu !… Comme tu vois… Je passais dans le quartier…

— Exactement comme nous… N'est-ce pas, Émile ?

— Oui, patron…

— Curieux que nous nous retrouvions en face de l'*Hôtel du Dauphiné*… Dis donc, Lucas… Tu te fais protéger, maintenant ?… J'ai vu un inspecteur place Pigalle, un autre au bas de la rue, sans compter la voiture de la « maison » qui attend en face du…

— Sérieusement, qu'est-ce que tu viens faire ?... Il n'est pas possible que tu aies été averti de...

Pauvre Lucas ! C'est pourtant facile à comprendre. Trois quarts d'heure plus tôt, Torrence, qui ronflait comme une toupie hollandaise, a été appelé au téléphone.

— C'est vous, monsieur Torrence ?... Excusez-moi de vous déranger à cette heure, mais l'affaire est grave et urgente... Ici, José...

Que peut-il être arrivé à José ? Torrence le connaît depuis longtemps. Tous les noctambules de Paris le connaissent. José est, en effet, le chef d'un des meilleurs jazz de Montmartre, celui qui attire la foule au *Cabaret du Pingouin*, rue Fontaine.

— Écoutez... Il faudrait que vous veniez tout de suite... Dans quelques minutes, je suis sûr qu'ils vont m'arrêter...

— Qui, « ils » ?

— Les policiers...

Torrence, mal éveillé, ne voit pas le rapport qu'il peut y avoir entre José et la police. En effet, ce n'est pas parce qu'on travaille chaque nuit dans une boîte de Montmartre qu'on est un mauvais garçon, et José, pour sa part, est un véritable gentleman dont la vie est la plus régulière qui soit.

— Expliquez-vous, mon vieux... Je vous avoue...

Torrence entend la voix du musicien, mais ce n'est plus à lui qu'elle s'adresse, c'est à quelqu'un qui doit être près de lui. Et José questionne :

— Qu'est-ce qu'il fait ?

— Il s'est assis sur une marche de l'escalier, juste en face de la porte, répond une voix de femme.

— Allô !... Monsieur Torrence... Excusez-moi...

Je demandais à Julie… Vous la connaissez, n'est-ce pas ?… Mais si !… Elle était avec le Banquier… Oui, nous sommes ensemble depuis quelques semaines… Écoutez, il faut que je vous mette au courant en quelques mots… J'ai peur qu'ils ne se décident et qu'après il soit trop tard…

Sans lâcher l'écouteur, Torrence s'est gargarisé d'un verre d'eau. Il est même parvenu à attirer à lui sa pipe dans laquelle il reste un fond de tabac de la veille.

— Allez-y… Julie, c'est la grande blonde ?… Celle qui faisait le numéro de danse acrobatique ?…

— Elle le fait encore… Elle en a eu assez du Banquier… Je vous raconterai cela… Nous nous aimons… Nous sommes ensemble, en ce moment, à l'*Hôtel du Dauphiné*, rue Fromentin, où j'habite d'ordinaire… Allô !… Attendez… J'en vois un nouveau sur le trottoir d'en face… Attention, Julie !… Ne fais pas bouger le rideau… Il vaut mieux qu'ils ne sachent pas que…

— Je ne comprends toujours pas…

— Le Banquier est venu plusieurs fois me réclamer Julie… Vous savez quel type c'est…

Pourquoi appelle-t-on ce personnage le Banquier ? Peut-être à cause de son goût très prononcé pour les vêtements fastueux, les pelisses fourrées, les brillants gros comme des noisettes. De quoi il vit exactement, mystère. Toujours est-il qu'on a plutôt peur de lui et que son regard n'a rien d'engageant.

— Bon !… Je continue… J'ai refusé, naturellement, de la lui rendre… Elle ne voudrait pour rien au monde retourner avec lui… Elle ne restait que parce qu'elle était terrorisée… Il m'a menacé de se venger… J'avoue que, depuis, je n'étais pas tout à fait tranquille, surtout quand je rentrais chez moi au milieu de la nuit, car c'est l'homme à vous tirer une balle de revolver dans le ventre et à continuer tranquillement son chemin…

Ouf !… Torrence est arrivé, sans lâcher le téléphone, à frotter une allumette et à allumer sa pipe.

— J'écoute…

— Presque toutes les nuits, il est au *Pingouin*. Il y était cette nuit. Mais, ce qui m'a paru le plus étrange, c'est qu'il y avait d'autres têtes que je croyais reconnaître… Des policiers !… Au début, je me suis demandé pour qui ils étaient là… Vous savez comment ça va… De notre place, on voit tout… J'ai fini par m'apercevoir que c'était moi qu'ils observaient… C'est sur mon compte qu'ils posaient des questions aux garçons et aux entraîneuses…

« Quand je suis rentré rue Fromentin, avec Julie, ils étaient trois sur mes talons…

« J'ai regardé par la fenêtre et j'ai bien vu que deux d'entre eux restaient en faction dans la rue…

« Nous avons réfléchi à la question, Julie et moi… Inutile de vous jurer que je n'ai rien fait de répréhensible… Jamais de coco, ni d'histoires de ce genre… C'est Julie qui m'a dit :

« — Je parie que c'est un coup du Banquier… Il est comme ça…

Tout en écoutant, Torrence est arrivé à mettre une chaussure, puis une autre.

— Nous n'avons pas dormi… Nous avons entendu un policier qui venait prendre sa faction sur le palier même… Il est encore là, juste devant notre chambre… Et, au petit jour, un type, qui doit être un commissaire, est arrivé en voiture… Les autres sont allés lui rendre compte… Le commissaire en question est à cet instant dans le petit bar d'en face… Je suis sûr qu'il va venir m'arrêter…

— Où laissez-vous d'habitude la clef de votre chambre ?

— Au tableau, dans le bureau de l'hôtel…

— Dans ce cas, fouillez la pièce au plus vite, décousez le matelas, cherchez partout… Si le Banquier tente de vous faire arrêter, c'est qu'il y a quelque chose qui pourra servir de preuve contre vous et ce quelque chose…

— Allô !… Ne quittez pas… Je croyais qu'on nous avait coupés… Dites, monsieur Torrence… Nous avons fouillé partout… Julie a déjà eu cette idée…

— Vos poches ?… Vos vêtements ?… Les siens ?… S'il y a des tableaux aux murs, désencadrez-les… J'arrive…

Torrence, non rasé, a sauté dans un taxi. Il est passé boulevard Raspail prendre Émile, son inséparable Émile qui passe pour le photographe ou pour l'employé de l'Agence O, mais qui en est en réalité le cerveau.

— En route, Émile… Drôle de boulot… On va arrêter un musicien qui n'a rien fait de mal…

— Vous en êtes sûr ?

— J'en mettrais ma main au feu, s'écrie le bon Torrence. Je connais José depuis des années. C'est un charmant garçon et…

Émile sait tout, lit tout, voit tout, à croire que les

journées, pour lui, n'ont pas vingt-quatre heures, mais cent.

— Il ne dirige pas le jazz du *Pingouin* ?... Dites donc patron, c'est en sortant du *Pingouin* que l'oncle John, l'avant-dernière nuit, a été tué...

— Je m'occupais d'une autre affaire... grogne Torrence, vexé de ne même pas connaître par les journaux cette histoire de l'oncle John.

Un vieil Américain, immensément riche. Un original passant toutes ses nuits dans les boîtes de Montmartre et connu partout sous le nom affectueux d'oncle John. Dans chacune des boîtes, il a son whisky personnel, qu'il fait venir du Canada. Il a son verre marqué à son chiffre.

On prétend qu'il dépense quinze à vingt mille francs par nuit, des billets qu'il tire à poignée, pêle-mêle, de ses poches.

Or, on a tué l'oncle John. Il a été retrouvé, un coup de couteau dans le dos, non loin du *Pingouin* qu'il venait de quitter. Ses bijoux ont disparu, ainsi que l'argent qu'il avait sur lui.

— Ainsi, dit rêveusement Torrence, vous croyez qu'on soupçonne José d'avoir commis ce crime crapuleux ?

— C'est probable...

— Nous arrivons... Tenez !... Voici déjà deux inspecteurs en faction... Lucas fait les choses grandement... Il faut croire qu'il n'est pas tranquille...

Torrence est à peine installé à la table de son ancien collègue et la conversation vient seulement de commencer entre les deux hommes qu'on entend une sonnerie. Le patron disparaît dans une seconde pièce, revient bientôt.

— Y a-t-il parmi vous un certain M. Torrence ?

— C'est moi... Je...

Lucas fronce les sourcils. Déjà l'arrivée du directeur de l'Agence O et de son inséparable Émile était inattendue. Mais, à peine là, qu'ils reçoivent un coup de téléphone...

— Allô !... Oui... C'est moi...

— Je vous ai vu arriver... J'étais derrière le rideau... La seconde fenêtre à gauche, au quatrième étage... Vous savez que c'est extrêmement grave... Je suis fichu...

— Mais...

— J'ai fait ce que vous m'aviez dit... Nous avons, Julie et moi, retourné à nouveau la pièce de fond en comble... Il n'y a qu'une chose à laquelle nous n'avions pas pensé... Heureusement que je vous ai téléphoné... Vous savez que je suis saxophoniste... J'ai deux instruments qui entrent dans un même étui... D'abord, je n'ai rien vu... Comment ai-je eu l'idée d'enfoncer la main dans un des saxophones ?... Toujours est-il qu'il y avait un poignard encore taché de sang...

— Criez pas si fort... Le type qui est sur le palier pourrait vous entendre... C'est ennuyeux, évidemment... Comme je connais Lucas...

— J'ai bien pensé jeter l'objet dans les cabinets, mais il ne passerait pas... Si on découvre ce poignard, je me demande...

— Écoutez, mon petit...

Torrence, comme son ancien patron Maigret, appelle volontiers les gens mon petit, surtout dans les moments difficiles.

— Écoutez... Si, dans quelques minutes, vous voyez une fenêtre ouverte en face de la vôtre... C'est bien au quatrième étage, n'est-ce pas ?... Une fois dans l'hôtel, ils ne penseront plus à surveiller la rue... En tout cas, ils ne regarderont pas en l'air... Vous lancerez le poignard et vous essaierez d'être adroit... Pour le reste, nous aviserons ensuite...

Il retrouve Lucas, sa montre à la main.

— Six heures sept... L'heure légale du lever du soleil... Nous allons donc pouvoir procéder à cette arrestation... Tu vois, Torrence, que je suis toujours aussi scrupuleux en matière de légalité... Les avocats sont si retors !... Et c'est toujours sur nous que ça retombe...

Il se lève.

— Tu viens ?

— Où ?... Mais non, mon vieux... Je ne crois pas que nous soyons ici pour la même chose...

Lucas traverse la rue et rassemble ses hommes.

— Dites-moi vite, patron... Qui est-ce qui habite le quatrième étage à gauche ?...

— Une vieille femme sourde et muette qui...

— Émile... Vite...

Torrence dit rapidement quelques mots à Émile qui s'élance dans l'escalier de l'immeuble. A-t-il eu tort ? A-t-il eu raison ? Son rôle, en tout cas, est d'essayer par tous les moyens d'éviter qu'une grave accusation ne pèse sur son client.

— Vous me remettrez un calvados...

Pendant qu'on le sert, il va sur le seuil, comme pour prendre l'air. Le ciel est clair. La voiture de la Police judiciaire est venue se ranger au bord du trottoir juste en face de l'*Hôtel du Dauphiné*. Lucas a bien fait les choses. Le grand jeu qu'on réserve aux malfaiteurs les plus dangereux.

— Il ne manque que les gaz… grogne Torrence qui pense à l'inoffensif José.

Et il regarda en l'air. Il voit s'ouvrir la fenêtre de José. C'est donc qu'Émile a réussi, sous Dieu sait quel prétexte, à pénétrer chez la vieille et à ouvrir sa fenêtre.

Pourvu que le musicien vise bien, que…

— Bonjour, monsieur Torrence…

Celui-ci sursaute. Un homme est tout près de lui, qu'il est quelques instants à reconnaître.

— Je ne m'attendais pas à vous rencontrer dans notre quartier de si bonne heure. Je croyais que l'Agence O vous donnait tant de travail que…

C'est le Banquier, enveloppé d'un gros pardessus gris à martingale, la cigarette au bec.

— Vous aimez les oiseaux ?

Il regarde en l'air, lui aussi. Comment l'empêcher de voir ?… Surtout que c'est le moment… José s'est penché un instant… Il prend son élan… Les policiers doivent être dans l'escalier…

Allons ! Tant pis ! Les grands moyens ! Torrence hurle :

— Monsieur, je vous défends de m'insulter…

Et, au même moment, il envoie son poing en plein visage de son interlocuteur. Celui-ci, surpris, porte la main à son nez, à ses yeux, vacille, tente de se raccrocher tandis que Torrence lui assène un autre direct en poursuivant, pour le patron du bar qui est accouru et qui contemple la scène de son seuil :

— Qu'est-ce que c'est que ces manières ?… Insulter les honnêtes gens qui ne vous ont même pas adressé la parole…

L'autre est assis sur le trottoir. Inutile, maintenant, qu'il lève la tête. C'est fait ! C'est fini ! Le poignard accusateur est passé comme un éclair au-dessus de la rue.

— Mon cher monsieur Torrence..., fait tranquillement le Banquier en se relevant, je n'ai pas l'habitude de ne pas rendre ce qu'on me donne... Seulement, moi, je prends mon temps... J'ajoute les intérêts... Vous comprenez ?

Quelqu'un qui n'y comprend rien, c'est le bistrot, sidéré de voir un homme qu'on vient d'étendre par terre à coups de poing se relever en souriant presque, éponger son nez saignant et rester là, comme s'il attendait son reste.

— Vous avez eu tort, monsieur Torrence... Les intérêts, n'oubliez pas !... Je me demande même si ce n'est pas parce que je paie toujours les intérêts avec usure qu'on m'appelle le Banquier ?

La fenêtre, là-haut, s'est refermée. Bientôt Lucas reparaît sur le seuil de l'hôtel. Il tient le bras de la jeune femme, la blonde Julie, qui a passé un manteau de fourrure. José suit, entre deux inspecteurs, menottes aux poings.

Les autres policiers sont restés là-haut, à fouiller minutieusement la chambre et la salle de bains.

Si la ville a commencé paresseusement à vivre, la rue est encore déserte. Ce qui inquiète Torrence, c'est de ne pas voir revenir Émile.

— Votre calvados est servi... annonce le patron.

— Je viens... Merci...

Est-ce que par hasard la vieille sourde-muette ?... Torrence n'est pas tranquille... N'a-t-il pas été un peu trop audacieux et ne s'est-il pas écarté dangereusement du chemin de la légalité ? Lucas le salue. Il lui rend son salut. Le regard de José, qui s'est installé dans l'auto, est plus serein qu'on ne pourrait s'y attendre…

— L'immeuble n'a pas d'autre issue, patron ?

— Non, monsieur… Pourquoi me demandez-vous ça ?…

L'auto est partie. Le Banquier s'éloigne en épongeant toujours son nez.

Un quart d'heure passe, une demi-heure, et Torrence est toujours là à attendre, de plus en plus inquiet.

Il n'imagine pas, en entendant une sonnerie dans l'arrière-salle, que c'est pour lui.

— Monsieur Torrence !… appelle cependant le patron.

Il ne comprend plus. Qui peut savoir que…

— Allô ! crie-t-il avec impatience.

— Attention, patron, vous allez m'assourdir…

— Émile ?

— Mais oui… J'ai pensé qu'avec l'objet que j'avais glissé dans mon appareil photographique, il était peut-être préférable de ne pas me montrer… Je suis passé par la cour… Il y a un mur… Ce mur n'est pas haut et je n'ai pas tardé à me trouver dans une maison dont l'entrée principale donne sur le boulevard…

— Où êtes-vous en ce moment ?

— Au bureau, patron… Je vous attends… Quant à la vieille… Hum !…

— Quoi ?… Qu'est-il arrivé ?

— Rien de grave, patron… J'avais mon drap noir de photographe sur le visage et, quand elle m'a ouvert la porte, elle s'est tout bonnement évanouie… Elle va passer sa journée à chercher ce qui peut bien manquer dans son logement…

2

Où Torrence se croit revenu au temps où le maître d'école lui tirait les oreilles et où il fait quand même bonne contenance.

Il est près de quatre heures de l'après-midi quand Torrence franchit le porche du Quai des Orfèvres et s'engage dans l'escalier de la P.J. Il vient de recevoir à l'Agence O un coup de téléphone du chef.

— Cela ne vous ferait rien de venir bavarder un moment dans mon bureau ?

Dès son arrivée au-dessus de l'escalier, Torrence fronce les sourcils. Il y a là, à gauche, une pièce aux cloisons vitrées qui sert de salle d'attente. Sur des chaises, cet après-midi-là, on peut voir deux femmes qui sont certainement des entraîneuses, ainsi que des messieurs qui gardaient dans la vie privée leurs allures de maître d'hôtel.

— Le grand jeu... grommelle Torrence.

Cela se sent aussi dans l'atmosphère de la maison. Allées et venues d'inspecteurs, portes qui claquent, coups de téléphone. Torrence est sûr, derrière cette porte, de trouver Lucas en face de José, des verres de bière et des sandwiches sur le bureau ainsi qu'une épaisse fumée de pipes. L'interrogatoire doit avoir commencé vers neuf heures du matin. De temps en temps, Lucas se fait remplacer par un inspecteur, ou bien on appelle un témoin et on essaie de mettre José en contradiction avec lui.

— Tiens ! Monsieur Torrence... fait le garçon de bureau. Le chef vous attend...

— Bonjour, Torrence... Asseyez-vous, je vous prie... Étant donné la carrière que vous avez faite dans la maison, j'ai préféré vous faire venir à titre tout à fait privé...

Bigre ! Que signifie ce *titre tout à fait privé* ? Faut-il comprendre qu'on a hésité à faire venir Torrence entre deux inspecteurs ?

Le directeur a pris la mine sévère qui lui va si mal mais qui prouve que l'affaire est mauvaise. Il oublie même de dire, selon son habitude :

— Vous pouvez fumer...

— Vous avez beaucoup d'affaires en train pour le moment, à l'Agence O ?

Il a prononcé Agence O avec la pointe de mépris que tout policier officiel voue à la police privée.

— Assez, oui...

— Je le regrette, Torrence... Vraiment, je le regrette... Parce que si vous aviez été pour ainsi dire en chômage, vous auriez eu au moins une excuse pour accepter le métier que vous faites depuis ce matin...

Que sait-il au juste, voilà ce que Torrence se demande tout en baissant la tête comme un écolier pris en faute.

— Je vous sais assez intelligent, continue l'autre, pour être certain que vous n'avez aucun doute sur la culpabilité de votre nouveau client...

— Pardon, chef... Je ne suis peut-être pas intelligent mais je suis persuadé, au contraire, que José n'a pas tué l'oncle John...

Le directeur a pressé un timbre.

— Demandez à Lucas de vous passer un moment le dossier, voulez-vous ?...

On apporte le dossier. Le chef prend son temps, brandit tout d'abord une formule de mandat-carte.

— Vous connaissez l'écriture de notre oiseau? Certes, les experts n'ont pas encore authentifié ce document, mais, à première vue, aucun doute ne paraît possible… Lisez… Deux mille francs, oui… La date… Celle d'hier… Ce mandat a été rédigé au bureau de poste de la place Blanche et les deux mille francs adressés à qui?… À Mme Vve Leborgne, rue de la République, à Bourges… C'est-à-dire à la mère de José, lequel José s'appelle en réalité Joseph Leborgne…

« Or, le patron du *Pingouin* vous répétera, si vous y tenez, qu'il n'a fait aucun versement hier ou avant-hier à son chef de jazz… Celui-ci, au contraire, a réclamé plusieurs avances… Enfin, nous avons téléphoné au poste de radio où José donne des auditions assez fréquentes et où on ne lui a pas davantage versé d'argent ces derniers temps…

Torrence n'est pas fier, évidemment. Il regarde le mandat avec de gros yeux glauques.

— Ce n'est pas tout… En voici un autre… Un mandat, de trois mille francs cette fois, de la même écriture, signé Joseph Leborgne et adressé à une banque de la rue Tronchet. Lisez à la partie réservée à la correspondance.

« Prière verser ces trois mille francs à mon compte.

« Joseph Leborgne. »

— Vous commencez à vous rendre compte, Torrence?… Bien entendu, nous nous sommes adressés à la banque en question, où on nous a affirmé que le compte de Leborgne était presque toujours débiteur. Ce compte ne lui servait, en somme, qu'à encaisser les chèques barrés qu'il reçoit en paiement… Faut-il vous lire la déposition du portier du *Pingouin* avec qui *votre* musicien a été confronté dès ce matin ?

« *L'oncle John, qui était gris, comme toujours à cette heure-là, est sorti vers trois heures du matin, alors que nous allions fermer. Je n'ai pas appelé de taxi, car je savais qu'il rentrait toujours chez lui à pied…*

« *Presque au même instant, M. José est arrivé, sa boîte à saxos à la main… Il a eu l'air de chercher quelqu'un des yeux et il s'est élancé dans l'obscurité… Il paraissait très pressé… Cela m'a étonné, car d'habitude il partait toujours avec Mlle Julie… Je veux dire depuis ces derniers temps…* »

— Qu'est-ce que José répond ? questionne Torrence.

— Que, s'il a quitté, en effet, le *Pingouin* assez précipitamment c'est qu'il voulait rejoindre dans la rue un camarade qu'il avait aperçu dans la salle…

— Par conséquent, c'est facile à contrôler, triomphe Torrence. Ce camarade pourra nous certifier que…

— À condition qu'il existe ! Or, comme par hasard, votre ami José refuse de révéler son nom… Il paraît que ce monsieur est un homme marié, qui était cette nuit-là en compagnie d'une étrangère et

José prétend qu'il n'a pas le droit de briser un ménage...

— Pour quelle raison dit-il qu'il a couru après lui ?

— Comme par hasard, toujours pour lui emprunter mille francs...

— Et le camarade les lui a donnés ?

— Il n'a pas pu, pour l'excellente raison qu'une fois dans la rue le musicien ne l'a pas retrouvé... Beaucoup de hasards en peu de temps, pas vrai ?...

— C'est ennuyeux, évidemment, soupire Torrence.

Et le chef, devenant soudain plus sévère :

— Ce qui est plus ennuyeux encore, Torrence, pour ne pas employer un autre mot, c'est de voir un homme qui a passé des années ici, qui connaît notre métier, qui l'a pratiqué jusqu'à présent dans l'honneur, c'est de voir, dis-je, cet homme profiter de ce qu'il a appris chez nous pour essayer de contrecarrer l'action de la justice... Voilà pourquoi je vous ai demandé, à titre officieux, de passer par mon bureau... Vous avez été alerté ce matin par ce José... Nous le savons, car on a retrouvé la trace de la communication téléphonique... Vous êtes accouru à son appel en compagnie de cet Émile à qui il faudra que je dise deux mots aussi... José vous a téléphoné à nouveau... Or, nous savons qu'à ce moment il y avait, dans sa chambre d'hôtel, la preuve formelle de son crime...

Il tend à Torrence une lettre anonyme où la culpabilité du musicien est dénoncée et où il est dit notamment :

« ... Si vous voulez la preuve de ce que j'avance,

vous n'avez qu'à ouvrir sa boîte à saxos. Vous y trouverez le couteau avec lequel il a tué l'oncle John. Je l'ai vu, de mes yeux vu. Je ne tiens pas à me faire connaître, mais je puis préciser que je suis employé au *Pingouin* et que rien de ce qui s'y passe ne m'échappe.

« Quant à la bague avec le diamant noir… »

— Je n'ai pas encore entendu parler de ça, interrompt Torrence.

— Le vieil Américain portait toujours à l'annulaire gauche une bague en platine ornée d'un énorme diamant noir. Cette bague lui a été arrachée par son assassin. Vous permettez que je continue ?

« … Quant à la bague avec le diamant noir, la pierre en a été dessertie et j'ignore où il l'a cachée. Mais vous trouverez l'anneau dans le vestiaire des musiciens. Il se trouve, pour préciser, au fond de la boîte à poudre personnelle de José…

Le chef tire l'anneau de platine de son tiroir et le pose triomphalement sur le bureau.

— Qu'est-ce que vous en dites ?

— Ne trouvez-vous pas, patron, que c'est beaucoup ?

— Beaucoup de quoi ?

— Beaucoup de preuves… Nous avons vu défiler dans cette maison de nombreux criminels, n'est-ce pas ?… Or, je ne me souviens pas d'un seul cas où tant d'éléments…

— Pardon !… José est un débutant… Un amateur… Poussé par le besoin d'argent, il n'a pas hésité…

— Ce que je me demande, c'est pourquoi il a attendu si longtemps.

— Je ne comprends pas.

— Je le connais quelque peu. José a toujours été un panier percé. Pour lui, l'argent ne compte pas et, pendant les derniers jours du mois, il se contente volontiers de croissants et de café crème… Une seule chose est sacrée : le mandat qu'il envoie chaque mois à sa mère, dont il est le seul soutien…

— Vous voulez me faire le coup de *l'assassin qui aimait bien sa mère…* C'est bon pour les jurés, Torrence !… Mais je n'ai pas fini… Les spécialistes, ce matin, ont examiné les deux saxophones de votre ami… Or, savez-vous ce qu'ils ont découvert ?… Dans l'un d'eux, des égratignures prouvant que ce saxophone a contenu un objet dur et tranchant, probablement un couteau… Il y a plus grave… On a pu recueillir, au laboratoire, d'infimes parcelles d'une matière brune et, d'un moment à l'autre, nous saurons si c'est du sang et, si oui, si c'est du sang humain…

« Donc, le couteau était bien dans le saxophone, comme cette lettre nous l'affirme.

« La bague, elle aussi, était dans la boîte à poudre.

« Celui qui a écrit ce billet était bien renseigné…

— Trop bien… soupire Torrence.

— Vous dites ?

— Rien…

— Nous en arrivons au plus pénible… Le couteau a disparu… Il a disparu, vraisemblablement, alors que vous étiez dans la rue… Que faisait donc votre étrange adjoint pendant ce temps ?

— Je l'ignore…

Torrence essayait de gagner du temps. Il avait besoin de réfléchir. Voyons ! ce n'était pas Lucas qui avait été capable de deviner le coup du poignard lancé par la fenêtre. Est-ce que la sourde-muette avait porté plainte ? Une sourde-muette peut parfaitement écrire...

— Peut-être, dit-il, prenant une décision soudaine, avez-vous également reçu une lettre anonyme à ce sujet ?

Le coup porte. Le chef est ennuyé.

— Pas une lettre, non, mais un coup de téléphone...

— Anonyme, bien entendu...

— Les affirmations de mon correspondant ont été aussitôt vérifiées... C'est à moi-même qu'il s'est adressé vers midi... Ce coup de téléphone, Torrence, m'a à la fois outré et peiné, car il jette un jour particulièrement cru sur certains agissements de votre Agence O... J'espère que, maintenant, vous me comprenez... Pendant que vos collègues, au risque de leur vie...

— Vous croyez, patron ? murmure doucement Torrence avec reproche.

— Au risque de leur vie, oui... Pendant que vos collègues procèdent à l'arrestation d'un dangereux malfaiteur, vous qui avez si longtemps partagé leur vie, aidé par je ne sais quel jeune homme peu scrupuleux, vous vous ingéniez à faire échapper un assassin au châtiment qu'il mérite... Votre Émile, pour cela, n'a pas hésité à pénétrer de force dans le logement d'une vieille infirme qui aurait pu mourir de peur... Le couteau lui a été lancé par José et il l'a fait disparaître... En vérité, je me demande, Torrence, si j'ai bien fait de vous faire venir ici librement, comme un ancien collaborateur ou si, au contraire, mon devoir...

— Vous croyez vraiment, patron, qu'il y avait un couteau dans le saxophone ?

Quand Torrence prend cette petite voix douce, quand il fait cette moue d'enfant qu'on gronde, il est impayable. Le chef est sur le point de donner libre cours à sa colère quand la sonnerie du téléphone retentit.

— Allô… Oui… C'est moi… Vous êtes sûr ?… Bien, J'attends votre rapport de toute urgence… Apportez-le-moi personnellement…

Cette fois, quand il raccroche, il est menaçant.

— Je vous donne une heure pour aller me chercher le couteau que vous détenez indûment…

— Mais, patron…

— L'Identité judiciaire vient de me téléphoner… Le laboratoire est formel… Les parcelles de matière brune dont je vous ai parlé sont bien du sang, et du sang humain… J'espère que, dans ces conditions, vous comprendrez votre devoir et que vous ne me forcerez pas à prendre des mesures qui me sont particulièrement pénibles…

Bigre ! C'est encore plus grave que tout ce que Torrence avait prévu. Le chef ne se lève pas pour le reconduire. Il ne paraît pas voir la main qu'on lui tend et il sonne pour appeler l'huissier comme quand il s'agit d'un visiteur ordinaire.

— Vous direz au commissaire Lucas de venir me voir, fait-il à l'adresse de cet huissier.

Lugubre, Torrence parcourt le long couloir de la P.J. où des inspecteurs qui ne savent pas encore le saluent joyeusement. Le grand patron a dit une heure… Pourvu que…

Torrence saute dans un taxi.

— Cité Bergère… En vitesse…

Il grimpe l'escalier quatre à quatre. Dans l'antichambre, il renverse presque son employée, Mlle Berthe.

— Émile ?… questionne-t-il.

— Il y a une heure qu'il est parti.

— Et Barbet ?

— M. Émile l'avait déjà envoyé en course…

Torrence en a une sueur froide au front. Il entre dans le bureau d'Émile, qui offre toujours un spectacle impressionnant de beau désordre. Il écarte les annuaires, les indicateurs de chemin de fer, ouvre les tiroirs…

Qui sait ? Émile a peut-être pris la précaution de mettre le poignard en lieu sûr dans le coffre-fort ? Torrence l'ouvre. Pas de poignard.

— Vous ne savez pas, mademoiselle Berthe, si M. Émile, en partant, a emporté avec lui un couteau que…

— Non ! Je vois ce que vous voulez dire. Le couteau, c'est Barbet qui l'a emporté…

— Il n'a pas dit quand il rentrerait ?

— Sûrement pas aujourd'hui…

— Comment le savez-vous ?

— Parce que au moment de mettre son chapeau, il m'a annoncé qu'il allait faire un tour à Toulon…

— Hein ? Il a bien dit à…

— À Toulon, oui… Même que je lui ai répondu qu'il avait de la chance d'aller voir la Méditerranée…

Torrence, effondré, s'assied lourdement et se prend la tête à deux mains.

Le directeur de la P.J. a dit une heure…

Soudain, il sursaute. Des pas dans l'escalier. La

porte s'ouvre. C'est Émile, l'air dégagé, joyeux, une cigarette éteinte au bec, selon son habitude.

— J'étais allé boire un demi à la brasserie Montmartre… explique-t-il comme si c'était la chose la plus naturelle du monde.

— Mais, malheureux… Vous ne savez pas ce qui nous attend… Si, dans une heure, dans quarante minutes, maintenant, je n'ai pas rendu le couteau au directeur de la Police judiciaire, celui-ci n'hésitera pas, tout Torrence et directeur de l'Agence O que je sois, à demander contre moi un mandat d'arrêt…

Alors Émile laisse tomber sans se démonter :

— Quelle drôle d'idée !…

Puis soudain, avec le même calme :

— Heureusement que l'assassin est toujours au coin de la rue.

3

Où l'Agence O met cyniquement le comble à l'illégalité et où il est démontré qu'une fausse preuve peut être en même temps une vraie preuve.

À la Police judiciaire, c'est toujours le grand jeu qui continue et les inspecteurs se demandent si on ne va pas, cette fois, battre le record détenu par Mestorino : l'interrogatoire de celui-ci, en effet, dura vingt-sept heures sans interruption.

Il y a déjà dix heures entières que José est là, sur une chaise, les cheveux défaits, la cravate de travers, les yeux fiévreux. Chaque fois que Lucas sort et que le musicien espère un instant de répit, un autre inspecteur entre, qui reprend le dossier depuis le début.

— Voyons... Il est établi que vous manquiez d'argent...

Il éclaterait bien en sanglots.

— Mais, sacrebleu, puisque je vous répète que j'ai manqué d'argent toute ma vie...

— Vous avouez que vous manquiez d'argent... C'est déjà un point acquis... Et vous en aviez besoin, ne fût-ce que pour en envoyer à votre mère...

Dans la pièce voisine, la grande Julie subit à peu près le même supplice, à cette différence près qu'elle est moins nerveuse que le musicien et qu'elle répond du tac au tac, en se permettant même parfois une féroce ironie.

Passera-t-on la nuit ? Ne la passera-t-on pas ? C'est la seule question qu'on se pose, mais chacun dans la « maison » est persuadé que Lucas finira par « avoir » son homme.

Cité Bergère, pendant ce temps-là, Émile prononce sans s'émouvoir :

— Allons un instant au Musée...

Il ne s'agit pas de se rendre au Louvre ou dans quelque musée officiel. Le « Musée », à l'Agence O, n'est autre qu'une sorte de grenier où les objets les plus inattendus sont rassemblés. Il y a là des vêtements, des revolvers, des morceaux de corde et même un sabre de cavalerie... Tous objets qui, en leur temps, ont été mêlés à des affaires criminelles...

— Voyons... Qu'est-ce que vous dites de ce couteau, patron ?... Il n'est pas rouillé... La petite tache brune, sur la lame, c'est du sang... Est-ce que cette arme est déjà passée par les services du laboratoire ?

— Non…

— Dans ce cas, tout va bien… Mais le plus difficile reste à faire… Je me demande si c'est moi ou si c'est vous qui…

Tout en parlant, Émile a essuyé avec soin le manche du couteau et a entouré celui-ci d'un morceau de flanelle.

— Venez… C'est moi qui opérerai… Mais vous serez là, prêt à lui faire le coup de ce matin… Compris ?

La nuit tombe. Le faubourg Montmartre est très éclairé, très animé à cette heure. Juste en face de la Cité Bergère, il y a un tabac-bar et au comptoir le Banquier est accoudé, surveillant de loin l'Agence O.

En voyant les deux hommes sortir de la Cité, il est sur le point de payer sa consommation et de les suivre, mais déjà ils ont traversé la rue et sont entrés dans l'étroit débit où quatre messieurs, dans un coin, jouent à la belote.

— Qu'est-ce que vous prenez, patron ?… Pardon, monsieur, vous permettez ?…

Émile bouscule un peu le Banquier, comme pour prendre contact. Il commande deux apéritifs.

— Je me demande s'il le reconnaîtra, dit-il à voix haute… S'il reconnaît le couteau, il est flambé… Dommage, parce que c'est un brave garçon…

Le Banquier écoute, les mains dans les poches de son gros pardessus à martingale.

— Mais j'y pense… Le Banquier, qui est justement ici, pourrait peut-être nous dire…

Et Émile, suave, se tourne vers l'homme aux yeux froids.

— Pardon, monsieur… Pourriez-vous me dire si

ce couteau, qui nous est tombé par hasard entre les mains, n'appartient pas à…

C'est la seconde décisive? Tout dépend d'un réflexe, d'un soupçon…

Émile a tendu au Banquier le couteau qu'il tient par la lame. L'homme, les sourcils froncés, en a saisi machinalement le manche pour regarder l'arme de plus près. Quant à Torrence, il a déjà les poings serrés, prêt à frapper au cas où…

— Je regrette… Je n'ai jamais vu ce…

Il n'y a qu'à regarder ses yeux. Un soupçon vient de naître. Il est capable de comprendre. S'il comprend…

D'un petit coup sec, Émile a repris le couteau et Torrence s'intercale lourdement entre les deux hommes. Alors, sans se presser, Émile enveloppe à nouveau le manche dans le morceau de flanelle et glisse le tout dans sa poche.

— Je vous dois, patron?

Le Banquier est blême. Il a compris, parbleu! *On vient bel et bien de lui voler en quelque sorte ses empreintes digitales!* Heureusement qu'il y a du monde dans le débit. Torrence, massif, protège stratégiquement la sortie d'Émile qui emporte la précieuse pièce à conviction. Quelques secondes plus tard, les deux hommes sont dans un taxi.

— Et voilà!… soupire Émile.

— J'ai eu chaud…

— Moi, j'en avais plutôt froid dans le dos… Un petit frisson qui montait et descendait… Le reste vous regarde, patron… C'est dommage que je ne puisse pas être là… Car, en somme, personne d'autre que l'assassin n'est censé avoir vu le vrai poignard…

Si donc quelqu'un prétend que celui-ci n'est pas l'arme du crime, il avoue par le fait…

Émile sourit aux anges. C'est un des plus jolis tours de sa carrière.

— Je vous dépose au Quai des Orfèvres et je garde le taxi… Je donnerai au fur et à mesure de mes nouvelles à Mlle Berthe qui ne quittera pas le bureau…

Torrence est cramoisi quand il s'engage dans l'escalier de la P.J. Malgré l'assurance d'Émile, il n'est pas tout à fait à son aise et sa conscience le chatouille désagréablement.

— Tiens !… Torrence !… Le chef me disait justement…

C'est Lucas, qui vient de sortir de son bureau où il a sans doute laissé un inspecteur torturer José à sa place.

— Il ne faut pas m'en vouloir… poursuit Lucas. J'ai été bien obligé de dire au chef que tu… Qu'est-ce que c'est, cela ?

— J'apporte le couteau…

— C'est donc vrai ?… Tu as fait ça ?…

L'honnête, le scrupuleux Lucas en est tout attristé.

— Enfin !… Nous allons donc en être quittes avec cette affaire… Un instant… Je préviens le chef…

Un peu plus tard, ils sont tous les deux dans le bureau du directeur.

— C'est bien, Torrence… Je n'en attendais pas moins de vous… Lorsqu'on a commis une faute, fût-ce une faute grave, il faut toujours avoir le courage de l'avouer…

Pendant ce temps, Torrence se demande s'il a envie d'éclater de rire ou de pleurer, tant la situation est à la fois loufoque et dramatique.

— Voyons cette arme… Hum !… Un couteau banal, déjà vieux, dont il ne sera pas facile de retrouver le vendeur… Selon toutes probabilités, l'assassin l'avait en sa possession depuis longtemps…

Torrence voudrait tant murmurer :

— Tu parles !

Il s'agit en effet d'un couteau qui, deux ans plus tôt, a mené son propriétaire à la guillotine.

— Qu'est-ce que je vous disais… triomphe soudain le directeur. Regardez ici… Oui… Cette petite tache… Du sang coagulé !… Et ce sont des parcelles de ce sang que l'on a retrouvées dans le saxophone… Espérons que, malgré toutes les manipulations que, votre Émile et vous, avez sans doute fait subir à cet objet, nous pourrons encore relever des empreintes digitales…

— Nous avons pris beaucoup de précautions, affirme gravement Torrence.

— Eh bien ! messieurs, si vous voulez me suivre…

Il a hâte de savoir et il passe outre à la voie administrative. Les trois hommes gravissent un escalier étroit et arrivent sous les combles du Palais de Justice. Dans un coin, le mannequin articulé qui sert aux reconstitutions. Un laboratoire très moderne. Des appareils photographiques aux lentilles démesurées.

— Dites-moi, Bigois… Voulez-vous tout de suite nous relever les empreintes sur ce manche de couteau et nous en donner une photographie…

— C'est facile, patron…

— Vous, Torrence, vous avez pensé à apporter les empreintes de votre Émile ?

Ce n'est pas Torrence mais Émile qui y a pensé.

— Les voici… Voici les miennes…

Le travail est vite fait. Quelques minutes plus tard, tandis que les trois hommes devisent gravement, le photographe sort de la chambre noire, une épreuve mouillée à la main. Il sèche la feuille à l'alcool.

— Passons à l'Identité judiciaire…

De longs couloirs, des escaliers dérobés. Il est depuis longtemps l'heure de dîner, mais personne n'y songe.

— Voici les empreintes relevées sur le manche d'un couteau… Voici celles de l'ex-inspecteur Torrence, qui a sans doute touché ce couteau, et celles de son employé Émile, qui l'a certainement touché. Il s'agirait de savoir s'il y a d'autres empreintes et de qui elles sont…

Le spécialiste est un as. Une grosse lentille lui montre les moindres particularités des empreintes.

— Voici celles de M. Torrence… Voici également, surtout sur la lame, celles de l'employé dont vous venez de me parler…

— Il y en a d'autres ?…

— Très nettes… Je dirai même d'une netteté inespérée…

— Pardon, intervient Lucas, ce ne seraient pas celles-ci ?

Et il tend la fiche dactyloscopique qui a été établie le matin avec les cinq doigts de la main de José.

Le spécialiste hoche la tête.

— Aucun rapport…

— Cependant…

— Je vous assure qu'il n'y a aucun rapport… Les empreintes du couteau appartiennent à la catégorie *E*…

Il se lance dans une explication que personne

n'écoute. Lucas a regardé Torrence avec un ahurissement où se mêle une instinctive méfiance. Quant au directeur de la P.J., sourcils froncés, il fait une drôle de figure.

— Dans un instant, je vous dirai…

Quelques calculs. L'employé ouvre des tiroirs remplis de fiches, celles de tous ceux qui ont défilé, comme criminels ou comme suspects. Il y a aussi les fiches des malfaiteurs étrangers. Des centaines de milliers. Et pourtant quelques minutes suffisent. Le spécialiste, modeste dans sa blouse noire, a sorti un carton d'un casier.

— Il me semblait bien que ces empreintes me rappelaient quelque chose… Tenez… Voici votre homme…

Lucas s'est précipité. Torrence, un peu inquiet malgré tout, attend en s'efforçant de faire bonne contenance.

Sur le carton blanc, deux photographies, une de face, l'autre de profil, de ces terribles photos de l'Identité judiciaire, prises sous une lumière crue, ne laissant dans l'ombre aucune tare, aucune irrégularité du visage.

— Mais c'est le Banquier… murmure Lucas.

Tiens, donc ! C'était fatal ! Ne vient-il pas d'apposer lui-même ses empreintes sur le manche du couteau ?

— Il a été condamné ? questionne le grand patron.

— Son dossier va nous le dire… Passez-moi le dossier 31.216.

Téléphone. Les dossiers sont là-haut, aux « Sommiers », dans une immense salle où s'alignent les armoires de fer contenant tous les secrets du pays en matière criminelle.

Quelques instants suffisent. Un autre employé apporte une chemise sombre. Moins sombre pourtant que l'humeur de Lucas. Il parcourt les papiers.

— *… arrêté voilà cinq ans comme complice d'un cambriolage avec effraction, mais relâché faute de preuves… Arrêté l'année suivante, à Marseille, lors de l'attentat contre un encaisseur de banque, mais relâché un mois plus tard faute de…*

— Dites donc, Lucas, fait le chef. Il a l'air costaud, ce gars-là.

— Attendez… « *Arrêté voilà un an, à Deauville, lors de la disparition des émeraudes de Lady Rochester, mais relâché faute de…* »

— Vous ne trouvez pas qu'on dirait des litanies ? Toujours cette mention : « *relâché faute de preuves* »… Si nous retournions à mon bureau ?…

La petite troupe parcourt à nouveau couloirs et escaliers. Au moment où le directeur pousse sa porte matelassée, le garçon de bureau se précipite.

— On vient à l'instant de vous demander au téléphone… J'ai voulu passer la communication à votre secrétaire… L'homme qui téléphonait et qui a refusé de donner son nom a dit qu'il rappellerait dans quelques minutes… C'est au sujet du meurtre de l'oncle John…

— Entrez, messieurs… Il ne nous reste qu'à attendre cette communication mystérieuse… Sans doute vient-elle du même anonyme qui nous a envoyé ces accusations contre le musicien… Au fait, où en est-il, notre musicien ?

Il décroche un téléphone intérieur.

— C'est vous, Janvier ?… Des aveux ?… Rien ?… Il nie toujours ?…

Personne ne remarque que Torrence devient blême. Ce sont ces mots qui l'effraient soudain :

— *Il nie toujours...*

Car José, *qui n'est pas prévenu*, doit nier tout en bloc, *y compris qu'il a trouvé l'arme dans son saxo et qu'il l'a lancée par la fenêtre*. Dans ce cas, comment expliquer que l'Agence O soit en possession de cette arme ?...

Et surtout... Idiot d'Émile ! Pour la première fois de sa vie Torrence doute sérieusement du génie de son collaborateur. Car c'est Émile qui a monté toute cette histoire et maintenant, dans quelques instants sans doute, la position de Torrence sera plus mauvaise que jamais, plus mauvaise même que s'il n'avait pas rapporté le poignard.

Comment Émile n'a-t-il pas pensé à cela ! *Il manque des empreintes sur le manche du poignard !*

Les autres, le directeur et Lucas, ne s'en sont pas encore avisés, mais ils vont certainement y penser. C'est enfantin !

Qu'a-t-on découvert ? Les empreintes du Banquier, celles d'Émile et celles de Torrence.

Mais celles de José ? Car enfin, pour lancer le poignard par-dessus la rue et...

La sonnerie du téléphone retentit. Torrence se fait aussi petit que possible. Il ne doute pas que ce soit le Banquier...

— Allô !... Vous dites ?... Oui, c'est moi-même... Je vous avouerai que je n'aime pas beaucoup les communications anonymes... Vous dites ?... De demander à ?... Mais enfin, comment pouvez-vous savoir que... Les... Les empreintes ?... Oui, évidemment... Oui... Mais qui êtes-vous et pourquoi...

Trop tard. On a déjà raccroché. Il est rêveur.

— Messieurs, je me demande qui peut être cet homme qui sait tant de choses… Un instant…

Il décroche le téléphone.

— Qui est à l'appareil ?… Martin ?… Dites, Martin, essayez vite de savoir d'où vient le coup de téléphone que je viens de recevoir à l'instant… Oui… J'attends…

Torrence donnerait tout pour être ailleurs.

— Messieurs, déclame le chef, il y a quelqu'un qui se moque de la police et je finis par me demander si nous ne sommes pas tous des imbéciles…

En disant cela, il a regardé Torrence avec une certaine hésitation. Se demande-t-il si Torrence, lui aussi, est un imbécile, ou si…

— L'homme qui vient de me téléphoner sait déjà que nous avons le couteau, que nous y avons relevé les empreintes digitales de trois personnes… Mais savez-vous ce qu'il a ajouté ?

« — *Comment se fait-il que les empreintes de José n'y soient pas, puisqu'il a jeté le couteau par la fenêtre…* »

Torrence croit devoir balbutier :

— Il portait peut-être des gants ?… Ou bien il se sera servi d'un linge ?…

— Drôle de précaution de la part d'un innocent, vous ne trouvez pas Torrence ?

Celui-ci s'enferre.

— N'oubliez pas que José vit à Montmartre, dans un milieu où on est très au courant de ces sortes de choses…

Téléphone, une fois encore. Cette fois, le chef paraît furieux.

— Non, monsieur, mon bureau n'est pas… Enfin, je vous le passe, mais je trouve assez cavalier de me déranger pour…

Il se tourne vers Torrence, lui tend l'écouteur.

— C'est pour vous…

Torrence prend le récepteur d'une main qui n'est pas très ferme.

— Allô… Oui… Comment?… Ah! bon… C'est vous… Eh bien?

Catastrophe. Il faut croire qu'il a de plus en plus mauvaise réputation dans la maison car le tatillon Lucas vient de faire une chose qui ne lui ressemble guère. Il s'est levé, en effet, et après un coup d'œil au patron, comme pour lui demander la permission, il a saisi le second écouteur.

— Je voudrais, patron…

C'est Émile qui parle, d'une voix assez émue.

— … Je voudrais que vous veniez le plus vite possible rue des Dames… Au 17… Je serai par là, oui… Mais c'est urgent…

Torrence raccroche et s'efforce de sourire.

— Je m'excuse, messieurs… C'est mon employé qui…

Lucas continue à sa place:

— Qui vous demande d'aller de toute urgence au 17, rue des Dames… Verriez-vous un inconvénient à ce que nous y allions ensemble?… Je suis sûr que le chef sera de mon avis… Il y a dans cette affaire des points assez obscurs, des coïncidences assez troublantes pour…

Un inspecteur entre.

— C'est au sujet de ce coup de téléphone… Celui pour lequel vous m'avez demandé tout à l'heure de vous renseigner… Il vient d'un petit café, au coin de la rue des Dames… J'ai rappelé le numéro… J'ai eu le patron à l'appareil… Le coup de téléphone a été donné par un de ses clients dont il ne sait pas le nom mais qu'il aperçoit souvent dans le quartier, un homme grand et fort, aux yeux gris, vêtu d'un pardessus à martingale…

— Allez, Lucas… Quant à vous, Torrence, je crois inutile de vous prévenir que j'aurai peut-être à vous réclamer des comptes et que le fait que vous avez vécu longtemps parmi nous, au lieu de plaider en votre faveur, ne pourra que donner plus de gravité à des actes que… des actes qui…

Il préfère en finir en répétant, avec un regard significatif à Lucas :

— Allez !… Je ne quitterai pas mon bureau avant d'avoir des nouvelles…

4

— C'est pour qui ? interroge le concierge dans sa loge étroite.

Non seulement Lucas a accompagné Torrence rue des Dames, mais encore il s'est fait suivre par un inspecteur, si bien que Torrence a presque la sensation d'être déjà prisonnier.

La rue est obscure. De rares boutiques. Personne en face du 17… Ces messieurs sont donc entrés.

— Nous venons de recevoir un coup de téléphone nous donnant rendez-vous dans cette maison…

— Il n'y a que deux appareils dans l'immeuble…

Chez le docteur Fels, au premier, et chez M. Chuin, au troisième…

— M. Chuin est chinois, japonais ?

— Mais non, monsieur… Il est comme vous et moi…

Torrence insiste :

— C'est un grand, large d'épaules, avec des yeux gris, qui sort surtout la nuit ?

— Comme vous dites… C'est son droit, n'est-ce pas ?…

Voilà les trois hommes dans l'escalier assez mal éclairé. Dès qu'ils atteignent le palier du troisième étage, une porte s'ouvre et le Banquier se dresse devant eux, un revolver à la main.

— N'ayez pas peur, messieurs… Je vous attendais… Donnez-vous donc la peine d'entrer.

Et, tourné vers l'appartement :

— Vous ne bougez pas !…

Les trois hommes entrent. Si la rue n'est pas particulièrement élégante, si la maison est banale et vieille, l'appartement est confortable et on pourrait dire qu'il est de bon goût. La première pièce, à gauche, est un assez vaste studio où un jeune homme est assis dans une bergère. Ce qui est le plus inattendu, c'est qu'il tient les mains en l'air.

— Entrez, messieurs, je vous en prie… Monsieur le commissaire, car, si je ne me trompe pas, c'est au commissaire Lucas que j'ai l'honneur de parler ? veuillez donc fouiller les poches de cet individu que je viens de surprendre en train de cambrioler mon appartement… Ou plutôt… Mais je vous expliquerai le reste ensuite…

Torrence a reconnu Émile, Émile qui ne bronche pas et qui demande, docile :

— Je peux baisser les bras ?

Il ajoute aussitôt :

— Pour ce qui est de me fouiller, voici l'objet...

Et il tend à Lucas une petite boule de mastic. Lucas n'y comprend rien.

— Faites attention... Ce que je vous remets là, c'est le diamant noir de l'oncle John... Je venais de le découvrir dans cet appartement quand cet homme...

— Pardon ! interrompt le Banquier, glacé, vous veniez pour le *mettre* dans cet appartement quand, par le plus grand des hasards, je suis passé devant ma maison et ai eu la stupeur d'apercevoir de la lumière aux fenêtres... Je suis monté... Je vous ai surpris... Je vous ai menacé d'un revolver et j'ai bien compris, à votre attitude, que vous attendiez du renfort...

Émile fait le geste du monsieur qui n'essaie pas de lutter. Cependant, contrairement à l'attente de Torrence qui, lui, se voit déjà au bout de sa carrière de policier privé, il n'est pas trop abattu.

— Messieurs, tranche Lucas, nous allons essayer de procéder avec ordre... Vous prétendez, monsieur Chuin... Car c'est bien votre nom, n'est-ce pas ? Le Banquier n'est que votre surnom... Vous prétendez qu'en passant dans la rue et en rentrant chez vous vous avez...

— ... découvert cet individu occupé à cacher une boule de mastic dans mon appartement... Regardez bien cet objet comme je l'ai fait et vous comprendrez à quelle tâche pour le moins inattendue se livre l'Agence O... Un de ses clients a été arrêté ce matin pour meurtre... Aussitôt, l'Agence O s'est mise en branle afin de fabriquer de toutes pièces un autre coupable... Pourquoi est-ce sur moi que son choix a porté ?... Je suppose que c'est José qui a eu cette délicate attention, après avoir eu celle de me prendre ma maîtresse...

— Qu'est-ce que vous avez à dire, Torrence ?

— Rien...

— Et vous, jeune homme ?

— Que, en mettant les choses au mieux, nous n'aurons guère de renseignements avant minuit... Une heure du matin plus probablement...

— Veuillez vous expliquer...

— Cela ne servirait à rien... Monsieur m'a, en effet, surpris dans son appartement...

— Vous vous y êtes introduit avec effraction ?

— Je me suis servi d'une fausse clef, si c'est ce que vous voulez dire... C'est exact... J'avais l'impression que certain diamant noir ne pouvait être qu'ici et je tenais à m'en assurer personnellement... Il y avait déjà deux heures que je travaillais avec conscience – ces sortes de recherches ne sont pas faciles – quand j'ai obtenu enfin un résultat, juste au moment où monsieur arrivait et me menaçait de son revolver... Comme ce sont des armes dangereuses et que je ne tiens pas encore à...

— Quand avez-vous téléphoné à votre patron Torrence ?

— C'est monsieur qui m'y a forcé... Il tenait à voir surgir la police... Il ne voulait pas l'appeler lui-même... Il savait que Torrence était à ce moment au Quai des Orfèvres...

— C'est faux ! riposte le Banquier. Ce jeune homme, ce voleur a téléphoné avant mon arrivée…

Émile, soulagé de ne plus avoir à tenir les bras en l'air, explique :

— Laissez-le dire… Cela n'a pas d'importance… Voyez-vous, le Banquier ici présent avait deux buts en tuant l'oncle John… D'abord se débarrasser d'un rival qu'il avait déjà essayé de faire disparaître par la menace… Il fallait donc faire en sorte que tous les soupçons retombent sur José…

« Mais si, pour cela, on pouvait sacrifier quelques-uns des billets volés en envoyant des mandats écrits d'une écriture assez bien contrefaite, il n'était pas sans agrément de s'emparer du gros diamant noir de l'oncle John… C'est tout de même, au bas mot, un joujou de cent à cent vingt billets…

« J'avoue que je me suis trompé en croyant que le Banquier ne rentrerait pas chez lui cet après-midi… Je l'avais quitté aux environs du faubourg Montmartre… j'en ai profité pour faire une petite visite domiciliaire dont je m'excuse, car elle n'était évidemment pas très légale…

« Pendant deux heures, je n'ai rien trouvé… Puis, par le plus grand des hasards, près d'une fenêtre dont une vitre a été récemment remplacée, j'ai aperçu une petite boule de mastic que le vitrier a oubliée…

« Excellente cachette, n'est-ce pas ? Et à laquelle nul ne songera…

« C'est alors, je le répète, que le Banquier est entré et…

— Un instant… grogne Lucas qui décroche le téléphone.

Il a bientôt au bout du fil le directeur de la P.J.

— Allô, chef… Oui, c'est moi… Ce jeune homme, Émile, oui… Le diamant dans sa poche… Le Banquier prétend… Vous dites ?… Oui, je pense aussi que ce serait le mieux… Je laisse mon inspecteur ici, bien entendu…

Il raccroche.

— Messieurs, si vous voulez me suivre… J'espère que vous ne me forcerez pas à employer les grands moyens…

Le grand patron est à cran et le fait qu'il a dîné d'un sandwich, dans son bureau, n'est pas pour adoucir son humeur.

— Une honte, Torrence, vous m'entendez ? Mais vous allez le payer cher… Toute une enquête faussée… Et cela, parce qu'un client vous a sans doute offert la grosse somme pour…

— Je jure… commence Torrence.

— Ne jurez pas… Je suis écœuré… On a raison de dire que, quand un homme quitte la police officielle pour…

— Il s'agit d'un innocent, chef…

— Que vous dites ! Tellement innocent que, pour prouver son innocence, vous n'hésitez pas à subtiliser l'arme du crime et à lui substituer un couteau que vous avez pris Dieu sait où…

La voix paisible d'Émile :

— À quelle heure le train arrive-t-il à Toulon ?

— Quel train ?…

— Celui qui part de la gare de Lyon à…

Torrence envie le calme de son soi-disant employé. Il est vrai que celui-ci ne joue pas sa réputation, ni toute une carrière consacrée au triomphe de la Justice.

— Avouez, continue le chef, que cette histoire de diamant… Le Banquier a raison, parbleu !… De même que vous lui avez en quelque sorte volé ses empreintes digitales, de même vous alliez déposer ce diamant chez lui pour pouvoir ensuite… Messieurs, ceci est unique dans les annales de notre métier et je me demande encore…

Torrence n'a pas osé demander un verre de bière. Il n'a pas dîné.

— Voler la principale pièce à conviction comme vous l'avez fait…

Pendant ce temps, le Banquier, dans un bureau voisin, s'est fait monter à boire et à manger.

— De grâce, monsieur le directeur, fait Émile, attendez que le train soit arrivé et que Barbet ait eu le temps…

— Barbet… Quel Barbet ?… Qui est Barbet ?… hurle le chef, de plus en plus en colère.

— Un de nos employés… Un brave garçon, allez !… Figurez-vous que, quand j'ai eu le couteau en main, j'ai tout de suite reconnu un modèle assez spécial, conçu spécialement pour le yachting… Il se fait que j'ai un petit voilier sur la Seine, à Meulan, et que je possède un couteau pareil… Je suis allé chez le fabricant… Les manches, qui étaient jadis en bois, sont maintenant en liège… Or, celui que j'avais découvert avait le manche en bois… Nous avons travaillé un bon moment sur les livres… Eh bien ! il en est résulté que le couteau devait avoir été vendu à Toulon, dans une maison de la rue d'Alger.

— Mais cette maison est fermée à cette heure... riposte le chef de la P.J.

— Barbet se fera ouvrir... Vous ne le connaissez pas encore... Ce n'est pas tout, monsieur le directeur...

Et Émile, de plus en plus modeste, murmure :

— Si je n'ai pas hésité à envoyer Barbet là-bas, c'est que, en me renseignant sur les faits et gestes du Banquier pendant ces dernières semaines, j'ai appris que, voilà huit jours exactement, il est « descendu » à Marseille, comme disent ces messieurs... Il y va souvent... J'ai en outre acquis la certitude qu'il possède des intérêts dans une maison spéciale de Toulon... Vous comprenez ?

— Vous n'auriez pas pu venir ici et nous dire...

— Pardon... Vous ne nous avez rien demandé... Vous étiez sûrs de la culpabilité de José... Dieu sait comment l'enquête aurait été faite et...

— Si je vous comprends bien, vous voulez insinuer que vous n'avez aucune confiance dans l'intelligence de la P.J.

Torrence se dresse déjà pour protester comme il se doit. Émile, au contraire, qui n'a jamais appartenu à la « maison » poursuit sans perdre son sang-froid :

— Vous êtes très nombreux, n'est-ce pas ?... Les gens intelligents étant en minorité, il est certain que, plus les hommes sont nombreux et plus la proportion d'imbéciles est forte...

— Je vous remercie...

— Il est minuit, monsieur le directeur... À moins de retard, le train est arrivé et Barbet est en ce moment rue d'Alger... Il réveille M. Mithouard, le commerçant en question… Pas plus que nous, il ne s'embarrasse, lui, des règlements, ni de l'heure du lever ou du coucher du soleil… M. Mithouard lui ouvre la porte… Qui sait ? il porte peut-être un bonnet de nuit… Je me suis assuré qu'il avait le téléphone… À cette heure, en demandant la priorité…

— Priorité police ! ricane le patron.

— C'est très certainement, comme je le connais, ce que fera Barbet… Tenez… On sonne au standard… Ou je me trompe fort…

La sonnerie retentit aussitôt après dans le bureau.

— Voulez-vous me donner M. Émile, s'il vous plaît ?

— De la part de qui ?

— Barbet… Je téléphone de Toulon…

— De la rue d'Alger, probablement ? ricane le chef.

— Non… D'un b… (et ici, Barbet emploie un mot assez incongru).

— Vous dites ?

— Oui… Cela s'appelle « La Maison des Fleurs »… M. Émile n'est pas là ?… Allô !… C'est vous, monsieur Émile ?…

On a tendu un écouteur à Émile. Le directeur de la P.J. tient l'autre à son oreille. Torrence, lui, est dans ses petits souliers. Quant à Lucas, il vient d'entrouvrir la porte.

— Voilà, monsieur Émile… Chez M. Mithouard, rue d'Alger, on m'a dit comme ça que le dernier couteau du modèle que vous savez, probablement celui que j'avais en main, avait été vendu à un bègue… Un drôle de type, qu'on ajoutait… Je n'étais pas gras avec ça, bien sûr… Là-dessus, j'ai l'idée d'aller jeter un coup d'œil à la drôle de maison dont le monsieur en question, je parle du Banquier, est propriétaire ici… Vous savez que j'ai un peu l'habitude… Moi, j'entre tout de suite dans la cuisine, où se fait le travail… Un pauvre bougre épluchait des légumes et il était bègue… Je lui montre le couteau…

« L'idiot me dit tout de suite :

« — Comment… Le patron vous l'a donné ?…

« Et voilà ! Qu'est-ce que vous en pensez, dites ?…

— Écoutez, mon vieux Torrence…

Torrence ne bronche pas. La vérité, c'est qu'il a envie de pleurer de soulagement, tant l'alerte a été forte. Le chef, maintenant, est tout miel.

— Avouez, entre nous, qu'il est pénible qu'un de nos hommes, qu'un de nos meilleurs éléments, se dresse contre la « maison » et se permette…

— Je vous demande bien pardon, chef… Mais notre client…

— Votre client… votre client…

— Il est innocent, n'est-ce pas ?

— Bien sûr, qu'il est innocent !… Mais, en attendant, nous voilà ridicules… Nous nous en serions bien aperçus nous-mêmes qu'il était innocent !

C'est au tour de Torrence de laisser filtrer un candide :

— Quand ?

— Demain… Après-demain… Dans huit jours… Dans un mois !… Mais nous nous en serions aperçus, que diable ! Sans compter que vous employez, à l'Agence O, des moyens qui… des moyens que…

— Qui donnent un résultat immédiat, n'est-ce pas ?

— Mais qui ne nous sont pas permis ! Réfléchissez à ça, Torrence… La légalité… La Légalité, avec une majuscule… Ça me rappelle le dossier de ce type… Comment s'appelle-t-il encore ?… Chuin… Drôle de nom !… Eh bien ! ce dossier…

— Ce dossier contient trois fois la mention « *relâché faute de preuves* », se permet enfin Torrence. Cette fois… Imaginez qu'une quatrième fois il ait réussi son coup… Que serait-il arrivé… que mon client, comme vous dites…

Le chef ne veut pas aller jusque-là.

— Votre client !… Toujours votre client !… Je vous répète que nous aurions bien fini par établir son innocence, à votre client… Dites donc… Si, en attendant, nous allions manger une choucroute ?… Il est deux heures du matin et…

— C'est que je lui ai promis…

— Vous voulez me posséder jusqu'au bout, quoi ! Tant pis… Allons-y !… Emmenez-le, votre client !… Et emmenez aussi votre insupportable M. Émile… Il y a des chances pour que la brasserie Dauphine soit encore ouverte…

— C'est que son amie…

— Mais oui, mon vieux ! Mais oui… Nous emmènerons la grande Julie… Après tout, pourquoi pas le… je veux dire l'assassin… le Banquier ?…

— Celui-là pas, si cela ne vous fait rien, patron…

Et c'est ainsi qu'une curieuse tablée, cette nuit-là, à la brasserie Dauphine, réclama des choucroutes, doublement garnies, tandis que la voix de Lucas faisait timidement :

— Je n'ai pas faim, je vous assure…

L'ÉTRANGLEUR
DE MORET

1

Où deux aubergistes de Moret-sur-Loing tirent profit, sans le vouloir, de deux crimes commis dans deux chambres 9.

Les faits se passèrent le 7 juin. Quand ils en lurent, comme tout le monde, le récit dans les journaux, Torrence et Émile se contentèrent de froncer les sourcils sans se douter qu'ils auraient à s'occuper de cette affaire.

Les jours passèrent et chaque matin les manchettes des quotidiens disaient à peu près : « Le mystère de Moret s'épaissit. »

Ces deux crimes, commis en dehors du territoire de Paris, ne regardaient pas le Quai des Orfèvres, mais la Sûreté nationale, où Torrence comptait moins d'amis qu'à la Police judiciaire.

Le mois de juin, cette année-là, était particulièrement beau, si chaud que des gens se promenaient sur les boulevards en portant leur veston sur le bras. L'Agence O ne suivait aucune affaire sensationnelle.

Un lundi matin, en arrivant au bureau, Torrence est assez étonné de trouver Émile vêtu de clair comme pour une partie de campagne.

— Si cela ne vous ennuie pas, nous allons déjeuner au bord de l'eau, annonce-t-il.

— Mais les affaires ?

— Vous savez bien qu'il n'y a rien en ce moment…

Les voilà tous les deux dans la petite auto découverte, si petite qu'on se demande comment l'imposant Torrence peut y entrer.

— Quelle route ?

— Forêt de Fontainebleau…

Ce n'est qu'en chemin que Torrence pense soudain à la curieuse affaire de Moret.

— Au fait, patron, est-ce que la police a découvert quelque chose ? Voilà plusieurs jours que je ne lis pas les journaux…

— Elle n'a rien découvert du tout et mon avis est qu'elle ne découvrira rien, déclare gravement Émile.

Torrence lui lance un petit coup d'œil en coin.

— C'est pour ça que nous allons là-bas ?

— J'ai envie, en tout cas, de déjeuner dans une de ces deux auberges…

— Pour le compte de qui travaillerons-nous ?

Le brave Torrence ne peut pas imaginer, en effet, qu'une agence de police privée, même la célèbre Agence O, puisse travailler pour l'amour de l'art. Pourtant, Émile lui répond doucement :

— Peut-être pour le plaisir… Vous savez, Torrence, que j'aime beaucoup le bord des rivières… Moret est un coin enchanteur, à deux pas de la plus séduisante forêt du monde…

Et c'est vrai. Ils ont à peine traversé la forêt de Fontainebleau qu'ils découvrent le charmant village planté au bord du Loing. De chaque côté de la grand-rue, une auberge balance son enseigne dans le clair soleil du matin. À gauche, c'est l'*Écu d'Or*. À droite, le *Cheval Pie*.

Les touristes qui ont envie de s'arrêter à Moret, fût-ce pour un simple déjeuner, doivent être bien embarrassés, comme le sont Torrence et son inséparable Émile. En effet, ces deux auberges sont exactement du même type, de ce type fort sympathique d'ailleurs, qu'on trouve encore un peu partout dans les villages de l'Île-de-France.

Des tables pimpantes, sur les trottoirs. Le menu tenu par un maître d'hôtel en bois découpé. Des plantes vertes dans des tonneaux peints en vert.

On devine, dans la pénombre, une salle accueillante, sans prétention, une cuisine vaste où des servantes s'affairent tandis que le patron va et vient avec importance.

— Puisque nous sommes à droite, restons à droite… Va pour le *Cheval Pie*…

Les deux policiers privés entrent dans la salle où la lumière est orangée, à cause du vélum tendu au-dessus de la terrasse. En face, le vélum est jaune. C'est la plus grande différence entre les deux auberges rivales.

— Bonjour, patron… Est-ce qu'il y aura moyen, tout à l'heure, de déjeuner chez vous et, éventuellement, d'y coucher ?

Le patron, la toque blanche sur le crâne, les regarde avec curiosité.

— Quel nom ? demande-t-il.

— Comment, quel nom ?

— Je suppose que vous avez téléphoné ?…

— Nullement…

— Mais, messieurs… Voyons !… Vous devez bien savoir que depuis… depuis les événements, toutes nos tables sont retenues, toutes nos chambres et jusqu'au moindre canapé…

— Peut-être aurons-nous plus de chance en face ?

— Je puis vous affirmer que non. Pensez, messieurs, qu'il y a d'abord la police, qui ne fait qu'aller et venir… Je ne parle pas des cinq ou six pêcheurs à la ligne que je soupçonne fort d'être des détectives amateurs… Il y a, en outre, les gens qui cherchent un vieillard disparu et qui espèrent toujours qu'un de nos deux Parain… Ceux-là passent des heures à nous poser des questions, surtout à Emma, celle qui a servi notre Parain à nous… En face, c'est Geneviève qui a servi l'autre… Enfin, messieurs, il y a les touristes, tous les touristes qui viennent passer la journée dans la forêt ou sur les bords du Loing et qui se croiraient déshonorés s'ils ne déjeunaient ou dînaient chez nous… Le téléphone ne cesse de fonctionner… Vous verrez tout à l'heure !… Peut-être, à la rigueur, pourrai-je, en m'y prenant d'avance, vous réserver un sandwich et un verre de vin du pays… Tenez !… Le téléphone… J'y vais… Si, en attendant, vous voulez prendre le frais à la terrasse… Emma !… Servez donc *quand même* une chopine à ces messieurs…

Ne dit-on pas qu'un journaliste anglais, connu pour ses enquêtes sensationnelles, a passé la Manche tout exprès et s'est installé, faute de trouver une chambre dans un des deux hôtels, chez une brave femme du pays ?

Quand on est assis là, à la terrasse délicieusement ombragée, au bord de cette route qui a gardé son caractère de route royale, on se demande s'il est vraiment possible qu'un soir…

C'était le 7 juin, un dimanche. À cette époque de l'année, les promeneurs sont particulièrement nombreux dans la forêt de Fontainebleau.

— Nous avions fait deux cents couverts à déjeuner et presque autant à dîner… dira tout à l'heure le patron du *Cheval Pie*.

Dans cette bousculade, bien entendu, cyclistes, automobilistes, piétons, familles nombreuses, amoureux, pêcheurs à la ligne mélangés, on ne fait guère attention à un client.

Tout ce qu'on sait, c'est que le petit vieux a dû arriver vers six heures du soir. D'où ? Comment ? Mystère. C'est Emma, la plus accorte des servantes de la maison, qui l'a fait asseoir dans un coin et qui l'a servi.

— Il était bien poli, bien convenable, a-t-elle déjà répété des centaines de fois. Il portait un complet gris et il avait une petite valise qu'il a posée à côté de lui. Quand je lui ai apporté le dessert, il m'a demandé si la chambre 9 était libre. J'ai pensé qu'il avait déjà couché au *Cheval Pie* et qu'il avait été content de la chambre 9. J'ai interrogé la patronne. Je suis venue annoncer que, par hasard, la chambre 9 était libre et il a paru satisfait.

Au tour de la patronne de dire ce qu'elle sait. Elle était à la caisse quand le petit vieux est venu lui réclamer la clef de la chambre 9.

— Avec les touristes du dimanche, explique-t-elle, nous ne sommes pas très difficiles pour ce qui est de la fiche de voyageur. Je lui en ai tendu une. Je lui ai dit d'écrire seulement son nom et l'endroit d'où il venait. Il a écrit, d'une écriture bien nette : *Raphaël Parain, venant de Carcassonne.* Je ne sais pas s'il est monté tout de suite. Il y avait des gens qui faisaient du bruit dans la salle et mon mari a dû intervenir. Le lundi matin…

Pour le lundi matin, il faut en revenir au récit d'Emma. Ce récit, certes, s'enjolive un peu chaque jour mais on peut dire que, pour le fond, il n'a jamais varié.

— Il était onze heures. J'avais déjà « fait » quatre chambres. Je pensais que tous les locataires étaient sortis. Je n'ai donc pas frappé à la porte du 9. Je l'ai poussée. Elle n'était pas fermée à clef. Le pauvre vieux monsieur était dans son lit et j'ai failli sortir. Puis, j'ai remarqué que son bras pendait par terre. Je me suis approchée. J'ai crié. Il avait le visage tout violet, les yeux hors de la tête…

« Le docteur Maurice a été appelé d'urgence. Il n'a pu que constater le décès et il a alerté la gendarmerie, car Raphaël Parain avait été étranglé.

— Voilà, messieurs, tout ce que nous pouvons vous dire. J'ajoute que, contrairement à ce que vous pourriez croire, cette affaire ne nous fait aucun plaisir. Certes, cela nous amène des curieux en nombre considérable, si considérable que nous ne savons plus comment nous vivons. Nous sommes tous fatigués, fatigués surtout de répéter cette histoire du matin au soir… Maintenant, si vous voulez aller voir mon collègue d'en face… Bien que sa maison n'ait pas la réputation de la mienne, il en a par-dessus la tête, lui aussi… Pensez que, les premiers jours, il a fallu jusqu'à trois gendarmes sur la route pour contenir les curieux… Le dimanche qui a suivi, nous n'avions plus une goutte de vin, de bière ou de limonade dans les caves…

Torrence et Émile font l'expérience comme tout le monde. Les voilà assis à la terrasse d'en face. Le patron de l'*Écu d'Or*, une serviette nouée autour du cou, leur sert en souriant une chopine de vin blanc du pays.

— Tenez-vous vraiment, messieurs, à ce que je recommence l'histoire d'un bout à l'autre ?… Si vous saviez à quel point cela peut devenir abrutissant !…

Car il s'est passé, le dimanche 7 juin, ceci qui semble un défi à l'imagination. Pendant qu'un vieux monsieur en gris disant s'appeler Raphaël Parain et venir de Carcassonne dînait au *Cheval Pie* et demandait la chambre 9, un autre petit vieux en gris s'inscrivait, sous le même nom, à l'*Écu d'Or*, et réclamait, dans cette auberge, la chambre 9.

On ne se souvient pas de ce qu'il y a fait entre son dîner et le moment de se coucher. À l'*Écu d'Or* aussi, ce soir-là, il y avait la foule bruyante des beaux dimanches.

Toujours est-il que le lundi, entre onze heures et midi, quand Geneviève, la bonne de l'*Écu d'Or*, est entrée dans la chambre 9, après avoir frappé en vain, elle a découvert sur le lit son locataire qui avait été étranglé pendant la nuit. Le docteur Maurice n'a eu qu'à traverser la rue. Il était déjà en face. Une heure durant, il a fait la navette d'un cadavre à l'autre.

La première remarque de la police a été :

— Ils ne se ressemblent pas du tout…

Car on avait pensé à deux frères, voire à deux jumeaux. Encore que deux frères, d'habitude, ne portent pas le même prénom.

Deux hommes du même nom, déclarant l'un comme l'autre venir de Carcassonne, réclamant, dans deux auberges différentes de Moret-sur-Loing la chambre 9 et subissant tous les deux le même sort, la même nuit !

Aussitôt, des commissions rogatoires ont été envoyées à Carcassonne. On a fait des recherches dans les registres de la population, dans les hôtels, dans les meublés de la ville méridionale.

Nulle part on n'a trouvé trace du nom de Parain.

Les journaux ont publié, à la même page, le même jour, les deux photographies.

Or, depuis un mois que ces événements ont eu lieu, personne n'a reconnu l'un ou l'autre des Raphaël Parain.

Aucun chauffeur de taxi ne s'est présenté pour déclarer qu'il les avait amenés à Moret. L'employé de la petite gare a regardé les photographies et a hoché la tête.

— Il a défilé tant de monde ce jour-là !… Sans compter que ces vieux messieurs n'ont rien de fort caractéristique…

Les vêtements des deux morts ont été examinés : ni l'un ni l'autre des costumes ne porte une marque de tailleur. Des vêtements corrects, confortables, mais sans luxe. Dans les poches, de menus objets, canif, mouchoir, blague à tabac, pipe et clefs.

Selon les experts, les clefs de l'un – on dit, faute de pouvoir les désigner autrement, *Parain 1* et *Parain 2* –

les clefs de Parain 1, donc, celui qui a été étranglé au *Cheval Pie*, seraient plutôt les clefs d'une maison de campagne.

La clef, l'unique de Parain 2, celui de l'*Écu d'Or*, plus moderne, semble être la clef d'une petite maison comme on en bâtit dans les banlieues des villes.

Des lettres sont arrivées d'un peu partout, signalant la disparition de plusieurs vieillards. La police, la gendarmerie sont entrées en campagne. Jamais photos ne furent tirées à autant d'exemplaires que celles des deux victimes de l'étrangleur de Moret.

Tout a été sans résultat.

Le docteur Paul, aidé pour la circonstance par deux confrères illustres, a fait l'autopsie des cadavres. Le résultat est maigre.

Quant à l'heure du crime, elle se situe, pour l'un comme pour l'autre, vers minuit, entre minuit et une heure du matin selon les termes du rapport.

L'âge est sensiblement le même : soixante-cinq ans, autant qu'on en peut juger par l'état des organes.

Un détail, pourtant. Le Raphaël Parain numéro 1, celui du *Cheval Pie*, souffrait d'une maladie de foie assez grave. Aussi, ce soir-là, n'a-t-il pas pris d'alcool, tandis que le Parain 2 en a bu deux verres.

— Du marc de Bourgogne, monsieur… soupire le patron de l'*Écu d'Or*… Si je vous disais que la plupart des clients, depuis lors, me réclament du marc et que certains exigent que ce soit de la même bouteille !… Je leur réponds que oui, bien entendu !… Le commerce est le commerce !… Mais si vous saviez combien de fois, depuis un mois, il m'a fallu remplir la bouteille !…

Enfin, il semble bien – Geneviève n'est pas si catégorique qu'Emma sur ce point ; il est vrai qu'elle est plus étourdie – il semble bien que le Parain de l'*Écu d'Or* avait, lui aussi, une de ces petites valises qu'on emporte avec soi pour un court voyage.

Les deux valises ont disparu.

— Tiens !... Vous voilà sur l'affaire, vous aussi ?

Torrence se tourne vers celui qui l'interpelle, un petit gros dont il ne se rappelle pas le nom, mais qu'il a déjà rencontré dans les couloirs de la Sûreté nationale.

— Inspecteur Bichon... Nous y passons tous... Le grand patron est à cran... Tous les deux ou trois jours, il désigne une nouvelle équipe pour reprendre l'enquête depuis A jusqu'à Z... Mais dites donc !... Si l'Agence O est sur les lieux, c'est que quelqu'un l'a chargée de...

Émile fait un clin d'œil à Torrence et celui-ci comprend.

— Vous croyez ? répond-il candidement.

— Tiens ! Tiens ! Il faudra que je vous surveille, mes amis... Je connais les agences de police privée. Elles ne sont pas assez riches pour se déranger pour rien...

Quand l'inspecteur Bichon s'est éloigné, Émile se contente de soupirer :

— L'imbécile !

— Pourquoi avez-vous préféré que je...

— D'abord, parce que je n'aime pas ce petit bonhomme trop sûr de lui... Ensuite, parce qu'il vaut mieux intriguer les gens... Grâce à cela, ils commettront peut-être une gaffe... Enfin, tant qu'on croira que nous savons quelque chose, on nous respectera... Dites donc, patron, il me semble que les touristes commencent à arriver ?

Il est, en effet, onze heures du matin et les autos déjà se rangent des deux côtés de la route, tandis que le garde champêtre s'affaire. Beaucoup d'appareils photographiques. Beaucoup de jolies femmes.

On va d'une auberge à l'autre. On arrête Emma et Geneviève par leur tablier. Certains n'hésitent pas à glisser un bon pourboire afin d'obtenir un récit circonstancié.

Comment ces deux pauvres filles, tiraillées de la sorte, résisteraient-elles au désir d'enjoliver quelque peu leur histoire ?

Un grand jeune homme à lunettes d'écaille, descendu de moto, questionne avec assurance – l'assurance que lui donne sans doute la lecture de nombreux romans policiers :

— Il paraissait attendre quelqu'un, n'est-ce pas ?

— Peut-être bien, répliqua Emma.

— Mais si, voyons !... Vous le savez très bien, mais vous ne voulez pas le dire... Je suis sûr qu'il était nerveux, inquiet...

— Peut-être bien que oui...

— Vous avouez !

Et il est persuadé qu'il vient de faire une importante découverte.

Un grand type maigre, en culottes de golf, s'est installé comme chez lui à une table de la terrasse et semble absorbé dans la contemplation de la maison d'en face.

— Qui est-ce ? questionne Émile qui a appelé Geneviève.

— M. Norton... Le journaliste anglais... En voilà

un qui n'est pas bavard et qui ne se donne pas la peine de poser des questions… S'il espère découvrir quelque chose, ce sera au fond des nombreux verres qu'il avale chaque jour…

N'empêche que le Norton en question a entendu et qu'il a déjà repéré Émile et Torrence.

Allons ! Le patron du *Cheval Pie* a promis des sandwiches, ce qui n'est déjà pas si mal. Celui de l'*Écu d'Or* s'est arrangé pour céder aux deux policiers de l'Agence O une petite chambre sous les toits, une mansarde plus exactement, qui était réservée à la bonne. Où couche la bonne pendant ce temps ? Peu importe. Peut-être dans la cuisine ? Les affaires sont les affaires.

Un camelot astucieux qui a photographié les deux auberges, format carte postale, vend ces cartes de table en table.

— Demandez un souvenir du « Mystère des deux Parain », le plus troublant mystère du siècle…

C'est vraiment la foire. Les autos arrivent, repartent. On visite les deux chambre 9, comme ailleurs on visite des grottes préhistoriques. Pour un peu, il faudrait établir des tourniquets.

Torrence manque d'entrain. Les sandwiches sont une nourriture dérisoire pour son vaste estomac. Il n'aime pas la foule.

— Vous espérez vraiment découvrir quelque chose ? demande-t-il à Émile.

Et Émile de répondre en baissant modestement les yeux sur son verre – c'est extraordinaire comme ce petit vin de pays peut se laisser boire !

— J'ai déjà découvert quelque chose…

— Je serais curieux…

— C'est que quelqu'un a donné rendez-vous ici aux deux Parain qui étaient sans doute de faux Parain…

— J'avoue que je ne comprends pas.

— Moi non plus… Je constate, simplement… Si ces deux hommes s'appelaient vraiment Parain, quelqu'un se serait inquiété d'eux à moins de croire que tous deux étaient orphelins, sans famille et vivaient absolument seuls, sans amis, sans relations, sans propriétaire, sans percepteur enfin, ce qui est encore plus rare…

— Je n'avais pas pensé au percepteur… avoue Torrence en fronçant les sourcils.

— Un homme peut n'avoir ni parents ni amis, à moins que sa situation pécuniaire ne soit plus que précaire, qu'il n'ait ni maison, ni domicile, *il a tout au moins un percepteur*… Vous pourriez téléphoner à Mlle Berthe… Qu'elle rédige une note et qu'elle l'adresse ce soir à tous les percepteurs de France… Je suis persuadé, d'ailleurs, que cela ne donnera rien…

— Pardon… Vous disiez à l'instant…

— Justement !

— Je comprends de moins en moins…

— Téléphonez, patron… À la Ronéo, des milliers de circulaires pourront partir avant ce soir… J'ignore, je l'avoue, combien il y a en France de percepteurs des contributions directes… Pardon… Vous dites, monsieur ?

Émile s'est levé. Le grand diable de journaliste qui répond au nom de Norton vient de s'approcher de leur table et de murmurer avec un sans-gêne étourdissant :

— Vous permettez, messieurs ?

Il insiste :

— Je demande si vous permettez… M. Torrence, n'est-ce pas ?… Enchanté… Norton… Je crois qu'il serait très utile, pour les deux, que nous… comment dites-vous en français ?… que nous bavardions… Yes !… Qu'est-ce que vous buvez ?…

Évidemment que Norton a pris Émile, à cause de sa tenue, pour un employé sans importance. Aussi, il l'ignore. C'est tout juste s'il ne le bouscule pas en étendant ses longues jambes.

— Je disais, cher monsieur Torrence… C'est une affaire très excitante, vous ne trouvez pas ?… Figurez-vous que j'ai connu jadis un M. Raphaël Parain… Yes… C'était dans le Pacifique, à Tahiti… Un très drôle de vieux monsieur… Seulement, il ne ressemblait à aucun des deux cadavres… Mademoiselle Geneviève… encore un peu d'alcool, s'il vous plaît.

Il prononce *alcohol*… Et il semble en avoir ingurgité plus que son compte.

2

Où Émile-le-roux fait la connaissance de la jeune femme triste tandis que Barbet se voit affecter une autre tâche.

— Qu'est-ce que vous pensez de notre journaliste ? questionne Torrence quand l'Anglais, après avoir vidé son verre d'un trait, s'éloigne sur une pirouette.

— Je pense qu'il est trop bavard ou trop peu, et qu'il avait évidemment le désir de faire votre connaissance… réplique Émile qui suce son éternelle cigarette non allumée. Puisque vous téléphonez au bureau, patron, et puisque Barbet n'a pas grand-chose à faire en ce moment, demandez-lui donc de venir. Qu'il n'ait pas l'air de nous connaître. Et, comme il n'est pas connu ici, qu'il s'occupe de cet Anglais…

— Vous croyez que cette histoire de Tahiti ?…

— Je pense qu'un des deux Raphaël Parain avait une maladie de foie… Je pense aussi… Mais c'est encore trop vague, patron… J'ai besoin d'aller me promener seul au bord de l'eau… L'*alcohol*, comme dit notre journaliste, fait quelquefois parler plus que de raison…

Les bords du Loing sont idylliques. Émile se met à flâner, les mains dans les poches, puis, comme un gosse, il coupe une baguette qu'il commence à éplucher consciencieusement.

Deux ou trois fois, il s'arrête pour regarder des pêcheurs à la ligne. À un coude de la rivière, il se heurte presque à une dame d'une quarantaine d'années, vêtue de noir, qui marche lentement dans les hautes herbes en regardant ses pieds.

— Pardon, madame…

— De rien, monsieur, murmure-t-elle en esquissant un sourire triste.

Il la dépasse. Beaucoup plus loin il se retourne et la voit qui marche toujours aussi lentement. Il y a un sentier à quelques mètres d'elle, mais elle le dédaigne. Émile s'assied derrière un arbuste pour l'observer plus à son aise.

Une femme en deuil, sans doute. Ses vêtements sont d'une sévérité excessive, ses cheveux coiffés sans coquetterie aucune.

Est-ce qu'elle cherche quelque chose ? Jadis, quand il était gamin, il est arrivé à Émile de marcher de la sorte dans la campagne. C'était à l'époque où il s'était mis en tête de réunir une collection d'insectes, en particulier de scarabées et où, des heures durant, il épiait ainsi la moindre feuille, le plus petit brin d'herbe.

Elle parcourt cent mètres environ, jamais plus ; elle fait alors demi-tour, sans revenir directement sur ses pas, mais en suivant une ligne parallèle à un mètre de la précédente.

Si elle cherche quelque chose, que peut-elle chercher de la sorte sur la berge du Loing ? Plusieurs fois elle se penche, comme pour cueillir une fleurette, mais elle ce contente d'écarter les herbes folles de la main et elle reprend ensuite sa promenade monotone.

À sept heures, Émile est de retour à l'*Écu d'Or*. Torrence a eu le temps de prendre contact avec ses collègues de la police officielle et il apporte les derniers renseignements.

— Ces messieurs de la Sûreté, explique-t-il à Émile, ont relevé la liste de tous les voyageurs qui ont couché dans les deux auberges le 7 juin. Parmi eux, il y a quelques habitués, surtout des pêcheurs enragés qui viennent chaque semaine du samedi au lundi matin. De ce côté, rien d'anormal. D'ailleurs, ils ont tous été questionnés…

— Aucun d'eux, les dimanches suivants, n'a rien remarqué de particulier dans la rivière ou sur les berges ?

— Je ne le pense pas. On ne m'a rien dit à ce sujet… Je passe à la seconde catégorie de voyageurs, la plus délicate… Comme dans toutes les auberges situées dans un certain périmètre de Paris, il y avait quelques couples… Des couples plus ou moins réguliers qui s'inscrivent le plus souvent sous des noms de fantaisie… On ne les a pas retrouvés tous… Enfin, le passage ?… Des touristes venant du Midi ou s'y rendant et couchant en route… J'ai la liste en poche…

— Je serais curieux de savoir s'il y avait un Anglais ou un Australien, murmure Émile.

— Un Anglais et sa fille… Un certain Walden et… Tiens ! C'est curieux que vous m'ayez posé la question comme ça… Il a passé presque toute sa vie en Australie, mais il habite présentement à Cagnes-sur-Mer, près de Nice…

— À quelle auberge était-il ?

Torrence consulte sa liste.

— Curieux… grogne-t-il. Sans doute à cause de la cohue… Je vois qu'ils sont arrivés tard, passé huit heures du soir… le père a couché à l'*Écu*, chambre 10, la fille au *Cheval Pie*, chambre… Dites donc Émile… Vous devez avoir une idée de derrière la tête, vous !… Étrange que le père ait couché à côté de la chambre 9, à l'*Écu*, et qu'à l'hôtel d'en face la fille ait eu la chambre 15, qui est au-dessus de la chambre 9…

Candidement, Émile murmure :

— Vous n'allez pas prétendre qu'une jeune fille est entrée chez son voisin pour l'étrangler ?…

Comme ils dînent, Émile voit arriver sa promeneuse en deuil du bord de l'eau. Elle s'assoit seule à une table. Elle a son rond de serviette, ce qui indique qu'elle n'est pas de passage, ainsi que sa bouteille de vin entamée.

— Dites-moi, Emma…

— Je vous écoute, monsieur…

— Cette dame ?…

— Mme Séquaris, oui…

— Depuis quand est-elle ici ?

— Depuis longtemps, monsieur, plus d'un mois… C'est une personne qui a eu des malheurs et qui a besoin de solitude…

— Elle reçoit beaucoup de visites ?

— Je ne lui ai jamais vu adresser la parole à personne, sinon à nous, pour commander ce qu'elle désire.

— Du courrier ?

— Vous m'y faites penser… Le facteur n'a jamais laissé de lettres pour elle… Et pourtant… C'est curieux, quand on se met à réfléchir…

— Dites-moi ce que vous pensez…

— Je pense que Mme Séquaris, quand elle ne se promène pas, passe des heures entières à écrire des lettres… Généralement, quand on envoie beaucoup de correspondance, on en reçoit beaucoup aussi… C'est cela qui vient de me frapper…

— Rien d'autre ?

— Ma foi… Non… Ce n'est rien… Un jour qu'il y avait plusieurs lettres prêtes à être expédiées, sur la table, et que j'allais à la poste, j'ai lancé comme ça :

« — Si vous voulez que je porte votre courrier…

« Je me trompe peut-être, mais j'ai eu l'impression qu'elle était comme effrayée…

« — Non, merci… s'est-elle écriée en me reprenant

les enveloppes des mains. Je n'ai pas fini… Et… Décidément, c'est inouï comme vous me faites penser à des choses… La poste est dans la rue, quelques maisons plus loin… Il m'arrive de passer des journées entières à la terrasse… Quand il y a des pensionnaires, je suis toujours sûre de les voir une fois ou l'autre jeter des lettres ou des cartes dans la boîte… Vous savez, dans un village, on regarde machinalement les gens…

« Eh bien ! je n'ai jamais vu Mme Séquaris poster du courrier…

— Voulez-vous être assez aimable pour aller vérifier la date exacte de son arrivée ?

Dix minutes plus tard, Émile et Torrence sont renseignés.

— Le 6 juin, monsieur… Juste un jour avant que…

Torrence, très surexcité, regarde Émile avec curiosité.

— Je serais heureux, quand vous aurez le temps, que vous me disiez comment vous avez déniché cette piste et ce que…

— Il n'y a aucune piste, affirme Émile. Je vous assure. Je vais. Je viens. J'en sais exactement autant que vous. Tenez ! Voici votre collègue, l'inspecteur Bichon. Demandez-lui donc, pour gagner du temps, qui est cette Mme Séquaris. Il doit avoir, lui, des renseignements circonstanciés sur toutes les personnes qui habitent l'hôtel…

L'inspecteur Bichon, questionné, cligne de l'œil.

— Vous n'êtes pas les premiers à y avoir pensé, hé !… Trop facile, messieurs… La dame qui arrive un jour avant les deux Raphaël Parain, n'est-ce pas ?… Mais d'abord, si elle était pour quelque chose dans l'affaire, elle n'aurait aucune raison de rester ici. Ensuite, ce n'est pas une femme qui a pu étrangler les deux vieillards, tous deux encore vigoureux. Enfin, nous avons les meilleurs renseignements sur elle… Cette dame, qui est née dans la région…

— C'est étrange que personne ne paraisse la connaître…

— D'abord parce que ses parents n'étaient pas du pays, mais avaient acheté une villa à quelques kilomètres de Moret… Ensuite, parce qu'elle a quitté la France dès son enfance… vous voyez que nous avons des renseignements précis… Mme Séquaris a vécu longtemps en Amérique du Sud où elle était gouvernante dans une famille riche… À la suite d'un deuil, elle est rentrée en France et elle se repose actuellement ici…

— C'est son mari qu'elle a perdu ?

— Exactement… Elle était mariée depuis peu, d'ailleurs… Son nom de jeune fille, si vous tenez à le savoir, est Gélis… Irène Gélis… Maintenant, messieurs, il me reste à vous souhaiter bonne chance… La tradition ne veut-elle pas que ce soit la police privée qui dame le pion à ces brutes de policiers officiels ?

Là-dessus, il esquisse une grimace et s'éloigne, content de lui.

— Vous vous y retrouvez, vous ? questionne Torrence avec humeur.

Ce n'est pas une affaire pour lui, cela se voit à sa mollesse. En digne élève de Maigret, il aime les enquêtes où on fonce avec plus d'opiniâtreté et parfois de brutalité que de finesse. En outre, cette atmosphère de Moret en été l'amollit. Pour un peu, il passerait toutes ses journées sur la terrasse, en manches de chemise, à fumer des pipes et à boire du petit vin du pays.

— Je me demande, soupire Émile, ce qu'on peut faire disparaître dans l'herbe… Et je suis curieux de voir si, demain, cette veuve au triste regard explorera le même bout de terrain ou si, au contraire, elle changera le champ de ses recherches…

Le garçon de bureau de l'Agence O, Barbet, arrive un peu plus tard. Il a reçu par téléphone des instructions détaillées et il n'a pas l'air de reconnaître les deux hommes. Par contre, à neuf heures du soir, il a engagé avec le journaliste anglais d'interminables parties de billard russe et on se demande avec angoisse lequel des deux hommes succombera le premier aux quantités d'alcool qu'ils ingurgitent.

— Pourvu, remarque Émile, que notre ami Norton soit assez ivre.

— Pourquoi ? Vous croyez qu'il parlera ?

— Non, *mais il pourrait frapper*, et ces Anglais font presque tous de la boxe. Or, comme je connais Barbet, il ne résistera pas longtemps au désir de faire l'inventaire des poches de son nouveau compagnon…

Une heure plus tard, Torrence et Émile sont couchés dans la mansarde que leur a cédée la bonne. Émile finit par accepter le lit de fer, trop exigu, d'ailleurs, pour le volumineux Torrence et celui-ci est installé à même le plancher.

Deux heures plus tard – Émile ronfle depuis longtemps – Torrence appelle à mi-voix :

— Patron… Hé ! Patron…

— Il est déjà l'heure ?

— Mais non... Chut... Surtout, ne marchez pas... Ne faites pas grincer votre lit... Attendez que je regarde l'heure... Une heure et demie du matin... Eh bien ! il y a des gens qui parlent juste au-dessous de ma tête... Je me demandais ce qui m'empêchait de dormir... Je me disais toujours que ça allait finir... Voilà maintenant deux heures que cela dure... Vous trouvez ça naturel, vous ?

— Qui est-ce qui occupe la chambre en dessous de notre mansarde ?

— Mais... Tonnerre de Dieu !... Vous avez raison... c'est cette veuve dont vous m'avez parlé pendant tout le temps du dîner... Cette Mme Séquaris... Avec qui peut-elle bien converser la nuit pendant des heures ?... Surtout elle qui, pendant la journée, n'adresse la parole à personne ?

Quand, le lendemain matin, par un soleil radieux, les deux hommes prennent leur petit déjeuner sur la terrasse que le patron est en train d'arroser en prévision de la poussière, ils ont la surprise d'apercevoir, en face d'eux, Barbet qui boit son café au lait et qui exhibe un magnifique œil au beurre noir et un nez tuméfié.

— Qu'est-ce que je vous avais dit, patron ?

Un vélo est prêt au bord du trottoir. Barbet le désigne discrètement. Il vient de le louer. Il a été décidé que, quand il aurait à communiquer avec ses patrons, il leur donnera rendez-vous à un des carrefours de la forêt.

C'est Torrence qui s'y rend avec la petite auto. Quant à Émile, il préfère se promener au bord de l'eau.

Il ne tarde pas à rencontrer Mme Séquaris, plus digne et plus triste que jamais, examinant comme la veille les brins d'herbe à ses pieds.

Mais ce n'est plus à la même place. C'est immédiatement après l'endroit inspecté la veille, comme si elle avait divisé la berge en secteurs et comme si, chaque jour, elle se donnait pour tâche d'explorer un de ces secteurs.

3

Où un gentleman disparaît mystérieusement au moment même où ses confidences donnent un résultat.

Émile était rentré à Moret. Il parcourait le village en attendant l'heure du déjeuner et Torrence n'était toujours pas revenu. Au fait, qu'est-ce qu'il y avait de changé, ce matin-là, dans l'aspect d'une rue déjà familière ? Il y a des moments, comme ça, où quelque chose vous choque et où vous êtes incapable de dire quoi.

Un quart d'heure s'était bien écoulé et Émile pensait à autre chose quand il se frappa le front.

— Norton !...

Il n'avait pas encore aperçu Norton, ce matin-là, alors que le journaliste avait l'habitude d'emplir la rue de sa personne. Émile se renseigna à l'*Écu d'Or* et au *Cheval Pie* où, à pareille heure, le journaliste anglais aurait dû avoir bu, déjà, un certain nombre de petits verres.

— C'est vrai, qu'on ne l'a pas vu ce matin !... remarqua Emma. Pourtant, même quand il a pris la cuite, il est levé de bonne heure, et cela ne le gêne pas pour recommencer.

Émile, pensif, se dirigea vers la petite maison campagnarde où l'Anglais avait loué une chambre. C'était une bicoque sans étage, entourée d'un jardin plein de fleurs. Une brave femme lavait la cuisine où régnait une fraîche pénombre.

— Dites-moi, madame… M. Norton, s'il vous plaît ?…

— Justement… C'était bien ce que j'étais en train de me demander… figurez-vous que je ne l'ai pas vu ce matin… Quand je suis allée pour lui porter son petit déjeuner, il n'y avait personne dans la chambre et le lit n'était pas défait… Pourtant…

La brave femme se tut, comme si elle regrettait d'en avoir déjà trop dit.

— Cependant ?… insistait Émile.

— Rien… Je parlais toute seule…

Émile eut une intuition.

— Je sais ce que vous avez voulu dire… M. Norton n'était pas dans sa chambre ce matin… son lit n'était pas défait et, *cependant*, vous avez eu l'impression de l'entendre rentrer cette nuit, n'est-ce pas ?

— C'est bien ça…

— Quelle heure était-il ?

— Très tard… C'était presque le matin…

— Voulez-vous me permettre de jeter un coup d'œil dans sa chambre ?… Ne craignez rien… Je ne toucherai à rien… Vous serez là d'ailleurs…

La chambre était au rez-de-chaussée. Elle donnait sur le derrière de la maison et une porte permettait de sortir directement par le jardin.

Dans un coin, une grosse valise de cuir, fermée à

clef comme Émile put le constater. Les objets de toilette étaient encore épars sur une commode. Un complet de *tweed* pendait au portemanteau.

— Eh bien ! madame, je vous remercie… J'espère que M. Norton ne tardera pas à revenir… En attendant, je vous conseille de ne laisser pénétrer personne dans cette pièce…

Un quart d'heure plus tard, Torrence arrivait à l'*Écu* où Émile l'attendait.

— Pas grand-chose, expliqua l'ex-inspecteur de la P.J. Notre Barbet et l'Anglais ont ingurgité ensemble, hier au soir, un nombre incalculable de petits verres et de grands. Norton paraissait ivre quand, vers minuit, tous deux sont allés prendre l'air sur la route. C'est alors qu'au moment où Barbet s'y attendait le moins son nouvel ami lui a appliqué froidement un direct du gauche et un crochet du droit en plein visage.

— Barbet n'avait pas essayé, selon son habitude, de lui faire les poches ?

— Il jure que non… J'avoue que, par la suite, Barbet a été plus astucieux… Au lieu de riposter, il s'est laissé tomber à la renverse et il est resté un bon moment étendu sur le sol… Cela lui a permis de constater que l'Anglais, se croyant débarrassé de lui, retournait précipitamment à l'*Écu*… On venait de fermer les portes de l'auberge, mais Norton s'est glissé dans la maison par les anciennes écuries et, quelques instants plus tard, il frappait discrètement à la porte de Mme Séquaris… C'est tout… De votre côté, patron ?

Émile, maussade, haussa les épaules.

— Il a disparu ! soupire-t-il.

— Norton ?... Comment ?... Où est-il allé ?... Il n'avait pas d'auto... S'il a quitté Moret, il a donc dû prendre le train...

Ce ne fut pas long d'apprendre que l'Anglais, dont la silhouette était devenue familière à tout le village, n'avait pas pris le train. Il ne s'était pas davantage adressé à un garage pour louer une voiture. Il ne disposait pas de bicyclette et on ne signalait la disparition d'aucun vélo.

Les deux hommes achevaient de déjeuner – ils avaient obtenu ce jour-là un déjeuner complet – quand la receveuse des postes appela Torrence à l'appareil.

— C'est la réponse au radiogramme que vous avez adressé à Tahiti... Si vous voulez venir jusqu'ici...

Le chef de la police de Tahiti répondait aux questions de Torrence, furieux de cette correspondance à trente-deux francs le mot :

« *Raphaël Parain, embarqué le 26 avril à bord paquebot* Ville-de-Verdun, *a dû arriver Marseille 5 juin, stop, âgé soixante-quatre ans, taille moyenne, teint frais, cheveux blancs, signes particuliers néant.* »

Il faisait chaud, ce jour-là. Torrence, pour la première fois, avait l'impression qu'Émile pataugeait.

— Nous voilà bien avancés !... Lequel est-ce des deux ?... D'après les photographies et les rapports de police, ils avaient tous les deux soixante-cinq ans environ, les cheveux blancs et le teint frais... Comment savoir lequel était le vrai ?

— Peut-être tous les deux étaient-ils faux ? proposa Émile sans sourire.

— Remarquez qu'en arrivant le 5 à Marseille, il avait juste le temps d'être à Moret le 7 juin…

Émile ne se donna pas la peine de répondre. Une heure durant, il resta assis à la terrasse de l'*Écu* à grignoter sa cigarette non allumée. Deux fois, il dut changer de place, parce que le soleil le rejoignait, et Torrence sentait sa patience lui échapper.

— Eh bien ! voilà, conclut enfin le grand jeune homme roux. Maintenant que nous sommes engagés dans les frais… À quelques centaines de francs près, n'est-ce pas ?… Venez avec moi jusqu'au bureau de poste…

Là il demanda, par priorité, la communication téléphonique avec le *Daily News*, à Londres. L'inspecteur Bichon, qui était là pour prendre son courrier, les regarda avec stupeur et s'éloigna rapidement, sans doute pour apporter cette nouvelle à ses chefs.

Émile parlait l'anglais. Il obtint assez facilement le secrétaire de rédaction du journal londonien à l'appareil.

— Pourriez-vous me dire si, depuis hier, vous avez reçu des nouvelles de votre collaborateur William Norton ?

— Norton ?… Aucune nouvelle depuis plus d'un mois…

— Un instant… Ne coupez pas, s'il vous plaît… William Norton est bien attaché à votre rédaction, n'est-ce pas ?

On hésitait visiblement, à l'autre bout du fil.

— Qui parle, s'il vous plaît ?

— Ici, l'Agence O… Norton vient de disparaître… Peut-être a-t-il été victime d'un attentat… nous nous occupons de cette affaire…

— William Norton était attaché à notre rédaction, mais uniquement pour les grands reportages… Voilà plus d'un an qu'il a quitté l'Europe pour un long voyage dans le Pacifique… Nous ne savons pas encore quand il rentrera, mais sa dernière dépêche est envoyée de Panama…

— Quelle date ?

— Attendez… Gardez l'appareil…

Ce fut assez long. Émile eut le temps de dévorer un bon quart de sa cigarette et l'amertume du tabac lui fit faire la grimace.

— Allô !… Sa dépêche est du 16 mai… Il annonce simplement son prochain retour, sans dire par quel bateau il rentrera…

— Je vous remercie… Je vous tiendrai au courant… Pouvez-vous me donner son signalement ?…

Ce signalement, encore qu'incomplet, correspondait avec celui du journaliste.

— Une dernière question… Il buvait beaucoup ?

— *Plus que beaucoup*…

C'était bien lui.

— Et voilà… murmure Émile en raccrochant. Si, maintenant, vous voulez téléphoner aux Messageries Maritimes, je suis persuadé qu'on vous répondra que le *Ville-de-Verdun* faisait escale à Panama le 15 mai… Autrement dit, Norton et le fameux Raphaël Parain voyageaient à bord du même bateau…

— C'est curieux qu'ici il ait prétendu qu'il arrivait d'Angleterre pour se livrer à cette enquête…

Émile ne se donna pas la peine de répondre. Mais, un peu plus tard, il soupirait :

— Mon Dieu, patron, je pense que je vais encore engager de nouveaux frais…

En réalité, c'était son argent qu'il dépensait de la sorte, puisqu'il était à la fois le propriétaire et l'animateur de l'Agence O. Mais Torrence n'en avait pas moins un droit de regard sur les affaires de la maison, d'autant plus qu'il recevait en fin d'année un sérieux pourcentage sur les bénéfices.

— Les Messageries Maritimes, à Paris, n'auront pas le renseignement qu'il me faut… C'est le bureau de Marseille qui doit, à l'heure actuelle, posséder les documents… Demandez-moi donc les Messageries, à Marseille…

Jamais la receveuse des postes de Moret n'avait, en si peu de temps, fourni des communications aussi chères.

— Vous avez Marseille, monsieur…

— Les Messageries ?… Donnez-moi le service des paquebots de la ligne d'Océanie… Oui… Merci… Allô !… Vous devez avoir en ce moment, en votre possession, la liste des passagers du *Ville-de-Verdun* à son dernier voyage… Vous dites ?… Oui… Je voudrais m'assurer qu'il y avait à bord certaines personnes dont je vais vous donner les noms… D'abord un nommé Raphaël Parain… Comment ?… Mais oui…

Le secrétaire général, au bout du fil, venait de sursauter et de demander s'il s'agissait du Parain dont on parlait tant au sujet de l'affaire de Moret.

Pendant qu'il allait chercher les documents dans un bureau voisin, Émile, l'écouteur à l'oreille, expliquait à Torrence :

— Je me doutais de quelque chose dans ce genre… Le *Ville-de-Verdun* est reparti presque aussitôt après avoir touché Marseille… Le commissaire du bord et les officiers qui ont connu Parain pendant la traversée, et qui savaient donc qu'il est actuellement en France, sont en mer et n'ont pas lu les journaux… Allô !… Oui… Vous dites ?… Cabine 2… Comment ?… Répétez, car ceci m'intéresse prodigieusement… Il était malade et il n'a pas quitté sa cabine pendant la traversée ?… C'est très important, oui… En effet, comme vous dites, cela explique que les autres passagers n'aient pas entendu prononcer son nom… Un instant… Ce n'est pas tout…

« Maintenant que vous avez la liste sous les yeux, veuillez me dire si vous y relevez le nom de William Norton, sujet britannique… Bien… Je m'y attendais… Où est-il monté ?… À Tahiti ?… Ne raccrochez pas, je vous en prie… Mais non, mademoiselle, je n'ai pas terminé…

« Allô ! Un dernier nom… Irène Séquaris… S, comme Simon… Oui… Vous ne voyez pas ça ?…

Le visage d'Émile exprimait une soudaine contrariété.

— Attendez, cher monsieur… Je vous en supplie, gardez l'appareil un moment…

Et, se tournant vers Torrence :

— Vous vous souvenez de son nom de jeune fille, vous ?… Je crois que vous l'avez noté…

Torrence chercha dans son calepin.

— Gélis…

— Allô !… Voulez-vous voir s'il y a une dame ou demoiselle Gélis sur votre liste de passagers ?…

Il s'épongea, car il était en nage et la cabine était surchauffée.

— Comment ?… Oui ?… Attendez…

Il avait poussé un véritable cri de triomphe.

— Elle est montée à Tahiti, elle aussi ?… Elle est

descendue à Panama ?... Écoutez, cher monsieur... Je sais que je vous dérange, mais vous ne pouvez imaginer à quel point les renseignements que vous me donnez sont précieux... Vous est-il possible, d'après les documents que vous avez en main, de me dire si cette demoiselle avait un billet pour Panama ou pour Marseille ?...

La réponse vint quelques instants plus tard.

— Marseille...

— Ce n'est pas tout... Vous allez me faire gagner encore un temps précieux... Je suppose que vous avez les horaires de toutes les compagnies de navigation françaises ou étrangères ?... Je suis ici dans un village où je ne puis me procurer aucun renseignement... Soyez assez aimable pour vous assurer que, le 15 ou le 16 mai, il y avait, à Panama, un autre paquebot pour l'Europe...

— Je vais vous demander trois ou quatre minutes...

— Une communication qui ne sera pas pour rien !... soupira Torrence. Enfin !... Quand on veut faire de l'art pour l'art...

— Allô !... Vous dites ?... Le *Stella-Polaris* ?... Qu'est-ce que c'est exactement ?... Un bateau norvégien rapide qui revenait du tour du monde avec des passagers de luxe ?... Oui... Et où devait-il escaler en premier lieu, en Europe ?... Comment ?... Le 3 juin, à Liverpool ?... Je vous remercie... Oui, cette fois, c'est terminé... Hélas ! Je comprends votre curiosité, mais je suis confus de ne pouvoir vous répondre... Avec la meilleure volonté du monde, il m'est impossible, en ce moment... Oui... Merci... Vous serez bien aimable de me confirmer ces renseignements par lettre… Torrence, directeur de l'Agence O, poste restante, à Moret-sur-Loing…

Quand Émile sortit de la cabine, il était rouge comme la crête d'un coq et il éprouva le besoin d'aller respirer sur le seuil une grande bolée d'air avant de venir payer la communication.

Torrence, assez vexé, ne put s'empêcher de grommeler :

— Je suppose que, maintenant, vous allez prendre le premier bateau pour Tahiti ?

— Ce ne serait pas si bête que ça !… Malheureusement, le procédé a le malheur d'être un peu long… D'autant plus que tout ce qui aurait pu nous intéresser à Tahiti ne doit pas être loin de Moret en ce moment… Je me demande, patron, si je ne commence pas à avoir mal à la tête et si nous ne ferions pas bien d'aller boire un demi à l'ombre…

Ils trouvèrent, près de la terrasse, Mme Séquaris, qui remplissait des feuilles de papier d'une écriture serrée.

— Deux demis… commanda Torrence.

— Voyez-vous, patron, il était clair que ces deux hommes, que nul ne pouvait identifier, venaient de loin…

— Pourquoi dites-vous les deux ?… D'après ce que nous savons, il n'y avait qu'un seul Raphaël Parain à bord… Donc, ici, sur les deux cadavres, il y avait fatalement un vrai Raphaël Parain et un faux.

— Vous croyez ?

Torrence serra les dents et ne répondit pas. Il y avait des moments, surtout quand il prenait ce petit air modeste et innocent, où son collaborateur Émile avait le don de l'exaspérer.

— Nous recevrons demain matin la liste complète des passagers, avec tous les renseignements que la Compagnie pourra nous fournir sur chacun d'eux… Ce qui m'ennuyait le plus, c'était que cette dame Séquaris fût arrivée à Moret *avant* le 7 juin… Je ne pensais pas encore à Tahiti… J'ignorais que la ligne française est une ligne assez lente, assurée par des bateaux mixtes, et qu'il était possible, avec un peu de chance, de trouver à Panama un bateau plus rapide pour achever le voyage… De Liverpool, en prenant l'avion… Tenez !… Il y aurait un moyen bien simple de faire la preuve de ce que nous avons découvert… Si Mme Séquaris est arrivée en avion, il ne doit y avoir dans sa chambre que très peu de bagages, alors qu'elle est ici depuis un mois et qu'elle paraît disposée à rester longtemps… Si, pendant que nous la surveillons, Barbet voulait aller faire un tour dans sa chambre ?…

Torrence s'éloigna, revint un peu plus tard, fit signe que Barbet était là-haut. La jeune femme écrivait toujours et, de temps en temps, quand elle levait la tête, c'était un regard indifférent qu'elle laissait peser sur les deux hommes.

Soudain, il y eut un brouhaha. Un homme, dans l'hôtel de l'*Écu*, dégringolait l'escalier, traversait la salle, les yeux hors de la tête, appelait avec angoisse :

— Patron… Patron…

Mme Séquaris tressaillit. Elle eut même un mouvement pour se lever.

— Patron !… Vite !… Là-haut… Un cadavre…

Émile ne fit qu'un bond jusqu'à la jeune femme qui, ramassant ses papiers, se disposait sans doute à partir.

— Un instant, madame…

— Mais, monsieur, vous n'avez pas le droit de…

— Que j'en aie le droit ou que je ne l'aie pas, je vous interdis de bouger… Torrence !… Allez-y…

Bousculade. Les curieux qui encombraient la terrasse se précipitaient tous à la fois.

— Je vous en supplie, monsieur… balbutiait Mme Séquaris. Vous ne savez pas ce que vous…

— C'est Norton ? questionne Émile entre ses dents.

Il lui avait saisi le bras et il le serrait comme dans un étau. Elle fit oui de la tête.

— C'est vous qui ?…

Il vit des larmes gonfler ses paupières.

— Vous êtes un démon… balbutia-t-elle. Je ne comprends pas encore comment vous avez pu…

Le patron maintenait les curieux au bas de l'escalier. Geneviève était allée chercher la police. L'inspecteur Bichon accourait, plein d'importance, en répétant :

— Circulez, voyons !… Qu'est-ce que c'est ?… Fichez-moi tout ce monde à la porte…

Enfin Torrence redescendait et annonçait à Émile :

— Norton…

— Je sais…

— Empoisonné…

— Hein ?

Émile regarda vivement la jeune femme. Celle-ci baissait les yeux.

— On l'a fourré dans l'armoire… Celle-ci était fermée à clef… Barbet n'a pas résisté au désir d'essayer ses talents sur la serrure.

L'inspecteur Bichon descendait à son tour, furibond, s'élançait vers Torrence.

— Vous, hurlait-il, je voudrais bien que vous m'expliquiez votre rôle dans cette affaire... N'oubliez pas qu'il y a belle lurette que vous n'appartenez plus à la police officielle et que, si je vous ai toléré ici...

Torrence ne savait que répondre. C'est Émile qui murmure avec son habituelle aménité :

— Cela ne vous ferait rien, monsieur l'inspecteur, de vous assurer de cette dame ?...

— Je vous remercie, jeune homme, mais je n'ai pas besoin de vos conseils... C'est trop fort, à la fin !... Si tout le monde se met à jouer au détective...

À ce moment, Émile eut la surprise d'entendre sa prisonnière lui murmurer quelque chose à l'oreille, très bas, très vite.

— Il ne reste plus qu'une vingtaine de mètres à examiner... Près du petit pont de pierre... Faites vite !... Un tube de métal qu'on a en partie enfoncé dans la terre...

Moret, une fois de plus, était en révolution.

4

Où Émile, décidément en proie à la folie des grandeurs, engage des frais de plus en plus considérables.

Les automobilistes qui traversent Moret-sur-Loing, ce soir-là, doivent se demander ce qui se passe au bord de la rivière. En effet, des projecteurs sont braqués sur une cinquantaine de mètres de la berge et, dans la lueur des phares, on voit des silhouettes s'agiter.

Ils sont une quinzaine, des hommes qu'Émile a racolés avec quelque peine. La région est riche et les gens n'ont pas envie de travailler après journée. En outre, il s'agit d'un travail si étrange que quelques-uns, en regardant l'employé roux de l'Agence O, se passent l'index sur le front, dans un geste assez significatif.

Malgré la nuit tombante, Émile n'a-t-il pas eu l'idée de faire venir deux bœufs et d'atteler ces bœufs à des herses ?

Pour herser quoi, bon Dieu ? Sans compter que la berge est en pente, que les bêtes risquent à chaque instant de dégringoler dans la rivière.

— Si un malheur arrive, je paierai… tranche-t-il.

Un commissaire est venu chercher Mme Séquaris et l'a emmenée à Fontainebleau où, à cette heure, ils doivent être quelques-uns, des officiels, à essayer de la faire parler.

Torrence est de plus en plus lugubre. Tout cela ressemble si peu à ses bonnes vieilles méthodes !

— Pas si loin !… Pas si loin !… crie Émile de toutes ses forces au petit peuple qui travaille pour lui. Inutile de dépasser le point de départ marqué avec un pieu…

Quarante mètres de long, dix de large, à fouiller en surface et en profondeur.

— Vous croyez maintenant que nous allons trouver quelque chose ?

Et Émile, imperturbable, de déclarer :

— J'en ai la certitude…

À onze heures du soir, en effet, on lui apporte un

objet qu'on vient de retirer de terre. Il exulte déjà. Il croit être arrivé à ses fins. L'objet n'est autre qu'un tuyau de plomb long d'une trentaine de centimètres.

Malheureusement, il ne contient absolument rien.

— Continuez ! commande-t-il.

Le spectacle est extravagant. Des curieux viennent contempler ces hommes qui, à pareille heure, à la lumière de phares d'autos, fouillent la berge du Loing…

— Voyez-vous, patron, confie Émile à Torrence, j'ai trouvé exactement le même bout de tuyau dans la chambre de la dame…

— Qu'est-ce que cela prouve ?

— Peut-être rien ?… Peut-être beaucoup ?… J'ai ma petite idée là-dessus… Ce bout de tuyau, elle a dû le trouver hier… Or c'est cette nuit que Norton lui a rendu visite…

Les choses sont sur le point de se gâter. Des gens ont, en effet, alerté, le maire de Moret. Celui-ci accourt. Il ne comprend pas qu'on se permette de bouleverser la berge de *sa* rivière sans *son* autorisation. Émile parlemente. Torrence fait ce qu'il peut. Et les travaux seraient sans doute arrêtés si un brave homme ne s'approchait à cet instant. Il est près de minuit.

— Je viens de trouver ça, patron… Est-ce que, des fois, ce serait ce que vous cherchez ?

Un morceau de tuyau de plomb encore, de même longueur que le précédent, et que celui qu'on a retrouvé chez Mme Séquaris. Seulement, il y a une différence. Celui-ci a été fermé aux deux bouts.

— Je crois, déclare Émile, que nous pouvons rentrer à l'hôtel…

Il a repéré l'emplacement où les deux tubes ont été découverts.

Dix minutes plus tard, dans la mansarde qu'il occupe avec Torrence à l'*Écu d'Or*, Émile, avec des pinces prises dans la voiture, ouvre un des bouts du tuyau.

Ce qui en sort…

— Avouez, grogne Torrence, que vous ne vous doutiez pas…

Mais si ! Émile s'en doutait. La preuve, c'est qu'il ne manifeste aucune surprise.

Ce sont des perles, une centaine de perles magnifiques, plus grosses et mieux orientées les unes que les autres.

— Voilà, conclut-il.

— Voilà quoi ?… Vous n'allez pas prétendre…

— Ma foi, je n'étais pas sûr de trouver des perles, mais j'étais sûr de trouver une fortune… Or il n'y a pas d'or dans le Pacifique, ni de diamant… Et toute cette affaire a eu son point de départ à Tahiti, en plein Pacifique… Il est donc assez normal qu'à son épilogue nous trouvions des perles… Ce que je me demande…

Il est longtemps à réfléchir.

— Il y a décidément une chose que je ne comprends pas… Norton mort, pourquoi cette femme ?…

— Vous voulez parler de Mme Séquaris ?

— Oui… Pourquoi avait-elle encore peur ?… Pourquoi m'a-t-elle demandé de fouiller la berge ?… Est-ce que, par hasard, Norton avait un complice ?…

5

Où il est question des trois tuyaux de plomb et d'une bien vieille histoire qui finit mal.

Le commissaire de la Brigade mobile est allé chercher Mme Séquaris qui sommeillait dans un des bureaux. Le jour n'est pas loin de se lever. Émile et Torrence sont couverts de poussière, après la soirée qu'ils ont passée à diriger les fouilles sur la berge du Loing.

— Vous verrez qu'elle ne dira rien…

— Je suis persuadé, au contraire, qu'elle va tout nous raconter, affirme Émile. N'est-ce pas, patron ?

C'est une habitude d'Émile de mettre tous les succès de l'Agence O sur le compte de l'ex-inspecteur Torrence. Il y a des cas, et c'en est un, où ce n'est pas facile, car Torrence n'a encore rien compris à cette affaire embrouillée.

— Voici les perles, madame… Il y en a, sauf erreur, pour une somme considérable… Vous seriez bien aimable, maintenant, de nous donner quelques explications… Nous savons déjà un certain nombre de choses… Par exemple, que vous vous êtes embarquée à Tahiti en même temps que le vrai Raphaël Parain et que le journaliste anglais William Norton… Ensuite, que vous êtes arrivée ici avant eux, ayant quitté le *Ville-de-Verdun* à Panama et ayant emprunté une voie plus rapide… Ensuite, que vous portiez chaque jour, ou à peu près, dans un village voisin, des lettres adressées à une amie qui habite Cristobal…

Elle regarde Émile et a de la peine à cacher son admiration.

— C'est bien… déclare-t-elle. Que désirez-vous savoir ?

— Comment avez-vous connu Raphaël Parain ?

— C'était mon oncle… Notre famille a toujours été assez vagabonde… Mon oncle, dès sa jeunesse, est parti pour le Pacifique et il s'y est si bien acclimaté qu'il n'est jamais revenu en France… sauf pour y mourir…

— C'était celui des deux Parain qui avait une maladie de foie ?

— C'était l'autre… Mon oncle, qui n'a jamais commis aucun excès, était aussi solide qu'un jeune homme… Il menait là-bas une existence paisible de petit rentier dans sa maison du bord du lagon… Quant à moi, j'ai épousé un colonial aussi… Nous avons vécu longtemps en Amérique du Sud… Lorsque je me suis trouvée veuve, je suis allée rejoindre mon oncle qui m'a accueillie…

Pourquoi Émile éprouve-t-il le besoin de se tourner vers Torrence et de murmurer :

— Vous voyez comme c'est simple !…

— J'en arrive, explique la jeune femme, à cette odieuse histoire de perles… Je voudrais que ces perles n'aient jamais été découvertes… Dieu sait si c'est ancien !… Cela date de plus de trente ans… Mon oncle venait d'arriver à Tahiti… Il travaillait avec un ami, un Français, né à Carcassonne, un nommé Hutois, à une plantation de cocotiers… Un jour qu'ils étaient dans les rochers, sur la rive sud de l'île, le hasard leur a fait découvrir, dans une anfractuosité, un tout petit paquet… Mais ce petit paquet avait une valeur énorme… Il contenait, en effet, une centaine de perles de toute beauté…

— Les voici…

— Oui… Je m'en doute… Mon oncle et son ami ont commis une première faute… Ces perles avaient été cachées là par qui ?… Par un indigène qui les avait volées dans une pêcherie ?… Par quelque aventurier ?… De toute façon, ils étaient tenus d'en faire la déclaration et ils ne l'ont pas faite… Hutois a proposé de venir en Europe et de négocier ces joyaux…

— Votre oncle a accepté cette combinaison ?

— Mon oncle était assez naïf à cette époque… Depuis, il n'a jamais eu de nouvelles de Hutois… Tout au moins jusqu'à ces tout derniers temps… Comme je vous l'ai dit, il s'est organisé là-bas une vie tranquille, confortable, exempte de soucis… Son seul vrai souci, en somme, c'était moi qui le lui apportais, car il était inquiet pour mon avenir…

— Quand a-t-il reçu la lettre ? questionne Émile qui ne perd pas le fil de ses idées.

Elle le regarde avec étonnement.

— Vous connaissez donc l'histoire ?… Il y a trois mois, mon oncle a reçu une lettre, en effet, écrite par son ancien complice, si je puis employer ce mot… Celui-ci se repentait de ce qu'il avait fait… Contrairement à ce qu'on aurait pu attendre de lui, une fois en Europe, il n'avait pas vendu les perles pour mener la grande vie… Au contraire, il avait été la proie d'une sorte d'avarice, peut-être doublée de peur… Toujours est-il qu'il vivait modestement à la campagne, à moins d'un kilomètre de Moret, et qu'il se contentait de vendre une perle de temps en temps pour subvenir à ses besoins… Dans les derniers mois, se sentant malade, il avait décidé de soulager sa conscience… Il suppliait mon oncle de lui pardonner… Il lui annonçait qu'il allait mourir, mais qu'il laissait un message pour lui à son confesseur, le curé de Moret…

— Voilà, déclara Émile avec assurance, l'explication des deux Raphaël Parain…

« Dans sa lettre, Hutois disait : "Il vous suffira de vous présenter à mon confesseur et de lui dire que vous êtes Raphaël Parain de Carcassonne… J'ai donné, à tout hasard, le nom de ma ville natale… Ce bon prêtre vous dira, sans savoir de quoi il s'agit, où vous trouverez les perles… *Encore une fois, il ne sait pas de quoi il s'agit et je lui ai parlé sous le sceau de la confession…*"

— Où avez-vous connu Norton ? questionna Émile.

— À Tahiti…

— Il fréquentait chez votre oncle ?

— Oui… Il me faisait la cour et…

— … Il a jeté un coup d'œil sur cette lettre ?

— Je l'ai toujours pensé…

Alors Émile se tourna vers le commissaire et vers Torrence.

— Voilà, messieurs, l'explication toute simple d'une affaire qui paraissait insoluble…

Pourquoi s'interrompit-il pour ajouter, sans la moindre trace d'ironie, il est vrai :

— C'est mon patron, M. Torrence, qui, dès le début, en a flairé la solution… Parain, à Tahiti, apprend qu'il peut récupérer les perles qu'il croyait perdues… Il a maintenant une nièce à charge… Il s'embarque avec elle pour la France… Ce qui l'inquiète, c'est que certain journaliste anglais, qui devait sans doute suivre une autre route, s'embarque avec lui, et Parain se demande si cet homme n'a pas surpris son secret…

« Pendant toute la traversée, il vit dans sa cabine en prétendant une mauvaise santé… À Panama, il envoie sa nièce au-devant de lui par un autre bateau…

— C'est exact… fait Mme Séquaris.

— Quant à Norton qui, en effet, a lu la fameuse lettre, il a conçu un plan qu'il croit parfait… Il s'assure de la complicité d'un homme de soixante-cinq ans environ, sans doute d'un compatriote qu'il rencontre au cours d'une escale… Cet homme doit arriver à Moret *quelques heures avant le vieillard* et voir le prêtre, *qui ne connaît pas Parain*, en lui déclarant qu'il est le nommé Raphaël Parain, de Carcassonne…

« Il suffit de retarder quelque peu le vrai Parain en route… Quelques minutes suffisent… Je ne sais pas comment Norton s'y est pris, mais…

— Je peux vous le dire, intervient la jeune femme. J'ignore pourquoi mon onde se méfiait de Norton. Ils devaient voyager ensemble. Norton avait raconté qu'il avait de la famille dans la forêt de Fontainebleau… À Marseille, mon oncle a pris l'avion d'Air France, pour Paris et, de là, il est venu par le train… Les deux Parain, le faux et le vrai, sont arrivés à Moret à quelques minutes d'intervalle, mais, quand le faux Parain s'est présenté à la cure, mon oncle en sortait… Je l'attendais dehors… Il a aperçu Norton qui tentait de se cacher… Il m'a dit :

« — *S'il m'arrivait quelque chose, il vaut mieux que tu sois au courant… Sur la berge du Loing, entre un pieu que tu trouveras en aval du vieux pont de pierre et ce vieux pont, les perles sont enterrées dans un tube de plomb… Il y a trois tubes… C'est celui du milieu qui contient le trésor…*

— Voilà, messieurs, conclut Émile. La nuit même, Norton, qui n'avait pas encore pris pension dans le pays et qui était donc inconnu, étranglait les deux vieillards, se débarrassant ainsi du vrai Parain et du faux…

« Il se croyait en sûreté… Il revenait le lendemain comme journaliste et n'attirait pas les soupçons…

« Il voulait, coûte que coûte, retrouver les perles…

« Il suivait Mme Séquaris du matin au soir…

« Le moment venu, il était bien décidé à…

— C'est ce qui est arrivé, dit-elle. Je cherchais, chaque jour. Je fouillais la berge. Je ne pouvais que le faire superficiellement, pour ne pas attirer l'attention… Hier, j'ai découvert un morceau de tuyau de plomb, et, cette nuit, Norton a fait irruption dans ma chambre…

« Il voulait partager avec moi… Il a été cynique, menaçant… Je ne savais comment m'en débarrasser… J'avais préparé, sur ma table de nuit, une potion somnifère, car ces derniers temps, à la suite de tous ces drames, j'avais le sommeil difficile… Effrayée, me sentant sans défense, j'ai rusé… Je lui ai laissé croire… Puis je lui ai offert un grog… J'ai triplé la dose de somnifère… Je ne croyais pas le tuer… Il avait déjà beaucoup bu…

Torrence regardait le bout de ses souliers avec attention.

— Et voilà, conclut Émile, ce que mon patron me

disait il y a moins d'une heure. Quant au choix de la chambre 9…

— Un post-scriptum de la lettre de Hutois, expliqua Mme Séquaris, conseillait à mon oncle de demander, à l'*auberge*, la chambre 9, celle, disait-il, *dont la fenêtre donne sur l'endroit où le trésor est caché*… Hutois était vieux, malade, craintif… Il a seulement oublié de préciser l'auberge dont il s'agissait… Il compliquait tout à plaisir, hanté par l'idée de son trésor et d'un vol possible…

Torrence leva les yeux. Ils étaient lourds de sommeil.

Lorsqu'ils furent dehors tous les deux, Émile, qui était aussi alerte que s'il avait dormi toute la nuit, lança dans le frais matin :

— Une jolie histoire, patron !… On pourrait l'intituler la course aux perles… Et voyez combien elle est morale !… Celui qui, le premier, a eu ces perles entre les mains, les a cachées dans une anfractuosité de rocher où il ne les a jamais retrouvées. Des hommes qui ont mis la main dessus, l'un n'a jamais osé en vendre qu'une de temps en temps, pour mener une petite vie médiocre – que son travail aurait pu lui assurer – et l'autre est venu se faire tuer loin de son cher Tahiti… Un aventurier, Norton qui, lui, avait envie de mener la vie à grandes guides, s'est endormi à jamais au moment où il croyait toucher au but et enfin cette jeune femme triste…

Émile s'interrompit, rêveur, donna un coup de pied dans un caillou du chemin et reprit :

— L'État va sans doute faire vendre ces perles aux enchères à l'Hôtel Drouot… Eh bien, patron, je ne voudrais pas les acheter… Je ne sais pas si vous comprenez ce que je veux dire, mais…

Encore quelques pas en silence :

— Ces petits machins-là, qui valent tant d'argent, plus que n'en gagnent d'honnêtes gens dans leur vie, ont souvent une si tragique histoire !… Car enfin, nous ne connaissons l'histoire de ces perles que depuis qu'elles sont tombées par hasard entre les mains d'un certain Raphaël Parain et d'un certain Hutois… Mais avant, patron ?… Qu'est-ce qui nous prouve qu'avant…

Les deux auberges, une en face de l'autre, les tables des terrasses, les bonnets blancs des patrons.

— Pour ces messieurs, ce sera… ?

La satisfaction, quand même, d'avoir résolu un problème que toutes les polices…

— Un café, patron…

Et puis, un lit !… Un bon lit !… D'autant plus qu'il y aura désormais moins de curieux à Moret-sur-Loing et qu'on pourra y dormir tranquille !

Un homme au nez tuméfié, à l'œil bleuâtre, prend son petit déjeuner sous un parasol et Émile soupire :

— Vous savez, patron, qui elle prenait pour un complice de Norton, de quel homme elle avait peur ?…

Torrence n'est pas en état de jouer aux devinettes. Il fait, lugubre, le compte de ce que leur coûte en câbles et en téléphone cette enquête qui ne rapportera rien.

— C'est Barbet !… Barbet qui a surgi au dernier moment et qui…

— Si cela ne vous fait rien, grogne Torrence, moi, je vais dormir…

LE VIEILLARD
AU PORTE-MINE

1

Où l'on voit des gens converser d'une façon pour le moins inattendue à la terrasse d'un café et où Émile fait montre d'une singulière obstination.

Il était exactement onze heures du matin. Émile pouvait voir, de la terrasse à laquelle il était installé, sur les Grands Boulevards, l'horloge électrique du carrefour Montmartre. C'était un des premiers beaux jours du printemps. L'air était tiède, le soleil capiteux et les femmes arboraient pour la plupart des couleurs vives.

Pour toutes ces raisons, et en outre parce qu'il n'y avait rien à faire ce jour-là à l'Agence O, Émile venait de quitter, les mains dans les poches, les bureaux peu somptueux de la Cité Bergère.

Il ne pensait à rien. À vrai dire, il contemplait son verre de porto dans lequel un rayon de soleil allumait de magnifiques feux d'artifice.

Quelqu'un qui l'aurait observé comme il avait l'habitude d'observer les gens aurait pu le voir tressaillir soudain, à la façon, à peu près, d'un dormeur qui va se réveiller. Quelque chose venait de le frapper à travers son engourdissement, mais il ne savait pas encore quoi.

— *22… 22…*

Voyons ! Ce chiffre n'était écrit nulle part, comment parvenait-il jusqu'à Émile ?

— *22, rue Blomet…*

Personne n'avait articulé ces mots près de lui, Émile en était sûr. Enfin, brusquement, il eut la révélation de cette anomalie. Ces mots, il ne les lisait pas, il ne les entendait pas à proprement parler, *mais il les reconstituait.*

Émile s'était d'abord destiné à la marine et il avait longtemps pratiqué le morse. C'était en morse que le message lui parvenait…

Il regarda autour de lui. À peine son regard avait-il parcouru un mètre qu'il se fixait sur une fine chaussure à haut talon. Et c'était ce talon qui, en frappant le sol à coups secs…

Était-il possible que la propriétaire de la chaussure transmît un message sans le savoir ? Il arrive souvent à une femme impatiente de frapper le trottoir du pied. Le hasard pourrait faire que ces chocs répétés donnassent une lettre, deux lettres de l'alphabet. Mais quant à former des chiffres, des mots complets…

Émile leva les yeux et admira une jeune personne dont le visage, en désaccord avec ce mouvement du pied, n'exprimait aucune impatience.

C'était troublant. Les Grands Boulevards vivaient leur vie de tous les matins. Ce n'était pas encore le moment de l'apéritif, mais, à cause de ce soleil précoce, il y avait assez de monde à la terrasse.

La jeune femme était seule devant sa table. La première idée qui vint à l'esprit d'Émile le fit sourire. Lui-même, jadis, ne s'était-il pas amusé à enseigner l'alphabet morse à une petite amie qu'il avait eue à Toulon ?

Sans doute y avait-il à la terrasse quelque officier de marine ou quelque aviateur ?

— Ingénieux, se dit-il. Si c'est une femme mariée qui craint de se compromettre, ce système est beaucoup plus sûr que la poste restante. Voyons qui va répondre…

Contrairement à son attente, il ne vit aucun uniforme, ni même aucune silhouette correspondant à l'idée d'un jeune amant.

— *22, rue Blomet*, répétait le talon avec insistance. *Au troisième*…

Soudain, un autre message retentit, très court, celui qui est généralement employé pour annoncer : message reçu. Cette fois, on se servait d'une cuiller ou d'un objet dur dont on frappait des coups brefs et longs sur une soucoupe.

C'était derrière Émile. Il se retourna vivement. Trop tard quand même ! Il y avait derrière lui une demi-douzaine de consommateurs pour le moins.

Un moment, il se demanda si c'était le petit vieux qui… Non ! Cela lui parut invraisemblable. Cet homme-là avait au moins soixante ans et il dégustait un café avec un air si candide, sans regarder du côté de la dame !

— Garçon !… appelait celle-ci.

Émile appela en même temps :

— Garçon !…

Il put payer assez rapidement pour quitter la terrasse alors que l'inconnue était encore en vue. Elle se dirigeait lentement vers l'Opéra, en s'arrêtant aux étalages.

Émile se demandait s'il n'allait pas faire demi-tour et abandonner cette filature ridicule. Que dirait Torrence s'il le voyait muser derrière une jolie silhouette ?...

La femme allait atteindre l'Opéra quand Émile eut la sensation qu'il n'était pas seul derrière elle. Pour la troisième fois, il remarquait certain chapeau melon, certain complet sombre... Aucun doute possible ! Un autre homme la suivait, s'arrêtait et repartait en même temps qu'elle.

Soudain... Ce fut rapidement, habilement fait. Elle achetait des fleurs à une petite marchande installée avec son panier à l'entrée du métro. Elle paraissait fort occupée à chercher de la monnaie dans son sac. Au moment où l'on s'y attendait le moins, elle se précipita dans l'escalier.

Émile voulut se précipiter à son tour. Quelqu'un le heurta. L'homme au chapeau melon. Le choc leur fit perdre quelques secondes à l'un et à l'autre...

Quand ils atteignirent, presque ensemble, le guichet, la jeune femme n'était plus en vue et le portillon se referma avant leur arrivée sur le quai.

La déconvenue de l'homme au melon fut plutôt comique et il lança à Émile un regard furieux, tandis que ses lèvres remuaient. Sans doute se soulageait-il en grommelant une injure à voix basse ?

— Tant pis pour toi, mon bonhomme, se dit Émile. Puisque je l'ai perdue, elle, je me raccroche à ta moins séduisante personne.

L'homme ne prit d'ailleurs pas le métro, ce qui prouvait qu'il n'y était entré que pour suivre l'inconnue. Il remonta place de l'Opéra et sauta sur un autobus en marche. Émile eut la chance de trouver au même instant un taxi vide.

— Suivez cet autobus…

L'homme descendit à l'Odéon et il pénétrait un peu plus tard dans un restaurant étranger de la rue Monsieur-le-Prince. C'était un de ces petits restaurants d'habitués où l'arrivée d'un inconnu n'a aucune chance de passer inaperçue. En face, il y avait un marchand de vin. Émile entra, téléphona à l'Agence O et donna ordre à Barbet de venir le rejoindre de toute urgence.

Barbet, que certains appelaient le chien fidèle de l'Agence O, arrivait un peu plus tard.

— Dans le restaurant d'en face, il y a un homme d'une quarantaine d'années, très noir de cheveux, aux yeux sombres, aux épais sourcils. Il est petit et assez gros. Enfin, il est vêtu d'un complet noir et coiffé d'un chapeau melon. À toi d'en apprendre davantage.

Barbet ne demandait jamais la raison d'une consigne et il se contenta d'adresser un clin d'œil à son patron.

— Le grand jeu ? questionna-t-il pourtant.

Car Barbet avait été longtemps voleur à la tire et il ne lui déplaisait pas, quand il effectuait une filature, d'examiner d'assez près le contenu des poches de son client.

Au lieu de lui répondre nettement, Émile se contenta de hausser les épaules, ce qui était moins compromettant.

Un quart d'heure plus tard, un taxi déposait Émile en face du 22 de la rue Blomet. C'était une maison meublée.

— C'est pour longtemps ? questionna la femme aux cheveux de filasse et à la molle poitrine, qui paraissait être la propriétaire du meublé.

— Cela dépendra… J'arrive seulement à Paris… Je suis à la recherche d'amis qui doivent déjà s'y trouver… C'est l'un d'eux qui m'a donné l'adresse de votre maison…

— Comment s'appelle-t-il ?

Zut ! Que lui répondre ?

— Gérard… Gérard Vauquier…

— Nous n'avons pas ça ici… Nos chambres sont surtout occupées par des étrangers, des étudiants pour la plupart…

— Et des étudiantes, sans doute ?

— Il y en a quelques-unes…

— À quel étage auriez-vous une chambre libre ?

— Je ne sais même pas si j'en ai en ce moment… Olga !… Olga !…

Une femme de chambre ne tarda pas à paraître, s'essuyant les mains à son tablier.

— Qu'est-ce que c'est, madame ?

— Est-ce que M. Charles a déjà fait prendre ses bagages ?

— Oui, madame… On est venu ce matin…

— La chambre est prête ?

— Je n'ai plus que le lit à faire…

Elle se tourna vers Émile.

— Dans ce cas, j'aurais une chambre au quatrième… C'est cinq cents francs par mois, payables d'avance.

— Vous n'avez rien de libre au troisième ?

— Le troisième ou le quatrième, c'est pareil… Toutes les chambres sont les mêmes… Électricité, eau courante… par exemple, il est interdit de laver le linge dans les toilettes et de brancher des fers à repasser sur la lumière.

— Je puis vous promettre que…

— Vous montez tout de suite ?

— Je voudrais auparavant examiner la liste de vos locataires… Je suis à peu près sûr qu'un ou l'autre de mes amis est descendu ici et…

Coriace, la dame aux seins mous et aux cheveux d'étoupe !

— Je vous ai déjà dit que nous n'avons pas de Vauquier… Olga ! Montrez à monsieur le 17…

Il n'y avait pas d'ascenseur. La maison était vieille, l'escalier étroit, couvert d'un tapis rougeâtre, très usé. Si on n'avait pas le droit de laver son linge dans les chambres, des locataires devaient néanmoins faire leur cuisine, car cela sentait le réchaud à alcool et la côtelette.

Pas déplaisante, Olga, dans sa robe noire qu'égayait un tablier blanc.

— Quand est-ce que vous apporterez vos affaires ?

— À vrai dire, je voudrais avant tout me reposer une heure ou deux. J'ai voyagé toute la nuit et j'aimerais m'étendre avant d'aller reprendre mes bagages à la consigne… Mon Dieu, on ne peut pas dire que la vue soit très jolie…

La chambre 17, en effet, donnait uniquement sur

des toits et sur des cours étroites comme des cheminées.

— Pour cinq cents francs, on ne peut pas vous donner la vue sur l'Arc de Triomphe ou sur la mer…

La chambre meublée la plus banale qui soit. Un lit de fer. Un linoléum d'une teinte indécise. Un paravent pour cacher la toilette et le bidet. Sur la cheminée, un faux bronze et deux chandeliers.

— Si vous voulez payer…

Tant pis ! C'était cher, mais il fallait y passer et la curiosité d'Émile était piquée au vif. Il versa les cinq cents francs, plus un billet de cinquante francs destiné à amadouer Olga.

— Attendez que je fasse votre lit…

Elle alla prendre des draps et une taie d'oreiller dans un placard qui se trouvait au fond du couloir. Quelques instants plus tard, Émile était seul.

À deux heures de l'après-midi, Émile était toujours rue Blomet et il n'avait pas pris la peine de déjeuner.

Dire qu'il était calme serait exagéré. Il s'était lancé, tête baissée, dans une aventure et il s'obstinait à découvrir quelque chose alors que, selon toute vraisemblance, il n'y avait rien à découvrir.

Il avait déjà fait un certain nombre d'excursions dans les couloirs du meublé. L'heure de midi était favorable, car la plupart des locataires devaient manger au restaurant. Il remarqua que nombre d'entre eux ne fermaient pas leur porte à clef, ce qui lui permit d'entrer dans plusieurs chambres.

Cela lui rappela le temps où il vivait en meublé, lui

aussi. Les photos glissées dans le cadre des glaces, beaucoup de photos de femmes, mais aussi des portraits de parents. Sur certaines tables, des cours de droit, ou des livres de médecine. La patronne n'avait pas menti : la maison était surtout habitée par des étudiants.

De grosses valises portant des étiquettes étrangères. Des pardessus râpés aux portemanteaux, des chapeaux fatigués. Plusieurs fois, dans les garde-robes, au lieu de trouver des vêtements, il trouva des restes de fromage ou de saucisson, des quignons de pain, une orange, une banane.

Pourtant, une chose était certaine : la jeune femme du boulevard Montmartre avait nettement transmis le message :

— *22, rue Blomet… Troisième étage…*

Elle ne pouvait avoir transmis ce message qu'à quelqu'un se trouvant, comme elle, à la terrasse et même assez près d'elle.

Quand on se donne la peine d'employer le morse au lieu d'un langage plus aisé, c'est qu'on a des raisons de croire qu'on est surveillé.

D'où cette conclusion d'Émile :

— *La dame voulait faire connaître à quelqu'un une nouvelle importante à l'insu d'une tierce personne qui la surveillait.*

Or, Émile avait tout au moins une certitude : c'est que l'homme au chapeau melon, qui l'avait prise en filature, n'était pas installé à la terrasse du café. *Donc, ce n'était pas à lui que le message était destiné.*

— Oh ! pardon… Excusez-moi, madame…

Il avait à tout hasard frappé à une porte, au troisième étage. Une voix à l'accent étranger très prononcé l'avait invité à entrer. Et il se trouvait en présence d'une jeune fille qui mangeait des croissants tout en potassant ses cours devant une petite table.

— Je suis désolé de vous déranger. Je suis un nouveau locataire et je m'aperçois que j'ai oublié mes allumettes…

Elle se leva sans se troubler et prit une boîte d'allumettes sur la cheminée tout en questionnant :

— Quelle faculté ?

— Je… je ne suis pas étudiant… Je suis à Paris pour travailler et c'est par hasard que…

— Ah !

Il sentit bien que, du moment qu'il n'était pas étudiant comme elle, il ne l'intéressait plus.

— Je vous rapporterai vos allumettes tout à l'heure…

— Vous pouvez les garder… J'ai un briquet…

Elle ne se doutait pas, cette excellente jeune fille – elle devait être roumaine, autant qu'Émile put en juger – que son voisin, si elle n'avait pas été chez elle, ne se serait fait aucun scrupule d'examiner sa chambre de fond en comble.

— Voyons, raisonnait Émile un peu plus tard. Il y a cinq chambres par étage… La dame au talon éloquent a expressément désigné le troisième… J'ai déjà visité deux chambres de cet étage et…

Au fond du corridor, il y avait une porte qui n'était marquée d'aucun numéro. Émile se souvint que la porte correspondante, à l'étage supérieur, était celle d'un placard où Olga avait pris le linge qui lui était destiné. Il essaya d'ouvrir, à tout hasard. La porte était fermée à clef.

Il grimpa au quatrième. Il constata que la porte

du placard, si elle avait une clef sur la serrure, n'était pas fermée.

— Essayons toujours…

Il avait faim. Il se disait :

— Si, dans un quart d'heure, je n'ai rien découvert, j'abandonne… Tant pis pour mes cinq cents francs !… Ou plutôt pour mes cinq cent cinquante francs…

Si Émile n'était pas trop embarrassé par une porte fermée, c'est que Barbet, grâce à ses mauvais antécédents, avait pu lui donner de précieuses leçons. Avec une dextérité de cambrioleur, il se servit d'un joli passe-partout nickelé qu'il avait toujours en poche et la porte du placard céda aussitôt.

— Hé ! là… protesta machinalement Émile en essayant de reculer.

Il venait en effet de recevoir dans ses bras un corps inerte.

Au cri qu'il avait poussé, la jeune étudiante était sortie de sa chambre et elle questionnait, un demi-croissant à la main :

— Qu'est-ce que vous faites ?

— Comme vous voyez… J'essaie de me dégager de…

Il parvint à étendre le corps sur le plancher. L'étudiante n'était pas une femmelette sensible, car elle s'approcha tranquillement, se pencha sur le visage :

— Tiens… C'est M. Saft !… Qu'est-ce qu'il faisait dans le placard aux balais ?…

En effet, dans le placard ouvert, on voyait encore des balais et des seaux.

— On dirait qu'il est mort… poursuivait-elle.

— Il est déjà froid… grogna Émile.

— Vous n'appelez pas la police?... Pauvre M. Saft!...

— Vous le connaissiez?

— De vue... Il occupait la chambre à côté de la mienne... Je me demande pourquoi on l'a mis dans ce placard... De quoi est-il mort?...

Une large plaie à la poitrine expliquait clairement que M. Saft était mort d'un coup de couteau.

— Dites-moi, mademoiselle... Cet homme paraît trente-cinq ans... Je suppose donc que ce n'était pas un étudiant...

— Je ne sais pas...

— Il y a longtemps qu'il habitait cette maison?

— Peut-être deux mois?... Si je le connais un tout petit peu, c'est qu'il est venu une fois ou deux, comme vous, frapper à ma porte pour me demander des allumettes...

— Il recevait beaucoup?

— Vous ne pensez pas, répéta-t-elle, que vous feriez mieux d'appeler la police?

— Cela ne vous dérangerait pas trop de le faire?

Elle hésita. La preuve qu'elle se méfiait quand même du nouveau locataire qui faisait, dès son arrivée, des découvertes aussi extraordinaires, c'est qu'elle ferma sa porte à clef avant de descendre.

Cela donna à Émile le temps de fouiller les poches de M. Saft. Il n'y trouva pas de portefeuille. Rien que des choses banales, un paquet de cigarettes, des allumettes, un mouchoir et trois bouts de crayon.

Olga gravissait les marches quatre à quatre.

— Qu'est-ce qu'elle raconte?... M. Saft a été...

— ... assassiné, oui, mademoiselle...

— Comment se fait-il que vous ayez ouvert ce placard ?

— Pourquoi me demandez-vous ça ? Était-il d'habitude fermé à clef ?

— Jamais... Justement !... Tout à l'heure, en faisant mes chambres, j'ai voulu l'ouvrir pour prendre un balai... La porte était fermée et la clef n'était pas sur la serrure... J'ai pensé qu'un de ces messieurs avait voulu me faire une farce... Cela leur arrive assez souvent de me jouer des tours... Je suis allée prendre un balai au premier et je n'y pensais déjà plus...

— M. Saft recevait-il parfois quelqu'un pour la nuit ?

— La patronne ne le permettrait pas... La maison est sérieuse et...

— De la journée, recevait-il des amis ?

— C'est peut-être arrivé... Je ne sais pas... De jour, on ne fait pas attention... Ça va, ça vient...

La patronne montait à son tour, les chairs tremblantes comme de la gélatine, en compagnie d'un sergent de ville et de la petite étudiante qui n'avait pas lâché son croissant.

— Ainsi, vous prétendez qu'il est mort... grommela comiquement l'agent, les mains sur son ceinturon.

— Vous pouvez vous en assurer vous-même...

— Ce que je voudrais bien savoir, jeune homme, c'est de quel droit vous l'avez sorti de ce placard... Vous savez cependant que, dans des cas semblables, il est absolument interdit de...

— Il est tombé sur moi, murmura Émile.

— Tiens ! Tiens ! Il est tombé sur vous ! Et

autrement, qu'alliez-vous faire dans ce placard ? Vous faites partie du personnel de la maison ?

— Si cela vous est égal, sergent, je répondrai à ces messieurs de la Police judiciaire que je vous conseille vivement d'avertir au plus tôt…

— Un instant !… Des fois que vous voudriez en profiter pour vous éloigner…

Émile dut le suivre dans le bureau de l'hôtel et, pendant qu'il téléphonait à ses chefs, l'agent le tenait gravement à l'œil, tressaillait chaque fois qu'Émile faisait un mouvement.

— Je vous prie, en attendant que ces messieurs arrivent, de vous considérer comme prisonnier… Et d'abord, vos papiers… Que je sache si vous avez seulement des papiers en règle…

Bien entendu, comme la plupart des honnêtes gens, Émile n'avait pas une pièce d'identité sur lui. Et il eut de la peine à obtenir qu'en attendant l'arrivée de la P.J. Olga allât lui chercher un sandwich chez un traiteur du quartier.

— Vous me permettrez bien de donner un coup de téléphone ?

— À qui ?

— À l'Agence O…

— Ha ! Ha ! Vous avez donc besoin de vous défendre, que vous faites déjà appel à l'Agence O ?…

Émile put téléphoner. Torrence était par hasard au bureau.

— Barbet n'est pas rentré ? Il n'a envoyé aucun message ? Bon ! Écoutez, patron. Il faudrait que vous veniez à toute vitesse au 22, rue Blomet. Oui… Si c'est important ?… C'est-à-dire que, si vous n'êtes pas ici dans quelques minutes, je risque fort d'aller passer la nuit au Dépôt…

Pendant ce temps, l'agent de police souriait d'un air entendu en lissant ses moustaches.

2

Où un petit jeune homme, aussi sage que modeste, répond poliment aux questions des grandes personnes mais où, cependant, il ne dit pas toute la vérité.

La nature avait-elle prévu ce que le hasard ferait d'Émile, c'est-à-dire un des détectives les plus extraordinaires qui fussent ? Si oui, la nature avait été bonne fée, car elle l'avait doté d'un physique admirablement banal. Long et maigre, il n'avait pas d'âge et, passé la trentaine, paraissait encore un petit jeune homme qui faisait ses débuts dans quelque bureau. À part ses cheveux roux et ses taches de son, Émile n'avait aucun signe particulier.

Or, Émile avait soin d'accentuer encore ce que son physique avait d'anodin. Il portait des vêtements de confection de teinte neutre et semblait toujours demander pardon aux gens de les déranger.

À trois heures de l'après-midi, au milieu de l'effervescence qui régnait du haut en bas de l'hôtel meublé de la rue Blomet, il paraissait tellement dépassé par les événements qu'on le prenait en pitié. Quelqu'un du Quai des Orfèvres dit même à Torrence, qui passait pour le grand patron de l'Agence O :

— Drôle d'idée de choisir un collaborateur aussi nul !

Et Torrence répondit évasivement, en s'efforçant de ne pas sourire :

— Que voulez-vous ?... Il m'a été recommandé par un ami et je n'ai pas osé refuser...

Le Parquet était sur les lieux. Le commissaire Lucas ainsi qu'une demi-douzaine d'inspecteurs et les spécialistes de l'Identité judiciaire transformaient l'hôtel en une ruche bourdonnante. Enfin, à mesure que des locataires se présentaient, ils étaient réunis, malgré leurs protestations, dans la salle à manger du rez-de-chaussée d'où on les empêchait de sortir.

C'était la chambre de M. Saft qui était transformée en G.Q.G. et c'est là que le substitut s'adressa à Émile.

— On me dit, jeune homme, que c'est vous qui avez découvert le corps... On m'apprend aussi que vous êtes un des employés de l'Agence O avec qui, ma foi, nous n'avons que de bons rapports... Ce que je voudrais savoir, c'est pourquoi vous étiez ici aujourd'hui et si c'est par hasard que vous avez ouvert ce placard...

Émile, comme un bon écolier qui récite sa leçon, murmura :

— Je prenais un verre à une terrasse des Boulevards quand j'ai entendu un message en morse...

— Vous dites ?... À une terrasse ?... Il y avait donc la T.S.F. ?

— Non... C'était une jeune femme qui faisait du morse avec son talon... Quelqu'un lui a répondu en frappant sa soucoupe avec une cuiller ou un autre objet métallique... Quand la jeune femme, qui avait transmis simplement « *22, rue Blomet, 3e étage* », s'est levée, je l'ai suivie…

Ces messieurs du Parquet se regardaient avec scepticisme et Lucas éprouva le besoin de tousser en signe de réprobation. Il jeta même un mauvais regard à Torrence comme pour dire :

— Bon ! Voilà encore l'Agence O qui se moque de nous…

Émile, pourtant, continuait, suave :

— Une autre personne l'a suivie, un homme en chapeau melon… Comme nous nous précipitions derrière la dame, dans le métro Opéra, nous nous sommes heurtés, ce qui nous a fait perdre quelques secondes… Ne retrouvant pas mon inconnue, je suis venu ici… Je voulais savoir ce qu'il y avait d'extraordinaire au 22 de la rue Blomet… Je sais que j'aurais dû demander conseil à mon patron et ne pas engager inconsidérément de gros frais, car j'ai dû louer une chambre et j'ai payé d'avance…

— Et vous avez eu l'idée d'ouvrir ce placard ? prononça le substitut peu crédule.

— En désespoir de cause, oui… J'avoue que j'avais visité à peu près toutes les chambres…

— Avec effraction ?

— Non, les clefs étaient sur les portes…

— Vous ne savez absolument rien d'autre ?

Au lieu de répondre directement, Émile, qui préférait ne pas parler de la filature que Barbet avait entreprise, se leva soudain en fixant des yeux le cadavre qu'on avait étalé sur la table de la chambre.

— Je remarque un détail… dit-il. Mais sans doute ces messieurs – il désignait Lucas et les inspecteurs –

l'ont-ils remarqué avant moi… Je vous demande pardon…

— De quel détail parlez-vous ?

— Oh ! c'est sans importance… Observez ces souliers… Ils sont presque neufs… Les semelles ne sont pas usées du tout… Et, pourtant, les pointes sont comme arrachées… Je me souviens que, quand j'étais très jeune et que je grimpais le long des murs pour aller chiper des pommes chez le voisin…

Ces messieurs daignèrent sourire en le trouvant décidément par trop naïf.

— … je me souviens, dis-je, que j'avais toujours les pointes des souliers abîmées de la même façon… Ce M. Saft a dû effectuer très récemment une escalade… C'était un mur de brique… Voyez, il y a encore des traces de brique dans les écorchures, ce qui prouve que c'est extrêmement récent… Mais le commissaire Lucas vous dira mieux que moi ce qu'on peut en conclure et…

Un peu plus tard, Émile s'approchait discrètement de Torrence.

— Excusez-moi, patron… Il n'y a qu'un appareil téléphonique dans l'immeuble… Il est placé dans le bureau… Vous ne pouvez pas demander à la patronne, qui ne m'aime pas beaucoup, si un des locataires en a usé depuis hier au soir ?

La réponse fut négative. Aucun locataire n'avait téléphoné. On en fit la preuve en appelant le central, qui confirma.

Quant à la chambre occupée par M. Saft depuis deux mois à peu près jour pour jour, son examen minutieux était assez décevant. L'absence de livres prouvait qu'il n'était pas étudiant alors que, pourtant, c'est sous ce titre qu'il s'était inscrit sur le registre du meublé.

Il avait ajouté : « *né à Varsovie... venant de Varsovie...* »

Mais comment se faisait-il qu'on ne retrouvait aucun passeport, aucun papier d'identité ? Par contre, sur une des planches de la garde-robe, il y avait, dans un porte-billets, une somme de deux mille et quelques francs.

— Votre locataire, madame, recevait-il beaucoup de courrier ?

— Pas ici, monsieur... Je crois qu'il allait le chercher à la poste restante, selon l'habitude de beaucoup d'étudiants...

Or, pour se présenter à la poste, il lui fallait des pièces d'identité !

Dans le cadre de la glace, deux photographies, celle d'une femme à cheveux blancs et celle d'un homme d'une cinquantaine d'années, debout devant une boutique qui paraissait être la boutique d'un tailleur.

— Je vous laisse ici, patron ? demanda Émile à Torrence. Une ou deux courses à faire dans le quartier...

Il se glissa dehors, traversa les rangs de curieux, arriva bientôt au bureau de poste où il montra sa carte au guichet de la poste restante.

— Receviez-vous du courrier ou des mandats au nom d'un certain M. Saft, de Varsovie ?

La réponse fut négative. Alors, plutôt que d'essayer tous les bureaux de poste de Paris, Émile préféra suivre son intuition. Puisqu'il s'agissait d'un Polonais, pourquoi ne pas s'adresser à l'ambassade de Pologne ?

L'ambassade le renvoya à la chancellerie. Un secrétaire le fit attendre près d'une heure dans une pièce surchauffée où Émile bouillait d'impatience.

Enfin un personnage en jaquette, qui paraissait sortir d'une revue de mode et n'avoir pas encore eu le temps de se friper, reçut Émile d'une façon glaciale.

— Vous avez prononcé le nom de M. Saft… Puis-je vous demander par quel concours de circonstances l'Agence O, que vous représentez, a été amenée à s'occuper de ce monsieur ?

— M. Saft est mort…

— Je suppose que ce n'est pas une raison pour…

— Pardon… M. Saft a été assassiné hier au soir… Le Parquet est en ce moment dans sa chambre, rue Blomet… On n'a retrouvé aucun papier, aucun document, aucun indice, et mon patron, l'ex-inspecteur Torrence, a pensé que peut-être ici…

— Vous permettez ?

Le personnage disparut derrière une porte matelassée et le silence régna une heure encore. Quand la porte s'ouvrit à nouveau, ils étaient deux messieurs taillés à peu près sur le même modèle, sauf qu'un des deux, qui paraissait le plus important, ne portait cependant qu'un veston noir bordé de soie avec son pantalon rayé.

— Je crois, monsieur… Pardon… J'ignore votre nom…

— Émile…

— Je crois, monsieur Émile, qu'il s'agit d'une affaire très banale et que la Justice ne s'en occupera pas longtemps… Je suppose que l'Agence O est capable de se montrer discrète… Qu'il me suffira donc de vous dire, comme je vais le confirmer par un coup de téléphone au Parquet, que M. Saft est un policier polonais…

« Surtout n'allez pas croire à une histoire d'espionnage ou à je ne sais quelles besognes plus ou moins diplomatiques…

« M. Saft appartenait à la section criminelle de la police de Varsovie. Ce n'était pas un personnage de premier plan. Il a été envoyé ici en mission, sans doute pour suivre la piste de malfaiteurs quelconques. Si on nous a avisés de son existence, c'est simplement parce qu'il recevait son courrier et envoyait le sien par notre intermédiaire.

« C'est tout, monsieur… Monsieur Émile, avez-vous dit ? Il ne me reste qu'à vous remercier de votre communication…

Émile n'était pas particulièrement fier pendant qu'un huissier majestueux le reconduisait à travers les couloirs de l'ambassade et, dans la rue, il se trouva tout penaud.

— Autrement dit, traduisit-il en bon français : « Mêlez-vous de ce qui vous regarde, jeune homme… » Taxi !… Hep ! Taxi… 22, rue Blomet…

Malgré les deux heures perdues à attendre, ces messieurs étaient encore sur les lieux, car on tenait à procéder sur place à un certain nombre d'interrogatoires. À son entrée, le substitut fronça les sourcils.

— D'où sortez-vous, vous ? questionna-t-il, car il avait donné l'ordre de ne laisser sortir personne.

— Je vous demande pardon, monsieur le substitut… On ne vous a pas encore téléphoné ?

— Pourquoi m'aurait-on téléphoné ?

— Pour vous révéler l'identité de M. Saft… Je suis sûr que d'un instant à l'autre…

Au même moment, on appelait le magistrat à l'appareil. Quand il revint, il était soucieux et il regarda Émile d'une drôle de façon.

— Veuillez faire sortir tout le monde, monsieur le commissaire… Oui, y compris vos inspecteurs… Restez, jeune homme…

— Et moi ? questionna Torrence ahuri.

— Ma foi, vous, vous pouvez rester… J'espère que l'Agence O se montrera discrète…

— Je l'ai déjà promis, affirma Émile.

— À qui ?… Voilà justement ce que je me demande… Comment pouviez-vous savoir ce que le procureur général allait me téléphoner personnellement ?

— Je vous demande pardon… Une idée qui est venue à M. Torrence, tout à l'heure… Comme il s'agissait d'un Polonais et qu'on ne savait rien de lui, il m'a dit comme ça :

« — Émile, allez donc demander à l'ambassade de Pologne si par hasard…

Quand les deux hommes quittèrent le meublé, la patronne courut après Émile :

— Je suppose, maintenant que je sais qui vous êtes, que vous ne gardez pas votre chambre ?

— Mais si, madame… Mais si…

Et tout en marchant dans la rue, il expliqua, avec un certain embarras, il est vrai, à son compagnon Torrence :

— Il y a une certaine étudiante roumaine… Vous

savez, patron, que les Roumaines sont vraiment de jolies femmes ?

— Où allons-nous ? grogna Torrence au lieu de répondre.

— Je ne sais pas…

— Quelle est cette mission que vous avez confiée à Barbet par téléphone ?

— Suivre l'homme au chapeau melon… Contrairement à ce que j'ai déclaré à la police, je n'ai pas perdu sa trace et j'ai prié Barbet de continuer la filature… C'est le seul personnage de toute cette histoire que nous tenions à peu près…

« Retrouver la jeune femme, ce serait une chance inespérée. D'autant plus que je connais mieux ses souliers, que j'observais, et son dos, que je regardais en la suivant, que son visage… Je suis incapable de dire à quel milieu elle appartient… Une étrangère, probablement… Elle avait ce genre d'élégance toujours un peu agressive des étrangères, surtout à Paris où elles veulent épater les Parisiennes… Une femme du monde ? Peut-être !… Une aventurière ?… Vraiment, je ne sais pas…

— En tout cas, fit Torrence comme si c'était une trouvaille, elle connaît le morse…

— Je vois fort bien une annonce dans les journaux, ironisa Émile : « On recherche jolie femme, probablement étrangère et peut-être aventurière, qui connaît le morse et porte des souliers en crocodile à talons très hauts et très pointus… » Blague à part, il y a un autre personnage que j'aimerais retrouver, mais ce n'est peut-être pas plus facile… Plus j'y réfléchis… Voyez-vous, patron, ce matin, je crois que j'ai fait la plus grosse gaffe de ma carrière…

Torrence le regarda avec étonnement.

— Qui avait le plus d'importance? Celle qui envoyait le message, ou celui qui le recevait?... Celle qui envoyait le message n'était peut-être qu'une comparse, une intermédiaire... Celui qui le recevait, au contraire... Il savait ce que cette adresse voulait dire, puisqu'il ne demandait pas d'explication... Donc, il savait qu'on devait tuer Saft... Peut-être en avait-il donné l'ordre?... On venait, en somme, lui rendre compte d'une mission... Cela vous ennuierait fort de m'offrir un demi, patron?... Figurez-vous que, malgré ce joli soleil, ces messieurs de l'ambassade laissent encore tous les radiateurs allumés... J'ai la gorge d'un sec...

Ils s'assirent à une terrasse du boulevard Saint-Michel où ils étaient arrivés, en face du Luxembourg.

— Je ne sais pas pourquoi, peut-être parce qu'il est toujours plus agréable de suivre une femme, je me suis élancé sur les pas de celle-ci en négligeant celui qui avait reçu le message... Et plus j'y pense... C'est drôle... Je revois la terrasse de ce matin aussi nettement qu'une photographie... Derrière moi, il y avait trois diamantaires qui discutaient de leur commerce... À la table voisine de la leur, une bonne femme de la province et son fils à qui elle montrait Paris pour la première fois... Je me souviens d'un bout de dialogue.

« — Ils en écrasent beaucoup ? demandait l'enfant.

« — Peut-être cent par jour... *D'ailleurs, tu verras peut-être un accident...*

« Elle se doutait bien peu qu'elle côtoyait quelque chose de plus grave qu'un simple accident de la circulation...

« Où en étais-je ?… Au vieux monsieur tout seul… Évidemment… L'air tellement petit rentier, tellement heureux de vivre encore à son âge et de déguster sa tasse de café dans un rayon de soleil !… Eh bien !, si c'était à refaire, c'est lui que je suivrais… Surtout parce qu'un détail me revient… Devant lui, sur le guéridon, il avait posé un journal et un porte-mine… Quelqu'un qui n'est pas très habitué à l'alphabet morse traduit mal au vol, risque en tout cas de perdre une partie du message ou de s'embrouiller… Tandis qu'en prenant note en marge de son journal…

Les journaux du soir annonçaient déjà la découverte du cadavre d'un inconnu dans un placard, rue Blomet, mais ils ne donnaient pas encore de détails.

— Et ils n'en donneront pas davantage demain, prévit Émile. Ils recevront sûrement la consigne de se taire… Si vous aviez vu mes deux messieurs de l'ambassade…

Il y avait trois brioches sur le guéridon et Émile les mangea toutes les trois, commanda un autre demi.

— En somme, c'est simple… Presque trop simple… M. Saft, policier polonais, suit des malfaiteurs à Paris… Il faut croire que l'affaire est importante, puisque voilà déjà deux mois qu'il y est… Et elle n'est pas banale, étant donné qu'il ne prend pas contact avec la police française, comme c'est l'habitude…

« Hier, ou avant hier, M. Saft se livre à une escalade… Où s'est-il introduit de la sorte ?… Que cherchait-il ?… A-t-il trouvé ce qu'il cherchait ?… Toujours est-il que peu après il est assassiné… Et qu'il n'y a plus rien, dans sa chambre, qui vaille la peine d'être cité…

« Qu'en pensez-vous, patron ?

Et Torrence qui, en sa qualité d'ex-inspecteur de la P.J., n'aimait pas le travail d'amateur, l'art pour l'art, de soupirer sans espoir d'être écouté par son vrai patron :

— Je pense qu'en définitive ça ne nous regarde pas… Personne ne nous a chargés de cette enquête… Je crois même que l'ambassade vous a prié… Hum !… Et que le substitut, un peu plus tard, s'est montré désireux de nous voir porter notre activité ailleurs…

— C'est bougrement fort… balbutia Émile comme s'il n'avait pas écouté.

— Qu'est-ce qui est bougrement fort ?

— Cette femme qui vient s'asseoir tranquillement à une terrasse des Grands Boulevards et qui, au milieu des consommateurs, donne à son chef des nouvelles d'un assassinat… Mais j'y pense…

Émile était rayonnant.

— S'ils se servaient encore de ce système alors qu'ils savaient, qu'elle savait en tout cas que Saft était mort…

— Eh bien ?

— C'est que d'autres personnes pouvaient les surveiller… C'est que Saft n'était pas seul sur leurs talons… Dans ce cas, je me demande si notre Barbet n'est pas en train de…

Il n'acheva pas sa phrase.

— Allez téléphoner à l'Agence, patron… Demandez si on n'a pas de nouvelles de Barbet… C'est bien rare qu'il ne trouve pas le moyen, en tout un après-midi, de passer un coup de fil…

Dix minutes ne s'étaient pas écoulées avant

qu'on eût un compte rendu – par l'intermédiaire de Mlle Berthe, qui avait reçu le coup de téléphone – de l'activité de Barbet.

L'homme au chapeau melon, d'abord, reste à table jusqu'à deux heures de l'après-midi… À ce moment, il se dirige à pied, tranquillement, comme quelqu'un qui a bien déjeuné, vers… la rue Blomet.

Comme il va arriver à hauteur du 22, un agent de police, affairé, y entre en coup de vent en compagnie d'une femme.

Selon Barbet, l'homme au melon ne paraît pas extrêmement surpris, mais plutôt inquiet. Pendant une demi-heure, il fait les cent pas dans les environs, en évitant de trop se faire remarquer près de la maison.

Arrivée de la Police judiciaire, puis du Parquet. Un groupe de curieux se forme devant le 22. L'homme s'y mêle prudemment et entend un récit plus ou moins fantaisiste de la découverte du cadavre. On ne cite pas de nom, mais le bruit court que c'est un étudiant polonais qui a été tué.

L'homme, alors, toujours à pied, se dirige vers un petit hôtel confortable du boulevard Montparnasse. C'est un hôtel situé près de la gare, où règne un va-et-vient permanent.

— Voici votre clef, monsieur Vladimir…

— Mon ami Sacha est en haut ?

— Je ne sais pas… Sa clef n'est pas au tableau…

Barbet préfère ne pas poser de questions, mais un peu plus tard il s'est glissé au second étage où l'homme au melon est entré dans une chambre. C'est la chambre 13.

Dix minutes passent et un homme sort de la

chambre 15, la chambre voisine. Barbet a juste le temps de se coller dans une encoignure.

L'homme qui descend l'escalier est blond, vêtu de gris clair, chapeauté de clair, et il porte un élégant pardessus de demi-saison sur le bras.

Heureusement que Barbet le voit de dos et même, en descendant l'escalier derrière lui, de haut en bas. De face, en effet, il s'y tromperait peut-être. Tout à l'heure, il a remarqué une cicatrice à la nuque de l'homme au melon, sans doute la trace d'un furoncle. Or la même cicatrice, exactement…

— Tiens ! s'écrie la caissière. Votre ami Vladimir vient justement de monter…

— Je l'ai vu… Merci…

L'homme s'est ainsi transformé en un élégant touriste qui ne flâne plus dans les rues. Il saute dans un taxi. Barbet a la chance d'en attraper un autre.

Les deux taxis s'arrêtent en face du *Bristol*, un palace du boulevard Malesherbes.

Le portier reconnaît le voyageur et le salue.

— Bonjour, monsieur Gorskine…

La porte a tourné. Barbet, qui a entendu le nom, est resté dehors. Il s'éloigne, tire une enveloppe de sa poche.

— Pour M. Gorskine, s'il vous plaît…

— Je vais lui faire monter ce message par le chasseur… Il vient justement de rentrer…

— C'est que c'est à remettre en main propre…

— Le 543, au cinquième étage…

Barbet se promène quelques instants dans les couloirs du palace et repasse devant le portier qui ne se méfie pas de ce commissionnaire.

Son coup de téléphone se termine par ces mots :

— Je suis en face, au *Vieux Beaujolais*… Il vaudrait peut-être mieux que quelqu'un vienne jeter un coup d'œil ?

Émile a écouté calmement.

— Et voilà, patron… Vous, vous allez faire un tour dans ce petit hôtel de la gare Montparnasse…

Torrence grogne. Donc, il marchera !

— Et vous ?

C'est assez comique d'entendre Émile-le-Rouquin murmurer avec sa délicieuse humilité :

— Moi, je vais me mettre en homme du monde…

Et c'est vrai. Quand il sort de l'appartement qu'il occupe avec sa mère boulevard Raspail, il est aussi élégant que n'importe lequel de ces jeunes gens gominés qui passent leur vie accoudés dans les grands bars de Paris.

3

Où il est évident qu'un hall de palace est favorable aux rencontres et où Émile se félicite de s'être transformé en gentleman.

Émile, en faisant arrêter son taxi en face du *Bristol*, a pu apercevoir la bonne tête de Barbet, aux poils hirsutes, derrière les vitres du *Vieux Beaujolais*. Avant que le voiturier de l'hôtel se précipite, il souffle au chauffeur :

— Vous irez en face et vous direz à ce bonhomme

au visage couvert de poils qu'Émile lui recommande de rester là…

L'homme du taxi est bien un peu étonné, mais il en a vu d'autres.

— Bien patron…

Quant à Émile, il paraît aussi à son aise au *Bristol* que dans les bureaux peu élégants de l'Agence O. Il est arrivé sans bagages, intentionnellement. Il va recommencer le coup du matin, mais les concierges de palaces sont moins méfiants que les tenancières de maisons meublées.

— Dites-moi… Je vais probablement descendre chez vous pour quelque temps… Auparavant je dois savoir si mes amis sont arrivés… Voulez-vous me passer la liste des voyageurs ?…

C'est l'heure du coup de feu, celle qui précède de peu le dîner. Le concierge ne suffit pas à renseigner ceux qui l'interrogent dans toutes les langues imaginables et il est bien content de se débarrasser d'Émile en lui passant le carton sur lequel des noms s'inscrivent en regard des numéros d'appartements.

— 543… Serge Gorskine… Venant de Varsovie…

— Dites-moi, concierge… Il y a longtemps que M. Gorskine est arrivé ?

— Depuis trois jours, monsieur… Vous voulez que je vous le passe au téléphone ?… Il est justement dans son appartement…

— Vous êtes sûr ?

— Absolument !… Même que tout à l'heure un commissionnaire a apporté un message pour lui… Et il y a quelques minutes M. Gorskine m'a téléphoné pour faire monter les dernières éditions des journaux du soir…

— Sa femme est avec lui ?

— Je ne savais pas que ce monsieur était marié… Non… Il est seul ici…

Le concierge répond en anglais à un Anglais, en allemand à un Allemand. Émile reste là, hésitant, et soudain il décide :

— Passez-le-moi donc à l'appareil…

— Cabine numéro 2.

À quelle impulsion Émile a-t-il obéi ? Il serait bien incapable de le dire. C'est un principe, chez lui, de ne jamais contrarier un premier mouvement. Chaque fois qu'il l'a fait, en effet, il l'a regretté.

— Allô !… Allô !…

Tout en décrochant le récepteur, il ne perd pas de vue le hall du Palace qu'il aperçoit à travers le rectangle vitré de la porte de la cabine.

— Allô !… M. Gorskine ?…

— Non, monsieur… Ici, c'est le standard… M. Gorskine ne répond pas… Je sonne encore…

Mais Émile n'écoute déjà plus. Il vient de bondir hors de la cabine et l'instant d'après il surgit devant une jeune fille qui demeure aussi interdite que si la foudre était tombée à ses pieds.

— Bonjour, mademoiselle Dora…

L'a-t-elle reconnu du premier coup ? Son premier mouvement, en tout cas, est de se précipiter vers la porte, mais elle se rend compte qu'il lui est impossible d'échapper à l'importun. Elle s'efforce de reprendre ses esprits, de sourire.

— Il me semble que je vous ai déjà rencontré… murmure-t-elle, tandis que sa poitrine palpite encore sous le coup de l'émotion.

— Pas plus tard que ce matin, mademoiselle.

Dans votre si charmante chambre d'étudiante, rue Blomet... Souvenez-vous... Vous mangiez des croissants tout en potassant vos cours...

C'est en effet la petite Roumaine du matin qui, venant de l'ascenseur, et par conséquent des étages supérieurs de l'hôtel, se dirigeait vers la sortie au moment où Émile téléphonait.

Elle fait encore un essai pour se libérer d'Émile.

— Vous m'excuserez, murmure-t-elle, mais je suis assez pressée et...

— Je suis persuadé, mademoiselle, que vous n'êtes pas si pressée que cela et que vous allez, au contraire, bavarder un moment avec moi...

— Par exemple !

— Qu'il me suffise de vous dire que, si vous sortez, un policier officiel ne manquera pas de vous accoster et de vous demander d'où vous venez...

Le bluff réussit. Elle écarquille les yeux.

— C'est impossible... murmure-t-elle.

— Vous en voulez la preuve ?... Faites donc quelques pas dehors avec moi... Ou plutôt non... Venez seulement jusqu'à la porte... Ne vous montrez pas trop... Regardez dans le petit bar d'en face... Vous apercevez un homme au visage velu qui a le nez collé à la vitre et qui surveille la sortie de l'hôtel... Il a non seulement votre signalement, mais celui de la personne que vous êtes venue voir...

Brave Barbet ! Il ne se doute pas du service qu'il vient de rendre à son patron.

— Mais vous ? questionne la jeune fille.

— Moi, c'est différent... Je n'appartiens pas à la police officielle, vous avez dû vous en rendre compte au moment de l'enquête, rue Blomet...

— Pourquoi êtes-vous ici ?

— Et vous ?

— Je suis venue…

Ses yeux sont pleins d'angoisse, ses doigts se crispent sur le fermoir en argent de son sac à main.

— Je suis venue voir… Mais de quel droit me demandez-vous ça ?… Je suis une jeune fille… Mettons que j'aie une aventure… Croyez-vous qu'il soit charitable…

— Vous êtes sûre que c'est un homme que vous êtes venue voir ?

Il a posé cette question à tout hasard et il sent qu'elle a porté. La jeune fille est beaucoup plus effrayée encore que précédemment.

— Laissez-moi, je vous en conjure !… Je n'ai rien fait de mal… Il faut que je m'en aille… Accompagnez-moi si vous voulez…

— Où ?

— *N'importe où…*

Un mot de trop, mademoiselle ! Si vous aviez eu l'idée de donner une adresse quelconque, Émile s'y serait peut-être laissé prendre et vous aurait suivie, tout en laissant Gorskine sous la surveillance de Barbet.

Mais il comprend maintenant que ce que vous voulez, ce qui importe avant tout, c'est de l'éloigner du *Bristol*…

— Asseyez-vous d'abord un instant, voulez-vous ? fait Émile en désignant les profonds fauteuils disposés par-ci par-là dans le hall.

— Je vous en supplie !…

Trop tard ! L'ascenseur qui va et vient sans cesse vient de s'arrêter une fois de plus au rez-de-chaussée.

Une femme en sort, une petite mallette fort élégante à la main.

Émile l'a reconnue du premier coup d'œil. C'est son inconnue du matin, celle-là même qui, à une terrasse des Grands Boulevards, lançait le fameux message en morse.

Au premier moment, elle n'a rien vu d'anormal. Le concierge se précipite déjà vers elle.

— Voici votre billet pour Amsterdam… Vos bagages sont enregistrés… J'appelle un taxi et…

À cet instant, elle aperçoit la petite Roumaine. Elle écarquille les yeux. L'autre essaie de lui faire comprendre qu'elle doit partir aussitôt.

— Bonjour, madame…

Émile s'est avancé. À vrai dire, il se fait un peu l'effet d'un chef d'orchestre qui serait débordé par le nombre d'instruments. Il ne peut pas être partout à la fois. Il lui est impossible de surveiller en même temps la petite Roumaine, l'inconnue à la mallette et de s'occuper par surcroît du Gorskine qui ne répond pas au téléphone, mais qui paraît ne pas avoir quitté l'hôtel.

Comme le matin, il faut choisir, choisir vite en essayant, cette fois, de ne pas se tromper, de suivre la bonne piste.

Est-ce que cette mallette constitue la bonne piste ? Est-ce que ce n'est qu'un banal nécessaire de toilette ? Qui sait si elle n'est pas là pour détourner l'attention et…

— Pardon, monsieur, mais le train va partir et je ne vois pas ce que vous…

S'il était de la police régulière, il pourrait l'emmener au commissariat, s'assurer que la mallette ne contient pas ce que…

Comme pour mettre le comble à son embarras, l'ascenseur s'arrête à nouveau, après être parti vers les étages supérieurs. Et cette fois, c'est Gorskine qui en sort, en costume de voyage, une valise à la main. Il a eu un mouvement pour se précipiter vers le bureau de la réception, comme un voyageur qui vient de décider brusquement de partir et qui réclame sa note de toute urgence. Son regard rencontre la jeune femme inconnue, puis Émile.

Il s'arrête net, au milieu du hall.

— Vous partez ? lui demande le concierge en s'emparant de sa valise.

— C'est-à-dire… Je ne sais pas encore…

Tout cela s'est passé en quelques secondes, dans le va-et-vient d'un hall de palace. Nul ne s'est aperçu de quelque chose d'anormal. Un peu partout, autour du groupe, des gens se rencontrent, s'interpellent, se réunissent ou se quittent de la même manière.

Émile se sent maître du jeu, à condition de ne pas commettre la moindre faute. Dix solutions au moins s'offrent à lui et il sait, il sent qu'il n'y en a qu'une de bonne.

C'est pour des minutes comme celle-là qu'il a renoncé à la marine et à toutes les professions imaginables, pour devenir la cheville ouvrière de l'Agence O.

Il se penche vers l'inconnue ; décidément, c'est elle qu'il choisit. D'un geste qui paraît naturel, d'un geste qui a l'air d'une simple galanterie, il saisit la poignée de la mallette.

— Vous permettez que je vous débarrasse ?…

Et, plus bas :

— Il y a une demi-douzaine de policiers dehors…

Serge Gorskine n'a pas hésité beaucoup plus longtemps que lui. Il s'approche à son tour.

— Pardon, dit-il avec un assez fort accent. Cette dame est avec moi et, si vous le permettez…

Il veut se saisir de la mallette. Émile ne fait qu'un bond. Tant pis, cette fois, si l'un ou l'autre des personnages lui échappe. Sur sa droite, une porte à vitre dépolie porte le mot « Direction ». C'est là, Émile le sait, que se trouve l'immense coffre-fort de l'hôtel où les voyageurs peuvent louer une case.

Il est entré en coup de vent, laissant les autres pantois.

— Voulez-vous enfermer immédiatement cette mallette dans le coffre et ne la remettre à personne, *sous aucun prétexte*…

Seul le concierge s'est aperçu de quelque chose. Mais un client l'arrête par la manche et lui pose des questions en espagnol…

Le secrétaire du directeur a saisi machinalement la mallette et s'est approché du coffre.

— Quel est le numéro de votre appartement ?…

Il est fort étonné, quand il se retourne, de ne plus apercevoir son client par trop pressé.

— Pardon, monsieur Gorskine…

Celui-ci est debout sur le seuil du bureau, le regard sombre.

— Vous avez donc laissé partir cette dame et cette demoiselle ?

Alors, Gorskine questionne sans beaucoup d'aménité.

— C'est vous, le détective ?

Et Émile réplique par :

— C'est vous, le collègue de M. Saft ?

Gorskine reprend, lugubre :

— J'aurais dû vous parler dès ce matin…

— Vous tenez à ce que cette dame et cette jeune fille prennent la fuite ?

— Je pense que cela vaut mieux…

— Vous savez où elles vont ?

— L'une d'elles, en tout cas, a un billet pour Amsterdam…

Bien renseigné, le Gorskine ! Aussi bien renseigné qu'Émile lui-même !

— Il serait facile, dans ces conditions, si elle n'a pas changé d'avis… Voulez-vous entrer un instant avec moi au bureau ?

Gorskine obéit à contre-cœur et louche vers le coffre-fort. Le secrétaire du *Bristol*, heureux de retrouver son étrange client à la mallette, lui remet une petite clef.

— Si vous voulez signer un reçu… Vous ne m'avez toujours pas dit votre nom et le numéro de votre appartement…

Tout va bien. Émile a la clef en poche. Il décroche le téléphone.

— Allô !… Le commissaire spécial de la gare du Nord, s'il vous plaît… (Il se tourne vers son collègue polonais.) Voulez-vous m'appeler le concierge ?…

Celui-ci arrive.

— Le numéro du billet de cette dame ?

— Voiture 3, compartiment 5…

— Allô !… Le commissaire spécial ?… Ici, l'Agence O… Oui… La police officielle vous confirmera tout à l'heure ma communication… Voulez-vous arrêter la personne qui prendra l'Étoile du Nord avec un billet portant la mention : *Voiture 3, compartiment 5*… Oui… C'est probablement une dame… Allô ! Ne coupez pas… Ce n'est pas tout… Il est probable que, dans le même train… Comment ?… Il part dans huit minutes ?… Faites vite… Voyez s'il y a un vieux monsieur qui a l'air d'un bon petit rentier et qui, presque certainement, possède un passeport étranger… Je me demande s'il sera seul… S'il ne l'est pas, empêchez-le de partir ainsi que son compagnon… S'il est seul, arrêtez-le quand même… Oui… Téléphonez aussitôt après à l'*Hôtel Bristol*… Vous demanderez M. Émile… Merci, commissaire !…

Serge Gorskine s'est assis sur une chaise, dans un coin du bureau.

— Il valait mieux ne pas les arrêter… soupire-t-il en s'épongeant le front.

Puis, de plus en plus lugubre, il questionne en lançant à Émile un regard admiratif :

— Comment avez-vous su qu'il y avait une prime de cent mille zlotys ?…

4

Où Émile, qui a gagné une petite fortune sans le savoir, a bien failli mettre deux gouvernements dans l'embarras.

C'est le substitut qui a été le plus dur à la détente.

— Sachez, jeune homme, a-t-il martelé au téléphone, que la Magistrature n'est pas à la disposition d'un petit employé de l'Agence O... Si vous avez des révélations à faire, présentez-vous au Parquet, et j'accepterai peut-être de vous recevoir...

— Je pense, monsieur, que si vous téléphoniez à l'ambassade de Pologne, celle-ci vous dirait qu'il est peut-être préférable de...

Il tient à son idée. Il ne veut plus lâcher la mallette, même avec la clef du coffre-fort dans sa poche.

Ces messieurs, d'ailleurs, ne tardent pas à changer d'avis, puisque moins d'une demi-heure plus tard le substitut se présente au *Bristol* en compagnie du juge d'instruction et des deux personnages qui ont reçu Émile, l'après-midi, à l'ambassade.

On les introduit dans le bureau du directeur. Émile prie le secrétaire de sortir.

Bien qu'il n'ait plus sa tenue de petit employé, comme dit le substitut, Émile, par une coquetterie qui lui est habituelle, reprend sa voix douce et humble.

— Je m'excuse, messieurs, de vous avoir dérangés. La mallette en question se trouvant dans ce coffre, j'ai cru qu'il était imprudent de la laisser sans surveillance ou de la transporter avant de l'avoir remise entre des mains sûres... En outre, c'est ici que nous allons savoir si certaines personnes qui sont mêlées à cette affaire ont pu être retrouvées et si...

L'un des Polonais s'adresse dans sa langue à Gorskine, qu'il paraît fort bien connaître. Celui-ci répond sans enthousiasme et désigne Émile, un peu comme s'il avouait :

— Je ne sais pas... C'est lui qui a tout fait...

Le commissaire spécial de la gare du Nord a téléphoné déjà. Aucune jeune femme ne s'est présentée pour prendre l'Étoile du Nord avec le billet dont on lui a parlé.

Parbleu ! Elle se doutait du piège qu'on lui tendait.

Par contre, un homme d'un certain âge, répondant au signalement d'Émile, accompagné d'une femme soi-disant malade – mais qui avait de bien grands pieds – s'est enfui à contre-voie, avec la femme malade d'ailleurs, dès que la police a commencé l'inspection du train.

Pour le moment on les recherche dans la gare et aux alentours de celle-ci.

— C'est le vieil Isaac, explique un des Polonais de l'ambassade au substitut ahuri. Il serait souhaitable, pour notre pays, qu'on ne le retrouve pas, du moins pas tout de suite…

Toutes les polices internationales connaissent au moins de nom le vieil Isaac qui, d'ailleurs, n'a jamais été arrêté, et qui est à la tête d'une bande presque aussi insaisissable que lui.

Le vieil Isaac, on le sait, ne tente jamais des coups ordinaires. Comme on dit couramment, c'est un cerveau et, quand il a travaillé dans un pays, celui-ci sait ce que ça coûte.

— Monsieur le substitut, commence le principal personnage de l'ambassade en choisissant ses mots, je vous dois des excuses pour ne pas avoir fait appel à la police française et pour avoir, dans cette affaire, laissé travailler notre police à votre insu… Mais vous comprendrez pourquoi dans un instant… Je ne sais pas encore comment ce M. Émile…

Émile a glissé entre ses lèvres une cigarette qu'il se garde bien d'allumer.

— Avant tout, poursuivit le Polonais, je vous demande la permission de m'assurer que ce que nous cherchons se trouve bien dans cette mallette… Si M. Émile veut nous donner la clef du coffre…

Quelques instants plus tard, la mallette, qui est fort lourde, est posée sur la table du directeur du *Bristol*. Faute de la clef, on fait chercher des pinces pour forcer la serrure.

Il ne s'agit évidemment pas d'un nécessaire de toilette et encore moins de lingerie féminine. Ce que l'on découvre, sous un matelas de vieux journaux, ce sont des plaques de cuivre finement gravées.

Le substitut ne s'y trompe pas.

— Le vieil Isaac s'était mis à la fausse monnaie ? s'écrie-t-il.

— Non, monsieur le substitut… Et c'est justement ce qu'il y a d'exceptionnellement grave dans cette affaire… Le vieil Isaac, qui s'est assuré la complicité d'un fonctionnaire polonais, est parvenu, on ne sait encore comment, à s'emparer des vraies matrices qui servent à tirer les billets de cent zlotys… Il y a un peu plus de deux mois de cela et vous pouvez constater que le secret a été bien gardé… En effet, si cette nouvelle s'était répandue, cela déclenchait une terrible panique dans le public et cela provoquait presque inévitablement une crise monétaire dans notre pays…

« Voilà pourquoi le gouvernement polonais a gardé le silence et a chargé deux de ses meilleurs policiers de se mettre discrètement en chasse… Les vrais noms de ces policiers nous importent peu… Ils sont arrivés, sous les noms de Saft et de Gorskine, à Paris, où ils avaient certaines raisons de croire que le vieil Isaac se cacherait…

Émile avait l'air de sourire aux anges. Ce qu'on lui révélait maintenant, en effet, il aurait pu le raconter. S'il avait ouvert la valise, il aurait tout compris et, pour le reste, il en savait davantage que l'homme de l'ambassade.

— Ce qui est incompréhensible, c'est que l'Agence O... Puis-je vous demander, monsieur Émile, de combien vous disposez d'agents ?

— Nous sommes trois... répond modestement Émile.

— Voulez-vous nous dire ce que vous avez découvert ?

— Avec plaisir... Quoique tout le mérite en revienne à mon patron, l'ex-inspecteur Torrence, qui a appartenu longtemps à la Police judiciaire... Vous voyez, monsieur le substitut, que je rends à nos institutions les honneurs qui leur sont dus... L'Agence O, donc, a découvert que le vieil Isaac était beaucoup trop malin pour se servir de ce que nous appellerons la planche à billets alors qu'il avait des policiers polonais à ses trousses... La bande s'est donc éparpillée dans Paris... Par prudence, les membres de cette bande, quand ils avaient à communiquer entre eux, ne se parlaient pas, n'avaient aucun contact visible, mais se contentaient de messages en morse...

— Comment n'avez-vous pas découvert ça, Gorskine ? demanda sévèrement le personnage de l'ambassade.

— Je vous demande pardon, monsieur le conseiller, mais je n'ai jamais appris l'alphabet morse...

— M. Gorskine a fort bien travaillé, se hâta d'intervenir Émile. La preuve c'est que, voilà trois jours, il est venu s'installer au *Bristol* dans la chambre voisine de celle d'une jeune femme… Cette jeune femme était la personne qui détenait les fameuses matrices… Gorskine a avisé son collègue Saft… Le soir même, tandis que Gorskine faisait le guet dans le couloir – la jeune femme était sortie – Saft, de la chambre de son ami, passait par la fenêtre, et en marchant sur un rebord de brique, dans la chambre de l'inconnue et s'emparait des plaques de cuivre…

— C'est exact, Gorskine ?

— Tout à fait exact…

— Le matin, la bande découvrait le vol, si on peut employer ce mot, et un homme de main n'hésitait pas à tuer Saft dans sa chambre de la rue Blomet et à reprendre les cuivres en question… Par précaution, ils ne furent pas rapportés ici, ni même sortis de la maison de la rue Blomet, mais cachés dans la chambre d'une jeune fille qui habite cet hôtel et qui appartient à la bande…

Cette fois, Gorskine protesta.

— Non ! C'est une véritable étudiante…

— Dans ce cas, elle connaissait votre voisine… Celle-ci lui a demandé de lui rendre ce service… Ensuite, il fallait faire vite, quitter la France où le terrain devenait trop brûlant… Par l'intermédiaire de votre voisine, le vieil Isaac, à sa terrasse de café, est mis au courant du résultat de l'expédition… Il sait que les cuivres sont au troisième étage de la rue Blomet… La police est mise en branle… Ma visite à l'ambassade ne passe sans doute pas inaperçue…

« Cette fuite… Puis-je vous demander, monsieur Gorskine, pourquoi, lorsque je vous ai téléphoné tout à l'heure dans votre chambre, alors que le concierge affirmait que vous y étiez, vous n'avez pas répondu à mon appel ?

— C'est très simple... J'étais dans le couloir, à écouter la conversation des deux femmes dans la chambre voisine... J'ai bien entendu la sonnerie, mais je ne pouvais abandonner la surveillance...

— Je vous remercie... C'était le seul point obscur... Le vieil Isaac décide donc la fuite générale... Rassemblement à Amsterdam... Mais il est impossible d'aller reprendre les cuivres rue Blomet où la police monte la garde... La jeune Roumaine est priée d'apporter ici le petit colis... Les places sont retenues dans l'Étoile du Nord... Quant à celui des complices qui risque le plus, celui qui a tué Saft d'un coup de couteau, je suppose que c'est lui qui a joué à la gare le rôle de la femme malade...

« J'étais dans la cabine téléphonique quand j'ai vu descendre la jeune étudiante de la rue Blomet... Quelques instants plus tard... C'est vraiment si simple, messieurs.

— N'empêche que, pour une question de secondes, je perds la prime, soupire Gorskine. J'avais tout entendu, là-haut. Je savais que la jeune femme prenait le train à la gare du Nord et emportait la mallette... Je me précipitais derrière elle... Je lui aurais arraché cette mallette sur le quai de la gare et... Quelques secondes, je le répète !... Cent mille zlotys !...

— Qui sait, murmure Émile, si, sur le quai de la gare, vous auriez retrouvé cette mallette ?... N'oubliez pas qu'il y a deux mois que vous êtes sur cette piste et que...

C'est qu'Émile se souvient du peu d'enthousiasme

de Torrence pour cette affaire qui, selon lui, ne devait rien rapporter, sinon des ennuis.

Or, voilà qu'en deux jours l'Agence O encaisse cent mille zlotys. À combien, au fait, est maintenant le zloty ? Sept francs ? Huit francs…

— Vous comprendrez maintenant, messieurs, que le secret doit continuer à être gardé… Si on savait que ces plaques ont été pendant si longtemps en la possession de malfaiteurs… Qui croirait qu'ils n'ont pas encore eu l'occasion de s'en servir ?… Que deviendrait le crédit de notre pays et qui sait si… C'est pourquoi je souhaite…

Sonnerie du téléphone.

— Allô !… monsieur Émile, s'il vous plaît ?… Ici, le commissaire spécial de la gare du Nord… J'ai une mauvaise nouvelle à vous annoncer…

Tout va bien, puisque c'est une mauvaise nouvelle ! Le vieil Isaac et sa femme malade ont pu passer à travers les mailles du filet. On peut compter sur eux et sur tous leurs complices pour ne pas faire long feu à Paris.

— Si M. Torrence, votre patron, veut se donner la peine de passer demain matin à l'ambassade, je me ferai un devoir de lui remettre la somme qui…

Il est en outre vaguement question d'une décoration, ce qui ne manque pas de faire sourire Émile. Torrence décoré ! Ce brave Torrence qui ne sait encore rien de cette affaire et qui est en train de surveiller le couloir d'un petit hôtel de Montparnasse, peut-être de cambrioler les deux chambres qu'on lui a désignées et qui sont celles d'un policier polonais !

Les grosses légumes se congratulent. La mallette

est transportée dans la voiture de l'ambassade qui resplendit devant le *Bristol.*

— Dites donc... murmure Émile à l'adresse de son collègue de Varsovie. Si on allait boire un... Au fait qu'est-ce qu'on boit à cette heure-ci dans votre pays ?

— De la vodka...

— Allons donc boire de la vodka au bar... Quant à ces zlotys... Vous êtes marié ?... Vous avez des enfants ?...

— Je suis fiancé...

— C'est tout comme !... Eh bien ! que diriez-vous si nous faisions part à deux ?

Et Émile commande, en tirant de sa bouche une cigarette à moitié dévorée :

— Deux vodkas... Deux !...

Quant à Barbet, il peut attendre au *Vieux Beaujolais,* où le gros rouge ne doit pas être mauvais.

LES TROIS BATEAUX DE LA CALANQUE

1

Où il est démontré qu'on peut assassiner quelqu'un en plein soleil devant trois témoins sans que personne ne s'en aperçoive.

L'affaire de la Calanque, comme certains l'ont appelée, est sans doute la seule que l'Agence O ait suivie en dehors de ses méthodes habituelles, méthodes que tout le monde connaît désormais.

D'habitude, on peut dire que c'était du travail d'équipe et, si cette équipe de la Cité Bergère était assez restreinte, elle n'en fonctionnait pas moins avec une admirable cohésion.

D'une part Torrence, l'ex-inspecteur de la Police judiciaire, ancien bras droit du commissaire Maigret, qui passait pour le grand patron de l'Agence. Derrière lui, faisant tantôt figure de photographe, tantôt d'employé subalterne, le maigre Émile aux cheveux roux, qui était en réalité l'animateur de la maison.

Barbet, enfin, voleur à la tire repenti, qui formait en quelque sorte l'aile marchante s'occupait des filatures et n'hésitait pas à inspecter les poches de ses clients.

Quant à Mlle Berthe, la secrétaire, à demeure dans les bureaux de la rue Bergère, son rôle était assez effacé puisqu'il consistait à assurer la liaison quand les trois hommes se trouvaient tous à la fois en campagne.

Or on était en août. Torrence avait été chargé par un riche Américain de suivre à Deauville sa femme qui, par trop joueuse, par trop gourmande aussi d'hommes jeunes et beaux, avait une singulière tendance à revendre ses bijoux et à déclarer ensuite qu'on les lui avait volés.

Lorsque la lettre arriva du Lavandou, réclamant de toute urgence l'intervention de l'Agence O dans une affaire nouvelle, Émile était seul avec Barbet, car Mlle Berthe venait de partir en vacances.

— Dites donc, Barbet, questionna Émile, vous qui savez tout… Est-ce que Mlle Berthe n'est pas justement dans le Midi ?

— Elle est à Cassis, patron… *Hôtel des Roches rouges*…

— Il y a des roches rouges à Cassis ?

— Non, mais il y a un hôtel qui s'appelle ainsi…

— Eh bien ! mon vieux Barbet, vous allez téléphoner à Mlle Berthe… Vous lui demanderez de s'installer au Lavandou… J'y serai par le prochain train… Qu'elle essaie donc, d'ici mon arrivée, de recueillir le plus de renseignements possible sur l'histoire de la dame au maillot vert…

Voilà comment, par exception, Émile, dans cette affaire, ne travailla ni avec Torrence, ni avec Barbet, mais avec une jeune fille potelée qui n'avait apporté avec elle dans le Midi que de clairs vêtements de plage.

Lorsque le train s'arrêta dans la petite gare où l'air était tout bruissant du chant des cigales, sous un soleil africain, elle était là, déjà brunie, et son air grave – ne venait-elle pas d'être promue détective ? – contrastait savoureusement avec sa chemisette de linon pâle et ses shorts révélateurs.

Émile, de son côté, avait sorti son complet le plus estival, un panama inattendu et ses lunettes fumées, largement cerclées d'écaille, lui donnaient vaguement l'air de Harold Lloyd.

— J'ai pu vous obtenir une chambre, patron, mais cela n'a pas été facile, je vous jure… C'est plein à craquer et c'est tout juste s'il reste assez de place dans la mer pour se baigner…

Devant la gare, une énorme voiture stationnait, au capot luisant, aux sièges de cuir rouge ; au volant, un chauffeur en livrée blanche à parements rouges aussi. Émile admira machinalement cet engin de grand luxe et Mlle Berthe lui dit le plus simplement du monde :

— Montez… C'est l'auto qui vous attend…

Il n'y avait que trois cents mètres à parcourir et cependant M. Moss, le banquier hollandais, avait tenu à envoyer son automobile au-devant du célèbre détective.

Quelques instants plus tard, Émile pénétrait dans la villa que M. Moss avait louée pour l'été. Le banquier, dans un rocking-chair, à l'ombre d'un pin maritime, fumait un magnifique cigare qui devait venir directement de La Havane à son intention. Il fronça les sourcils, examina le jeune homme des pieds à la tête, questionna sans se donner la peine de saluer :

— C'est vous l'Agence O ?

— C'est-à-dire, monsieur Moss, que je suis un des collaborateurs de l'Agence. Mon grand patron, M. Torrence, est en ce moment à Deauville…

— Je pense qu'il aurait pu se déranger en personne ?

— Il est retenu par Oswald Davidson…

Le nom du milliardaire américain imposa respect à M. Moss qui, dans l'échelle des valeurs internationales, venait loin après son confrère en finances des États-Unis. Mais il n'était pas rassuré pour autant.

— C'est bien ma chance !… Enfin !… Asseyez-vous… Cette demoiselle aussi… Cornélius !

Un valet de chambre se précipita.

— Servez-nous des rafraîchissements et assurez-vous que ce très désagréable inspecteur de police n'est pas encore à rôder par ici…

Émile, qui n'était au courant de rien, gardait son air de bon petit jeune homme en visite.

— Très bien, Cornélius… Vous pouvez vous retirer… Veillez à ce que l'inspecteur ne vienne pas nous déranger…

Il avait une cinquantaine d'années. Il était petit, rouge, rond et chauve, vêtu d'un complet de toile blanche.

— La police vous mettra sans doute au courant de tous les détails, car je suppose que, dans ces sortes d'affaires, vous prenez contact avec elle ?… Cependant, il y a quelques points que je tiens à spécifier… Tout d'abord, il est entendu que vous êtes ici à mon service, et uniquement à mon service, et que c'est à moi que vous rendez des comptes… Je vous ouvre un crédit illimité… Ne regardez pas à l'argent… Ne le gaspillez pas non plus, car c'est inutile…

Le regard d'Émile croisa celui de Mlle Berthe qui buvait une orangeade avec une paille.

— Vous connaissez la banque Moss et frères. Je suis Moss, le principal. Pas les frères… Carl Moss, l'aîné, si vous préférez, de Rotterdam… Je ne suis pas marié… Je n'ai pas d'enfant… Prenez des notes, je vous prie…

— J'ai une excellente mémoire ! affirma Émile.

— Prenez des notes !… Mes employés prennent toujours note de ce que je leur dis… Ensuite, je signerai ces notes… Vous comprenez ?… Comme cela, vous ne pouvez pas prétendre que j'ai oublié de vous mettre au courant de ceci ou de cela… Écrivez !… Carl Moss l'aîné… Rotterdam… Pas marié… Pas d'enfant… Arrivé au Lavandou pour passer deux mois de vacances, mais loué la villa pour l'été… Villa inconfortable… Ai été obligé faire réparer toutes les moustiquaires… Et de faire venir des matelas de Hollande… Vous y êtes ?

« Mme Eva est mon amie… Son nom de famille ? Grétillat… Une Française, oui… Elle est mon amie depuis trois ans… Elle ne met jamais les pieds à Rotterdam… Un Moss aîné ne doit pas afficher de liaison… Je l'avais installée à Bruxelles, dans un petit hôtel particulier…

« Peut-être mademoiselle aurait-elle pu prendre en sténo ?

— Je vous suis très bien… dit Émile.

— Si vous voulez… drôle de méthode !… Confidentiel, n'est-ce pas ?… Chaque mois, en allant à la

Bourse de Bruxelles, j'allais voir Eva… Trente-deux ans… Femme du monde… Une personne tout à fait bien… Elle a été mariée, jadis… Je pense qu'elle était divorcée…

« Même ici, nous prenions des précautions pour ne pas nous afficher… Je lui avais retenu le meilleur appartement à l'*Hôtel des Calanques*… Vous visiterez… La police a déjà visité… Ce très désagréable inspecteur…

« Eva venait me voir de temps en temps… Bien… Vous avez pris note ?…

Émile retenait surtout une violente envie de rire devant ce bonhomme ineffable qui suçait toujours son cigare dont il évitait de laisser tomber la cendre. Celle-ci avait déjà deux centimètres au moins et il la surveillait avec soin, évitant tout mouvement brusque.

— Mardi… Donc, avant-hier… Pardon… Notez d'abord… J'ai fait venir ici un canot automobile rapide… C'est Cornélius qui le conduit… Mon valet de chambre Cornélius a été marin… Bon… Eva, qui adorait les bains de soleil…

Le pudique Hollandais rougit.

— Eva avait un canoë avec lequel elle se promenait seule dans les calanques… Je crois que, quand elle était seule, elle retirait son maillot pour qu'il n'y ait pas sur son corps cette tache blanche… Vous comprenez ?…

Il souffrait visiblement de faire allusion à ces détails indécents.

— Donc, mardi… C'était avant-hier… À onze heures du matin… J'étais dans mon canot automobile avec Cornélius et nous avions fait une promenade jusqu'à l'île de Port-Cros… Très beau temps… Une mer tout à fait plate… En revenant, nous longions les rochers des calanques… Nous marchions au ralenti… Dans la calanque qu'ils appellent ici *Calanque de l'Oustaou*…

— C'est tout près du port du Lavandou, explique Mlle Berthe. J'y suis allée ce matin.

— Donc… Il y avait deux ou trois barques de pêcheurs…

— Deux ! rectifia Mlle Berthe. Celle de Joseph et celle de M. Larignan…

— Bien… Je ne regardais pas les pêcheurs… Je ne comprends pas comment ils peuvent passer toute la journée en plein soleil en tenant à la main une petite ficelle qui pend dans l'eau… Le canoë était dans la calanque… Mais il n'y avait personne dedans… Eva était dans l'eau…

Mlle Berthe crut devoir expliquer :

— Je me suis déjà renseignée, patron… Cette personne, qui n'aimait pas la foule et qu'on ne voyait jamais sur la plage – il est vrai qu'à cette saison c'est vraiment la foire ! – cette dame, dis-je, avait l'habitude, comme M. Moss vient de vous le dire, de passer de longues heures en canoë… Le détail était connu car, une fois loin du rivage, elle retirait son maillot et plusieurs personnes, qui connaissaient ce détail, allaient volontiers tourner autour d'elle avec leur canot… De même se baignait-elle toujours au beau milieu d'une calanque, ce qu'on appelle faire une pleine eau…

Moss fronçait les sourcils, surpris qu'on osât l'interrompre, surtout une simple dactylo.

— Pourquoi *pleine eau* ? Que voulez-vous dire ?

— Peu importe… M. Émile a compris…

— Elle était dans l'eau, en effet, et elle nageait… Mais, contrairement à ce que vous insinuez, mademoiselle, elle n'était pas toute nue… Elle avait son maillot vert… Nous avons décrit deux ou trois cercles autour d'elle… Le moteur a eu des ratés et Cornélius l'a arrêté pour nettoyer une bougie…

— Vous avez parlé à Mme Eva ? questionna Émile qui ne savait que faire de son crayon, car il n'avait jamais pris de notes de sa vie.

— Je crois que je lui ai crié :

« — *Ne restez pas trop longtemps dans l'eau…*

— Elle était près de votre canot ?

— À quelques mètres…

— Il y avait d'autres embarcations dans les parages ?

— Deux, puisque mademoiselle dit qu'ils n'étaient que deux… Moi, je ne les ai pas comptés… Nous sommes revenus au port. Cornélius et moi… Nous sommes rentrés tout de suite à la maison et j'ai pris un bain…

— Sur la plage ?

— Non, dans la baignoire… Il n'est pas convenable qu'un Moss aîné se montre presque nu à ces gens qui…

Et il désignait de loin le grouillement multicolore de la plage du Lavandou.

— Ensuite ? questionna Émile.

— Il était un peu plus de midi et j'allais me mettre à table quand le garde-champêtre est venu me trouver…

— Si cela ne vous fait rien, intervient à nouveau Mlle Berthe, je vais expliquer à mon patron ce qui s'est passé. Je pense que nous gagnerons du temps.

Et, tournée vers Émile :

— Je vous raconte la chose en quelques mots… Dans la *Calanque de l'Oustaou*, à onze heures, trois bateaux…

« D'abord celui de Joseph, un pêcheur d'ici, assez mauvais sujet… Joseph a la spécialité, en dépit des lois, de pêcher à la dynamite… Debout à l'arrière de son bateau, qui marche au ralenti, et qu'il dirige en tenant la barre entre les jambes, il guette les bancs de poissons… Dès qu'il en voit un, il allume à sa cigarette une cartouche de dynamite et la jette à l'eau… Quelques instants plus tard, il n'a plus qu'à venir ramasser les poissons qui flottent le ventre en l'air…

« Donc, d'abord, le bateau de Joseph… Je vous signale que Mme Eva a plusieurs fois accompagné Joseph dans ses promenades en mer…

Un coup d'œil apprit à Émile qu'il y avait autre chose, mais qu'il valait mieux ne pas en parler devant le banquier.

— Second bateau… continua-t-elle, avec une précision qui commençait à forcer l'admiration de Moss. Celui d'un homme qui, lui aussi, vit ici toute l'année… Un rentier, M. Larignan… Une cinquantaine d'années… Il a dû habiter les colonies, car il est toujours vêtu de blanc, coiffé d'un casque colonial… C'est un des personnages populaires du Lavandou, où il a même été question de le nommer maire… Il possède une charmante maison près du port. Il y vit seul avec une petite bonne de dix-huit ans… Le bruit court que lui et cette bonne… Bref, M. Larignan passe le plus clair de son temps à bord de son bateau, le *Potam*, un bateau de six mètres, à pêcher au *boulantin*…

— Qu'est-ce que cela peut faire ? s'étonna Moss.

— C'est très important car, pour pêcher au boulantin, on met le bateau à l'ancre, dans des fonds de sept à dix mètres. On reste immobile pendant des heures en tenant, comme vous l'avez dit tout à l'heure, une petite ficelle, c'est-à-dire une ligne de fond… M. Larignan pêchait au boulantin à cent mètres au plus de l'endroit où Mme Eva se baignait… Joseph pêchait à la dynamite non loin de là, et plusieurs fois il s'est rapproché de la nageuse… Enfin, le canot automobile de M. Moss s'en est approché aussi et s'est arrêté pour décrasser une bougie…

« Or, à certain moment, Joseph prétend qu'il n'a plus aperçu le bonnet de bain blanc de la baigneuse… Il s'est étonné… Le canot était vide… Il a décrit des cercles de plus en plus petits et il aperçut le corps entre deux eaux… Il est parvenu à le retirer… Il l'a ramené, inerte, au Lavandou…

« Mme Eva venait d'être assassinée, en plein jour, en plein soleil, à la vue de trois témoins…

— Pardon, fit timidement Émile. Pourquoi dites-vous assassinée ?

— C'est le médecin légiste qui l'affirme. Si la mort proprement dite est due à l'asphyxie par immersion, la morte portait à la tête la trace d'un coup violent… Il ne peut être question d'un choc contre les rochers du fond, d'abord parce qu'en cet endroit le fond est de sable fin… Ensuite, parce que l'eau est profonde de plus de dix mètres… Mme Eva a reçu un coup sur la tête, un coup donné par un objet lourd… Il ne s'agit pas non plus d'une hélice qui aurait pu l'atteindre accidentellement, car une hélice en marche aurait fait une blessure toute différente…

« L'enquête prouve, pour résumer, que tandis que cette dame nageait, quelqu'un s'est approché d'elle, en bateau, fatalement, et lui a porté à la tête un coup violent à l'aide d'un objet contondant…

« Assommée, elle a disparu sous l'eau et est morte d'asphyxie…

— C'est bien cela, monsieur Moss ? questionna Émile.

— C'est bien ce que l'on m'a dit… Mais, ce dont mademoiselle ne parle pas, c'est de l'attitude de l'inspecteur…

Coup d'œil interrogateur d'Émile à sa collaboratrice.

— L'inspecteur Machère, de Toulon… fait celle-ci en souriant. Certes, il n'est pas très avenant… Il n'est pas beau… C'est une ironie de l'avoir appelé Machère… Bref, c'est lui qui est chargé de l'enquête… Il est arrivé le soir du crime… J'avoue que c'est un Méridional cent pour cent et qu'il n'aime pas beaucoup ce qu'il appelle les *estrangers*… C'est pour cela, sans doute, qu'il a pris M. Moss en grippe et que c'est sur celui-ci qu'il semble faire peser ses soupçons…

— M. Larignan n'a rien vu ?

— Il prétend que non… Il est vrai qu'il porte des lunettes presque noires, à cause de la réverbération, et que, quand il est à la pêche, il ne s'occupe guère de ce qui se passe autour de lui… C'est l'as du boulantin… Ce matin-là, par exemple, il a rapporté plus de quatre kilos de bouillabaisse…

— Et Joseph ?

— Joseph explique, ce qui paraît plausible, que, quand il se livre à sa pêche défendue, il est assez occupé à regarder entre deux eaux pour ne pas s'inquiéter de ce que font les estivants… Il a fallu un hasard, dit-il, pour qu'il constate que le bonnet de bain blanc avait disparu de la surface et que le canoë, cependant, était toujours vide…

— Cornélius ?

— Confirme tout ce que M. Moss vient de vous dire…

Celui-ci reprit alors la parole, après avoir regardé avec désespoir la cendre si blanche et si bien moulée de son cigare qui venait de tomber sur ses cuisses.

— Il est absolument inadmissible qu'un Moss aîné soit mêlé à un scandale de ce genre… Déjà un petit journal de Marseille a fait allusion à ma personne en n'imprimant, il est vrai, que mes initiales… Cependant, si cet inspecteur continue…

— Un instant, monsieur Moss… Vous avez fait appel à l'Agence O et je vous en remercie…

— Il n'y a pas de quoi…

— Ce que vous désirez de nous, c'est bien que nous découvrions l'assassin de votre maîtresse ?

M. Moss faillit étouffer, tant ce mot de maîtresse lui paraissait incongru.

— L'assassin de Mme Eva… rectifia-t-il. C'est exact.

— Vous êtes bien sûr que c'est là toute votre pensée ?

— Je ne comprends pas ce que vous voulez dire…

Alors, Émile, pour en arriver au plus difficile, prit sa petite voix flûtée et son air modeste.

— Je veux dire que, quoi que nous découvrions,

quel que soit l'assassin de… mettons votre amie… il est bien entendu que nous le livrerons à la police ?

Il faut admettre que les petits yeux bleus de Moss reflétèrent à cet instant une candeur au moins égale à celle d'Émile.

— Mais… Mais… naturellement !…

— Il y a aussi un détail que je voudrais voir préciser dès cette première prise de contact… Dans une enquête de ce genre, les moindres détails peuvent avoir leur importance… Je vous demande donc, monsieur Moss, si vous êtes décidé à nous dire *absolument* tout ce que vous savez…

— Je vous ai dit, déjà…

— Vous m'avez dit un certain nombre de choses, oui… Je les ai notées, puisque vous semblez y tenir… Vous pourrez même, selon vos habitudes d'homme d'affaires, apposer votre signature sur mon calepin… Peut-être, cependant, aurai-je d'autres questions à vous poser ?…

— Si je peux vous répondre…

À ce moment, on entendit des éclats de voix du côté de la villa. Une de ces voix, tout au moins, avait un accent méridional plus que prononcé. Et elle disait :

— Mais lâchez-moi, imbécile !… Vous ne voyez pas que vous êtes en train d'*escagasser* mon faux col ?…

À la terrasse, les trois personnes se levèrent. En se retournant, on aperçut Cornélius qui mesurait un mètre quatre-vingt-cinq et qui était plus large encore que Torrence, tenant par la peau du cou, littéralement, un bonhomme au poil brun et aux yeux jaunes, vêtu de noir comme en plein hiver.

— L'inspecteur Machère… eut le temps de souffler Mlle Berthe à l'oreille d'Émile.

L'inspecteur devait savoir qui était ce jeune homme et cette jeune fille, car il ricana :

— Vous avez beau appeler l'Agence O à la rescousse, vous n'empêcherez pas Machère de…

Cornélius parlait à son maître en néerlandais.

— Lâchez-le ! lui commanda celui-ci.

Et Machère essaya de refaire sa cravate, de remettre un peu d'ordre dans sa toilette.

— Vous voyez ! conclut Moss. Dans notre pays, cela ne se passerait pas ainsi… Cornélius vient encore de le trouver dans ma salle de bains…

— Cela vous ennuie, n'est-ce pas ?… Mais j'espère bien qu'il y aura des choses qui vous ennuieront davantage…

Cornélius s'était éloigné. Quand il revint, il était redevenu le valet de chambre correct et stylé qu'il était d'habitude et il tenait à la main un chapeau melon dont il enlevait la poussière avec sa manche.

— Le chapeau de Monsieur…

Machère l'enfonça sur sa tête.

On avait décidément choisi, pour s'occuper de cette affaire, une caricature de policier et même une caricature de Méridional, un petit bonhomme bilieux, noir de poil, et qu'on aurait dit frotté d'ail, et qui arborait en plein été ce complet noir, ces soúliers jaunes et blancs et ce melon quasi préhistorique.

Avant de s'éloigner dans la direction de la barrière qui clôturait le jardin de la villa, il éprouva le besoin de lancer, dans l'attitude d'un grand premier traître des mélos de jadis :

— Vous ne perdez rien pour attendre, monsieur Moss !... Quant à vous, l'Agence O, nous nous retrouverons !...

Émile regarda Mlle Berthe, avec qui il travaillait depuis trois ans. Et, chose étrange, pour la première fois, il s'aperçut qu'elle était jolie et potelée à souhait.

2

Où l'on constate que le jeu de boules n'est pas ce qu'un vain peuple pense, et où une « estanque » inattendue fait plus que de longs discours.

Il était cinq heures. On commençait à respirer après une journée étouffante. La petite plage du Lavandou était couverte de monde, à ne savoir où s'y étendre ; sur la terrasse du casino, des couples dansaient mollement au son d'un orchestre en manches de chemise. Il est vrai que c'étaient des chemises de soie.

Sur ses shorts, Mlle Berthe, qui, prétendait-elle, n'avait rien d'autre à se mettre, avait passé ce qu'elle appelait une robe de plage. Cela avait pour effet de la déshabiller davantage, car cette robe, qui n'était retenue sur le devant que par un bouton à la taille, s'ouvrait à chaque pas et rendait beaucoup plus sensible la nudité des cuisses.

Enfin !... Drôle d'endroit et drôle d'atmosphère pour une enquête policière ! Rien ne respirait le drame. Pourtant, une jeune femme qui, deux jours plus tôt encore, jouissait de l'été méditerranéen et se faisait brunir au soleil…

— Vous ne trouvez pas, mademoiselle Berthe, que les regards qu'on nous lance sont plutôt dénués de sympathie ?

— C'est fatal ! répliqua-t-elle sans s'émouvoir.

— Pourquoi ?

— Parce que vous représentez le clan Moss… Déjà les gens d'ici n'aiment pas les milliardaires qui en mettent plein la vue avec leurs canots ultra-rapides, gênent les pêcheurs et les canoës… Du moment que vous venez ici pour défendre Moss, vous êtes donc contre Joseph ou contre M. Larignan… Or ces deux-là sont du pays… Joseph tout au moins… Quant à M. Larignan, il y habite depuis dix ans et il a l'*accent*… Ajoutez à tout cela que l'ineffable inspecteur Machère fait campagne contre vous dans tous les cafés du pays et va jusqu'à prétendre que vous êtes un détective américain…

Ils se promenaient tous les deux le long du port, revenaient sous les pins maritimes de la place. Autour du kiosque à musique, deux parties de boules venaient de commencer, deux parties qui sont comme le pôle principal de l'existence du Lavandou.

D'un côté, la partie en pantalons de toile bleue et en espadrilles, comptant surtout les pêcheurs du cru, et parmi eux le maigre et ironique Joseph, qui porte un chandail rayé comme les marins de Toulon.

Ceux-là, on les appellerait volontiers les professionnels, par comparaison avec la partie des notables qui jouent de l'autre côté du kiosque, le receveur des postes, le patron de l'*Hôtel des Calanques*, le commissaire de police, le président du syndicat d'initiative…

Un de ces personnages, le plus gros, qui ne quittera son casque colonial qu'au coucher du soleil, et dont les yeux sont abrités par des lunettes aux verres fumés, n'est autre que M. Larignan.

Émile, suivi de Mlle Berthe – ils forment ainsi un couple assez gentil, ma foi, et Mlle Berthe serait bien contente si son compagnon daignait s'en apercevoir – Émile et Mlle Berthe, dis-je, vont d'un jeu à l'autre, se mêlent aux curieux qui commentent passionnément les coups.

Aucun doute n'est possible, il n'inspire pas la sympathie. À son approche, les gens auraient plutôt tendance à s'écarter. Quant à Joseph, il a été plus loin : à la vue de l'homme de l'Agence O, il a lancé ostensiblement, à deux ou trois mètres de lui, un long jet de salive.

Une demi-heure s'écoule de la sorte. Émile est de plus en plus soucieux. Dans l'ombre d'un petit bar qui fait le coin de la place, il peut apercevoir l'inspecteur Machère qui, au milieu d'un groupe d'habitués, pérore et gesticule, parlant à coup sûr du détective de Moss…

Un coup difficile, soudain… Les boules sont à plus de dix-huit mètres… C'est au « tireur » de sauver la situation et le tireur n'est autre que Joseph… S'il rate son « estanque », c'est-à-dire si, par un coup de maître, il ne frappe pas la balle adverse et ne prend pas exactement sa place, la partie est perdue pour sa quadrette…

— Vas-y, Joseph !…

Joseph joue la petite comédie habituelle, soupèse sa boule, la frotte dans la terre pour la rendre moins glissante, crache un peu dessus, fait trois pas en courant, revient, recommence et enfin…

Sa boule est partie, mais elle frappe le sol à quarante centimètres au moins de la boule visée.

— Mal joué ! prononce quelqu'un à voix haute.

On se retourne avec ahurissement. Qui a osé porter un jugement aussi sévère sur l'as des as du Lavandou ? Stupeur quand on constate que c'est ce gringalet de détective de Moss.

Joseph a cligné des yeux. Très calme, l'œil ironique, il s'avance d'une démarche chaloupée, car il aime à se faire encore plus mauvais garçon qu'il n'est. Il touche sa casquette et retire son mégot de ses lèvres.

— Pardon, monsieur…

Il exagère la politesse.

— Ce serait-il vous, par hasard, qui êtes envoyé par la Fédération pour nous donner des leçons de boules ?

Éclat de rire général.

— Ma foi, dit Émile avec humilité, cela n'est pas, mais cela pourrait être…

— Eh bien ! moi, *mossieu*, si vous « estanquez » cette boule-là, je paie une tournée générale, foi de Joseph…

Les bourgeois d'à côté ont été alertés et, laissant leurs boules en place, sont venus assister à la scène.

— Choisissez la boule que vous voudrez, *mossieu* !… Ici, nous ne jouons qu'avec des intégrales réglementaires… Trois pas, n'est-ce pas ?… Votre pied dans le cercle, s'il vous plaît…

Mlle Berthe est devenue toute rouge, car elle se rend compte que son patron est en train de se couvrir de ridicule. Long et maigre, étrangement coiffé de son panama démodé, une cigarette éteinte au bec, il soupèse la première boule qu'on lui a tendue. Ses lunettes à la Harold Lloyd, par-dessus le marché, lui donnent l'air d'un myope.

Un… deux…

Quelques secondes plus tard, personne n'a plus envie de rire. Il a fait trois bonds avec une souplesse inattendue. La boule est partie. Elle a décrit une longue trajectoire… Un bruit mat, bien connu des joueurs de boules, le bruit de l'« estanque », quand le coup est bien franc, que la boule adverse est prise en plein et qu'elle va se balader pour faire place à la nouvelle qui, frémissante encore, ne bouge plus.

Joseph en a pour quelques instants à reprendre sa respiration. Il regarde Émile… Il hésite… Il s'approche et lui tend la main, comme à regret, et enfin il prononce, avec son accent savoureux :

— Pourquoi ne m'aviez-vous pas dit que vous étiez d'*ici* ?… Ce qui est promis est promis… C'est ma tournée…

Quelques minutes plus tard, les deux quadrettes sont rassemblées au comptoir du coin devant des grands verres de vin blanc de Cassis :

— Dites-moi, fait Joseph, qu'une pensée semble tourmenter. À votre façon de lancer la boule… Vous n'êtes pas obligé de me répondre, bien sûr, mais je parierais que vous avez appris avec le Grêlé…

— Au pont du Las… réplique Émile en souriant.

Car Joseph a deviné. Quand il était aspirant de marine, à Toulon, Émile a beaucoup joué aux boules et, précisément, avec le Grêlé, un des plus fameux joueurs de la Côte, de l'équipe du pont du Las.

— Alors, vous connaissez Chariot ?…

— Et son frère qui est…

— Chut !…

Le frère de Chariot a eu des ennuis… Enfin !… Toujours est-il que voilà Émile installé dans la place.

— C'est votre femme ? questionne Joseph en désignant Mlle Berthe, qui en devient cramoisie.

— Non… C'est une amie… Une collaboratrice…

— Et vous, sacré Machère, qui vouliez nous faire croire que ce type-là était un Américain… Vous acceptez une revanche ?… On fait la partie ?…

— Volontiers…

Ce qui pourrait bien porter atteinte au prestige de l'Agence O. En effet, Émile a tombé la veste et est tout à sa partie avec les gars en pantalons de toile bleue, quand un petit homme tout rond et tout vêtu de blanc, qui n'est autre que M. Moss, vient hargneusement faire sa tournée sur la place, suivi d'un pékinois encore plus laid que lui.

Il ne penserait peut-être pas à s'approcher des joueurs s'il ne reconnaissait la jeune secrétaire qui suit la partie avec intérêt. Il fronce les sourcils. Il reconnaît Émile. C'est à croire qu'il va suffoquer. Comment, son détective à lui, celui qu'il a fait venir à grands frais tout exprès pour écraser ses ennemis, est là, à jouer aux boules avec le pire de ces ennemis, avec Joseph qui, chaque fois qu'il prononce le nom d'Eva, a un sourire qu'on dirait reconnaissant !

— Vous direz à votre patron… commence-t-il en s'adressant à Mlle Berthe.

Dire quoi ? Il ne trouve pas. Tous les mots de la langue française sont trop faibles et c'est sans doute pourquoi il dévide une phrase dans sa langue maternelle, avant de faire volte-face et de s'éloigner à pas rapides.

— Il a une sale gueule… murmure simplement Joseph en ramassant ses boules.

— Pas jolie, en effet, admet volontiers Émile.

— Dommage !… La jeune dame était bougrement appétissante…

Clin d'œil.

— À vous de lancer le cochonnet…

Voilà comment ce soir-là, à neuf heures, Émile et Joseph se retrouvent sur la petite jetée du Lavandou, près du bateau de Joseph. La nuit tombe. Tout est bleu, les montagnes, derrière, les îles, en face, la mer, le ciel… Il n'y a qu'une grande barre d'un orage incandescent là où le soleil vient de se coucher…

— Vous êtes de par ici, n'est-ce pas ? commence Joseph, que cette question turlupine.

— De pas loin… répond prudemment Émile.

Il ne dit jamais exactement d'où il vient. Non parce qu'il a honte de sa région natale. Mais il sait qu'il y a de région à région des défiances, voire des haines insoupçonnées. Pourquoi avouerait-il à Joseph que c'est par le plus grand des hasards, et parce qu'il a eu un moment l'idée de faire sa carrière dans la marine, qu'il a vécu à Toulon et appris à jouer aux boules ?

— L'inspecteur Machère ne vous a pas posé trop de questions ? demande-t-il un peu plus tard.

— Fallait s'y attendre… Va falloir que je reste tranquille pendant quelque temps… Dommage !… C'est le moment où les patrons d'hôtels et de restaurants ont le plus besoin de poisson… Les gens s'imaginent que, parce qu'ils sont au bord de la mer, ils vont manger du poisson… Avec les filets, on n'en ramène pas seulement de quoi nourrir la population ordinaire… Alors, c'est Joseph par-ci… Joseph par-là… L'autre jour, tenez, à la dernière minute, arrive à l'*Hôtel des Calanques* un sénateur avec toute une bande… Trois autos en tout… Et il réclame des loups grillés au fenouil… Le patron tente de lui expliquer qu'il n'y a pas de loups…

« — Allons donc ! Venir de si loin pour manger des loups au fenouil… Tirez votre plan, mais je veux que, dans une heure…

« Et le patron lui fait :

« — Il y aurait bien quelqu'un… Mais ce serait à la dynamite, et s'il se fait prendre…

« Vous me croirez si vous voulez, monsieur… C'est le sénateur qui m'a supplié d'aller lui pêcher des loups à la cartouche et il a tenu à venir avec moi pour voir comment ça se pratiquait…

« Après, il m'appelait son petit Joseph et me tutoyait tout comme si nous avions fait notre service militaire ensemble, et il a fallu que je prenne l'apéritif avec eux…

— Et cette Mme Eva ?…

— Je peux bien vous le dire, puisque je l'ai dit à Machère… D'ailleurs, tout le monde le savait dans le pays… C'est chaque année la même chose… On se demande ce qu'elles ont… Quand elles arrivent, dans leurs toilettes de Paris, on dirait de grandes dames qui vont vous écrabouiller de leur mépris… Le lendemain, elles sont en shorts, comme elles disent… Le surlendemain, on les rencontre à p… pardon… enfin, comme vous devinez dans le creux de rochers… Après, il faut leur faire faire des parties de pêche et, une fois que vous êtes seul avec elles dans le bateau…

— M. Moss le savait ?

— Je l'ignore… peut-être que oui…

Joseph a un rire égrillard.

— Si, de sa villa, il a l'habitude de regarder au large avec de bonnes jumelles, il a pu en voir de belles, je vous assure… Cela s'appelle une partie de pêche… Qu'est-ce que vous voulez, nous, qu'on y fasse ?… Il faut bien vivre et nourrir les gosses…

— Vous avez des gosses ?

— Moi, non… Mais ma sœur en a… Maintenant, je vais vous parler aussi franc qu'un joueur de boules à un autre joueur de boules… Vous m'avez eu avec votre « estanque », c'est vrai… Mais je vous ai gagné ensuite par 21 à 18, et vous n'aurez pas la malhonnêteté de le nier… Eh bien ! aussi vrai que je vous ai gagné par 21 à 18, je n'ai rien vu et je ne sais rien… Il me serait facile de vous raconter ceci ou cela, parce que tout le monde vous dira que je suis le plus grand « inventeur » du Lavandou… La fois que les gendarmes sont venus fouiller chez moi pour y trouver de la dynamite et, qu'à leur nez, j'ai remis tout le paquet à ma petite nièce qui a quatre ans, lui disant :

« — Surtout, ne mange pas tout…

« C'est pour vous dire… Eh bien, non… Je pêchais… Je ne sais pas à quoi je pensais, mais sûrement pas à la dame qui faisait trempette… Ce que j'en faisais avec elle, je vous jure, c'était pour ne pas la désobliger, car on a tellement d'occasions… Je n'avais pas rencontré un seul mulet, pas un loup… Je virais de bord…

« — Tiens, que je remarque, elle a dû monter sur une autre barque…

« Parce que le canoë flottait tout seul au milieu de la calanque…

« Là-dessus, je passe pas loin de M. Larignan. Il me montre son plein panier de bouillabaisse…

« — La petite dame… que je lui crie.

« Il n'entend pas, à cause de son moteur qu'il venait de mettre en marche…

« Je fais encore un rond… Au moment de jeter ma cigarette, j'aperçois quelque chose dans l'eau et… C'était elle, qu'est-ce que vous voulez que je vous dise ?…

Ils se sont assis sur les dernières pierres de la jetée et des couples passent, des jeunes gens, des jeunes filles qui, parce que la nuit s'annonce belle, éprouvent le besoin de chanter. Il y a un grand jeune homme, entre autres, qui se prend pour Tino Rossi et qui en veut terriblement à Marinella…

— Écoutez, Joseph… Entre nous… Vous avez bien une opinion… Est-ce que vous croyez que ce Hollandais, par jalousie, aurait été capable de…

— Je ne peux même pas dire ça… S'il avait été tout seul, passe encore… Mais n'oubliez pas qu'il avait son larbin avec lui… Alors, il faudrait supposer qu'ils sont de mèche… Il y a autre chose… J'ai bien compris tout de suite qu'on me chercherait des histoires… Quand on a eu quelques condamnations, les flics ont une tendance à vous mettre sur le dos tout ce qu'ils ne comprennent pas… En arrivant, j'ai jeté un coup d'œil dans le canot automobile… Tenez, c'est celui-là qui est recouvert d'une bâche… Un engin qui fait soixante kilomètres à l'heure et presque autant de remous que les torpilleurs de Toulon…

— Vous cherchiez l'outil qui…

— Justement… Les outils étaient à leur place, dans un petit coffre… La clef à bougie était encore encrassée… Mais il n'y avait pas une goutte d'eau, ni rien qui puisse laisser supposer… Maintenant, je ne vous dis pas que ce n'est pas lui… Mais je dis que je ne dis pas que c'est lui… Nuance, vous comprenez ?

— Et M. Larignan ?

Joseph crut que son interlocuteur plaisantait.

— Monsieur Larignan ?

Car dans un pays où tout le monde se tutoie aisément, chacun disait, avec une nuance de respect, *Monsieur* Larignan.

— Mais, s'il l'avait voulu, il serait notre maire ! Après moi, sans me vanter, c'est le meilleur joueur de boules du pays… Quant à la pêche au boulantin, il prendra cinquante rascasses là où vous ne verrez seulement pas les épines d'une seule… Vous *galègez* !… *Monsieur* Larignan !…

— Il a été en rapport avec Eva ?

— Qu'est-ce que vous me demandez là ?… Pourquoi voulez-vous que M. Larignan ait été en rapport avec cette femme ?

— Je ne sais pas… Ce que vous avez fait, il pouvait peut-être le faire ?…

Joseph respira un bon coup pour gonfler ses pectoraux avec l'air de dire :

— Minute ! Donnez-vous la peine de comparer…

— On m'a assuré, poursuivait Émile, qu'entre lui et sa petite bonne, qui n'a pourtant que dix-huit ans…

— Eh bien ?… La petite Thérèse, c'est régulier… Ça s'est toujours fait, quoi !… Sans compter que Thérèse ne l'a pas attendu, allez…

Son sourire ajoutait :

— J'en sais quelque chose.

— Écoutez, Joseph… Vous étiez trois dans la calanque…

— Quatre…

— Comment, quatre ?

— Avec le larbin… Et même cinq…

— Pourquoi cinq, maintenant ?

— Et Eva ?

— Vous n'allez pas prétendre qu'Eva s'est donné, tout en nageant, un coup sur la tête avec un instrument lourd qu'elle aurait apporté tout exprès avec elle…

— Bon… Où voulez-vous en venir ?

Pendant ce temps, Mlle Berthe s'est assise mélancoliquement à la terrasse de l'hôtel et elle pense sans doute que si cet Émile, qu'elle aperçoit de loin en loin dans la nuit qui commence, voulait seulement y mettre un tout petit peu du sien… C'est une nuit si douce, si douce !… Les deux chambres ne sont séparées que par une mince cloison… Dans cette cloison, il y a une porte et la clef est restée dessus… Pour tout dire, elle était restée du côté de la jeune fille, mais tout à l'heure, après le dîner, quand elle est montée se mettre de la poudre, elle l'a rapidement mise de l'autre côté… Si, par hasard, l'idée lui venait…

Émile, pourtant, est bien loin d'elle à cet instant.

— Où je veux en venir ?… À ceci qu'un de vous trois est certainement l'assassin… Un de vous trois a frappé Eva à la tête, sans doute au moment où, sans arrière-pensée, elle s'accrochait à un bateau, comme le font tous les nageurs…

« M. Moss peut fort bien l'avoir tuée par jalousie, ou pour se débarrasser d'une liaison qui lui pesait…

— Ce serait dégoûtant… décide Joseph.

— Je me demande pour quelle raison M. Larignan pourrait l'avoir tuée… Un coup de soleil subit ?… Ou bien parce qu'on dérangeait ses poissons ?

— Vous exagérez !… Vous avez beau être du Midi…

— Reste vous, mon pauvre Joseph… Remarquez que je ne vois pas non plus pourquoi vous auriez fait ça… D'abord, vous êtes celui à qui la police pensera en premier lieu… Ensuite, un assassin ne se charge pas volontiers du cadavre de sa victime… Cela supposerait une dose de cynisme, de…

— Si quelqu'un d'autre qu'un joueur de boules qui m'a presque battu cet après-midi me disait des choses pareilles… Vous avez des allumettes, *au moins* ?

Émile a *au moins* des allumettes et lui tend la boîte.

— Du feu ?

— Non, merci…

— Vous avez une drôle de façon de fumer vos cigarettes sans jamais les allumer, vous !… C'est peut-être encore un truc de détective ?…

Ils se lèvent et se dirigent vers la place où on distingue mal les silhouettes dans l'ombre des arbres.

— Dites donc !… C'est quand même bien mon tour de poser une question qui me tracasse… Si ce Moss est si innocent qu'il veut le faire croire… Remarquez que je ne prétends pas qu'il ne l'est pas… Mais, enfin !… Pourquoi, dans ce cas, éprouve-t-il le besoin de faire venir des détectives qu'il paie personnellement pour prouver qu'il n'a pas tué ?… Hein ?… Répondez à ça !… Voyez-vous, moi, je prends un avocat quand on m'accuse… Et encore ! J'aime mieux me défendre moi-même. Ces gens-là parlent tout le temps à côté de la question, disent des choses que vous ne comprenez pas et, en fin de compte, c'est vous qui êtes dedans… N'empêche que ça va lui coûter des billets de mille, je ne vous demande pas combien, rien que pour prouver qu'il n'a pas tué la dame… Enfin, il y a quand même cette panne… Cela arrive à tout le monde…

On entend au loin l'orchestre du casino. Il y a des couples dans tous les coins d'ombre. À l'approche d'Émile, Mlle Berthe se lève, troublée, elle ne pourrait dire au juste pourquoi, peut-être parce que, ce soir-là, il y a de la langueur dans l'air.

— Restez assise, je vous en prie…

— Vous ne voulez pas que nous fassions quelques pas ensemble ?… Le temps que vous me mettiez au courant de… N'oubliez pas que, dans cette affaire, je suis votre seule collaboratrice et qu'il y a une heure que vous êtes en conversation avec Joseph…

Ils s'éloignent, dans la direction des lumières du casino. Avant d'atteindre ces lumières, ils font demi-tour, puis demi-tour encore, quand ils vont être dans le rayon lumineux de l'hôtel.

Enfin, au troisième voyage seulement, Mlle Berthe, d'un geste qui doit être machinal, à moins qu'elle ne soit fatiguée, accroche sa petite main au bras d'Émile.

— Ainsi, patron, vous croyez que, si on se livrait à une reconstitution de…

… Reconstitution de… reconstitution de… De quoi ?… Qu'est-ce qu'elle raconte ?… Et qu'attend-il, l'idiot, pour écraser ses lèvres contre les siennes ?

Hélas ! Émile ne comprend pas, ou ne veut pas comprendre, et il réplique :

— D'accord avec la police, évidemment, car l'Agence O ne peut, de son propre chef…

Ce «*propre chef*» marque la fin d'un des abandons de Mlle Berthe. Si, à ce moment, Émile avait voulu…

3

Où un certain nombre de grandes personnes ont l'air de jouer à la mort, et où Émile, après s'être révélé champion de boules, se révèle amateur de pêche.

Voici, chronologiquement, les faits du lendemain matin, enregistrés par le plus fidèle des témoins.

Dès cinq heures, Mlle Berthe était au petit balcon de sa chambre, car elle avait entendu remuer dans la chambre voisine et, quelques instants plus tard, elle voyait Émile, déjà habillé, se diriger vers le port, à pas nonchalants.

À ce moment-là, il y avait un certain nombre de pêcheurs qui rentraient et qui commençaient à étendre leurs filets sur la jetée.

Émile leur parla, les mains dans les poches, la cigarette éteinte entre les lèvres. Puis, sans y toucher, il admira assez longuement le bateau de M. Larignan. Le même bateau, en somme, que celui de la plupart des pêcheurs, en plus petit, en plus coquet. Il était peint en blanc avec liséré rouge, et des supports, à l'arrière, permettaient de dresser une tente.

M. Larignan lui-même, d'ailleurs, ne tarda pas à paraître, en pyjama, car chaque jour il faisait de la sorte sa promenade matinale qui se terminait invariablement au bar du coin, où il prenait son petit déjeuner : un verre de vin blanc et deux ou trois anchois à l'huile sur un morceau de pain.

Émile le salua et il lui rendit son salut. Tout cela, Mlle Berthe le voyait de sa chambre où elle s'habillait fenêtre grande ouverte, au risque d'être vue dans une tenue assez légère.

Émile et M. Larignan échangèrent quelques phrases d'un air très cordial, puis Émile rentra à l'hôtel et, quelques instants plus tard, on entendait le bruit d'une voiture mise en marche.

Quand Mlle Berthe descendit, Émile n'était plus là et le patron lui annonça que le détective lui avait emprunté sa bagnole.

Comment la nouvelle se répandit-elle ensuite ? C'est ce qu'il fut toujours impossible de savoir. Le commissaire de la Brigade mobile de Toulon, qu'Émile était allé voir, parla-t-il ? Il en est généralement ainsi dans ces cas-là et les gens qui ne devraient rien savoir sont les premiers renseignés.

Quoi qu'il en fût, dès neuf heures du matin, le bruit courait au Lavandou qu'on allait procéder à une reconstitution aussi exacte que possible du crime. Les baigneurs, au lieu de se rendre à la plage comme d'habitude, ou d'aller à la pêche dans les rochers, assaillirent littéralement les pêcheurs. C'était à qui louerait un bateau pour la matinée, ou seulement une petite place dans un bateau.

Les prix montèrent à vue d'œil. À dix heures, la

place était déjà à cinquante francs et un car bondé de curieux arrivait de Toulon.

Mlle Berthe était d'autant plus vexée qu'Émile ne lui avait rien dit. Moss, qu'elle rencontra sous les pins de la promenade, l'accosta sans cérémonie et l'interpella avec une politesse toute relative.

— Savez-vous où je pourrais rencontrer votre singulier patron ?

— Je l'ignore, monsieur Moss…

— Je voudrais lui signifier que, dès maintenant, je considère qu'il n'est plus à mon service. Si je me suis adressé à l'Agence O, c'est tout d'abord que j'espérais que cette agence, dont la réputation est surfaite, m'enverrait quelqu'un de sérieux et non un jeune homme ridicule. Ensuite…

Émile descendait justement de voiture en compagnie du commissaire de la Mobile.

— Tiens ! Monsieur Moss… J'allais précisément vous envoyer chercher… Le commissaire, que j'ai le plaisir de vous présenter, désirerait que, ce matin, le crime soit reconstitué dans tous ses détails et je vous demanderais de bien vouloir prendre place avec Cornélius dans votre canot automobile…

— Est-ce une prière ou un ordre de la police ? questionna le banquier qui était décidément de mauvais poil.

— Ce sera ce qu'il vous plaira, répliqua le commissaire. Mais *ce sera*, vous comprenez, monsieur Moss ?

Quelques minutes plus tard, on se serait cru un jour de régates. Des canots rapides étaient arrivés de Toulon, d'Hyères, de Porquerolles, de Saint-

Tropez... Un gros yacht blanc s'était détourné de sa route et attendait en rade...

Quant à ceux qui n'avaient pas d'embarcation, ils se dirigeaient en toute hâte vers les rochers de la calanque et, ce matin-là, le marchand d'articles de plage loua toutes les jumelles dont il disposait, y compris de vieilles jumelles de théâtre.

Quatre personnes constituaient le groupe que l'on examinait avec le plus de curiosité, car c'était le groupe de suspects et tout le monde était persuadé qu'avant midi, un de ces hommes au moins serait inculpé d'assassinat : Joseph, les mains dans les poches, la casquette de travers, les manches de son tricot rayé relevées sur les tatouages de ses bras ; M. Larignan, coiffé de son éternel casque colonial ; M. Moss et son fidèle Cornélius, qui affectaient de ne pas se mêler aux autres.

— Je pense, monsieur le commissaire, disait doucement Émile, selon sa méthode habituelle toute d'humilité, qu'il faudrait un observateur dans chacune de ces trois embarcations. Je propose, si vous n'y voyez pas d'inconvénient, que l'inspecteur Machère prenne place dans le canot automobile de M. Moss...

Réunir les trois hommes qui se détestaient dans un canot, n'était-ce pas un défi à la paix ? Machère en fut d'ailleurs étonné, car il aurait cru que, pour mieux défendre son client, Émile réclamerait ce poste.

— Notre secrétaire, excellente nageuse, va mettre un bonnet de bain et un maillot vert... J'en ai acheté un ce matin qui doit être à peu près à sa taille...

À cet instant, Mlle Berthe pensa qu'Émile ne l'avait pas souvent regardée, même quand elle était fort peu habillée, et ne devait pas être bon juge quant à sa taille.

— Elle s'installera dans le canoë et fera, autant que possible, ce que Mme Eva a fait mardi matin… Quant à vous, monsieur le commissaire, je me demande si la place la plus favorable, pour tout voir, n'est pas à bord du bateau de Joseph, étant donné que c'est celui qui a le plus circulé sur les lieux… Pour ma part, si M. Larignan veut bien m'accepter à son bord…

« Avant le départ, cependant, j'aimerais poser une question à chacun :

« — Vous, monsieur Larignan, vous êtes-vous servi de votre bateau depuis mardi matin ?

La réponse fut non.

— Avez-vous retiré quoi que ce soit de ce qui se trouvait à bord ce matin-là ?

— Le panier avec les poissons…

— Rien d'autre, vous en êtes certain ?

— J'en suis certain…

— À vous, Joseph…

— Je me suis servi de mon bateau, mais je n'en ai rien retiré…

— Vous, monsieur Moss ?…

— Demandez à Cornélius… Je ne m'occupe pas de ces questions-là !

— J'ai seulement retiré un bidon d'huile qui était vide, ainsi que ma salopette que j'ai donnée au lavage…

— Eh bien, messieurs, je pense que nous pouvons nous embarquer.

Tout comme un jour de régates, une embarcation avait été réservée aux gendarmes qui devaient empêcher les autres bateaux de pénétrer dans la calanque, et ils eurent fort à faire.

Le temps était splendide. La mer d'un bleu turquoise. Une légère buée montait de la surface de l'eau qui, de temps en temps, frisait au passage d'un banc de sardines.

Rien d'aussi peu dramatique que cette scène, et il eût été bien difficile de penser que la tête d'un homme en dépendait. Mlle Berthe, la première, à bord du canoë verni comme un jouet, avait quitté le port, un peu gênée, car le maillot vert qu'Émile lui avait acheté était d'un numéro trop petit et moulait ses formes d'une façon peu discrète.

Le canot automobile la dépassa bien vite et fila vers le large en laissant derrière lui de larges remous ; puis ce fut le tour du *Cormoran*, avec Joseph, debout à l'arrière, la barre entre les jambes.

Au moment de larguer l'amarre du *Potam*, M. Larignan retira de l'eau une sorte de panier en métal qu'il posa au fond de l'embarcation.

— Qu'est-ce que c'est ? questionna Émile.

— Des *piades*... Autrement dit, des bernard-l'ermite... Quand il n'y a pas de crevettes, c'est le meilleur appât pour la pêche au boulantin...

— Je sais...

Le canot de M. Larignan n'était pas très rapide et, quand on arriva dans la calanque, il y avait déjà un bon moment que la vedette du banquier, dont le bourdonnement semblait remplir l'espace, décrivait des cercles au large.

— C'était ici... dit M. Larignan... Tenez !... Il n'y a pas à s'y tromper... Vous voyez ce rocher ?... Penchez-vous... Il y a, tout à côté, une raie blanche...

En pêchant juste au ras du rocher, on est sûr de prendre des rascasses…

Il laissa tomber au fond de l'eau la grosse pierre qui lui tenait lieu d'ancre.

— Qu'est-ce que je dois faire, maintenant ?

— Autant que possible ce que vous faisiez mardi à la même heure…

— Je pêchais déjà depuis longtemps…

— Pêchez donc… Puisque vous n'avez rien retiré de ce qu'il y avait dans votre bateau, les lignes doivent s'y trouver…

— Les voici…

C'était vraiment le bateau de l'amateur soigneux. Sous le banc arrière, il y avait une petite armoire, des rayons, et les engins de pêche étaient rangés avec autant de soin que l'armoire de cuisine d'une bonne ménagère.

— Tenez !… Je me souviens que c'est avec cette ligne-ci que je pêchais… J'étais assis sur mon pliant…

Il alla prendre le pliant et s'y installa.

À bord du canot automobile, l'inspecteur Machère, son chapeau melon en arrière, regardait férocement ses deux compagnons. Pourquoi diable, se demandait-il, Émile lui avait-il confié ce poste ? Il flairait confusément un piège et il ne perdait pas un seul geste des deux hommes.

Quant au commissaire de la Brigade mobile, il était déjà devenu copain avec Joseph et les gens qui regardaient aux jumelles eussent été bien étonnés du cours de leur conversation.

— Ainsi, c'est pour cela que vous devez toujours avoir aux lèvres une cigarette allumée ?

— Parbleu !... C'est facile à comprendre... Supposez que j'aperçoive un banc de poissons...

— Mais comment pouvez-vous les voir ? Je ne vois rien dans l'eau...

— Parce que vous êtes trop bas... Moi, comme vous le constatez, je suis très au-dessus de l'eau... Mon regard plonge... Quand je vois les poissons, je n'ai que quelques secondes pour allumer la cartouche et la lancer... En même temps, il faut que je continue à diriger le bateau... Vous voyez ma main droite, dans ma poche... Elle tient une cartouche...

— Vous en avez réellement une ?

— M. Émile m'a dit de faire exactement comme mardi...

— Vous avez lancé une cartouche, mardi ?

— Une seule, dans ce coin-là, près de la *Pointe Prime*... Mais je l'ai lancée trop tard et je n'ai rien eu...

— Faites donc la même chose...

Pour être tout à fait sincère, il faut avouer que le commissaire obéissait moins, en donnant cet ordre, à un souci de reconstitution exacte, qu'au désir de voir de ses yeux une pêche à la dynamite.

Ce fut vite fait. Joseph approcha sa main droite de sa cigarette... Cette main tenait une petite chose enveloppée de papier de soie. Un geste rapide. Puis une volte brusque du bateau et bientôt, à une dizaine de mètres, un bruit sourd, l'eau agitée...

— Mais les poissons ?...

— Attendez... Il n'y en avait peut-être pas...

— Si... Regardez... Oh ! le beau loup...

— Ce n'est pas un loup… C'est une daurade… Tenez !… En voilà d'autres… Est-ce qu'on les ramasse ?

— Hélas ! il est juste onze heures… fit le commissaire à regret en consultant sa montre… Que faisiez-vous à onze heures ?…

— Je me dirigeais vers l'autre pointe…

Depuis quelques instants déjà, Mlle Berthe avait plongé. Le canot automobile de M. Moss était entré dans la calanque et s'était immobilisé. Cornélius était occupé à dévisser une des bougies.

Selon les instructions reçues, Mlle Berthe nageait vers l'embarcation…

Puis celle-ci se remettait en marche et décrivait un large cercle…

— Je me demande ce qu'il espère ! grogna le commissaire.

— Qui ?

— Ce détective de l'Agence O… Vous comprenez, mon ami, ces gens-là veulent toujours employer des méthodes *épastrouillantes*… Sinon, où serait leur prestige ?… À les croire, la police officielle, trop routinière, est incapable de mener une enquête à bien et… Mais qu'est-ce qu'ils font ?

De loin, on voyait Émile et M. Larignan qui allaient et venaient à bord de leur petit bateau. Ils se penchaient, fouillaient partout. Ils avaient l'air de chercher quelque chose.

Quant à Mlle Berthe, elle tirait paisiblement sa coupe, ne sachant plus ce qu'elle devait faire. Le canoë, tout seul, flottait dans un large espace vide.

— C'est vers ce moment-ci que vous vous êtes étonné de ne plus voir le bonnet blanc ?

— À peu près… Tenez !… Nous avons juste le soleil dans les yeux… Je n'y ai pas pris garde tout de suite… J'ai encore fait un tour…

Pour faire ce tour, ils durent tourner le dos au bateau de M. Larignan. Quand ils le virent à nouveau, Émile levait les deux bras au ciel, ce qui était le signal convenu pour le cas où l'un ou l'autre des policiers découvrirait quelque chose.

Ce fut une stupeur générale. Personne n'avait rien vu. Il ne s'était rien passé. Pour un peu, les touristes qui avaient payé cher leur place à bord d'une embarcation de pêche auraient réclamé leur argent.

— Qu'est-ce qu'il lui prend, à ce comique ? Qu'est-ce qu'il peut avoir découvert ?…

Le commissaire n'était pas le moins surpris. Vaguement inquiet, en outre, car il se rendait compte qu'il n'avait peut-être pas rempli son rôle avec tout le zèle souhaitable, passionné qu'il était pour la pêche à la dynamite. Il pensait même avec regret aux belles daurades qui flottaient le ventre en l'air et à la surprise de sa femme s'il avait pu… Enfin ! le devoir avant tout !

Quant à l'inspecteur Machère, il ordonnait sèchement à Cornélius :

— Au port !… Fini de rire… Maintenant que votre rigolo a terminé ses plaisanteries, c'est moi qui vais continuer l'enquête…

La vedette du banquier arriva évidemment la première. Machère ne laissa pas descendre ses compagnons. Joseph et le commissaire débarquèrent un peu plus tard et attendirent le troisième bateau qui

– Émile pouvait donc se montrer galant une fois dans sa vie ! – remorquait le canoë de Mlle Berthe.

— Eh bien ? questionna le commissaire en saisissant l'amarre qu'on lui avait lancée.

— Eh bien, répliqua Émile avec une gravité inattendue, nous n'avons pas pu pêcher…

— Hein ?… Vous vouliez ?…

— Cela ne vous ferait rien de dire aux gendarmes d'éloigner la foule ?… Je suis bien content, monsieur Moss…

— Je pense qu'il n'y a que vous à l'être ! riposta sèchement ce dernier.

— Figurez-vous, monsieur le commissaire, reprenait Émile, que si, dans les deux autres bateaux, il a été possible de procéder à une reconstitution exacte de la matinée de mardi, cela a été rigoureusement impossible à bord du bateau de M. Larignan… Tenez !… Joseph lui-même, bien qu'avec vous, a pu lancer une cartouche de dynamite dont nous avons vu les effets surprenants… Cornélius a nettoyé sa bougie dans un temps record… On voit que c'est un excellent mécanicien et qu'aucun outil ne lui manquait…

Émile soupira, navré.

— Moi qui me faisais une fête de pêcher au boulantin !… Il y a des années que cela ne m'est plus arrivé… Les lignes étaient bien à bord… D'excellentes lignes, qui révèlent un pêcheur méticuleux… Il y avait un pliant et une bouteille de cognac… M. Larignan est l'homme le plus ordonné du monde… *Et souvenez-vous que mardi il a pris un plein panier de poissons…*

— Je ne comprends toujours pas où vous voulez en venir…

— C'est que vous n'êtes pas pêcheur au boulantin, monsieur le commissaire… Regardez ces *piades*… Comme vous le voyez, cela ressemble à des escargots, en plus gros… La coquille est extrêmement dure… Bien entendu, on ne pêche pas avec la coquille sur laquelle, si j'ose dire, les poissons se casseraient les dents… On pêche avec la petite bête molle et rose qui se cache à l'intérieur… Pour prendre cette bête, il est nécessaire de…

— Si vous tenez à nous faire perdre notre temps sous ce soleil… grogna M. Moss en faisant mine de s'éloigner.

— Un instant, je vous prie… Sou venez-vous de la question que j'ai posée, ce matin, avec une insistance toute particulière… C'est à M. Larignan le premier que j'ai demandé s'il n'avait rien retiré de son bateau depuis mardi *et il m'a répondu qu'il n'en avait retiré que le panier de poissons*… Or, mardi, il a pêché au boulantin… *Il a pêché avec des piades*… Et aujourd'hui, cela nous a été impossible… Pourquoi ?

— Pourquoi ? répéta le commissaire avec stupeur.

— Eh bien, je vais vous le dire… *Parce qu'il nous a été impossible de casser la coquille de ces piades*… Il y avait de tout à bord, de quoi boire, de quoi manger, de quoi pêcher, de quoi s'asseoir, de quoi s'abriter du soleil… Il y avait même de quoi lire et de quoi dormir… *Mais il n'y avait rien pour casser les piades*…

Joseph, qui, lui, avait déjà compris, regardait avec stupeur M. Larignan, impénétrable derrière ses verres fumés.

— Voilà pourquoi je prétends que c'est M. Larignan qui a tué Eva… D'habitude, lorsqu'on va à la pêche au boulantin, on emporte un marteau, ou une grosse pierre, ou un instrument quelconque permettant de casser les *piades*... Il y avait une pierre à bord, mais elle servait d'ancre... M. Larignan n'a donc pas pu s'en servir, car son embarcation serait partie à la dérive... Or, il a pêché mardi... Donc, mardi, il y avait un marteau ou une grosse pierre à bord... Il s'en est débarrassé... Pourquoi, sinon pour faire disparaître une pièce à conviction?... Sans doute l'a-t-il jeté à l'eau avant de rentrer au port?... Je penche pour un marteau... Peut-être des cheveux y adhéraient-ils encore?... Peut-être plus simplement, la présence de ce marteau paraissait-elle compromettante à l'assassin?...

« Toujours est-il qu'il nous a menti... Joseph avait à son bord, lui aussi, de quoi assommer quelqu'un, mais il n'a rien fait disparaître... M. Moss et Cornélius également...

« *Puisque, des trois suspects, M. Larignan est le seul qui ait menti et qui se soit livré à une manœuvre inexplicable, je prétends qu'en cherchant de ce côté...*

— Que répondez-vous à cela, monsieur Larignan? questionna le commissaire de la Brigade mobile.

— Que c'est très ingénieux, mais qu'il faudra prouver que j'ai tué cette femme que je ne connaissais ni d'Ève, ni d'Adam.

— Messieurs, vous m'excuserez, mais je pense que ma collaboratrice, après le bain prolongé qu'elle a pris ce matin dans l'intérêt de la justice, a besoin de se réconforter... M. Moss, je considère mon rôle comme terminé et j'en suis heureux, car j'ai rarement rencontré un personnage aussi désagréable que vous et aussi peu sympathique... Quant à vous, Joseph, si vous avez une heure après déjeuner, n'oubliez pas que vous me devez une revanche aux boules… Messieurs, je vous salue !… Cherchez le marteau !… Et cherchez où et quand M. Larignan et Eva se sont connus…

4

Où Mlle Berthe considère que les enquêtes courtes ne sont pas nécessairement les meilleures.

Il était écrit que Joseph resterait sur sa victoire contre Émile, car la partie de boules n'eut pas lieu cet après-midi-là et elle n'a pas encore eu lieu à l'heure qu'il est. En rentrant à l'hôtel, en effet, Émile a trouvé un télégramme de Torrence.

« *Si êtes disponible, venez toute urgence Deauville où me débats contre problème insoluble. Torrence.* »

Mlle Berthe n'a décidément pas de chance. Au moment où un chasseur a apporté ce télégramme, elle venait de monter dans sa chambre pour se changer. Comme par hasard, la porte de communication avec la chambre d'Émile était ouverte. N'étaient-ils pas là en camarades, en collaborateurs ? Et fait-on des manières entre collaborateurs ?

Le soleil était ardent. Émile allait et venait dans sa chambre et le rythme saccadé de son pas révélait un certain trouble intérieur. Quand il passait devant la porte ouverte il évitait de regarder, mais il savait que…

Comme par hasard aussi Mlle Berthe était maladroite et n'en finissait pas de retirer ce maillot trop petit… Qui sait si dans quelques secondes… On sentait qu'Émile hésitait… Il allait… Il venait… Il repartait et revenait…

Et, juste à ce moment, cet idiot de chasseur frappait à la porte, tendait son télégramme !

Il n'en faut pas plus, parfois, pour changer le cours de deux existences. Peut-être aussi Émile était-il soulagé d'échapper ainsi à la tentation et de ne pas se compliquer la vie ?

— Il faut que je fasse préparer ma note et que…

Il est passé en coup de vent devant la porte ouverte… Il a vu, ou plutôt entrevu… Dans le corridor, il hésite et… Le sort en est jeté ! Il descend l'escalier à pas lourds…

À deux heures déjà, il prend le rapide de Paris tandis que Mlle Berthe prend un peu plus tard le train pour Cassis.

Le rôle de l'Agence O est terminé. Il faut en laisser pour la police officielle et la plus grande qualité de celle-ci est certainement l'opiniâtreté.

Deux fois, trois fois, dans les jours qui suivent, la maison de Larignan est fouillée de fond en comble. Ses empreintes sont envoyées à Paris où elles ne correspondent avec les empreintes d'aucun criminel connu.

Pour un peu, au Lavandou, il y aurait des émeutes, car les gens s'indignent qu'on puisse soupçonner leur Monsieur Larignan.

En désespoir de cause, on publie sa photographie dans tous les journaux, deux photos plus exactement, une avec lunettes sombres et l'autre sans lunettes.

Huit jours se passent. La piste désignée par Émile

ne va-t-elle rien donner ? M. Moss est rentré à Amsterdam et ne suit l'affaire que par les journaux.

Enfin, d'une petite ville perdue dans le Sud tunisien, une lettre arrive. Quelqu'un a reconnu la photographie. Il ne s'agirait pas du tout d'un M. Larignan mais d'un Nestor Caquois qui était, voilà dix ans, régisseur dans une exploitation agricole du pays…

Larignan-Caquois, mis sur la sellette, nie encore. On fait venir plusieurs personnes de là-bas et toutes le reconnaissent formellement.

Or, il y a dix ans que ce Caquois est recherché par la police. Régisseur de M. Grétillat, il a disparu la nuit où celui-ci a été assassiné et où le contenu de son coffre a été volé.

L'épouse de M. Grétillat s'appelait Eva… Eva Grétillat… Ruinée, elle a quitté la Tunisie… Elle a habité Bruxelles… Elle est devenue la maîtresse du banquier Moss…

Et certain matin d'août qu'elle nageait dans une calanque et qu'elle se rapprochait d'un petit bateau où un homme pêchait paisiblement au boulantin, elle a reconnu dans cet homme…

À portée de la main de Larignan-Caquois, le marteau qui lui servait à casser les *piades*…

C'est sa sécurité, sa vie qui sont en jeu…

Joseph, dans son bateau, a le dos tourné… La vedette automobile du banquier s'éloigne…

Un geste rapide, presque un réflexe…

— En somme, lui dit le juge d'instruction, près de deux mois plus tard, vous avez failli réaliser le crime parfait… Et par deux fois !… Une première fois, vous avez pu quitter la Tunisie sans être inquiété et venir, sous un autre nom, passer des années paisibles au Lavandou avec le fruit de votre crime… Une seconde fois, si vous n'aviez pas commis la faute de vous débarrasser de ce marteau…

L'autre ricane.

— Je ne suis pas si bête ! réplique-t-il cyniquement.

— Pourtant, c'est parce que vous avez jeté ce marteau à la mer que le détective de l'Agence O…

— *Je n'ai jamais jeté ce marteau à la mer…*

— Je ne comprends plus…

— *Je ne l'ai jamais jeté !* Lorsque j'ai frappé, j'avais, comme tout pêcheur, les mains mouillées… Le marteau m'a échappé des mains… Il a continué sa trajectoire, certes… Il a frappé le crâne mais ensuite il est tombé à la mer et voilà pourquoi…

Un petit frisson. Machinalement, il se passe la main sur la nuque.

— Un jeune homme si insignifiant !… ne peut-il s'empêcher de soupirer. Dire que j'étais persuadé qu'il ne pensait qu'à faire l'amour avec sa secrétaire…

Quels battements de cœur, si Mlle Berthe avait pu l'entendre !

LA FLEURISTE DE DEAUVILLE

1

Où le grand Torrence est tout à fait dégonflé et où Deauville est le théâtre de deux assassinats.

Émile arriva à six heures et quelques minutes du matin. Il venait, par les moyens les plus directs, du Lavandou, où il avait terminé l'enquête au sujet de la dame au maillot vert. Il avait laissé Mlle Berthe, la dactylo potelée de l'Agence O, en vacances à Cassis, et seul le garçon de bureau, Barbet, le voleur à la tire repenti, gardait les locaux de la Cité Bergère.

Émile, à vrai dire, était assez intrigué. Son « patron » Torrence ne paraissait nullement devoir faire appel à lui pour l'affaire dont il était chargé. Ce n'était même une affaire que dans le sens le plus mercantile du mot, mais l'Agence O était bien obligée de faire ce qu'il fallait pour équilibrer son budget, surtout avec la manie d'Émile de ne pas regarder à la dépense.

Bref, Torrence, à Deauville, était tout bonnement chargé de surveiller discrètement Norma Davidson, femme d'Oswald Davidson, le richissime Américain. Il en était chargé par Oswald Davidson lui-même, retenu en Égypte par ses affaires.

Il n'était pas question de jalousie. Le vieux Davidson n'ignorait pas que sa jeune épouse était toujours entourée d'une cour d'hommes jeunes et beaux et que, parmi eux, les élus ne manquaient sans doute pas. Était-il résigné ? Cela ne regardait pas Torrence.

Le rôle de celui-ci était d'éviter les scandales trop éclatants et aussi de veiller sur les bijoux que Norma Davidson, soit après de fortes pertes au jeu, soit au cours d'une nuit trop joyeuse, avait la singulière habitude de semer un peu partout.

Or, le télégramme de Torrence à Émile, alors que celui-ci était encore au Lavandou, était assez alarmant :

« *Si êtes disponible, venez toute urgence Deauville où me débats contre problème insoluble. Torrence.* »

C'était si peu dans la manière du « patron », dont l'impassibilité était presque aussi légendaire que celle de Maigret avec qui il avait travaillé pendant quinze ans !

Émile, en débarquant du train, était d'une humeur charmante. Il venait de résoudre, au Lavandou, un problème assez compliqué. En plein mois d'août, il quittait la côte torride de la Méditerranée pour l'atmosphère délicieusement limpide de la Manche. Il avait fort bien dormi. À son réveil, un soleil léger, capiteux comme du champagne, l'avait accueilli. Entre les toits des maisons, il venait d'apercevoir la mer, non plus d'un bleu sombre comme celle qu'il quittait, mais d'un bleu aérien de pastel. Enfin, la toute pimpante gare de Deauville était bien faite pour le maintenir en humeur enjouée.

Or, Torrence était là et Émile reconnut à peine celui que beaucoup appellent le Grand Torrence. À croire que le bon géant venait soudain de subir les premières atteintes d'une grave maladie de foie. Ses yeux étaient cernés, soulignés de poches profondes. Il était mal rasé, à la diable. Son complet gris était fripé. Et c'est d'une voix lugubre comme pour des condoléances qu'il articula en serrant la main de son collaborateur :

— Je suis bien content que vous soyez venu… Je n'ai pas fermé l'œil de la nuit… Laissez donc vos bagages au pisteur du *Royal* qui les portera à l'hôtel… Si vous n'êtes pas trop fatigué, nous irons à pied et nous pourrons bavarder…

— Le temps d'avaler un café au buffet, patron…

Émile avait toujours aimé ces matins-là, quand les gens dorment encore et que quelques personnes seulement font ce qu'on pourrait appeler la toilette de la ville. Les balayeurs municipaux étaient à leur poste. Dans les petits cafés, dans les bars, dans les magasins, on nettoyait les vitres au blanc d'Espagne. Ailleurs, on roulait la cendre rouge des tennis, on tendait les filets.

À peine hors de la gare, pourtant, Torrence murmurait :

— C'était avant-hier, exactement à cette heure-ci… Remarquez qu'au casino, en ce moment, il y a encore une partie en train… Il en était de même mercredi… Quelques enragés, autour du tapis vert… Le soleil a beau percer de ses rayons la toile écrue des stores, ces messieurs, en habit ou en smoking, restent impassibles devant les sabots de baccara et le lustre du « privé » demeure allumé…

— Je ne vois pas en quoi…

— Vous êtes joueur, Émile ?

— Je ne suis pas trop mauvais à la belote…

— Ce n'est pas ce que je vous demande… Vous n'avez jamais joué au baccara ?… Vous ne connaissez sans doute pas Loulou ?… C'était une petite marchande de fleurs… Une gamine sans âge… On aurait pu lui donner seize ans… En réalité, elle en avait vingt-quatre… Toutes les nuits, elle s'installait sur les marches du casino avec son panier d'œillets et de roses… Elle en vendait peu… Loulou passait pour être mascotte… Nombreux étaient les joueurs qui, en passant pour se rendre au « privé », n'auraient jamais manqué de jeter quelques billets dans son panier et de lui toucher l'épaule… On prétend que Loulou se faisait de la sorte une petite fortune…

« C'est pourquoi, sans doute, elle n'hésitait pas à passer toute la nuit à son poste…

« Tenez… Voici le casino… Voici, sur la troisième marche, la place qu'occupait d'habitude Loulou… Eh bien ! mercredi, à cette heure-ci, un joueur enragé, Ronald Sinclair, qui sortait du casino où il avait pris une bonne culotte, fut fort étonné de voir Loulou endormie près de son panier…

« Du moins, il le croyait… Il s'approcha d'elle… Il aperçut un filet de sang qui courait le long des marches…

« Quelques instants plus tard, on constatait que Loulou avait reçu une balle de revolver en pleine poitrine…

Sourcils froncés, Émile objectait :

— C'est certainement désastreux pour cette jeune fille… Mais j'avoue que je ne vois pas, patron, en quoi ce crime nous concerne et surtout pourquoi vous en paraissez aussi accablé… Vous êtes ici, je pense, pour veiller sur Norma Davidson ?…

— Et si, au bas des marches, on avait retrouvé le revolver de Norma Davidson ? Une arme de luxe, un bijou, au sujet duquel aucun doute n'est possible… Le doute est d'autant moins possible que les initiales de l'Américaine sont gravées sur la monture en argent de la crosse…

— C'est cette arme qui a tiré ?

— Sans contestation… Il manquait une balle dans le chargeur… C'est bien la balle que les médecins ont retirée de la blessure…

— Et vous, patron, où étiez-vous cette nuit-là ?

— Dans mon lit… Au *Royal*… Ce palace que vous apercevez sur votre droite…

— Vous aviez abandonné votre surveillance ?

— Nullement… Le mardi soir, Mme Davidson, entourée, comme toujours, d'une petite cour plus ou moins recommandable, avait dîné au casino… Il y avait le « gala en bleu et blanc »… Elle a beaucoup bu, comme d'habitude… Par contre, elle a joué assez modérément et elle n'a perdu qu'une cinquantaine de mille francs… À trois heures, contre toute attente, elle est rentrée se coucher et, comme elle le faisait chaque nuit, elle a enfermé ses bijoux dans le coffre du *Royal* en présence du concierge de nuit et de moi-même…

— Vous êtes donc allô vous coucher ?

— Ma mission était terminée pour cette nuit-là…

— Quelqu'un a vu Mme Davidson sortir ensuite du *Royal* ?

— Non…

— Dans ce cas…

— Attendez… Nous n'en sommes qu'au commencement du drame… Vous voyez à quoi ressemble Deauville à cette heure-ci ?… La plupart des gens dorment… Seul le personnel de la voirie, des magasins et des hôtels est sur pied… Quelques originaux aussi, qui croient qu'ils sont ici pour prendre des bains de mer… Tenez, en voici un qui passe en peignoir… Un qui veut nager !… On n'a pas encore terminé le nettoyage de la plage, le ramassage des papiers, etc.

— Je vous comprends… Vous voulez dire que la mort de la petite fleuriste, tout d'abord, n'a pas fait trop de bruit…

— Et même la police avait décidé, d'accord avec les autorités municipales et avec la direction du casino, d'en parler aussi peu que possible… On n'aime pas, en vacances, penser à des choses tristes… Les joueurs sont superstitieux et toute la ville ne vit que des joueurs… Bref, un commissaire de la Mobile avait pris l'enquête en main… Elle devait se poursuivre dans la coulisse… Or, à onze heures…

— C'est-à-dire à l'heure où les gens se lèvent ?

— À peu près… L'heure du petit déjeuner et du tennis… Le directeur du *Royal*, que je connais personnellement, se tenait au milieu du hall et paraissait nerveux. Je lui dis en plaisantant :

« — Il y a quelque chose qui ne va pas, monsieur Maurice ?

Ils étaient arrivés tous deux non loin du *Bar du Soleil* et la plage s'étendait devant eux, d'un roux assez sombre, car la mer venait seulement de se retirer et le sable restait humide. On mettait en place des tentes multicolores. On faisait la toilette de la terrasse et des cabines.

— M. Henry n'est pas encore descendu... m'a répondu le directeur. Cela m'étonne d'autant plus qu'il est très ponctuel. Il aurait dû prendre son service à dix heures...

— Toutes les personnes que vous citez paraissent n'avoir que des prénoms ! remarqua Émile.

— Parce que, dans les milieux hôteliers, les gens n'ont en effet qu'un prénom... M. Maurice... M. Charles... M. Henry...

— Qui est votre M. Henry ?

— Qui *était* !... Un personnage aussi célèbre à Deauville que Loulou... Le principal chasseur du *Royal*... Si vous êtes déjà venu à Deauville, vous n'avez pas manqué de le voir, dans sa livrée bleue à parements or... De dix heures du matin à minuit, et souvent plus tard, il était là, debout devant la porte tournante, et tout le monde l'appelait par son nom, c'était à lui qu'on s'adressait pour n'importe quoi, pour une voiture, pour un tuyau aux courses, pour obtenir le dernier potin, pour... Bref, M. Henry était à Deauville ce que le chasseur de chez *Maxim's* a été longtemps à Paris...

— Il est mort ?

— N'allez pas trop vite... Je vois que vous n'avez pas encore compris la gravité de la situation, surtout pour l'avenir de l'Agence O... Ou je suis un imbécile, ou...

— Vous savez bien, patron, que vous n'êtes pas un imbécile...

— N'empêche que tout le monde le prétendra... Nous sommes fichus... Après ce qui s'est passé mercredi...

— Si vous me disiez tout de suite ce qui s'est passé ?…

— Eh bien ! un quart d'heure plus tard, le directeur du *Royal* décidait d'envoyer un groom voir pourquoi M. Henry n'était pas descendu… Peu de membres du personnel couchent à l'hôtel même, mais M. Henry, dont on pouvait avoir besoin à toute heure, était parmi les privilégiés… Sa chambre était là-haut, sous les toits… Je fumais ma première pipe en arpentant le hall avec le directeur quand le groom revient aussi pâle que… qu'une feuille de papier…

« — Il est mort ! hurle-t-il à tous les échos.

« — Qui est-ce qui est mort ?

« — M. Henry…

« Nous voilà dans l'escalier de service… Nous arrivons au cinquième… Le directeur pousse une porte et nous découvrons, en effet, M. Henry la face contre terre au pied de son lit…

— Pardon, questionne calmement Émile en mettant une cigarette entre ses lèvres mais en oubliant, selon son habitude, de l'allumer. Son lit était défait ?

— Oui…

— Il était en pyjama ?

— Non… Je suis content que vous me posiez cette question… Il avait bien son pyjama sur le corps, mais il avait passé un pantalon noir par-dessus… Ses cheveux étaient défaits… Sa tenue était celle d'un homme qu'on a réveillé en plein sommeil et qui a passé en hâte un vêtement…

— Revolver ?

— Une balle en plein cœur…

— On a retrouvé l'arme ?

— Non… L'autopsie a déjà été pratiquée… Calibre 6 mm 35… Le calibre le plus ordinaire, le même que celui de la balle qui a tué Loulou… Mais les striures, elles, ne sont pas semblables… Autrement dit, le coup n'a pas été tiré avec le revolver de Norma Davidson…

— Pourquoi dites-vous ça ? Est-ce que quelque chose laisse supposer ?…

— Justement ! Et maintenant, vous comprendrez mon accablement. Je donnerais cher, je donnerais ma main gauche…

— Attention ! Elle servira encore, ne serait-ce que pour ignorer ce que fait la droite…

— Je vous jure que ce n'est pas le moment de plaisanter… Je donnerais gros, en tout cas, pour n'avoir pas accepté la mission dont M. Davidson nous a chargés… M. Henry, quand on l'a découvert, tenait quelque chose dans sa main crispée… Une écharpe… Et remarquez – tous les experts sont d'accord sur ce point – qu'il était impossible, après sa mort, de lui glisser cette écharpe entre les doigts… Il tenait ceux-ci tellement serrés sur le tissu qu'il a fallu un violent effort pour…

— L'écharpe de Norma Davidson ? questionne Émile.

— Comment le savez-vous ?

— C'est le seul détail qui puisse expliquer votre abattement.

— C'est bien une de ses écharpes… Et le doute est d'autant moins possible qu'elle la portait ce soir-là… Une écharpe en soie blanche sur laquelle étaient peints à la main des oiseaux des îles, une œuvre d'art, paraît-il, bien que je ne trouve pas ça joli…

— Du moment que c'est cher, laissa tomber philosophiquement Émile, ces gens-là trouvent que c'est joli… Et après ?

— Comment, après ?

— Oui, qu'est-il arrivé ?

— Il n'est rien arrivé…

Émile s'était assis sur le sable, comme les touristes du dimanche qui « apportent leur manger » et qui, au grand scandale des habitués, se lavent les pieds dans la mer et la regardent avec extase tout en cassant la croûte en famille.

— En somme, la police accuse votre cliente…

— *Notre* cliente…

— Pardon… La police accuse *notre* cliente d'avoir tué la petite marchande de fleurs que vous appelez Loulou, de s'être introduite ensuite dans la chambre du chasseur et d'avoir envoyé une balle 6 mm 35 dans le cœur de celui-ci… Qu'est-ce qu'elle répond ?

— Rien !

Émile ne put s'empêcher de remarquer :

— On dira tout ce qu'on voudra, patron… J'aime bien la Méditerranée… J'arrive du Lavandou qui est, affirme-t-on, un paradis terrestre… Moi, je veux bien… Mais regardez-moi ce paysage !… Savez-vous quelle impression je ressens ?… Il me semble que je suis, tout petit, dans une immense coquille d'huître aux tons nacrés, que cette coquille s'entrouvre, va s'entrouvrir sans cesse davantage… C'est tout bonnement merveilleux et, si mon maillot de bain n'était pas à l'hôtel… Donc, elle ne répond rien ?

— Elle a éclaté de rire quand on a insinué qu'après avoir feint de se coucher elle était sortie mystérieusement de son appartement… Elle ne se rend pas compte de la situation… Elle a lancé au commissaire de la Brigade mobile :

« — Moi, ces choses-là ne me regardent pas… Câblez à Davidson… Vous avez son adresse au Caire… J'avais bu trois bouteilles de champagne et j'ai dormi…

— Votre avis, patron ?

— Le fait est que, quand on l'a éveillée à une heure de l'après-midi, elle tenait une sérieuse gueule de bois, si je puis dire, et qu'il a fallu un jus de pamplemousse pour la remettre d'aplomb…

— On l'a arrêtée ?

— Pas encore… Le juge d'instruction lui a demandé respectueusement de ne pas s'éloigner de Deauville… Il y a trois inspecteurs derrière elle… l'un d'eux couche dans le couloir de son appartement… On a câblé à Davidson, qui a répondu qu'il arrivait par avion…

— Il est arrivé ?

— On l'attend à midi… Vous rendez-vous compte, maintenant, de la figure que fait l'Agence O dans cette affaire ?… Je suis ici pour veiller sur Norma Davidson… La même nuit, deux crimes sont commis… Sur les lieux on trouve, d'une part le revolver de notre Américaine, d'autre part son écharpe… Les officiels me regardent d'un mauvais œil… Pour un peu, on me ferait suivre, moi aussi…

Il y eut un assez long silence pendant lequel on n'entendit que le bruissement monotone de la mer sur le sable de la plage.

— Parasol, messieurs ?

— Merci… Le soleil ne mérite pas qu'on le chasse…

Quelques voiliers sortaient du port et glissaient légèrement sur l'eau couleur de lavande.

— C'est moins difficile, fit tout à coup Émile, comme au sortir d'un rêve, que l'histoire du Lavandou.

— Pourquoi dites-vous ça ?

— Parce qu'au Lavandou, il n'y avait ni revolver, ni écharpe !

— Justement !

— Mais non, patron… Plus il y a d'éléments et plus un problème a des chances d'être facile à résoudre… comment est-elle votre Norma ?

— *Notre* Norma !… Vingt-deux ans… Brune décolorée artificiellement… Ce qu'on appelle maintenant blonde platinée… Ancienne danseuse… Ils disent *girl*… Les milliardaires américains adorent épouser des *girls*… Une voix pointue… Le monde lui appartient… Elle boit comme un Polonais… Elle rit d'un rire hystérique… Il faut que tout le monde soit à ses pied et, lors de l'avant-dernier gala, elle versait du champagne à pleines bouteilles dans le saxophone en exigeant que le musicien l'avale…

— Charmante enfant, en somme !… Qu'a-t-elle fait depuis ?

— Ce qu'elle fait chaque jour… Bain de soleil sur la plage, au milieu d'une dizaine de jeunes gens… Cocktails… Déjeuner d'une vingtaine de couverts… Sieste… Courses… Elle n'arrive jamais, à cause de la sieste, que pour la quatrième ou pour la cinquième… Elle parie gros et elle a griffé, la dernière fois au visage, parce qu'il n'avait pas gagné, le jockey sur qui elle avait joué… Si elle avait pu s'en prendre au cheval…

— Peur de son mari ?

— Elle l'appelle *daddy*, ce qui, paraît-il, veut dire papa.

— Elle ne donne aucune explication ?

Elle ne sait même pas, selon elle, où se trouvait son revolver, et encore moins ce qu'elle a fait de son écharpe aux oiseaux des îles quand elle est rentrée du casino... J'en suis malade !... Si cette affaire ne met pas fin à la réputation si solide jusqu'ici de l'Agence O, je veux être changé en poisson volant...

Décidément, pensa Émile, l'atmosphère de Deauville ne valait rien au brave Torrence.

— Davidson va arriver...

— Je pense même que c'est lui qui bourdonne au-dessus de nos têtes...

En effet, un avion, depuis quelques instants, décrivait des cercles de plus en plus serrés au-dessus de Deauville, cherchant sans doute l'aérodrome.

— Qu'est-ce que nous allons lui dire ?

— Que l'Agence O fera le nécessaire, répliqua Émile, imperturbable.

— Vous avez une idée ?

— J'en ai cinquante. Le tout est de trouver la bonne... Et maintenant, patron...

C'était une des caractéristiques les plus savoureuses de l'Agence O. Officiellement, Torrence était le patron et Émile, devant les gens, et même en particulier, s'amusait à lui donner ce titre.

Le vrai patron n'en était pas moins le jeune homme à cheveux roux et, quand ils étaient seuls, Torrence...

De sorte qu'ils se renvoyaient du « patron » sans répit et que quelqu'un qui les aurait écoutés...

— L'avion a atterri... Moi, je vais prendre un

bain, si vous n'y voyez pas d'inconvénient… Je quitte un milliardaire, au Lavandou, et j'avoue volontiers que je n'aime pas beaucoup ces gens-là… Voyez-le !… Dites-lui, comme d'habitude, que je suis votre employé, ou votre photographe, tout ce qu'il vous plaira… Un bon bain… Ensuite, je m'occuperai de cette petite marchande de fleurs… Est-ce qu'on trouve des crevettes, par ici ?… J'ai une telle envie de manger des crevettes, à déjeuner !…

Comme si on servait des crevettes au *Royal* ! À moins de les baptiser « Fantaisies à la Richelieu » ou « Bouquet de la Pompadour », n'eût-il pas été indigne de ces messieurs-dames de poser sur leurs augustes assiettes d'aussi humbles bestioles ?

— Allons !… Du cran, patron !… Tenez !… Je suis sûr qu'avant de vous heurter à ce Davidson vous feriez sagement d'avaler un pernod bien tassé…

Il était dix heures du matin. Le soleil brillait depuis plusieurs heures et quelques persiennes, dans les hôtels de luxe, commençaient à s'entrouvrir timidement.

Deauville allait s'éveiller.

2

Où Émile apprend le catéchisme du parfait chasseur de palace pendant que le pauvre Torrence se débrouille comme il peut.

— À votre entière disposition, monsieur Émile… Le patron m'a dit comme ça de répondre à toutes vos questions…

Émile ne sourcille pas, mais il comprend que son nom même donne confiance au chasseur en second du *Royal.* Car il y a, ou plutôt il y avait, un premier chasseur, un second chasseur et un troisième chasseur, sans compter la vague livrée qui se précipite à l'assaut des clients.

M. Émile… Est-ce que Torrence ne lui a pas appris, le matin, que, dans le métier, les gens n'ont qu'un prénom ? Eh bien ! lui, il n'est que M. Émile et ça les met en confiance.

— Par exemple, ce ne sera pas facile de bavarder à cette heure-ci… Ces messieurs-dames viennent de se lever… C'est l'heure où, ailleurs, les gens sont déjà fatigués, mais, eux, ils sortent de leur lit et on ne les verra pas à déjeuner avant deux heures…

Torrence est là-haut en compagnie de M. Oswald Davidson qui, à peine descendu de son avion, a sauté dans une voiture ! De la voiture, il a bondi dans l'hôtel.

— Le détective Torrence… a-t-il réclamé.

Torrence s'est avancé, les épaules basses.

— Suivez, monsieur…

Ce qu'ils font dans l'appartement de Norma Davidson, Émile n'en sait vraiment rien. Pour son humble part, il s'est attaché aux pas du chasseur en second, celui qui remplace M. Henry et qui a déjà adopté sa casquette à quadruple rang de galons. Le chasseur en second s'appelle M. John… Il n'est pas anglais, ni américain…

— Je m'appelais Jean, explique-t-il. Dans le palace où je travaillais, il y avait déjà un Jean… Alors, je me suis appelé John, pour faire une différence…

— Il me semble que, depuis quelques minutes, je vous ai déjà entendu parler trois ou quatre langues…

— C'est possible… J'en parle cinq…

— Vous êtes parisien ?

— J'étais professeur de langues étrangères au lycée d'Avignon… C'est un métier qui ne paie pas et où il n'y a pas d'avenir… Un soir, j'ai voulu jouer ma chance à Monte-Carlo… J'ai perdu toutes mes économies… Le lendemain, je me suis réveillé sans un sou dans un hôtel où j'étais incapable de régler ma note… C'est alors que j'ai compris…

— Que vous avez compris quoi ?

— Que, du moment qu'il existe de par le monde des gens qui dépensent chaque jour la fortune d'une famille normale, il vaut mieux s'accrocher à eux… Je suis devenu interprète… Interprète, c'est encore un métier trop considéré… On donne cinquante francs de pourboire à un interprète qui a passé sa vie à étudier cinq ou six langues vivantes, mais on donne une plaque de mille francs au valet qui vient vous poser, à la table de baccara, un cendrier sous votre cigare…

— De sorte que vous êtes devenu…

— Chasseur en second… Maintenant comme vous le voyez, chasseur en premier, par suite de la mort de M. Henry…

— Il sortait, comme vous, de l'université ?

— Excusez-moi…

John se précipite pour ouvrir une portière et revient quelques instants après.

— Vous me demandiez si… Voyez-vous, monsieur Émile, entre nous, *nous ne nous posons jamais de questions*… Jadis, lorsque je faisais partie de la bourgeoisie, je me présentais gravement : Untel, professeur au lycée d'Avignon… Dans la salle à manger, au *Royal*, ces messieurs échangent leur carte… X, des produits de beauté… Y, des pâtes dentifrices… Nous, dans la salle à manger qui nous est réservée et que vous ne connaissez pas, nous sommes plus discrets… Il y a M. John… Mlle Hélène… Mme Émilie… M. Charles… Nous n'avons pas besoin d'échanger de cartes, nous savons que nous sommes entre *gentlemen*…

— De sorte que vous ignorez tout de M. Henry…

— Un instant… Vous permettez ?…

Il se précipite. Un chasseur, qui a été accosté par une jeune et jolie femme, vient lui parler bas à l'oreille. M. John dit quelques mots à la dame, revient la main serrée sur un gros billet qu'on y a glissé.

— Qu'est-ce que c'est ? se permet Émile.

— Rien… Moins que rien… La petite Bruxelloise qui veut savoir combien son mari a perdu hier au casino…

— Elle vous a remis mille francs ?

— Est-ce que cela compte pour elle ? Son mari est à la tête du trust du cuivre…

Un chauffeur qui conduit une voiture de grande remise s'approche à son tour et glisse, non plus mille francs, mais deux coupures de cent francs dans la main de M. John qui les accepte avec hauteur.

— Vous voyez !… Il faut faire un peu de tout… Je remplace M. Henry… Avant, je n'avais que dix pour cent sur les sommes que… Car, ne vous y trompez pas, tout cet argent est partagé en un certain nombre de parts et…

— Et le chasseur en chef en est le grand distributeur ?

— Si vous voulez… Aucun taxi ne s'arrête devant la porte sans nous laisser son obole… Un tuyau pour les courses… Une place de théâtre… L'adresse d'une jolie femme…

— Vous connaissez par conséquent tout Deauville ?

— Beaucoup moins bien, hélas, que M. Henry…

— Il y avait longtemps qu'il était dans le métier ?

— Vous dites ?… Vous oubliez déjà ce que je vous ai confié tout à l'heure… Il y a parmi nous des gens venus de tous les points de l'horizon… Je pourrais vous en citer un, et non des moindres, qui a commencé par mendier dans les rues de Naples… Il y a aussi un authentique Grand-Duc… Mauvais, d'ailleurs, pour la livrée, car ses anciens amis n'osent pas lui donner un pourboire et c'est tout le monde qui en pâtit… Il y a…

— M. Henry ?

— Je ne sais pas… Avec la meilleure volonté du monde, je ne puis rien vous dire sur lui… Étranger, sûrement… Europe centrale ? Europe orientale ?… Mystère… Si je parle cinq langues, il en parlait sept…

— Marié ?

— Mon bon monsieur Émile, voilà encore une question qu'il ne faut jamais poser… Je ne sais rien, absolument rien, de la vie de M. Henry… Et personne ici ne sait que j'ai une petite famille, une femme et deux filles, exactement, qui vivent en Avignon, dans une délicieuse maison bourgeoise, et qui racontent que le papa est en tournée de conférences…

— Vous ne l'avez jamais vu avec une femme ?

— Avec toutes…

— Je veux dire…

— Je vous comprends… Vous voulez savoir s'il avait une liaison régulière… Eh bien ! tout ce que je peux vous dire, c'est que, par deux fois, j'ai surpris la petite marchande de fleurs…

— Loulou ?

— Oui… que je l'ai surprise, dis-je, montant l'escalier de service et allant chez lui…

— Il y a longtemps ?

— La dernière fois, voyons… Il y a à peine cinq jours… Même pas !… C'était samedi…

— À quelle heure ?

— À huit heures du matin… Excusez-moi… Yes, sir !… Yes, sir !…

Et le nouveau chasseur N° 1 accompagne un Anglais jusqu'à sa voiture en lui donnant des tuyaux pour les courses de l'après-midi.

— Dites donc, monsieur John…

— Je vous écoute…

— Vous devez vous faire, à ce régime, une petite fortune… C'est un billet de cinq cents francs que vous avez encore à la main ?…

— Si vous saviez combien il y a de frais !… Et le partage !… Mettons que si un chasseur-chef arrive, au bout de la saison, à économiser ses cent mille francs, et s'il a une autre place dans le Midi pour la saison d'hiver…

Un chasseur les interrompt.

— Pardon, monsieur John… Vous connaissez dans la maison un M. Émile, vous ?

— Le voici…

— On le demande de toute urgence au 27…

— L'appartement de Norma Davidson, murmure le chasseur-chef. Nous disons Lady Davidson. En général, les Américaines adorent qu'on les appelle Lady…

Émile, déjà, s'est éclipsé.

3

Où Émile et Torrence ont la désagréable impression d'avoir essayé de saisir de l'eau entre leurs doigts, et où le nouveau chasseur, M. John, traduit plus crûment cette situation.

Émile ne commit-il pas une première faute en ne demandant pas au chasseur *qui* le réclamait à l'appartement 27 ? En commit-il une seconde en pénétrant machinalement dans l'ascenseur ?

Toujours est-il que, comme il montait, il put voir, dans l'escalier, Oswald Davidson qui descendait, une mallette à la main.

Émile eut pourtant comme un pressentiment. Il fut sur le point de commander au garçon d'ascenseur de redescendre immédiatement. S'il ne le fit pas, c'est qu'il se dit que Torrence devait avoir de bonnes raisons pour l'appeler là-haut.

C'est ainsi que, quand on travaille à deux, on fait les plus grosses gaffes, chacun se fiant à l'autre.

L'animation, au *Royal*, battait son plein et on entendait une rumeur joyeuse monter du bar. Dans le couloir du second étage, Émile se heurta à une manucure qui sortait d'un appartement, puis à un homme qu'il reconnut pour un inspecteur de police.

Il trouva aussitôt l'appartement 27 et frappa. Ce fut la voix de Torrence qui répondit. Et alors les deux hommes se regardèrent avec un même étonnement.

Émile était étonné parce que, croyant trouver l'ex-inspecteur en plein travail, il le voyait au contraire assis dans un fauteuil, les jambes croisées, aussi paisible que dans la salle d'attente d'un dentiste.

Torrence, de son côté, questionnait :

— Qu'est-ce qu'il y a ?

— Vous ne m'avez pas fait appeler ?

— Moi ?... Non... Pourquoi ?...

— Un chasseur vient de me dire qu'on me demandait au 27... J'ai rencontré l'Américain qui sortait...

— Il me l'a annoncé, oui... Il va chez son homme d'affaires, son *sollicitor* comme il dit, pour réclamer le divorce et déposer les bijoux... Je me demande qui vous a fait monter...

— Où est Norma Davidson ?

Torrence, qui n'avait pas repris sa gaîté, bien au contraire, désigna une porte. Les deux hommes se trouvaient dans un salon agréablement meublé. La porte en question devait être celle de la chambre à coucher.

— C'est elle que vous attendez, patron ? questionna Émile.

— Je l'attends sans l'attendre... À vrai dire, je ne sais plus... Il y a eu, dans ce salon, une scène à tout casser. Malheureusement, je ne comprends pas un traître mot d'anglais et c'est en anglais que la discussion a eu lieu... Quand Davidson est parti, en m'annonçant, dans un français approximatif, qu'il allait revenir aussitôt, Norma Davidson s'est évanouie… Je ne savais que faire, mais la porte de la chambre s'est ouverte… Une jeune femme, une femme de chambre particulière, sans doute, m'a demandé de lui donner un coup de main… Nous avons déposé l'Américaine sur son lit…

— Et on vous a mis à la porte… Dites donc, patron…

Émile, les traits pointus, décrocha le téléphone posé sur un guéridon.

— Allô !… Le portier, s'il vous plaît… Vous avez vu passer M. Davidson, n'est-ce pas ?… Pourriez-vous me dire où il s'est fait conduire ?…

— Un instant… Je demande au voiturier…

Peu après, on annonçait à Émile :

— À l'aérodrome…

— Passez-moi à toute vitesse l'aérodrome, voulez-vous ?

— Il a filé ? questionnait Torrence qui, décidément, dans cette affaire, avait perdu son allant habituel et sa confiance en lui.

— Sais pas encore… Allô !… L'aérodrome ?… Ici, police… Est-ce que l'avion particulier de M. Davidson est encore sur le terrain ?… Vous dites ?… Il y est ?… Dans ce cas, voulez-vous avoir l'obligeance de l'empêcher de… Hein ?… C'est impossible ?… Il décolle ?… C'est bien, je vous remercie… Non, il n'y a rien à faire…

Sans mettre davantage Torrence au courant, Émile se dirigea vers la porte de la chambre à coucher et frappa. N'obtenant pas de réponse, il essaya d'ouvrir. La porte résista.

— Ou je me trompe fort, patron, ou nous allons avoir une nouvelle surprise désagréable…

Il avait toujours en poche un passe-partout nickelé dont Barbet, ancien cambrioleur, lui avait appris à se servir. La serrure ne résista pas longtemps. La chambre était inondée de soleil. La large baie qui donnait sur le balcon était grande ouverte.

— Envolée !... grogna Torrence qui avait suivi son collaborateur.

Personne dans la salle de bains. Torrence ouvrit la porte qui, de la chambre, donnait directement dans le couloir. Il aperçut l'inspecteur de police qui était toujours en faction.

— Vous avez vu quelqu'un sortir de cette pièce ?

— La femme de chambre, il y a quelques instants...

— Vous êtes sûr que c'était la femme de chambre ?

— Certain... Je l'ai assez vue depuis deux jours que je monte garde sur garde dans cet hôtel où les gens me marchent sur les pieds sans même me demander pardon...

— Eh bien ! vous pouvez téléphoner au commissaire qui, si je ne me trompe, est dans le hall, qu'Oswald Davidson vient de reprendre l'air avec son avion et que sa femme a disparu...

Émile, sur le balcon, suçait son bout de cigarette non allumé.

— Cela m'étonnerait fort qu'on la retrouve, dit-il. Tenez... Ce balcon, ou plutôt cette terrasse si gentiment fleurie, court tout le long de la façade... Votre Norma a pu pénétrer dans n'importe quel appartement... La plupart sont vides à cette heure...

Il arpentait la terrasse et jetait un coup d'œil

dans les diverses chambres. Presque toutes, en effet, étaient vides, sauf l'une d'elles où une femme de chambre faisait le lit.

Le spectacle était magnifique. Entre le *Royal* et les cabines de la plage, un large espace de verdure, du gazon bien ratissé, et la longue bande rouge brique des tennis où on voyait bondir de blanches silhouettes.

Plus loin, le *Bar du Soleil*, la foule multicolore, le sable, et enfin l'ourlet blanc de la mer, le bleu de celle-ci se confondant avec le bleu du ciel, des voiles immaculées.

— J'ai l'impression, patron, que nous avons été roulés comme nous ne l'avons jamais été…

— Mais aussi, qu'est-ce que vous faisiez en bas ? ne put s'empêcher de riposter Torrence avec amertume.

— Figurez-vous que je me tuyautais sur le métier de chasseur de palace… C'est prodigieusement intéressant !… Savez-vous, par exemple, où se recrutent ces estimables auxiliaires de l'hôtellerie de luxe ?… Savez-vous que M. Henry parlait couramment sept langues ?…

— Si j'avais seulement compris l'anglais…

— Je crois, patron, que ce que nous avons de mieux à faire pour le moment… Entrez !… Oui… Entrez, monsieur le commissaire… Comme je viens de le dire à votre inspecteur, les oiseaux se sont envolés… Tous les deux !… Non… Nous n'avons pas encore fouillé l'appartement… C'est la tâche de la police officielle, et l'Agence O ne se permettrait pas…

Pourquoi auraient-ils fait autrement que les autres ? Ils étaient installés dans des fauteuils de rotin, à la terrasse du *Bar du Soleil*, devant des cocktails, ma foi, assez savoureux. Il n'était pas désagréable, lorsqu'on baissait les yeux sur le sable de la plage, de caresser du regard des corps à peu près nus, parmi lesquels il ne manquait pas de remarquables anatomies.

— Maintenant, racontez-moi…

Et Torrence de commencer :

— Vous avez vu l'homme comme je l'ai vu, n'est-ce pas ?… Pas du tout le type du milliardaire américain tel que je l'imaginais… Dans la rue, si je n'avais été prévenu, je l'aurais plutôt pris pour un petit employé ou pour un vendeur de grand magasin… Petit, maigre, chafouin… Il n'était même pas bien habillé… Pas non plus cette allure catégorique qu'on voit aux héros des films américains…

« Dès qu'il est entré dans l'appartement, il m'a dit, avec un fort accent :

« — Asseyez-vous…

« La porte de communication entre le salon et la chambre était ouverte… Je n'ai donc rien perdu de ce qui se passait… Norma Davidson était en peignoir et je crois bien que, sous ce peignoir qui s'entrouvrait à chaque pas, il n'y avait qu'une chemise…

« Il s'est mis à lui parler dans sa langue, avec une mauvaise humeur évidente…

« Aussitôt, elle a répondu sur le même ton…

« J'ai fait la réflexion que la cordialité ne régnait pas dans le ménage… Je me suis même demandé pourquoi ces deux êtres si différents étaient mariés…

— C'est une habitude américaine, expliqua Émile sans se démonter.

— Qu'est-ce qui est une habitude américaine ?

— D'avoir une femme jeune et jolie... Comme on a une automobile ou un château historique... Il faut bien quelqu'un pour porter les bijoux et les fourrures...

— On pourrait prendre un mannequin ! grogna Torrence. Et cela nous éviterait sans doute ce sale travail... Bref, ils s'envoyaient des répliques de plus en plus hargneuses... Le mot scandale a été prononcé plusieurs fois... Puis la jeune femme a retiré de son armoire une mallette... J'ai eu l'impression qu'elle disait :

« — Les voilà, vos bijoux !... Vous voyez bien que vous vous êtes trompé... Ils y sont tous... Vous pouvez vérifier...

« Et elle a posé la mallette sur le lit. Elle l'a ouverte. Son mari, comme elle l'y invitait, a fait un rapide inventaire...

« Qu'est-ce que vous avez à sourire ainsi ?... C'est agaçant, à la fin...

Est-ce qu'ils allaient se disputer, eux aussi, comme les deux Yankees ?

— Je souris, patron, excusez-moi, parce que c'est très amusant de vous entendre reconstituer un entretien auquel vous n'avez pas compris un traître mot... Continuez, je vous en prie... J'ai un peu l'impression d'être au théâtre, quand on est trop loin pour entendre ce que disent les acteurs, mais qu'on les voit s'agiter comme des marionnettes... Qu'est-ce qu'ils ont fait ensuite, les Davidson ?

— Ils ne s'occupaient pas plus de moi que si

j'avais été transformé en porte-parapluie… Le ton montait, montait… Ils n'ont pas tardé à s'engueuler pour de bon, passez-moi le mot… C'est le seul qui convienne… Norma Davidson a une voix aiguë, glapissante… Son mari, quand il s'y met, crie aussi fort qu'elle… Que pouvait-il lui reprocher, je n'en sais rien… Toujours est-il qu'il s'est approché d'elle et qu'au moment où je m'y attendais le moins, il lui a appliqué sur la joue une de ces gifles… Ça a claqué net… La femme en est restée tout étourdie… Mais elle n'a pas tardé à reprendre ses esprits et elle s'est élancée à son tour…

— Ils se sont peignés comme des chiffonniers, quoi !

— Je ne pense pas que des chiffonniers y mettent autant de cœur… Je devais avoir l'air idiot, dans mon coin… Elle ne l'a pas giflé, elle, mais elle l'a griffé au visage et elle lui a donné un coup de pied dans les tibias, ce qui lui a fait perdre sa mule… Je me suis levé…

« — Asseyez-vous… m'a ordonné calmement notre homme.

« Et il a remis ça…

— La gifle ? questionna Émile.

— Non… Les reproches, ou je ne sais quoi… C'est alors que je me suis aperçu que je n'étais pas le seul à assister à cette scène de ménage… Dans la salle de bains, dont la porte était ouverte, se trouvait la femme de chambre…

— Et dire qu'on envie ces gens-là ! soupira philosophiquement Émile. Je me demande si je ne vais pas prendre un second cocktail…

— Prenez tout ce que vous voudrez, mais laissez-moi finir…

— Qui est-ce qui a téléphoné ?

— J'y arrive… Vous avez pu remarquer qu'il y a le téléphone dans chaque pièce de l'appartement, y compris un appareil laqué blanc dans la salle de bains… Au plus fort de la bagarre, Davidson s'est tourné vers la femme de chambre et lui a donné un ordre… Cet ordre, je m'empresse de l'ajouter, a paru étonner Norma Davidson… La femme de chambre a décroché et a dit quelques mots… Au même instant, le milliardaire passait devant moi, la mallette à la main…

« — Je vais chez mon *sollicitor* demander le divorce et déposer ces bijoux qui ne sont pas en sûreté ici… Pendant ce temps, je vous prie, veillez sur ma femme…

« Elle a couru après lui… Il lui a refermé la porte au nez…

« Elle a paru hésiter entre l'évanouissement et la crise de nerfs… C'est l'évanouissement, vrai ou faux, qu'elle a choisi en fin de compte, et la femme de chambre s'est précipitée… Tout cela s'est fait si rapidement que je n'ai pas eu le temps de la réflexion…

« Vous deviez être dans le hall ou dans l'ascenseur… J'avais une femme inerte sur les bras…

« — Attendez un moment à côté… m'a dit la femme de chambre. Je m'occupe d'elle… J'ai l'habitude…

— Et nous avons été roulés pour la seconde fois, conclut Émile.

Torrence lui jeta un coup d'œil en coin et serra les dents. Ce qui l'exaspérait peut-être le plus, c'était le calme imperturbable de son collaborateur.

— On dirait que ça vous amuse !

— Ma foi, vous avez presque raison… Mettez-vous à ma place, patron… Personne ne m'obligeait à me lancer dans la police privée… Si je l'ai fait, si j'ai créé l'Agence O et si je me suis assuré la collaboration du fameux Torrence, ce n'est quand même pas pour m'appliquer à des filatures avant divorce ou pour me livrer aux enquêtes banales que nous confient, après chaque vol un peu important, les compagnies d'assurances… Depuis des mois, nous n'avions pas le moindre travail intéressant… Au Lavandou, j'ai eu la chance de tomber sur un problème excitant… J'arrive ici et…

— Vous tombez sur une tuile ! acheva Torrence.

— En tout cas, sur une affaire assez embrouillée en apparence. Je dis en apparence, parce qu'elle est fatalement simple. Tenez ! L'affaire du maillot vert, au Lavandou… À première vue, cela tenait du prodige, de la prestidigitation ou du miracle… Eh bien ! après quelques heures…

— Seulement, voilà déjà quelques heures que vous êtes ici et vous avouerez que vous êtes un peu moins avancé qu'en arrivant. N'oubliez pas que nous sommes à Deauville pour le compte de ce Davidson qui nous fausse si élégamment compagnie… D'abord, les avions privés devraient être interdits… Comment lutter avec des gens qui disposent de…

— Vous alliez me faire oublier un détail que j'ai appris tout à l'heure et que je n'ai pas encore eu le temps de vous communiquer.

— Lequel ?

— Loulou, la petite marchande de fleurs du casino, dont nous ne parlons plus depuis longtemps, trop longtemps à mon gré, rendait parfois visite à M. Henry dans sa chambre…

Torrence haussa ses lourdes épaules, désigna, devant eux, les corps demi-nus qui s'exposaient avec une tranquille impudeur. Il voulait sans doute dire :

— Si vous croyez qu'ici ces histoires de coucherie ont une importance quelconque !…

Quant à Émile, il fixait un petit point de l'espace, ce qu'il faisait volontiers quand il réfléchissait intensément.

— Avouez que c'est rigolo… Un M. Davidson nous tombe du ciel, c'est le mot exact, au moment où sa femme est accusée de deux crimes… Il se dispute avec elle le plus vulgairement du monde… Vous êtes présent et vous n'y voyez que du feu, mais il n'en emporte pas moins la mallette de bijoux à votre nez et à votre barbe…

— Merci pour la barbe !

— Ce serait déjà assez joli… Car, enfin, vous ne connaissez pas M. Davidson… C'est par câble qu'il vous a chargé de veiller sur sa femme… Il est probable qu'un certain nombre d'Américains, à Deauville, le connaissent… Mais il n'a le temps de rencontrer personne… Il descend d'avion, il arrive en coup de vent et il repart comme il est venu… Autrement dit, rien ne nous prouve que ce soit le vrai Davidson…

— J'y ai pensé, soupira Torrence et, dans ce cas, l'Agence O serait tout bonnement déshonorée, car elle aurait laissé voler les bijoux dans des conditions tellement audacieuses que cela pourrait passer pour de la complicité…

— Et pourtant ce n'est pas le plus beau… Le

Royal est gardé par la police... Mme Davidson n'est, en somme, qu'en liberté provisoire et toutes ses allées et venues sont surveillées... Il y a un inspecteur dans le couloir... Il y a, dans son salon, le fameux Torrence qui, au cours d'un évanouissement de la dame, la porte sur son lit...

« — Laissez-moi un instant... demande la femme de chambre.

« Au fait, je parie que la femme de chambre était jolie...

« Le bon Torrence passe dans la pièce voisine et la porte se referme... Quand elle est ouverte, un peu plus tard, l'oiseau s'est envolé...

« Eh bien ! mon vieux – il arrivait rarement à Émile d'appeler le patron "mon vieux" mais il était vraiment d'humeur enjouée – je dis, moi, que c'est du vrai billard... Encore un cocktail, barman... Oui, la même chose... Je ne retiens pas vos noms compliqués...

« C'est tellement du billard que...

— Que j'ai bonne envie, mon cher Émile, de tout planter là. Je n'aime pas beaucoup qu'on se paie ma tête. J'ai toujours été heureux de collaborer avec vous, mais il y a des limites qu'un homme de mon âge, avec la carrière qu'il a derrière lui...

— Juste ce que je pensais !

— Hein ?

— Oui, je pensais qu'il n'y a rien de communicatif comme la mauvaise humeur... Vous avez assisté tout à l'heure à une scène de ménage et je me disais que cela m'étonnerait fort si la journée se passait sans que...

— Sans que quoi ?

— Que nous ayons tous les deux une bonne petite dispute comme ces estimables Davidson… Allons déjeuner, patron !… Ensuite, je continuerai à m'initier, sous la direction de M. John, qui est un garçon fort intelligent, aux subtilités du métier de chasseur de palace…

Quand ils arrivèrent au *Royal*, Norma Davidson n'avait pas été retrouvée. On n'avait pas davantage de nouvelles de sa femme de chambre particulière qui répondait au nom de Daisy.

Quant à l'avion de M. Davidson, il était signalé faisant route en direction du Caire d'où il était arrivé le matin.

La seule réflexion d'Émile en se mettant à table fut :

— Moi qui avais tant envie de crevettes !

Il y avait quarante hors-d'œuvre, mais pas une seule petite crevette, bien entendu.

4

Où, décidément, Émile semble vouloir se destiner à l'honorable mais difficile profession de portier de palace.

— Je suis persuadé, patron, qu'en allant vous promener de ce côté et en insistant un peu, vous ne perdrez pas votre temps…

Émile envoyait Torrence à Trouville. À part les hôtels et les grosses villas, en effet, Deauville comporte très peu de maisons d'habitation et la plupart de ceux qui y travaillent ont leur domicile à Trouville.

C'était le cas de Loulou, la fleuriste du casino. Si elle travaillait toute la nuit sur les marches du temple du baccara, elle passait plus modestement ses journées dans le quartier des pêcheurs, à Trouville, où elle occupait deux chambres chez de braves gens.

C'est là qu'Émile avait envoyé l'imposant Torrence qu'un déjeuner somptueux n'était pas parvenu à mettre de bonne humeur.

L'enquête officielle suivait son cours avec une discrétion admirable. Le mot d'ordre était évidemment de ne pas troubler par un zèle intempestif, surtout à une semaine du 15 août, la « saison », qui était plus que brillante. Certes, des messieurs, qui n'avaient pas l'allure des estivants habituels, allaient et venaient, chuchotaient dans les coins, partaient en taxi pour des destinations inconnues, mais rien ne sentait le drame et on pouvait croire que la petite fleuriste ainsi que le portier du *Royal* étaient déjà oubliés.

Sans doute, dans un jour ou deux, les enterrerait-on de bonne heure et n'y aurait-il que quelques amis derrière les deux corbillards.

Émile, lui, passa un après-midi assez bizarre. En effet, il s'attacha, tout comme le matin, à la personne de John, le portier, qu'il ne quitta pour ainsi dire pas d'une semelle. Étant donné que les moments de calme plat étaient rares, que des autos allaient et venaient, qu'on abordait l'homme en livrée pour lui demander les renseignements les plus inimaginables, la conversation avait fatalement une allure des plus décousues.

Souvent le jeune homme roux de l'Agence O avait juste le temps de faire un bond de côté pour éviter les roues de quelque *roadster*. Une fois même, malgré sa tenue civile, une jeune étrangère le prit pour un employé de l'hôtel et lui demanda en italien s'il restait une chambre libre.

— En somme… disait Émile peu après à son nouvel ami John, vous ne savez presque rien les uns des autres… Ainsi, bien que travaillant dans le même hôtel, vous ignoriez tout de la vie privée de M. Henry…

— Comment vous expliquer cela ?… Nous sommes un très petit nombre dans le monde entier car, quoi qu'on pense, le nombre des grands palaces de luxe est assez restreint… C'est toujours, ou à peu près, le même personnel qui va de l'un à l'autre… Nous nous rencontrons, comme des artistes de music-hall, tantôt à Louxor, tantôt à Bombay ou à Miami… Une saison, on est ensemble… On se perd de vue pendant dix ans et on se retrouve à Cannes ou à San Remo…

— Et vous ne vous posez pas de questions ?

— Ce serait assez mal vu… Justement parce que, comme je vous le disais ce matin, il y a parmi nous des gens venant de mondes très différents… À la Légion étrangère, il serait de très mauvais goût de demander son nom de famille à un camarade avec qui on vit depuis des années et avec qui on a fait le coup de feu… Dans cet hôtel même, il y a, parmi le personnel, un grand seigneur russe et un fils de famille suisse qui s'est brouillé avec les siens…

— Vous souvenez-vous des langues que M. Henry parlait couramment ?

— Voyons… Le français, évidemment… L'anglais… L'allemand… L'italien… L'espagnol…

— Cela en fait cinq et vous m'aviez dit sept…

— Je cherche… Attendez… Un peu de hollandais, je m'en souviens, car il a travaillé au *Carlton* d'Amsterdam… Et enfin… Oui, c'est cela… Il a été le seul, voilà quatre ou cinq jours, à comprendre le comte Vatsi… Le comte Vatsi est un Hongrois récemment arrivé… C'est à cette occasion que j'ai constaté que mon prédécesseur, alors mon chef, parlait couramment le hongrois…

— Vous êtes nombreux à parler cette langue ?

— Très peu… La plupart des Hongrois qui descendent dans les palaces connaissent l'allemand et le français…

— J'ai toujours entendu dire, murmura Émile, que c'est une langue très difficile et qu'à moins d'avoir vécu fort longtemps dans le pays… Au fait, le comte Vatsi est encore à l'hôtel ?

— Vous l'avez vu sortir il y a moins d'une demi-heure… Un grand et bel homme entre deux âges qui portait un melon gris et un œillet à la boutonnière… Il est allé aux courses, comme chaque après-midi…

— Marié ?

— Je l'ignore… En tout cas, il est seul ici… Enfin, seul avec un secrétaire ou un valet de chambre, je ne sais pas au juste, aussi raide que l'ordonnance d'un général et que j'ai vu rôder plusieurs fois dans les escaliers de service…

— Dites-moi encore, monsieur John… Vous ne pouvez savoir à quel point la conversation d'un homme comme vous est passionnante… Si vous vous retrouvez entre vous aux quatre coins du monde, vous devez retrouver aussi, fort souvent, les mêmes clients, car il n'y a qu'un petit nombre de gens à voyager sans cesse… Le comte Vatsi, par exemple ?…

— Je l'ai vu, voilà quelques années, à San Remo, et une autre fois je ne sais plus où, mais pas en France… Je me souviens même… C'est assez curieux que vous m'y faites penser… À San Remo, il a eu des ennuis… C'est un original et ses colères sont terribles… Dans son pays, c'est un grand propriétaire terrien et il paraît qu'il mène ses paysans à la cravache… Bref, il avait pris un taxi pour faire la route de la Corniche jusque Monte-Carlo… En pleine Corniche, la voiture fait une embardée et l'accident n'est évité que de justesse… Le comte descend… Le chauffeur cherche ce qui a failli causer l'accident et découvre que les écrous d'une des roues – on avait réparé un pneu le matin – étaient mal resserrés… Il paraît que le comte a sorti son revolver de sa poche et que, si des automobilistes n'étaient arrivés juste à temps, il aurait brûlé la cervelle du chauffeur, *pour lui apprendre à faire consciencieusement son métier*, comme il l'a déclaré par la suite…

Un quart d'heure plus tard, Émile avait une désillusion. Il savait que le commissaire de la Brigade mobile s'occupait de rechercher les antécédents de chacun des personnages mêlés à cette affaire. Il se présenta à son bureau.

— Êtes-vous parvenu à établir l'identité de M. Henry ?

— C'est cela ! Vous croyez, vous aussi, qu'avec ces cocos-là c'est le travail de quelques minutes… Voilà déjà trois fois qu'on me téléphone de Paris à ce sujet… Sachez donc que ce M. Henry était en dernier lieu citoyen américain, sous le nom de Henry Vernes… Naturalisation qui date d'une dizaine d'années… Auparavant, il était citoyen français sous le nom de Henry Vernet, ce qui est à peu près la même chose… J'attends, du ministère, des renseignements sur cet Henry Vernet, mais je suis persuadé d'ores et déjà qu'il s'agit encore d'une naturalisation…

— Et la petite marchande de fleurs ?

— Loulou ?… C'est bien le plus inattendu de l'histoire… Celle-là est française, puisqu'elle est née sur la Côte d'Azur… Mais elle porte un nom étranger, un nom hongrois, paraît-il… Estarzi… Elle est née à Cagnes-sur-Mer, près de Nice, et j'ai déjà télégraphié là-bas… J'attends la réponse…

— Encore une question, monsieur le commissaire… Vous qui avez eu tous les papiers en main… Mme Davidson ?…

— Eh bien, quoi ?… J'ai envoyé quelqu'un à l'aérodrome… J'ai la certitude qu'elle ne s'est pas embarquée dans l'avion de son mari… L'hôtel a été fouillé autant qu'on peut le faire sans ameuter la clientèle… Il semble qu'elle n'y soit plus… Par où est-elle sortie ?… Sans doute par une des trois ou quatre portes de service qui n'étaient pas suffisamment surveillées…

— Ce n'est pas ce que je voulais vous demander… Bien entendu, elle est citoyenne américaine par son mari… Mais était-elle déjà américaine avant son mariage ?

Le commissaire fronça les sourcils, fouilla dans ses dossiers.

— Voici… Norma, dite Norma Smith…, vingt-deux ans… Née à Miami…

— Autrement dit, puisqu'elle n'a pas de nom de famille, c'est une enfant naturelle... murmura Émile. Je vous remercie, monsieur le commissaire...

— Vous n'allez pas prétendre que vous avez découvert quelque chose ?

— Pas encore... Mais, entre nous, j'ai l'impression que je suis bien près de faire une découverte... Vous ne pouvez pas vous figurer combien ces chasseurs de palaces sont intéressants à écouter...

Au moment où il sortait du bureau, il se heurta à Torrence qui s'épongeait et dont le visage cramoisi trahissait une forte émotion.

— Quoi de nouveau, patron ?

— Chut... Pas ici... Suivez-moi...

Torrence entraîna son collaborateur loin du bureau de police et, s'assurant que personne ne les entendait, il souffla :

— Je l'ai retrouvée...

— Qui ?

— Norma Davidson... Vous saviez quelque chose que vous me cachiez, hein ?... Je me demandais pourquoi vous m'envoyiez rôder autour de la maison de ces braves gens... Car les Liberge sont de braves gens... Le père Liberge est patron à la pêche... Ils ont fait construire une gentille maison près du port et, comme elle un peu grande pour eux, ils louent chaque été le premier étage... C'était Loulou qui...

— Je sais tout ça, patron... Abrégez...

— Le bateau s'appelle *Les Deux Frères* parce que le père Liberge, pour l'acheter, s'est associé avec son frère...

— Je m'en f..., patron !

— C'est pourtant grâce à ça... Enfin !... J'étais

en plein soleil, à faire le poireau, avec des gosses qui jouaient à la marelle entre mes jambes… Je ne sais pas pourquoi je me suis mis à suivre la mère Liberge quand elle est sortie… Figurez-vous qu'elle a acheté un poulet rôti, un foie gras, un pain de fantaisie et une bouteille de vieux bordeaux…

« Au lieu de rentrer chez elle avec ces comestibles, inattendus dans la maison d'un modeste pêcheur, elle s'est rendue au port et elle a passé le paquet à son mari…

— Vous êtes monté à bord ?

— Non… Je voulais vous voir avant… Ce dont je suis sûr, c'est d'avoir aperçu, au moment où le père Liberge ouvrait l'écoutille, la tache blanche d'une robe de femme…

— Et s'ils allaient prendre la mer ?

— Impossible !… C'est la marée basse… Le bateau est à sec sur une bonne couche de vase… Qu'est-ce que vous pensez de cette histoire de bijoux, vous ?… Le mari qui file en avion vers le Sud-Est… La femme qui s'échappe comme une anguille et qui, cette nuit sans doute, va se faire débarquer en Angleterre ou en Belgique… N'empêche que les bijoux…

— … n'ont aucune importance ! laissa tomber Émile.

— Hein ?

— Quelle heure est-il, patron ?

— Cinq heures moins dix…

— Les courses ne sont pas finies… Venez, patron, nous arriverons à temps pour la dernière…

5

Où Émile tend à certain personnage peu patient un piège assez innocent et où les résultats en sont inespérés.

— À qui avez-vous téléphoné ?

— À notre ami le commissaire… Je lui ai demandé, en votre nom, bien entendu, car je suis un trop modeste employé de l'Agence O pour m'adresser de mon chef aux autorités, je lui ai demandé, dis-je, de bien vouloir faire fouiller aussi maladroitement que possible l'appartement d'un certain comte Vatsi…

— Pourquoi aussi maladroitement que possible ?

— Une idée à moi… Il n'est pas sûr qu'elle donne un résultat, mais si les choses se sont passées comme je le pense…

— Vous prétendez que vous savez comment les choses se sont passées ?

— À peu près… Nous voici arrivés… Prenez deux places de pesage, patron… Mon Dieu ! Dire qu'il y a plus de cinquante melons gris… Je n'imaginais pas que ces chapeaux étaient encore à la mode…

Il s'approcha d'un marchand de tuyaux et celui-ci lui désigna du menton un personnage fort imposant, un homme d'un mètre quatre-vingts, portant beau malgré son âge, la boutonnière fleurie, les moustaches en bataille.

— Ou cela m'étonnerait fort, souffla Émile à son patron, ou on ne va pas tarder à l'appeler au téléphone… Si vous le voyez se diriger vers la cabine, vous me ferez le plaisir de bondir vers le commissaire de police que j'aperçois là-bas dirigeant le service d'ordre… Je viens de me renseigner… La voiture du comte est une grosse Mercedes verte…

— Que faut-il demander au commissaire de police ?

— De se tenir près de la voiture, de façon à entendre l'ordre que le comte donnera à son chauffeur… Si cet ordre est de le conduire au *Royal*, rien à faire… Si, au contraire, la destination est un peu lointaine, je pense qu'il serait prudent, malgré le caractère peu patient du personnage… Vite ! Tenez !… On vient le prévenir qu'on le demande au téléphone…

L'instant d'après, en effet, le Hongrois, manifestement inquiet, pénétrait dans une des cabines réservées aux turfistes… Il n'y resta pas longtemps et, quand il en sortit, il émiettait entre ses doigts le cigare qu'il fumait auparavant. Il regarda autour de lui comme s'il craignait d'être épié, et il franchit à grandes enjambées l'espace qui le séparait du garage des voitures.

Deux hommes, près de la Mercedes, bavardaient calmement et l'un d'eux n'était autre que le commissaire de police de Deauville qui n'était pas trop rassuré par la mission dont Torrence le chargeait.

— Combien d'essence ? questionnait cependant le comte en se penchant vers son chauffeur.

— Soixante litres…

— Prenez tout de suite la route de Rouen et de là…

— Pardon, monsieur…

C'était le commissaire.

— Je suis désolé de vous interrompre, mais votre voiture n'est pas en règle…

— Qu'est-ce que vous dites ? Je suis le comte Vatsi et…

— Je suis le commissaire de police et je vous demande de me suivre à mon bureau pour vérification de…

Quant à Torrence, comme pour appuyer cette déclaration, il jouait négligemment avec une paire de menottes qu'il avait toujours en poche.

— Je vous suis, messieurs, mais je vous préviens que vous paierez cher ce… cette…

— Pourquoi n'avez-vous pas avoué à l'enquête que M. Henry était votre père ?

La jeune Norma Davidson, qu'on était allé cueillir à bord des *Deux-Frères* et qui était maintenant assise dans le bureau du commissaire, répliqua :

— Parce que Davidson ne l'aurait pas permis… Un Davidson peut épouser une girl si bon lui semble, mais pas la fille d'un chasseur d'hôtel… Il me l'a déclaré en m'annonçant qu'il allait demander le divorce…

— Il vous a parlé longtemps, dit doucement Émile, et même avec une certaine violence…

— Il me reprochait d'avoir déclenché un scandale… C'est vrai que je ne lui ai jamais dit qui était mon père… Il est parti en emportant les bijoux et en m'annonçant que, si j'étais arrêtée et si son nom continuait à être mêlé à cette affaire, non seulement il réclamerait le divorce, mais encore il ne m'allouerait aucune pension… C'est alors que j'ai décidé d'aller me cacher en attendant de pouvoir quitter la France… Cette nuit, si vous n'étiez pas intervenus…

— Et votre sœur? questionna Émile, avec toujours sa douceur angélique.

— Vous savez aussi?… C'est vrai, Loulou était ma sœur…

— Pardon, messieurs, intervint le commissaire de la Brigade mobile. Cela ne vous ferait rien de nous donner quelques explications? Cette famille qui…

Pendant ce temps, un inspecteur, dans un bureau voisin, essayait de cuisiner le comte Vatsi. Celui-ci le prenait de très haut et l'inspecteur ne paraissait pas devoir obtenir le plus petit résultat.

Heureusement que, dans un troisième bureau, un autre personnage ne manifestait pas autant de désinvolture vis-à-vis de la police française. C'était Yarko, le secrétaire-valet de chambre du noble Hongrois qui, en parlant de son maître, employait une curieuse formule.

— *Nous*… disait-il toujours, comme s'il était la moitié du comte. *Nous* avons fait ceci… *Nous* avons décidé cela… *Nous* étions sur le point de…

Il n'y a que pour l'écharpe et le revolver à crosse de nacre qu'il se permit d'employer le singulier.

— J'ai pénétré dans l'appartement 27 et *j'ai*…

Émile et Torrence avaient dédaigné les fastes culinaires du *Royal* et, dans un petit bistrot de Trouville, Émile pouvait enfin se donner une indigestion de crevettes qu'il accompagnait de grandes bolées de cidre bouché. Le soir tombait. La marée montait et le *Deux-Frères* était sur le point d'appareiller, non plus pour conduire Norma Davidson en Angleterre ou en Belgique, mais pour traîner le chalut au large.

— Voyez-vous, patron, sans vouloir vous critiquer, je me permets de vous faire remarquer que vous vous êtes laissé hypnotiser par cette histoire de bijoux… Je connais un peu mieux que vous la mentalité américaine et j'ai trouvé tout naturel qu'un riche Yankee, s'il pare sa femme comme une vierge de procession, ne tienne pas à se laisser voler une seule pierre… En réalité, M. Davidson n'avait rien à voir dans ce drame et il nous l'a bien montré… Cyniquement, il est venu s'assurer de la petite fortune qu'il possédait ici et, après avoir menacé sa femme, il est reparti vers l'endroit d'où il était venu… *Pourquoi tuer un chasseur de palace ?… Pourquoi tuer une fleuriste de casino ?…* Toute la question était là et nulle part ailleurs…

— Je ne suis qu'une vieille bête, soupira Torrence avec un excès de modestie.

— Non, mais vous n'avez pas bavardé comme je l'ai fait avec M. John et vous n'avez par conséquent pas appris que son prédécesseur, M. Henry, parlait le hongrois comme sa langue maternelle… Or, il y avait, depuis peu, un Hongrois dans l'hôtel… La marchande de fleurs assassinée portait comme par hasard, bien que née en France, un nom hongrois… Et le valet de chambre du comte se promenait volontiers dans les escaliers de service.

— N'empêche que, si votre expérience du champ de courses n'avait pas réussi…

— J'aurais cherché ailleurs… Si le comte Vatsi avait quelque chose à se reprocher, si on fouillait son appartement, si son fidèle valet de chambre le lui téléphonait soudain, il était à peu près fatal qu'affolé…

— Vous n'allez pas prétendre que vous aviez deviné cette ahurissante histoire d'amour ?

— Non… Je me doutais seulement qu'il s'agissait d'une très vieille histoire… Les chasseurs de palaces, comme me disait mon vieil ami John, viennent des milieux les plus différents… M. Henry était un Hongrois de bonne famille, mais sans fortune, et le comte Vatsi, lui, était un des plus gros propriétaires terriens de son pays, quelque chose dans le genre des anciens boyards russes… Vous avez vu sur quel ton il a répondu aux questions posées… S'il avait eu une cravache ou même un pistolet à la main…

« Imaginez la tête de ce grand seigneur à qui rien ne résistait quand, la veille de son mariage, sa fiancée est enlevée par un de ses amis pauvres qu'elle aime depuis longtemps…

« Je crois que les Hongrois, sur ce point, valent les Corses, et qu'une haine de cette sorte aboutit fatalement, un jour ou l'autre, à un drame sanglant…

« Le comte Vatsi est puissant… M. Henry, que nous continuerons à appeler ainsi, parcourt le monde, sachant que son ennemi n'hésitera pas à le tuer et à tuer sa compagne…

« Il a choisi un métier qui lui permet de changer sans cesse de climat… À Cagnes-sur-Mer, alors qu'il travaille au *Ruhl* de Nice, une fille lui naît, Loulou… Elle est inscrite, par prudence, à l'état civil, sous le nom de sa mère…

« Plus tard, en Amérique, une seconde fille, Norma, mais sa mère meurt en la mettant au monde…

« Le père continue sa vie vagabonde… Norma devient Mme Davidson, par le plus grand des hasards… Loulou, plus indépendante, est la petite fleuriste porte-bonheur du casino de Deauville…

« Le hasard les réunit tous les trois sur le même point du globe, ce qui est, pour ces errants, une sorte de miracle… Ils se voient en cachette… Mme Davidson n'a pas le droit d'avoir pour père un chasseur d'hôtel et pour sœur une fleuriste des rues…

« Le comte Vatsi est descendu au *Royal*… Il a reconnu son ennemi… Yarko, son inséparable, découvre bientôt l'existence de Norma et de Loulou…

« Le père sera tué… Loulou sera tuée… Un scandale ne les atteindrait pas… Mais, pour Norma Davidson, n'est-il pas plus raffiné de la faire mettre en prison ?

« Il suffit de pénétrer dans son appartement, de lui voler son revolver et son écharpe…

« Si elle connaît vaguement l'histoire de ses parents, Norma ne sait pas le nom de l'homme qui leur a voué une haine mortelle…

« Que peut-elle dire ?… Que peut-elle faire ?… Quelle preuve fournir, alors que toutes les preuves sont contre elle ?…

« Si je n'avais pas bavardé avec mon ami John, s'il ne s'était souvenu que M. Henry parlait le hongrois, si…

— Avec des si… grommela Torrence. Dites donc ! J'espère que nous allons quand même manger autre chose que des crevettes ?

LE TICKET DE MÉTRO

1

Où, par un matin de brouillard, l'Agence O reçoit un client, mais où elle ne le garde pas longtemps.

C'était exactement le genre de matinée à se calfeutrer dans les bureaux et à se livrer paresseusement à des besognes de tout repos. Chacun, tour à tour, était arrivé avec le nez rouge, le bout des doigts engourdi, et chacun avait répété avec la même conviction :

— Quel brouillard !

Les poêles ronflaient, chargés jusqu'à la gueule. À cause du brouillard, bien qu'il fût neuf heures, les lampes étaient allumées. Barbet, comme chaque matin, venait de partir pour la poste. Mlle Berthe avait pris sa place dans l'antichambre et, pour tout dire, elle mettait de l'ordre dans son sac à main dont elle faisait périodiquement le nettoyage par le vide.

Dans le grand bureau, Torrence, qui avait allumé une pipe, se tenait debout, le dos au feu, dans une pose familière à son ancien patron Maigret.

Quant à Émile, il passait son temps à tailler tous

les crayons qui lui tombaient sous la main, dans le petit cagibi dont il aimait le désordre et d'où il pouvait voir tout ce qui se passait dans le bureau du patron.

Pour employer un mot de Torrence, la journée n'avait pas encore embrayé et il devait en être de même dans des milliers de bureaux parisiens où on s'accordait ainsi quelques minutes de savoureux répit avant d'aborder le travail.

Soudain, Mlle Berthe leva la tête. On entendait des pas dans l'escalier, mais des pas lourds, maladroits, hésitants.

— S'il n'avait pas été si tôt matin, dira-t-elle par la suite, j'aurais cru que c'était un ivrogne…

Il est vrai que l'escalier de la Cité Bergère est étroit et incommode.

Une main tâtonne, cherche le bouton de la porte. Mlle Berthe ne bouge pas, mais fixe ce bouton qui commence à tourner.

La porte s'ouvre. La jeune fille se lève.

— Vous désirez ?

Elle ressent une impression désagréable. L'homme qui vient d'entrer la regarde comme s'il ne la voyait pas, ou plutôt comme si elle n'était qu'une poussière infime sur son chemin. Il est grand, vêtu d'un pardessus sombre. C'est un homme de cinquante ans, un bon bourgeois sans doute, habitué à commander.

Est-il déjà venu à l'Agence O ? Il est vrai qu'il n'est pas difficile de deviner quel est le bureau du patron, car celui-ci possède une double porte matelassée.

Toute cette scène dure quelques secondes à peine. Un instant, au passage, l'homme s'est appuyé à la table. Sans s'inquiéter de la secrétaire, il ouvre la porte de Torrence. Celui-ci, surpris, regarde cet inconnu qui fait de la sorte irruption chez lui.

Émile, dans le petit bureau voisin, est attentif aussi, derrière la glace sans tain que les visiteurs ne soupçonnent pas et qui lui permet de tout voir, comme un micro lui permet de tout entendre.

L'homme a ouvert la bouche… On sent qu'il fait un effort désespéré et pourtant il ne sort de ses lèvres que des sons inarticulés… Il vacille… Ses deux mains sont crispées sur sa poitrine…

On ne sait rien, on ne soupçonne pas encore la vérité et pourtant chacun est empoigné par le sentiment de quelque chose de tragique. Le poêle ronfle.

Les yeux de l'homme deviennent hagards… dix heures sept minutes…

— Le… Le…

Au mur, juste au-dessus de Torrence, il y a une horloge aussi banale que possible, une horloge comme on en voit dans la plupart des bureaux, un cadran blafard entouré de noir…

Une des mains de l'homme essaie de la désigner… Les aiguilles marquent exactement dix heures sept minutes…

— Le… le…

Quelque chose lui monte dans la gorge. Son regard exprime le désespoir le plus atroce. Il veut parler, coûte que coûte.

— Le nè…

— Le quoi ? questionne Torrence en se précipitant.

L'homme est tombé lourdement sur le plancher. Un flot de sang a jailli de ses lèvres et pourtant Torrence, penché sur lui, jurerait que, dans un souffle, l'inconnu a murmuré :

— *Le nègre…*

Déjà les yeux qui fixaient l'horloge sont devenus vitreux. Quelques secondes encore, un spasme, une secousse de tout l'être, et il n'y a plus qu'un mort sur le plancher.

Mlle Berthe a téléphoné au docteur Marie qui habite tout à côté, faubourg Montmartre. Barbet revient de la poste en sifflant joyeusement.

Torrence, qui a écarté le pardessus du mort, montre à Émile une petite plaie sanglante, juste à la hauteur de la poche supérieure du gilet.

— Il n'y a que quelques minutes que cet homme a reçu une balle dans le poumon gauche, explique Torrence qui a l'habitude de ces sortes de blessures… Voyez !… Le sang s'est aussitôt coagulé à l'orifice… Une hémorragie interne s'est produite… Il a fallu à cet homme un effort surhumain pour marcher encore, pour monter jusqu'ici, pour balbutier quelques syllabes…

Ni Torrence, ni Émile, ne sont des femmelettes et pourtant ils sont aussi pâles l'un que l'autre. Il y a, dans ce drame, quelque chose de sourd, d'équivoque, qui les impressionne.

— Le docteur vient tout de suite, annonce Mlle Berthe qui préfère ne pas regarder du côté du mort.

Et celui-ci, couché en travers de la pièce, paraît anormalement grand.

— Vous feriez bien de téléphoner à la P.J., patron…

Torrence appelle le commissaire Lucas, son ancien collègue au Quai des Orfèvres.

— Mais oui, mon vieux... Viens toi-même... J'aimerais autant que cela se passe discrètement... Non, je ne le connais pas... Je jurerais que le coup de feu a été tiré à moins de cent mètres de mon bureau... Il n'aurait pas pu marcher davantage... Je t'attends, oui...

Émile, qui a commencé à fouiller les poches du mort, en a retiré, non sans surprise, un gros revolver à barillet. L'arme est froide. Et pourtant il manque une balle dans le barillet et le canon est encrassé.

— Qu'est-ce que vous dites de ça, patron ?

Torrence hoche la tête. C'est dans des cas semblables que sa vieille expérience de la Police judiciaire lui est utile.

— Je dis que cet homme n'a pas pu se suicider... Regardez le pardessus, le veston... Il n'y a pas de traces de poudre sur le tissu, pas la moindre brûlure... Si le coup avait été tiré d'aussi près, surtout avec une arme de ce calibre... Mais où est passé Barbet ?

— Je l'ai envoyé en mission dans la Cité Bergère...

Torrence comprend. Les poches du mort sont vidées une à une. Et d'abord, de la poche droite du pardessus, on extrait un ticket de métro qui porte la date du jour et qui a été délivré à la station Saint-Martin.

La porte Saint-Martin n'est même pas à un kilomètre de la Cité Bergère. Il faut donc croire que l'inconnu était pressé d'arriver, car il aurait été presque aussi vite à pied.

— C'est un ticket à plein tarif, remarque Émile. Autrement dit, cet homme a pris le métro, à la porte Saint-Martin, après neuf heures du matin...

La station la plus proche des bureaux de l'Agence O est la station Faubourg-Montmartre, à soixante mètres. À pareille heure, au moment de l'ouverture des bureaux et des magasins, le carrefour Montmartre est particulièrement animé. Il est vrai que la Cité Bergère, elle, est à peu près déserte…

Une poche intérieure du veston apporte une autre surprise. On y trouve, en effet, dans une enveloppe jaune, cinquante billets de mille francs presque neufs, encore retenus par des épingles en liasses de dix.

— En tout cas, le vol n'a pas été le mobile du crime… Ah ! Voici son portefeuille…

L'identité de la victime n'est pas difficile à établir. Il s'agit d'un certain Gérard Duhourcin, sous-directeur des Tréfileries Françaises, à Saint-Étienne. Il a cinquante-quatre ans et est né à Lille (Nord).

— Demandez-moi les Tréfileries Françaises, à Saint-Étienne, mademoiselle Berthe… Ensuite, vous demanderez le 132 à Saint-Étienne… C'est son domicile personnel…

Dans le même portefeuille, il y a un billet de chemin de fer Saint-Étienne-Paris, aller et retour. Le billet a été délivré la veille au soir à Saint-Étienne. Gérard Duhourcin a donc vraisemblablement pris le train de nuit.

Émile plonge dans son cagibi où il collectionne les indicateurs de toutes sortes. Quelques instants plus tard, il revient avec le renseignement voulu.

— Le train est arrivé ce matin à 7 h 12 en gare de Lyon… Curieux !…

— Qu'est-ce qui est curieux ?

— Que cet homme n'ait pris le métro qu'à la porte Saint-Martin…

Une montre en or. Un stylo en or également, portant la date d'un anniversaire, un cadeau, évidemment ! Les vêtements sont de bonne coupe, confortables, et sortent de chez le grand tailleur de Lyon.

Le docteur Marie est arrivé et s'agenouille auprès du cadavre.

— Saint-Étienne à l'appareil…

Torrence parvient à avoir le directeur des Tréfileries au bout du fil.

— Allô !… Vous avez bien comme sous-directeur un certain Gérard Duhourcin ?… C'est un homme grand et fort, n'est-ce pas, aux cheveux gris, à la moustache légèrement argentée ?… Vous dites ?… Je vous renseignerai dans un instant… Je voudrais savoir si M. Duhourcin devait venir à Paris aujourd'hui… Oui ?… Pourquoi ?… Mais non, monsieur… Répondez-moi d'abord… Je vous dirai ensuite tout ce que j'ai à vous dire… Ne vous fâchez pas, sacrebleu !… Comment ?… Demain ?… Le mariage de son fils avec votre fille ?… Et c'est pour cela que ?… Oui, enfin, vous supposez… Il n'a que ce fils-là ?… Et vous ignorez où il descendait d'habitude quand il venait à Paris ?… Il est mort, il y a quelques instants, dans mon bureau même… Je viens de demander au téléphone son domicile particulier… Vous avez raison… Si vous voulez vous en charger… J'aimerais que son fils vienne le plus tôt possible… Quant à la cérémonie… Évidemment !… Mais oui, c'est une catastrophe !…

Le docteur Marie, qui s'est relevé, confirme exactement les suppositions de Torrence. Selon lui, le coup de feu a été tiré, à une distance de trois ou quatre mètres, quelques instants seulement avant la mort, et c'est un miracle que l'homme ait pu monter l'escalier et…

— Nous n'en avons pas fini avec cette histoire, soupire Torrence. Entre, Lucas !… Une vilaine affaire, vieux !… Voilà !… Gérard Duhourcin… Situation de premier ordre à Saint-Étienne… Marié… Père d'un garçon qui devait, demain midi, épouser la fille du directeur des Tréfileries…

« J'ai déjà eu Saint-Étienne au bout du fil… Duhourcin est parti hier au soir, par le train de nuit… Il n'a pas emporté de bagages… Il ne devait, en effet, passer que quelques heures à Paris… On l'attendait ce soir à Saint-Étienne… Tu dis ?… D'après son directeur, son voyage à Paris avait pour but d'acheter un cadeau pour les nouveaux mariés…

« Le directeur en devient fou… Il paraît qu'un dîner de soixante couverts est commandé et qu'en outre il devait y avoir une fête intime pour tout le personnel de l'usine et des bureaux…

La silhouette de Barbet se profile dans l'encadrement de la porte.

— Eh bien ?…

— J'ai fait ma petite enquête dans la Cité Bergère… Le coiffeur du rez-de-chaussée était sur son seuil, à contempler le brouillard… Il a fort bien entendu des pas qui se rapprochaient, mais il n'y a pas fait attention… Il affirme qu'à un certain moment, comme l'homme était peut-être à vingt mètres de la maison, il y a eu un bruit comme l'éclatement d'un pneu… Il ne s'en est pas inquiété, car cela arrive souvent… Un peu après, il a aperçu une silhouette qui se glissait dans l'immeuble…

— Tu as téléphoné au Parquet ? demande Torrence à Lucas.

— J'y étais bien obligé…

Une descente du Parquet à l'Agence O ! Un crime à l'Agence O ! Drôle de publicité pour une agence de police privée !

On envoie Barbet, avec le revolver à barillet, chez Gastinne-Renette, l'armurier, pour expertise. Barbet est chargé d'attendre et d'apporter tous les renseignements possibles.

Une journée qui s'annonçait si calme, comme feutrée de brume !

— Je reste ? questionne le docteur Marie.

— Il vaudrait mieux, en effet, que vous attendiez ces messieurs du Parquet…

Dix minutes ne se sont pas écoulées que la sonnerie du téléphone retentit. C'est Saint-Étienne. Une voix de femme…

— Allô !… Ce n'est pas possible, n'est-ce pas ?… Mon mari…

Bon ! Le directeur des Tréfileries a déjà eu le temps de faire un saut au domicile de Duhourcin et d'annoncer la mauvaise nouvelle à la famille.

— Dites-moi tout, monsieur, supplie-t-elle… Je vous jure que ce n'est pas possible… Mon mari n'avait pas un ennemi au monde… C'était l'homme le meilleur, le plus juste, le plus…

On entend une autre voix, une voix d'homme.

— Laisse-moi parler, maman… Allô !… Ici, Jean Duhourcin… Il n'y a un train qu'à midi… Je serai plus vite là-bas en voiture… Êtes-vous sûr que c'est mon père ?… Si c'est lui, il a une petite cicatrice à la nuque…

Regardez vite, de grâce… Maman ne peut pas encore y croire…

Le docteur se penche, hoche affirmativement la tête.

— Hélas, monsieur Duhourcin…

Un cri, là-bas, dans la maison du mort. Torrence, lugubre, raccroche. Des voitures se sont arrêtées dans la Cité Bergère. C'est le Parquet. Et, derrière lui, arriveront les reporters de journaux, les photographes, toute la lyre !

— Tu n'as pas de chance, fait Lucas.

Et Mlle Berthe, plus sensible, de s'indigner :

— Il me semble que c'est surtout ce pauvre homme qui n'a pas de chance !… Et sa famille !… Et le couple qui devait se marier demain !…

Dix, quinze personnes dans les bureaux. Puis les photographes de l'Identité judiciaire qui prennent toute la place avec leurs appareils encombrants. On ne sait où se mettre. Pour ces messieurs, c'est presque une aubaine de venir voir de près l'organisation de l'Agence O qui a si souvent damé le pion à la police officielle.

Bon ! Voilà le premier journaliste, alerté par Dieu sait qui, sans doute par le coiffeur du rez-de-chaussée.

— Dites-moi, monsieur Torrence, quand cet homme est arrivé et…

Téléphone. Cette fois, c'est Barbet. Il est avenue Montaigne, dans le bureau de M. Gastinne-Renette, le célèbre armurier.

— Je vous le passe, patron… C'est très intéressant…

— Allô !… monsieur Torrence ?… J'ai examiné

l'arme, oui… Aucun doute n'est possible… Un coup de feu a été tiré avec ce revolver ce matin même… Non… Vous m'en demandez trop… Mettons que le coup ait été tiré, autant que j'en juge par le degré d'oxydation, plutôt à neuf heures qu'à dix…

Torrence se précipite sur le spécialiste en empreintes digitales.

— On va vous apporter un revolver dont personne, depuis ce matin, n'a touché la crosse sans s'entourer la main d'un linge… J'ai besoin de savoir qui a manié cette arme…

À midi, les plus importants personnages du Parquet sont partis, mais il reste dans les locaux, quelques spécialistes qui s'affairent sous la direction de Lucas.

Les résultats tombent les uns après les autres.

D'abord, le revolver du mort. C'est bien l'arme d'un bon bourgeois de province qui se contente de garder un revolver dans sa table de nuit sans jamais le porter sur lui. Le revolver, en effet, est lourd et encombrant.

D'ailleurs, Torrence a téléphoné à la femme de chambre des Duhourcin. Le revolver à barillet, qui se trouvait toujours dans le tiroir de la table de nuit, a disparu. Son patron ne l'avait *jamais* en poche.

Or, le revolver ne porte que les empreintes du mort.

— Autrement dit, déclare Torrence après s'être consulté à voix basse avec Émile, M. Duhourcin savait qu'il courait un danger. Donc, il ne venait pas seulement à Paris pour acheter un cadeau à son fils et à sa belle-fille. Il est arrivé un peu après sept heures du matin.

« L'enquête, à la gare de Lyon, établit qu'un homme répondant à son signalement a fait sa toilette à la gare dans les locaux nouvellement aménagés dans ce but…

« On l'a vu ensuite au buffet, où il a mangé trois croissants et bu une tasse de café… Au moment de payer, il s'est ravisé et a commandé un rhum… Il a exigé un verre à dégustation… Il était plus de huit heures et demie quand il a quitté le buffet de la gare…

Les journalistes prenaient des notes. Il avait été impossible de les écarter.

— Donc, entre huit heures et demie et dix heures dix, heure à laquelle il est arrivé ici, blessé à mort, M. Duhourcin a tiré un coup de revolver…

« Tout ce que nous savons de lui écarte l'idée d'une simple fantaisie… Ce n'est pas l'homme à tirer pour s'amuser un coup de feu dans le brouillard…

« D'autre part, le ticket de métro est formel… C'est après neuf heures que Duhourcin a pris le métro à la station Saint-Martin, vraisemblablement pour venir ici…

« Une question se pose qui est, à mon sens, capitale. M. Duhourcin est-il venu à Paris pour nous voir, c'est-à-dire pour confier à l'Agence O une enquête quelconque ?

« Dans ce cas, pourquoi a-t-il tiré tout d'abord un coup de revolver, et sur qui ?

« L'idée de s'adresser à nous ne lui est-elle venue qu'après ce coup de revolver ?

« Toujours est-il que, vingt-cinq mètres avant

notre porte, il a été attaqué à son tour et blessé à mort...

« Il n'a pas pu parler, du moins d'une façon intelligible... L'Agence O, dans cette affaire n'a rien à cacher, et elle considère comme son devoir de mettre tous les atouts possibles entre les mains de la police officielle...

« Je puis donc vous dire que M. Duhourcin, au moment de mourir, a regardé l'horloge avec insistance... J'ai bien compris que, sachant son temps compté, il s'efforçait de me transmettre un ultime message et que son grand désespoir était de ne pas y parvenir...

« Il a balbutié un mot... Je crois l'avoir bien compris, mais je ne puis rien affirmer... Autant que j'en puisse juger, ce mot était :

« — *Le nègre...*

Voilà pourquoi les journaux du soir publiaient tous en caractères gras le titre suivant :

LE MYSTÈRE DE L'HORLOGE ET DU NÈGRE.

Non seulement le fils du défunt arriva dans le courant de l'après-midi de Saint-Étienne, après avoir brûlé les étapes au risque de se casser le cou, mais le directeur des Tréfileries, M. Laborie, l'accompagnait.

Le corps avait déjà été transporté à l'Institut médico-légal. Le contenu de l'estomac confirmait les affirmations du garçon de café de la gare de Lyon.

La balle, logée dans le poumon, avait été extraite. M. Gastinne-Renette, appelé à en déterminer le calibre, avait d'ores et déjà affirmé qu'il s'agissait d'une balle à chemise de nickel tirée par un revolver automatique du calibre 6 mm 35.

Le préposé au guichet de la station de métro Saint-Martin ne reconnaissait pas la photographie à peine sèche qu'on lui montrait. C'était, selon son mot, l'heure de la « grande presse », et les visages défilaient sous ses yeux à raison de quinze ou vingt par minute.

La Police judiciaire, avec ses effectifs au grand complet, courait les hôpitaux, les cliniques, les commissariats de police et les médecins de quartier, dans l'espoir de découvrir un blessé mystérieux.

Sur qui M. Duhourcin avait-il tiré entre huit heures du matin et dix heures ?

Fallait-il croire qu'il n'avait atteint personne ?

Ce jour-là, en tout cas, et bien avant pendant la nuit, tous les nègres rencontrés entre la gare de Lyon et l'Opéra furent interpellés, leur identité contrôlée, ainsi que leur emploi du temps depuis la veille au soir.

Quant aux renseignements sur le mort, ils étaient excellents. M. Duhourcin, entré comme comptable aux Tréfileries Françaises, vingt-cinq ans plus tôt, s'y était taillé, par son travail, son honnêteté, sa persévérance, une place de premier plan. Non seulement il était depuis trois ans sous-directeur des usines et avait fait construire dans les environs immédiats de Saint-Étienne une confortable villa, mais encore le mariage de son fils, qui devait avoir lieu le lendemain, avec la fille du directeur, consacrait son ascension méritée dans la hiérarchie sociale.

L'Agence O, à quatre heures de l'après-midi, après tant de visites, donnait le spectacle de bureaux littéralement dévastés et il n'y avait plus un seul objet à sa place. Mlle Berthe, mal remise de ses émotions, essayait de rétablir un peu d'ordre, tandis que Barbet ne suffisait pas à remplir toutes les missions que Torrence et Émile lui confiaient.

Les journaux du soir parus, ce fut sous les fenêtres, un défilé incessant de badauds qui regardaient en l'air.

2

Où tout Paris cherche le nègre et où Émile fait, par le plus grand des hasards, la découverte de boîtes de couleurs.

Rarement la Police judiciaire déploya un tel zèle et rarement, on peut le dire, les résultats furent, dans un certain sens, aussi satisfaisants.

C'est ainsi que les inspecteurs munis de la photographie de Gérard Duhourcin purent, en quelques heures, reconstituer presque pas à pas la marche de celui-ci depuis la gare de Lyon jusqu'à la place de la République.

Ainsi, Duhourcin, arrivé de bonne heure à Paris, avait pris tout son temps. Il avait d'abord fait sa toilette à la gare. Il avait ensuite mangé des croissants et bu du café. Il avait enfin commandé un verre de rhum et, sur ce point, le témoignage de sa famille et de ses amis était formel : s'il ne dédaignait pas un verre de vieux bourgogne avec un bon dîner, il ne buvait jamais d'alcool, surtout depuis quelques années que sa santé s'était légèrement altérée.

Sorti de la gare vers huit heures et demie – témoignage du garçon du buffet – il avait longé le trottoir de droite de la rue de Lyon. Un maroquinier et une épicière, tous deux occupés à cette heure à retirer leurs volets, l'avaient aperçu.

Nouvel étonnement, place de la Bastille. Le sobre M. Duhourcin avait pénétré dans un petit bar-tabac et avait bu un grand verre de calvados. Il était à ce moment neuf heures moins un quart.

Ensuite, on le repérait boulevard Beaumarchais (témoignage d'un fabricant de pipes) et place de la République où à nouveau il n'hésitait pas à pénétrer dans une brasserie et à boire un verre d'alcool.

On pouvait donc résumer les faits comme suit : M. Duhourcin, confortable bourgeois de Saint-Étienne, se rendait à Paris à la veille du mariage de son fils. Le but apparent de faire une surprise aux deux jeunes mariés n'était évidemment qu'un alibi puisque :

1° Pour la première fois de sa vie, il emportait avec lui son revolver dont il ne s'était jamais servi et qui ne quittait pas le tiroir de sa table de nuit ;

2° Cet homme sobre, suivant depuis quelques années un régime, éprouvait le besoin, dès huit heures du matin, de boire coup sur coup plusieurs verres d'alcool.

Place de la République, par contre, on perdait définitivement sa trace et on ne la retrouvait qu'à la station de métro Saint-Martin, où il avait pris un ticket après neuf heures.

Qu'est-ce que M. Duhourcin avait pu faire entre la République et la porte Saint-Martin, soit environ cinq cents mètres de boulevards ?

La police officielle s'acharnait particulièrement sur la piste du nègre et les nègres de Paris en savaient quelque chose, car ils ne pouvaient faire deux cents mètres sur les trottoirs sans être sérieusement questionnés par des policiers.

Il semblait bien aussi que c'était entre la République et la porte Saint-Martin que le sous-directeur des Tréfileries avait fait usage de son revolver.

Or, les heures passaient et on ne signalait dans ce quartier ni bagarre, ni blessé, ni découverte de cadavre. Fallait-il supposer que, dans le brouillard qui régnait ce matin-là, M. Duhourcin s'était amusé à tirer un coup de revolver en l'air ? Cela ne cadrait ni avec son âge, ni avec tout ce qu'on savait de son caractère.

Tous les journaux étaient d'accord sur un point : le bourgeois de Saint-Étienne avait un rendez-vous mystérieux à Paris. Il avait certaines raisons de croire que ce rendez-vous serait périlleux, puisqu'il avait pris soin de s'armer.

Où était ce rendez-vous ? Avec qui ? Pourquoi ? Autant de questions auxquelles vingt reporters pour le moins, sans compter les policiers amateurs, s'ingéniaient à répondre.

Quant à Émile, il avait pris le train pour Saint-Étienne, y débarqua vers neuf heures du matin, et se fit désigner la villa que M. Duhourcin s'était fait construire un peu en dehors de la ville, sur une colline plaisante d'aspect.

La villa était confortable, d'assez bon goût. Les pièces en étaient claires et donnaient toutes sur un vaste jardin.

Cela correspondrait exactement à ce qu'un

homme comme Duhourcin devait considérer comme la demeure idéale pour ses vieux jours. Le potager était bien entretenu. Il y avait une serre, des arbres fruitiers et, depuis peu, on avait aménagé un tennis. Le garage, enfin, contenait une voiture qui, si elle n'était pas d'un luxe tapageur, était d'une des meilleures marques de France.

Ce fut une petite bonne aussi laide que possible qui vint ouvrir la porte. Elle était maigre, noiraude, et elle louchait. Son aspect, au premier abord, était revêche, et pourtant Émile ne devait pas tarder à constater que c'était la meilleure fille de la terre.

— Je vais avertir madame…

— Je vous prie de n'en rien faire… On m'a dit que Mme Duhourcin, à la suite de ces émotions, avait dû s'aliter…

— C'est exact sans l'être… Ce matin elle est debout, mais elle garde encore la chambre… Le docteur Corbion doit venir la voir à dix heures…

— Ne la dérangez donc pas… Je suis d'accord avec M. Jean, qui m'a permis de visiter la maison et de questionner le personnel…

Personnel peu nombreux puisque, en dehors du jardinier, il ne se composait que de la femme de chambre, prénommée Elvire, et d'une cuisinière qu'Émile entrevit à peine.

Partout, une propreté méticuleuse. Au lieu du fouillis plus ou moins poussiéreux qu'on trouve si souvent en province, une atmosphère claire et gaie, des meubles neufs, sobres de lignes, des bibelots qui étaient presque tous bien choisis. En somme, cette maison, dans une exposition universelle, aurait pu constituer un pavillon intitulé « La Joie de Vivre ».

Un vaste salon, à gauche. Une photographie de jeune fille blonde, sur le piano à queue.

— C'est la fiancée de M. Jean…

Une autre photographie, à côté, celle de Mme Duhourcin, une femme encore jeune d'aspect, de physionomie avenante.

Exactement le contraire, en somme, de ce qu'on croit, de ce qu'on espère trouver quand on cherche une atmosphère de drame.

Or le drame n'en avait pas moins eu lieu.

— Vous serviez à table, mademoiselle Elvire ?

— Oui, monsieur…

— Vous pouvez donc me dire depuis quand votre patron était au régime ?

— C'est facile… Cela date des vacances que nous sommes allés passer tous ensemble à Dieppe… D'habitude, on allait en Bretagne… Je ne sais pas pourquoi, cette année-là… Ou plutôt, je me souviens… La villa que monsieur et madame avaient l'habitude de louer n'était pas libre… On leur avait signalé une villa à Dieppe… C'est là que monsieur, qui avait un très bon estomac et un appétit comme je vous en souhaite, s'est mis à se mal porter…

— Il se soignait ?

— Madame le soignait… Lui prétendait que ce n'était rien, un peu de surmenage… Elle l'obligeait néanmoins à suivre un régime… Pas de plats à sauce, dont il raffolait… Des légumes bouillis… Pas de gibier… Il y avait des hauts et des bas…

— Que voulez-vous dire ?

— Je ne m'y connais pas dans les maladies, mais ma pauvre mère prétendait toujours que ses jambes lui faisaient mal au moment de la pleine lune… Pour monsieur, c'était un peu la même chose… Sauf que je n'ai jamais pensé à regarder la lune… Pendant dix jours, quinze jours, il se portait comme vous et moi… Je l'entendais fredonner le matin en se rasant… Il m'appelait « ma petite Elvire », car il était volontiers paternel…

— Dites donc, est-ce que par hasard votre patron ?…

Elle comprit à demi-mot.

— Qu'est-ce que vous allez penser là ? Ce n'était pas du tout l'homme à ça… Il ne vivait que pour son bureau et pour sa famille et il était furieux quand il était obligé d'aller à Paris pour ses affaires…

— Il y allait souvent ?

— Autrefois, il y allait moins… Ces derniers temps, il a fait de plus fréquents voyages… Il partait le soir et il revenait le lendemain soir, ce qui lui évitait, disait-il, de coucher à l'hôtel…

— De sorte qu'il n'emportait jamais de bagages…

— Non… Il se rasait avant de partir…

— Vous me parliez de sa maladie…

— Eh bien ! j'ai remarqué que c'était par périodes que ça lui venait… Des crises, comme on dit… Pendant huit jours, il n'avait pas d'appétit et il avait peine à digérer le peu qu'il mangeait… Puis ça lui passait et il redevenait comme autrefois… Voici la salle à manger… Vous voyez qu'elle est gaie… L'été, on ouvre ces grandes baies et on est pour ainsi dire dans le jardin…

Émile regardait tout, écoutait tout et se montrait d'une minutie qui aurait bien étonné Torrence, car Torrence le traitait souvent d'impulsif.

— À quelle heure votre patron se levait-il ?

— Toujours à six heures et demie du matin… Je lui montais une tasse de café… Il prenait son bain et, à sept heures, il descendait… Madame restait encore un peu au lit… M. Jean, lui, qui travaillait aussi à l'usine, se levait en même temps que son père, mais était beaucoup plus long à sa toilette… M. Duhourcin faisait un petit tour de jardin… Il prenait son petit déjeuner et il avait à peine fini que le facteur arrivait… Tenez !… De sa place, ici, il le voyait pousser la barrière blanche et s'avancer dans l'allée… Parfois, il allait à sa rencontre… D'autres fois, c'était moi qui lui apportais le courrier et les journaux…

— Il lisait son courrier dans la salle à manger ?

— Rarement… Il avalait sa dernière gorgée de café et il entrait dans son bureau… Tenez !… Par ici…

Un bureau qui n'en était pas un, car on sentait qu'on n'y travaillait pas, que la véritable activité du propriétaire était à son usine. C'était plutôt un fumoir. Des meubles de chêne massif, deux gros fauteuils de cuir, des bibliothèques…

— Il recevait beaucoup de courrier ?

— Trois ou quatre lettres par jour, rarement plus… Le courrier d'affaires, il le recevait à l'usine… À huit heures, assis dans ce fauteuil, il fumait sa première pipe en parcourant le *Mémorial de Saint-Étienne* auquel il était abonné…

Rien d'équivoque dans tout cela. Une vie paisible, tellement rangée qu'on se demandait par quelle fissure le drame avait pu pénétrer. Et, pourtant, il y avait fatalement une fissure ! Un homme ne s'arme pas soudain d'un revolver et ne boit pas coup sur coup trois verres d'alcool, dès le petit matin, s'il n'a pas de bonnes raisons pour…

— Écoutez-moi bien, mademoiselle Elvire… Vous aimiez votre maître, n'est-ce pas ?

— C'est-à-dire que je suis autant en deuil que si j'avais perdu quelqu'un de ma famille…

— Eh bien ! il faut que vous m'aidiez à découvrir son assassin, pour que celui-ci soit puni… Je suppose que c'est votre désir ?…

— Qu'est-ce que je dois faire ?

Brave Elvire ! Elle disait ça comme si on lui avait demandé d'aller attaquer quelque bandit dans son repaire.

— Il faut que vous réfléchissiez… que vous ne répondiez pas à la légère… À ce que je comprends, vous étiez à peu près la seule à approcher votre maître le matin avant son départ pour l'usine… À quelle heure quittait-il la maison ?

— À huit heures vingt… Il voulait être le premier arrivé, à huit heures et demie… Avec la voiture, il n'en avait pas pour dix minutes… Parfois, il emmenait M. Jean… D'autres fois, celui-ci allait en vélo à son travail…

— Les crises dont vous me parliez tout à l'heure… Ces crises d'estomac ou de foie, oui… Ces crises de mauvaise humeur aussi… Car il devait être de mauvaise humeur, à ces moments-là, n'est-ce pas ?

Elvire rougit et cela n'échappa pas à Émile.

— À quoi pensez-vous ? questionna-t-il.

— À rien…

— Vous venez de vous souvenir de quelque chose…

— C'est ridicule… Pour une fois que…

— Que quoi ?

— Qu'il a eu un mouvement de colère…

— Vous m'avez promis tout à l'heure votre aide entière pour découvrir l'assassin…

— C'est déjà vieux…

— Raison de plus…

— Eh bien ! voilà… Un matin, comme ça, je venais d'apporter le courrier et il y avait la petite boîte…

— Qu'est-ce que vous appelez la petite boîte ?

— Je ne sais pas… Ou plutôt, je vais vous dire ce que je sais… D'habitude, n'est-ce pas, les imprimés étaient toujours les mêmes… *Le Temps*, auquel monsieur était abonné… *La Journée Industrielle… La Revue des Métaux…* Depuis quelque temps, il arrivait de petites boîtes… Si j'y ai fait attention c'est que, en tâtant à travers le papier gris, j'ai pensé que ce seraient des boîtes bien pratiques pour ranger des tas de choses…

Et Émile, pensant à une sienne cousine qui avait la même manie :

— Je parie, Elvire, que vous avez la passion des boîtes…

— On a toujours des choses qu'on ne sait où mettre…

— Essayez de me décrire…

— C'était long de vingt centimètres à peu près, large de dix, pas plus épais qu'un doigt… d'ailleurs, j'en ai vu une ouverte…

— Un instant… Votre patron en recevait beaucoup ?

— Comme qui dirait une fois par mois…

— Depuis longtemps ?

— Plusieurs années…

— Ne répondez pas trop vite… Cette question est la plus importante… Il devait lui arriver, vous l'avez dit, d'être encore dans la salle à manger à la réception du courrier… Dans ce cas, son fils, M. Jean, pouvait être à déjeuner en face de lui… Ouvrait-il son courrier quand même ?

— Je le lui ai vu faire…

— A-t-il déjà, dans ces conditions, ouvert une de ces boîtes ?

— Non… Je peux vous l'affirmer, parce qu'une fois il s'est levé précipitamment et est venu s'enfermer ici…

— Bien… Maintenant, racontez-moi l'incident qui s'est produit…

— Ce n'est même pas un incident… Il faut encore que je vous explique que madame est très méticuleuse pour tout ce qui concerne le travail… Il y a une heure déterminée pour nettoyer chaque pièce de la maison… Un matin, j'avais commencé dans le bureau quand monsieur y était encore… Soudain, sur un coin de meuble, j'ai aperçu une boîte qui venait d'être déballée…

— Décrivez-la-moi en détail…

— C'est facile… C'était plutôt une caissette, en bois blanc… Il y avait longtemps que j'avais envie d'en voir une de près… Je me suis approchée avec l'air de rien, pendant que monsieur finissait de lire son journal… J'ai fait comme si je mettais de l'ordre… J'ai soulevé le couvercle et j'ai été bien étonnée…

— Qu'est-ce qu'il y avait à l'intérieur ?

— Vous ne le devineriez jamais… J'en étais toute gênée… Des petits cubes d'aquarelle et des pinceaux… De la mauvaise qualité, vous savez, comme on en donne aux enfants pour s'amuser… D'habitude, on nous permettait, à la cuisinière et à moi, certaines familiarités… J'ai dit :

« — *Monsieur va donc faire de la peinture ?…*

« Et c'est alors que, pour la première fois, il a été dur à mon égard… Cela lui ressemblait si peu que j'ai gardé ces mots-là sur l'estomac, si je puis dire, pendant des semaines.

« — *Ma fille, mêlez-vous de ce qui vous regarde…*

— Qu'est-ce qu'il a fait ensuite ?

— Il a mis la boîte dans sa poche et il est parti…

— Dites-moi, Elvire, je constate que ce bureau n'est chauffé que par des radiateurs…

— Oui, monsieur…

— Il n'y a donc pas de cheminée… Si votre patron a reçu plusieurs boîtes de ce genre…

— Au moins deux douzaines, pour ne pas dire plus…

— Voulez-vous me dire ce qu'il pouvait en faire ?

— Je ne sais pas, monsieur… Il y a bien les tiroirs du bureau qui ferment à clef… Il y a le bas des bibliothèques…

— En tout cas, en dehors de cette boîte dont vous me parlez, vous n'en avez jamais vu d'autres traîner dans la maison, dans la corbeille à papier ou dans les poubelles, par exemple ?

— Jamais…

— Et vous n'avez jamais vu votre maître peindre à l'aquarelle ?

— Oh ! monsieur… riposta la femme de chambre qui, malgré sa douleur réelle, était offusquée par cette idée.

Un quart d'heure plus tard, le fils du mort était dans le bureau, abruti de fatigue et de chagrin. Sans réagir, il remettait à Émile toutes les clefs que celui-ci lui demandait.

— Vous espérez vraiment trouver quelque chose ici ?

— Je voudrais m'assurer qu'aucun meuble de la maison ne contient des petites boîtes en bois garnies de cubes d'aquarelle…

Jean Duhourcin ne réalisait pas et il répéta comme dans un cauchemar :

— … des cubes d'aquarelle ?

L'expérience fut négative. Elle fut en même temps tout à l'honneur de la victime, dont les tiroirs et les meubles ne contenaient que d'honorables papiers de famille, des photographies de son fils à tous les âges, et enfin quelques dossiers qu'il revoyait le soir, chez lui, à tête reposée.

Rien d'équivoque. Pas le plus petit mystère !

— Seriez-vous assez aimable pour m'accompagner à l'usine ?

— Si vous voulez…

Décidément, cette affaire se présentait sous le signe de la joie de vivre. Dans le Saint-Étienne fumeux, les Tréfileries Françaises comportaient les plus modernes des ateliers, et les bureaux spacieux, presque entièrement vitrés, étaient sans poussière comme sans secret.

— Voici le bureau de mon père… Voici ses clefs…

N'était-ce pas ridicule de s'obstiner à la recherche de ces boîtes d'aquarelles ? Fallait-il baser toute une enquête sur l'histoire racontée par une petite femme de chambre qu'un détail sans importance avait pu frapper ?

Pourtant, il paraissait évident que M. Duhourcin avait bien reçu ces boîtes. La question qui se posait donc était :

— Qu'en faisait-il ?

Et Émile de solliciter :

— Suivons ensemble, voulez-vous, à travers les cours de l'usine, le chemin que votre père suivait chaque matin…

On passa à côté de tas de charbon, de détritus, de saumons de cuivre et de fer. Devant une sorte de trottoir roulant, Émile demanda :

— Qu'est-ce que c'est ?

— Les détritus qui sont acheminés de la sorte vers le four…

— À partir d'ici, ils ne sont plus triés ?

— Il serait impossible de les arrêter… Cinquante mètres encore et ils sont précipités dans le four où règne une chaleur de…

Émile ne devait pas se souvenir du degré astronomique de température qui régnait dans ce four mais, un quart d'heure plus tard, il arrivait au bureau de poste de Saint-Étienne. On lui apprit que le facteur qui desservait la villa de M. Duhourcin était en tournée et ne rentrerait pas avant cinq heures de l'après-midi. Émile, toujours flanqué du jeune homme, se mit à sa poursuite et parvint à le rejoindre dans un quartier ouvrier où toutes les maisons – il y en avait plusieurs centaines – étaient bâties sur le même modèle.

Jean Duhourcin proposa de lui-même, avec cette morne indifférence des gens qu'une grande douleur accable :

— Sans doute préférez-vous que je vous laisse ?…

Non seulement il venait de perdre son père, mais

son mariage était, par la force des événements, remis à une date indéterminée. Tout le monde avait affirmé à Émile qu'il adorait sa fiancée. Celle-ci, d'ailleurs, le méritait.

Un grand garçon sympathique, depuis deux ans ingénieur à l'usine et considéré comme le futur grand patron !

— Dites-moi, monsieur…

Le facteur, sa boîte sur le ventre, s'apprêtait à sonner à une porte et il tenait un mandat-carte à la main.

— J'enquête sur la mort de M. Duhourcin… Vous aimeriez que son assassin soit arrêté, n'est-ce pas ?… Dans ce cas, il faut répondre à mes questions…

— Moi ?… Moi ?… Mais qu'est-ce que vous voulez que je vous dise ?…

— Venez un peu à l'écart… On nous écoute…

Et, s'étant planté avec le facteur au milieu de cette rue populeuse :

— Il vous arrivait, en même temps que le courrier habituel, d'apporter à M. Duhourcin de petits paquets qui voyageaient comme imprimés…

— Vous voulez parler des boîtes ?…

— C'est cela… Qu'est-ce que vous savez sur ces boîtes ?…

Le facteur manifesta aussitôt son embarras.

— Il s'agit de retrouver son assassin ! répéta Émile pour l'encourager.

— Si c'est comme ça !… Mais je ne voudrais pas que ça vienne aux oreilles de la famille… Nous, n'est-ce pas, on est tenu au secret professionnel… Sans compter que je n'ai aucune preuve… Mais comme ces boîtes arrivaient tous les mois, et cela depuis le temps que M. Duhourcin était mal portant…

— Continuez, je vous prie…

— Si vous croyez que c'est facile !… Enfin !… J'ai eu un fils qui a attrapé quelque chose de ce genre et qui m'a fait le même coup… Même que, si je ne m'en étais pas aperçu et que si je ne l'avais pas conduit par l'oreille à notre docteur…

— De quoi parlez-vous ?

— Des petits paquets semblables que nous distribuons tous les jours… Rapport aux annonces… *Traitement infaillible et discret de*… Vous comprenez, n'est-ce pas ?… Sur les annonces, il y a toujours *Envoi discret*… Mais nous qu'on est des postes, on reconnaît ces paquets-là !… Voyez-vous, il y a paquet et paquet… Quand un particulier fait un paquet, ça se sent au papier employé, à la façon de nouer la ficelle… Quand c'est une maison qui en expédie des centaines par jour, même s'il n'y a pas de marque dessus, ça se reconnaît… C'est de l'emballage soigné, en série, avec des papiers collants et tout… J'ai donc pensé – mais ne le répétez à personne – que le pauvre monsieur avait attrapé…

— Vous êtes sûr qu'il n'y avait pas de marque sur les paquets ?

— Certain… J'en suis certain à cause de mon fils… Je me demandais si ça venait de la même maison… Mon fils, on lui envoyait des ampoules, dans des caissettes en bois blanc… Saloperie !… Et l'imbécile qui n'osait pas m'avouer…

— Ces envois étaient-ils recommandés ?

— Non, monsieur… Ils ne le sont jamais, parce que c'est plus discret ainsi… Si je vous disais combien j'en distribue chaque jour… Les pauvres types se figurent que je ne comprends pas…

— Et vous ne vous souvenez pas de la date à laquelle ont commencé ces…

— Non, monsieur… Mais je peux vous dire que c'est vers ce moment-là que M. Duhourcin, qui était un si bel homme, fort comme un bœuf, toujours riant, s'est mis à changer… De quel bureau de Paris, ça venait-il, je ne m'en souviens pas non plus, mais ça venait sûrement de Paris…

— Une question encore… Je vois que vos clients s'impatientent…

— Bah ! Pour ce que je leur apporte… J'ai au moins cinquante avertissements du percepteur dans ma boîte…

— Quand avez-vous remis le dernier paquet de ce genre à M. Duhourcin ?…

— Il y a trois jours, tout juste… La veille du jour qu'il est mort… Cela m'a frappé, parce que je lui en avais déjà remis un la semaine précédente et que d'habitude…

Pourquoi M. Duhourcin, sous-directeur des Tréfileries Françaises, recevait-il régulièrement des boîtes d'aquarelle comme on en donne aux enfants, pourquoi les faisait-il disparaître avec tant de soin – sans doute en les brûlant dans le four de l'usine – et pourquoi…

— Il vous a dit des choses intéressantes ? questionna sans espoir Jean Duhourcin, qui attendait à cent mètres de là avec la voiture.

— Ma foi… Cela dépendra de ce que je découvrirai à Paris…

Et Émile se fit conduire sans plus tarder à la gare.

3

Où Émile décrit d'avance les mains de quelqu'un qu'il n'a jamais vu, mais où il a quand même une petite surprise.

On aurait dit que le ciel voulait se mettre à l'unisson de l'enquête. Le cinquième jour après la mort de M. Duhourcin, Paris s'éveillait une fois de plus dans le brouillard et le fait qu'on n'avait pas encore arrêté l'assassin du bourgeois de Saint-Étienne n'était pas pour rassurer la population. Le plus lâche de tous était sans doute Adolphe, le coiffeur de la Cité Bergère, dont le salon était juste en dessous de l'Agence O. Depuis qu'il avait entendu, ou cru entendre, le coup de feu, il racontait à tous ceux qui voulaient l'entendre que celui-ci lui était peut-être destiné et, chaque matin, maintenant, c'était son petit commis de quinze ans qui devait aller dehors retirer les volets.

Mlle Berthe était enrhumée. Torrence était maussade, voire grognon. Barbet courait du matin au soir et du soir au matin pour vérifier les pistes, plus invraisemblables les unes que les autres, que tous les amateurs de mystère envoyaient à l'Agence O.

Il n'y avait qu'Émile à revenir de Saint-Étienne avec une humeur égale, sinon enjouée. Comme par hasard, le matin qui suivit son retour, la police fit une découverte. Un marinier qui poussait sa péniche à la gaffe avait senti une étrange résistance au fond de l'eau. Ce n'était pas le contact habituel de la vase du fond. Le marinier tâtonna, eut l'impression de reconnaître la forme d'un corps. Alors, il jeta un grappin.

Quelques instants plus tard, les habitants du quai de Valmy avaient une fois de plus sous les yeux un spectacle sinistre. Le corps d'un homme absolument nu venait d'être retiré de l'eau. Une corde, attachée à la cheville gauche du cadavre, maintenait à l'autre bout une assez grosse pierre. Était-ce cette pierre qui avait servi à écraser littéralement le visage ? Toujours est-il que celui qui avait jeté le mort à l'eau avait fait le nécessaire pour que l'identification fût impossible. Ce qui mettait le comble à l'horreur, c'est que les deux mains étaient coupées et ce n'était pas l'hélice d'un bateau, comme un vieux monsieur le supposa, qui avait pu faire des sections aussi nettes, surtout aux deux poignets à la fois.

Enfin, la poitrine portait les traces d'un coup de feu tiré à bout portant.

Émile écouta avec beaucoup de calme ces renseignements que le commissaire Lucas lui donnait au téléphone.

Quant à Torrence, il manifesta une certaine surprise quand il entendit son collaborateur affirmer, comme si c'était la chose la plus naturelle du monde :

— Vous verrez que, si on retrouve les mains, elles porteront des traces d'encre violette, sans doute des traces de colle, et qu'enfin la face latérale externe de l'index et de l'auriculaire…

— Qu'est-ce que vous racontez ? cria Lucas dans l'appareil, croyant qu'on se moquait de lui.

— Je dis qu'on retrouvera des durillons aux endroits que je vous désigne… Des durillons provoqués par le frottement de ficelles… Enfin, il est à peu près certain que si, par miracle, ces mains sont retrouvées, les empreintes digitales ne seront pas inconnues du service anthropométrique…

Toute la journée se passa à draguer le canal. Émile avait annoncé d'avance que cela ne servirait à rien.

— Vous comprenez que, si on a pris tant de peine pour rendre le cadavre méconnaissable, on n'a pas été assez bête pour se débarrasser des pièces compromettantes au même endroit que le cadavre…

À deux heures de l'après-midi, en tout cas, on avait une certitude et la nouvelle, aussitôt transmise à Saint-Étienne, par un journaliste, y fit l'effet d'une bombe : *la balle extraite de la poitrine du cadavre du canal Saint-Martin était bien celle qui avait été tirée avec le revolver de Gérard Duhourcin.*

Ainsi donc, il était prouvé que le sous-directeur des Tréfileries Françaises était un assassin !

— C'est dommage, patron, soupirait Émile. Ces gens-là sont sympathiques au possible. Ils s'étaient aménagé une existence paisible, dans un cadre charmant… Si, au lieu de s'arrêter en route, Duhourcin était venu directement de la gare de Lyon chez nous, sans doute toute la famille aurait-elle été sauvée ?…

Émile devait savoir à quoi il faisait allusion, car il ne fut pas étonné le moins du monde quand, vers quatre heures de l'après-midi, l'Agence O reçut une lettre mystérieuse. L'adresse sur l'enveloppe, le texte à l'intérieur, étaient formés de caractères découpés dans un journal à gros tirage.

« *Vous feriez mieux de laisser tomber. Tant pis pour vous si ça fait du vilain.* »

— Qu'est-ce que je vous disais ? soupira Émile.

Vous allez voir que la Police judiciaire a reçu le même avis.

Un coup de téléphone au Quai des Orfèvres, et Lucas confirmait la nouvelle. Il venait de recevoir la même lettre exactement que l'Agence O.

— Le malheur, reprit bientôt Émile, c'est qu'une fois l'appareil judiciaire mis en branle, rien ne peut plus l'arrêter. Il n'y aurait qu'un moyen de sauver ces gens-là... (Et il faisait évidemment allusion à la famille Duhourcin, pour laquelle sa sympathie était évidente)... *C'est que nous arrivions les premiers...*

— Je me demande ce que ce nègre... murmura Torrence. Or, je suis sûr que, quand le malheureux a prononcé ce mot, il s'efforçait de me mettre sur la piste... Mais alors, pourquoi, en même temps, regardait-il l'heure d'une façon significative ?... Il était dix heures sept... Voilà quatre jours que je me creuse la tête... J'ai additionné les chiffres... Dix et sept... Cela ne donne rien... On a interpellé des douzaines de pauvres nègres...

— Il a fallu une charrette à bras ! s'écria soudain Émile, comme s'il faisait une découverte sensationnelle.

— Pour quoi faire ?

— Attendez, patron... Je crois que je tiens le bon bout... Mademoiselle, donnez-moi à l'appareil le médecin légiste, s'il vous plaît... Allô !... Le docteur Paul ?... Oui, l'Agence O... Dites-moi, docteur... Pouvez-vous me dire si le cadavre du canal Saint-Martin a été jeté à l'eau aussitôt après le coup de feu, ou assez longtemps après ?... Je n'ai pas le rapport sous les yeux et c'est urgent... Vous dites ?... Selon vous, le corps aurait été jeté à l'eau vingt-quatre heures après le crime ?... Et la mutilation des poignets... Plusieurs heures après la mort ?... Je vous remercie... Cela confirme mon hypothèse...

Il mordilla machinalement sa cigarette et fit la grimace, car il venait de mâcher un gros morceau de tabac.

— Une charrette à bras ou un triporteur, c'est bien ce que je disais... Vous allez voir, patron, qu'à part le nègre, cette histoire est très simple...

Mlle Berthe s'était approchée pour écouter, un mouchoir à la main, et son rhume lui donnait l'air de pleurer.

— Depuis certaines vacances qu'il a passées à Dieppe, Duhourcin, pour une raison que j'ignore et qu'il faudra découvrir, était la proie d'un maître chanteur... Cela devait être grave, car la santé de cet homme fort, bien équilibré, s'en était altérée et il souffrait surtout les premiers jours du mois, après avoir reçu une certaine boîte contenant d'innocents cubes d'aquarelle... Sans doute un moyen, pour son tortionnaire, de lui rappeler son existence et de réclamer de nouveaux subsides...

« Pendant cinq ans, Duhourcin a payé... Mademoiselle Berthe !... Demandez-moi donc l'agence du Crédit Lyonnais à Saint-Étienne... je n'avais pas pensé à ce détail...

« Duhourcin est sur le point de marier son fils à la fille de son directeur... C'est ce que tout le monde appelle un parti magnifique... Pensez que Duhourcin a débuté comme simple comptable et que le voilà presque à la tête d'une affaire industrielle de premier plan...

« Le maître chanteur devient plus gourmand... Il

exige des sommes sans doute disproportionnées avec les moyens de sa victime… Menace-t-il d'empêcher le mariage au dernier moment ? C'est probable…

« Duhourcin est obligé, à la dernière minute, de faire ce voyage à Paris… Il est décidé à venir nous voir et à remettre son sort entre nos mains… Malheureusement, nos bureaux n'ouvrent qu'à dix heures… Pourquoi, en attendant, ne tenterait-il pas une ultime démarche ?

« Cet homme est à bout… Il s'est armé d'un revolver… Il est décidé, pour sauver les siens, à aller jusqu'au crime…

« Les cinquante mille francs retrouvés dans la poche de son veston nous renseignent clairement.

« Il venait les proposer, en quelque sorte, *pour solde de tous comptes*… Le maître chanteur refuse… Duhourcin tire… Il accourt… Il va tout nous avouer, nous supplier de le sauver quand même, si c'est encore possible…

« Un complice, qui est au courant de tout, le suit dans le métro, puis Cité Bergère et, à la dernière seconde, lui tire une balle dans la poitrine…

— Vous avez le Crédit Lyonnais, annonce Mlle Berthe.

Quand Émile raccroche, quelques minutes plus tard, il articule :

— C'est bien ce que je pensais !… À la grande stupeur de la famille, le compte en banque de Gérard Duhourcin, qu'on croyait largement créditeur, est débiteur depuis quelques jours, exactement depuis le retrait des derniers cinquante mille francs… On a procédé hier, en présence du notaire, à l'ouverture du coffre, et on s'est aperçu que tous les titres avaient été vendus au cours des dernières années… Enfin, la villa de Saint-Étienne est hypothéquée pour plus de la moitié de sa valeur…

— Et vous pensez que ce serait un nègre qui…

— Je pense que le complice qui a tué Duhourcin a fait disparaître le corps de son camarade en le jetant dans le canal Saint-Martin… Donc, le premier drame, le meurtre du maître chanteur, n'a pas eu lieu sur la voie publique, mais dans un endroit où un cadavre pouvait rester vingt-quatre heures sans être vu…

« Le fait que les mains ont été coupées prouve, en outre, que les empreintes digitales du mort suffiraient à permettre son identification, *autrement dit, qu'il s'agissait d'un repris de justice ayant sa fiche au service anthropométrique…*

« Enfin, le complice si prudent n'a évidemment pas hélé un taxi pour transporter le cadavre… Même s'il dispose d'une voiture particulière, il ne s'en est pas servi, car une voiture s'arrêtant près du canal, quai de Valmy, ne passerait pas inaperçue…

« Je parie donc pour une charrette à bras ou un triporteur.

« Quant à l'avis que nous venons de recevoir, ainsi que la police, il est clair. Les documents qui permettaient de faire chanter Duhourcin n'ont pas disparu, mais sont à présent entre les mains du complice…

« Celui-ci nous fait chanter à son tour… Ou l'enquête est abandonnée, ou, s'il se sent perdu, il se servira des armes qui sont en sa possession…

— Je ne vois toujours pas ce que le nègre…

Exaspéré, Émile lança :

— Vous n'avez pas encore fini avec votre nègre…

Vous ne voyez donc pas que c'est ce sacré nègre qui fausse toute l'enquête et que…

Soudain, il s'immobilisa, les yeux fixés sur l'horloge de l'Agence O. Il attrapa son chapeau, son pardessus. Il se précipitait vers la porte, quand Torrence lui cria :

— Où allez-vous ?

— Chercher le nègre !…

C'était si inattendu que Torrence, inquiet, s'élança sur ses talons sans prendre le temps de passer son manteau.

4

Où Émile découvre à la fois le nègre qui n'a rien à dire, l'horloge qui s'est arrêtée depuis longtemps et un triporteur dans une cour.

Émile n'avait pas pris de taxi. Il marchait vite, le long des Grands Boulevards, dans la direction de la Porte Saint-Martin, et Torrence sentait bien que ce n'était pas le moment de lui poser des questions.

Boulevard Saint-Martin, le jeune homme roux, de l'Agence O, s'immobilisa soudain et leva un doigt dans la direction des maisons d'en face.

— Eh bien ? questionna Torrence.

— Le nègre…

— Quel nègre ?… Je ne vois pas…

Mais au même instant, Torrence comprenait soudain. Ils étaient arrêtés en face d'une grande maison d'horlogerie. Sur les vitres, on lisait les mots : « Au Nègre de Toulouse. »

Et, au-dessus de la devanture, trônait un énorme nègre en bronze, un nègre nu dont le ventre était constitué par une horloge. C'était l'enseigne de la maison.

— Comprenez-vous maintenant pourquoi, en parlant du nègre, ce pauvre homme regardait fixement l'horloge ?... Il espérait que des Parisiens comme nous, qui passons chaque jour devant ce magasin, ne s'y tromperaient pas...

Ils traversèrent la rue. À droite du magasin, il y avait un long couloir qui donnait dans une cour. Dans cette cour étaient rangés plusieurs triporteurs, dont un sans marque apparente.

— Vous avez votre revolver, patron ? Voyez-vous, si le gaillard qui a coupé froidement les mains de son camarade est encore ici, cela m'étonnerait qu'il ne...

— Qu'est-ce que vous désirez ? questionna une concierge crasseuse, en sortant de sa loge.

— Absolument rien, madame...

Ils venaient de pénétrer, en somme, dans les coulisses de Paris et ils auraient pu se croire retournés un siècle ou deux en arrière. Si les maisons, sur le Boulevard, avaient un air assez moderne, il n'en était pas de même de la cour où, dans des bâtiments qui menaçaient ruine, semblaient s'être réfugiés tous les petits métiers de Paris.

Au mur, quelques plaques d'émail. Elles annonçaient un fabricant de fleurs pour chapeaux, une maison spécialisée dans les « attrapes-surprises », un emballeur spécialisé, lui, dans la verrerie fine, une sage-femme qui devait être une faiseuse d'anges...

— Dites-moi, patron, pendant que je surveille ce triporteur sans marque, vous seriez bien aimable d'aller m'acheter quelques journaux…

Torrence regarda son collaborateur avec ahurissement, mais s'éloigna néanmoins. Il y avait un kiosque presque en face et il revint aussitôt.

— Pendant que je jette un coup d'œil sur les annonces, ne laissez sortir personne…

La concierge, à travers les vitres douteuses de sa loge, les observait avec inquiétude.

… *Objets perdus… Objets trouvés… Filatures, Divers…* Tiens ! Une annonce de l'Agence O : *Prêts aux fonctionnaires…*

Émile épluchait toutes les rubriques des petites annonces.

— Voilà, patron… Écoutez… « *Quarante francs par jour sans quitter emploi. Travail facile à domicile. Écrire Simplex, 17* bis, *boulevard Saint-Martin* »…

— Eh bien ?

— Nous somme au 17 *bis*… Tenez… Voici la plaque d'émail de la maison Simplex… Rez-de-chaussée au fond de la cour… Il y a même une main pour nous désigner le chemin…

— Je ne vois pas ce que Simplex…

— Vous remarquerez qu'il y a de la lumière dans la sorte de cave que cette main mal dessinée nous désigne… Savez-vous ce qu'on vend là-dedans ?… *Quarante francs par jour sans quitter emploi…* Vous écrivez… On vous prie d'adresser à la maison Simplex la somme de cent francs pour le matériel nécessaire au travail facile en question… Et, par retour du courier, vous recevez une boîte d'aquarelle comme on en vend pour dix francs dans tous les bazars… Dans la boîte, il y a un certain nombre de cartes-vues à colorier… Une notice vous explique enfin, qu'en coloriant quarante cartes par jour et en les revendant un franc la pièce…

La lumière venait de s'éteindre dans le local en sous-sol de la maison Simplex.

— Attention, patron… Vous, vous ceinturez le type qui va essayez de passer… Il se débattra… Moi, je lui fais les poches… Si je vous donne un coup de pied dans les tibias, vous vous arrangerez pour le lâcher sans avoir l'air de le faire exprès et…

Ce n'est pas à cause de l'étrangeté de cet ordre que Torrence hésita, mais à cause de la silhouette inattendue de l'homme qui traversait la cour. Était-ce un homme ? N'était-ce pas plutôt un enfant ?… Vingt ans à peine… Maigre et souple comme un gamin de Paris…

Il les observait… Il était évident qu'il les avait reconnus… Toute la question, pour lui, était de franchir l'étroit passage… Sur le Boulevard, il se débrouillerait…

— Reculez un peu, patron… Laissez-lui l'illusion qu'il pourra passer…

Et, en effet, le jeune homme bondit soudain… Torrence, au passage, le ceintura… Le jeune homme n'hésita pas à crier :

— Au voleur !… Au voleur !…

Et les témoins de cette scène, s'il y en avait – il y avait tout au moins la concierge, mais elle restait prudemment tapie dans sa loge – les témoins de cette scène, dis-je, devaient croire à un vol audacieux…

Pendant que le grand et puissant Torrence maintenait le jeune voyou qui se débattait comme un diable, Émile lui faisait les poches le plus cyniquement du monde.

Un coup de pied dans les tibias…

Torrence, comme par hasard, lâcha prise…

L'instant d'après, telle une anguille, le jeune homme se faufilait dans la foule des Boulevards.

— Nous ferions mieux de l'imiter… Les gens qui ont assisté à la scène sont capables d'appeler la police… J'ai en poche quelque chose que je préférerais examiner en toute tranquillité…

C'étaient des lettres, comme ils s'y attendaient. Ils les lurent tour à tour, dans le bureau de l'Agence O, cependant que Mlle Berthe bouillait de curiosité.

De toute évidence, les lettres avaient été écrites, vingt-cinq ans plus tôt, par Gérard Duhourcin. Elles prouvaient que cet homme n'avait pas toujours été l'austère personnage qu'on connaissait à Saint-Étienne.

Petit employé à Paris, il s'était imprudemment lié à des jeunes gens plus que faisandés. La bande, qui menait joyeuse vie, manquait souvent d'argent et s'en procurait comme elle pouvait.

Le chef était un certain Grellet, désigné dans les lettres sous le prénom d'Étienne.

Un soir qu'ils étaient en bombe, ils avaient voulu dévaliser un riche noctambule qu'ils avaient rencontré, ivre-mort, non loin de la place Blanche. Il ne s'agissait que de lui prendre son portefeuille sous prétexte de le mettre dans un taxi.

Malheureusement, il était moins ivre qu'il ne le paraissait. Malheureusement aussi, Grellet avait un couteau en poche et, comme la victime ouvrait la bouche pour crier, il n'avait pas hésité à s'en servir…

Seul, de la petite bande, Grellet avait été arrêté deux mois plus tard. Il avait écopé de dix ans de bagne.

— Vous comprenez, patron ?… Il est revenu de là-bas plus pourri encore qu'il n'était parti… Il comptait bien faire payer cher son silence à ses anciens complices… Il avait eu soin de se faire écrire par eux des lettres compromettantes… Je suis sûr qu'ils sont quelques-uns, en dehors de Duhourcin, qui ont payé cher leurs folies de jeunesse…

« Grellet a installé, boulevard Saint-Martin, cette officine qui est bien dans sa manière…

« Il n'a pas retrouvé Duhourcin tout de suite… Il semble que ce soit par hasard, un été, à Dieppe, qu'il l'ait soudain reconnu…

« Et Duhourcin a “craché” à son tour… Il a “craché” d'autant plus épais, comme disent ces messieurs, qu'il était devenu un fort honnête homme et un citoyen important… Plus il s'élevait dans la hiérarchie sociale, et plus les sommes à verser devenaient rondelettes…

« À plus forte raison quand il a été question du merveilleux mariage de son fils, Grellet s'est-il montré exigeant…

« Au bout de son rouleau, Duhourcin a perdu la tête et a tiré…

« Ce qu'il ignorait, c'est que Grellet avait un neveu… Hum !… Appelons ça comme vous voudrez… On prétend que ces mœurs-là sont courantes au bagne… Vous avez vu le jeune homme de tout à l'heure ?…

« Sans doute ce jeune homme, caché dans le bureau voisin, a-t-il assisté à la scène et à la mort de Grellet… Il a suivi Duhourcin… Quand il l'a vu sur le point de pénétrer à l'Agence O et de tout révéler, il a tiré à son tour…

« Je suis sûr que, si on examine le triporteur sans marque qui se trouve dans la cour et qui servait à porter à la poste, chaque soir, les fameuses boîtes d'aquarelle, on retrouvera des traces du cadavre…

« C'est tout, patron… Je vous demande pardon du coup de pied que je vous ai donné dans les tibias…

Torrence hochait la tête. Il avait compris.

— Ce que je me demande, c'est ce que je vais raconter à Lucas… Je suppose que vous avez l'intention…

Émile avait déjà devancé sa pensée et jeté le paquet de lettres compromettantes dans le poêle.

— J'ai l'intention, dit Émile en tisonnant, de faire le plus grand tort à l'Agence O en déclarant à la presse que nous n'avons rien découvert… Je m'en excuse, mon bon Torrence… On prétendra que nous ne sommes pas plus forts que la police officielle et certains insinueront, une fois de plus, que notre réputation est surfaite… Mais je me souviens d'une certaine maison, à Saint-Étienne, avec des photographies sur le piano à queue…

— Elle est jolie ?

— Qui ?… Elvire ?… Elle est affreuse…

— C'est de la fiancée que vous parlez ?

— Mais non !… Je parle de la femme de chambre… Elle louche, par-dessus le marché… La fiancée, elle, est ravissante, et je suis persuadé que, dans quelques semaines, quand les événements feront partie du passé… Ce qui me navre, ce sont les pauvres nègres…

— Je ne comprends pas…

— C'est pourtant simple !… À cause de ce que vous lui avez dit, Lucas va continuer à arrêter tous les nègres de Paris et à les passer sur le gril… Quant au seul nègre qui soit pour quelque chose dans cette histoire, Lucas n'aura certainement pas l'idée de l'interroger dans le redoutable silence de son cabinet… Quelle heure est-il donc ?…

Mais la vue de l'horloge, blafarde dans son cercle noir, lui rappela une scène pénible et il se rembrunit.

ÉMILE À BRUXELLES

1

Où Émile et Torrence se regardent comme les augures antiques et ne peuvent s'empêcher d'éclater de rire.

Torrence, le premier, rota. Et au moment où Émile lui envoyait en coin un petit coup d'œil tout pétillant d'ironie, son propre estomac manifesta d'une façon incongrue la plénitude de sa satisfaction.

Alors, pendant quelques instants, les deux pontifes de l'Agence O se regardèrent en silence, puis soudain, n'y tenant plus, ils éclatèrent de rire.

De paisibles consommateurs qui buvaient d'énormes verres de bière ou des cafés-filtre à la terrasse du *Métropole* se retournèrent sur eux et nul ne se douta que ce bon géant hilare et ce jeune homme roux si maigre et si insignifiant formaient en quelque sorte à eux deux le plus fameux détective du monde.

C'est à Bruxelles, place de Brouckère, qu'ils étaient attablés de la sorte dans un clair rayon de soleil. C'était le printemps. La vie coulait allègrement dans les larges avenues de la capitale belge où il y avait comme un air de fête. On avait envie de chanter, de siffler, de gambader, de faire des farces.

Tel était en tout cas l'état d'esprit de Torrence et d'Émile. La grosse gaîté belge déteignait-elle sur eux ? On put croire un moment qu'ils allaient s'envoyer de joyeuses tapes sur le ventre, comme des commis voyageurs en goguette.

— Et ces moules ? questionna Torrence.

— Et ces rollmops ? riposta Émile.

Ils avaient débarqué à midi moins quelques minutes à la gare du Midi. Tout le long du chemin, Émile s'était réjoui de manger des moules et des frites dans une de ces célèbres « fritures » de la rue des Bouchers. Ils s'y étaient précipités et Torrence avait manifesté sa réprobation pour cette façon de manger les moules avec des pommes frites.

— C'est tout bonnement ignoble ! déclara-t-il. Parlez-moi d'un bon rollmops.

— Avec des frites ? ironisa Émile.

— Parfaitement, avec des frites… Qu'est-ce qui m'empêcherait de manger des frites avec un rollmops ?

Combien de portions avaient-ils avalées de la sorte ? Toujours est-il que, quand ils étaient sortis, ils avaient cette démarche vague des canards gavés. À petits pas, ils étaient redescendus jusqu'à la place de Brouckère et maintenant, après avoir roté de concert, ils bâillaient en chœur.

Encore une idée de Torrence de faire passer ça avec de grands demis !

— Quel travail!... soupira Émile en fermant à demi les yeux.

— Nous n'en viendrons jamais à bout... répliqua Torrence, incapable de garder son sérieux.

Jamais, en tout cas, la célèbre agence de la Cité Bergère n'avait été chargée d'une mission aussi ahurissante.

— En somme, conclut Émile, nous pourrions fort bien rester à cette terrasse du matin au soir, et cela aussi longtemps qu'il le faudra... C'est un moyen comme un autre de retrouver l'homme à la tache lie de vin... À condition que le hasard le fasse passer un jour place de Brouckère...

— À moins, renchérit Torrence, que nous ne suivions à la piste tous les manteaux de vison... Seulement, étant donné la douceur de la saison, il y a des chances pour qu'ils se fassent rares dans les rues...

C'est Torrence qui, Cité Bergère, avait reçu la petite bonne femme. Un peu courte sur jambes, grassouillette, le nez en l'air, vêtue des couleurs les plus vives de l'arc-en-ciel.

— Je suis venue pour vous charger d'une mission très importante.

— Vraiment? avait fait Torrence étonné.

Car elle ressemblait aussi peu que possible à une cliente de l'Agence O. Plutôt une petite bonne entichée de dancing et de cinéma...

C'était d'ailleurs bien cela.

— Je suis femme de chambre au service de M. et Mme Frécourt, 27, rue de Berry... Vous avez entendu parler de M. Frécourt, je suppose?... Celui qui s'occupe de cinéma… C'est lui qui a collaboré aux dialogues du *Cœur Broyé*…

Dans son cagibi d'où il suivait cet entretien, Émile ne s'amusait pas moins que son patron.

— Il est arrivé une catastrophe… Je me demande encore comment madame ne m'a pas mise à la porte… Moi, je ne pouvais pas savoir, n'est-ce pas, que Dieudonné…

— Pardon, mademoiselle… Qui est ce Dieudonné ?

— Un jeune homme… Enfin, un homme d'une trentaine d'années, très comme il faut, très bien habillé, sachant parler aux femmes… Je l'avais rencontré au *Colisée*… Il faut vous dire que tous les samedis je vais danser au *Colisée*… Dieudonné était un excellent danseur… Il m'a dit qu'il était dans les affaires… Il avait l'accent belge et une grande tache lie de vin sur la joue gauche… À première vue, cette tache m'avait choquée, mais je m'y étais vite habituée…

— Vous ne vous êtes rencontrés qu'au *Colisée* ?

— La jeune personne rougit.

— Madame m'a bien recommandé de ne pas vous mentir… Eh bien, il nous est arrivé d'aller à côté…

— À côté de quoi ?

— Du *Colisée*… Mais jamais pour longtemps… Je vous jure que je n'ai jamais passé toute la nuit avec lui… En dansant, on parlait de choses et d'autres… Je lui ai parlé de madame et de son vison… car cet hiver elle s'est acheté un magnifique vison, une occasion, paraît-il… Alors, Dieudonné m'a dit comme ça que les fourrures devaient bien m'aller et que si, un soir…

— Bref, si je comprends bien, un samedi vous avez emprunté le vison de votre patronne…

— Oui, monsieur… J'en prenais soin, je vous assure… Ce n'est pas moi qui l'aurais abîmé…

— Que s'est-il passé ensuite ?… Mais pardon, comment vous appelle-t-on ?

— Angèle… Angèle Pellepoix… Mon père est facteur dans le Limousin…

— Continuez, Angèle…

— Dieudonné a insisté pour que nous allions à côté… Il disait qu'il voulait voir l'effet du vison sur…

— Je comprends… N'insistez pas…

— C'est même la première fois que je me suis déshabillée entièrement… Quand il a vu que je n'avais plus rien sur le corps, il a…

Même Mlle Berthe, la secrétaire de l'Agence O, qui écoutait derrière la porte, avait peine à garder son sérieux.

— Il a attrapé pêle-mêle tous mes effets, y compris le vison, et il s'est précipité dans l'escalier… J'ai d'abord cru que c'était une farce… Je ne pouvais pas appeler au secours dans la tenue où j'étais… À la fin, comme il ne revenait pas, je me suis enveloppée dans un drap de lit et j'ai sonné le valet de chambre…

Torrence avait hoché la tête.

— Si je comprends bien, mademoiselle, vous venez nous demander de rechercher Dieudonné et surtout le vison de votre patronne… Malheureusement, c'est plutôt la besogne de la police que celle de l'Agence O. Nos tarifs sont très élevés et, d'habitude, nous n'acceptons de nous charger que d'enquêtes… comment dire ?… assez sérieuses…

— C'est très sérieux, monsieur !… Je paierai tout ce qu'il faudra… J'ai même dans mon sac vingt mille francs que je dois vous donner à titre de provisions pour les frais…

— Pardon… Je ne comprends pas très bien… Vous nous apportez vingt mille francs pour…

— Pour que vous alliez à Bruxelles tout de suite… C'est M. Frécourt qui a eu l'idée, quand je lui ai avoué le vol, d'aller se renseigner à la gare du Nord… À cause de la tache de vin, Dieudonné ne passe pas inaperçu… Il m'avait quittée à dix heures du soir… Il y a un train de nuit à minuit dix… Eh bien, un employé s'est fort bien souvenu d'un homme avec une tache lie de vin et une grosse valise brune, qui est monté dans ce train avec un billet pour Bruxelles…

— C'est M. Frécourt aussi qui vous a donné ces vingt mille francs pour que vous nous les remettiez ?

— Oui, monsieur… il paraît qu'il faut coûte que coûte que le vison soit retrouvé… Si, une fois là-bas, vous avez besoin d'autre argent, on vous en enverra, mais il est indispensable que vous partiez tout de suite…

— Si cela ne vous ennuie pas trop, mademoiselle Angèle, repassez donc cet après-midi et je vous donnerai une réponse…

— Vous prendrez le train aujourd'hui même, n'est-ce pas ?

— Je vous dirai cela tout à l'heure…

Une fois face à face avec Émile, Torrence se gratta la tête.

— Qu'est-ce que vous dites de ça ?… Sans la présence de ces vingt billets de grand format qu'elle a laissés sur mon bureau, je jurerais que c'est une petite folle qui a vu un film et qui se croit devenue l'héroïne d'une aventure…

— M. et Mme Frécourt existent à l'adresse indiquée, dit Émile qui avait déjà feuilleté ses annuaires. Ils ont le téléphone… On pourrait…

Quelques instants plus tard, Torrence avait Gaston Frécourt au bout du fil.

— Très volontiers, cher monsieur… À l'apéritif, à la terrasse du *Fouquet's*… Mais si, moi je vous reconnaîtrai, car j'ai vu assez souvent votre photographie dans les journaux…

Torrence en fut assez flatté. Émile et Barbet furent chargés de prendre tous les renseignements possibles sur le ménage Frécourt, ainsi que sur cette histoire de vison.

À leur grande surprise, quand ils se retrouvèrent l'après-midi Cité Bergère, ils durent s'avouer que la petite bonne n'avait pas menti.

Torrence avait pris l'apéritif avec Frécourt, un long gaillard de trente-cinq ans qui portait beau, monocle à l'œil, vêtu à la dernière mode, et qui saluait comme de vieux amis tous les clients du *Fouquet's*.

Le type exact du « monsieur qui s'occupe de cinéma ». Ce qu'il faisait au juste dans le cinéma était plus vague. On voyait les Frécourt à toutes les présentations, à toutes les grandes premières, à tous les cocktails. Ils serraient des mains. Ils échafaudaient des plans mirifiques. Une fois, une seule, le hasard avait permis à Gaston Frécourt de collaborer au dialogue d'un film et, cette fois-là, il avait eu son nom sur l'écran, avec celui des ingénieurs du son, des décorateurs, électriciens et autres collaborateurs.

Appartement de cinq pièces rue de Berri. Deux bonnes Angèle et Germaine, qui étaient payées irrégulièrement. Les fournisseurs l'étaient plus irrégulièrement encore et le propriétaire pas du tout.

C'était toujours « très cinéma » et les créanciers étaient toujours renvoyés à la semaine suivante, quand *le grand film* de Frécourt serait enfin commencé.

Quant au vison de Nathalie Frécourt (elle se prénommait Berthe, mais elle avait adopté le prénom plus rare de Nathalie), il avait été racheté quatre mois plus tôt à une vedette dans la débine et payé la somme de quarante mille francs.

— Vous m'excuserez, avait objecté Torrence, de vous dire franchement ce que je pense. Pour un vison de quarante mille francs…

— Oh ! sa valeur réelle est beaucoup plus grande… Quatre-vingt mille au moins…

— Peu importe… Pour un vison, dis-je, que je ne suis pas sûr de retrouver, vous engagez des frais considérables… Certes, la tache lie de vin est un élément de succès… Mais Bruxelles compte plus d'un million d'habitants… Il doit y avoir un certain nombre d'hommes qui ont une tache lie de vin sur la joue… Enfin, si même il n'y avait que votre Dieudonné, encore faudrait-il que le hasard nous le fasse rencontrer… Nous ne connaissons même pas son nom, son identité exacte… Il est improbable qu'il se promène dans les rues de la capitale belge avec le vison de votre femme sur le dos…

« Enfin, un vison ressemble à un autre vison comme un chat à un chat…

« Dans ces conditions, je crois de mon devoir de décliner la proposition que…

Colère du cinéaste.

— Ainsi, une agence privée, dont le but avoué est de faire des recherches pour le compte des gens dans l'embarras…

— Puisque je vous dis qu'il n'y a pas une chance sur mille de retrouver ce Dieudonné et…

— Qui est juge en l'occurrence ? Est-ce moi, moi qui paie et qui m'engage à payer tous les frais ultérieurs, ou vous qui…

— Si vous le prenez ainsi…

— Je vous demande, j'insiste, d'aller à Bruxelles avec les collaborateurs qui vous paraîtront utiles, de ne pas regarder aux frais, de faire l'impossible pour…

— J'ai bien compris…

Torrence avait tellement bien compris qu'il se demandait si toute cette histoire n'était pas machinée dans le seul but de les éloigner de Paris, lui et son collaborateur Émile.

Mais quelle raison pouvait-on avoir de se débarrasser de l'Agence O pendant quelques jours ? Il n'y avait aucune enquête en cours…

D'ailleurs, l'enquête à laquelle Barbet s'était livré, d'abord au *Colisée*, puis à l'hôtel voisin, et enfin à la gare du Nord, confirmait l'histoire d'Angèle.

Il était assez difficile de supposer que la petite bonne avait mis elle-même en scène, avec la complicité d'un homme à la tache lie de vin, l'histoire du vol de fourrure…

On avait même retrouvé les vêtements de la domestique. Le voleur s'en était débarrassé à cent mètres de là en les abandonnant tout bonnement sur le trottoir…

— Je crains, monsieur Frécourt, que, si nous

retrouvons la fourrure, celle-ci vous revienne à un prix tel…

— Cela me regarde, monsieur Torrence.

— À votre aise, monsieur Frécourt…

Et voilà dans quelles conditions ahurissantes Torrence et Émile étaient arrivés à Bruxelles ce jour-là. Avant de se précipiter rue des Bouchers pour se livrer à une orgie gastronomique, ils avaient eu l'honnêteté professionnelle de se livrer, à la gare du Midi, à une rapide enquête.

Contrairement à leur attente, ils avaient retrouvé la piste de l'homme à la tache lie de vin. L'employé qui ramassait les billets à la sortie se souvenait d'un voyageur répondant à ce signalement qui avait débarqué du train de Paris et qui s'était éloigné dans la direction du centre sans prendre de taxi.

— Et maintenant, patron ? questionnait Émile, l'estomac barbouillé de moules, de frites et surtout d'une quantité inconsidérée de bière blonde.

— Si je m'écoutais, répondit Torrence, j'irais faire une bonne sieste et je ne me lèverais que pour le dîner…

— Ne parlez plus de manger, je vous en supplie… Je ferais volontiers, tel que vous me voyez, le vœu de vivre de l'air du temps pendant une semaine… N'oubliez pas que nous avons touché vingt mille francs et qu'il faut quand même faire quelque chose…

— On pourrait toujours commencer par les hôtels… Combien peut-il y avoir d'hôtels à Bruxelles ?

— Quelques centaines… Pourquoi pas, après tout ?… Si vous voulez, nous allons diviser la ville en secteurs… Vous prenez le nord et je prends le sud… Rendez-vous ici ce soir pour dîner…

— Je croyais que vous ne vouliez plus manger tant que…

Jamais l'Agence O n'avait commencé une enquête avec si peu de foi dans les résultats possibles. Cette histoire de vison emprunté à sa patronne par une petite bonne et volé par un amant sans scrupules n'avait rien de passionnant.

Ou plutôt, elle n'aurait rien eu de passionnant si… *Car enfin, pourquoi un cinéaste sans emploi et criblé de dettes dépensait-il une petite fortune dans le vague espoir de retrouver un manteau de fourrure qui lui reviendrait un prix fou ?…*

Avant de quitter Torrence pour se mettre au travail, Émile soupira :

— Je crois que vous auriez mieux fait de me laisser à Paris…

— Barbet y est…

Comme c'était malin ! Barbet, avec sa tête de chien mal peigné, sa silhouette de commissionnaire de petite ville, enquêtant dans les milieux du cinéma ! Pourquoi pas Barbet invité à dîner à l'Élysée ?

— Bonne chance, patron…

Et Émile entra dans un premier hôtel, souleva poliment le bord de son chapeau.

— Pardon, madame la caissière… Est-ce que par hasard vous n'auriez pas parmi vos locataires un monsieur de trente-cinq ans environ qui porte sur la joue gauche une grande tache lie de vin ?

La brave femme le regarda en se demandant s'il parlait sérieusement.

— Pourquoi est-ce que vous voulez que mes

locataires aient une tache de vin sur la figure ? s'écria-t-elle avec un savoureux accent belge. C'est une farce, n'est-ce pas ? Allez une fois au café d'à côté, et c'est vous qui aurez une tache de vin...

Émile sortit en soupirant, barra un nom d'hôtel sur son calepin et pénétra, cent mètres plus loin, dans un autre meublé.

— Pardon, monsieur, est-ce que par hasard...

— Dites-moi seulement une fois pourquoi vous me demandez ça ?

Allons ! Il n'y avait qu'à continuer patiemment en attendant que les moules et les frites veuillent bien descendre !

2

Où, dans l'obscurité d'une salle de cinéma, Émile fait la connaissance d'un monsieur aux gestes intempestifs.

Torrence et Émile en étaient à leur quatrième journée de Bruxelles et, pour être sincère, il faut avouer que ce séjour dans la capitale belge n'était nullement fait pour augmenter leur prestige.

— Puisque ce Frécourt y tient... grommelait Torrence qui passait d'une digestion pénible à une autre digestion pénible. Ce n'est pas nous qui avons insisté pour venir ici... Au contraire !... Sans compter qu'il n'y a aucune raison pour que l'homme à la tache lie de vin soit resté à Bruxelles... Il peut être n'importe où, à l'heure qu'il est... Enfin, ce matin, on m'a indiqué un petit restaurant connu seulement des amateurs, près du marché au poisson…

C'est inouï le nombre de restaurants merveilleux qu'on se donnait le malin plaisir de leur indiquer, le nombre de plats du pays auxquels ils ne pouvaient éviter de goûter…

— Combien vous reste-t-il d'hôtels, patron ?

— Trente… Et vous ?

— Vingt-trois… Après, on pourra toujours chercher dans les cafés…

En tout cas certaine bière forte qu'on y vendait n'était pas pour rien dans l'euphorie des deux hommes de l'Agence O. Barbet avait téléphoné. Ses renseignements n'apportaient aucune lueur sur l'affaire.

— Voilà, patron… La jeune Nathalie Frécourt est légalement l'épouse de son mari… Mais, dans le monde du cinéma, tout le monde sait qu'elle est la maîtresse de Wermster… Le mari ne peut pas l'ignorer… C'est en suivant la piste du vison à rebrousse-poil, c'est-à-dire en remontant à ses origines, que j'ai découvert ça… En effet, c'est Elie Wermster qui a versé les quarante mille balles du vison…

— Ce n'est pas l'administrateur des *Films Mondia* ?

— Exactement… Maintenant que je suis un peu, moi aussi, dans le cinéma, je peux vous passer un tuyau à ce sujet… Avant deux mois, les *Films Mondia* seront obligés de déposer leur bilan… Dites donc, patron, je ne vous entends pas beaucoup…

La vérité, c'est que Torrence et Émile, dans l'étroite cabine téléphonique, ressemblaient davantage à Laurel et Hardy après quelques cocktails qu'aux grands patrons de l'Agence O.

— Ça va, Barbet... Continuez...

— Continuer quoi ?...

— La même chose...

Une heure plus tard, ils continuaient la série monotone des hôtels de toutes classes et, à cinq heures, Émile, qui en avait fini avec sa liste, se laissait tomber avec un soupir de soulagement dans le fauteuil profond d'un cinéma de la rue Neuve.

D'abord, ce fut le film qui l'intéressa. Puis ce fut le manège du monsieur qui était assis juste en face de lui. Ce monsieur, qu'il était difficile d'examiner dans l'ombre et qui n'était pour le moment qu'une silhouette très anonyme, s'obstinait à glisser la main le long des jambes de sa voisine.

Cette voisine, avec une obstination au moins égale, prenait cette main entre ses doigts et la déposait sur les genoux de son propriétaire.

D'autres se le seraient tenu pour dit. Deux minutes ne s'écoulaient pas que le monsieur recommençait de plus belle.

— Je vous en prie... souffla-t-elle d'abord.

Puis, après dix minutes et une dizaine d'assauts repoussés :

— Si vous recommencez, je crie...

Émile se réjouissait d'assister à la scène. Recommencera ! Recommencera pas ! Allons, messieurs, faites votre jeu, les paris sont ouverts...

Juste au moment où, en dépit des menaces les plus sévères, le monsieur avance une fois de plus la main, un baiser en gros plan unit quatre lèvres monstrueuses sur l'écran, le mot « fin » paraît et la lumière se fait dans la salle.

Gentille, la petite demoiselle. Elle a eu bien raison, pense Émile, de ne pas se laisser faire par ce… par ce…

Et voilà qu'Émile écarquille les yeux. Tout le monde marche vers la sortie et, dans la rangée parallèle à la sienne, Émile vient d'apercevoir…

Aucun doute n'est possible. Le vilain monsieur qui a failli déclencher un scandale porte, sur la joue gauche, une magnifique tache lie de vin. En outre, son complet gris chiné correspond très exactement à la description qu'Angèle a donnée des vêtements de son séducteur…

— Pardon, monsieur…

Ils sont dehors. Il fait encore grand jour.

— Monsieur Dieudonné, n'est-ce pas ?

— Je ne vous connais pas, réplique l'autre, interloqué.

— Pourtant, nous sommes de vieilles connaissances… Si je puis vous donner un conseil, monsieur Dieudonné, c'est de ne pas essayer de me fausser compagnie… Je vous assure que vous avez tout intérêt à accepter le petit entretien que je désire avoir avec vous…

— Vous, je vois ça, vous êtes un Parisien, n'est-ce pas ?

— Vous êtes dans le vrai… Je suis persuadé que, si vous vouliez me conduire à votre domicile…

— Alors, il faut aller prendre le tram à la porte de Namur…

Combien on peut se faire des idées fausses sur les gens ! En écoutant le récit de l'appétissante Angèle, on imaginait son amant sous les traits d'un homme charmant, au physique agréable, à la parole fleurie.

Hélas ! C'est un individu aussi banal que miteux,

une sorte de Don Juan pour quartiers pauvres, au veston trop cintré, à la cravate trop rouge, aux cheveux gras de brillantine. Et par-dessus le marché il a un accent incroyable !

Il faut dire à sa décharge qu'il prend avec philosophie sa situation pour le moins désagréable.

— C'est dommage tout de même ! remarque-t-il seulement. C'est l'heure à laquelle je devais faire une partie de cartes avec les amis en buvant un verre de gueuse…

De la porte de Namur, le tramway, qui est bondé, les emmène vers quelque lointaine banlieue et là, Dieudonné se dirige vers une petite maison meublée qui n'était ni sur la liste de Torrence, ni sur celle d'Émile.

— C'est moi ! annonce-t-il, lugubre, à la propriétaire. Liske n'est pas rentrée, n'est-ce pas ?

— Non, monsieur…

Il ouvre la porte avec sa clef. On pénètre dans un petit appartement tout neuf qui a l'air de sortir d'un bazar. Il y a des chromos aux murs, un appareil de T.S.F. et, sur la table, des napperons brodés couverts d'une infinité de bibelots horribles.

— C'est plus intime qu'à l'hôtel, n'est-ce pas ?… C'est ce que je disais toujours à Liske… Il faut ce qu'il faut et j'aime mieux donner cent francs de plus par mois, mais que ce soit propre et qu'on ait l'impression d'être chez soi… Alors, comme ça, vous êtes de la police ?…

— Peut-être ferions-nous mieux de commencer par le principal… Il est possible que, si vous me remettiez le manteau de vison que vous avez volé…

— Cette fille a dit que je l'avais volé ?… Je savais

bien qu'elle était mal élevée… Elle voulait absolument que je l'épouse… Moi, j'étais déjà depuis trois ans avec Liske…

« Liske ?… Vous ne connaissez pas Liske ?… Ça, c'est une belle fille, vous savez, monsieur… Regardez, seulement…

Et il montre un portrait encadré, le portrait d'une Flamande grasse et rose de vingt-cinq à trente ans.

— Liske était avec vous à Paris ?

— Bien sûr, monsieur…

— Et de quoi vivez-vous tous les deux ?

— De quoi nous vivions ?

Il est roublard, vulgairement roublard. Il essaie de gagner du temps. Émile l'a déjà jugé. C'est un petit escroc sans la moindre envergure, juste bon pour rafler les économies des petites bonnes trop crédules.

— Qui a eu l'idée du manteau ?

— C'est Liske…

Il se repent déjà de ce cri du cœur.

— Liske, sachant qu'Angèle, votre maîtresse, avait une patronne qui possédait un manteau de vison, a eu l'idée de…

— C'est naturel, n'est-ce pas, monsieur ?… Les femmes, ça ne pense qu'à la toilette…

— Vous saviez que le manteau valait plus de cinquante mille francs ?

— Je ne me suis pas inquiété de cette question…

— Vous ne connaissiez pas M. Frécourt ?

— Je ne lui ai jamais été présenté…

— Tâchez d'être plus précis…

— Je m'étais un peu renseigné, bien sûr… On aime de savoir qui on fréquente…

— Vous aviez surtout envie de savoir ce qu'Angèle

pourrait voler pour votre compte dans l'appartement de ses maîtres…

Dieudonné se tait, réprobateur, jugeant sans nul doute ce Parisien fort mal élevé.

— Vous vous êtes rendu compte que le vison seul avait de la valeur… Vous avez obtenu que votre maîtresse le prenne pour un soir et vous n'avez pas hésité à lui jouer une assez vilaine comédie… J'ai pu constater tout à l'heure, au cinéma, que ces comédies-là ne sont pas pour vous déplaire…

— J'ai du tempérament, moi, monsieur !… Quand je vois une jolie fille…

— Sans doute votre autre maîtresse, Liske, avec laquelle vous viviez depuis trois ans, vous attendait-elle non loin de là ?…

— Devant la gare du Nord… avoue Dieudonné à qui il n'est décidément pas difficile de tirer les vers du nez.

L'Agence O n'a jamais cru en cette affaire. Elle ne s'y est embarquée que contrainte et forcée. N'avait-elle pas raison ? Tant d'efforts pour aboutir à ce petit escroc de rien du tout qui se croit obligé de tirer un cruchon du buffet et d'offrir, avec des grâces vulgaires, un verre de genièvre à Émile !

— Mais si ! Mais si ! Ça fait du bien, vous savez…

Un détail fait plaisir à Émile. Tandis qu'il discutait avec Torrence, il a prétendu que le voleur avait sans doute eu besoin d'une complice. Il fallait, en effet, passer la douane. Un homme ayant un manteau de vison dans ses bagages aurait été aussitôt repéré.

— C'est donc Liske qui a passé la frontière avec le manteau sur le dos…

— Oui, monsieur… D'ailleurs, il n'aurait pas tenu dans ma valise… La voici… Il y avait déjà mon complet neuf que j'ai acheté aux Galeries la semaine dernière…

— Pour séduire Angèle ?

Il ne comprend même pas l'ironie et murmure avec satisfaction :

— Il faut ce qu'il faut…

— Voulez-vous, maintenant, me remettre le vison ?

— C'est justement ce que je ne peux pas faire… Vous ne comprenez donc pas ce que j'essaie de vous expliquer depuis une heure ?… Liske, pourtant, était une femme épatante… Elle m'aimait, je peux vous le dire… Nous sommes arrivés ici où nous avons habité autrefois… Il faut vous dire que le manteau était un peu long pour elle, parce que Liske est plutôt boulotte que grande…

« — Je vais le raccourcir, qu'elle me dit…

« Et moi, qui ai toujours été trop bon, je vais à la porte de Namur faire ma partie… Quand je rentre, pas de Liske… J'attends… Je me rends au petit restaurant du coin où nous prenons nos repas… Pas plus de Liske que sur ma main… Je…

— Il y a combien de temps de cela ? s'informe Émile.

— Trois jours… Maintenant, vous pouvez toujours demander mon extradition, comme vous dites… Qu'est-ce que j'ai fait ?… Qui est-ce qui a pris le manteau à sa patronne ?… Qui est-ce qui… ?

— Qu'est-ce que vous savez de Liske ?

— Mais, monsieur, je…

Il s'étonne soudain.

— Ce que je sais ?... Ce que je sais ?... Eh bien, un soir, je buvais une gueuse en face de la gare... Elle buvait une gueuse à une autre table... Je lui ai adressé un clin d'œil... Elle m'a répondu de la même manière... Nous avons...

— Ensuite ?

— Toujours la même chose... Nous sommes restés ensemble... Elle me plaisait... Je lui plaisais...

— Elle continuait son métier ?

— Elle n'avait pas de métier à proprement parler... Il lui arrivait bien, parfois, de faire la connaissance d'un monsieur généreux, mais ne croyez pas que...

C'était à peine du travail pour un débutant de la Police judiciaire. Un vilain petit couple. Spécialité des environs de gares, où les clients sont plus gogos qu'ailleurs. Liske devait subtiliser assez adroitement les portefeuilles et, au besoin, menacer les hommes mariés d'un scandale. Quant à son amant, le beau Dieudonné, il courait les bals fréquentés par les petites bonnes et il parvenait à en tirer profit.

— Vous ne l'avez pas revue ? Vous n'avez aucune nouvelle d'elle ?

— Même qu'elle a emporté mon épingle de cravate ornée d'un rubis...

Émile jugea inutile de demander d'où provenait ce joyau de mauvais goût.

— Je résume... Depuis trois jours, Liske, dont voici la photographie, a disparu avec le manteau de vison... Vous ne savez rien d'elle... Je suppose que vous l'avez cherchée sans parvenir à la retrouver...

— Voilà ! soupira Dieudonné, le cœur gros. C'est exactement comme vous dites...

— Ça va, grogna Torrence qui venait de demander la communication avec Paris. Il va nous donner l'ordre de cesser les frais. Finie cette existence de satrape et ce n'est pas trop tôt, car je sens que je ne suis plus qu'un estomac…

Quelques instants plus tard, il expliquait à Gaston Frécourt la situation et il concluait :

— Comme vous le voyez, cher monsieur, l'affaire suit le cours le plus banal qui soit… La maîtresse du voleur vole à son tour le vison… Si, à la rigueur, il était possible de retrouver parmi les centaines de milliers d'habitants l'homme à la tache lie de vin, je pense… Vous dites ?

En regardant son patron, Émile comprit que cela n'allait pas tout seul.

— Évidemment… Mais oui… Certainement… Nous pouvons, comme vous dites, demander la collaboration de la police belge… Nous avons en effet la photographie de cette Liske… Mais il y a de nombreuses villes en Belgique, dans chacune de ces villes un certain nombre de meublés plus ou moins discrets, sans compter les quartiers réservés et les… Comme vous dites !… Les frais courent, monsieur… Je pourrais dire qu'ils galopent et ce vison risque, à pareil train, de vous coûter plus cher que si… Pardon ?… Comme vous voudrez… Ce que j'en disais… Bien… Non, nous n'avons pas encore besoin de nouveaux fonds, mais, dès que… Bonsoir, monsieur !

Torrence, les yeux hors de la tête, sortit de la cabine et, pour se soulager, car il en avait besoin, donna un grand coup de poing sur la table.

— Si j'y comprends quelque chose !... Savez-vous ce qu'il vient de me dire ?

— De continuer, parbleu !

— Il a ajouté : « ... même si votre enquête doit me coûter cent mille francs, j'en fais une question d'honneur... » Je ne vois pas quel honneur on peut mettre dans un manteau de vison payé par l'amant de sa femme !... Si ce n'était que nous n'avons rien à faire à Paris en ce moment...

— Alors, le grand jeu !

Pas drôle ! Toujours du travail de débutants, indigne des as de l'Agence O. Conversation de plus d'une heure, le lendemain matin, avec le directeur de la Sûreté belge. Celui-ci presse un timbre électrique, appelle le chef de la police des mœurs.

On recherche le dossier de Liske qui s'appelle en réalité Élisabeth Van Overkamp et qui est née vingt-cinq ans plus tôt dans la banlieue d'Anvers.

Elle n'a figuré qu'accidentellement sur les registres des filles soumises, car c'est une maligne qui a toujours su tirer son épingle du jeu et trouver, parmi les vieux messieurs, un répondant.

— Facile à retrouver ? questionne Torrence tandis qu'Émile a repris son air humble de petit employé.

— Cela dépendra, n'est-ce pas ? On va toujours envoyer son portrait à toutes les polices... Ce soir, il commencera à paraître dans les journaux...

— Vous ne croyez pas qu'on pourrait voir aussi les revendeuses à la toilette et les marchands de fourrures ? Il est possible que, pour se procurer de l'argent...

— C'est une bonne idée, ça, savez-vous...

Et voilà toute la police belge en branle parce qu'un cinéaste à monocle, installé à une terrasse des

Champs-Élysées, s'obstine à retrouver un vison qu'il n'a même pas payé et dont il ferait peut-être mieux de ne pas trop parler.

Enfin !...

— Si je peux vous donner une idée, fait le chef de la police des mœurs, c'est de chercher du côté d'Anvers... Cette femme-là a dû être assez prudente pour quitter Bruxelles... Après Bruxelles, Anvers est la ville où elle a le plus de chance de se cacher... Sans compter que, si elle veut revendre le vison.

— Surtout, plus de moules... fait Émile, Par contre, on m'a parlé d'une spécialité d'anguilles au vert...

Ah ! Frécourt l'a voulu... Tant pis pour lui et pour son argent... Torrence et Émile, dans un somptueux wagon-salon, se dirigent vers Anvers où ils descendent dans le meilleur hôtel de la ville.

— Saloperie... riposte Torrence. Les anguilles, ça ressemble à des serpents... Tandis qu'on m'a indiqué une maison qui prépare les rognons au madère d'une façon...

Ils ne mangeront ni moules, ni anguilles au vert, ni rognons au madère. Ils viennent à peine de se laver quelque peu et ils descendent dans le hall de l'hôtel quand le portier se précipite.

— Le chef de la police de Bruxelles demande que vous lui téléphoniez d'urgence...

Le haut fonctionnaire belge n'est pas fâché de montrer à ces Français de quel bois on se chauffe dans son pays.

— Votre Liske est déjà retrouvée, annonce-t-il suavement.

— Pardon... Elle est à Bruxelles ?... Le manteau...

— Ce n'est pas tout à fait cela… Voyez-vous, il y a des méthodes administratives qui ont parfois du bon… En cas de disparition… Mais vous connaissez ça comme moi… Les gares, les aérodromes et les ports… On aurait pu supprimer de la liste les aérodromes, étant donnée la qualité des gens que… Allô !…

— Je vous écoute…

— Eh bien, pas du tout… L'inspecteur qui a été chargé d'interroger le personnel de l'aérodrome d'Evere me téléphone à l'instant… Le lendemain du vol commis au préjudice de son amant, si on peut appeler cela un vol étant donné que… Bref… Le lendemain matin, Liske s'embarquait à Evere dans l'avion qui fait le service régulier d'Amsterdam…

— Le manteau ?

— L'inspecteur s'est renseigné… L'employé qui s'est occupé d'elle a remarqué le manteau de vison qu'elle portait… Il a même fait la réflexion que la saison était bien avancée pour se charger encore de fourrures…

Émile était allé s'effondrer dans un des profonds fauteuils du hall. Cela ne l'intéressait même plus ! Cela tournait à la scie !

— Dites donc, patron, qu'est-ce qu'on fait ?

— Je viens de demander Paris au téléphone…

Paris, c'était cet individu à monocle qui… Il n'était pas chez lui, mais il était au *Fouquet's*. À croire que les gens du cinéma ne peuvent travailler ailleurs que dans un restaurant de luxe.

— Amsterdam ?… Mais voyons, c'est évident, mon cher ami… Prenez l'avion, vous aussi… Vous dites ?… Vous avez un train ce soir même ?… Prenez le train… Faites tout ce qu'il faudra faire… Si vous avez besoin d'argent, je vous adresserai demain un mandat rédigé en florins…

Émile, qui avait pris le second écouteur, fit signe à Torrence de se taire. Il percevait, en effet, à l'autre bout du fil, une seconde voix, plus étouffée. Il devinait :

— Offrez-lui…

Il était facile de comprendre qu'il y avait une deuxième personne dans la cabine du *Fouquet's*. Cette deuxième personne était-elle Élie Wermster, l'amant de Nathalie Frécourt ? Probable ! Lui seul pouvait faire les fonds d'une pareille enquête, alors que Frécourt n'avait pas encore payé son dernier terme et qu'il recevait chaque jour la visite d'un huissier.

— Offrez-lui… Vingt… trente… je ne sais pas…

— Laissez-moi faire…

On avait dû mettre la main sur le micro, mais les sons passaient quand même.

— Allô, mon cher ami…

Torrence aurait pu répondre qu'il n'était pas l'ami de ce monsieur. Mais à quoi bon ?

— Vous m'écoutez ?… Je peux vous annoncer dès à présent qu'en plus de vos frais et de vos honoraires habituels, il y aura une prime de quinze mille…

— Crapule ! grogna Émile entre ses dents.

— Alors, Amsterdam, n'est-ce pas ?… Descendez donc au *Carlton*… Quelqu'un qui est près de moi en ce moment et qui connaît fort bien Amsterdam me dit que vous y serez à merveille…

Est-ce qu'on s'était juré de les faire courir jusqu'au bout du monde à la recherche d'un vison fantôme.

— Mais pourquoi, sacrebleu?… Pourquoi?… tonna le bon Torrence dont les colères étaient terribles. Si jamais je m'aperçois que ces gaillards-là se sont moqués de moi…

— Dépêchons-nous, patron… Il paraît qu'il y a un wagon-restaurant dans le train, ce qui nous mettra d'accord sur notre menu : bouchées à la reine, veau madère aux petits pois, fromages, glace et fruits… Deuxième service !… En voiture !…

3

Où l'Agence O, qui ne voulait pas travailler quand on le lui demandait avec insistance, s'obstine à le faire alors qu'on la prie de s'occuper d'autre chose.

À huit heures du matin encore, ce jour-là, Torrence et Émile auraient donné gros pour être débarrassés de cette stupide enquête et pour rentrer à Paris. Amsterdam, pourtant, leur offrait à leur réveil son plus riant aspect et un délicieux soleil mettait en valeur le rose tendre de ses briques. Des péniches, sous leurs fenêtres, se dirigeaient lentement, à coups de gaffe, vers le marché aux fleurs et c'était un spectacle charmant que celui de cette floraison multicolore qui glissait au ras des canaux.

— On va voir le chef de la police ? soupira Émile.

— Que pourrait-on faire d'autre ?

Tout comme à Bruxelles, ils furent fort bien reçus par un fonctionnaire flegmatique qui tint à leur prouver, en poussant des tas de boutons et en se servant d'une demi-douzaine de téléphones qui encombraient son bureau, que la police néerlandaise pouvait supporter la comparaison avec la Sûreté de Paris.

— Vous dites que cette Liske est arrivée de Bruxelles en avion ?... Du champ d'aviation, il est impossible de gagner la ville sans prendre un taxi... Cette dame a donc été remarquée... Donc...

Premier coup de téléphone.

Après quoi le chef de la police ne manqua pas d'étonner Émile lui-même par sa perspicacité.

— Vous affirmez que ce manteau a été volé à Paris... De Paris il a gagné Bruxelles, peu importe par quelle voie... De Bruxelles, le voici à Amsterdam... Il est improbable que cette femme décide de passer le reste de ses jours dans notre ville où la police est particulièrement sévère pour les personnes de son espèce... D'autre part, il est rare que les malfaiteurs continuent leur route vers le Nord... Je suppose, messieurs, que vous comprenez pourquoi... À mesure que vous avancez vers le Nord, la population devient moins dense et, comme les étrangers, que rien n'attire, sont plus rares, ils sont aussitôt repérés... Si donc cette dame est venue en Hollande, alors qu'elle pouvait espérer se perdre dans la foule bruxelloise, il y a des chances que ce soit pour s'embarquer... Vous permettez ?

Second téléphone. Quand il raccroche, le chef est satisfait et il caresse ses joues du même rose que les briques de son pays.

— L'*Astoria*, qui vient de Hambourg et qui se dirige vers l'Amérique du Sud, fait escale cette nuit, à onze heures du soir plus exactement, à Rotterdam...

Il y a déjà quelques instants que Torrence essaie en

vain de prendre la parole, mais le fonctionnaire est si content de lui qu'il l'arrête chaque fois d'un geste de la main. Torrence, pourtant, finit par lancer :

— Tout cela serait très joli et je suivrais volontiers votre raisonnement s'il s'agissait d'un vol important… Mais n'oubliez pas qu'il ne s'agit que d'un manteau de vison… Tout au plus arriverait-on à le revendre une trentaine de mille francs… Je ne crois pas que cela vaille la peine de s'enfuir en Amérique du Sud et de…

Émile, soudain, le tire par la manche, Torrence se demande pourquoi. Torrence est bien plus étonné encore quand il voit son collaborateur se diriger vers la porte.

— Vous permettez, patron… Quelque chose d'urgent à faire à l'hôtel… Vous m'y retrouverez…

Et, en sautant dans un tramway, Émile répète la phrase de Torrence, celle qui a déclenché en lui tout un monde de pensées :

— *Je ne crois pas que cela vaille la peine de s'enfuir en Amérique du Sud et de…*

Est-ce un hasard ? Au moment où il entre au *Carlton*, il a l'impression qu'un voyageur nouvellement arrivé, penché sur le bureau de la réception, prononce le nom de Torrence. Il n'y prend pas garde. Il a hâte de téléphoner à Paris. Il parvient à obtenir la priorité et quelques minutes plus tard Barbet est au bout du fil.

— J'ai déjà essayé trois fois de vous téléphoner, lui annonce celui-ci. Est-ce que vous avez reçu mon télégramme ?

— Pas encore... Dites-moi, Barbet... Je voudrais savoir d'urgence si aucun de nos oiseaux n'a quitté Paris...

— Et vous n'avez vraiment pas reçu mon télégramme ?... Alors, ça, patron, c'est du flair, où je ne m'y connais pas... Je vous annonçais justement que notre Élie Wermster, vous savez, l'amant de la dame, est parti cette nuit dans une grosse voiture... Impossible de la suivre en taxi, encore moins avec la bagnole de l'Agence O...

— Et les deux autres ?

— Toujours rue de Berri... Ils ne savent pas encore, je pense, que leur ami s'est envolé...

— Pourquoi dites-vous qu'il s'est envolé ?

— Parce qu'il a emporté des bagages comme pour un long voyage... Qu'est-ce que je dois faire, maintenant ?

— Rien... Attendre...

Au moment où Émile sort de la cabine, quelqu'un s'approche de lui, quelqu'un dont le physique correspond assez bien au nom d'Élie Wermster et dont l'accent est fréquent dans le monde du cinéma.

— Vous êtes l'employé de l'Agence O, je pense ?

— Oui, monsieur Wermster...

— Vous me connaissez ?

— Je devine... Ainsi, vous avez quitté Paris cette nuit en voiture pour nous rejoindre à Amsterdam ?... Vous n'êtes pas trop fatigué ?...

— Pas trop... Je voudrais voir tout de suite votre patron...

— Monsieur Torrence est en ce moment chez le chef de la police...

La contrariété se peint sur les traits de M. Wermster.

— Mon Dieu ! que c'est ennuyeux !... J'espérais arriver à temps... Avec cette sotte histoire, nous allons ameuter toutes les polices du monde, comme s'il s'agissait d'une affaire sensationnelle...

— Je vous ferai remarquer que c'est ce que nous répétons depuis le début à votre excellent ami Frécourt...

— Frécourt est un petit sot...

— Vraiment ?

— Hier, après son coup de téléphone, j'ai réfléchi... Mais voilà, je pense, M. Torrence qui entre...

C'était Torrence, en effet, qui s'arrêtait, interloqué, devant le cinéaste.

— Monsieur Élie Wermster... annonce Émile. M. Wermster a voyagé en auto tout la nuit pour venir nous dire que, toutes réflexions faites, il est exagéré de faire tant de bruit autour de cette affaire... Ou je me trompe fort, ou M. Wermster va nous demander de bien vouloir prendre le premier train pour Paris...

C'est mieux que cela encore. Le Juif tire sa montre de sa poche.

— Dans une heure, vous avez un avion... C'est moins fatigant que le chemin de fer... Naturellement, vous mettrez sur la note de frais...

— C'est ennuyeux... soupire Torrence.

— Qu'est-ce qui ne va pas ?

— Le chef de la police, qui est un charmant homme, vient justement de m'inviter à dîner pour ce soir... J'ai accepté... Il serait tout à fait incorrect, maintenant, surtout que rien ne nous rappelle à Paris, de lui faire faux bond et...

— Pardon… Quelque chose vous rappelle…

— Ah ?…

— Mais oui… J'ai justement une mission importante à vous confier… Il y a dans mes bagages des documents que j'ai emportés par erreur et qu'il faut absolument remettre avant ce soir à M. Frécourt… Ce sont des papiers d'affaires, vous comprenez ?… Je vais vous donner ces documents et vous prenez l'avion qui…

— C'est malheureusement impossible, cher monsieur…

L'impatience se marque sur les traits de Wermster qui se laisse aller à frapper du pied.

— Messieurs, il me semble que vous oubliez que vous êtes ici pour notre compte et que nous vous avons déjà fait une forte avance…

— C'est exact… Vous avez dû insister beaucoup pour que nous acceptions de quitter Paris et de nous lancer sur la trace du vison…

— Eh bien, maintenant, je vous demande de retourner à Paris et il me semble que c'est mon droit…

Ce n'est pas la délicatesse qui étouffe l'homme du cinéma et il ajoute avec une très gracieuse insistance :

— En somme, vous êtes ici mes employés… J'ai le droit de vous donner des ordres…

— Hélas, non, monsieur Wermster… Je dis hélas pour vous… J'ajoute même que les ordres, c'est nous qui allons vous les donner par l'intermédiaire de la police néerlandaise…

— Je ne comprends pas…

Est-ce que Torrence, pour parler de la sorte, a fait de son côté les mêmes raisonnements qu'Émile et les deux hommes, sans se donner le mot, sont-ils arrivés au même résultat ?

— Parfaitement, monsieur Wermster... Il nous semble suspect, à mon collaborateur et à moi, qu'on mette tant d'insistance à nous lancer sur la piste d'un manteau de vison, puis qu'on apporte une insistance encore plus grande, qui frise la grossièreté, pour nous renvoyer à Paris...

— Je vous demande pardon, messieurs... Les mots ont certainement dépassé ma pensée... L'habitude des grosses affaires, vous comprenez ?... Je vous fais toutes mes excuses si je vous ai froissés... Il est bien entendu que la somme de vingt mille francs que vous avez reçue sera doublée et que...

— Permettez... Un coup de téléphone à donner...

Torrence disparaît dans une des cabines. M. Wermster s'affole, sous le regard doucement ironique d'Émile qui suce une cigarette non allumée.

— Vous pourriez peut-être dire un mot à votre patron ?...

Tout en parlant de la sorte, avec un regard significatif, le Juif a tiré son portefeuille d'un geste plus significatif encore.

— Figurez-vous que je n'ai aucune influence sur M. Torrence... Il est occupé, en ce moment, à téléphoner à la police néerlandaise. Il demande à celle-ci de bien vouloir s'inquiéter de vous... M. Torrence croit qu'il sera très instructif de savoir ce qui vous a appelé si brusquement en Hollande, surtout avec des bagages importants...

— Mes passeports sont en règle, sachez-le, et, s'il le faut, je ferai intervenir des personnalités...

— … à la noix de coco ! lâche Émile qui a de ces sursauts de gaminerie… Alors, patron ?

— Un commissaire sera ici dans quelques minutes pour interroger M. Wermster et vérifier ses papiers…

— Savez-vous, messieurs, comment s'appelle ce que vous faites ?… Un abus de confiance… Et je ne félicite pas l'Agence O… Vous êtes à mon service… C'est moi qui vous paie… Dans ces conditions, j'avais le droit de m'attendre de votre part à…

— Eh bien, monsieur le commissaire ?

Émile et Torrence ne sont pas autrement fiers. Il y a près d'une heure que le commissaire de police est monté dans l'appartement de M. Wermster, au *Carlton*, en compagnie de celui-ci.

Il esquisse un geste vague.

— Ses papiers sont en règle… J'ai même rarement vu un passeport aussi en règle que celui-là… Figurez-vous que ce monsieur a des visas encore valables, donc récents, pour une demi-douzaine de pays, y compris les États-Unis et la République de Panama…

— Ses bagages ?

— S'il dépose une plainte, nous serons sans doute ennuyés, car nous avons commis en quelque sorte un abus de pouvoir. Ses bagages ne contiennent que des vêtements, qui sortent tous des plus grands tailleurs de Londres et de Paris, du linge de soie à son chiffre, quelques bibelots de valeur dont il possède les factures… Bref, nous ne pouvons absolument rien contre lui… Messieurs, je ne puis que vous recommander une extrême prudence…

Émile et Torrence, qui restent seuls dans le hall, se

regardent un peu comme ils le faisaient à la terrasse du *Métropole*, à Bruxelles, mais ils n'ont plus du tout envie d'éclater de rire à la façon des augures antiques.

4

Où Émile, à la suite d'un raisonnement que Torrence ne peut qu'approuver, donne au « Carlton » une série de coups de téléphone.

— Mais non, barman, pas de whisky… Puisque nous sommes en Hollande, je veux boire de l'alcool hollandais…

— Alors, du genièvre, messieurs… Avec un peu de citron ?…

Ce n'est qu'après le deuxième verre – il est vrai qu'ils sont si petits ! – qu'Émile commence :

— Hier au soir, M. Élie Wermster se trouvait dans la cabine téléphonique du *Fouquet's*, aux Champs-Élysées, en compagnie de son ami Frécourt… il ignorait encore que le vison avait été volé par une certaine Liske et, vraisemblablement, emporté par elle en Hollande.

« Suivez-moi bien, patron…

« Nous lui annonçons cette nouvelle… Nous lui proposons d'abandonner l'enquête pour arrêter les frais… *Or, à ce moment, il prie Frécourt d'insister… Il veut absolument que nous partions par les voies les plus rapides pour Amsterdam…*

« Pourquoi, une heure ou deux plus tard, change-t-il d'avis, boucle-t-il ses malles et saute-t-il dans sa voiture pour venir, ici, nous ordonner de retourner à Paris ?

« Barbet affirme qu'il n'a rencontré personne et qu'il n'a reçu aucun message en dehors du nôtre...

Émile commande un troisième petit verre.

— Eh bien, je vais, je pense, répondre à cette question d'une manière satisfaisante... Wermster est un international qui, dans sa vie, a déjà franchi, régulièrement ou en fraude, un certain nombre de frontières... Il s'attend si bien à en franchir d'autres que son passeport porte d'avance quelques visas qu'il est trop long d'obtenir au dernier moment...

« Vous vous souvenez, patron, du raisonnement du chef de la police néerlandaise ?... À quoi ce raisonnement d'homme qui s'y connaît a-t-il abouti ?

Et Torrence de répondre docilement :

— *À un coup de téléphone à une compagnie de navigation...*

— Eh bien ! je parie que Wermster, lui aussi, a téléphoné à une compagnie de navigation... Je vais d'ailleurs faire exactement la même chose, et nous saurons si mon raisonnement tient debout ou si...

Un chasseur lui demande la communication avec la compagnie qui s'occupe de l'*Astoria*. L'entretien est long, difficile. Quand Émile revient, il a un petit sourire qui en dit long.

— Gagné, patron... C'est vous qui paierez la tournée et je vais remettre ça... Tout d'abord, on hésitait à me répondre... Les gens d'ici sont d'une méfiance inouïe... Enfin !... Encore une chance que les bureaux des compagnies de navigation restent ouverts la nuit qui précède les départs de paquebots... J'ignorais d'ailleurs ce détail...

« Le central téléphonique, auprès de qui je me suis réclamé du chef de la police, m'a révélé tout d'abord que, la nuit dernière, le numéro de Paris, Élysée 64.37, qui est le numéro de Wermster, a demandé trois communications coup sur coup à Amsterdam… Il s'agissait de trois compagnies de navigation… Les deux premières n'ont pas répondu… La troisième a déclaré que l'*Astoria* appareillerait ce soir de Rotterdam pour l'Amérique du Sud…

« Wermster était donc renseigné… Comme le chef de la police, il en concluait que la voleuse du vison chercherait à s'embarquer à bord de l'*Astoria…*

« Aussitôt, il saute dans son auto en emportant ce qu'il a de plus précieux…

« Quelqu'un qui fera un drôle de nez, ce matin, c'est la jeune Nathalie Frécourt…

« Ce n'est pas tout, patron… La compagnie en question me confirme que Wermster a bel et bien retenu une cabine de première classe à bord de l'*Astoria…*

« Comprenez-vous, maintenant, pourquoi ce monsieur n'a plus du tout envie d'avoir l'Agence O dans les jambes ?

« Tant qu'il n'espérait pas s'en tirer tout seul, il a fait appel à nous…

« Il avait besoin d'aide pour le gros de la besogne… Et, en effet, c'est nous qui avons découvert l'homme à la tache lie de vin, puis la piste d'Amsterdam…

« À partir d'ici, il est sur son terrain… Nous ne lui sommes plus d'aucune utilité… Nous risquons, au contraire, de lui mettre des bâtons dans les roues…

« Et voilà pourquoi il n'hésite pas à nous offrir

double prime si nous acceptons de rentrer gentiment à Paris et de nous occuper de ce qui nous regarde…

Torrence pousse un profond soupir.

— Mon raisonnement ne vous plaît pas ?

— Il est astucieux… murmure Torrence. Mais je ne vois toujours pas comment un vison de quarante mille, voire de cent mille francs peut provoquer de telles allées et venues, et…

— Nous allons déjeuner, voulez-vous ? Je me suis déjà renseigné sur les spécialités d'ici…

— Ni moules, ni frites, surtout !

— Il y a un petit restaurant près du port où on ne sert que du poisson et où, paraît-il…

Au moment de payer les consommations, Torrence a un regard inquiet pour son collaborateur, car il constate avec stupeur qu'Émile vient bel et bien de vider cinq verres de genièvre.

5

Où la douane sert à quelque chose et où l'homme à la tache lie de vin, s'il était présent, ferait drôle de figure.

— Mais si, patron, elle viendra… La police a été assez discrète pour ne pas l'effaroucher, même si elle est sur ses gardes… Et comment serait-elle sur ses gardes ?… Elle est persuadée que personne, sauf certain bonhomme qui se trouve à Paris, n'est au courant de son secret…

— Quel secret ?

— Vous le saurez tout à l'heure... Ça ne vous donne pas envie de voyager, vous, cet embarquement ?

Ils sont tous les deux à la gare maritime de Rotterdam. Un train spécial a amené un certain nombre de voyageurs et les grues ne cessent de hisser, dans d'immenses filets, des tonnes et des tonnes de bagages, voire des automobiles.

C'est le cas de M. Wermster qui a amené sa voiture, une puissante douze cylindres, que des matelots sont occupés à arrimer solidement dans la cale. M. Wermster, en passant devant les deux hommes de l'Agence O, a évité de les saluer.

— Pourvu qu'elle ne se soit pas débarrassée du manteau de vison... soupire Torrence.

— Je suis certain qu'elle ne s'en est pas débarrassée... Il lui est trop utile...

— Je ne comprends pas... Sans compter qu'elle devra payer des droits de douane...

— Justement !

Torrence renonce à comprendre. Émile, lui, est comme un petit poisson dans l'eau, mais, ce jour-là, il s'est révélé tellement amateur de genièvre que son patron n'est pas sans inquiétude sur son bon équilibre.

Le chef de la police d'Amsterdam a envoyé un de ses meilleurs collaborateurs qui, en civil, se tient, comme un simple employé, à côté de l'homme chargé de contrôler les passeports.

Cela se passe à bord. Élie Wermster s'y trouve déjà. Il a choisi une des meilleures cabines sur le pont supérieur, et maintenant il rôde aux environs de la passerelle en fumant un gros cigare.

En principe, il est sauvé. Ses papiers ont été épluchés en vain. Ses bagages ont été examinés minutieusement, plus minutieusement qu'il n'est de règle.

Dix heures… Dix heures et demie…

Les deux hommes de l'Agence O sont à terre. Ils rôdent dans le hangar de la douane et sur les quais. Un taxi s'arrête enfin.

Une jeune femme beaucoup trop brune, d'autant plus que son teint est celui d'un Rubens, en descend, affairée, avec une seule malle achetée tout récemment. Elle porte un manteau de vison.

Coup d'œil aux douaniers qui ont reçu des instructions. Tout près d'eux, Torrence fume sa pipe ! Émile suce sa cigarette sans feu, l'air aussi innocent que possible.

— Rien à déclarer ?

Elle ouvre la malle. C'est une malle qu'elle a achetée le jour même et elle n'a pas encore l'habitude de la serrure. Émile s'approche pour l'aider.

Rien que du neuf, là-dedans, du linge fin, des vêtements achetés dans les grands magasins de confection. *Pas une seule pièce qui ait déjà été portée.*

On sent que Liske, après avoir passé des heures chez le coiffeur qui l'a transformée en brune, a couru les magasins pour se constituer un trousseau. Elle n'a pas regardé au prix. Le linge est en crêpe de Chine. Il y a douze paires de chaussures de grand luxe, toutes plus voyantes les unes que les autres.

— Vous avez la facture de ce vison ?

— Pourquoi ? Il faut une facture ?

— À moins que vous ne vouliez payer les droits sur le prix fort…

— Combien ?

Le douanier se livre à un rapide calcul, lance un chiffre et elle paraît soulagée, elle ouvre son sac qui est plein de billets de dix et de cent florins.

— Je me demande, intervient alors Émile, si vous avez bien examiné ce manteau…

Jusque-là, Liske a essayé d'imiter l'accent espagnol. À ce moment, elle se tourne vers Émile, aussi vivement que si un serpent l'avait piquée, et elle lance, avec l'accent belge retrouvé :

— Qu'est-ce que c'est que celui-là ?

Au clin d'œil d'Émile, le douanier s'est mis en devoir de tâter la fourrure.

— Un instant, madame… Voulez-vous avoir l'obligeance de retirer ce manteau…

Dans l'obscurité, on aperçoit la silhouette de Wermster sur le pont de l'*Astoria*. Pauvre Wermster, ce qu'il doit souffrir !

— Voici des ciseaux qui conviendront parfaitement… fait encore Émile en tendant une paire de fins ciseaux à broder.

Alors le douanier, consciencieusement, commence à découdre la doublure. Après quelques instants, on constate que des poches sont aménagées dans celle-ci et que de ces poches ce sont des banknotes américaines qui s'échappent.

Le chef des douanes s'est approché et compte au fur et à mesure. Il compte en florins. Émile traduit en francs.

— Sept cent mille francs, patron ! s'écrie-t-il enfin quand la doublure paraît vide.

— Ce n'est pas moi ! s'écrie candidement Liske !

— Parbleu !…

— Je ne savais même pas que ces billets…

— Hélas, si, ma pauvre Liske… Vous ne le saviez pas quand votre amant a volé ce manteau à une petite bonne de Paris, prénommée Angèle, qui l'avait emprunté pour une nuit à sa patronne… Mais une fois dans la banlieue de Bruxelles, quand vous avez voulu raccourcir le manteau, vous avez découvert le pot aux roses… Torrence !… Allez jeter un coup d'œil de ce côté, patron…

Il y a eu, en effet, un mouvement du côté de l'*Astoria.* Un passager, alors qu'il est interdit désormais de quitter le bord, car l'appareillage va commencer, s'est approché de la passerelle.

— Un instant seulement, messieurs… Une lettre à jeter à la boîte qui est sur le quai…

— Un employé va poster tout le courrier du bord…

— Permettez-moi de descendre un instant et…

Il s'est faufilé. On court après lui. Torrence, soudain, dans l'ombre, abat sa lourde patte sur son épaule.

— Où courez-vous comme ça, monsieur Wermster ?

Émile, cependant, continue, s'adressant à Liske :

— Tant qu'on tire le diable par la queue, n'est-ce pas, et qu'on fait le sale petit travail des gares, on peut se contenter de vivre avec un Dieudonné… Mais quand on découvre près d'un million en billets dans la doublure d'un vison… L'amour ne résiste pas à une pareille fortune… Il s'agit de filer au plus vite, de mettre autant d'espace possible entre…

— Je n'ai pas volé cet argent ! jure-t-elle. Je ne sais même pas à qui c'est…

Et Émile déclare à ces messieurs des douanes et de la police néerlandaise :

— C'est vrai…

Il se tourne vers Wermster, que Torrence lui amène et qui s'efforce de ricaner.

— Voici le propriétaire de cette fortune… Ce qui ne veut pas dire qu'elle lui appartient…

— J'ignore ce que vous voulez insinuer… J'ai fait cadeau d'un manteau de vison à ma maîtresse, Mme Frécourt, et si celle-ci ou son mari…

— Mais non, mon petit Élie… La preuve du contraire, ce sont les visas de votre passeport…

« Permettez-moi de résumer, messieurs, en attendant le rapport que mon patron, M. Torrence, fera demain officiellement à la police néerlandaise…

« M. Wermster est un homme du cinéma, du mauvais cinéma, de celui qui frise l'escroquerie… Sa société sera dans quelques jours en liquidation judiciaire… Il le savait… Il prévoyait cette fin… Il y avait paré à sa manière…

« Ces derniers jours, en effet, il avait fait rentrer toutes les disponibilités… Ces sommes appartenaient en réalité aux créanciers…

« Mais M. Wermster comptait bien les garder pour lui et avoir levé le pied avant que l'action judiciaire soit déclenchée…

« Il était tenu à l'œil… Mais il avait une maîtresse… Cette maîtresse possédait un vison qu'il lui avait offert… Les billets de banque – le fait que ce sont des dollars prouve la préméditation – les billets de banque, dis-je, prirent place dans la doublure du vison…

« À l'heure H, pour parler comme les stratèges,

M. Wermster et sa maîtresse devaient quitter la France pour des cieux meilleurs, en laissant aux Champs-Élysées le mari déconfit…

« C'était d'autant plus ingénieux qu'aux douanes personne ne songerait à découdre la doublure du manteau…

« Il a fallu un de ces hasards qu'on ne prévoit jamais… Une petite bonne, amoureuse d'un Dieudonné, séducteur de bas étage, empruntant pour une nuit le manteau de sa patronne…

« Dieudonné vole le vison sans se douter de sa valeur réelle…

« Fuite à Bruxelles… Sa maîtresse, en voulant tailler dans le manteau pour le mettre à sa taille…

« Imaginez la fureur de Wermster quand il apprend que toute sa fortune a disparu !…

« Il nous lance sur la piste… Cela lui paraît moins dangereux de s'adresser à l'Agence O qu'à la police officielle…

« Dès que nous toucherons au but, il interviendra et il lui suffira de rentrer en possession du manteau…

« Nous retrouvons Dieudonné, l'homme à la tache lie de vin, mais sa maîtresse s'est enfuie avec le magot…

« Anvers… Amsterdam…

« En homme du métier, Wermster comprend que la femme qui a découvert une pareille somme ne manquera pas de prendre le premier paquebot…

« Une fois à bord avec elle, il est persuadé qu'il réussira à l'impressionner et à rentrer en possession de son bien…

« C'est tout, messieurs…

« Le seul tort de M. Élie Wermster, cinéaste et

escroc international, a été de prendre les gens de l'Agence O pour des imbéciles… N'est-ce pas, monsieur Wermster ?

Alors celui-ci prouva toute sa maîtrise.

— Je n'ai jamais vu ce manteau… déclara-t-il. Messieurs, si vous m'empêchez de m'embarquer…

L'*Astoria* lançait deux coups prolongés de sirène. On abattait les passerelles.

— Si vous m'empêchez de faire ce voyage d'affaires, ce qui me causera un préjudice énorme, vous en rendrez compte devant les tribunaux et… En tout cas, dès à présent, je ne répondrai à aucune question et je choisis comme défenseur maître Weil-Lévy, du Barreau de Paris…

La pauvre Liske n'en revenait pas. Avoir ramassé sept cent mille francs, comme ça, sans le faire exprès, s'être acheté enfin du linge de soie dont elle avait envie depuis toujours, oh ! puis, à la dernière minute, à cause de ce jeune homme roux aux lunettes ridicules…

— Ça n'est quand même pas de chance, savez-vous ! lance-t-elle en contemplant les effets de luxe qui sortaient encore de sa malle.

LE PRISONNIER
DE LAGNY

1

Où l'Agence O, au grand complet, patauge dans la pluie et dans la boue et où, en fin de compte, elle découvre des poils de barbe.

La petite bagnole de l'Agence O est restée dans le dernier chemin carrossable – si l'on peut dire ! – à trois cents mètres de là. Torrence, Émile et Barbet, c'est-à-dire l'effectif mâle de l'Agence O au grand complet, ont pataugé dans une sorte de champ, puis la terre est devenue plus gluante et Barbet, au nom prédestiné, s'est enfoncé jusqu'à la ceinture dans un trou plein d'eau.

Au lieu de se plaindre, l'ex-voleur à la tire devenu détective s'est écrié triomphalement :

— Qu'est-ce que je vous disais, patron ! Nous sommes dans une ancienne briqueterie. Encore cinquante mètres et nous arrivons au bord de la Marne…

Il est neuf heures du soir. L'hiver touche à sa fin, mais le ciel déverse des déluges d'eau glacée. De mémoire de journaliste, il n'a jamais tant plu et les quotidiens reproduisent chaque jour le « zouave » du pont de l'Alma qui a de l'eau jusqu'à mi-cuisse.

Que font ces trois messieurs de l'Agence O, dans l'obscurité, au bord de la rivière ? L'affaire est sérieuse puisqu'aussi bien, contre les habitudes de la maison, ils se sont entassés tous trois dans la bagnole de Torrence. Et, comme celle-ci est découverte, comme elle est minuscule, comme sa carrosserie ne paie pas de mine, ils avaient, tout à l'heure, l'air d'avoir voulu s'installer à trois dans une baignoire.

Ils marchent avec précaution. Ils ne font pas le moindre bruit, sauf le *flac* de leurs pieds dans la boue. Enfin, chose plus exceptionnelle que tout le reste, chacun tient un revolver à la main.

Bientôt, on distingue vaguement la masse sombre d'une maison à un étage. La maison est tout au bord de la Marne, dont le flot boueux charrie des détritus.

Barbet, qui prétend connaître les lieux comme ses poches – il ferait mieux de dire comme les poches de ses anciennes victimes – Barbet souffle à Torrence :

— Regardez à gauche… Si nous étions en plein jour, vous verriez, à deux cents mètres d'ici, un canal qui débouche dans la rivière. Ce canal s'appelle le canal de Chelles. À la sortie du canal, il y a une écluse. Enfin, la grande ligne de chemin de fer, qui relie Paris à l'est de la France, passe non loin d'ici et il y a des trains toute la nuit…

C'est la première fois que Barbet, garçon de bureau souvent chargé de filer les gens ou de visiter leur logement à leur insu, prend une place aussi importante dans une enquête de l'Agence O.

Le jour même, au courrier de cinq heures de l'après-midi, est arrivée une lettre pour laquelle le facteur a réclamé une taxe. L'expéditeur, en effet, avait bel et bien omis de mettre un timbre sur l'enveloppe.

Drôle d'enveloppe, d'ailleurs, qu'on eût dit confectionnée par un enfant avec du papier quelconque et qu'on avait collée à l'aide d'un morceau de sparadrap. Elle était sale, maculée de terre rougeâtre, et l'adresse écrite au crayon était à peine lisible.

« *Monsieur,*

« *Je connais l'Agence O. Je la supplie de mettre en jeu tous les moyens dont elle dispose. Je suis séquestré depuis plus de quatre semaines dans un endroit que je ne connais pas. Si cette lettre vous parvient par miracle, voici quelques renseignements qui vous permettront peut-être de découvrir la maison qui me sert de prison.*

« *Cette maison est au bord d'une rivière. Je ne crois pas que ce soit la Seine, car cette rivière me paraît moins large. Cependant, il y passe un assez grand nombre de bateaux, entre autres des remorqueurs et des péniches à moteur. Il passe aussi des chalands tirés par des chevaux, car j'entends le pas de ceux-ci et le fouet des charretiers.*

« *Bien qu'on m'ait, sans doute, fait faire des détours, je ne pense pas être à plus de cinquante kilomètres de Paris. Une ligne de chemin de fer importante passe à proximité de l'endroit où je suis et j'entends toute la nuit le vacarme des trains.*

« *J'ai pu regarder dehors par une mince fente. Je n'ai vu qu'une très petite portion de paysage. Un canal débouche dans la rivière. Les berges de ce canal sont plantées de deux rangs de beaux arbres. Il y a une écluse et une maison d'éclusier.*

« *Enfin, en examinant la boue de mes souliers, après avoir traversé, les yeux bandés, un espace d'une centaine de mètres, j'ai trouvé une terre grasse et rouge, comme si j'avais pataugé dans une ancienne briqueterie.*

« *Ces renseignements vous permettront-ils de découvrir ma prison ? Je suis un homme âgé et je ne résisterai pas longtemps à cette séquestration, surtout dans la situation morale qui est la mienne.*

« *Il m'est impossible de vous en dire davantage.*

« *Encore une fois, je vous supplie de mettre tout en œuvre pour me retrouver. Peu importent les frais. Mais évitez, coûte que coûte, d'alerter la police officielle. Ce serait pour moi la pire catastrophe.* »

Pas de signature. Torrence et Émile avaient étudié longuement ce document écrit au crayon. L'écriture était d'un homme cultivé, voire d'un homme habitué à écrire beaucoup. Elle était assez ferme. Émile, qui faisait volontiers des expériences graphologiques, avait déclaré :

— En tout cas, il n'est pas fou… Malgré son S.O.S., il garde son sang-froid… Si on me demandait la profession de l'homme qui a tracé ces lignes, je répondrais que c'est un avocat, un médecin ou un notaire… J'ajouterais qu'il était habitué à commander, c'est-à-dire qu'il occupait dans sa profession une place prépondérante…

Dans son cagibi, Émile avait consulté les cartes des voies navigables. Barbet, par hasard, s'était penché sur lui.

— Qu'est-ce que vous cherchez, patron ?

On lui avait tendu le mystérieux billet ?

— Pas la peine de perdre votre temps, patron… J'ai trouvé !…

— Hein ?

— Faut vous dire qu'au temps… enfin, au temps où je n'étais pas encore à l'Agence O, j'allais une ou deux fois par semaine faire du canotage sur la Marne…

Barbet n'ajoutait pas que c'était, à cette époque, le lieu de rendez-vous de prédilection des mauvais garçons qui s'y retrouvaient dans un certain nombre de guinguettes.

— Regardez bien le cachet de la poste… Le mot est mal imprimé, mais il finit par Y… Tout ce que vous voulez que c'est Lagny !… Le canal est le canal de Chelles… Je pourrais dire que, dans ce coin-là, je connais chaque arbre, chaque coin à goujons… Et il y a, en effet, une ancienne briqueterie avec des trous d'eau pleins de grenouilles…

Il pleuvait à torrent et le carrefour Montmartre, à l'heure de la sortie des bureaux, était comme une mer de parapluies luisants. Les journaux de la marchande du coin ressemblaient à des compresses humides.

— Qu'est-ce qu'on fait ? questionna Torrence.

— On y va, décida Émile… Si ce message est sincère, je ne crois pas que ce soit l'œuvre d'un mauvais plaisant, il vaut mieux agir là-bas de nuit que de jour…

— On emmène Barbet ?

— Parbleu !

La maison était délabrée et paraissait inhabitée depuis longtemps. À certaines fenêtres, des planches avaient été clouées pour remplacer les volets absents. Aucune lumière ne filtrait, aucun bruit, si ce n'est le bruit monotone de la pluie sur un auvent de zinc.

Sans doute, jadis, cette bicoque était-elle la maison du gardien de la briqueterie qui, pour une raison ou pour une autre, avait été abandonnée ?

L'endroit était tellement perdu qu'on aurait pu se croire à des centaines de kilomètres de la capitale. À un kilomètre en amont, on apercevait vaguement, sur l'autre rive, les lumières de Lagny. On voyait aussi passer dans le noir le halo rouge des locomotives.

Deux ou trois péniches étaient amarrées devant l'écluse, avec la luciole d'une lanterne-tempête sur le pont.

— J'entre ? questionna Barbet.

C'était son rôle. Il se faufilait comme un chat, sans faire plus de bruit, et, chose précieuse, les serrures n'avaient aucun secret pour lui.

Émile se posta, revolver en main, sur le devant de la maison, près de la Marne. Torrence se posta derrière.

Quant à Barbet, il disparut, happé par l'obscurité, et pendant plus de dix minutes on ignora ce qu'il était devenu.

Après ce laps de temps, seulement, on aperçut le reflet d'une lanterne sourde à une lucarne du grenier. Puis un peu de lumière filtra entre les planches qui bouchaient les fenêtres du premier étage.

Enfin, ce fut sous la porte qu'il y eut un mince trait lumineux et cette porte s'ouvrit, une voix appela :

— Vous pouvez venir…

Torrence et Émile se précipitèrent. Barbet était sur le seuil, sa torche électrique à la main.

— Eh bien ?

— Personne… J'ai visité toute la maison, de la cave au grenier… Quand je dis la cave, j'exagère, car il y a au moins un mètre d'eau dedans et des barriques vides qui flottent…

L'instant d'après, les trois hommes commençaient une inspection minutieuse des lieux. Le rez-de-chaussée comportait trois pièces et on n'y trouvait guère de meubles : une vieille table en bois blanc dans la cuisine, un fourneau rouillé, deux chaises à fond de paille.

Dans ce qui avait dû être la salle à manger, une pièce carrée au papier décollé par l'humidité, rien que des avirons, une ancre de bateau, assez lourde, des feux de position, des chaînes et des cordages.

— On dirait, fit remarquer Émile, que les gens qui possèdent cette maison s'en servent comme débarras et qu'ils ont un bateau assez important… L'ancre est lourde… Chaînes et cordages ont dû servir à bord d'une péniche…

Dans la troisième pièce, rien, sinon un vieux chevalet de peintre tout démantibulé.

— Venez voir au premier… Je crois que c'est par là qu'il y a quelque chose d'intéressant…

Trois chambres encore. Deux d'entre elles complètement vides. Dans la troisième, qui donnait sur la rivière, mais dont les fenêtres étaient aveuglées par des planches clouées à l'extérieur, un lit de fer, une paillasse, une couverture.

— Vous remarquez, dit Émile, que la maison n'a

pas l'électricité. Cette pièce paraît avoir été habitée, et pourtant on n'y trouve aucun moyen d'éclairage… Ni lampe à pétrole, ni bougie, ni pile électrique…

Le plus impressionnant – et ce qui donnait à cette pièce une odeur fétide – c'étaient les boîtes à conserves vides qui s'entassaient dans un coin à même le plancher. Il y en avait un grand nombre : conserves de sardines, de singe, de harengs au vin blanc…

Émile, songeur, allait et venait dans la chambre et, à chaque instant, il devenait plus soucieux.

— Notez, dit-il à Torrence, qu'il n'y a pas un seul morceau de pain… Par contre, voici une boîte de biscuits de mer… Qu'est-ce que cela nous prouve ?

Torrence le regarda avec des yeux ronds.

— Qu'il n'y a pas de boulanger dans les environs ? Est-ce cela que vous voulez dire ?

— Non… *Cela prouve que le prisonnier était seul dans cette maison*… S'il y avait eu quelqu'un pour le garder, on aurait pu lui donner du pain plus ou moins frais… Tenez !… Voici trois brocs dans un coin… Pourquoi trois brocs, alors qu'il n'y a même pas une cuvette pour se laver ?… *Parce qu'il fallait laisser au malheureux des provisions d'eau pour plusieurs jours*… Comptez ces bouteilles vides et pleines… Il y en a une vingtaine… Du vin pour un certain temps…

C'était sinistre, d'autant plus sinistre que les trois hommes n'avaient pour s'éclairer que leurs lanternes sourdes.

— L'homme n'avait que cette seule pièce à sa disposition ? On a placé une seconde serrure à la porte et celle-ci est en chêne épais… Vous ne trouverez pas dans la chambre un seul objet lourd permettant, soit de défoncer l'huis, soit de faire voler la fenêtre et sa doublure de planches en éclats… Barbet !… Torrence !… Braquez donc vos lampes sur la paillasse…

Émile s'était penché. Quand les trois faisceaux lumineux se rejoignirent sur la paillasse, on put distinguer ce qui avait intrigué le jeune homme roux.

C'étaient des poils blancs en assez grand nombre. Ils étaient drus, légèrement frisés.

— Des poils de barbe !… Comprenez-vous ?… Avant que le prisonnier quitte cette pièce, on lui a coupé la barbe, qu'il avait blanche… Pourquoi ?… Je n'en sais rien…

— Dites donc, patron, vous ne croyez pas qu'on l'ait enterré dans la cave ?

Émile hocha la tête.

— D'abord, depuis huit jours qu'il pleut, cette cave est inondée… Il aurait donc été difficile d'y creuser une tombe… Ensuite, il n'y a aucune raison de couper la barbe d'un mort ou d'un homme qu'on va tuer…

— Qu'est-ce que nous faisons ? questionna Torrence, qui aurait aimé se sécher devant un bon feu.

— On continue… Le moindre centimètre carré de cette maison peut nous apporter des indications…

Ce n'est qu'à une heure du matin qu'ils réveillèrent un hôtelier de Lagny, réclamèrent du vin chaud, puis des chambres.

À huit heures, dans un jour glauque, le paysage ne leur parut guère plus plaisant que la nuit.

L'aubergiste, qui frottait à la craie la grande glace

placée derrière son comptoir, fut interrogé le premier.

— Dites-moi, la maison qui se trouve à peu près en face de l'écluse de Chelles...

— La maison de la briqueterie ?... Vous ne voulez pas la louer, des fois ?

L'hôtelier était nettement ironique.

— À qui appartient-elle ?

— À Laurence... Mais si vous pouvez tirer un mot sensé de Laurence...

— Qui est Laurence ?

— Une vieille qui boit comme un trou, comme dix trous, comme tous les trous de la briqueterie où elle habitait jadis... À cette heure-ci, si elle n'est pas dans sa chambre, vous la trouverez au poste de police, où elle cuve son vin trois nuits sur cinq...

On découvrit Laurence, non au poste de police, mais dans une chambre qui ressemblait davantage à une écurie. Son premier soin fut de réclamer du vin rouge. Après quoi, la bouche pâteuse, elle questionna méfiante :

— Qu'est-ce que vous lui voulez, à ma maison ?... Je sais ! Je sais ! On aimerait mieux que je la vende... Pas si bête !... Je suis propriétaire, moi, monsieur !... Et quand ces messieurs de la police essaient de me coffrer pour vagabondage, je peux leur répondre que je suis propriétaire et que je paie l'impôt foncier... Ha ! Ha !... C'est ça qui les embête... Sinon, on aurait vite fait de boucler la pauvre Laurence...

— Vous avez des locataires ?

— Qui est-ce qui pourrait m'empêcher d'avoir des locataires ?... Des gens bien, encore !... Quand ils m'ont demandé de louer pour deux mois, je leur ai répondu :

« — Pas de ça, mon petit monsieur… *Pour trois, six, neuf*, comme tout le monde… Et il faut payer trois ans d'avance…

— Pardon… Ils ont habité la maison ?

— Pourquoi est-ce qu'ils l'auraient habitée, puisqu'ils habitent sur l'eau ?

— Ce sont des mariniers ?

— Oui-da ! Des mariniers ! Appelez ça un yacht, oui… Une fois, je suis montée à bord, pour la signature… Car on a signé des papiers, parfaitement !… Tant pis si ça vous embête !… Je suis en règle et si vous ne me payez pas un autre litre…

— Leur bateau était amarré dans le bief ?

— Le quoi ?

— Était-il amarré non loin de la maison ?

— Juste en face… C'est même pour ça qu'ils ont loué… Un bateau, ça a beau être grand, on n'a jamais trop de place… Surtout pour faire de la peinture…

— Qui faisait de la peinture ?

— Le monsieur, donc !… C'était l'été… Alors, il peignait dans la maison… Même qu'une fois je suis entrée et que j'ai trouvé la petite dame toute nue… Elle *posait*, qu'il m'a dit…

— Quelle petite dame ?

— Une blonde… Une étrangère, que je comprenais à peine quand elle parlait… Mignonne, messieurs !… Des petits seins comme des pommes et une peau aussi blanche que du lait…

— C'était l'été dernier ?

— L'été d'avant… Oui…

— Et ils sont revenus l'été dernier ?

— Non… Je ne les ai pas revus… Paraît qu'il y a eu parfois de la lumière dans la maison, mais ça ne me regarde plus, vu que j'ai loué pour *trois, six, neuf*… J'ai fait croire aux imbéciles du pays que c'étaient peut-être des revenants et il y en a qui parlent de la maison hantée… Pour vous dire comme ils sont bêtes…

— Comment s'appelle votre locataire ?

Elle réfléchit, l'œil hagard.

— Je ne sais pas, avoua-t-elle après un effort. J'ai oublié. C'est surtout de la tête que je m'en vais, voyez-vous !… C'est à peine si je me rappelle le nom de mon défunt mari… Il s'appelait Jules… Il prenait de ces cuites !…

— C'était un nom français ?

— Peut-être bien que oui… Pour un beau bateau, c'était un beau bateau, tout verni… La forme d'une péniche, mais, dedans, il y avait de vrais salons…

— Vous ne retrouvez pas non plus le nom du bateau ?

— Pour ça, si ! Même que c'était assez coquin et que ça allait bien avec la petite dame…

— Dites-le…

— *Cupidon*, monsieur… J'ai demandé ce que ça voulait dire… Quand on m'a expliqué…

Une heure plus tard, l'Agence O, qui se partageait la besogne, avait réuni un certain nombre de renseignements.

Une péniche, aménagée pour la navigation de plaisance sur les canaux et rivières, avait passé trois mois, deux ans plus tôt, au bord de la Marne, à cent mètres du canal de Chelles. Le propriétaire était un artiste peintre, un grand et bel homme, aux yeux bleus très clairs.

Il était accompagné d'une très jeune femme d'un blond qui paraissait artificiel. Elle parlait à peine le français.

Plusieurs fois le garde-champêtre était intervenu, à cause de la tenue plus que sommaire dans laquelle cette jeune femme se promenait sur le pont du bateau. On disait que la nuit le couple se baignait tout nu dans la rivière.

Les propriétaires de la péniche *Cupidon* recevaient parfois un grand nombre d'invités. Dans ces cas-là, la fête, à bord, durait toute la nuit et on retrouvait jusqu'à l'écluse des bouteilles à champagne vides qui dérivaient au fil de l'eau.

Personne ne savait ce que le *Cupidon* était devenu. On confirmait, par contre, qu'à plusieurs reprises on avait aperçu de la lumière dans la maison.

— Ils avaient laissé des affaires, vous comprenez ?... Alors, sans doute qu'ils venaient les chercher...

À midi moins le quart, Torrence, vêtu d'un complet sec et d'une gabardine toute neuve, pénétrait au ministère des Travaux Publics et demandait le bureau de la navigation fluviale.

Un rédacteur le reçut aimablement.

— Le *Cupidon* ?... Vous permettez ?... S'il navigue en plaisance, il ne sera pas difficile de le retrouver... Pensez que, grâce aux écluses, il nous est facile de suivre les allées et venues de tous les bateaux...

Il compulsa les dossiers.

— Attendez donc... L'été dernier, le propriétaire du *Cupidon*...

— Vous avez son nom ?

— Dassonville… Jean Dassonville, artiste peintre… Un instant… Le *Cupidon* a reçu un permis de circulation pour la Seine… Il a dû passer les mois d'août et de septembre à Honfleur… Voyez-vous, ces bateaux-là ne naviguent pas beaucoup… Ils cherchent un endroit agréable et s'y fixent pour les vacances…

— Vous pouvez savoir où se trouve actuellement le *Cupidon* ?

— À moins qu'il n'ait changé de poste récemment, il est amarré un peu au-dessous du pont de Saint-Cloud… C'est un endroit fort recherché pour l'hivernage… On est à Paris et on est en même temps à la campagne… Savez-vous que le nombre des gens qui vivent en bateau augmente de mois en mois ?… Pas de loyer, pas de propriétaire, et la possibilité de changer de quartier en quelques heures !… Il y a eu un moment où la Seine, en plein Paris, était encombrée de bateaux de ce genre, et nous avons dû y mettre bon ordre… Aucune loi n'interdit…

À une heure exactement, Émile et Torrence, attablés dans un petit restaurant sympathique de Saint-Cloud, mangeaient des escargots en contemplant une longue péniche, aménagée en maison flottante, qui portait en lettres d'or le nom *Cupidon*.

De la fumée sortait de la cheminée. À l'arrière, un énorme chien danois était à l'attache sous un petit toit qui l'abritait de la pluie.

Une accorte serveuse apportait un fricandeau à l'oseille quand, sur le pont de la péniche, une jeune femme parut et posa une écuelle devant le chien.

Sa tenue indiquait que ce n'était pas une domestique. Ce n'était pas non plus la jeune femme blonde décrite par la pitoyable Laurence.

C'était une des plus belles brunes que Torrence et Émile eussent jamais contemplées.

2

Où Torrence s'essaie à jouer les mécènes, mais où la présence d'une petite Japonaise entièrement dévêtue n'est pas sans le gêner.

Le déjeuner des deux hommes n'était pas terminé, dans le petit restaurant de Saint-Cloud, qu'ils avaient déjà des nouvelles de Barbet, laissé à Lagny pour continuer l'enquête. Les renseignements de Barbet confirmaient ceux qu'on possédait déjà. Ils avaient en outre l'avantage d'écarter définitivement toute idée de mystification.

Le garçon de bureau de l'Agence O, en effet, avait mis la main sur un gamin de quatorze ans, que tout le monde surnommait Passoire, à cause des traces que la petite vérole avait laissées sur son visage. Ce qui avait fait sourciller Barbet, c'est que le gosse vendait des brochettes de grenouilles de porte en porte. De là à penser aux trous de la briqueterie…

Il se confirmait que le dénommé Passoire avait en effet trouvé, quatre jours plus tôt, la lettre sur la berge, juste en face de la maison. Il l'avait mise dans sa poche et il l'y avait gardée quarante-huit heures. C'est par hasard qu'il avait eu l'idée, en apercevant une boîte postale, de la jeter dedans.

Il était donc évident :

1° Qu'un homme avait été séquestré pendant plusieurs semaines dans la bicoque du bord de l'eau ;

2° Que cet homme y passait la plupart du temps seul, dans une pièce du premier étage, sans gardien ;

3° Qu'il était parvenu à écrire une lettre et qu'il avait adressé celle-ci, non à la police officielle, mais à l'Agence O ;

4° Qu'il avait vraisemblablement glissé cette lettre entre deux des planches qui masquaient ses fenêtres ;

5° Qu'au cours des trois derniers jours, on était venu le chercher.

En effet, s'il s'était échappé, sans doute aurait-il averti l'Agence O. En outre, on aurait retrouvé des traces d'effraction, ce qui n'était pas le cas.

La maison, enfin, était louée pour neuf ans à un certain Jean Dassonville, artiste peintre, qui vivait à bord de la péniche *Cupidon* et qui, deux ans auparavant, était accompagné d'une jeune étrangère blonde.

— Vous connaissez les locataires de cette péniche ? demandait Torrence en prenant un air aussi indifférent que possible.

Le patron du petit restaurant, un brave homme d'Auvergnat, ne manqua pas de faire la grimace.

— J'aimerais autant ne pas les connaître… grommela-t-il, en essuyant la table avec la serviette qu'il avait toujours sous un bras.

— Ce sont vos clients ?

— C'est-à-dire qu'ils restent des semaines sans mettre les pieds ici. Puis, une nuit, à onze heures du soir ou à une heure du matin – les heures ne comptent pas pour eux ! – ils réveillent toute la maison en frappant comme des sourds sur les volets et ils réclament des bouteilles de fine, de champagne, de chartreuse ou de bénédictine…

— Parce qu'ils ont des amis ?

— C'est cela ! Vous ne pouvez vous imaginer ce qu'il défile de monde à bord de ce bateau… Des gens de toutes sortes… Des rapins aux longs cheveux… Des femmes qui ne valent pas grand-chose et des femmes du monde qui arrivent en voiture avec chauffeur… Parfois, c'est assez correct… D'autres fois, cela fait du tapage toute la nuit… Ce sont ces nuits-là qu'on nous dérange lorsque les provisions de boissons sont épuisées… Enfin, il se fait que j'ai une fille…

Regard interrogateur de Torrence.

— Vous voyez d'ici comment ils ont aménagé la péniche ?… Dans ses flancs, ils ont percé de grandes fenêtres… L'arrière est vitré… Eh bien, messieurs, on ne se gêne pas, là-dedans, pour se mettre tout nu, sous prétexte de peinture, sans seulement se donner la peine de tirer les rideaux…

— M. Dassonville vend beaucoup de tableaux ?

— Beaucoup, je ne sais pas… Le fait est que, de temps en temps, on voit quelqu'un s'éloigner avec une toile sous le bras… des fois, on me paie… Des fois, on me fait attendre tout un mois… Certaines fois, quand ils ne sont pas en fonds, on vient manger ici et on fait une ardoise… Pour ma part, je n'aime pas les hommes aux yeux froids…

Émile et Torrence se regardèrent. Qu'est-ce que ce brave Auvergnat entendait par des *hommes aux yeux froids* ?

— On y va ?

— Si vous voulez…

— Je ne « fais » pas trop miteux ?

Heureusement que Torrence a mis sa gabardine neuve et un chapeau à peine fatigué. Grâce à son embonpoint, il peut passer pour un bon bourgeois et il n'est pas interdit à un bourgeois d'être amateur de tableaux.

Quelques instants plus tard, ils franchissent la passerelle que coupe en deux une barrière munie d'une sonnette. Le chien danois, menaçant, tire sur sa chaîne. Un visage d'homme paraît un instant à la plus large des baies vitrées et les deux chefs de l'Agence O commencent à comprendre ce que l'Auvergnat a voulu dire en parlant des yeux froids.

Une porte s'ouvre. L'homme est là, une palette de peintre à la main. Il est vêtu d'un gros chandail blanc et de pantalon de flanelle, chaussé de pantoufles.

— Qu'est-ce que c'est ? questionne-t-il sans se donner la peine d'être poli.

On le prendrait plutôt pour un Nordique que pour un Français.

Ses cheveux sont à peu près couleur paille et ses yeux ont la teinte glauque des fjords norvégiens dont ils ont aussi la transparence.

— Monsieur Dassonville ?

— Ensuite ?

— On m'a beaucoup parlé de vos tableaux et j'aurais aimé…

Une petite voix à l'accent extrêmement curieux, fait, à l'intérieur :

— Fermez la porte, Jean… Je gèle…

Le peintre se décide à ouvrir la barrière et à calmer son chien.

— À qui ai-je l'honneur ?

— Rousseau… bégaie Torrence. Joseph Rousseau… Je suis industriel en province… Des amis m'ont parlé de vos œuvres…

— Entrez…

Une bouffée de chaleur. Et ce n'est pas que la chaleur. D'un instant à l'autre, on pénètre dans un monde si différent que le sang monte à la tête d'Émile et de Torrence. La pièce dans laquelle ils se trouvent est toute tendue d'étoffes soyeuses, meublée uniquement, dirait-on, de divans profonds et moelleux. Il y règne une odeur qui rappellerait un peu, en plus subtil, l'odeur de l'encens.

Sur le divan qui fait face à la porte, un personnage, qu'on pourrait prendre pour une statuette, est étendu. Est-ce vraiment une femme ? N'est-ce pas plutôt une figurine de cire ?

C'est bien une femme, une jeune Japonaise entièrement nue, qui fume une cigarette orientale et dont le regard indifférent glisse sur Torrence et sur son compagnon. Sur un autre divan, la jeune fille brune que les deux hommes ont admirée tout à l'heure est vêtue d'une somptueuse robe de chambre et joue avec un chat siamois.

Il est évident qu'au moment où les deux hommes se sont présentés, le peintre était occupé à faire le portrait de la jeune Orientale. Il prend d'ailleurs place devant son chevalet.

— Si vous voulez vous asseoir, messieurs… Vous permettez ?…

Il rallume sa cigarette, reprend ses pinceaux. Le modèle à la peau couleur safran reprend la pose.

— Quels sont les amis qui vous ont envoyés ?

On sent qu'il a l'habitude de travailler tout en recevant des visites.

Torrence, qui n'a jamais conversé ainsi en présence d'une femme en tenue aussi sommaire, toussotte, murmure :

— Je pense que vous ne les connaissez pas… Ce sont de gros commerçants de Lyon qui viennent souvent à Paris et qui fréquentent les bars de Montparnasse… C'est là qu'ils ont entendu parler du « peintre de la péniche »…

— Pas mal ! approuve Émile d'un battement de paupières.

— On parle beaucoup de moi à Montparnasse, c'est exact ! concède le peintre que la modestie n'étouffe pas. Mais on en parle encore plus à Amsterdam, à Londres, à New York… Germaine !… Il reste quelque chose à boire ?

— Si c'est pour nous, madame…

— Laissez !… Il doit rester du whisky… Nous avons eu une bande d'amis, la nuit dernière… On n'est jamais en paix… C'est le défaut de la célébrité… Eh bien ! Germaine !…

Celle-ci, qui a ouvert un placard aménagé dans la cloison, pose sur un plateau une bouteille de whisky, des verres et des siphons.

— Pas de glace ?

— Je peux aller en chercher en face…

— Merci ! J'en ai assez de cette vilaine tête d'Auvergnat… À votre santé, messieurs !…

Torrence, qui a le whisky en horreur, retient une grimace. Le peintre, sans lâcher sa palette, vide son verre d'un trait.

— Je crois d'ailleurs, reprend Torrence, qui préfère décidément, pour garder son sang-froid, ne pas regarder la vivante statuette asiatique, je crois que j'ai déjà aperçu votre charmante et confortable péniche…

— Nous avons parcouru à peu près toute la France…

— C'était, si je ne me trompe, sur la Marne… Je passais en canot automobile avec un ami…

Émile avait envie de lancer à son patron :

— Trop vite ! Beaucoup trop vite…

Et, en effet, Dassonville les regardait avec vraiment ce qu'on peut appeler des yeux froids et il laissait tomber l'entretien.

— Je peux d'ailleurs m'être trompé, tentait de se rattraper le bon Torrence. Toujours est-il que je suis heureux de vous surprendre en plein travail et que je serais plus heureux encore si je pouvais acquérir une des œuvres que…

— Montrez les tableaux, Germaine…

Cela semblait faire partie d'un rite. La jeune femme brune, fort peu vêtue, elle aussi, ouvrait un placard et en retirait une douzaine de toiles non encore encadrées, certaines inachevées.

Non seulement Dassonville semblait n'avoir jamais peint un seul personnage habillé, mais encore ses œuvres étaient pour le moins lascives, certaines d'une indécence fort poussée.

— Très bien… Très bien… faisait Torrence. Évidemment !… C'est exactement ce qu'on me disait…

Et Émile, arrivant à son secours :

— On nous disait, monsieur, que vous êtes le premier peintre de l'amour de notre époque… Je suis le secrétaire particulier de M. Martin…

— Il me semble qu'il avait dit Rousseau ?

— Martin Rousseau…

— Vous n'aviez pas dit Joseph ?

— La firme est Joseph-Martin-Rousseau… Dans l'intimité…

— Bref, vous êtes venus pour acheter un tableau ?… Il ne vous reste qu'à choisir et, comme je suis très occupé, c'est Mlle Germaine qui a l'habitude de ces choses…

— Savez-vous à quoi je pense depuis que je suis entré ici ?… Je pense à vos œuvres, c'est évident… Comment ne pas y penser quand on a l'honneur et l'avantage…

Pauvre Torrence ! Et cette femme nue qui s'étale sans la plus élémentaire pudeur et qui les regarde comme un sphinx…

— Je pense que je connais certainement Mlle Germaine… J'ai son nom de famille au bout de la langue… Je suis sûr que je l'ai déjà rencontrée et…

— Vous faites sûrement erreur…

— Je m'excuse d'insister… J'ai d'habitude très bonne mémoire, surtout la mémoire des physionomies… Mlle Germaine me rappelle… Attendez donc… Non ! Ce n'était pas chez un avocat… Chez un notaire… J'ai plusieurs amis dans le notariat… Attendez… Je crois…

Elle a rougi, il en est sûr. Elle évite, maintenant,

de le regarder en face. Est-ce qu'il aurait touché juste ? Est-ce que le petit exercice de graphologie auquel s'est livré Émile sur l'étrange lettre reçue par l'Agence O porterait déjà ses fruits ?

— Voulez-vous nous laisser, Germaine ?

L'homme aux yeux froids a dit cela d'une voix changée et aussitôt la jeune fille brune disparaît derrière une portière de velours ancien aux tons passés.

Le peintre, lui, dépose sa palette et ses pinceaux sur un guéridon. Il ne s'occupe pas plus de la petite Asiatique que si elle était vraiment une statuette plus ou moins précieuse et la jeune idole, de son côté, ne paraît pas accorder le moindre intérêt à la conversation. Puisqu'on ne peint pas, elle peut s'étirer, croiser et décroiser les jambes, exactement comme le fait sur l'autre divan le chat siamois.

— Messieurs…

Bigre ! Il y a quelque chose de changé dans l'air. Les yeux de l'homme ne sont plus froids. Ils sont de glace et leur regard est aigu comme ces aiguilles de givre qui se posent l'hiver sur les vitres.

— Je n'ai pas le droit de vous demander vos papiers…

Ahurissement d'Émile et de Torrence, à qui c'est bien la première fois que pareille aventure arrive.

— Cependant, j'ai bonne envie d'appeler l'agent en faction sur le pont de Saint-Cloud pour le faire à ma place…

— Mais…

— Encore que je vive en bateau, ce qui ne regarde personne, ce bateau est un domicile légal, et charbonnier dit-on est maître chez soi… Vous vous êtes introduits ici sous des noms que j'ai tout lieu de supposer faux, et la preuve en est que vous ne vous en souveniez pas vous-mêmes…

« Si vous êtes venus de province pour m'acheter une toile, il est pour le moins étrange que vous ayez éprouvé le besoin de déjeuner d'abord dans ce méchant restaurant d'en face et d'avoir une longue conversation avec le patron qui me déteste…

« Où vous êtes vraiment amateurs de peinture et vous connaissez mes prix… Dans ce cas, je vous vends une de ces toiles, au choix, pour la somme de dix mille francs payée comptant…

— Je n'ai pas sur moi… balbutie Torrence.

— Et cependant, vous veniez de province tout exprès pour m'acheter des tableaux ?… Cela ne prend pas, messieurs !… Vous êtes des curieux, des vicieux, ou vous vous mêlez de ce qui ne vous regarde pas…

« Si je vous revois dans les parages, je me ferai un devoir de donner un coup de téléphone à la police… J'ai des amis haut placés et ils vous apprendront…

Émile, qui a compris que ce n'est pas la peine d'insister, s'est déjà rapproché de la porte. Moins souple, Torrence croit devoir protester :

— Mes intentions, je vous jure…

— Que diriez-vous, monsieur, si je m'introduisais chez vous quand vous êtes en plein travail et si je me mettais à poser des questions saugrenues ?… Vous ne connaissez ni ma péniche, ni moi-même, ni mon amie Germaine…

— J'aurais juré…

— Ne prenez pas cette peine… Je vous donne une demi-minute pour franchir la passerelle et, si ce n'est pas fait à ce moment, j'aurai le regret de détacher mon chien qui a une prédilection toute particulière pour les messieurs d'un certain âge et d'un embonpoint douillet…

— Vous êtes beau comme un dieu, Jean ! déclare froidement la petite Japonaise.

Quant à l'Agence O… ce n'est pas la page la plus brillante de son histoire. On sent qu'ici les menaces ne sont pas de vains mots. Torrence et Émile sont dans leur tort. Ils n'ont aucun mandat officiel. Rien ne leur permet de s'imposer à bord de ce bateau et de poser des questions à un homme sur qui ne pèse aucune charge.

S'ils allaient à la Police judiciaire et s'ils montraient la curieuse lettre fermée à l'aide de sparadrap, on leur conseillerait vraisemblablement d'aller se reposer à la campagne en attendant des jours meilleurs.

Enfin, il y a le chien qui est, lui, une réalité tangible et menaçante.

Torrence et Émile battent en retraite. Dassonville les suit, sa palette à nouveau plantée sur son pouce gauche, car il vient de la reprendre, comme s'il considérait l'incident clos.

D'un coup de pied, la barrière est refermée derrière eux et, par précaution, le chien est détaché.

L'humiliation de l'Agence O n'est pas encore à son comble. Comme les deux hommes remontent sur la berge, ils aperçoivent l'Auvergnat du petit restaurant qui les contemple, le nez écrasé sur la vitre. Il leur fait signe. Il les invite. Il leur ouvre la porte.

— Il vous a mis dehors, hein ?… Prenez donc un petit verre pour vous remonter… Je devine, allez !… Ces lascars-là, ça ne devrait pas être dans la circulation…

Et l'Auvergnat, se tournant vers Torrence, après s'être assuré que sa fille n'est pas dans la salle :

— Quel âge a-t-elle ?

— Mais…

— Je parle de votre fille…

Torrence qui, décidément, n'est pas d'attaque, a le malheur de répondre avec indignation.

— Il ne s'agit pas de ma fille !

— Ah ! bon… C'est encore pis !… Et dire qu'il n'y aura personne pour lui flanquer une bonne tournée… Ainsi, c'est votre femme qui…

Le brave homme a cru tout bonnement que Mme Torrence s'était laissé prendre aux avances du beau Dassonville et…

Émile a toutes les peines du monde à garder son sérieux. Dans la rue, il questionne, suave :

— Alors, patron ?

— Alors quoi ? riposte Torrence, comme si on lui avait marché sur les orteils.

— Qu'est-ce que vous en pensez ?

— J'en pense… J'en pense…

Il serre les poings. Il serre les dents. Et, quand il se retourne vers la péniche si gentiment dénommée *Cupidon*, son regard est annonciateur de sombres vengeances.

— Attendez seulement que je sache d'où il sort, ce coco-là, et que…

— Voyez-vous, patron, j'ai toujours entendu dire que le métier de mécène est un des métiers les plus difficiles… Hep !… Taxi !… Ce n'est pas une raison, n'est-ce pas, pour nous faire tremper comme des soupes… Cité Bergère, chauffeur !…

Et le chauffeur met un peu de baume dans l'âme de Torrence en murmurant :

— J'ai bien reconnu monsieur, allez !...

Il est vrai qu'il ajoute dans ses moustaches :

— Il m'a flanqué, dans le temps, assez de *contre-danses* !

3

Où Émile a de sombres pressentiments qui se justifient et où l'Agence O est obligée de recourir aux grands moyens.

Le gras Mignolet, le commissaire aux mœurs, n'avait pas l'air plus content que ça de voir son ancien collègue Torrence dans son bureau du Quai des Orfèvres. Jalousie ? Il devait se figurer que Torrence gagnait des fortunes à l'Agence O :

— Non, mon vieux, non !... opposait-il à la requête de celui-ci. À vous entendre, on pourrait croire que vous n'avez jamais travaillé dans la maison... Vous parlez exactement comme les braves pères de famille qui viennent me trouver chaque jour... Le rôle de la police des mœurs n'est pas d'empêcher les filles d'être amoureuses, et, si nous devions nous occuper de tous les beaux garçons qui ont trop de succès...

— Vous savez bien que ce n'est pas tout à fait la même chose...

— C'est entendu... Je connais la péniche et je connais le peintre qui l'habite... J'ai eu l'occasion de faire une enquête discrète à son sujet...

— Vous ne prétendrez pas que c'est par sa peinture seule qu'il attire ses clients ?

— Mon Dieu, Torrence, ce que vous êtes devenu bégueule depuis que vous avez quitté la maison !... Il est certain que ce garçon excite la curiosité des bourgeois par une atmosphère de vice qu'il a su créer à bord de son bateau... Je le soupçonne de vendre sous le manteau des dessins plus libres encore que les toiles que vous avez vues... N'empêche qu'il n'enfreint pas les lois et que, parmi ses amis, il compte un certain nombre de personnages importants... Nos députés et nos sénateurs ne sont pas tous des petits saints, vous semblez l'avoir oublié...

— Tant pis !

— Vous faites une de ces têtes...

— Eh bien, oui, je ne peux m'empêcher d'avoir peur...

C'était Émile qui lui avait communiqué ses appréhensions, Émile qui lui avait dit avant son départ pour le Quai des Orfèvres.

— Faites l'impossible pour avoir des renseignements, patron... Je me trompe peut-être ?... Mais j'ai de sombres pressentiments... Vous verrez qu'il y a du vilain, du très vilain dans cette affaire... Et je me demande si nous arriverons à temps...

Voilà pourquoi Torrence avait tant insisté, pourquoi il se raccrochait encore.

— Tout ce que je vous demande, c'est d'exiger de cette jeune fille ses pièces d'identité...

— Je regrette... Tant qu'elle ne s'est pas mise dans son tort, tant qu'elle n'enfreint aucun règlement et ne provoque aucun scandale, je n'ai pas le droit de l'interpeller... Quant à ces histoires de nudités qu'on aperçoit de l'extérieur, tous les peintres sont en butte aux mêmes plaintes de la part de voisins pudibonds… Est-ce que les statues, dans les squares, sont habillées ?… Non, mon vieux !… Je ne sais pas qui vous a lancé sur cette piste ridicule, mais je puis vous affirmer qu'elle ne vous mènera nulle part… Que ce Dassonville soit assez faisandé, soit !… Qu'il joue habilement des vices de ses contemporains et qu'il exerce une certaine attirance sur les jeunes filles vicieuses, soit encore !… Pour le reste, si j'ai un bon conseil à vous donner, *laissez tomber*…

Et, ces deux mots-là, à la P.J., ont un sens précis. Cela veut dire, en quelque sorte :

— Il y a des choses que je ne puis vous dire, mais je vous assure qu'il ne serait pas prudent de vous entêter…

— Tant pis ! soupira Émile, quand il fut mis au courant. Si seulement cette damnée pluie voulait cesser ?…

Par quel bout prendre l'enquête ? Barbet était bien à Saint-Cloud, à surveiller la péniche. Il y avait même un taxi en permanence au carrefour le plus proche pour lui permettre de suivre Dassonville si celui-ci s'éloignait en voiture. Car on avait découvert, tout au moins, que le peintre possédait une petite auto, presque aussi ancienne que le tacot de l'Agence O, qu'il garait dans une maison voisine. On s'était servi de cette voiture récemment. Elle était entièrement maculée de boue et Barbet, qui avait pu s'en approcher, affirmait que, dans les stries des pneus, il avait retrouvé de petits morceaux de brique pilée.

Mais où cette voiture était-elle allée ensuite ? Pourquoi changer de prison le vieillard inconnu ?

— S'ils l'ont tué, remarquait Torrence avec assez de justesse, pourquoi lui couper la barbe ?

Et, maintenant que la police officielle refusait d'aider l'Agence O et semblait même lui ordonner la prudence, Émile, qui avait comme un poids sur les épaules, soupirait :

— Écoutez, patron… J'avoue que je ne sais à quel saint me vouer, ni par quel bout prendre l'enquête… Cela vous ennuie fort que nous engagions des frais probablement inutiles ?… Je voudrais en avoir le cœur net… Si cela ne sert à rien, ma foi…

Torrence avait accepté. Tous deux s'étaient rendus chez un entrepreneur spécialisé de Maisons-Alfort.

— Inutile de demander une autorisation qu'on nous refuserait, avait décidé Émile. D'ailleurs, je doute qu'on vienne nous déranger…

À trois heures de l'après-midi, le lendemain, une puissante moto-pompe, qui servait d'habitude à des fins plus crûment utilitaires, était amenée non loin de la maison de Lagny. Des ouvriers bottés jusqu'à la ceinture descendaient à la cave et une heure plus tard celle-ci était vidée de son eau.

Ainsi qu'Émile l'avait prévu, cela n'attira pas un curieux. Il est vrai qu'il pleuvait toujours à verse.

— Et maintenant ? questionnaient les ouvriers.

On avait apporté des pelles et des pioches et, pendant une heure encore, on fouilla le sol de la cave. Émile était nerveux.

— Je me demande ce que vous espérez découvrir, lui avait dit Torrence. Vous avez affirmé vous-même qu'on n'avait pu enterrer le vieux dans cette cave puisque, depuis qu'il nous a écrit, l'inondation en a rendu l'accès impossible…

— Ce n'est pas à lui que je pense… C'est trop vague pour que je vous en parle, patron… Voyez-vous, je pars du principe que les hommes n'inventent rien, que les mêmes causes produisent les mêmes effets, que les mêmes hommes commettent à peu près les mêmes crimes… Je ne sais pas pourquoi, à bord de la péniche, j'ai pensé à une affaire vieille de cinquante ans…

Un des ouvriers venait de pousser une exclamation. Cinq minutes plus tard, on exhumait avec précaution du sol de la cave un cadavre dans un état de décomposition tel qu'il était méconnaissable.

Chose étrange, cette découverte rendit à Émile tout son sang-froid et son allant habituel.

— Donc, *il tue* ! conclut-il.

Et on aurait pu croire qu'il en était satisfait.

— Remarquez que la police ne peut à peu près rien contre lui. Il prétendra que cette maison n'a jamais été régulièrement habitée par lui, qu'elle est isolée et que n'importe qui pourrait y pénétrer… Comme il sera à peu près impossible d'identifier le cadavre… Je vous laisse vous occuper de ça, patron…

— J'avertis le Parquet ?

— C'est indispensable, évidemment… Mais ne vous pressez pas trop… Arrangez-vous pour que nous ayons quelques heures devant nous… Les communications, d'ici, ne sont pas faciles… Pas d'excès de zèle !... Ces messieurs ne se dérangeront sans doute pas cette nuit et se contenteront d'envoyer des policiers... Vous irez d'autant moins vite que je suis obligé d'emmener la bagnole...

Et Émile, au volant de la petite auto découverte que la pluie transformait toujours en baignoire, contourna Paris et arriva avant la nuit au pont de Saint-Cloud.

Il y avait de la lumière derrière les rideaux de la péniche. Non loin de là, Barbet, une goutte d'eau tremblant au bout de chaque poil de son visage, se morfondait sur un seuil où il n'était guère à l'abri.

— Il est à bord ?

— Il n'a pas quitté le bateau... La petite Japonaise est partie...

— Et la jeune fille brune ?

— Toujours à bord...

— Dites-moi, Barbet, cela vous ennuierait beaucoup si, par hasard, vous étiez obligé de faire quelques jours de prison ?

— Mon Dieu, patron, cela me rappellerait des souvenirs désagréables, mais si c'est nécessaire...

Alors, Émile donna à voix basse des instructions au garçon de bureau de l'Agence O et, remontant en voiture, regagna les locaux de la Cité Bergère.

— Vous êtes trempé, remarqua Mlle Berthe. Vous feriez mieux d'aller vous changer...

Il préféra se faire sécher devant le feu et une vapeur grisâtre ne tarda pas à monter de ses vêtements. Deux heures s'écoulèrent. L'heure du dîner approchait.

— Je vais vous chercher des sandwiches ?

— Si cela ne vous ennuie pas...

Elle était à peine sortie qu'on entendait dans l'escalier des pas précipités. C'était Barbet, une manche de son pardessus déchirée.

— Ouf!... J'ai bien failli, patron... Voilà!...

De dessous son manteau, il tira un sac à main qu'il lança sur la table.

— Vous aviez raison... Il n'y a pas de domestique à bord de leur sacré *Cupidon*... Il paraît qu'une femme de ménage vient chaque matin pour le gros ouvrage... Bref, un peu avant l'heure du dîner, la jeune femme est sortie et s'est dirigée vers la rue la plus commerçante de Saint-Cloud... Cela a été si vite fait que je n'ai pas eu le temps d'agir avant qu'elle pénètre dans une charcuterie où elle a acheté des petits plats tout préparés... Elle a pris de l'argent dans son sac à main... Je l'ai suivie chez l'épicier... Je n'avais qu'une peur, c'est que le peintre vienne à sa rencontre...

« Bref, quand elle s'est dirigée vers l'endroit où le bateau est amarré, j'ai sorti mon rasoir... D'un coup sec, j'ai coupé la poignée de son sac à main... Nous étions dans l'obscurité du quai... Je me suis mis à détaler, mais la jeune fille criait et quelqu'un m'a saisi par la manche...

« Heureusement que j'avais laissé tomber le rasoir... J'ai pu frapper du poing, sans lâcher le sac, de l'autre main...

« Ils étaient six ou sept à courir après moi... Il y avait surtout un gamin qui devrait s'inscrire dans les *cross* pédestres, car c'est un véritable lièvre... Tant pis pour lui!... J'ai été obligé de lui envoyer un de ces directs...

« Bref, après une poursuite assez mouvementée, qui a mis Saint-Cloud sens dessus dessous, je suis parvenu à sauter dans un autobus en marche… J'en suis descendu en plein bois de Boulogne… Métro à la porte Dauphine… Puis…

Émile, qui ne paraissait pas écouter ce récit qui rappelait tant de souvenirs à Barbet, examinait le contenu du sac et il poussa un soupir de soulagement quand, dans une petite poche, il découvrit un passeport.

La photographie qui figurait sur le document était bien celle de la jeune fille brune de la péniche.

« *Germaine Chauffier-Mignot, 24 ans, née à Moulins (Allier), sans profession…* »

Le passeport portait un visa de la frontière autrichienne, où il était probable que la jeune fille était allée faire du ski deux ans auparavant.

— Vous êtes content, patron ? Vous trouvez ce que vous vouliez ?

Mlle Berthe rentrait avec des sandwiches et Émile partageait en frère avec Barbet.

— Demandez-moi vite le 187 à Moulins, mademoiselle Berthe…

Émile était grave, beaucoup plus grave que d'habitude.

— Allô !… Je suis bien chez M. Chauffier-Mignot, le sénateur ?… Qui est à l'appareil, s'il vous plaît ?… Le maître d'hôtel ?… Je voudrais parler à M. le sénateur… Vous dites ?… Il est en voyage ?… Ne coupez pas, je vous en prie… C'est très important… Mme Chauffier-Mignot ?… Comment ?… Elle est morte depuis vingt ans ?… Je vous demande pardon… Mais non, monsieur, je ne suis pas journaliste… Il s'agit peut-être de la vie de votre maître… Comment ?…

« Pouvez-vous me dire depuis quand il est en

voyage ?... Deux mois ?... Fort bien... Avez-vous reçu de ses nouvelles depuis lors ?... Savez-vous où il se trouve ?... En Angleterre ?... Vous avez des lettres ?... Pardon, je ne comprends pas très bien... Ne mettez pas la bouche si près de l'appareil... Ah ! bien !... Vous avez reçu des télégrammes... De Londres ?... Attendez... ce n'est pas tout...

« Je désirerais savoir de qui est composée la famille de M. Chauffier-Mignot... Hein ?... Mlle Germaine ?... Ah ! elle vivait à Paris chez sa tante... Vous avez l'adresse de cette tante ?... 21, quai de Passy... Mme Mignot... Pas de frère ?... Pas de sœur ?... Avez-vous entendu dire que Mlle Germaine devait se marier ?... Oui ?... Vous ne savez pas avec qui ?... Ne coupez pas, sacrebleu !...

Émile avait le sang aux joues, les yeux brillants. Jamais, peut-être, au cours de sa carrière, il ne s'était senti à la fois si loin et si près d'une importante découverte. Il tenait un fil, mais si ténu !...

— Je vous en supplie, monsieur... Restez à l'appareil et répondez-moi en toute franchise... Je vous répète qu'il s'agit peut-être de la vie de votre maître...

Il imaginait le maître d'hôtel tout en noir dans le hall d'un sévère hôtel particulier de province.

— Lorsqu'il a quitté Moulins, est-ce que M. Chauffier-Mignot savait déjà qu'il partait pour l'Angleterre ?... Non ?... Il vous a dit qu'il se rendait à Paris ?... Comment ?... Il descendait au *Continental* ?... Attendez... Ce n'est pas tout... Vous rappelez-vous lui avoir remis des lettres venant d'Angleterre ?... Quoi ?... Il en a reçu une ?... Qui portait le timbre de Londres ?... Et il a pris le premier train ?… Soyez donc assez aimable pour ne pas vous coucher cette nuit… Oui… Qu'en tout cas vous restiez à proximité du téléphone…

Émile ne songeait plus à achever son sandwich. Il s'était précipité dans son cagibi qui contenait tous les annuaires imaginables. Il ne tarda pas à y découvrir un petit volume qui donnait la biographie de la plupart des hommes politiques français, ainsi que leur photographie.

— Il porte une barbe blanche ! cria-t-il triomphalement. Tenez ! Voici M. Chauffier-Mignot… Quelle heure est-il ?

— Huit heures…

— Mon Dieu ! Le bureau de poste de Saint-Cloud est fermé… Demandez-moi au téléphone Mme Mignot, quai de Passy… Allô ! Madame Mignot ?… Comment ?… Oui… Ici, l'Agence O… Ne vous inquiétez pas… Mais répondez vite, car les minutes sont comptées… Pouvez-vous me dire quand vous avez reçu pour la dernière fois la visite de votre beau-frère ?… Il y a cinq mois ?… Vous êtes sûre qu'il n'est pas venu chez vous voilà deux mois environ ?… Il vous a téléphoné ?… Bien… Du *Continental*, n'est-ce pas ?… Il était très surexcité… Mais oui, je sais que ce sont des affaires de famille… Je suis déjà au courant, madame…

« C'est M. Chauffier-Mignot lui-même qui a fait appel à nous… Mais non ! il n'est pas mort… Non, je n'ai pas le temps de faire un saut jusque chez vous… Il vous a dit, au téléphone, qu'il avait des nouvelles dramatiques à vous apprendre ?… Oui, évidemment, il ne pouvait s'agir que de sa fille… Comment ?… Nous sommes discrets, croyez-moi !… Répétez… Il y avait déjà trois jours que… oui, j'entends… Qu'elle vivait à bord de la péniche et qu'elle n'était pas rentrée chez vous ?… Oui… Vous dites qu'elle avait fait prendre ses affaires par un commissionnaire ?…

« Et depuis ?… Un télégramme de Londres… Voulez-vous m'en dire la teneur, aussi exactement que possible ?… Je prends note… Si court ?…

« *Vous inquiétez pas, stop. Retenu à Londres plusieurs semaines, stop. Situation Germaine arrangée.* »

« Je vous remercie, Madame… Ne soyez pas trop inquiète si le téléphone vous réveille au cours de la nuit…

— En route, Barbet !…

— Où allons-nous ?

— Saint-Cloud…

— Mais, si des gens me reconnaissent ?…

— Peu importe… Vite !…

Les deux hommes, sans prendre congé de Mlle Berthe, qui avait déjà compris qu'elle devait rester à l'Agence toute la nuit, sautaient dans l'auto et filaient vers Saint-Cloud. Une heure plus tard, ils sonnaient à une adresse que leur avait donnée le receveur des postes. C'était celle d'un modeste facteur, celui qui avait le quai dans sa tournée et qui, par conséquent, portait le courrier à bord du *Cupidon*. Il était en bras de chemise et jouait de l'accordéon à ses gosses.

— Des lettres, bien sûr qu'il en reçoit… Et même des tas !… Surtout des lettres de femmes… C'est inouï ce que ce type-là peut recevoir de lettres de femmes !… Il y en a de si parfumées qu'elles empestent ma boîte…

— En reçoit-il de l'étranger ?

— Quelques-unes… Surtout de la dame de Londres…

— Quelle dame de Londres ?

— Je ne sais pas… Je l'appelle ainsi parce que, tous les deux jours, il y a une lettre qui vient de Londres et qui porte la même écriture féminine… Et tenez !… Il y a un autre détail… Ça me revient tout à coup… Pendant une quinzaine de jours, les lettres de Londres avaient l'adresse écrite par une main d'enfant…

Émile, ce soir-là, vibrait des pieds à la tête, comme un fil trop tendu.

— Pourvu que nous arrivions à temps !… soupira-t-il en sortant de la chaude maison du facteur.

4

Où, en dépit des accusations d'Émile, l'homme aux yeux froids tient tête à ces messieurs.

L'atmosphère, au Quai des Orfèvres, était si dramatique qu'elle rappelait les plus mauvais jours de l'affaire Landru. Quant à la situation d'Émile, elle devenait plus hallucinante à mesure que les minutes s'écoulaient.

Certes, le jeune homme roux de l'Agence O avait remporté une victoire. Il avait été trouvé chez lui le directeur de la P.J. et lui avait parlé avec tant d'éloquence qu'à dix heures du soir le commissaire Lucas, accompagné de trois inspecteurs, faisait irruption à bord de la péniche et emmenait Jean Dassonville ainsi que Germaine Chauffier-Mignot.

Il était maintenant minuit. Tout le monde était là, dans les locaux surchauffés de la Police judiciaire. Torrence était accouru de Lagny.

Le plus calme de tous était sans doute Dassonville, qui regardait Émile avec des yeux plus glacés que jamais et qui fumait des cigarettes à bout doré.

— Nous attendons vos preuves, monsieur Émile ?... disait avec une certaine humeur le directeur de la P.J. qui s'était dérangé en personne.

— Messieurs, je n'apporte aucune preuve... Mais je vous demande de ne pas perdre de vue qu'un homme, un vieillard honorable et honoré, est peut-être en train de mourir... J'ignore où il est, je l'avoue... J'ignore si, dans sa nouvelle prison, on a pris soin, comme à Lagny, de lui laisser des provisions de nourriture...

— Des faits, s'il vous plaît, monsieur Émile...

— Il y a un fait, en tout cas, qui est établi. Les médecins légistes sont d'accord pour affirmer que le cadavre découvert dans la cave de la briqueterie est le cadavre d'une femme très blonde, de vingt-huit ans environ... Des témoignages établissent que, vers l'époque à laquelle ce décès a eu lieu, le *Cupidon* était amarré devant la maison de Lagny et qu'une jeune femme blonde, probablement une Suédoise, était la maîtresse du peintre... L'enquête établira, messieurs, j'en ai la certitude, qu'il s'agissait d'une jeune fille ou d'une jeune femme riche...

« Voyez-vous, nous nous trouvons en présence d'un de ces hommes qui n'hésitent pas à se servir de leur attrait sur certaines femmes...

Un sourire, froid comme le regard, étirait les lèvres minces de Dassonville.

— Cette atmosphère voluptueuse de la péniche… Cette ambiance d'amour ou plutôt de vice… Je n'ai pas besoin d'insister… Vous savez comme moi que des jeunes filles, des jeunes femmes qui se disent modernes sont attirées par…

— Nous vous avons demandé des faits, monsieur Émile…

Torrence souffrait pour son collaborateur dont le front était couvert de grosses gouttes de sueur.

— Pourquoi Dassonville a-t-il éprouvé le besoin de se débarrasser de sa maîtresse nordique ?… La famille de celle-ci s'était-elle émue ?… La jeune femme avait-elle découvert que son amant était marié et avait un enfant ?…

— Vous avez des preuves ?

— Aucune, monsieur le directeur… Mais le temps presse et les preuves, j'en suis sûr, viendront plus tard…

— En somme, vous échafaudez des hypothèses…

— … basées sur le caractère des personnages et sur des indices qui ne trompent pas… Vous verrez que nous découvrirons à Londres une jeune femme, qui a cru en Dassonville, qui s'est mariée avec lui – c'est si facile en Angleterre ! – et qui a un enfant… Vous avez remarqué qu'on n'a retrouvé à bord de la péniche aucune lettre de Londres, alors que le facteur affirme qu'il en apportait tous les deux ou trois jours… Si on prenait la peine de brûler cette correspondance…

— Monsieur est romancier ? questionna Dassonville sans se départir de sa féroce ironie.

— Non, monsieur… Mais il voudrait sauver la vie à un vieillard… Il vous faut de l'argent, beaucoup d'argent pour mener l'existence paresseuse pour laquelle votre titre d'artiste n'est qu'un paravent... Après la petite Suédoise, Mlle Germaine Chauffier-Mignot... Celle-ci vit chez sa tante, à Paris... Dieu sait où elle vous rencontre... Un peintre peut pénétrer dans tous les milieux... Elle s'emballe... Elle devient votre maîtresse... Et vous vous dites qu'il serait plus profitable, étant donné la fortune du père, d'en faire votre femme légitime...

« M. Chauffier-Mignot est sur le point d'accepter, car, sans doute, lui avez-vous donné des preuves de votre intimité avec sa fille...

« Mais votre femme de Londres ne l'entend pas de cette oreille-là...

— C'est tout ce que vous avez trouvé ?

— Pour le moment ! fait sèchement Émile, qui ne veut à aucun prix se laisser impressionner.

Jamais, au grand jamais, il n'a joué une partie aussi dure.

— Votre femme de Londres, qui a un enfant de vous, ne veut pas de ce mariage... Vous aime-t-elle encore ?... Je n'en sais rien... Mais elle en sait long sur vous et elle révèle à M. Chauffier-Mignot, dans la lettre que celui-ci reçoit à Moulins, un soir, un certain nombre de choses sur votre compte...

« Il accourt à Paris... Il va reprendre sa fille... Il vous menace peut-être de révéler à la police ce qu'est devenue votre maîtresse suédoise ?...

« Le tuer serait dangereux... Sa fille ne sait rien de cette histoire...

« Vous parvenez à emmener le sénateur à Lagny et à le séquestrer...

« Ainsi, vous espérez que, sous la menace, il finira par céder... Que le mariage se fasse, et vous êtes tranquille… Le père de votre femme reculera devant un scandale et se taira…

« Or, il se fait que ce vieillard ne cède pas… Malgré la condition misérable que vous lui réservez, dans une chambre sordide, il tient bon et, un beau jour, il s'adresse à nous…

« Avez-vous eu vent de cette lettre ramassée sur la berge par un gamin ?… Vous êtes-vous aperçu que du papier avait disparu de la chambre ?

« Vous craignez qu'on ne découvre votre victime et vous venez la chercher… Pour le cas où quelqu'un apercevrait le vieillard dans votre auto – car vous n'oubliez pas que comme homme politique, il a eu souvent sa photographie dans les journaux – vous lui coupez la barbe…

« Une seule question se pose… Tout le reste est sans importance… Où avez-vous transporté M. Chauffier-Mignot ?… Dans quel nouveau cachot se trouve-t-il à l'heure qu'il est ?…

— Monsieur le directeur de la Police judiciaire, dit froidement le peintre, non seulement je nie, bien entendu, mais j'ai l'honneur de porter plainte entre vos mains pour diffamation, violation de domicile et vol d'un sac à main… Veuillez faire appeler, si vous comptez me garder ici, Me Henry-Robert que je choisis comme avocat…

Pendant toute cette scène, Germaine Chauffier-Mignot est restée comme prostrée et il serait bien difficile de deviner ce qu'elle pense.

— Vous n'avez aucune déclaration à faire, mademoiselle ?

Elle articule avec effort :

— Ce n'est pas possible… J'ai reçu plusieurs télégrammes de mon père…

— Datés de Londres, n'est-ce pas ?

— Il me disait qu'il était en voyage d'études…

— Aucune lettre ?

— Non…

— Voyez-vous, mademoiselle, n'importe qui peut signer un télégramme de n'importe quel nom… Tandis qu'une lettre !… Avez-vous, depuis deux mois, reçu une seule lettre de la main de votre père ?…

— Je ne crois pas… Non… Pauvre papa !…

Elle pleure.

Le directeur de la P.J. arpente son bureau à grands pas saccadés.

— Mon cher Torrence… Monsieur Émile… Je n'ai pas besoin de vous dire que vous nous avez mis dans une situation… Hum !… une situation extrêmement délicate… M. Dassonville est l'ami de hautes personnalités et, si vos hypothèses ne reposent sur aucune preuve…

Émile est à la torture. C'est presque avec des larmes dans la voix qu'il s'écrie :

— Mais, sacrebleu, ce vieillard est peut-être en train de mourir !

— Il est peut-être tranquillement installé dans un hôtel de Londres…

Barbet vient d'entrer. L'Agence O, cette fois encore, n'a pas regardé aux frais. Barbet a été chargé de donner dans la capitale anglaise un nombre considérable de coups de téléphone. Non seulement le sénateur français n'est descendu dans aucun des grands hôtels en harmonie avec sa situation et sa fortune, mais les quelques personnalités politiques avec lesquelles il était en relation ne l'ont pas vu et n'ont pas entendu parler de ce voyage.

— Dassonville, messieurs, ne dira rien… Souvenez-vous de Landru… Et Landru était un homme de mince envergure en comparaison de celui-ci… Landru, si je puis dire, faisait dans le vulgaire, dans le facile, tandis que Dassonville… *La question qui se pose de toute urgence est celle-ci : le séquestré dispose-t-il de vivres ?…* En empêchant Dassonville d'aller le ravitailler, *n'est-ce pas nous qui décidons sa mort…*

Émile est presque hagard. Rarement il a pris une affaire tellement à cœur. Il est vrai, que cette fois, il en est littéralement le seul *deus ex machina…*

— Messieurs… Il me vient une idée… Je ne sais pas ce qu'elle vaut… Nous avons l'exemple de la maison de Lagny… Dassonville était à Lagny voilà deux ans et il a loué une bicoque, à la fois pour travailler plus à l'aise, pour garer sa voiture et le gros matériel du bord… L'été dernier, il était à Honfleur… Je me demande…

On a Honfleur au bout du fil. Le commissaire de police en personne a été tiré de son lit.

— Je m'en souviens parfaitement… Ils avaient loué, au bout de la ville, une petite maison de deux pièces qui…

Un ordre du directeur de la P.J. Et on attend dans l'angoisse. Émile dévore cigarette sur cigarette. On lui annonce que Mlle Germaine demande à lui parler en particulier.

— Je vous écoute…

— Ce n'est pas possible, n'est-ce pas?… Depuis que vous avez fait votre récit, je cherche en vain… Et pourtant…

— N'ayez pas peur, mademoiselle…

— C'est aux lettres d'Angleterre que je pense… Une fois, j'ai voulu en lire une… Il y a eu une scène comme jamais il n'en avait éclaté entre nous… J'ai cru que… Non! je ne peux pas penser qu'un homme comme lui…

— Vous avez un père admirable, mademoiselle…

Elle s'effondre. Ses nerfs ne la soutiennent plus. Et Émile, qui entend dans le bureau voisin la sonnerie du téléphone, se précipite.

— Eh bien, messieurs?…

Le directeur est à l'appareil. Son visage est pâle. Il retire sa pipe de ses lèvres.

— Comment?… Oui… Deux heures au moins?… J'attends, bien entendu…

Quand il redresse la tête, son regard se fixe sur Émile dont les genoux tremblent.

— Monsieur…

Il cherche ses mots. Il ne les trouve pas.

— Je… je suis… je vous demande pardon… Vous venez de…

Et, soudain en colère:

— Qu'on mette les menottes à cette crapule!…

Il y a un instant de flottement. Les inspecteurs se demandent s'ils ont bien compris et se tournent vers Émile.

— Une pareille canaille, voyez-vous…

Ouf!… C'est de Dassonville qu'il parlait!

— Messieurs, on vient de découvrir M. Chauffier-

Mignot dans la bicoque que cet homme, qui, décidément, ne change guère de tactique, comme la plupart des criminels, a louée à bail, pour une somme infime, dans les environs immédiats de Honfleur... M. Chauffier-Mignot est hors d'état de parler... Voilà deux jours, en effet, qu'il n'a pas été alimenté, et la pièce dans laquelle il était enfermé contenait juste assez d'air pour...

Alors on assiste à l'événement le plus curieux, qui prendra place dans l'histoire de l'Agence O.

Émile a fait deux pas de côté, il a saisi un dossier d'une chaise. Il s'y assied si maladroitement qu'il glisse, qu'il tombe par terre et que Torrence, qui ne le quitte pas des yeux, s'écrie :

— Mais il est évanoui...

Quand même pas... Émile sourit... Un sourire pâle...

— Ça va mieux, patron... J'ai eu si peur !... Voyez-vous, j'avais confiance dans mon raisonnement, mais en même temps...

Deux heures plus tard, le commissaire de police de Honfleur a une longue conversation avec le directeur de la P.J.

— Mais non, monsieur ! hurle celui-ci dans l'appareil. Je ne vous ai jamais donné de pareilles instructions... Il a raison, M. le sénateur... Une confirmation verbale... Il l'a faite ?... Eh bien, ça suffit... Pour le reste, le cadavre de Lagny suffit et je vous assure que notre homme ne s'en tirera pas facilement... Qu'est-ce que vous dites, monsieur Émile ?... Qu'on dise... Comment ?... Qu'on dise à M. Chauffier-Mignot que sa fille est ici ?... Oui !... Et que... Comment, monsieur Émile ?... Que tout va bien... Que tout ira très bien...

« Là-dessus, messieurs, je crois…

Malgré l'horloge de la cheminée, le directeur tira sa montre de sa poche et grommela :

— Il est cinq heures du matin et il serait peut-être bon que nous allions nous reposer un peu… Demain… Ou plutôt tout à l'heure…

LE CLUB
DES VIEILLES DAMES

1

Où le personnage le plus sémillant de l'Agence O est en passe de devenir le chouchou des vieilles dames et où un orage sur la campagne produit de curieux effets.

Une fois qu'il se présentait, au Lavandou, à un Hollandais qui avait fait appel à l'Agence O, Émile avait été accueilli par un méprisant :

— *Je vous croyais plus gros que ça…*

Car on l'avait pris pour le bon Torrence. Il en fut à peu près de même, en beaucoup plus gentil, chez Mme Pitchard. Quand Émile pénétra dans son douillet appartement du quai de Passy, elle ne put s'empêcher de manifester sa surprise, puis son ravissement, et elle murmura enfin avec un délicieux accent qu'il était difficile de reconnaître :

— Je ne me serais jamais imaginée que vous étiez si jeune, monsieur Torrence…

— C'est que je ne suis pas M. Torrence, mais un de ses employés…

— Cela ne fait rien… Asseyez-vous… Mon Dieu ! Je suis encore toute bouleversée par cette histoire…

Un quart d'heure plus tard, Émile avait conquis Mme Pitchard par son petit air bien élevé, par l'attention plus que polie avec laquelle il savait écouter, par les hochements de tête dont il soulignait le récit de son interlocutrice.

— Un garçon absolument étonnant, ma chère, devait-elle téléphoner à la présidente. D'ailleurs, je vous l'ai envoyé… Vous serez bien gentille, ensuite, de le faire entrer en rapport avec notre amie Renaudin… Mais si !… Il faut que toutes ces dames le connaissent…

L'excellente Mme Pitchard, dont le défaut le plus apparent était un goût trop prononcé pour la couleur mauve, un mauve presque agressif qui la vêtait de la tête aux pieds – quand elle sortait, elle portait un chapeau mauve et une voilette à pois blancs ! – l'excellente Mme Pitchard, dis-je, ne se douta jamais que, pendant tout son récit, Émile avait enduré le supplice du monsieur qu'on chatouille et qui n'a le droit de rire sous aucun prétexte.

— Figurez-vous, monsieur… je devrais presque dire jeune homme, étant donné votre âge… figurez-vous que, chaque semaine, j'ai l'habitude d'inviter, pour le *week-end*, une de ces dames du club…

— Voulez-vous me permettre de vous demander, madame, de quel club il s'agit ?

— Du Club des Vieilles Dames… Vous n'en avez pas entendu parler ?… Vous voyez que, contrairement à ce qu'on pense, toutes les dames d'un certain âge ne cherchent pas à se rajeunir… Nous avons choisi tout exprès ce titre sans ambiguïté et l'article premier des statuts précise que ne peuvent faire partie du club que les dames de la bonne société qui ont atteint l'âge de cinquante ans…

Elle ajouta en minaudant :

— J'en ai cinquante-deux…

— Je ne l'aurais jamais cru, fit Émile avec conviction.

— C'est un club très fermé… Nous sommes une cinquantaine de membres à Paris, soit des Parisiennes, soit des personnes de la colonie étrangère… Enfin, nous avons en province un certain nombre de membres correspondantes qui, lorsqu'elles viennent à Paris, trouvent un foyer à notre club… Je disais donc que chaque semaine j'ai l'habitude…

— Pardon, madame, pouvez-vous préciser le but de cette association ?…

— Ce n'est pas une association… C'est un club… Les hommes ont bien leurs cercles, n'est-ce pas ?… Nous avons franchi le cap de la cinquantaine, c'est entendu… Dans les réunions mondaines, les jeunes ne s'occupent pas de nous et les messieurs préfèrent se retirer au fumoir… Nous avons donc décidé de nous réunir pour passer le temps aussi agréablement que possible, car nous n'avons pas renoncé à la gaîté… Nos locaux, un vaste appartement, se trouvent avenue Victor-Hugo, à deux pas de l'Étoile, et ce n'est pas un hasard s'ils sont situés au-dessus d'un des meilleurs pâtissiers-traiteurs de Paris…

« Nous jouons au bridge, à d'autres jeux de société… Nous donnons des thés, des déjeuners et des dîners… Bref, nous passons entre nous des heures agréables…

« Inutile d'ajouter qu'aucun homme n'est admis dans nos salons, pas même un maître d'hôtel… Le service est fait exclusivement par des femmes et celles-ci doivent aussi avoir dépassé la cinquantaine…

« J'en reviens à mon récit… Chaque semaine, j'ai l'habitude d'inviter une de ces dames à passer le *week-end* dans ma villa de Triel… Mon choix ne se fait pas au hasard mais, afin de ne pas provoquer de jalousies, je suis la liste alphabétique des membres…

« Samedi dernier, c'était le tour de Mme Sacramento…

— Mme Sacramento est espagnole ? questionna Émile.

— Non… Elle appartient à la haute société panaméenne… Son père, son beau-père ou un de ses oncles, je ne sais plus au juste, a été président de la République de Panama… Une personne très gaie, très distinguée aussi… Elle a un de ces accents !… Bref, je lui ai transmis mon invitation, mais elle l'a en partie refusée… Elle m'a objecté qu'elle devait passer la nuit à Paris, à cause de sa nièce Rosita qui ne pouvait l'accompagner, car elle était invitée ce soir-là à une soirée officielle…

« — Eh bien, ma chère, venez dîner samedi et vous rentrerez le soir à Paris… Triel n'est pas loin et avec votre voiture…

— Voulez-vous me donner l'adresse de Mme Sacramento ?

— Volontiers… Elle occupe un magnifique appartement avenue Foch, tout près du bois de

Boulogne… Si je n'aimais pas autant la vue de la Seine, je…

Émile est si sage qu'on pourrait croire qu'il a passé toute sa vie dans les jupons des vieilles dames.

— J'en viens à la soirée de samedi… Mme Sacramento est arrivée à huit heures du soir avec sa voiture et son chauffeur… Nous avons fait en tête à tête un petit dîner tout à fait charmant… Je suis gourmande et j'ai un des meilleurs chefs de Paris… Bref, nous nous sommes fort bien amusées… Mme Sacramento est impayable lorsqu'elle raconte des histoires, et elle en connaît d'extraordinaires…

« Il était peut-être dix heures et nous dégustions un petit verre de liqueur quand un terrible orage a éclaté… Vous avez dû en recevoir une partie à Paris…

« Malgré la pluie diluvienne, à dix heures et demie, Mme Sacramento fait avancer sa voiture… Quelques instants plus tard, son chauffeur annonce que celle-ci est hors d'état de repartir… Je ne me souviens plus de ce qu'il y avait de détraqué, car je ne connais rien à la mécanique…

« Mme Sacramento paraît extrêmement contrariée… La gare est loin… Je lui annonce, d'ailleurs, qu'il n'y a plus de train pour Paris…

« Après de longues discussions avec le chauffeur, celui-ci promet d'avoir remis l'auto en état pour le lendemain matin de très bonne heure…

« — À condition que l'auto soit prête dès six heures du matin ! insiste Mme Sacramento… Il faut *absolument* que je sois à Paris au petit jour… À condition aussi, chère amie, que vous me promettiez de ne pas vous lever… Je ne veux pas être cause de dérangement… Et patati… Et patata…

« Nous bavardons encore pendant une heure... Vers onze heures et demie, Mme Sacramento téléphone à sa nièce pour lui annoncer qu'elle ne rentrera que le lendemain matin...

« Je la conduis moi-même dans sa chambre, qui est voisine de la mienne... Nous l'appelons la chambre bleue... Chaque chambre a un nom de couleur... À Cannes, où j'ai une villa, les chambres portent chacune un nom de fleur... Charmant, n'est-ce pas ?...

« Nous dormons... J'ai un excellent sommeil mais, par contre, j'ai l'habitude de me réveiller tôt...

— Pardon, madame, permettez-moi de vous demander si, dans votre villa, vous gardez de fortes sommes d'argent ?

— Jamais... Quelques milliers de francs pour les dépenses courantes...

— Y a-t-il des objets de valeur ?

— Est-ce que je sais ?... De vieilles choses que M. Pitchard collectionnait...

— Et rien n'a disparu ?

— Pourquoi me demandez-vous cela ?

— Je croyais que, puisque vous avez fait appel à l'Agence O...

— Mais non ! Mais non ! C'est bien plus extraordinaire que ce que vous pensez... Écoutez-moi... Vous pouvez fumer une cigarette... Pas la pipe, mais une cigarette...

« Donc, vers cinq heures et demie du matin, je m'éveille et j'entends Mme Sacramento qui va et vient dans la chambre bleue... Devant la barrière, j'entends aussi le bourdonnement du moteur de l'auto que le chauffeur est parvenu à réparer...

« Je sais bien que j'avais promis de ne pas me

lever… Mais, puisque je ne dormais pas… Je passe donc une robe de chambre… Je descends sans bruit… Quelques instants plus tard, mon amie descend à son tour et, en m'apercevant dans le hall, elle a un mouvement de recul.

« *J'ai eu à ce moment l'impression très nette qu'elle hésitait à remonter dans sa chambre…*

« Étonnée, je m'avance…

« Alors, elle est prise d'une grande agitation.

« — Vous m'excuserez… Il faut que je me dépêche… Je suis déjà en retard…

« Elle courait presque… Elle évitait de me regarder en face…

« Et moi, monsieur, je restais là, les yeux écarquillés… Je ne trouvais pas un mot à dire… Je ne sais même pas si j'ai eu la présence d'esprit de balbutier des paroles de politesse…

« *Je venais de m'apercevoir que, pendant la nuit, la barbe de Mme Sacramento avait poussé…*

Émile avala sa salive et, grâce à ce petit exercice plusieurs fois répété, il put garder son sérieux.

— Comprenez-vous maintenant pourquoi Mme Sacramento insistait tant pour repartir le samedi soir ?… Comprenez-vous pourquoi elle devait absolument quitter la villa de très bonne heure, avant mon réveil ?…

« *Elle n'avait pas son rasoir avec elle !…*

« Un homme venait bel et bien de passer la nuit dans la chambre bleue, tout à côté de la mienne, et je n'avais même pas fermé la porte de communication !

« Plus grave encore, pendant des mois, pendant presque une année, un homme a fait partie du Club des Vieilles Dames et a vécu parmi nous…

« Encore bouleversée par l'émotion, j'ai téléphoné à la présidente, qui m'a fait jurer de garder le silence jusqu'à ce que nous puissions envisager ensemble la situation…

« Elle est venue me voir le dimanche… Assises au fond du jardin, nous avons discuté longuement la question… Nous avons décidé de ne rien révéler au club avant qu'une enquête approfondie ait été menée…

« Et c'est pourquoi, monsieur, je me suis adressée à l'Agence O, dont nous connaissons l'habileté et la discrétion…

— Je vous demande pardon… Vous m'avez dit tout à l'heure que rien n'avait disparu de chez vous ?

— C'est exact…

— Des vols ont-ils eu lieu récemment dans les locaux du club ?

— Jamais ! À quoi pensez-vous ?

— Vous jouez au bridge et à d'autres jeux… Jouez-vous au baccara aussi ?

— De temps en temps… Jamais de fortes sommes…

— Mme Sacramento avait-elle de la chance au jeu ?

— Elle perdait tout ce qu'elle voulait…

Un petit rire.

— Voyez-vous, il faut que je vous avoue que Mme Sacramento était la plus sympathique de nos amies… D'une drôlerie !… D'un esprit !… Je vous ai déjà parlé de ses histoires… Si j'avais le temps, je vous en raconterais… Elle avait tant de succès que des dames venaient rien que pour elle… On demandait en entrant :

« — Mme Sacramento est ici ?

« Et, si elle n'y était pas, il y en avait qui s'en allaient…

— Vous pourriez me la décrire ?

— C'est difficile… Plutôt petite que grande… Très brune, avec quelques fils d'argent sur les tempes… À peu près comme moi… Des traits fins, mobiles, spirituels… toujours de bonne humeur, toujours drôle, toujours riant et faisant rire…

— A-t-elle profité de sa présence au club pour se faire inviter chez ces dames ?

— Jamais… Je pensais même qu'elle refuserait mon invitation… Nous savions qu'elle vivait seule avec sa nièce Rosita…

— Vous la connaissez, cette nièce ?

— Elle n'a jamais mis les pieds au club, puisque c'est contraire aux statuts… Mais il m'est arrivé de les rencontrer rue Saint-Honoré, ou rue Royale… Une admirable créature, brune comme sa tante, éclatante de santé… Ne s'habillant que dans les meilleures maisons…

On était le lundi matin. C'était donc la veille que Mme Pitchard s'était aperçue que les joues de son amie s'étaient, pendant la nuit, couvertes de poils drus et courts.

— Il me reste, madame, une petite question à vous poser. Que désirez-vous exactement de l'Agence O ?

Mme Pitchard parut stupéfaite par cette question, et ses idées sur l'intelligence d'Émile furent sur le point de se modifier.

— Mais, monsieur… Pensez que, pendant des mois, un homme, un homme qui n'a même peut-être pas cinquante ans, s'est introduit au Club des

Vieilles Dames !... Pensez qu'il a assisté à toutes nos réunions !... Si cela se savait, ce serait un scandale sans précédent...

— Sait-il... Je veux dire, Mme Sacramento saitelle que vous vous êtes aperçue que sa barbe avait poussé ?

— Je ne le pense pas... Elle a mis tant de précipitation à courir vers sa voiture... Elle est capable de revenir au club... Que pouvons-nous faire ?... Nous ne pouvons quand même pas, Mme la présidente et moi, lui demander de nous fournir la preuve que... Enfin, vous me comprenez ?... Nous ne pouvons pas non plus la rayer sans raison de la liste de nos membres...

« Enfin, nous désirons, la présidente et moi, savoir pourquoi cet homme a éprouvé le besoin de faire partie de notre petit groupe et si...

— Je vous avoue, madame, que votre proposition est assez inattendue et que c'est la première fois que l'Agence O se voit chargée d'une mission aussi... comment dirai-je ?... aussi originale...

— La présidente, à qui j'ai encore téléphoné avant votre arrivée, est d'accord avec moi en ce qui concerne les frais... Le club est riche... je vous ai déjà dit que nos membres appartiennent à la meilleure société... J'ai ici la liste des dames et leur adresse... Je suis chargée de vous en remettre confidentiellement une copie, ainsi que ce chèque pour vos premiers frais... Mais, mon Dieu ! que vous êtes jeune... Il faudra absolument que vous voyiez la présidente...

Quand Émile arriva à l'Agence O, Cité Bergère, Torrence, plongé dans l'étude de dossiers ennuyeux, leva la tête et s'étonna de l'air particulièrement émoustillé de son employé.

— Cette Mme Pitchard?

— Charmante... Figurez-vous, patron, que Mme Pitchard, d'accord avec la présidente du Club des Vieilles Dames...

— Hein? s'écria Torrence, persuadé qu'Émile se moquait de lui.

Mais Émile posa sur le bureau un chèque de cinq mille francs.

— C'est une avance... Nous sommes chargés de découvrir si Mme Sacramento, Lélia Sacramento, est un homme ou une femme... Nous sommes chargés aussi de découvrir pourquoi cette personne, mâle ou femelle, s'est fait inscrire au Club des Vieilles Dames dont elle était un des membres les plus spirituels...

Émile était l'homme des annuaires. Son cagibi, derrière le bureau officiel de Torrence, était encombré d'annuaires de toutes sortes, d'indicateurs de chemins de fer et de lignes de navigation de tous les pays du monde. Le chapeau sur la tête, une cigarette éteinte aux lèvres, il compulsa un certain nombre de bouquins poussiéreux.

— Eh bien, conclut-il, il y a eu, en effet, un Sacramento qui a été pendant six mois président de la République de Panama, et il répondait au doux prénom de José... Il y a dix ans de cela... D'après le *Bottin Mondain* de son pays, il existait une Mme Sacramento... Je vois enfin que ce président de la République est mort en fonctions... Donc, Mme Sacramento est veuve depuis une dizaine d'années...

— Vous trouvez ça passionnant? grogna Torrence qui, habitué aux recherches criminelles de la Police judiciaire, ne s'intéressait à une affaire que si elle comportait au moins un cadavre.

— Passionnant ?... C'est palpitant qu'il faudrait dire... Ce n'est pas tout, patron !... Voici la collection complète du *Figaro*... Jetez un coup d'œil sur le Carnet Mondain... Vous constaterez que Mme Sacramento et sa nièce Rosita sont invitées à toutes les réceptions d'ambassades et à toutes les fêtes mondaines où on souligne, dans chaque compte rendu, la beauté et la grâce de Mlle Rosita...

— Qu'est-ce que cela prouve ?

Alors, Émile eut un regard amusé à l'épaisse silhouette de Torrence.

— Vous seriez capable, vous patron, pendant plus d'un an, de vivre plusieurs heures presque quotidiennement au Club des Vieilles Dames ?... Vous seriez capable d'assister pendant des années, vêtu d'une robe de soie noire, à des réceptions mondaines ?... Hein ?... Répondez...

— C'est idiot...

— Ce n'est pas idiot : *c'est tout bonnement admirable*... Et l'homme qui est arrivé à ce résultat n'est pas le premier venu, je vous jure...

— Je ne vois pas où vous voulez en venir...

— On n'a rien volé, paraît-il, au Club des Vieilles Dames... On n'a rien volé chez mon excellente amie Mme Pitchard... On n'a rien volé au cours de ces soirées mondaines dont je vous parle, car le *Figaro* en ferait mention...

— Et après ?

— Mais, sacrebleu, patron, je me demande ce que vous avez aujourd'hui... Il est très difficile, très pénible, pour un homme, de vivre un certain temps sous des atours féminins sans se trahir... Cela demande non seulement un physique approprié, mais une exceptionnelle maîtrise de soi et une volonté au-dessus de la moyenne... N'oubliez pas qu'il ne s'agit pas d'un bal travesti, ou d'une soirée ou deux, mais de longs mois, de plusieurs années, peut-être ?... Les Sacramento sont des gens connus... Ils ne fréquentent pas des milieux quelconques, mais le monde international et fermé des ambassades... Il y d'autres Panaméens à Paris...

— Évidemment, c'est assez curieux...

— Dites que c'est renversant et que la fausse Mme Sacramento, si vraiment sa barbe a poussé et si vraiment c'est une fausse Mme Sacramento, a accompli un tour de force extraordinaire... Enfin, cet homme, puisqu'on nous affirme qu'il s'agit d'un homme, vit depuis des années dans l'intimité d'une jeune fille qui passe pour sa nièce... Si celle-ci, de son côté, ne s'est aperçue de rien ?... Pensez, patron, à l'intimité qui règne entre une tante et sa nièce vivant dans le même appartement... Pensez à certains déshabillés, à certaines...

Émile avait rougi, car Émile était un chaste.

— Réfléchissez à tout ce que je viens de vous dire et vous en arriverez à la même conclusion que moi, à savoir que cette affaire, si ridicule en apparence, est peut-être une des plus troublantes dont l'Agence ait eu à s'occuper... Maintenant, je me demande comment je vais m'introduire dans l'appartement de l'avenue Foch... Un homme de cette force ne doit pas manquer de flair et ce n'est pas en me coiffant d'une casquette d'employé du gaz ou en me déguisant en livreur des Galeries...

— Je croyais, murmura Torrence qui avait à se venger, que vous parliez l'espagnol comme Don Quichotte lui-même et que vous aviez vécu deux mois à Panama…

Émile hésitait encore.

— Vous semblez oublier, poursuivit le gros Torrence avec férocité, que cette gracieuse Mme Sacramento est la femme ou la proche parente d'un ancien président de la République… Maintes fois, on vous a pris pour un étudiant plutôt que pour un policier sagace… Il y a des étudiants pauvres… Il y a maintes choses qu'on peut demander à une personne influente dans son pays…

Et voilà comment Émile devint ce jour-là, grâce à quelques transformations plus ou moins habiles, *l'étudiant panaméen pauvre*.

Ses cheveux roux passèrent au noir. Son teint devint olivâtre. Son veston trop étroit le rajeunit encore et ses lunettes d'écaille faisaient « très Quartier Latin ».

Il n'était quand même pas rassuré quand, à trois heures de l'après-midi, il se présenta au concierge d'un somptueux immeuble de l'ex-avenue du Bois, devenue avenue Foch.

— Mme Sacramento, s'il vous plaît ?

— Je crois qu'elle vient de sortir… Sa voiture n'est plus devant la porte… Sans doute la trouverez-vous à son club…

— Il n'y a personne chez elle ?

— Mlle Rosita doit y être…

Allons ! Un peu de courage ! Émile prit l'ascenseur et pressa un timbre électrique.

— Je désirerais, dit-il en espagnol au maître

d'hôtel en habit qui le reçut, parler à Mlle Rosita Sacramento…

Le maître d'hôtel fronça les sourcils. On sentait qu'il ne comprenait pas l'espagnol et que, seul, le nom de la jeune fille l'avait frappé.

— Vous voulez parler à Mlle Rosita ? questionna-t-il en français, avec un fort accent anglais ou plutôt américain. De la part de qui ?

— Emilio Tessaro…

— Si vous voulez attendre un instant…

Il entendit une voix jeune et joyeuse qui questionnait, derrière une porte :

— Qu'est-ce que c'est, John ?

Et l'instant d'après il était ébloui par la plus éclatante des apparitions.

2

Où il est prouvé une fois de plus que le monde est petit et où Émile se souvient du célèbre cimetière d'Eyoub.

Le jeune homme roux de l'Agence O n'avait pas eu le temps d'ouvrir la bouche, sidéré qu'il était par les grands yeux noirs fixés sur lui, qu'une voix joyeuse s'exclamait :

— Émile !…

Et Émile, il faut bien le dire, devint aussi pourpre qu'un écolier pris en défaut ou qu'une jeune fille dont la maman découvre la première faute. Il balbutia, sans retrouver sa contenance, et oubliant tout à fait son rôle d'étudiant panaméen pauvre :

— Dora !…

— Quelle idée avez-vous eue de vous faire teindre en brun, chéri ?…

Il aurait pu poser bien des questions, lui aussi, mais le sang-froid lui manquait.

À l'Agence O, le personnel aurait juré qu'Émile n'avait jamais eu d'aventures, et Mlle Berthe, la gentille secrétaire, avait en vain vécu quarante-huit heures avec lui au Lavandou, dans une intimité propice.

Le maître d'hôtel s'était discrètement éloigné. Et la jeune fille poursuivait avec une familiarité pleine de bonne humeur et de grâce :

— Qu'est-ce que vous êtes devenu, *darling*, depuis ce joli cimetière d'Eyoub ?… Excusez-moi si je ris… Mais cette idée d'avoir changé de couleur !… Si encore vous étiez une jolie femme !…

L'histoire remontait à cinq ans déjà. Émile était allé passer quelques semaines à Constantinople, devenu Istanbul. Il était descendu au *Péra-Palace* et sa vie était à peu près exempte d'aventures quand était arrivé un vieil Américain, M. Simson, en compagnie d'une jeune fille aussi éclatante que libre d'allures.

C'était Dora, Dora qu'on appelait aujourd'hui Rosita. D'Espagnole qu'elle se prétendait alors, elle était devenue panaméenne.

Le *Péra-Palace* – ce n'était pas la saison du tourisme – était presque vide. L'Américain et sa compagne prenaient leurs repas à la table voisine de celle où Émile mangeait seul. Que regarder dans une salle à manger vide, sinon une voisine, surtout si elle est jolie ?

Émile, pourtant, n'avait pas d'intentions précises et sa timidité naturelle lui aurait enlevé l'idée de toute action audacieuse.

Un soir, comme le dîner finissait, le concierge de l'hôtel était venu lui annoncer :

— Il y a une lune superbe… Si je puis vous donner un conseil, c'est de choisir cette nuit pour votre visite au cimetière d'Eyoub… D'ailleurs, sachant que vous étiez libre, j'ai déjà fait venir la voiture qui a l'habitude de vous conduire…

Contrairement à ce qui se passe en Europe occidentale, les cimetières turcs ne sont pas considérés comme des lieux tristes, mais au contraire, avec leurs allées ombragées, comme des jardins où les amoureux ne dédaignent pas d'égarer leurs pas.

Une heure plus tard, Émile se préparait à quitter le *Péra-Palace*. Dans le hall, il aperçoit la jeune compagne de l'Américain vêtue comme pour une sortie.

Ils ne se sont jamais parlé, sinon pour se dire :

— Pardon, mademoiselle…

— Passez, monsieur…

— Je vous en prie…

Elle s'avance et elle lui dit sans embarras :

— J'ai entendu tout à l'heure que vous allez à Eyoub et que vous avez une voiture… Je suis libre ce soir et il y a huit jours que j'ai envie de visiter ce fameux cimetière… Serait-il indiscret de vous demander une petite place dans votre auto ?

C'est une des rares bonnes fortunes d'Émile, la seule, en tout cas, qui lui ait demandé aussi peu de peine.

Dans les allées poétiques bordées de cyprès, Dora n'a pas été avare de confidences. Elle a avoué qu'elle était espagnole, que M. Simson était un vieil imbécile, mais qu'il était fort riche et qu'il lui faisait des cadeaux somptueux. Pas bégueule pour un sou, la Dora !

— Figure-toi que depuis huit jours j'ai le béguin pour toi et que j'attends une occasion…

Maintes fois, le soir, en s'endormant, ou plutôt en cherchant vainement le sommeil, Émile s'est souvenu des moindres détails de cette nuit-là, qui a été une des plus mouvementées de sa vie.

Le cimetière d'Eyoub et ses coins déserts n'ont pas épuisé l'ardeur de sa compagne et, de retour à l'hôtel, elle est venue passer deux heures encore dans la chambre du jeune homme avant de se glisser dans l'appartement de Simson.

Le lendemain, Émile se lève tard. Quand il descend, il aperçoit la voiture de l'Américain, chargée de malles, devant la porte de l'hôtel. Pourtant le couple aurait dû rester encore plusieurs jours à Istanbul.

Le concierge lui adressa un clin d'œil. Dora descend, passe devant lui comme sans le voir, suivie de son vieil ami…

Et c'est tout…

Ils ne se sont jamais revus…

— Je vous aurais reconnu, *darling*, même si vous aviez mis une perruque et une longue barbe grise… Mais comment avez-vous su, après si longtemps, que j'étais à Paris et que je m'appelais maintenant Rosita ?…

On avouera que l'embarras d'Émile n'était pas sans cause. Que lui répondre ?

— Mademoiselle, je… je…

— John!… John!… appelle-t-elle. Servez-nous un whisky, voulez-vous?… Je suis sûr que mon ami Émile meurt de soif…

Étrange créature, qui est sans doute une aventurière, mais qui peut, d'un instant à l'autre, prendre l'aspect de la plus mondaine des jeunes filles. Un corps admirable. Un visage régulier, sans la moindre trace de vulgarité. Des yeux qui, sous l'action de la passion, deviennent plutôt trop expressifs, mais dont elle sait jouer de telle sorte qu'ils sont aptes à exprimer même les émotions de la vierge.

— Alors, vieil Émile, qu'est-ce que vous racontez et qu'est-ce que vous êtes venu faire ici?… Si ma tante…

Elle rit en prononçant ces mots. Il sent que c'est un sondage.

— Vous êtes sûre que ce soit votre tante?

— À peu près comme Simson était mon oncle! lance-t-elle dans un éclat de rire.

C'est lui le plus gêné des deux. Elle joue des yeux, des mains, des pieds, de sa jambe qui est de toute beauté et qu'elle découvre au-dessus des genoux…

— À nos anciennes amours!… Et vous, ami, que devenez-vous?… Est-ce que vous êtes devenu enfin officier de marine?… Je me souviens qu'à cette époque vous suiviez les cours de l'École Navale et que vous étiez venu à Istanbul au cours d'un congé, sur les traces de Loti et de Farrère…

Jamais, au cours de son existence qui, il est vrai, n'a pas encore été très longue, Émile ne s'est trouvé dans un pareil embarras.

— Vrai!… Je me demande encore pourquoi vous

avez fait teindre vos cheveux ?... Est-ce que vous aviez honte d'être roux ?... D'autant plus que vous êtes très mal teint, *darling*... Il y a des reflets qui... Posez tout ça là, John... Donnez-moi Passy 22-23... Il faut que je dise à ma manucure de ne pas venir cet après-midi...

— Pourquoi ?... Je vous en prie...

— Je suis trop contente de vous voir et de remuer avec vous de bons vieux souvenirs... Passez-moi l'appareil, John !... Allô !... Ici, mademoiselle Sacramento... Oui... Je suis très occupée aujourd'hui... Voulez-vous dire à mademoiselle Blanche de ne pas se déranger ?... Oui... Un autre rendez-vous... C'est cela... Je téléphonerai...

Elle se tourne vers le maître d'hôtel.

— Laissez-nous, John... Au fait, je crois que vous m'aviez demandé votre après-midi... Eh bien ! c'est entendu... Vous pouvez aller au cinéma...

Est-ce une comédie ? Si oui, elle est si habilement jouée qu'Émile n'arrive pas à en voir les ficelles.

Et sinon, que va-t-il faire ?

— À votre santé, *darling* !...

Rosita, quand elle était encore Dora, avait déjà l'habitude, comme beaucoup de gens qui voyagent à travers le monde, de mélanger deux ou trois langues.

— Racontez-moi maintenant comment vous avez retrouvé ma trace... Et dites-moi franchement si vous êtes encore amoureux... Après si longtemps, ce serait merveilleux...

Lui répondre :

— Mademoiselle, je suis ici parce que votre pseudo-tante, qui fait partie du Club des Vieilles Dames, n'est en réalité qu'un homme et que...

Il se tait.

— On dirait que vous n'êtes pas content…

En vraie fille d'Ève, elle ne lui donne jamais le temps de se ressaisir.

— C'est à cause de ma tante ?… Vous êtes jaloux, Émile ?… Avouez que je ne pouvais tout de même pas vous rester fidèle pendant des années sans savoir si je vous retrouverais jamais… Vous savez qu'à Istanbul le vieux Simson s'est aperçu de tout… Il m'attendait dans ma chambre… Il m'a fait une scène !… Il a exigé que nous partions le lendemain… Il voulait aller vous tirer les oreilles et, s'il ne l'a pas fait, c'est que je lui ai dit…

Bon ! Voilà, par-dessus le marché, Émile qui devient son obligé ! Elle a empêché son vieil amant de lui tirer les oreilles !

N'a-t-il pas raison, depuis lors, d'éviter prudemment les aventures de ce genre ?

— Vous ne buvez pas… Souvenez-vous… À Istanbul, nous avons bu ensemble trois verres de *raki* dans un petit restaurant turc, en mangeant de ces drôles de choses qu'ils servent sur de petites assiettes… J'avais la tête qui me tournait et vous me teniez dans vos bras en me disant…

Soudain, Émile a une inspiration.

— Vous permettez que je donne un coup de téléphone ?

— Volontiers… Vous remarquerez seulement que vous ne m'avez même pas embrassée… Sachez que ma tante… Hum !… est beaucoup moins jalouse que M. Simson et que… Enfin !… Vous avez l'annuaire sur ce guéridon… L'appareil est branché… Vous permettez que, pendant ce temps, je me mette un peu de poudre ?…

Elle disparaît par une porte. Il feuillette l'annuaire des téléphones.

Club… Club… Club… C'est inouï le nombre de clubs qu'il y a à Paris !… *Club des Vieilles Dames*… Passy… Hein ?… *Passy* 22.23…

— Allô… Allô… Le Club des Vieilles Dames ?… À qui ai-je l'honneur ?… Le vestiaire ?… Dites-moi… Je voudrais parler immédiatement à Mme Sacramento… Comment ?… C'est urgent, oui… Retéléphoner dans deux heures ?… C'est impossible… Elle est sortie ?… Précipitamment ?… À la suite d'un coup de téléphone…

Il fonce vers la porte par laquelle la jeune fille a disparu. Il pénètre ainsi dans une grande chambre où la lumière entre à flots et dont les fenêtres sont ouvertes.

— Mademoiselle Rosita !… appelle-t-il… Quelqu'un… Holà !… Quelqu'un !…

Personne ne répond. La salle de bains est vide. La salle à manger est vide. Les deux salons sont vides.

— Quelqu'un !… Quelqu'un !…

Il est aussi rouge que quand, tout à l'heure, on lui a rappelé son aventure amoureuse d'Istanbul. Ainsi, il vient d'être joué, en quelques minutes, le plus simplement du monde. Il a marché ! Il écoutait. Il se laissait rappeler des souvenirs qui…

Des pas dans l'escalier. On sonne. On resonne. On frappe à la porte violemment.

— Voilà !… Voilà !…

Trois agents en uniforme, sur le palier.

— Où est-il ? questionnent-ils.

— Qui ?…

— Le cambrioleur… On vient d'alerter Police-Secours et de nous avertir qu'un cambrioleur était en train d'opérer dans l'appartement…

Un des agents regarde plus attentivement Émile.

— Vous êtes le valet de chambre ?…

Et, comme Émile ne répond pas tout de suite :

— Vos papiers !… Plus vite que ça !… Attention, vous autres, il est peut-être armé…

Émile, comme d'habitude, n'a pas ses papiers d'identité en poche.

— Agence O… riposte-t-il.

— Tiens ! Tiens !… Nous, on connaît les gens de l'Agence O… À part l'ancien inspecteur Torrence et un certain rouquin…

— Je suis le certain rouquin… Émile… Je vous en prie… Laissez-moi courir à la poursuite de…

Et c'est l'échec le plus complet, le plus intégral que l'Agence O ait essuyé, d'autant plus cuisant que, cette fois, c'est Émile seul, le grand patron, qui est en cause.

Que lui reste-t-il dans les mains ? Quel indice retenir ? Rien ! Moins que rien !

Le matin, on lui signalait qu'une Mme Sacramento, membre du Club des Vieilles Dames, était sans doute un homme.

À trois heures de l'après-midi, il apprenait que la pseudo-nièce de cette Panaméenne n'était autre qu'une aventurière dont il avait été l'amant jadis en Turquie.

À trois heures et demie, plus rien ! Il se débattait

contre la police. Il fallait appeler le bon Torrence. On le relâcherait avec des excuses ironiques.

Mais, le plus grave, c'est qu'*il n'y avait plus personne dans l'appartement de l'avenue Foch.*

Au nez et à la barbe d'Émile, si l'on peut dire, Rosita avait donné l'ordre à John, le maître d'hôtel, d'aller au cinéma. Il y avait en outre, dans l'appartement, une femme de chambre et une cuisinière. Qu'étaient-elles devenues ? Mystère ?

Mme Sacramento, elle, avait quitté précipitamment le Club des Vieilles Dames.

Rosita avait disparu…

À dix heures du soir, Émile et Torrence, en compagnie d'un inspecteur de la Police judiciaire à qui ils avaient bien été forcés de raconter leur histoire, attendaient toujours dans le vaste et somptueux appartement.

Tous ses locataires avaient fui comme des rats.

Et Émile soupirait, lugubre, à l'adresse de Torrence :

— Qu'est-ce que je vous avais dit, patron ?

— Qu'est-ce que vous m'aviez dit ?

— Que c'était grave… Que c'était une affaire extraordinaire… Que…

— Vous aviez oublié de me dire que cette Rosita avait été votre…

— Chut !…

Mais il y avait plus extraordinaire encore. Ils avaient, bien entendu, fouillé l'appartement. C'étaient des gens du métier. D'habitude, rien ne leur échappait. Et Dieu sait si les lieux où quelqu'un a habité sont éloquents.

Or, on n'avait rien trouvé qui démentît la fable de

« *Madame Sacramento et sa nièce, la belle Rosita* », comme disaient les journaux mondains.

Des lettres d'autres vieilles dames à la fausse vieille dame.

« Ma chère amie,

« Votre thé d'hier a été un éblouissement et j'espère que vous accepterez la semaine prochaine, ainsi que votre charmante nièce… »

Tout était de cet acabit. Pas une photographie révélatrice. Rien chez John, le maître d'hôtel, dont on se méfiait.

L'inspecteur de la P.J. avait fait venir par surcroît de précautions deux spécialistes des empreintes digitales. On en avait repéré sur les meubles et sur les clinches des portes, tant dans l'appartement que dans les chambres de domestiques.

On reçut, un peu avant dix heures, la réponse par téléphone.

Aucune des empreintes relevées ne correspondait à celles existant à l'Identité judiciaire. Autrement dit, ni les maîtres, ni le personnel, n'étaient des repris de justice.

— Voyez-vous… Cette Sacramento… Ou plutôt cet homme qui se faisait passer pour Sacramento…

— J'ai compris… grogna Torrence.

— En quittant la villa de Triel, elle a eu un doute… Elle a perçu quelque chose d'anormal dans le regard de la bonne Mme Pitchard… Pas assez pour avoir une certitude… Mais *elle*… Je veux dire *il*… Il s'est mis sur la défensive… Il a alerté sa nièce…

— Qui ne doit pas être sa nièce…

— Est-ce que, oui ou non, vous me laisserez finir, patron ?

Et on sentait qu'Émile était vraiment en colère.

— Alors ?

— Tout le monde se tenait sur le qui-vive... Il y avait même un code spécial pour prévenir la vieille dame... enfin le...

— Compris...

— ... pour le prévenir au Club des Vieilles Dames... Il suffisait d'acheter la complaisance de la demoiselle du vestiaire... Je serais bien heureux d'aller faire un tour de ce côté...

Torrence, de mauvaise humeur, regarda avec insistance les cheveux bruns de son collaborateur.

— Cela vous demandera une nouvelle transformation... D'après ce que vous m'avez appris des statuts de cet étrange club, la présence des hommes et celle des femmes âgés de moins de cinquante ans est strictement interdite et je ne vois pas... À moins que vous n'ayez le désir de vous déguiser en vieille femme...

Mauvaise carburation dans le moteur de l'Agence O. Émile, en effet, riposte, vexé :

— Cela me serait plus facile qu'à vous...

Et il fixe intentionnellement le ventre proéminent de l'ex-inspecteur Torrence.

À ce moment, la sonnerie du téléphone retentit.

— Allô... répond Émile. Chez Mme Sacramento, oui... Elle n'est pas ici, mais...

Et, à l'autre bout du fil, une voix fraîche s'exclame :

— Je le sais bien, patron...

C'est Mlle Berthe, qui monte la garde Cité Bergère, dans les bureaux de l'Agence.

— Je ne voulais pas vous déranger... Mais voilà déjà trois fois qu'une certaine Mme Pitchard téléphone… Elle voudrait vous parler d'urgence… Je ne lui ai rien dit, naturellement… Je lui ai promis que, dès que vous rentreriez, vous iriez la voir. Elle a ajouté que vous n'aviez pas besoin de faire attention à l'heure et qu'il ne s'agissait pas d'une visite mondaine…

3

Où Émile ne se tient pas pour battu et où il découvre que ces dames ne dédaignent pas de s'amuser comme des petites filles.

Mme Pitchard était tout sucre, tout miel. Elle attendait Émile dans son appartement douillet du quai de Passy et elle avait préparé une bouteille d'alcool plus que vénérable.

— Je vous ai beaucoup dérangé, n'est-ce pas ?… Mais si ! Je me rends compte, maintenant, combien j'ai été sotte…

Émile avait déjà compris, mais il préférait attendre la suite.

— Il ne faut pas trop faire attention à ce que racontent les vieilles dames… Pour nous, un événement sans importance devient tout un monde… Si vous pouviez nous voir, au club !… Il nous arrive de nous amuser un après-midi entier avec un rien…

Émile ne manifestait toujours aucun sentiment. Il se tenait assis, bien sage, sur le bord de sa chaise, les mains sur les genoux et, à vrai dire, s'il écoutait ce que lui disait son interlocutrice, d'autres pensées se superposaient à son discours.

— Voilà, se disait Émile, une cinquantaine de vieilles dames de la plus haute société… La plupart ont eu une vie mondaine et ont élevé une famille… Fils et filles sont maintenant mariés… Les maris, en général, sont morts ou gâteux… Le Club des Vieilles Dames ressemble plus à un couvent qu'à un cercle et, comme le dit Mme Pitchard, ces dames s'amusent d'un rien et doivent rire comme des petites folles de la plus innocente plaisanterie…

« Or, si on lit la liste des membres du Club, on s'aperçoit que ce petit groupe plus ou moins ridicule représente une fortune incalculable… Il n'est pas une de ces dames qui ne puisse signer sans sourciller un chèque d'un million, et certaines d'entre elles sont plus de cinquante fois millionnaires…

Mme Pitchard continuait, en versant du vieil alcool ambré à Émile :

— J'ai eu le tort d'attacher trop d'importance à un incident qui n'en a pas *et qui ne doit pas en avoir*… Sur le moment, la présidente a été aussi émue que moi et c'est pourquoi je vous ai appelé… Aujourd'hui, nous avons eu réunion du comité… Je me suis fait taper sur les doigts…

— Pardon, questionna Émile, où était Mme Sacramento pendant cette réunion du comité ?

— Dans le grand salon… Nous ne lui avions encore rien dit… Il paraît qu'elle a reçu un coup de téléphone et qu'elle est partie précipitamment… Je disais que nous avons décidé à l'unanimité d'oublier l'incident… Une enquête est inutile et ne servirait qu'à nous ridiculiser… Certaines d'entre nous ont des maris dans la diplomatie ou dans les affaires ; ils seraient furieux si leur nom était mêlé à une histoire somme toute sans importance…

Elle lui souriait de toutes ses dents, qu'elle avait fort belles.

— Je vous demande pardon, monsieur Émile, de vous avoir dérangé de la sorte… J'espère que vous voudrez bien conserver en dédommagement le petit chèque que je vous ai remis…

— Vous savez que Mme Sacramento a disparu ainsi que sa nièce ?

— Vraiment ?

— Il semble que cette fuite était préparée. En effet, on a retrouvé peu de malles dans l'appartement… Comme ces dames voyageaient beaucoup, on aurait dû normalement trouver plus de bagages… En outre, comme par hasard, tout le personnel est absent…

— Vous voyez que j'ai raison et que tout est pour le mieux… Se sentant découverte, la fausse Mme Sacramento a décidé de changer de genre de vie et nous n'entendrons plus parler d'elle… Encore une fois, je compte sur la discrétion de l'Agence O, que je remercie pour la célérité avec laquelle…

Et encore des phrases, et des minauderies ! Drôle de femme ! Émile ne s'expliquait pas encore bien l'impression qu'il ressentait devant elle. Il y avait, en effet, chez Mme Pitchard, un mélange de fermeté, de bon sens et d'enfantillage… Ses traits étaient nets, presque volontaires, et parfois son regard trahissait une naïveté inattendue…

— Bonsoir, madame… Je vous promets qu'à moins d'un incident nouveau, l'Agence O se taira et…

Torrence, qui l'attendait dans un café proche, en face d'un demi bien tiré, grogna :

— C'est bien fait !... Il n'était pas de notre dignité d'accepter cette enquête saugrenue...

— Dites, patron... Je crois que je vais prendre un jour ou deux de congé...

— Ah !

Et Torrence, qui avait compris, regarda longuement son demi avant de soupirer :

— Tant pis pour vous, mon vieux... J'ai toujours dit que vous aviez une âme d'amateur...

Le premier travail d'Émile, le lendemain matin, consista à se rendre au central téléphonique Passy, où il fit passer sa carte. Après d'assez brèves recherches, on lui annonça que la veille, à dix-neuf heures quarante-trois, Mme Pitchard avait reçu un coup de téléphone de Bourg. La communication, qui avait été demandée par l'*Hôtel de Genève*, à Bourg, avait duré un peu moins de six minutes.

La seconde tâche d'Émile fut de téléphoner à l'*Hôtel de Genève*, à Bourg. Là, il apprit que la communication avec Paris avait été demandée par un couple de passage. Le couple, dans une puissante automobile, se dirigeait vers la Suisse. Il était composé d'une jeune fille très belle et d'un vieux monsieur petit et maigre qui paraissait américain.

Autrement dit, la fausse Mme Sacramento semblait avoir repris son apparence masculine.

Émile, alors, hésita à faire le voyage de Bâle. Il était onze heures du matin et il n'avait pas encore mis les pieds à l'Agence O.

Avant de s'embarquer, il décida de téléphoner à tout hasard au poste frontière. Pour cela, il s'adressa au commissaire Lucas, de la Police judiciaire, qui lui permit de se servir d'une ligne officielle.

— L'Agence O continue cette enquête ? s'étonna Lucas. Il est vrai que les agences privées ont tous les droits. Pour nous, c'est fini. Il est permis à chacun de quitter en hâte son appartement et Mme Sacramento ne paraît avoir commis aucun délit. Ce n'est pas parce qu'une vieille folle prétend lui avoir vu pousser de la barbe sur les joues…

Le poste frontière était à l'appareil. Émile se fit lire la liste des voyageurs qui avaient pénétré en Suisse la veille au soir. Lucas le vit sursauter quand il entendit :

— Arthur Simson, de Philadelphie, et sa nièce…

— Du nouveau ? s'étonna Lucas.

— Presque rien… Un nom qui me rappelle quelque chose… Vous avez raison, commissaire… Cette affaire ne paraît pas intéressante…

— Vous abandonnez ?

— Encore un renseignement ou deux à obtenir, et il est fort probable, en effet, que je m'occuperai d'autre chose…

Émile mentait. Il n'avait jamais été aussi intéressé par cette ahurissante histoire que depuis qu'il avait appris que Mme Sacramento et Simson ne faisaient qu'un.

Ainsi l'homme qui, à Istanbul, quelques années plus tôt, descendait au *Péra-Palace* en compagnie de Rosita, était le même que la grande dame panaméenne du Club des Vieilles Dames !

Un quart d'heure plus tard, Émile était à l'Agence O.

— Vous avez besoin de la bagnole, patron ?

— Je croyais que vous étiez en congé…

— Justement… Je voudrais aller faire un tour à la campagne…

— Le long de la Seine, je suppose ?

Et Torrence soupira.

Le temps était sec, ensoleillé. Émile, au volant de la petite voiture découverte, longea en effet la Seine jusqu'au pont de Triel et là s'informa de la villa de Mme Pitchard. Il s'attendait à trouver une petite villa confortable, mais sans luxe exagéré. Mme Pitchard n'en avait-elle pas parlé comme d'un modeste refuge pour le *week-end* ?

Il fut assez étonné d'apercevoir bientôt un parc de plusieurs hectares entièrement clos de murs. Au-delà d'une magnifique grille d'entrée, deux jardiniers étaient penchés sur des parterres.

Quant au bâtiment principal, il méritait plutôt le nom de château que celui de villa. Il était vaste, de proportions harmonieuses. Dans les communs, on voyait des écuries pour plusieurs chevaux.

Émile évalua *grosso modo* le nombre de domestiques nécessaire à l'entretien d'une pareille propriété à huit au minimum.

Ce qui l'étonna davantage encore fut d'apercevoir, dans le garage, deux voitures qu'un chauffeur était occupé à laver au jet.

Afin de ne pas attirer l'attention, Émile alla ranger la sienne dans le village de Triel et il revint sur ses pas, avisa un petit café de campagne situé non loin de la propriété.

— Vous pouvez me préparer une omelette, ou n'importe quoi à manger ?

— Mais oui, monsieur... Si vous voulez de la poule au pot, il y en a justement aujourd'hui...

Il déjeuna plus confortablement qu'il n'aurait cru, en bavardant avec le patron.

— Belle propriété, hein !...

— Mais qu'est-ce qu'elle doit coûter comme entretien...

— Qu'auriez-vous dit, alors, du temps de M. Pitchard... Ces étrangers, ça ne regarde pas à l'argent...

— Il y a longtemps que M. Pitchard est mort ?

— Une dizaine d'années... C'est à peine si nous l'avons vu dans le pays... Un jour, nous avons appris que la propriété, qui appartenait à un comte ruiné, avait été rachetée par un riche Australien... Il paraît qu'il était dans les laines, qu'il possédait des dizaines de milliers de moutons, certains disaient des centaines de milliers...

« Toujours est-il que des architectes et des entrepreneurs se sont installés à Triel et, pendant un an, les travaux ont été bon train...

« Puis des entraîneurs sont venus, des jockeys, et on a parlé d'une écurie de courses...

« Quant au propriétaire, on ne le voyait pour ainsi dire pas... En tout, je me demande si je l'ai aperçu quatre fois, toujours dans une grosse voiture américaine, un cigare au bec...

« Il paraît qu'il était ivre du matin au soir... Il avait un yacht quelque part en Méditerranée, un appartement à Paris, un autre à Londres et, m'a-t-on affirmé, un château historique en Écosse... Mais c'est à bord de son yacht qu'il vivait la plupart du temps...

« Il y a vraiment des gens qui ne savent que faire

de leur argent alors que le pauvre monde a tant de mal à joindre les deux bouts…

— Et Mme Pitchard ?

— Voyez-vous, monsieur, ces ménages-là, ça ne vit pas comme nous… Ça va, ça vient… Ça circule séparément à travers le monde et, quand ça se rencontre, ça se salue cérémonieusement, comme si ça ne se connaissait pas… On se demande quand ils trouvent le moyen de faire des enfants !… D'ailleurs, les Pitchard n'en avaient pas…

« Plusieurs mois après la mort de M. Pitchard, qui s'est noyé en Méditerranée, un jour qu'ivre mort il se promenait sur le pont de son yacht, Mme Pitchard est arrivée je ne sais d'où… Une petite dame bien simple, bien gentille, pas fière pour un sou…

« Depuis, on ne fait plus l'élevage des chevaux de courses… Elle n'a gardé qu'une partie des domestiques et on ne la voit guère que le samedi et le dimanche… Chut !… C'est le maître d'hôtel qui vient faire sa partie de dames…

Un homme d'une cinquantaine d'années, répondant parfaitement au type du domestique de grande maison, entrait au café et, après avoir serré en silence la main du patron, s'installait près de la fenêtre. L'aubergiste s'asseyait en face de lui et la partie commençait aussitôt.

Il fallut à Émile des trésors de patience pour engager la conversation. À quatre heures seulement, alors qu'un certain nombre de petits verres avaient été ingurgités, le jeune homme roux de l'Agence O se risqua à faire allusion à l'orage du samedi précédent.

C'est alors que le maître d'hôtel prononça

quelques mots qui firent se dresser les oreilles d'Émile.

— … *Sans compter que ces dames s'amusaient à table comme des petites folles et n'en finissaient pas de dîner…*

— Bah ! les vieilles dames sont un peu comme des enfants…

Le domestique haussa les épaules et laissa tomber :

— Il y a des limites… *Quand on s'amuse à mordre dans des pommes, en choisissant les plus grosses, et à les tenir ainsi le plus longtemps…*

— Ces dames s'amusaient à mordre dans des pommes ?

— Il y en avait une quinzaine sur la table… Quand j'ai desservi, il n'en restait que quatre de mangeables… Elles avaient enfoncé leurs dents dans toutes les autres… Moi, je prétends que, quand on en est là, on ferait mieux de se soigner… Et si, après s'être amusées de la sorte pendant une demi-heure, elles remettent ça dans leur chambre…

— Vous n'allez pas me dire que ces dames, une fois montées, ont continué à…

— Pas toutes les deux… Mais la petite maigre… Sacramento, qu'on l'appelle… Elle sonne… Je me demande si j'ai oublié de lui mettre de l'eau minérale…

« — Voulez-vous me monter la corbeille de fruits ?… me dit-elle. J'ai l'habitude, quand je me réveille la nuit, de manger des fruits…

« Je descends et, peu après, je lui porte la corbeille, après en avoir retiré les pommes dans lesquelles ces dames avaient mordu…

« — Ce sont les autres pommes que je voulais... J'espère que vous ne les avez pas jetées ?... *Il y en avait de si savoureuses !*

« Parfaitement ! il a fallu que j'aille rechercher à l'office les fruits qui...

« Non, monsieur, vous direz tout ce que vous voudrez, mais ces gens-là feraient mieux de se soigner...

— Avez-vous parlé de cet incident à votre maîtresse ?

— Pourquoi ? Qu'est-ce que ça peut lui faire ?

— En effet... Je ne vois pas ce que... Dites-moi... J'y pense... En mordant ainsi dans des fruits, elle aurait pu y laisser son râtelier...

— Qui vous a dit que c'était un râtelier ?... Vous vous trompez... Mme Pitchard n'est plus toute jeune, mais ses dents sont bien à elle et je paierais cher pour avoir les mêmes... Désiré !... Si on jouait encore une partie ?... Vous permettez, monsieur ?... Les dames, c'est ma passion et Désiré vient de me gagner par un coup de chance...

Quand Émile rentra à Paris, ce soir-là, il avait son visage grave et réfléchi de polytechnicien.

Comment répondre à toutes les questions que posait la conduite de ces dames du Club ?

Et d'abord, pourquoi le nommé Simson, amant de la belle Rosita, avait-il joué pendant plus d'une année le rôle difficile d'une noble et riche Panaméenne ?

Que Simson fût un aventurier, c'était à peu près certain. Et un aventurier de grande classe, qui ne fréquentait que les grands palaces mondiaux en compagnie de sa maîtresse, qu'il faisait passer pour sa nièce.

Les gens de cette envergure ne s'amusent pas à des

petits coups qui ne rapportent guère et qui sont dangereux. Ils attendent patiemment la belle occasion, celle qui rapportera la grosse somme, et ils mettent tout en œuvre pour réussir.

Quel coup Simson avait-il entrevu à Paris, suffisamment brillant pour expliquer de tels préparatifs et de pareilles dépenses ?

Car le loyer de l'appartement de l'avenue Foch avait été régulièrement payé, les meubles aussi, tout au moins en partie.

Pourquoi, une fois dans la peau de Mme Sacramento, l'aventurier s'imposait-il la fréquentation du Club des Vieilles Dames ?

Deux hypothèses se présentaient à l'esprit d'Émile.

Ou bien la pseudo-Sacramento ne s'était introduite au Club des Vieilles Dames que par hasard, en se disant qu'il y aurait des occasions possibles de ce côté.

Ou bien Simson n'était devenu Mme Sacramento que pour s'introduire au Club des Vieilles Dames, et ce, dans un but précis…

Ce but…

Soudain, Émile se fit conduire en taxi avenue Victor-Hugo. Il pénétra chez le pâtissier-traiteur en vogue et se fit recevoir par le gérant.

— C'est vous, n'est-ce pas, qui serviez tous les repas pris au Club qui se trouve au-dessus de chez vous ?…

— C'est-à-dire que c'était notre personnel féminin… Car ces dames n'acceptaient pas la présence d'un garçon ou d'un maître d'hôtel… Le plus souvent, c'était Mlle Thérèse qui montait… Elle a l'âge canonique et…

— Pourrais-je échanger quelques mots avec Mlle Thérèse ?

On l'appela. C'était une vieille demoiselle tout en noir.

— Je suppose, madame, qu'il vous est arrivé assez souvent de monter des fruits à ces dames du Club ?

— Presque chaque jour, monsieur…

— Parmi ces fruits, il y avait certainement des pommes… Réfléchissez bien avant de répondre… Avez-vous déjà vu une de ces dames mordre à même une pomme ?…

Mlle Thérèse parut choquée par cette supposition.

— Mais, monsieur, ces dames sont bien élevées…

— C'est-à-dire ?

— Qu'elle se servent d'un couteau pour peler les fruits… Jamais, au Club, une de ces dames ne se serait permis…

— Encore une question… Mme Pitchard invitait une de ses amies à chaque *week-end*… Elle suivait, pour ces invitations, la liste alphabétique des membres… À votre connaissance, une exception a-t-elle jamais été faite à la règle ?…

— Jamais !

Le lendemain matin, à l'étonnement de Torrence, Émile reprenait sa place dans son cagibi de l'Agence O.

— Je suis à votre disposition, patron… annonçait-il. Il y a du travail ?…

— Je croyais que vous poursuiviez votre enquête chez vos vieilles femmes ?…

— Mon Dieu, patron, répliqua modestement Émile, je crois que mon enquête est finie…

— Vous avez découvert…

— Rien encore, mais j'ai envoyé un certain nombre de câbles dans différents pays du monde… Combien de moyens connaissez-vous d'identifier quelqu'un ?…

— Mais… Il y a d'abord les empreintes digitales…

— À condition qu'il s'agisse d'un personnage dont on possède la fiche dactyloscopique…

— Il y a les témoignages…

— À condition que les témoins possibles ne soient pas à l'autre bout du monde…

— Il y a les signes particuliers…

— À condition que la personne à identifier ait une cicatrice, un grain de beauté ou quelque irrégularité facile à repérer…

— Dans ce cas…

— Souvenez-vous du cambriolage qui a eu lieu voilà dix ans dans une villa des environs de Lyon… Le cambrioleur, avant de quitter les lieux, a mangé copieusement, comme c'est de tradition chez ces messieurs…

— Je crois que je me rappelle… Il avait laissé une pomme dans laquelle il avait mordu…

— C'est cela… Vous avez bonne mémoire… Un dentiste, examinant les traces laissées dans la pomme, a retrouvé la marque d'un travail de prothèse assez spécial qui avait été fait à la mâchoire du cambrioleur… Une note adressée à tous les dentistes de France et…

— Vous avez découvert une pomme chez Mme Sacramento ?

— Non… Mais Mme Sacramento, qui s'appelle Simson, a travaillé pendant un an dans des conditions coûteuses et difficiles pour se procurer une pomme…

Torrence, qui n'y comprenait rien, soupira en attirant un dossier à lui :

— C'est très intéressant… Dites donc !… Il y a encore eu un vol de bijoux boulevard Bonne-Nouvelle et la Compagnie d'Assurances nous demande de…

4

Où Émile fait preuve d'une patience de plus en plus angélique et où, cependant, l'enquête se poursuit sans lui, comme par la force acquise.

Torrence n'en revenait pas. De temps en temps, il regardait Barbet. Barbet le regardait de la même manière et tous deux échangeaient un clin d'œil.

Depuis huit jours, en effet, on ne reconnaissait pas Émile, qui se chargeait avec le sourire de tous les dossiers ennuyeux de l'Agence O, des enquêtes sans intérêt, des vérifications futiles, qu'en d'autre temps il aurait dédaignées.

Pour un peu, tant était grande sa fièvre de travail, il aurait collé lui-même les timbres sur les enveloppes et porté le courrier à la poste !

Pas un mot du Club des Vieilles Dames, ni de Mme Pitchard, ni de Mme Sacramento. Pas un mot non plus de la belle Rosita qui lui rappelait à la fois de si voluptueux et si humiliants souvenirs.

Parfois, il recevait une dépêche à son nom personnel. Il y adressait à peine un coup d'œil et la jetait dans un tiroir qu'il fermait soigneusement à clef.

— Je crois, dit un jour Mlle Berthe, que M. Émile a pris un coup dur… Pauvre garçon !…

On l'observait. On le plaignait. On évitait la moindre allusion à l'enquête qu'il avait si piteusement ratée et qui, si le récit en avait été publié dans les journaux, l'aurait sans doute couvert de ridicule.

Ce fut seulement le quinzième jour qu'Émile, qui s'était pris de passion pour la Bourse et qui lisait chaque jour deux ou trois journaux financiers, montra la cote à Torrence qui n'y connaissait rien.

— Qu'est-ce que je dois regarder ?

— Ici… Les *Australian*… Depuis trois jours, elles baissent de dix à vingt points par jour…

— Vous avez des *Australian* ?… Vous jouez en Bourse ?

— Jamais !… Savez-vous, patron, qui est le gros actionnaire, presque le seul propriétaire de l'*Australian*, nom sous lequel est connu le plus important trust des laines en Australie ?… C'est notre excellente amie Mme Pitchard…

— Tant pis pour elle si les titres baissent…

— Un instant, patron… Si les titres baissent, c'est qu'on en jette de gros paquets sur le marché… Or, renseignez-vous dans les différentes Bourses du monde et on vous dira que c'est Mme Pitchard elle-même qui vend ses titres, tout comme si elle avait un pressant besoin de fortes sommes d'argent… Savez-vous à combien se monte la fortune de Mme Pitchard ?… À environ soixante millions de francs…

— Et vous dites qu'elle a besoin d'argent ?

— C'est-à-dire qu'elle est en train de faire réaliser par ses hommes d'affaires la plus grande partie de ce qu'elle possède… La Bourse est affolée… Le marché des laines s'alourdit de jour en jour… On se demande…

— Je ne comprends toujours pas…

— Supposez que quelqu'un réclame soudain à Mme Pitchard une somme énorme, la moitié, par exemple, de ce qu'elle possède… La voilà bien obligée de vendre ses titres…

— Mais qui pourrait lui réclamer une telle ?…

— Nous y arrivons… Qui ?… Pour se permettre de pareilles exigences, il faut naturellement avoir barre sur Mme Pitchard… J'ai tout de suite pensé à Mme Sacramento, qui a disparu voilà quinze jours et qui doit se trouver en ce moment quelque part en Égypte… Non plus sous le nom de Mme Sacramento, mais sous le nom d'Arthur Simson, citoyen des États-Unis… Qu'est-ce que la fausse Mme Sacramento a fait à Paris ?… Elle s'est introduite au Club des Vieilles Dames… Elle a attendu patiemment son tour d'être reçue dans la villa de Triel… Et là, *elle s'est amusée comme une petite folle*, selon les paroles du maître d'hôtel, *à mordre dans des pommes et à y faire mordre son hôtesse*… Ensuite, elle est parvenue à se procurer et à emporter une de ces pommes… Voici un câble que j'ai reçu voilà trois jours de Melbourne, patron, en réponse à une question que j'avais posée à la police de cette ville.

« *M. Pitchard a épousé Dollie Smits, sœur jumelle de Billie Smits, stop. Billie Smits décédée au cours voyage en Argentine.*

« Est-ce que vous comprenez, maintenant ? Le

richissime M. Pitchard, qui ne tarde pas à sombrer dans l'ivrognerie, a épousé Dollie Smits, laquelle a une sœur jumelle. Après une courte lune de miel, le ménage se disloque, comme cela arrive souvent dans ces milieux, et chacun voyage de son côté. Dollie voyage en compagnie de sa sœur Billie qui n'est pas mariée.

« Un beau jour, on apprend à Buenos Aires que M. Pitchard est décédé en Méditerranée…

« Les deux femmes s'embarquent aussitôt pour venir prendre possession de la succession…

« Elles s'embarquent à bord du *Mendoza* et, à bord, une des deux sœurs succombe à une pneumonie… L'acte de décès est établi au nom de Billie…

« Comprenez-vous ?… Billie peut mourir, puisqu'elle n'a pas à hériter… Mais, *supposez maintenant que la morte soit Dollie*… Toute la fortune de Pitchard ira à des héritiers de la famille du mari…

« Deux jumelles se ressemblent généralement… Dollie Smits n'est jamais venue à Paris, où personne ne la connaît…

« *C'est pourquoi, Dollie Smits étant morte, c'est Billie qui prend sa place et qui devient Mme veuve Pitchard…*

« Cette simple substitution lui vaut une cinquantaine de millions au bas mot…

« La fausse veuve Pitchard vit à Paris, à Triel, à Cannes… Elle s'organise une existence agréable de vieille femme et elle ne se doute pas que quelqu'un, qui se trouvait à bord du *Mendoza*, a flairé la substitution… Voici, patron, la liste des passagers du *Mendoza* lors de ce voyage… Tout cela a été long à recueillir… Vous y relevez le nom de M. Simson et de sa nièce…

« M. Simson est un aventurier de haut vol…

« Qu'il parvienne à prouver que Mme Pitchard n'est pas la véritable Mme Pitchard, mais sa sœur qui, elle, n'a aucun droit à l'héritage, et il pourra exiger la moitié au moins de la fortune…

« Simson n'est pas pressé… Il sait combien ces sortes de preuves sont difficiles à administrer… Il a de l'argent… Il n'hésite pas à faire le voyage de Melbourne et il a l'idée quasi géniale d'aller voir les meilleurs dentistes de la ville où les deux sœurs ont été élevées…

« Là, il apprend enfin que Billie, étant jeune, a porté longtemps un appareil dentaire pour lui redresser les incisives et qu'on peut encore, après tant d'années, repérer les traces de cet appareil…

« En outre, Billie a une canine légèrement déviée, à la suite d'une chute qu'elle a faite tout enfant…

« Avez-vous compris, maintenant ?

Toute l'agence O s'est réunie autour d'Émile qui triomphe modestement. Les yeux de Mlle Berthe, qui cache mal ses sentiments pour son jeune patron roux, sont brillants.

— C'est tout… Simson y a mis le temps… Il est devenu pour la circonstance Mme Sacramento… Il a voyagé toute sa vie… Il sait que la vraie Mme Sacramento, qui a passé la plus grand partie de son existence en clinique et qui a été discrètement internée comme folle, n'est connue ni de la haute société parisienne, ni de la colonie panaméenne…

« Il lui faut des empreintes des dents…

« Au Club ces dames ne se permettraient pas de mordre à même une pomme…

« Mais, quand son tour vient d'être invité à Triel, la fausse Mme Sacramento *fait sa petite folle* et obtient enfin les empreintes nécessaires…

« Il n'y a plus qu'à quitter Paris… Mme Pitchard ne se doute pas du vol qu'on a commis chez elle : une simple pomme ! *Mais une pomme qui va lui coûter des dizaines de millions*…

« Un coup de téléphone la renseigne et elle nous demande d'arrêter notre enquête…

« Puis, Simson en sûreté, c'est le chantage… Il exige, pour prix de son silence, des sommes colossales…

« Il faut vendre des titres…

Torrence fume lentement sa pipe, tête basse.

— Qu'est-ce que nous allons faire ?

— J'allais vous le demander, patron…

— En somme, cela ne nous regarde pas…

— C'est bien mon avis… Que ces millions soient dans une poche ou dans l'autre !… Dans celle d'une fausse Mme Pitchard ou d'une fausse Mme Sacramento !… Qu'ils reviennent à des héritiers qui n'en ont pas besoin… Car je me suis renseigné… Les héritiers du côté de Pitchard sont aussi riches que leur défunt oncle…

— Dans ce cas…

Un geste vague.

— Parbleu ! conclut Émile… Qu'ils s'arrangent, n'est-ce pas ?

Ce qui ne l'empêche pas de passer son après-midi à écrire lettre sur lettre. Il est vrai qu'il les jette toutes au panier une fois terminées. Mlle Berthe, qui a la curiosité de vider le panier dès qu'il est sorti, devient sombre en lisant :

« *Chère Rosita* »…

« *Chère amie* »…

« *Madame* »…

« *Chère Mademoiselle et amie* »…

Mais non ! Émile n'y est pas arrivé ! Il aurait tant voulu faire savoir à la belle Rosita qu'il n'avait pas été dupe et que lui seul, envers et contre tous, avait découvert la vérité sur la curieuse aventure du Club des Vieilles Dames !

Bah ! Le monde est si petit… Peut-être un jour ?…

LE DOCTEUR
TANT-PIS

1

Où l'on voit Émile jouer aux échecs, Barbet reprendre une fois de plus son métier de monte-en-l'air et un cadavre se déplacer comme par magie.

L'homme aux cheveux gris coupés court sur la tête, au visage carré, aux épaules carrées, aux paupières lourdes mais aux prunelles mobiles, se renversa avec un soupir sur la banquette de moleskine grenat et laissa errer son regard sur cette salle de café, au premier étage, qui servait de siège social au Cercle des Échecs de Paris.

Là seulement on pouvait voir autant d'hommes réunis garder un pareil silence, et c'est dans une atmosphère stagnante comme une mare que montait lentement la fumée des pipes et des cigarettes, tandis que des disques de carton amortissaient le choc des verres de bière sur les tables.

L'horloge à cadran doré suspendue entre les deux salles marquait dix heures vingt. L'homme qui venait de faire deux parties d'échecs se donnait quelques instants de répit, comme de rêverie. Dans quelques instants, il se lèverait, endosserait avec un soupir son lourd pardessus et, de la place du Théâtre-Français où il se trouverait, il se dirigerait à pas égaux vers le boulevard Beaumarchais.

— Pardon, docteur... Permettez que je vous présente un camarade... Il ne fait pas partie du Cercle, mais il est venu ce soir en invité et il vous a vu jouer tout à l'heure...

Un regard filtra, étonnamment aigu, des lourdes paupières et se fixa sur un jeune homme maigre, aux cheveux roux, aux lunettes d'écaille, qui avait l'air d'un jeune universitaire.

Quant à celui qui parlait, c'était le vice-président du Cercle.

— Mon ami Tallandier, poursuivait-il, m'a fait part de son désir de jouer une partie contre vous et il est disposé à vous rendre une *tour* et un *fou*...

Le docteur Maupin était un des plus redoutables joueurs d'échecs du Cercle. Il venait de gagner sans effort deux parties contre un Russe pourtant célèbre. Et voilà qu'un jeune inconnu le défiait, lui rendait deux pièces aussi importantes qu'une *tour* et un *fou* !

Le regard du docteur alla à l'horloge, au pardessus accroché à la patère, puis enfin au jeu encore sur la table. Le vice-président eut l'impression qu'un combat se livrait en lui, disproportionné avec la situation, qu'il y avait de la rancœur, peut-être même de la haine dans sa voix quand il laissa enfin tomber :

— Soit !... Asseyez-vous, monsieur...

Ce fut là une étrange partie. Certes, Émile, l'animateur de l'Agence O, était d'une certaine force aux échecs, mais pas, cependant, au point de rendre une *tour* et un *fou* à un adversaire comme le docteur.

Pour lui, toute la question était de retenir celui-ci dans la salle du premier étage du café jusqu'à ce que certain coup de téléphone…

Or, le docteur Maupin paraissait avoir percé à jour non seulement la véritable identité du jeune homme, mais encore son projet. Plus exactement, il réfléchissait, regardait tour à tour l'horloge et le jeu, paraissant s'attendre à quelque événement.

Le docteur était un homme massif, assez peu soigné de sa personne et aussi peu sociable que possible. On sentait le misanthrope vivant seul et accordant à la foule qu'il coudoyait une importance très relative.

Entre les deux joueurs, aucune parole ne fut prononcée. Émile s'efforçait de tenir bon, coûte que coûte, aussi longtemps qu'il le faudrait, tandis qu'au 67, boulevard Beaumarchais, Barbet, l'ancien monte-en-l'air devenu garçon de bureau de l'Agence O, fouillait minutieusement l'appartement du docteur situé au troisième étage.

C'était une affaire assez curieuse, assez vague aussi, que celle dont l'Agence O s'occupait ce soir-là. Une quinzaine de jours auparavant, une jeune femme de modeste apparence s'était présentée dans les bureaux de la Cité Bergère. C'était le gros Torrence qui l'avait reçue ; mais, de son cagibi, Émile comme d'habitude, l'avait suivie des yeux et avait entendu tout l'entretien.

— Je ne suis pas riche, avait dit la jeune femme qui s'appelait Marie Delamain. Mon mari n'est qu'un simple employé et gagne tout juste de quoi vivre. On m'a prévenue que vos tarifs étaient très élevés…

— Cela dépend de quoi il s'agit, avait répondu le bon Torrence.

Et, en effet, l'Agence O, imitant en cela les grands chirurgiens, demandait tantôt de fortes sommes pour s'occuper d'une affaire, tantôt oubliait de réclamer ses honoraires. Cela dépendait du client. Cela dépendait aussi de l'intérêt humain que l'enquête présentait.

— J'ai une tante, Mme Élisabeth Goron, qui est veuve depuis longtemps et qui vit seule dans une villa de Joinville. Ma tante a cinquante-cinq ans. Depuis quelques années, elle a fait la connaissance d'un médecin du boulevard Beaumarchais qui a pris sur elle une influence extraordinaire. Il s'agit du docteur Maupin…

« Je suis l'unique héritière de ma tante… Or, je sens bien que, sous l'influence du docteur, son attitude envers moi a changé…

« Sous prétexte de soins, elle se rend boulevard Beaumarchais jusqu'à trois fois par semaine et il lui arrive de rester deux heures entières dans le cabinet de ce Maupin…

« J'ajoute que, plus elle se soigne de la sorte et plus ma tante se porte mal… Je crains le pire… La dernière fois que je l'ai vue, elle n'était plus que l'ombre d'elle-même…

« Pour vous dire toute ma pensée, j'ai l'impression qu'elle subit à son insu un empoisonnement progressif…

L'Agence O avait l'habitude des accusations de ce genre, mais généralement celles qui les énonçaient étaient de vieilles personnes ou des maniaques de la persécution. Or la jeune femme paraissait très équilibrée.

Ce fut Torrence qui se livra à une rapide enquête, sans trop de conviction. Les renseignements sur le docteur Maupin, qu'on appelait plus communément le docteur Tant-Pis, n'étaient pas fameux.

Il vivait comme un ours dans un appartement crasseux du boulevard Beaumarchais, où une femme de ménage venait deux heures chaque matin, et il ouvrait lui-même la porte à ses rares clients.

La spécialité du médecin était la neurologie, et la concierge se plaignait de ne voir défiler que des vieilles détraquées, selon son expression, ou des jeunes femmes hystériques.

À midi, le docteur Tant-Pis se contentait d'un repas qu'il préparait lui-même sur un réchaud, mais le soir il dînait, seul dans son coin, dans un assez bon restaurant de la Bastille, après quoi, invariablement, il allait faire sa partie d'échecs au club de la place du Théâtre-Français.

Quant à Élisabeth Goron, la tante de la jeune femme, elle répondait assez bien à la description que celle-ci en avait faite.

Sèche, mal portante et fébrile, elle vivait seule, elle aussi, dans une villa ou plutôt dans un pavillon de Joinville, à l'écart de toute autre habitation, sur le bord de la Marne. Elle était veuve d'un colonial qui lui avait laissé une fortune assez importante, mais elle était d'une avarice telle qu'elle vivait presque comme une pauvresse.

De là, cependant, à soupçonner le docteur d'empoisonner peu à peu sa cliente…

Or, la veille de cette partie d'échecs, Mme Marie Delamain avait fait une nouvelle apparition à l'Agence O. Elle était beaucoup plus alarmée que la première fois.

— Je ne sais pas ce qui se passe, dit-elle en tordant son mouchoir. Je me demande s'il n'est pas arrivé malheur à ma tante. Hier, je l'ai vue qui pénétrait comme d'habitude dans la maison du docteur. Comme je voulais lui parler, je l'ai attendue sur le trottoir du boulevard Beaumarchais. À six heures du soir, elle n'était pas encore sortie et je suis rentrée à la maison. Mon mari et moi habitons non loin de là, rue de Turenne.

« Le lendemain, c'est-à-dire hier, je suis allée à Joinville. J'ai sonné chez ma tante et je n'ai pas reçu de réponse… J'y suis retournée l'après-midi, puis ce matin… Personne n'a vu ma tante et on ne répond toujours pas…

« Je ne peux m'empêcher d'avoir de sinistres pressentiments, car c'est la première fois que ma tante s'absente…

Des précisions sont ici nécessaires.

C'est le lundi, vers trois heures de l'après-midi, qu'Élisabeth Goron, selon sa nièce, avait pénétré dans la maison habitée par le docteur Tant-Pis, boulevard Beaumarchais et, à six heures, elle n'en était pas sortie.

Le mardi, Marie Delamain sonnait en vain à la porte du pavillon de Joinville.

Le mercredi matin, elle y sonnait encore sans résultat.

Le mercredi après-midi – on était en hiver et la nuit tombait de bonne heure – Barbet, à la faveur de l'obscurité, se servait de ses talents de serrurier et pénétrait dans le pavillon.

Il n'y trouvait pas la propriétaire. Les pièces étaient en ordre, assez bien entretenues. Aucun préparatif ne semblait avoir été fait pour un voyage quelconque. Vêtements et objets de toilette étaient à leur place, comme si Mme Goron n'était sortie que pour quelques heures.

Tels étaient les faits.

Et voilà pourquoi l'Agence O avait décidé, suivant des méthodes assez audacieuses qui créaient souvent des frictions entre elle et la police officielle, de visiter l'appartement du docteur Tant-Pis.

Voilà pourquoi Émile, pour s'assurer que le docteur ne rentrerait pas chez lui pendant que Barbet inspectait les lieux, lui avait lancé un défi aux échecs.

Il s'agissait de faire durer la partie aussi longtemps qu'un coup de téléphone de Barbet n'annoncerait pas que la visite domiciliaire était terminée.

Émile jouait donc au ralenti, s'efforçant par tous les moyens de gagner du temps. Mais, ce qui lui enlevait une partie de ses moyens, c'était de sentir le regard de son partenaire posé parfois sur lui, un regard trop aigu, trop intelligent, si intelligent que le jeune homme de l'Agence O avait l'impression très nette que sa ruse était éventée.

— Je crois que c'est moi qui aurais pu vous rendre non seulement une *tour* et un *fou*, mais une *dame*... laissa tomber le docteur, alors que la situation d'Émile devenait périlleuse. Il est près de minuit. Vous tenez à continuer cette partie ?

Il y avait un lourd mépris dans sa voix, ce mépris dans lequel ce curieux médecin semblait envelopper l'humanité entière.

— Je défendrai mes chances jusqu'au bout... décida Émile.

À cet instant, un garçon vint le prévenir qu'on le demandait au téléphone. C'était Barbet.

— Ça y est, patron !... J'ai tout fouillé... Je n'ai rien trouvé... Par exemple, dans un coin du cabinet, il y a un placard... Malgré mon expérience, je n'ai pas pu avoir raison de la serrure... Ce placard est assez profond pour qu'on puisse y cacher un corps humain...

Quand Émile sortit de la cabine, il rencontra une fois de plus le regard du médecin et ce fut lui qui détourna la tête.

— Je suppose que, *maintenant*, articula avec dédain le docteur Tant-Pis, vous ne tenez plus autant à finir cette partie ?

Il était tellement sûr de la réponse qu'il se levait et endossait son pardessus que le garçon l'aidait à passer.

Contrairement à tous les usages, il sortit sans se donner la peine de saluer son partenaire et Émile en devint rouge jusqu'aux oreilles.

Voici, par ailleurs, les derniers événements de cette nuit qui, malgré un début peu encourageant, devait être décisive.

L'Agence O s'était partagé le travail. Pendant que Barbet était boulevard Beaumarchais, Torrence attendait place du Théâtre-Français et son rôle consista à suivre le docteur quand celui-ci sortit après sa partie d'échecs.

Le docteur Tant-Pis, comme il le faisait d'habitude, suivit à pied, sans se presser, la rue de Rivoli, puis la rue Saint-Antoine, prit la rue de Turenne et traversa la place des Vosges. Par la rue du Pas-de-la-Mule, il atteignit le boulevard Beaumarchais et rentra chez lui sans avoir adressé la parole à quiconque.

Par contre, il se retourna plusieurs fois et Torrence eut la certitude que le médecin se savait suivi.

On vit de la lumière au troisième étage du 67. Cette lumière brilla pendant une demi-heure environ et tout s'éteignit.

Il était près d'une heure du matin quand les trois hommes de l'Agence O se retrouvèrent dans un petit café de la place de la Bastille où ils s'étaient donné rendez-vous.

— Je croyais venir à bout de toutes les serrures… grogna Barbet qui n'était pas fier. Il fut un temps où les coffres-forts eux-mêmes ne me résistaient pas longtemps. Est-ce que je me suis rouillé ? Toujours est-il que je ne suis pas arrivé à ouvrir ce placard du cabinet de consultation…

— On va se coucher ? questionna Torrence.

Émile était sombre. Il n'était pas plus fier de lui que Barbet. Cette partie qu'il avait jouée n'avait rien de prestigieux et il se souvenait, avec un poids sur les épaules, du regard de mépris que le docteur lui avait lancé quand il était sorti de la cabine, de la façon désinvolte dont son partenaire avait mis fin à la partie sans le consulter.

— Il savait qui j'étais… dit-il rêveusement.

— Dans ce cas, soupira Barbet, ce gars-là est *fortiche*, patron !... D'ailleurs, ce sont toujours les vieux *solitaires* comme lui qui sont les plus durs à cuire...

— Allons faire un tour à Joinville... décida soudain Émile.

Ils n'avaient pas avec eux la bagnole de l'Agence O. Ils hélèrent un taxi et, vingt minutes plus tard, ils longeaient la Marne là où, après le pont de Joinville, des villas se dressent tous les cent ou deux cents mètres.

— Vous croyez que le docteur viendra cette nuit ? questionna Torrence qui avait sommeil, car il avait passé une partie de la nuit précédente à surveiller un banquier qu'on soupçonnait d'être sur le point de lever le pied.

— Il ne viendra certainement pas ; il se doute que la villa sera surveillée.

— Alors ?

Comment Émile aurait-il pu expliquer ce qu'il ressentait ? Il y avait dans cette affaire quelque chose de troublant qui le gênait. Il ne pouvait pas oublier le regard du docteur.

— Nous allons arrêter la voiture à cent mètres et Barbet va, une fois de plus, jeter un coup d'œil dans la maison...

À quoi bon puisque, à cinq heures de l'après-midi, cette maison ne contenait rien d'anormal ?

Émile espérait-il qu'entre-temps Mme Goron était rentrée chez elle ?

Barbet, prudent, commença par sonner. Il carillonna plusieurs fois sans obtenir de résultat. Ni lumière, ni bruit dans la maison.

Le chauffeur de taxi, inquiet, n'était pas loin de penser qu'il conduisait une bande de cambrioleurs.

On vit Barbet se pencher sur la serrure et on fut bien étonné de le voir revenir quelques instants plus tard.

— Qu'est-ce qu'il y a ?

— Il se passe quelque chose de curieux, patron… Cet après-midi, la porte n'a pas résisté… Or, maintenant, il y a un verrou intérieur…

— Et cependant personne ne répond ?

Les trois hommes se dirigèrent vers la villa après avoir recommandé au chauffeur de les attendre. C'était une construction banale, datant d'une trentaine d'années, en briques rouges, avec un jardin tout autour.

Après quelques minutes, Émile appela :

— Par ici !…

Une petite porte, derrière, celle qui donnait sur le poulailler vide de poules, était entrebâillée.

Torrence, par prudence, tira son revolver de sa poche et on entendit le déclic du verrou de sûreté. Barbet sortit, lui, sa lanterne sourde.

Dans le corridor, quelqu'un accrocha au passage des balais dressés contre le mur et déclencha un vacarme. Ils attendirent. Aucun écho…

Rien d'extraordinaire au rez-de-chaussée… Un petit salon à gauche, meublé en série, avec partout des bibelots sans valeur… À droite, une salle à manger rustique donnant sur une cuisine en partie vitrée…

Ils gravirent l'escalier.

— Voici la chambre… annonça Barbet.

Et là, sur le lit, ils eurent la stupeur de découvrir le cadavre d'Élisabeth Goron… Le lit était défait…

La vieille dame semblait être morte pendant son sommeil, car elle était en tenue de nuit…

— Écoutez, Barbet… Il s'agit peut-être de la tête d'un homme… Quand vous êtes venu, cet après-midi, combien de fois vous êtes-vous arrêté en route ?

— Une seule fois, patron…

— Qu'est-ce que vous avez bu ?

— Un petit vin blanc de rien du tout… Je vous jure que je n'étais pas ivre, que je suis entré dans cette chambre, *que le lit n'était pas défait et qu'il n'y avait personne*… Vous sentez, patron ?…

Parbleu ! À tel point qu'Émile fut obligé d'ouvrir la fenêtre. On tourna le commutateur électrique. Torrence, plus habitué que les autres après tant d'années passées à la Police judiciaire, se pencha sur le cadavre.

— Vous verrez que le médecin dira que cette femme est morte depuis deux jours au moins !…

— Qu'est-ce qu'on fait ?

Il n'y avait pas le téléphone. Impossible de prévenir la police.

— Savez-vous ce que je vous conseille, patron ?… Vous allez rentrer seul à Paris… Vous me laisserez Barbet… Je ne serais pas fâché, avant l'arrivée de ces messieurs, de visiter la maison à fond… Il nous reste quelques heures devant nous… Au petit jour, vous irez gentiment prévenir votre ancien collègue Lucas et ce sera l'envahissement habituel par la P.J. et le Parquet…

— Vous ne trouvez pas que c'est hallucinant ?

— Qu'est-ce qui est hallucinant ? répliqua Émile, qui avait repris son sang-froid comme il le faisait chaque fois que les événements devenaient plus graves.

— À cinq heures, il n'y avait rien sur ce lit… *Depuis cette heure-là, le docteur Tant-Pis est surveillé par nos soins*… Si cette femme est morte chez lui, au cours de sa visite de lundi, et qu'il l'a cachée jusqu'ici dans le fameux placard à la serrure si mystérieuse, comment se fait-il ?… Ou alors, il faut supposer qu'un complice…

Émile ne répondait pas.

— Regardez le bras de cette femme… On y relève la trace de nombreuses piqûres… Je me demande si elle était morphinomane ou si le docteur lui faisait suivre un traitement… Toujours est-il que c'est pendant que ce docteur était avec vous que le cadavre…

— Qui sait ? soupira Émile. Maintenant, patron, j'ai besoin de travailler tranquillement et de réfléchir… Barbet va aller voir à la cave s'il n'y a rien à boire…

Barbet ne découvrit que des bouteilles d'eau minérale et de *Bière des Familles*. Il fallut s'en contenter.

Torrence se dirigeait déjà vers le taxi, dont le chauffeur hésitait fort à s'en aller sans ses inquiétants clients, quand Émile le héla.

— Dites, patron… Tant que vous y êtes… Venez demain avec la voiture et amenez la jeune femme, Marie Delamain… Elle pourra peut-être nous dire s'il manque quelque chose dans la maison…

2

Où il est démontré que Mme Élisabeth Goron a bien été tuée quelque part, mais où il est plus difficile d'établir comment elle a été transportée d'un endroit dans un autre.

Malgré son insistance et malgré le vif désir d'Émile, Torrence fut seul admis à assister à l'interrogatoire du docteur Maupin, plus connu dans les environs du boulevard Beaumarchais sous le surnom de Docteur Tant-Pis.

La Police judiciaire était inquiète. Pour employer un mot de Barbet, c'était un « *crime de solitaire* », et ce n'était pas la première fois que, dans ce genre d'affaires, la police officielle se heurtait à de grosses difficultés.

Ce fut librement, si l'on peut employer ce terme, que le docteur fut amené Quai des Orfèvres et, officiellement, c'est au titre de témoin qu'il fut interrogé par le commissaire Lucas, assisté d'un de ses collègues. Il pleuvait, ce jour-là. On voyait, à travers les vitres, les hachures de pluie, et un brouillard humide montait de la Seine que sillonnaient les trains de péniches.

Le docteur, pâle d'habitude, paraissait, dans cette lumière, presque verdâtre. À plusieurs reprises, il prit, dans une petite boîte qu'il avait en poche, une pastille blanche et la porta à ses lèvres. La première fois, Lucas faillit s'interposer, mais le docteur, devinant sa pensée, le rassura, du geste, puis de la parole.

— Ne craignez rien. Je n'ai nullement l'intention d'attenter à mes jours, quoi qu'il m'arrive… Je vous écoute, messieurs…

Et il sembla à Torrence qu'en prononçant ce « *messieurs* », il se tournait plus particulièrement vers lui, alors que pourtant le directeur en titre de l'Agence O se tenait modestement dans un coin et évitait de prendre la parole.

— Depuis un certain nombre d'années, vous aviez pour cliente Mme veuve Élisabeth Goron. Pouvez-vous nous dire pour quelle maladie vous lui donniez vos soins et en quoi consistaient ceux-ci ?

— Malgré le secret professionnel, je suis disposé à vous répondre. Mme Goron, comme tant d'autres de nos contemporains et surtout contemporaines, était une malade imaginaire… C'était le moral, chez elle, qui était atteint… Vivant seule, sans but, elle s'ennuyait… La maladie était pour elle comme un refuge, et son chagrin une compagnie, presque une famille…

— Voilà donc pourquoi elle vous rendait de si nombreuses et aussi longues visites ?…

— Ces visites, en effet, duraient parfois deux heures…

— Pouvez-vous nous dire à quoi ces deux heures étaient employées ?

Il y eut, sur les lèvres peu colorées du docteur, le même sourire méprisant qu'il affichait au Cercle d'échecs lors du départ d'Émile.

— Ma cliente me racontait ses malheurs, des histoires sans queue ni tête… Cela la soulageait… C'était, si vous voulez, la première partie du traitement… Ensuite, comme elle tenait absolument à être malade, comme elle se serait indignée si je lui avais dit qu'elle n'avait aucun organe atteint, je lui faisais une piqûre…

— Une piqûre de quoi ?

— D'eau de mer… C'est fréquemment employé, pour fouetter les constitutions débiles, sous le nom de *Plasma Quinton*… Cela ne pouvait lui faire aucun tort… Par contre, sa manie était satisfaite et elle s'en allait, persuadée qu'elle venait de faire un grand pas vers la santé…

Lucas, qui avait tout un dossier devant lui, laissait passer quelques minutes et reprenait :

— Vous êtes originaire de Saint-Amand-Montrond, docteur…

— C'est exact…

— Vous avez cinquante-huit ans… Or, je m'aperçois que Mme Goron, elle aussi, était originaire de Saint-Amand, où elle a passé toute son enfance… Il serait assez curieux que vous ne vous fussiez pas connus dans cette petite ville…

— Nous nous sommes connus, en effet…

— Je vous remercie de votre franchise… Voyons !… J'ai ici une déposition… Je vous demande de ne pas en prendre ombrage, mais le devoir de la police est de recueillir le plus de renseignements possible, quitte, ensuite, à faire un tri sévère… Je disais donc que, selon certaines personnes, il y a eu jadis entre Mme Goron et vous, alors qu'elle était encore jeune fille et qu'elle s'appelait Élisabeth Pardon, des relations assez intimes… Des gens y ont même vu l'amorce d'un mariage…

Le docteur répliqua par un sec :

— C'est possible !…

Et, plus que jamais, son visage était impénétrable.

— Je ne vous demande pas pourquoi ces relations ont été rompues…

— Je puis cependant vous répondre… C'est, je pense, l'histoire de nombreux jeunes gens et jeunes filles… Nous nous aimions ou croyions nous aimer… Un autre est venu, Georges Goron, et Élisabeth s'est aperçue…

— Vous ne l'avez retrouvée à Paris qu'une fois veuve ?…

— C'est exact…

— Aviez-vous une raison quelconque de penser qu'elle vous laisserait sa fortune par testament ?

— Aucune ! D'autant moins qu'il n'est pas dans les habitudes d'un médecin d'hériter d'une de ses clientes…

— Votre situation, docteur, est assez précaire… Votre clientèle est peu nombreuse… Vous arrivez péniblement à joindre les deux bouts…

— Je n'ai pas de grands besoins…

— Sauf les courses… Il y a, non loin de chez vous, au coin de la place de la Bastille, une agence du PMU, où vous aviez l'habitude de jouer assez gros sur les chevaux…

— C'était en effet ma seule distraction…

— Avec les échecs…

— Les échecs ne me coûtaient rien…

— N'empêche que vous aviez, dans cette agence du PMU. où on vous faisait confiance, une ardoise de plusieurs milliers de francs…

Le docteur ne broncha pas. Son teint, de blanc qu'il était, devenait terreux, et il évitait de regarder en face ses tortionnaires.

Pourtant, on continuait à le traiter en témoin beaucoup plus qu'en inculpé et Lucas ne manquait jamais, en lui parlant, d'appuyer sur son titre avec un certain respect.

— Je vous demande pardon de vous poser toutes ces questions, mais l'enquête à laquelle nous nous livrons est une des plus difficiles et des plus délicates qui se soient présentées à nous. Nous ne doutons pas de votre bonne foi ni de votre désir de nous aider…

Le sourire froid du docteur montrait clairement qu'il appréciait fort peu ces phrases destinées à l'« endormir », pour employer le langage du métier.

— Connaissiez-vous la nièce de Mme Goron ?

— Pas personnellement, mais ma cliente m'en avait parlé…

— Saviez-vous que cette nièce était son héritière naturelle ?

— Je vous avouerai, messieurs, que je ne me suis jamais inquiété de ces questions d'héritage… Pour une bonne raison, d'ailleurs, c'est que je ne considérais pas les jours de Mme Goron comme en danger…

— Avait-elle, à votre avis, le cœur solide ?

— Assez solide… Un peu fatigué, certes, mais à moins d'une émotion très violente ou de…

— Savez-vous de quoi elle est morte ?

— J'attends que vous me l'appreniez…

— Mme Goron est morte d'une des piqûres que vous lui faisiez, tantôt à l'avant-bras gauche, tantôt à l'avant-bras droit…

— C'est absolument impossible… De mémoire d'homme, personne n'est mort d'une piqûre d'eau de mer, eût-il le cœur le plus délabré de la création…

— Êtes-vous certain que l'ampoule dont vous

vous êtes servi contenait de l'eau de mer ?... Où l'avez-vous prise ?...

— Dans le placard aux médicaments qui se trouve dans mon cabinet...

— Pourquoi ce placard est-il muni d'une serrure de sûreté tout comme un coffre-fort ?

— Parce qu'il contient des poisons...

— Vous avouez qu'il contient des produits extrêmement toxiques... Certains de ces produits sont-ils en ampoules comme l'eau de mer que vous appelez *Plasma Quinton* ?

— Il y en a...

— N'avez-vous pas pu commettre une erreur et injecter à votre cliente autre chose que...

— C'est rigoureusement impossible...

— Et pourtant, Mme Goron, qui est entrée chez vous lundi dernier vers trois heures, est morte moins de deux heures après, entre trois et cinq heures, selon les experts, d'une injection massive de morphine...

— Dans ce cas, elle n'aurait pu quitter mon appartement...

— Personne, en effet, ne l'a vue quitter votre appartement... À quelle heure, selon vous, Mme Goron est-elle partie lundi ?

— Vers quatre heures... Peut-être quatre heures et demie ?...

— La concierge déclare qu'elle ne l'a pas vue... Il est vrai qu'il lui arrive de ne pas apercevoir toutes les personnes qui passent sous la voûte... Cependant, elle avait vu monter Mme Goron...

— Si celle-ci avait été tuée chez moi, monsieur le commissaire, car je suppose que c'est là ce que vous voulez insinuer, voulez-vous me dire comment je l'aurais transportée dans sa villa de Joinville ?…

Il se tourna vers Torrence.

— Ce monsieur vous dira que, pour des raisons qui m'échappent, il me surveille, lui et ses agents, depuis une dizaine de jours… Il pousse le souci de ma surveillance au point de me faire lancer des défis par de méchants joueurs d'échecs et jusqu'à envoyer des cambrioleurs dans mon appartement… Dans ces conditions…

C'est ce que Torrence attendait, mais il ne broncha pas, se contentant d'échanger avec son ex-collègue Lucas un coup d'œil d'intelligence.

— Cette question que vous soulevez, docteur, n'a pas manqué d'attirer notre attention… Tout d'abord, il est exagéré de dire que l'Agence O, car c'est d'elle qu'il s'agit, n'a pas cessé de vous surveiller… Il est exact qu'elle a fait une enquête à votre sujet… Il est exact aussi que, mercredi après-midi, et pendant la soirée, vous avez été sans cesse sous la surveillance de cette agence… Mais il s'agit de lundi, docteur, *de lundi, date de la mort de votre cliente*… Vous me demandez comment vous auriez pu la transporter à Joinville ?… Je suis au regret de vous annoncer que nous avons découvert un moyen, un moyen qui a sans doute été employé, de faire sortir un corps de cet immeuble… Lundi, vers cinq heures et demie, en effet, des déménageurs sont venus prendre livraison de deux grandes caisses appartenant à la locataire du quatrième, Mme Carmen Pedretti… Le témoignage de la concierge est formel… Ces deux caisses, dont chacune était assez grande pour contenir un cadavre replié, ont été conduites à l'Hôtel des Ventes…

Le regard que le docteur lança à Torrence était lourd, non seulement de mépris, mais de haine.

— Qu'avez-vous à dire ?

— Rien…

— Vous admettez donc que vous avez pu faire sortir le cadavre de la maison par ce moyen…

— Je ne vois pas en quoi le déménagement de Mme Pedretti…

— Faut-il, docteur, que je vous lise d'autres témoignages ? Mme Pedretti, femme d'une quarantaine d'années, n'était pas, elle, de vos clientes, mais toute la maison sait qu'elle était votre maîtresse et que vous passiez fréquemment la nuit chez elle…

— Dans ce cas… s'efforça de balbutier le médecin avec un sourire jaune.

— Tout à l'heure, quand je vous ai parlé de votre budget en déséquilibre, j'ai fait allusion aux courses de chevaux et, par discrétion, je ne me suis pas permis…

— Vous vous rattrapez maintenant, n'est-ce pas ?

— Toujours est-il que Mme Pedretti est sans ressources, ou à peu près, et que vous subveniez à ses besoins. En langage plus cru, vous l'entreteniez…

— Je l'entretenais si fastueusement qu'elle a été obligée d'envoyer les quelques bibelots de valeur qu'elle possédait à la Salle des Ventes…

— Tiens ! Vous étiez donc au courant de l'expédition de ces deux caisses ?…

Le docteur baissa la tête sans répondre.

— Supposez qu'une de ces caisses, au lieu de contenir des bibelots…

— Pardon, monsieur le commissaire… Vous savez fort bien que le corps de mon amie et cliente, Élisabeth Goron, n'était pas dans sa villa ce soir-là, ni le lendemain…

— Ce que je me demande, c'est comment vous le savez, vous !

Et le docteur, froidement :

— *Parce que je me suis rendu à Joinville…*

— Vous avouez que vous vous êtes rendu à Joinville et que vous avez pénétré dans la villa de votre cliente ? Vous aviez donc une clef ?

— En effet, elle m'en avait remis une… C'était l'an dernier, quand je lui ai conseillé un séjour au bord de la mer et qu'elle m'avait prié d'aller m'assurer, de temps en temps, que tout allait bien chez elle… Lorsque, à son retour, j'ai voulu lui rendre cette clef, elle m'a prié de la garder en me disant que j'en aurais sans doute encore besoin… *Ne fût-ce*, a-t-elle ajouté, *que quand je mourrai seule dans mon coin et qu'après quelques jours, étonné de ne plus me voir, vous viendrez découvrir mon cadavre…*

Les trois auditeurs de cette étrange confession frissonnèrent malgré eux et ils ne purent s'empêcher d'évoquer une affaire à peine vieille de cinq ans, un docteur, comme le docteur Tant-Pis, entre deux âges, comme lui, puissant et misanthrophe, comme lui, qui avait froidement assassiné deux femmes, avait dilué leur corps dans de l'acide sulfurique et qui, à l'instruction, avait gardé un tel sang-froid, une telle habileté, qu'il avait été impossible, malgré la certitude de sa culpabilité, de le condamner à mort.

— Quand êtes-vous allé à Joinville ?

— Mercredi matin…

— Pourquoi ?

— Parce que j'étais inquiet…

— Quelle raison aviez-vous d'être inquiet ?

— Mme Goron m'avait dit que des individus suspects rôdaient depuis quelque temps autour de sa villa… Je suppose maintenant – il désigna dédaigneusement Torrence du doigt – que c'étaient ces *messieurs*…

— Vous affirmez donc que le corps de Mme Goron n'était pas dans la villa à ce moment et c'est exact… *Il n'en est pas moins vrai qu'elle était morte et que son cadavre se trouvait quelque part*…

— C'est invraisemblable…

— Or, deux caisses volumineuses ont quitté le boulevard Beaumarchais au moment, à peu près, que les experts fixent pour l'heure de la mort de Mme Goron…

— Vous savez bien que ces caisses sont allées directement rue Drouot…

— Pourquoi dites-vous que nous le *savons bien* ?

— Parce que je ne comprendrais plus le rôle de la police s'il en était autrement… Vous vous êtes livrés à une enquête… Il est facile de suivre le chemin pris par des caisses aussi importantes et transportées, en outre, par une grande entreprise de déménagement dont les voitures sont d'un jaune agressif…

Nouvel échange de coups d'œil entre Lucas et Torrence. Décidément, le docteur avait réponse à tout ! C'était exact : les caisses, chargées par une grosse société de déménagement, avaient été acheminées par les moyens les plus rapides vers la Salle Drouot, où elles étaient arrivées le soir même. En route, les déménageurs ne s'étaient arrêtés que deux fois, une fois place de la République, où ils avaient chargé un piano, une autre fois rue de Bondy, d'où ils avaient emporté les lampadaires d'une maison en liquidation.

Les meilleurs inspecteurs du Quai des Orfèvres avaient été lancés sur ces deux pistes. Ils avaient interrogé un nombre considérable de gens. Évidemment, on ne pouvait écarter a priori l'idée qu'à un de ces arrêts quelqu'un était monté dans la voiture et s'était emparé du corps…

Mais comment l'emporter ?… Et comment savoir où s'arrêterait la voiture après le boulevard Beaumarchais ?…

Lucas, pourtant, ne se considérait pas encore comme vaincu.

— Ne retenons pas, *pour le moment*, cette histoire de caisses, si vous voulez…

— Vous savez, moi, ce sera comme il vous plaira…

— Il n'en est pas moins vrai que le mercredi, vers la fin de l'après-midi, il n'y avait aucun cadavre dans le pavillon de Joinville… Or, à une heure du matin, le corps de Mme Goron était étendu sur son lit… *Il y avait par conséquent été apporté par quelqu'un*…

— Je pense, murmura doucement le docteur, que cela coïncide avec les heures pendant lesquelles ces messieurs – nouveau geste vers Torrence – ont daigné s'occuper de moi d'une façon toute particulière… Ils vous diront s'il m'a été matériellement possible de me rendre à Joinville sans être vu…

— Un instant, docteur… Je n'ai jamais prétendu que vous étiez allé *personnellement* à Joinville…

Il sembla à Torrence que les joues du docteur Tant-Pis se coloraient légèrement, que ses doigts se crispaient. Il attendait la suite avec impatience. Il paraissait la deviner.

— Eh bien ?

— Supposez que, ce soir-là, le cadavre ait été dans votre placard… Supposez qu'une personne assez intime avec vous pour posséder la clef de votre appartement, comme vous possédiez celle de Mme Goron…

— Dites !… Dites vite !… gronda-t-il, les dents serrées.

— Une pareille personne existe précisément dans la maison… C'est Mme Pedretti qui…

On put croire que les poings du docteur allaient marteler avec force le crâne de Lucas, tant la colère fut rapide à lui monter au visage.

— Répétez…

— Calmez-vous, je vous en prie… Il est de notre devoir d'envisager toutes les hypothèses, même les plus…

— *Les plus répugnantes*, oui !… C'est la première fois, messieurs, que j'ai le triste honneur de comparaître dans vos bureaux… Je ne croyais pas aux récits que…

— C'est à mon tour de vous prier de vous taire… Oui ou non, Mme Goron a-t-elle été tuée ?… Oui ou non, son corps, déjà à demi décomposé, a-t-il été transporté à Joinville dans la soirée de mercredi ?… Il faudra bien, pourtant que nous établissions qui a pu :

« 1° *Lui faire, sans qu'elle proteste, une piqûre hypodermique ;*

« 2° *Garder le cadavre, pendant deux jours à l'abri des indiscrets ;*

« 3° *Transporter le corps à Joinville et l'installer dans le lit de la chambre à coucher.*

« Je vous prie, docteur, de mesurer vos paroles et de me dire tout ce que vous savez. J'ai, sur mon bureau, un mandat d'arrêt en blanc. Je ne vous cache pas qu'il se pourrait que, d'une minute à l'autre…

— Je ne sais rien !

— C'est votre dernier mot ?

— Je ne sais rien !

Dans le bureau envahi par la pénombre, et où personne ne songeait à allumer les lampes, il se dressait, court et solide, dur et gris comme un sanglier traqué, comme le *solitaire* dont Barbet avait parlé.

Et on pensait malgré soi aux terribles coups de boutoir que les solitaires sont capables de donner avant de s'abattre. Sa tête était en jeu. Il faisait front, tout seul, les muscles bandés, la gorge sèche, les yeux durs.

— Vous ne savez rien… reprenait Lucas d'une voix plus douce en compulsant son dossier. Il y a cependant un détail sur lequel vous pourriez peut-être nous renseigner… Qu'est devenu le testament de Mme Goron ?…

Le vieux lutteur leva la tête et son cou était si court que sa tête paraissait en partie enfoncée dans ses épaules.

— Le testament ? questionna-t-il avec lenteur.

— Celui par lequel elle vous faisait son légataire universel…

Les taureaux ont le même mouvement pour secouer les banderilles des torréadors.

— Je ne comprends pas…

— Et pourtant, à plusieurs reprises, Mme Goron a

parlé de ce testament… Elle en a parlé, entre autres personnes, à sa nièce, et celle-ci en a parlé, voilà plusieurs semaines déjà, à d'autres personnes… Il s'agit d'une petite fortune, vous le savez… D'une fortune qui vous aurait permis de vivre paisiblement avec Mme Pedretti, alors que, maintenant, celle-ci est obligée de vendre ses bibelots à la Salle Drouot pour vous aider…

Était-ce le coup final ? Le docteur, en tout cas, s'assit lourdement sur le siège dont il avait dédaigné se servir. Il se prit le front à deux mains et resta immobile.

— *Docteur Maupin, avouez-vous avoir tué votre amie et cliente Élisabeth Goron ?*

Un lourd silence.

— *Docteur Maupin, avouez-vous avoir caché le corps de votre victime dans le placard de votre cabinet de consultation ?*

Pas de réponse.

— *Docteur Maupin, avouez-vous que votre complice, Mme Pedretti, a été chargée par vous, tandis que l'Agence O vous surveillait, de transporter à Joinville le cadavre compromettant ?*

Lentement, si lentement que cela apparaissait comme une scène de cinéma au ralenti, le docteur redressa sa grosse tête. On aurait pu croire qu'il avait pleuré, tant ses yeux étaient brillants. Par contraste, des poches presque noires les soulignaient. Il avait vieilli de plusieurs années et il eut un geste machinal pour glisser une petite pastille entre ses lèvres.

— Mme Pedretti est dans le bureau voisin et, dès que votre interrogatoire aura pris fin…

Alors, au moment où on s'y attendait le moins, le

médecin, faisant volte-face, fonça sur Torrence, tête première, et, malgré la taille de l'ancien inspecteur, il le saisit à la gorge.

Ses doigts étaient aussi durs que des étaux. Torrence, qui ne s'y attendait pas, n'avait eu aucune riposte.

— Lâche !… Lâche !… Lâche !… hurla par trois fois le vieux médecin.

Pendant ce temps, Lucas et un inspecteur s'efforçaient de lui faire lâcher prise. Quand on y arriva, Torrence avait deux marques violettes à la gorge et son faux-col était en piteux état.

Lucas, encore essoufflé par l'effort, articula les mots fatidiques :

— Au Dépôt !

Et, se penchant sur son bureau, il mit un nom sur le mandat d'arrêt en blanc.

— Dès qu'il sera parti, introduisez *la* Pedretti…

3

Où Carmen Pedretti fait de troublantes confessions cependant qu'Émile, à Joinville, parle tout seul.

Évidemment, Carmen Pedretti, quand elle pénétra dans le bureau de Lucas, ne se doutait pas de l'arrestation de son amant, sinon sans doute n'aurait-elle pas gardé ce calme presque souriant qui faisait partie de son caractère.

Elle n'était, malgré son nom et son prénom, ni espagnole, ni italienne, mais originaire des environs de Nîmes. C'était une grande belle femme, bien en chair sans être grasse, le type de ce qu'on aurait appelé jadis une beauté opulente.

Elle ne se laissa pas troubler par ces trois hommes qui l'attendaient en guettant ses réactions. De même ne s'était-elle pas impatientée malgré une longue attente qu'on lui avait fait subir à dessein.

— Croyez-vous vraiment, messieurs, que je puisse vous être de quelque utilité ?

Du regard, elle cherchait le docteur Maupin et elle parut étonnée qu'il fût parti sans l'attendre. Elle l'eût été bien davantage si elle avait pu le voir remplissant les pénibles et humiliantes formalités d'écrou.

— Vous connaissiez Élisabeth Goron ? questionna Lucas à brûle-pourpoint.

Elle hésita. Elle n'essaya pas de cacher son hésitation. Elle sourit.

— Je vais peut-être vous dire le contraire de ce que vous a déclaré le docteur, mais je la connaissais…

— Depuis quand ?

— Depuis lundi… J'étais chez le docteur Maupin, qui est mon ami, quand elle est arrivée. Jusqu'alors, j'avais souvent entendu le docteur parler d'elle. Je l'avais même guettée de ma fenêtre, car je suis curieuse. Mais j'habite le quatrième étage, si bien que je connaissais davantage son chapeau que son visage.

— Vous aviez autant de curiosité à l'égard de toutes les clientes de votre amant ?

Le mot ne la choqua pas et elle regarda Lucas avec indulgence, en femme qui a beaucoup vécu et qui sait que les hommes ne peuvent comprendre certaines nuances.

— Mme Goron n'était pas seulement une cliente, répondit-elle sans se départir de sa douceur sereine. C'était une vieille amie du docteur. Jadis, ils avaient été presque fiancés. Il subsistait encore entre eux une amitié non exempte de tendresse et il m'est arrivé d'en être presque jalouse…

— Soupçonniez-vous certaines relations plus étroites entre le docteur et Mme Goron ?

— Mais non, monsieur le commissaire… Vous m'avez mal comprise… Le docteur avait près de soixante ans… Mme Goron en avait cinquante-cinq… À cet âge-là, l'amitié se colore presque toujours d'une grande tendresse et moi, qui n'ai que quarante-deux ans, je me suis surprise à en prendre ombrage…

— Si nos renseignements sont exacts, vous êtes sans fortune personnelle ?

— Je suppose qu'on peut tout dire à la police, n'est-ce pas ? Pendant vingt ans, j'ai été la maîtresse d'un homme marié qui m'a entretenue confortablement, pour employer le terme banal. Il m'aimait et je l'aimais. Je n'ai jamais voulu penser à mon avenir. Quand il est mort, je suis restée sans ressources, avec seulement quelques bijoux de prix, des meubles, des bibelots… C'est alors que j'ai rencontré le docteur… Il m'a aidée à vivre… Mais c'est un bohème, lui aussi, et il a trop le mépris de l'argent pour en mettre de côté…

« Les gens ne croient pas toujours nécessaire de payer leur médecin… Il y avait des moments difficiles… Il était naturel qu'à ces moments-là je fasse bouillir la marmite, comme on dit vulgairement… C'est ainsi que, lundi, j'ai envoyé quelques bibelots à la Salle des Ventes…

— Et, comme par hasard, alors que les caisses étaient prêtes dans votre appartement, vous êtes descendue chez le docteur peu avant l'arrivée de Mme Goron…

— C'est exact… Le docteur m'a présentée à elle… Nous nous sommes regardées avec curiosité, car, si je savais son histoire, elle était au courant de la mienne et de mes relations avec Maupin…

— Étiez-vous comme deux rivales ?

— *Plutôt comme deux femmes qui vont devenir amies…*

— Le docteur a-t-il fait une piqûre hypodermique à Élisabeth Goron ?

— Je l'ignore… Il a pénétré avec elle dans son cabinet et je ne les ai pas suivis…

— Avez-vous revu ensuite Mme Goron ?

— Oui… Quelques instants…

— Était-elle toujours dans son état normal ?

— Je n'ai rien remarqué de particulier…

— Lorsque vous êtes remontée chez vous, le docteur et sa cliente étaient-ils toujours ensemble ?

— Oui…

— Ce n'est qu'une heure plus tard environ qu'on est venu chercher les caisses… Vous paraissez vigoureuse… Vous auriez été capable, n'est-ce pas, de porter une de ces caisses ?

— Peut-être, mais pas de descendre quatre étages avec…

— Qu'avez-vous fait, une fois les caisses parties ?

— Je me suis rendue rue Drouot, à la Salle des Ventes.

— Pourquoi, puisque la vente de vos bibelots ne devait avoir lieu que le surlendemain ?

— Parce qu'il y avait des objets fragiles et que je voulais m'assurer qu'ils étaient arrivés en bon état…

— Saviez-vous que le docteur jouait aux courses ?

— Oui…

— Saviez-vous qu'il avait des dettes ?

— Il ne le cachait pas. C'était un philosophe à sa manière et il affectait, je le répète, le plus grand mépris pour l'argent.

— Vous a-t-il parfois dit qu'il comptait hériter d'Élisabeth Goron ?

— Je crois qu'il ne l'a jamais pensé… Il n'y avait aucune raison pour cela, puisque cette dame avait une nièce qui était son héritière naturelle…

— Vous êtes-vous rendue à Joinville ?

— Jamais…

Alors Lucas, après un coup d'œil d'intelligence à Torrence, se décida à frapper le grand coup.

— J'ai le regret de vous annoncer, madame, que le docteur Maupin, connu dans le quartier sous le nom de docteur Tant-Pis, est sous les verrous et qu'il sera inculpé de l'assassinat de sa cliente, Mme Goron…

Elle tressaillit, fronça les sourcils, mais bientôt le sourire reparut sur son beau visage aux traits pleins.

— C'est trop stupide pour que je puisse le croire.

— C'est pourtant la vérité et le docteur a avoué.

Elle secoua la tête, sans se démonter.

— Non, monsieur le commissaire, dit-elle simplement. J'ai lu assez de récits policiers pour savoir que vous plaidez souvent le faux pour savoir le vrai. Jamais Charles… C'est le prénom du docteur… jamais Charles, dis-je, n'a pu faire un aveu pareil…

— Savez-vous que vous serez vraisemblablement poursuivie comme complice ?

— Le docteur est innocent et je le suis aussi.

— Vous refusez de nous dire où le cadavre de Mme Goron a été caché entre le lundi à trois heures de l'après-midi et le mercredi soir ?

— Je l'ignore…

— Veuillez passer dans le bureau voisin…

Et, resté seul avec un inspecteur et avec Torrence, Lucas se gratta le menton.

— Ils sont forts, murmura-t-il avec humeur… Ils ont tout prévu, minutieusement, et vous remarquez que leurs réponses à l'un et à l'autre s'emboîtent parfaitement… Avec cette différence que le docteur ne nous a pas indiqué que sa maîtresse était présente quand il a reçu pour la dernière fois Mme Goron… Qu'est-ce que vous en dites, vous ?

Ce que Torrence pensait, c'est qu'il aurait bien aimé savoir ce que faisait Émile et si celui-ci avait découvert du nouveau.

— J'hésite à arrêter cette femme. Si je le fais, nous n'en tirerons plus rien. Si, au contraire, je la relâche, et si je la fais surveiller étroitement, nous pouvons espérer qu'elle commettra quelque imprudence… Allons ! je vais demander conseil au chef…

Un quart d'heure plus tard, Carmen Pedretti était relâchée et elle quittait le Quai des Orfèvres, non sans qu'un inspecteur lui emboîtât le pas.

— Vois-tu, mon petit Émile, il ne faut pas se laisser emballer… Le cadavre était ici, étendu de tout son long sur le lit…

Émile parlait tout seul, à mi-voix, en hochant

parfois la tête et en suçant son éternelle cigarette non allumée.

Il n'était pas seul dans la villa de Joinville. Trois spécialistes de l'Identité judiciaire, des gens de laboratoire, fouillaient avec lui la maison, minutieusement, s'attachant à des détails en apparence insignifiants.

Peu leur importaient, à eux, les interrogatoires et l'aspect moral de l'affaire. C'étaient des techniciens et leur rôle consistait à découvrir des indices matériels et à les interpréter.

Gens ordonnés, tatillons, ils avaient parfois un regard étonné pour ce jeune homme roux qui travaillait en dépit du bon sens, allant et venant, soliloquant, saisissant un objet par-ci, un autre par-là, leur posant soudain une question toujours inattendue.

— Montrez-moi donc la photographie du corps tel qu'il était quand on l'a découvert sur le lit…

Aucun doute n'était possible : le corps était bien étendu de tout son long. La photographie étant tirée sur papier spécial, quadrillé à une certaine échelle, on pouvait établir la taille exacte de la morte : un mètre soixante-huit centimètres.

Là-dessus, Émile quitta la villa pour quelques instants et se rendit à un bistrot situé en face du pont de Joinville. Là, il donna plusieurs coups de téléphone.

Tout d'abord, à la Salle Drouot, où il put se faire confirmer que les caisses, qui avaient servi à emballer les objets appartenant à Mme Pedretti, étaient loin de mesurer un mètre soixante-dix de long. Il s'en doutait.

Ce fut ensuite au tour du médecin légiste d'être appelé au bout du fil.

Pendant plusieurs minutes, il fut question de rigidité cadavérique, du temps que met un cadavre à acquérir cette rigidité et du temps qu'il met ensuite à la perdre.

Quand il rentra à la villa, ces messieurs du laboratoire étaient toujours là. Torrence venait d'arriver, assez impressionné par les scènes qui s'étaient déroulées au Quai des Orfèvres.

— Voyez-vous, patron, commença Émile, je suis à peu près certain que, contrairement à une idée que nous avons acceptée, je me demande encore pourquoi, le corps de Mme Goron n'a jamais été enfermé dans une caisse. Sinon, il faudrait supposer une caisse d'au moins un mètre soixante-dix de long. Des caisses de ce genre sont rares et elles attirent l'attention. En outre, elles sont fort peu maniables et elles exigent au moins deux hommes pour les transporter…

« Si le corps avait été ployé en deux pour entrer dans une caisse de dimensions plus réduites, il aurait été impossible, par la suite, le docteur est formel à cet égard, de l'étendre à nouveau sur ce lit dans une position normale…

« D'autre part, quand le corps a été amené ici, il portait encore ses vêtements de ville… Nous en avons la preuve puisque, non seulement les vêtements, ainsi que les chaussures, sont ici dans la chambre, mais aussi le corsage qui a dû être coupé à l'aide de ciseaux…

Les hommes de l'Identité judiciaire s'étaient approchés et écoutaient avec intérêt ce discours qu'Émile prononçait d'un ton détaché.

— Je ne vois pas ce que cela change à l'affaire… objecta Torrence.

— Je vais vous le dire tout de suite… Pour transporter le corps dans une caisse, il faut au moins deux personnes… Pour transporter le cadavre sans aucun emballage, si je puis employer ce mot, une personne vigoureuse suffit, car Mme Goron ne devait guère peser plus de cinquante kilos…

— De sorte que le docteur a pu effectuer seul ce transport, si c'est ce que vous voulez dire ?

— Une autre personne aussi…

— Par exemple, Carmen Pedretti, qui est grande et forte…

Émile ne répondit pas. Il paraissait abîmé dans de profondes pensées et il prit une nouvelle cigarette, car il avait dévoré presque entièrement la précédente.

— Ce qu'il faut établir, reprit Torrence, c'est quand et comment le corps de Mme Goron a quitté le 67, boulevard Beaumarchais, et a été transporté ici… Vous prétendez que ce n'est pas le lundi après-midi à la faveur de l'enlèvement des deux caisses… Soit !… La piste était trop facile… Mais n'oubliez pas que Mme Pedretti n'a jamais été surveillée… Au cours des deux journées, elle a pu, à n'importe quel moment…

Les petits yeux brillants d'Émile étaient fixés sur son patron. Torrence toussa, gêné par ce regard, où il croyait sentir de l'ironie. Or, le gros Torrence avait l'ironie en particulière horreur.

— Si vous avez une autre hypothèse à proposer…

— Je voudrais n'en avoir qu'une, soupira alors Émile. Le malheur, c'est que j'en ai cent, que j'en ai mille… Du moment que nous abandonnons la piste des deux caisses, toutes les hypothèses sont permises… Cela vous ennuierait-il, messieurs, que j'emporte ces vêtements et ces chaussures au laboratoire ?... Vous devez avoir avec vous des sacs spéciaux...

Chacun des vêtements que portait Mme Goron, lors de sa mort, fut glissé dans un sac de papier qu'on ferma ensuite hermétiquement. Les sacs furent numérotés et, une heure plus tard, Émile, suivi de Torrence, montait l'étroit escalier qui conduit, sous les combles du Palais de Justice, au Laboratoire de la Police judiciaire.

Entre-temps, Émile avait eu le temps de donner à Barbet de mystérieuses instructions.

4

Où Émile apprend qu'il existe des douzaines de sortes de colle forte et où la tête d'un homme et celle d'une femme dépendent de la qualité de ces colles.

Les journaux du soir avaient déjà annoncé l'arrestation du docteur Tant-Pis, dont le visage peu engageant était reproduit en première page.

Au Laboratoire, le travail se poursuivit pendant toute la nuit, avec un court entracte, vers dix heures du soir, pendant lequel Émile, Torrence et deux spécialistes, allèrent casser la croûte à la brasserie Dauphine.

À deux heures du matin, Torrence, qui avait retiré son faux-col et qui s'était installé dans un fauteuil, commençait à ronfler. Le fauteuil, d'ailleurs, n'était pas un fauteuil ordinaire mais, comme tout ce qui se trouve au Laboratoire, une pièce à conviction qui, dans un récent procès, avait fait condamner son propriétaire.

Dans ce calme des combles du Palais de Justice, tandis que Paris dormait, les sachets de fort papier, qui contenaient les vêtements de Mme Goron, étaient secoués et battus les uns après les autres, afin d'extraire du tissu les moindres parcelles de poussière. De même les chaussures étaient-elles grattées avec soin et tout ce qui en tombait recueilli religieusement.

Ce travail accompli, on se trouvait devant de petits tas numérotés, que des chimistes examinaient les uns après les autres, à l'aide d'instruments divers, et sur lesquels ils essayaient de nombreuses réactions.

C'est ainsi, par exemple, qu'on eut la preuve que Mme Goron descendait souvent dans sa cave, vêtue de sa robe de laine noire, car on retrouvait sur cette robe des traces de salpêtre et de chaux, mélange absolument semblable à celui qui avait été recueilli dans la villa.

Un des employés du Laboratoire s'était même rendu à l'Institut médico-légal, nom de la nouvelle Morgue, où, d'un tiroir métallique qui s'emboîtait dans une immense glacière, on avait extrait, à son intention, le corps de la morte.

L'employé avait alors retiré les plus minuscules parcelles de matière se trouvant sous les ongles et il avait coupé un certain nombre de cheveux.

Tout cela, maintenant, avait perdu son aspect macabre. Ce n'était plus qu'éléments d'examens chimiques. Et on n'en parlait plus que par numéros.

C'est ainsi que, vers quatre heures du matin, celui qui confrontait les différents résultats, put annoncer :

— Il y a une substance que nous retrouvons, invariable, dans trois des numéros : les *3*, *7* et *11*…

— Quels sont les numéros *3, 7 et 11* ?…

Torrence entrouvrit les yeux mais ne tarda pas à se rendormir.

— Le *3* n'est autre que le manteau noir que portait la victime, un manteau de drap à col de martre… Dans le dos, une petite tache luisante a été grattée et il est démontré que c'est de la colle forte… Le *7*, c'est la chaussure droite… On y a relevé des traces de colle forte sur l'arrière du soulier… Le *11*, enfin, ce sont les poussières retirées de dessous les ongles de la morte… On y retrouve le même produit, mais en quantité infime… Il s'agit maintenant d'établir de quelle colle il s'agit…

Et, comme Émile était un peu surpris, le chimiste qui dirigeait les opérations lui fit, tout en travaillant, un cours complet sur les différentes espèces de colles fortes et sur leur composition…

On paraissait loin du drame de Joinville et du sombre docteur Tant-Pis, et pourtant, c'est du travail qui se faisait cette nuit-là que dépendait la preuve du crime et le châtiment de l'assassin.

Émile apprit ainsi qu'un ébéniste du faubourg Saint-Antoine, qui ne fabrique que des sièges Louis XV, ne se sert pas de la même qualité de colle qu'un menuisier de quartier ou de campagne. La colle pour la marqueterie, d'autre part, n'est pas non plus la même et…

— D'ailleurs, trancha bientôt le spécialiste, il ne s'agit pas, en l'occurrence, de colle de menuisier…

Il fut encore près d'une heure plongé dans ses recherches avant d'affirmer :

— La colle que je viens d'analyser est de la colle dont se servent les cartonniers… Elle est encore assez fraîche, c'est-à-dire qu'il n'y a pas plus de quatre jours qu'elle a été employée… Je ne sais si cette découverte peut vous servir mais, pour ma part, je suis absolument affirmatif…

La place des taches de colle… Une dans le dos du manteau de drap noir… Une à l'arrière de la chaussure droite… Enfin, des traces dans les ongles…

— Patron !… appela Émile, en secouant Torrence. Il est cinq heures du matin…

— On a découvert quelque chose ?

— Vous qui avez visité l'appartement du docteur, y avez-vous vu de la colle de cartonnier ?

— De la colle de quoi ? s'étonna Torrence, les yeux ronds.

— De cartonnier… Peu importe !… Rien de semblable, je suppose ?… Je ne vois pas ce qu'un médecin… Allons donc jeter un coup d'œil chez Mme Pedretti… À moins qu'elle ne nous laisse pas pénétrer chez elle…

Un inspecteur de garde les accompagna afin de donner à l'opération un aspect plus légal. Mme Pedretti se leva à leur coup de sonnette et les laissa fouiller son appartement.

— Je vous jure, messieurs, que vous vous trompez sur le compte du docteur… Que ce soit un homme bourru et qu'il n'éprouve pas une grande tendresse pour ses semblables, soit !… Mais de là à…

À huit heures, en l'absence de Barbet et de Mlle Berthe, Émile allumait tranquillement le poêle de l'Agence O, mais se gardait d'allumer la cigarette qu'il venait de glisser entre ses lèvres. Torrence était toujours aussi endormi et d'assez mauvaise humeur.

— Vous espérez vraiment faire une découverte ?

— Je suis à peu près sûr que Barbet en aura fait une… Voyez-vous, patron, nous sommes partis sur une idée fixe, ce qui ne donne jamais rien de bon… Nous sommes partis de l'idée que le cadavre de Mme Goron avait dû être transporté du boulevard Beaumarchais à Joinville, et nous avons cherché comment avait pu se faire ce transport… Eh bien ! en dehors des deux caisses, *ce transport n'a pu se faire*… Or, il n'a pas pu se faire non plus à l'aide des caisses en question… Donc…

— Donc ?

— *Donc, ce transport n'a jamais eu lieu*… Voilà ce que nous aurions dû admettre dès le début… Et maintenant, réfléchissez à ceci : pourquoi avons-nous établi, comme article de foi, que ce transport avait eu lieu ?

— Mais…

— Souvenez-vous des débuts de l'affaire…

Torrence commençait à sortir des limbes du demi-sommeil et il manifestait une certaine inquiétude.

— D'abord, nous avons été prévenus contre le docteur Tant-Pis… Par qui ?

— Par la nièce, Mme Delamain…

— Laquelle nièce, quinze jours avant la mort de sa tante, appréhendait déjà le drame… Il était donc évident que, quand ce drame se produirait, nous penserions aussitôt au docteur Maupin… Qui a vu Mme Goron sortir de la maison du boulevard Beaumarchais ?

— Personne…

— Exact ! Mais qui nous affirme qu'elle n'en est pas sortie ?

— Marie Delamain…

— Qui nous a dit qu'il existait un testament de Mme Goron en faveur du docteur, ce qui rend celui-ci suspect ?

— Marie Delamain… Je ne peux pas croire…

— Vous avez bien cru que le docteur était coupable… Or, vous savez comme moi que, le mercredi soir, il lui a été *matériellement impossible* d'aller coucher le cadavre sur le lit de la villa…

— Sa maîtresse aurait pu…

— Marie Delamain, aussi… Ou son mari… Ou… Voyez-vous, patron, je me méfie toujours des gens qui veulent trop prouver… Supposez le crime accompli ailleurs… Supposez qu'on ne nous ait jamais parlé du docteur… Qui hérite ?

— Marie Delamain…

— Qui soupçonne-t-on par conséquent ?

— Marie Delamain…

Cela ressemblait à des litanies.

— Tandis que, grâce à la démarche qu'elle a faite à l'Agence O, on n'a pensé qu'au docteur, on y a si bien pensé que, malgré une impossibilité matérielle, pour lui, de transporter le corps, on l'a inculpé… Et que je me demande avec une certaine angoisse comment il pourrait établir son innocence…

— Et vous ?

— Cela va dépendre de Barbet…

— Je ne comprends pas…

— J'ai chargé Barbet de se renseigner sur ce point… Comment les Delamain, qui ne sont pas riches, ont-ils pu disposer d'une voiture ou d'une camionnette ?...

— Et la colle forte ?... Espérez-vous que c'est chez eux que vous trouverez de la colle de cartonnier ?

— Probablement pas... Les Delamain occupent un petit logement à un sixième étage de la rue de Turenne, et je ne crois pas que ce soit dans ce logement qu'ils ont gardé pendant deux jours le cadavre de leur tante...

Il ne leur restait plus qu'à attendre. À neuf heures et demie, Barbet arriva, assez excité par les verres de rhum qu'il venait d'ingurgiter pour se réchauffer.

— Charmante nuit ! grogna-t-il en se laissant tomber sur une chaise.

— Qu'est-ce qui vous arrive, Barbet ?

— Que j'ai été enfermé et que voilà seulement que j'arrive à me faufiler hors de ce sale atelier...

— Quel atelier ?

— Celui du frère de Delamain... La concierge m'avait dit que les Delamain ne voyaient pas beaucoup de monde... Seulement le frère du mari, un certain Nestor Delamain qui venait les chercher presque chaque dimanche pour aller à la campagne avec sa voiture... Il a une camionnette transformable... C'est lui qui fabrique, dans le quartier Saint-Antoine, ces petites boîtes en carton, à compartiments, dans lesquelles on expédie à Paris les œufs du jour...

« À tout hasard, je me suis introduit dans son atelier pour voir s'il n'y avait rien d'anormal... C'est dans une cour de la rue Saint-Antoine... Le logement est au fond de la cour... Est-ce que le Nestor a entendu du bruit quand j'ai fait dégringoler une pile de boîtes ?... Toujours est-il qu'il est venu refermer la porte à clef et qu'il a lâché le chien dans la cour… C'est seulement ce matin, quand les ouvrières sont venues prendre leur travail, que je suis parvenu à filer…

Émile bâilla et, ce qui lui arrivait rarement, alluma sa cigarette, puis murmura :

— Je vais me coucher… Je crois, patron, que vous pouvez continuer, n'est-ce pas ?

C'était tellement simple ! Le couple qui vivait chichement en ne pensant qu'à la tante riche. Cette tante qui pouvait encore tenir le coup pendant dix ou vingt ans. Le beau-frère, le cartonnier, qui faisait d'assez mauvaises affaires…

Ils s'étaient crus malins, tous les trois… Ils savaient que la police, quand elle ne tient pas un coupable, n'abandonne pas facilement une piste et qu'elle y met le temps qu'il faut…

Le coupable était tout désigné… Le docteur Tant-Pis !… On préparait le terrain par la petite comédie que Marie Delamain venait jouer à l'Agence O…

Marie guettait sa tante, le lundi… Quand celle-ci sortait, elle parvenait à l'attirer chez elle ou chez son beau-frère…

Sous quel prétexte lui faisait-on une piqûre ? Avec une femme qui se croyait toujours malade et sur le point de mourir, ce n'était pas difficile à trouver…

Il ne restait qu'à se débarrasser du corps, qu'à guetter le moment favorable…

Les criminels pouvaient-ils se douter que ce soir-là, le docteur Tant-Pis avait le meilleur des alibis ?

Torrence arriva à midi au Quai des Orfèvres et entra pesamment dans le bureau du commissaire Lucas, qui s'exclama :

— Alors, tu as des preuves ?…

— Contre qui ?

— Contre le docteur, parbleu !… On ne me fera pas croire que cet homme-là…

Il fallut bien le croire, pourtant, et le soir même, le docteur Tant-Pis faisait la dînette en tête à tête, dans l'appartement du quatrième, boulevard Beaumarchais, celui de la douce et calme Carmen Pedretti, qui ne s'était pas un instant démontée.

Le docteur avait une raison de plus de mépriser ses semblables.

LE CHANTAGE
DE L'AGENCE O

1

Où le bon Torrence, effondré, est emmené au Quai des Orfèvres entre deux de ses anciens collègues.

Cette affaire à laquelle fut mêlé un homme célèbre dans le monde entier est, sans doute, dans les annales criminelles, une de celles sur lesquelles fut gardé le silence le plus absolu et je me demande si, à l'heure qu'il est, on en retrouverait encore des traces dans les archives du Quai des Orfèvres.

Pourtant, tous les détails ci-dessous sont, je puis le garantir, d'une exactitude rigoureuse.

C'était un jeudi, dix minutes avant cinq heures de l'après-midi. L'heure était facile à contrôler, car il y a une horloge pneumatique au coin de la rue Tronchet, derrière la Madeleine, et on pouvait la voir de ce petit café d'habitués. Un café bien sympathique, *Au Rendez-vous des Limousins*, avec, pour les casse-croûte, des jambons et des saucissons qui pendaient au plafond, des piles de pain noir sur un coin du comptoir.

À cinq heures moins dix, donc, un jeune homme de vingt-cinq ans, environ, au visage très pâle, aux yeux fatigués, comme s'il avait passé plusieurs nuits, poussa la porte d'un autre bistrot situé, celui-ci, à l'angle de la rue Tronchet.

Debout, près du comptoir, le jeune homme commanda un café-crème et ne quitta pas des yeux la devanture du *Rendez-vous des Limousins*.

Quelques instants plus tard, deux hommes sortaient du métro Madeleine et, tout en flânant, se dirigeaient vers l'établissement. Un habitué de la Police judiciaire, et le jeune guetteur semblait en être un, pouvait reconnaître dans ces promeneurs, à l'air trop innocent, les inspecteurs Janvier et Bertrand.

Le jeune homme, qui avait froncé les sourcils, demanda à la caissière un jeton de téléphone, mais ne se dirigea pas encore vers la cabine.

À ce moment, en effet, un taxi s'arrêtait au coin de la rue Tronchet. L'homme qui en descendait ne pouvait nulle part passer inaperçu. D'abord, il mesurait plus d'un mètre quatre-vingts et, malgré sa barbe blanche en éventail, il se tenait aussi droit qu'un homme de trente ans. Sous les épais sourcils en broussaille, les yeux trahissaient une vie intense. Enfin, sur ses larges épaules, il portait une cape grise qui lui descendait jusqu'aux genoux.

Quelques passants se retournèrent sur lui. Deux ou trois d'entre eux, seulement, reconnurent le sculpteur T…, sans doute le plus célèbre sculpteur de l'époque.

Comme les deux inspecteurs de police l'avaient fait, il pénétra au *Rendez-vous des Limousins*. Son regard aigu fit le tour des habitués, ne marqua aucune surprise en reconnaissant les policiers. Mais, sans leur adresser la parole, le sculpteur s'assit près de la fenêtre et commanda un verre de vin.

C'est alors que, dans le café du coin, le jeune homme pâle se précipita vers la cabine téléphonique. Quelques instants plus tard, il avait l'Agence O à l'appareil.

Il était à ce moment cinq heures moins trois minutes. Torrence était assis à son bureau, occupé à bourrer une pipe. Émile, dans le cagibi voisin, pouvait, non seulement voir ce qui se passait chez son patron, mais entendre tout ce qui s'y disait. La sonnerie du téléphone retentit. Torrence décrocha. Émile, de son côté, comme c'était la coutume à l'Agence, saisit un appareil branché sur le même fil.

— Allô !... C'est monsieur Torrence ?... Ici, T... Je suis à Paris pour une heure encore... Il faut que je prenne le train de 5 h 57 à la gare Saint-Lazare... J'ai réfléchi depuis notre entretien d'il y a quinze jours... Voulez-vous me rapporter les documents que je vous ai confiés dans un petit bar où je vous attends, derrière la Madeleine ?...

Le visage de Torrence exprima quelque surprise.

— Allô !... C'est évidemment votre droit de... Allô !...

— Je suis très pressé, monsieur Torrence, et je vous expliquerai ça tout à l'heure de vive voix... Je suis au *Rendez-vous des Limousins*, et je vous demande une fois de plus de sauter dans un taxi avec les papiers que vous savez...

Torrence, grognon, raccrocha, ouvrit le coffre-fort

et y prit une large enveloppe jaune pleine de papiers. L'instant d'après, il avait son chapeau sur sa tête et, au coin de la rue Montmartre, il sautait dans un taxi.

Émile, lui, était resté quelques instants rêveur. Soudain, il prit une décision.

— Allô, mademoiselle ?... L'Agence O !... Voulez-vous rechercher de toute urgence d'où est parti l'appel que nous venons de recevoir... C'est important, oui... Trois minutes ?... Merci...

Et, trois minutes après, en effet, la surveillante lui apprenait que la communication téléphonique n'était pas partie du *Rendez-vous des Limousins*, mais d'un bar situé au coin de la rue Tronchet.

Il était cinq heures douze minutes. Le sculpteur, près de de la fenêtre, regardait sans cesse l'horloge pneumatique, tandis que les deux inspecteurs commençaient à croire qu'ils s'étaient dérangés pour rien.

Enfin, un taxi s'arrête. Torrence en descend, comme un homme pressé, et fonce dans le bar. Il reconnaît aussitôt le sculpteur, s'assied à sa table.

— J'ai cru un moment qu'il s'agissait d'une mauvaise plaisanterie, dit-il en tendant la main.

Son interlocuteur feint de ne pas voir cette main, plonge une des siennes dans sa poche et en retire une autre enveloppe qu'il pose sur le guéridon de marbre.

— Comptez...

— Qu'est-ce que ?...

Torrence a entrouvert l'enveloppe qu'on lui tendait. Deux poignes solides, en même temps, se sont posées sur ses deux épaules.

— Monsieur Torrence, veuillez nous suivre à la Police judiciaire…

— Hein ?… Quoi ?… Qu'est-ce qui vous prend, Janvier ?… Et vous, Bertrand ?…

Pendant quinze ans, Torrence a été inspecteur au Quai des Orfèvres, et c'était à cette époque le plus cher collaborateur du commissaire Maigret. Que signifie cette comédie ? Pourquoi le sculpteur lui a-t-il tendu une enveloppe qui, le directeur de l'Agence O s'en rend compte maintenant, est bourrée de billets de banque ? Et pourquoi cette comédie qui ressemble à une arrestation ?

— C'est une mauvaise plaisanterie… dit-il.

— Hélas, ce n'est pas une plaisanterie… Veuillez nous suivre sans faire d'esclandre.

C'est si inattendu, si brutal, que Torrence sent ses jambes se dérober sous lui. Son visage se creuse, ses yeux expriment à la fois le désespoir et l'effroi.

— Mais, messieurs…

Ce n'est pas possible ! Il y a là-dedans une tragique erreur. Qu'on lui donne quelques minutes pour s'expliquer.

— Je vais vous dire…

— Nous avons ordre de vous conduire au Quai des Orfèvres, où vous aurez tout le loisir de parler…

Les quatre hommes prennent place dans un taxi et aucun mot n'est prononcé. On arrive à la P.J. Les yeux de Torrence sont luisants comme s'il allait pleurer, tandis qu'il gravit le large escalier qui lui est si familier.

— Attendez ici… Je vais prévenir le grand patron…

Et, pendant cette attente, on le tient à l'œil comme un malfaiteur vulgaire. Des anciens collègues passent, et sans doute sont-ils déjà au courant, car ils détournent la tête d'un air gêné.

Enfin la porte matelassée du directeur s'ouvre. Le grand patron est assis à son bureau. Il évite de lever la tête, feignant d'avoir à compulser des papiers.

Le discours du chef de la Police judiciaire est empreint d'une solennité de mauvais aloi.

— Ce n'est pas la première fois, monsieur Torrence (il l'a toujours appelé Torrence tout court, ou mon cher Torrence), ce n'est pas la première fois que je vous fais venir dans ce bureau, et il m'est déjà arrivé d'avoir des reproches à vous adresser. Jusqu'ici, par bonheur, ce n'était pas grave. Il est impossible qu'une agence de police privée travaille sans qu'aucune friction se produise avec la police officielle et vos méthodes ne sont pas nécessairement inspirées par la prudence… Hum !… Aujourd'hui, il n'en est plus de même, vous devez vous en rendre compte…

« Est-ce vous le grand coupable ?… Est-ce votre collaborateur que nous ne connaissons guère que sous le nom de M. Émile… Avez-vous soudain de gros besoins d'argent ?… Toujours est-il que vous venez de franchir la frontière d'un côté de laquelle on est un honnête homme et de l'autre côté de laquelle on risque de devoir rendre des comptes à la justice de son pays…

« Au nom de la loi, monsieur Torrence, j'ai le pénible devoir de…

C'est à peine si le pauvre Torrence a respiré et ses gros yeux reflètent une incompréhension douloureuse. Le chef est interrompu par une sonnerie de téléphone.

— Allô !... Qui ?... M. Émile ?... Je regrette de n'avoir pas le temps d'écouter... Vous dites ?... Vous avez vérifié le point de départ de l'appel et ?... Écoutez, monsieur Émile... L'affaire est grave et j'aime mieux vous avertir que nous ne nous laisserons pas détourner de notre devoir par des manœuvres qui... Comment ?... Le commissariat de police de la Madeleine ?... Bien...

Le directeur de la P.J., troublé, décroche à nouveau.

— Donnez-moi le commissaire de police de la Madeleine... Allô !... C'est vous, monsieur le commissaire ?... Directeur de la P.J., oui... On me dit... Comment ?... C'est exact ?... Une chasse à l'homme qui s'est terminée dans le hall de la gare Saint-Lazare ?... Perdu sa trace ?... Aucun de vos agents ne l'a reconnu ?... Je vous remercie... Oui, j'attends votre rapport de toute urgence... Par porteur, s'il vous plaît...

Et le chef de murmurer, en regardant tour à tour le sculpteur T..., qui n'y comprend rien, et Torrence qui n'y comprend pas davantage :

— Messieurs, j'apprends à l'instant des faits troublants...

Il observe Torrence avec étonnement.

— Comment se fait-il que votre collaborateur ait eu l'idée de rechercher l'origine du coup de téléphone que vous avez reçu à cinq heures moins trois minutes ?

— Je l'ignore... Il arrive souvent à Émile d'écouter mes communications... C'est entendu entre nous... Quelque chose qui m'a échappé l'a-t-il frappé dans le message que j'ai reçu ? je n'en sais rien...

— Toujours est-il qu'il a alerté aussitôt le commissariat de police de la Madeleine… Deux agents se sont précipités dans un bar du coin de la rue Tronchet… L'homme qui venait de téléphoner et que la caissière a désigné y était encore… Quand il a compris ce qui se passait, il a pris ses jambes à son cou et les agents l'ont poursuivi… Malheureusement, c'est l'heure de la plus grande affluence dans le quartier, et dans le hall de la gare Saint-Lazare, qu'il est parvenu à atteindre, l'inconnu a disparu… Messieurs, je crois que nous ferions bien de mettre cette affaire au point… Quant à vous, Torrence, supposez que vous soyez à ma place…

Le sculpteur T… est reparti pour la Normandie, où il habite un petit village perché sur la falaise, à quelques kilomètres de Fécamp.

Le chef de la P.J. et Torrence sont seuls dans le vaste bureau qu'éclaire une lampe à abat-jour vert.

— Dites-moi exactement, voulez-vous, ce qui s'est passé… C'est le seul moyen d'y voir clair dans cette affaire aussi pénible qu'embrouillée… Mais, d'abord, que pensez-vous de cet homme qui vient de nous quitter…

— Je pense, dit Torrence, que c'est, sans nul doute, un artiste de génie… Je n'y connais rien en sculpture, mais le monde entier déclare que c'est le plus grand sculpteur du siècle… Par contre, j'ai l'impression que c'est un émotif et que, dans la vie courante, il lui arrive de manquer de sang-froid… Un matin, voilà quinze jours exactement, il s'est présenté dans nos bureaux à neuf heures et quart… Je me souviens de l'heure, car Barbet, notre garçon de bureau, venait de rentrer avec le courrier…

— Vous l'avez reçu en tête à tête ?

— Oui… Je suis cependant obligé de vous avouer qu'Émile, mon collaborateur, peut tout voir et tout entendre de son bureau situé juste derrière le mien…

— Curieux… murmure le chef.

— Non, patron… Puisque j'y suis obligé, je vais vous confier un secret… Le vrai directeur de l'Agence O, je pourrais ajouter le cerveau de l'Agence O, ce n'est pas moi, mais cet Émile, qui passe aux yeux de tous pour un simple employé et, sans lui, nous n'aurions pas connu le tiers de nos succès…

— Continuez…

— Le sculpteur T… s'est fait connaître à moi… Il était fort abattu… Il a commencé par me poser une question que nous avons l'habitude d'entendre, qui est quasi rituelle chez nous :

« — *Vous considérez-vous comme tenu, quoi qu'on vous confie, au même secret qu'un confesseur ?*

« Je lui ai répondu affirmativement… Sa seconde question était plus embarrassante :

« — *La police officielle, dans certains cas, garderait-elle également le secret ?*

Le directeur esquisse un vague sourire et murmure :

— Question qu'on nous pose souvent aussi !… Qu'avez-vous répondu ?

— J'ai répondu que cela dépendait de la confession…

« — *Dans le cas d'un crime ?* m'a-t-il alors demandé.

« Et j'ai répliqué :

« — *Je ne pense pas que la police officielle puisse être mise au courant d'un crime sans que la machine officielle entre en action…*

« Alors, cet homme que vous venez de voir, et qui est si impressionnant dans sa simplicité, m'a tenu un discours plus que troublant. En voici à peu près les termes :

« — *Supposez qu'un homme comme moi, père de famille, ait tué un de ses semblables dans des conditions telles que tous les tribunaux l'acquitteraient… Supposez, cependant, que le procès ne puisse avoir pour résultat que de déshonorer une jeune fille et de lui rendre désormais l'existence impossible…*

« *Supposez enfin que le crime ne puisse être découvert…*

« *Que feriez-vous, monsieur Torrence ?*

— Qu'avez-vous répondu ?

— J'ai demandé à en connaître davantage, sous le sceau du secret… Vous avez dit tout à l'heure, patron, que la police privée ne peut avoir exactement la même ligne de conduite que la police officielle… Notre rôle n'est pas nécessairement de défendre la loi, mais de défendre des humains…

« M. T… m'a fait alors le récit de ce qui s'était passé la veille à Yport…

T…, malgré sa gloire, vit loin de Paris et du monde. Il a fait construire dans son pays natal, à un kilomètre d'Yport, une villa sur la falaise, et il y vit avec sa fille, Éveline, qui a dix-huit ans.

C'est là qu'il travaille. C'est là que, dans son vaste atelier exposé au vent du large, il crée les œuvres qui s'en vont ensuite porter le renom de l'art français dans le monde entier.

Sa femme est morte depuis dix ans. Sa fille est désormais sa seule famille.

Simple et frugal, T… se contente d'un seul domestique qui est à son service depuis trente ans.

Depuis plusieurs semaines, un homme, un étranger qui habite Fécamp depuis peu, s'est introduit dans la villa du maître où il rend de fréquentes visites. Il est tellement insinuant qu'il est impossible de lui faire comprendre que ses visites sont indésirables, bien que T… ait flairé en lui l'aventurier.

Deux ou trois fois par semaine, l'après-midi, il vient à pied, de Fécamp, par le sentier du bord de la falaise. Si le maître travaille et a consigné sa porte, il s'arrange pour être reçu par Éveline…

Les pères sont souvent aveugles. Les artistes le sont doublement. Il faut un hasard… Le travail, cet après-midi-là, ne marchait pas au gré du sculpteur… Il pénétra soudain dans le boudoir de sa fille…

C'est pour s'apercevoir que le visiteur a déshonoré le toit sous lequel il était reçu…

Aucun doute n'est possible… Le suborneur, qui s'appelle Evjen, et qui se dit danois, accepte d'ailleurs la situation avec cynisme…

— *Il n'y a pas de quoi se mettre dans de pareils états*, lance-t-il au père. *Les jeunes filles sont faites pour…*

Alors, le sculpteur se saisit d'un chandelier à sept branches, en argent massif. Il est puissant, malgré son âge. Il frappe, et c'est un cadavre qui tombe à ses pieds.

Il faut reprendre ici les paroles de T… lui-même.

« *J'aurais pu appeler la police… Il n'y a pas un jury au monde qui aurait osé me condamner… Mais comprenez-vous, monsieur Torrence, que c'était déshonorer ma fille que j'ai eu le tort de condamner à une solitude incompatible avec son âge ?… Pendant deux heures, j'ai tourné en rond dans mon atelier et j'ai cru que ma vie était finie… Enfin, j'ai pris un parti… Evjen est peu connu à Fécamp… En outre, on savait que, s'il se rendait chez moi, il empruntait le sentier de la falaise où les "cavées" et les éboulements sont nombreux…*

« *Dans une brouette, qui me sert à transporter la glaise, j'ai conduit le corps jusqu'à un de ces éboulements et je l'ai poussé… La marée était haute…*

« *Si on retrouve un jour le cadavre, les traces qu'il porte à la tête passeront pour avoir été produites par le choc contre les rochers…*

« *Je préférerais faire à la police une déclaration officielle.*

« *J'ai peur qu'on n'exige que l'action suive son cours… Et je ne veux à aucun prix voir ma fille obligée de confesser sa faute devant la foule réunie dans un prétoire…*

« *Ma conscience, pourtant…* »

Le directeur de la P.J. écoutait en caressant machinalement sa barbiche grise.

— Voilà toute l'histoire, patron !… Je vous aurais bien envoyé T… Mais, si je connais l'homme sensible que vous êtes, je sais aussi que le fonctionnaire n'a pas le droit de se montrer aussi humain qu'il le voudrait…

« Le sculpteur a insisté pour me dicter une confession complète et pour la signer.

« — *On ne sait jamais*, dit-il, *ce qui peut arriver. À ce moment, il existera au moins un document, que vous garderez dans votre coffre, rétablissant l'exacte vérité*…

« C'est ce document, termina Torrence, que j'avais tout à l'heure en poche et que vos inspecteurs ont saisi…

« Je ne comprends pas encore ce qui s'est passé…

— Je vais donc vous mettre au courant en quelques mots, car cette affaire ne fait que commencer… Qui était présent, à l'Agence O, lors de la visite de M. T… ?

— Moi, bien entendu… Émile… Notre secrétaire, Mlle Berthe, en qui j'ai aussi confiance qu'en moi-même, et enfin Barbet…

— Ce n'est pas un repris de justice ?

— Il a été célèbre en son temps comme voleur à la tire, mais je puis vous jurer que…

— Où Barbet se tenait-il ?

— Dans l'antichambre, d'où il ne pouvait rien entendre…

— Et pourtant, affirma le chef, il y a eu une fuite… La preuve en est que, quatre jours seulement après sa visite chez vous, M. T… a reçu une lettre à en-tête de l'Agence O et signée Torrence… Cette lettre, assez cynique, lui donnait rendez-vous dans un petit bar de la Madeleine et lui réclamait vingt mille francs, en prétextant la mauvaise situation financière de l'Agence…

« Le sculpteur a cédé… Au *Rendez-vous des Limousins*, il a rencontré un jeune homme inconnu de lui qui lui a réclamé les vingt mille francs et qui lui a remis un reçu signé de votre nom…

— Mais M. T… ne connaissait pas mon écriture…

— C'est bien ce que je pense… de même, n'importe qui peut commander chez un imprimeur du papier à lettre portant n'importe quelle en-tête… Toujours est-il qu'une première fois M. T… a cédé au chantage…

« La semaine dernière, nouvelle lettre, à peu près rédigée dans les mêmes termes, et réclamant une nouvelle somme de vingt mille francs…

« Le sculpteur a compris alors qu'il s'était fourvoyé et il est venu dans ce bureau me faire ses confidences. Plutôt que d'être, le restant de ses jours, à la merci d'un escroc, il s'est remis entre nos mains…

« Comprenez-vous, maintenant, pourquoi nous avons organisé une souricière au *Rendez-vous des Limousins*, et pourquoi dès que vous avez sorti l'enveloppe de votre poche et saisi l'autre enveloppe qu'on vous tendait, mes inspecteurs se sont précipités et…

Un flot de sang monta au visage de Torrence.

— Vous avez donc pu supposer ?…

— Mon pauvre ami, vous savez comme moi que, de ce bureau, nous voyons tant de choses malpropres, que… Je me demande encore comment votre collaborateur Émile a eu l'idée de se renseigner sur l'origine du coup de téléphone reçu par l'Agence O…

— Émile est toujours comme ça !… laisse tomber Torrence assez sèchement.

— En tout cas, il est facile, maintenant, de reconstituer les événements. Le maître-chanteur, qui paraît être un jeune homme de vingt-cinq à trente ans, très pâle, nous dit-on, a donné rendez-vous à T… dans le petit bar. Pourtant, il n'est pas rassuré et, d'un autre café, il guette les allées et venues dans les environs… le fait qu'il reconnaît nos inspecteurs semble démontrer qu'il s'agit d'un garçon qui est déjà venu ici, peut-être d'un repris de justice ?…

« Il a flairé la souricière… Impossible, désormais, de s'emparer des vingt mille francs…

« *Mais pourquoi, au lieu de s'en aller tranquillement, comme il pourrait le faire, s'amuse-t-il à vous téléphoner pour vous faire tomber dans le piège à sa place ?…*

Le menton sur la poitrine, Torrence réfléchit profondément.

— Il n'y a qu'une explication, murmure-t-il enfin. C'est que, pour une raison ou pour une autre, ce jeune homme pâle ait une vengeance à exercer contre moi… Je me permets de vous rappeler, patron, que, malgré ce que vous insinuiez tout à l'heure, il m'est arrivé assez souvent, tant comme inspecteur de la P.J. que comme directeur de l'Agence O, d'envoyer des gens en prison…

— Remarquez que je n'ai jamais prétendu…

— Il n'en reste pas moins vrai que quelqu'un était au courant du secret du sculpteur… Non seulement il connaissait le crime commis à Yport et l'histoire du corps jeté de la falaise, *mais encore il savait qu'un document était enfermé dans notre coffre*…

— Vous n'avez jamais parlé de cette affaire à…

— À personne, patron !… Je vais plus loin… Il n'en a jamais été question entre Émile et moi, si bien que personne n'aurait pu surprendre notre conversation… Notre coffre n'a pas été visité… Nous avons un certain nombre de moyens de nous en assurer… D'où je conclus que, fatalement, quelqu'un a surpris l'entretien que j'ai eu un matin à neuf heures et quart avec M. T… *Or, c'est rigoureusement impossible…*

— Reste Mlle Berthe…

— Non !

— Ou encore ce Barbet…

— Non !

— Alors M. Émile…

— Non !

— Dans ce cas, mon pauvre Torrence, il ne reste que vous… Soyez raisonnable… Ne niez pas l'évidence… Il y a eu une fuite, et cette fuite, il nous faut coûte que coûte la découvrir… Certes, aucun journal ne parle et ne parlera de l'affaire… Mais il y a plus de personnes à être au courant que vous ne le supposez… J'ai été, en effet, obligé de faire un rapport confidentiel à mes supérieurs… La question a été débattue en haut lieu, en très haut lieu et, comme le corps de cet Evjen n'a pas encore été rejeté par la mer, comme, d'autre part, personne n'a porté plainte, il a été décidé, jusqu'à nouvel ordre, de garder le silence…

« Ce silence n'est admissible que si toute fuite est désormais impossible…

« Vous devez savoir ce qui vous reste à faire…

« C'est urgent, Torrence, *extrêmement urgent* et, si vous ne réussissez pas, une jeune fille sera déshonorée et la vie d'un grand artiste brisée par la faute de l'Agence O…

« Bonsoir, mon ami…

Et, cette fois, le chef serra la main de Torrence et endossa son pardessus.

Il était neuf heures du soir.

2

Où l'on voit l'Agence O se disposer à vivre « en famille », selon le mot de Torrence, les heures les plus pénibles de son existence.

Comme la plupart des gros, Torrence était volontiers sentimental. Et, lorsque son émotion devenait trop forte, lorsqu'il ne parvenait plus à l'extérioriser, son attitude tournait facilement à une solennité pas toujours exempte d'un certain ridicule.

Ce soir-là, du moins, avait-il de bonnes excuses. Il venait de vivre les heures les plus dramatiques de sa carrière et, malgré les paroles, en somme encourageantes, du directeur de la P.J., le souvenir de son arrestation – car il avait été bel et bien arrêté par deux de ses anciens collègues – continuait à lui serrer la gorge.

Quand il arriva Cité Bergère, et qu'il vit de la lumière derrière les vitres dépolies du second étage, il s'arrêta un instant et esquissa un sourire plein d'amertume. Cette maison, connue et respectée dans le monde entier, était certes avant tout l'œuvre d'Émile, mais elle était un peu la sienne aussi et, pour tout le monde, c'était lui le grand patron.

Or, il s'en était fallu de peu, de presque rien, pour qu'à cette même heure toutes les rotatives de Paris fussent en train d'imprimer en caractères gras : « *Les chantages de l'Agence O. Dramatique arrestation de son directeur...* »

La boutique du coiffeur, si horriblement peinte en mauve agressif, était fermée. Torrence franchit la petite porte et s'engagea dans l'escalier étroit et mal éclairé. Il traversa le palier du premier étage – qui était plutôt un entresol surbaissé – et continua son chemin, enjamba sans la toucher la huitième marche qui déclenchait une sonnerie dans l'antichambre de l'Agence O.

Allons ! Le malheur était écarté, tout au moins provisoirement, et Torrence posait librement la main sur le bouton de la porte, pénétrait dans la clarté diffuse de l'antichambre où un journal était étalé sur la table de Barbet.

L'instant d'après, il était dans son bureau qu'il avait cru ne jamais revoir et il regardait avec étonnement les trois personnages qui l'attendaient en silence.

C'était Émile qui avait eu l'idée de faire rester après l'heure, ce qui leur arrivait souvent, Mlle Berthe et le garçon de bureau.

— Mes enfants... commença le bon Torrence, saisi par l'émotion, je ne voudrais pas, pour tout l'or du monde, revivre les moments affreux que... que je...

Ne trouvant plus ses mots, il éprouva le besoin, dans un mouvement assez pathétique, de leur serrer longuement la main à tous les trois.

Au lieu de s'asseoir à son bureau, dont la lampe avait le même abat-jour vert que les lampes de la Police judiciaire, il resta debout, le dos au feu, dans une pose plus digne d'une heure aussi solennelle.

— Asseyez-vous, leur dit-il. J'ai toujours considéré notre agence comme une famille… Je le pense à présent plus que jamais… Certes, je savais que nous avions des ennemis… Il est impossible de mener à bien l'œuvre que nous avons entreprise sans soulever de terribles ressentiments… Je ne croyais pas, cependant, qu'ils emploieraient contre nous des moyens aussi vils, aussi perfides…

Émile, dans son coin, les lunettes d'écaille sur les yeux, suçait sa cigarette sans broncher le moins du monde. Mlle Berthe avait à la main un mouchoir roulé en boule et Barbet se tenait humblement le plus près de la porte, tête basse, dans une attitude qui était presque celle d'un coupable.

— Mes enfants… Vous permettez, Émile, que je vous appelle ainsi également… je suis beaucoup plus âgé que vous… Mes enfants, quelle que soit l'audace de nos ennemis, une chosc est malheureusement certaine : *une fuite s'est produite à l'Agence O*… Je vous demande pardon de vous dire cela… Je sais que cela rend la position de chacun délicate… Une certitude mathématique existe : *les termes d'une conversation qui s'est tenue dans ce bureau certain lundi à neuf heures et quart du matin sont venus à l'oreille d'étrangers…*

Torrence aurait bien pleuré d'humiliation. Il connaissait personnellement chacun de ses collaborateurs. Il savait que ses paroles faisaient le même effet dans leur petit groupe que quand soudain, au milieu d'une réunion mondaine, on s'aperçoit d'un vol et que chacun a l'impression d'être suspecté.

— Je me suis porté garant de vous tous auprès du directeur de la P.J. Je lui ai juré qu'aucun de vous n'avait sciemment commis une faute professionnelle. Maintenant que nous sommes entre nous, que nous sommes en famille…

Émile commençait à s'impatienter, car il sentait que le pauvre Torrence n'en sortait pas de son discours.

— Maintenant que… Enfin, vous me comprenez… Je vous dis… Je vous dis : mes enfants… si l'un d'entre vous a, sans le savoir, sans le vouloir, sans se rendre compte de l'importance de son acte, rapporté au-dehors une conversation surprise ici…

Il était en nage et il dut s'essuyer le front où perlaient des gouttes de sueur. Par contenance, il fourra une pipe non allumée entre ses lèvres.

— Une imprudence n'est pas un crime… Je comprendrais parfaitement et je suis sûr que M. Émile comprendrait comme moi… Ce qu'il faut, ce qui est indispensable, c'est que nous sachions comment l'individu qui a failli ruiner notre réputation et nous prendre notre honneur a été mis au courant de… Mademoiselle Berthe… Pardonnez ma question… Je m'adresse à vous la première, car vous êtes la dernière venue parmi nous… Vous avez des parents, des amis… Il se pourrait qu'un jour, dans la conversation, vous ayez laissé échapper…

Incapable de parler, elle secoua négativement la tête.

— Réfléchissez avant de répondre… Il s'agit du sculpteur T…, ce vieillard vêtu d'une longue cape grise qui s'est présenté ici un lundi matin…

Mlle Berthe était d'autant plus malheureuse que, depuis certaine enquête au Lavandou, qui restait le plus beau souvenir de sa vie, elle était secrètement amoureuse d'Émile, et que c'est devant celui-ci qu'elle était mise sur la sellette.

— Je jure... Je jure... parvint-elle cependant à balbutier.

— Quant à vous, mon pauvre Barbet...

— Je comprends la situation, allez, patron !... Et je me rends compte de ce qu'on a dû vous raconter au Quai des Orfèvres... Pour eux, je suis toujours un repris de justice... On a dû vous reprocher de m'employer et c'est naturellement sur moi que...

— Mes enfants, je veux vous donner le temps de réfléchir. Allez chacun dans votre bureau. Nous avons à travailler, M. Émile et moi. Dans un quart d'heure, dans une demi-heure, vous viendrez l'un après l'autre nous dire le résultat de vos réflexions et je vous garantis, dès à présent, que, quels que soient vos aveux, nous ne... nous... Enfin ! je me comprends...

Il était temps ! Torrence était sur le point de sangloter. Jamais il n'aurait cru qu'un jour viendrait où il serait forcé de laisser peser de tels soupçons sur les membres de son personnel. Il lui semblait qu'il était en train, de ses mains, de détruire la belle harmonie de l'Agence O, cette harmonie qui avait permis à un petit groupe d'êtres dévoués de remporter des succès qui faisaient chaque fois l'étonnement de la puissante police officielle.

— Laissez-nous, mes enfants...

Quand il fut seul avec Émile, il se laissa tomber dans son fauteuil et bourra machinalement sa pipe. Il prenait son temps avant de parler, avant d'entreprendre le long récit des événements de l'après-midi. Contre son attente, Émile ne lui laissa pas ouvrir la bouche.

— Je me suis permis, patron, de commencer, en vous attendant, un petit travail qui va nous prendre toute la nuit…

— Mais…

— Je suis au courant de tous les détails par le commissaire de police de la Madeleine et par le chef de la P.J. à qui je me suis permis de téléphoner personnellement… C'était urgent… J'espère que vous ne m'en voudrez pas… Si donc vous voulez m'en croire, nous allons commencer par aller faire tous les deux un dîner aussi copieux que possible, arrosé d'une vieille bouteille de bordeaux… Je vous assure que vous en avez besoin… Ensuite, nous reviendrons ici et, tous les deux, nous continuerons l'examen de tous les dossiers de l'Agence O, examen que je viens à peine de commencer…

Ce fut Barbet qui vint le premier au rendez-vous que Torrence avait donné à son personnel.

— Je crois, dit-il avec embarras, qu'il vaut mieux que je disparaisse pour un temps… Si je reste ici, vous n'empêcherez pas la police de croire que c'est par moi que la fuite s'est produite… Et elle vous accusera de me couvrir…

— Vous êtes sûr, Barbet, que…

— Patron ! lança Barbet avec indignation.

Et il reprit un peu plus tard :

— Voyez-vous, j'ai ma petite idée… Il y a des chances pour qu'elle ne soit pas la bonne et je voudrais la poursuivre sans avoir de comptes à rendre… Donnez-moi quelques jours de congé… Pendant ce temps-là, d'ailleurs, je suppose que l'Agence O ne s'occupera de rien d'autre que de ce chantage…

Avant que Torrence ait pu répondre, Émile intervenait.

— À une seule condition, Barbet. D'abord, vous téléphonerez ici deux fois par jour, pour le cas où nous aurions besoin de vous…

— Si vous y tenez…

— Ensuite, vous allez nous promettre de ne pas être armé…

Barbet rougit, prouvant ainsi qu'Émile avait deviné juste.

— Non seulement vous ne serez pas armé, mais, si votre idée, comme vous dites, vous conduit à un résultat, vous nous préviendrez avant d'agir…

— C'est que…

— Je croyais, Barbet, que vous nous étiez dévoué corps et âme…

— Bon… Ça va !… Je promets !…

— Jurez…

Et Barbet jura solennellement en crachant par terre.

— J'ai bien réfléchi et je suis sûre de n'avoir parlé du sculpteur à personne… vint dire un peu plus tard Mlle Berthe. Mais je vois que vous avez sorti tous les dossiers de l'Agence O, c'est moi qui les ai classés. Je devine ce que vous allez faire et je vous demande, comme une preuve de confiance, de me permettre de passer la nuit avec vous et…

— C'est impossible, mademoiselle, dans l'intérêt même de l'agence, car il faut que demain matin, à neuf heures, il y ait ici quelqu'un de frais… Courez chez vous… Dînez et allez vous coucher…

Un quart d'heure plus tard, les deux hommes, Torrence et Émile, pénétraient dans un bon restaurant des environs des Halles et, bien que Torrence jurât qu'il n'avait pas d'appétit, Émile commandait un menu aussi soigné que s'il eût été en partie fine.

— Laissez-moi faire, patron... Je vous connais mieux que vous ne vous connaissez...

C'était si vrai qu'après des soles à la dieppoise, arrosées d'un Pouilly de bonne année, le gros Torrence avait retrouvé ses couleurs, commençait à bomber le torse et grommelait en jetant autour de lui des regards terribles :

— Si je tenais ce cochon !...

— Nous parlerons de ça tout à l'heure... Pour le moment, ne songeons qu'à ces perdrix au chou dont je sens le parfum jusqu'ici... Maître d'hôtel... Envoyez-moi le sommelier, s'il vous plaît...

À onze heures, enfin, Torrence, un havane entre les lèvres, suivait Émile le long du trottoir de la rue Montmartre.

— Voyez-vous, patron, ce problème, comme beaucoup de problèmes d'algèbre, comporte deux inconnues... Celle qui vous inquiète le plus, vous, c'est la première, qui à mes yeux est peut-être la moins importante... Vous vous demandez, en effet, comment un secret aussi important que celui du vieux sculpteur a pu sortir de l'Agence O...

— Il me semble...

— Je sais ! Vous êtes un sentimental et, à l'idée qu'un de vos collaborateurs a pu...

— Avouez que...

— Que c'est ennuyeux... Mais je suis sûr que ce mystère ne tardera pas à être éclairci... Pour cela, il faut éclaircir d'abord le second mystère… Écoutez-moi un instant avec attention… Supposons que vous soyez un maître chanteur…

Torrence, qui avait été déjà accusé d'un forfait de ce genre l'après-midi, fit la grimace et son cigare lui parut moins bon.

— Je vous demande pardon… Pourtant, il faut se mettre dans la peau de l'homme… Il a découvert un de ces secrets qui valent une fortune, à condition de ne pas trop tirer sur la ficelle… Car, s'il est au courant de la conversation que le sculpteur a eue avec nous, il sait que T… a été à un doigt de tout dire à la police…

« Un premier coup réussit. T… verse les vingt mille francs qu'on lui réclame…

« Eh bien ! patron, je jurerais qu'un maître chanteur digne de ce nom attendrait un certain temps avant de fairc une seconde demande d'argent…

« Il faut, comme en chirurgie, laisser le patient reprendre haleine entre deux opérations…

« Remarquez un autre détail… Il s'attend si bien, notre maître chanteur, à ce que sa victime aille se plaindre à la police, qu'il se cache à proximité du rendez-vous…

« Et il ne demande pas l'annuaire pour y chercher notre numéro de téléphone… *Il le sait d'avance*… Il a prévu que, si T… ne se laissait pas faire, il mettrait l'Agence O dedans…

Émile s'interrompit pour proposer :

— Prenons donc un café à cette terrasse… La nuit est longue…

Après quoi il poursuivit :

— J'en conclus que l'homme qui a fait le coup

ne cherchait pas seulement l'argent – pour lui, vingt mille francs paraissent constituer une forte somme – mais qu'il cherchait encore et surtout à exercer une vengeance personnelle… Voilà pourquoi vous avez vu sur votre bureau tous les dossiers de l'Agence O…

« Nous avons un signalement de l'inconnu ou de son complice… Vingt-cinq à trente ans… Vêtu avec une certaine recherche… Enfin, sa pâleur est remarquée par tous ceux qui l'ont approché, même par un des agents qui ne l'a vu que de loin…

— Vous appelez ça un signalement ? ironisa Torrence, qui n'avait qu'une confiance médiocre dans la méthode exposée par Émile.

— Allons, patron, du cran, nom d'une pipe !… Savez-vous à quoi me fait penser ce teint pâle et ces yeux fatigués décrits par le garçon de café et par la caissière ?… *À quelqu'un sorti récemment de prison*… Souvenez-vous des gars que nous avons vus après deux ou trois ans de Poissy…

Cette fois, l'intérêt de Torrence parut s'éveiller.

— Ce n'est pas tout, et vous allez voir que notre travail devient plus facile à mesure qu'on y réfléchit… Au point que je crains bien que, tout à l'heure, il ne soit vraiment enfantin… Vous souvenez-vous du genre d'écriture des gars que nous envoyons d'habitude en prison et de leur orthographe ?… Bon !… Or, ce gaillard-ci, non seulement a eu l'idée de faire faire par un imprimeur du papier à lettre à en-tête de l'Agence O, ce qui suppose déjà une certaine initiative, mais encore il a écrit au sculpteur d'Yport deux lettres signées de votre nom… Ne croyez-vous pas que T…, si ces lettres avaient été émaillées de fautes, ou si l'écriture avait été par trop primaire, se serait méfié ?…

— On peut faire écrire une lettre par un ami…

— Sauf si on s'oblige ainsi à partager une petite fortune avec lui… En admettant même que cette lettre ait été écrite par un ami, cela suppose un ami ayant de l'instruction…

Torrence venait de faire un geste en direction du garçon.

— Non, patron… Vous avez bien dîné… Vous avez eu du vin à discrétion… Après le café, je vous interdis tout alcool, car le travail ennuyeux va commencer et je ne tiens pas à vous entendre ronfler dès deux heures du matin… Tout ce que je permets, c'est que le garçon nous apporte quelques bouteilles de bière au bureau et des sandwiches pour le cas où…

Il y avait, dans cette recherche parmi les dossiers de l'Agence O par les deux collaborateurs, quelque chose de mélancolique. Des affaires de toutes sortes leur avaient passé par les mains. Beaucoup d'affaires banales, bien sûr, de celles qui ne se racontent pas, recherches dans l'intérêt des familles, enquêtes commandées par les compagnies d'assurances.

S'assurer que tel suicide est un vrai suicide et que telle mort naturelle n'en est pas une ; s'assurer de même que tel incendie n'est pas volontaire et que tel vol de bijoux est bien un vol…

Mais, par-ci par-là, émergeaient des affaires qui avaient fait du bruit à leur heure et qui avaient valu à l'Agence O la grande manchette dans les journaux. Il y en avait d'autres, enfin, presque toujours les plus intéressantes, dont le public ne s'était jamais douté et qui dormaient dans leur tombe de toile grise.

Or, maintenant, c'était à l'Agence O de se défendre elle-même !

Chacun des deux hommes avait une énorme pile devant lui. Après son cigare, Torrence avait allumé pipe sur pipe et l'atmosphère du bureau était d'autant plus irrespirable que l'ancien inspecteur de Maigret avait la manie de charger le poêle jusqu'à la gueule.

À la fin, Émile était en manches de chemise.

— Combien en avez-vous trouvé, patron ?

— Trois… Mais je vous avoue…

— J'en ai quatre… Je me demande cependant s'ils ont tous des motifs suffisants de haine contre nous pour machiner un pareil coup… Établissons toujours la liste…

Quand le jour se leva, ils étaient en face d'un aide-mémoire ainsi conçu :

Jean Marchesseau, commis de bijouterie, accusé de vol par Torrence et envoyé pour cinq ans en maison centrale. Vingt-huit ans au moment de sa condamnation.

Léon Gorissen, dit Petit Léon, affaire de mœurs compliquée de chantage. Deux ans.

Germain Vatissard, vingt et un ans, clerc de notaire, amateur de courses, pris la main dans le sac, faux en écritures. Trois ans.

Philippe Durandeau, vingt-quatre ans, fils d'un minotier. Meurtre d'une jeune fille, dans un hôtel meublé de Montmartre, un soir qu'il était ivre mort. Circonstances atténuantes. Dix ans.

Hubert Escalier, vingt-six ans, fils d'un consul en Extrême-Orient. Faux et usage de faux. Bons antécédents. Un an.

Herbert Félix, vingt-quatre ans, enfant naturel, ancien pupille de l'Assistance Publique, meurtre d'une sexagénaire à l'aide d'un objet contondant. Dix ans.

Jean-Pierre Defretty, garçon coiffeur. Manœuvres abortives sur la personne d'une jeune fille de bonne famille qu'il avait séduite, et menaces aux parents. Trois ans.

— Maintenant, patron, je vous conseille vivement d'aller dormir quelques heures. Je vais m'étendre sur ce divan et attendre l'arrivée de Mlle Berthe, ainsi que le premier coup de téléphone de Barbet. À propos de Barbet…

— Eh bien ? questionna Torrence, comme Émile restait en suspens.

— J'ai un peu peur, patron…

— De quoi ?

— Voyez-vous, quand Barbet suit une idée… Et je suis sûr qu'en nous quittant il avait son idée… Dans ces cas-là, il va jusqu'au bout… Tant pis si… Nous ne pouvions pourtant pas l'enfermer jusqu'à ce que nous découvrions la vérité… Bonsoir, patron !… Filez !… Si je vous vois jamais revenir aussi abattu que tout à l'heure, quand vous êtes rentré du Quai des Orfèvres…

Il fallut pousser Torrence dehors, car l'émotion le reprenait, peut-être à la faveur de la fatigue, et il aurait été capable de s'attendrir à nouveau.

Une fois seul, Émile reprit sa liste et, avec un crayon, fit en marge de longs et patients calculs.

Étant donné l'âge d'Untel à son entrée en prison… Étant donné la peine qu'il a eu à subir… Étant donné d'autre part ses origines et ses antécédents…

Comme tous les familiers de l'Agence O, Mlle Berthe avait l'habitude d'enjamber la marche qui déclenchait la sonnerie et, quand elle entra dans le bureau, elle trouva Émile qui dessinait de jolies arabesques au bas de sa feuille de papier.

— Mon Dieu ! soupira-t-elle. Je parie que vous n'avez pas dormi !

— Et je ne pense pas que je dormirai de la journée…

— Dans ce cas, murmura-t-elle en souriant, vous feriez bien d'allez vous faire raser… Votre barbe a poussé d'un demi-centimètre depuis hier… Voulez-vous que j'appelle Adolphe ?

— Non… Je descendrai… Cela me donnera l'occasion de boire un café chaud et de manger un croissant…

3

Où Barbet rejoint un vieillard qui exerce un curieux métier et où, arrivant au bout d'une piste, il se voit assez mal accueilli.

Dans les premiers temps de l'Agence O, Torrence lui-même s'était maintes fois étonné de la rapidité avec laquelle Émile menait les enquêtes et Émile lui avait expliqué :

— Voyez-vous, patron, la police officielle est une énorme machine et, comme toutes les choses énormes, elle peut se permettre d'être lente… Elle sait qu'une fois en branle rien ne l'arrêtera… Pour prendre une autre comparaison, la police officielle pêche au filet… C'est un chalut puissant, qui drague perpétuellement le fond, et la plupart des poissons s'y feront prendre un jour ou l'autre…

« Nous, au contraire, nous pêchons au harpon… Cela permet d'atteindre le poisson dans les petits coins de roche où le chalut ne passe pas, mais il faut à cette pêche beaucoup de rapidité…

« *Dites-vous bien, patron, que toute enquête que nous ne réussissons pas en un temps record est une enquête perdue pour nous…*

Torrence, hélas, se remémorait ces paroles, les jours suivants, en se livrant à un travail pour lequel l'Agence O n'était pas organisée, un travail de vérifications, de recherches minutieuses où il fallait dépenser de longues heures pour le plus petit renseignement.

C'est ainsi qu'il put supprimer cinq noms de la liste. Un des malfaiteurs était mort. Un autre était aux bataillons d'Afrique. Un autre encore… Bref, il fallut trois journées qui parurent interminables pour n'avoir plus devant soi que deux noms, celui de Vatissard, l'ancien clerc de notaire, sorti de prison un mois plus tôt, et celui de Jean-Pierre Defretty, le garçon coiffeur, qui avait quitté Fresnes quelques jours après.

Ce qui compliquait les recherches, c'est qu'ils étaient l'un comme l'autre interdits de séjour. Vatissard avait été aperçu à la pelouse d'Auteuil, Defretty dans un musette de la rue de Lappe, mais tous deux devaient prendre des précautions pour ne pas être repérés.

C'était en somme, pour Émile et pour Torrence,

le travail d'un inspecteur débutant à la Police judiciaire. Il est vrai que celle-ci aidait honnêtement l'Agence O par tous les moyens possibles.

Ainsi, le troisième jour, remit-elle à Torrence les photographies des deux repris de justice, face et profil, prises sous la lumière implacable de l'Anthropométrie.

Ce fut une minute assez émouvante pour Émile que celle-là, tandis qu'on montrait ces photos, mêlées à d'autres, au garçon de café de la rue Tronchet. En effet, il n'était arrivé à ces deux hommes que par le raisonnement, Mais n'y avait-il pas, dans ce raisonnement, une paille quelconque ?

— Le voici… déclara sans hésiter le garçon en montrant le visage maigre et tourmenté de Vatissard… Je le reconnais, bien que maintenant il soit encore plus mal portant…

La caissière confirma les dires du garçon. Deux heures plus tard, tous les agents de Paris et de banlieue, ainsi que tous les postes de gendarmerie, avaient le signalement de Vatissard et l'ordre de l'arrêter.

Jusqu'alors, on avait eu régulièrement, deux fois par jour, comme Émile l'avait ordonné, des nouvelles de Barbet. Il est vrai que ces nouvelles étaient des modèles de brièveté.

— Ici, Barbet… Rien au rapport.

Et il raccrochait aussitôt.

Or, le quatrième jour, à neuf heures du matin, alors qu'Émile venait d'arriver au bureau, la sonnerie du téléphone retentit. C'était le poste de police du XVIIIe arrondissement.

— L'Agence O?... Voulez-vous venir de toute urgence?...

Émile sauta dans un taxi. Au poste de police, il eut la stupeur douloureuse de trouver Barbet, comme sans vie, étendu sur un bat-flanc.

Le pauvre Barbet avait reçu un coup de couteau entre les omoplates et c'était miracle que le cœur n'ait pas été atteint.

— Où l'avez-vous découvert?

— Dans un terrain vague, rue du Mont-Cenis... Il a dû y rester étendu une partie de la nuit... C'est pourquoi il est si faible... Le médecin affirme que la blessure n'est pas grave et votre homme a refusé d'être conduit à l'hôpital...

Ce jour-là était un vendredi. Avant même d'interroger Barbet qui sommeillait, à la suite d'une piqûre qu'on lui avait faite, Émile téléphona à Torrence qui ne tarda pas à le rejoindre.

— Vous devriez aller rue du Mont-Cenis avec l'agent qui a découvert Barbet, patron... S'il a été attaqué, c'est que quelqu'un avait de bonnes raisons pour ça...

Une demi-heure plus tard, seulement, l'ancien voleur à la tire était en mesure de commencer un récit assez heurté de ses aventures. Mais, avant tout, il s'était fait transporter en taxi Cité Bergère.

— Il y a des choses qui ne regardent pas les flics, vous comprenez?...

— Je peux m'absenter une demi-heure, monsieur Émile? demanda Mlle Berthe. Nous sommes le premier vendredi du mois. J'ai mon rendez-vous chez le coiffeur et si je passe mon tour... À moins que vous n'ayez besoin de moi...

— Voyez-vous, patron, quand on a parlé de la gare Saint-Lazare, j'ai eu tout de suite une idée… Seulement, il faut me jurer de ne répéter à personne ce que je vais vous confier… Le passé est le passé… Je suis devenu un honnête homme, mais ce n'est pas une raison pour trahir d'anciens copains, dont certains ont été bons pour moi…

« À la gare Saint-Lazare, il y a, en face de la sortie principale, un vieil aveugle qui vend des lacets de souliers… Vous l'avez certainement vu, mais vous n'y avez pas prêté attention… On l'appelle Grand-Père… Il a maintenant dans les soixante-quinze ans et c'est un homme qui a été fameux en son temps… Il “faisait” les trains de banlieue, plus particulièrement de la banlieue Ouest… Il était bien rare qu'aux heures d'affluence sa récolte ne fût pas, en peu de temps, de cinq ou six portefeuilles… Il avait du flair… Il se trompait rarement… À première vue, il reconnaissait les gens qui rentraient chez eux la poche bien garnie…

« Eh bien ! Grand-Père n'est pas tout à fait rangé des voitures… S'il n'a plus ses jambes pour travailler, il a encore bon œil, sous ses lunettes bleues, malgré son écriteau d'aveugle… Maintenant, il se contente d'indiquer les coups aux copains, aux jeunes qu'il a formés…

« C'est lui que je suis allé voir… C'est bien extraordinaire qu'il se passe quelque chose dans la gare sans qu'il soit au courant…

« Je lui ai parlé du type qui, dans la foule, est parvenu à échapper aux agents qui le poursuivaient…

« — Ce n'est pas un des nôtres… m'a répondu Grand-Père. Pourtant, son visage ne m'est pas inconnu… Il faut me laisser réfléchir, mon fils… Je crois que si tu me payais un petit verre…

« Et c'est venu tout doucement… Grand-Père s'est souvenu qu'il avait aperçu une fois le fuyard aux courses, en compagnie de La Ficelle…

« La Ficelle fait à peu près le même métier que Grand-Père à Auteuil, à Longchamp, à Vincennes et à Saint-Cloud…

« — Oui, je suis sûr qu'ils se connaissaient… Celui dont tu parles était habillé comme un monsieur et portait des jumelles. Mais où vas-tu trouver La Ficelle, maintenant ?… En dernier lieu, il était avec une certaine Julie, qui se promenait tous les soirs entre la place Blanche et la place Clichy…

Barbet réclama un petit verre de rhum et, malgré l'interdiction du médecin, Émile en prit dans un placard et lui en donna quelques gouttes.

— J'ai retrouvé la Julie… Mais elle n'est plus avec La Ficelle…

« — C'est cette chipie de Clémentine… m'a-t-elle dit.

« Vous voyez le boulot, patron !… Faut savoir nager entre deux eaux pour s'y retrouver, dans ce monde-là…

« J'ai mis la main sur Clémentine et j'ai su qu'on rencontrait La Ficelle au Tout-Va-Bien du boulevard Saint-Martin…

« — Le Clerc de Notaire ! qu'il m'a dit… Celui qui s'est mouillé et qui a passé trois ans à l'ombre ?… Comme c'est drôle, la vie… Tu m'en parles et je l'ai justement rencontré hier avec un type qui habite rue du Mont-Cenis, un type pas très franc du collier, qui fait, lui aussi, dans les écritures… C'est une petite bicoque de deux pièces, à côté d'un terrain vague, tout en haut de la Butte Montmartre…

« Et voilà, patron… Je suis allé là-bas… Je me suis glissé dans le terrain vague… J'ai vu rentrer les deux hommes qui avaient dîné dans un restaurant voisin…

— Pourquoi ne pas nous alerter ?

— Je voulais en savoir davantage, vous comprenez ?… Je n'étais pas sûr… Le Grand-Père pouvait s'être trompé… Je me disais que, quand mes lascars seraient endormis, je ferais peut-être une virée dans la bicoque ?…

« Ils ne m'en ont pas laissé le temps, les salauds !… Faut croire qu'il y en a un des deux qui est ressorti par une fenêtre que je ne voyais pas… En tout cas, j'ai entendu soudain derrière moi des pas rapides… Je n'ai pas eu le temps de me retourner et je recevais une lame entre les côtes…

« J'ai tourné de l'œil… Paraît que ce qui a attiré les flics dans le terrain vague, ce matin, c'est que je poussais des gémissements, *comme une bête malade*, qu'ils ont dit…

Barbet examina la photographie qu'Émile lui tendait.

— C'est bien lui… Sauf qu'il est plus maigre encore à l'heure qu'il est… Malheureusement, ils ont dû mettre les bouts de bois…

La sonnerie du téléphone retentissait. Émile ne bougeait pas. Ce fut Barbet qui lui rappela :

— Vous oubliez que Mlle Berthe est chez le coiffeur ?… Vous feriez peut-être bien de répondre, patron…

— Allô !… C'est vous, Torrence ? faisait une voix au bout du fil.

— M. Torrence est absent… Ici, Émile, son employé…

Un gros rire.

— Vous êtes modeste, monsieur Émile, et je voudrais avoir beaucoup d'employés comme vous… Ici, le directeur de la P.J… On me signale à l'instant la présence de Vatissard dans un petit bar du boulevard de Courcelles… Un agent l'a formellement reconnu… Il attend des instructions… J'avais pensé qu'après ce qui s'est passé, Torrence serait heureux de procéder lui-même à…

— Je vais y aller… On le surveille, n'est-ce pas ?…

— Ne craignez rien… Aucune chance pour lui de nous échapper… J'ai déjà donné des instructions à mes inspecteurs…

Émile saisit son chapeau, négligea son pardessus et il se précipitait dehors quand il se heurta à Mlle Berthe.

— Monsieur Émile !… Monsieur Émile !…

— Impossible !…

— Monsieur Émile !… Je vous en supplie !… C'est très important…

Trop tard. Émile était déjà au bas de l'escalier. Il sautait dans le premier taxi venu.

— Boulevard de Courcelles !… En vitesse !… Vous en faites pas pour les contraventions…

Alors, Mlle Berthe s'approcha de Barbet à demi étendu sur le divan du bureau.

— Vous avez un revolver, Barbet ?

— Chut !… Le patron m'avait fait promettre de ne pas être armé… Il est vrai que, pour ce que ça m'a servi…

Et il tendit à la jeune fille un gros revolver d'ordonnance.

— Où allez-vous ?… Qu'est-ce que vous faites ?…

À son tour, elle avait déjà disparu.

Décidément, ce vendredi-là, l'Agence O était comme prise de folie.

4

Où le bon Torrence, ému jusqu'aux larmes une fois de plus, a l'air de présider à une distribution de prix à des élèves modèles.

Quand Émile arriva boulevard de Courcelles, non loin du pont du chemin de fer, il eut une désillusion et il en voulut au chef de la police. En effet, un car officiel était arrêté devant le petit bistrot qu'on lui avait désigné et la foule s'était déjà amassée. Ainsi donc, on ne l'avait pas attendu pour procéder à l'arrestation de Vatissard !

Mais, quand il s'approcha, son humeur se transforma en stupeur. C'était en effet Torrence qui sortait du petit bar, poussant devant lui un jeune homme maigre aux mains chargées de menottes.

— Vous aussi ? s'étonna Torrence en apercevant Émile.

— Et vous, patron, comment se fait-il que ?… Je vous croyais rue du Mont-Cenis…

— J'y étais encore il y a une demi-heure… Figurez-vous que, dans la bicoque d'où les oiseaux s'étaient envolés et que je visitais à tout hasard, j'ai trouvé un vieux dixième de la Loterie Nationale… Sur ce billet, il y avait, au tampon, le nom et l'adresse d'un petit café du boulevard de Courcelles... Je me suis souvenu que c'était une agence de Pari Mutuel et que nos lascars jouaient aux courses... Je suis venu et j'ai trouvé ces messieurs qui nous attendaient...

Il désignait les inspecteurs de la P.J.

— Par exemple nous avons travaillé trop vite. Vatissard venait de pénétrer dans la cabine téléphonique et de mettre un jeton dans l'appareil... Or, nous ne lui avons pas donné le temps de demander son numéro... À qui voulait-il téléphoner ?... Pourquoi, avant de fuir, est-il venu ici ?... Dans une situation aussi difficile que la sienne, il a fallu un mobile grave... Je suis une vieille bête, Émile !... Quand je pense qu'il suffisait d'attendre quelques secondes derrière la porte de la cabine...

Inspecteurs de la P.J. et directeurs de l'Agence O accompagnèrent les deux prisonniers, Vatissard et un vague comparse, jusqu'au Quai des Orfèvres.

Le comparse plaisantait avec bonne humeur. De toute évidence, il se croyait tranquille, car il n'avait fait, comme il disait, que donner asile à un copain dans la débine. Savait-il que Vatissard était sorti de la bicoque, la nuit, pour donner un coup de couteau à Barbet ?

Les deux hommes furent fouillés et on trouva sur l'ancien clerc de notaire, plus pâle que jamais, un portefeuille contenant quinze mille francs, ce qui restait, évidemment, des vingt mille francs extorqués au sculpteur T...

— Vous voulez l'interroger vous-même, Torrence ? proposa aimablement le directeur de la P.J. Dans ce cas, je vous adjoindrais Lucas, afin de donner une consécration officielle à...

— Patron ! s'écria soudain Émile.

— Quoi ?

— J'y pense tout à coup… Lorsque je suis sorti, Mlle Berthe a essayé en vain de me retenir… J'étais pressé… Elle paraissait fort émue…

— Allez donc Cité Bergère…

Émile entra en coup de vent, n'aperçut que Barbet qui avait, en son absence, vidé la bouteille de rhum et qui ronflait. Il le secoua.

— Où est Mlle Berthe ?

— Hein ?… Quoi ?…

— Où est-elle ?… Tout à l'heure elle était nerveuse et…

— Vous en faites pas, patron, elle est armée…

— Hein ?… Mais vous êtes ivre, Barbet !…

— Je crois bien que oui… Pour ce qui est… enfin de la demoiselle, elle m'a demandé mon revolver et…

— Elle vous a dit où elle allait ?

— Non… Elle est partie aussi vite que vous… Ce ne serait pas un effet de votre bonté de me donner un verre d'eau ?…

— Mais, sacrebleu, Barbet, vous ne vous rendez pas compte que Mlle Berthe est peut-être tombée dans un piège ?… Ce sera votre faute si…

À ce moment, Émile dressa l'oreille.

— On frappe quelque part… dit-il.

— Vous croyez ?

— Silence… Écoutez…

Ce n'était pas à la porte et il fallut quelques instants pour s'apercevoir qu'on frappait *au plancher*.

Une fois encore, Barbet resta seul et il était écrit

qu'il attendrait longtemps son verre d'eau. Émile s'était précipité. Il faisait irruption dans le salon de coiffure du rez-de-chaussée.

— Qu'est-ce qu'il y a à l'entresol ? questionnait-il.

Et Adolphe, qui faisait une barbe, de répondre sans s'émouvoir :

— Je crois que votre secrétaire y est justement… Depuis un mois, j'ai aménagé, au-dessus du salon pour hommes, un salon pour dames, et votre secrétaire est devenue notre cliente…

Un escalier en colimaçon permettait de gagner directement l'étage. Émile poussa une porte.

— Ah ! je suis bien contente que vous ayez entendu… murmura Mlle Berthe qui tenait à la main un gros revolver d'ordonnance. Je ne savais plus que faire, patron… J'espérais bien que vous entendriez les coups que j'ai frappés avec le manche d'un balai sur le plafond… Moi, j'entendais tout ce que vous disiez à Barbet…

Elle rougit et il rougit. Elle rougissait de joie, car elle s'était rendu compte de l'émoi d'Émile, et il rougissait, de son côté, de savoir qu'elle avait pu surprendre cet émoi.

— Mais qu'est-ce que vous faites ?…

Un côté de la pièce était composé de petits boxes séparés les uns des autres par des tentures. Mlle Berthe écarta ces tentures. Dans un des boxes, on vit une jeune manucure qui venait de s'évanouir ; dans l'autre, le coiffeur pour dames engagé par Adolphe, et qui bégaya :

— Je vous jure que je suis innocent…

— Mais enfin, mademoiselle Berthe, voulez-vous m'expliquer ce que…

Elle lui désigna gravement le plafond. Jadis, au centre de celui-ci, pendait un énorme lustre. Pour aménager les boxes, on avait dû l'enlever, ainsi que le piton qui le maintenait, et on n'avait pas encore eu le temps de boucher le trou.

— J'étais assise dans une de ces petites loges… Mlle Olga, que vous voyez, et qui est manucure, s'était emparée de mes mains, pendant que M. Nestor s'occupait de mes cheveux… Soudain, j'ai entendu…

Elle montra une fois de plus le plafond.

— Vous comprenez, maintenant ?… De cette pièce, on peut entendre tout ce qui se dit à l'étage au-dessus, c'est-à-dire dans le bureau du patron… *Du moins à certaines heures…* Le matin seulement, assez tôt… La clientèle est surtout composée de danseuses et de figurantes du Palace, dont l'entrée de service est juste en face… Ces personnes se lèvent tard… Quand elles envahissent la maison, les séchoirs électriques et les divers instruments que vous voyez font beaucoup de bruit…

Émile regardait le coiffeur d'un œil soupçonneux.

— Ce n'est pas lui, patron… Il n'arrive que vers dix heures… La manucure, elle, arrive à neuf heures, parfois avant, et c'est elle qui met de l'ordre dans la pièce… Quand M. T… est venu chez nous, elle était seule ici… Vous comprenez ?… Voilà une heure que je la tiens en respect, puisque vous n'avez pas voulu m'écouter et que vous êtes parti en courant… Je craignais que, se voyant découverte, elle…

Confrontation sans résultat, dans le bureau du commissaire Lucas.

— Je n'ai jamais vu cette jeune fille… affirmait Vatissard.

— Je ne connais pas cet individu, jurait Olga.

Lucas eut l'idée de faire défiler au Quai des Orfèvres quelques douzaines d'habitués des courses. Trois d'entre eux affirmèrent avoir vu le jeune homme et la jeune fille ensemble à la pelouse, le dimanche.

De même, le patron de l'hôtel meublé où logeait Olga reconnut Vatissard pour l'homme qui venait assez souvent, les derniers temps, passer la nuit avec sa locataire.

Alors, voyant Torrence qui s'essuyait le front, le directeur de la P.J. murmura :

— Content ?

Et le directeur de l'Agence O eut le pauvre sourire de quelqu'un qui revient de loin.

Qu'il avait fallu peu de chose pour qu'une agence sérieuse, respectée, fût à deux doigts de sa perte et du déshonneur ! La rencontre fortuite d'un repris de justice intelligent et d'une petite manucure ! Un crochet enlevé dans un plafond !

— C'est rigolo… Le matin, quand il n'y a pas de clientes, j'entends tout ce qui se dit au-dessus de ma tête…

Et Vatissard, qui a tiré trois ans de prison grâce à l'Agence O, tend l'oreille.

— Raconte…

— Ainsi, ce matin, un vieux bonhomme est venu s'assurer de…

— Mes enfants… mes chers enfants… Permettez que je vous appelle ainsi après les émotions de ces derniers jours, les émotions qui…

Le gras Torrence a déjà la larme à l'œil avant de commencer.

— Vous avez pu croire un instant que je suspectais l'un d'entre vous, alors qu'en réalité, dans le fond de mon cœur…

Émile suce sa cigarette éteinte. Barbet digère son rhum. Mlle Berthe frémit encore au souvenir de ce revolver chargé qu'elle a brandi… Et si le coup était parti ?

— Vous venez, mes chers amis, de donner le plus bel exemple de travail d'équipe et je me demande à qui revient la palme…

— À M. Émile… risqua Mlle Berthe.

— M. Émile, en effet, grâce à un raisonnement serré, est arrivé patiemment à démêler l'écheveau qui… l'écheveau que…

— Pardon, patron !… C'est Barbet…

— Eh ! oui… Employant d'autres moyens… Des moyens, hum !… Enfin, des moyens à lui… Barbet, dans le même temps, obtenait, au risque de sa vie, des résultats identiques…

— Et le dixième de la loterie, patron ?

— Heu !… Peuh !… Je n'arrivais quand même que bon dernier et, si Mlle Berthe n'avait pas eu l'idée d'aller chez le coiffeur…

— J'y vais tous les premiers vendredis du mois, et Adolphe m'avait annoncé qu'il venait de créer un salon pour dames…

— N'empêche qu'en l'absence d'aide, vous avez eu le courage de prendre un revolver et…

— C'était le revolver de Barbet…

Pauvre Torrence ! Il aurait voulu leur décerner à tous des bons points. Il revenait de si loin !

— Ce Vatissard était sur le point de téléphoner ici… Je veux dire au salon de coiffure… Il ne voulait pas fuir sans sa maîtresse… Et moi… Je suis très ému, mes enfants… Il y a, dans la vie, des circonstances qui vous montrent à quel point… Nous étions menacés dans notre honneur et dans notre existence… Or, chacun d'entre vous en a assez fait, à lui seul, pour nous sortir d'embarras et pour faire éclater la vérité… Mes enfants, en mon nom et au nom de M. Émile, qui est notre vrai patron, je… je…

Tout ce qu'il put faire, ce fut de s'essuyer les yeux.

Des sourires flottaient sur toutes les lèvres, et il n'y avait pas que de l'ironie dans ces sourires-là.

— Je ne sais pas quelle sera désormais la carrière de l'Agence O, mais je ne peux pas laisser passer cette occasion de vous dire… de vous dire à quel point…

— À quel point nous avons faim, patron ! conclut Émile. Et je crois, mademoiselle, monsieur, que je puis me permettre, au nom du grand patron Torrence, de vous inviter à dîner…

Torrence devint cramoisi. Il n'avait pas pensé que, depuis quelques jours, les repas du personnel de l'Agence O étaient plutôt illusoires.

— C'est précisément ce que je… ce que je…

Le menu de ce dîner-là existe encore quelque part, portant les signatures de tous les membres de l'Agence O.

Huîtres de Marennes.
Médaillons de foie gras.
Homard à l'Armoricaine.
Agneau de Pauillac à la broche.
Haricots verts.
Bombe glacée Agence O.
Fromages.
Fruits.

Quant aux vins, il vaut mieux n'en pas parler. C'est Émile qui les choisit et il renvoya le sommelier pour remplir les verres plus à son aise.

Était-ce prémédité ? Le verre de Mlle Berthe, quoi qu'elle fît, était toujours plein et, à la fin du repas, elle avait les yeux brillants, la poitrine soulevée par une douce émotion.

Je ne sais pas pourquoi, lui arriva-t-il de dire : Cette soirée me rappelle le Lavandou…

— Que s'est-il passé au Lavandou ? questionna naïvement Torrence, qui n'était pas de cette enquête-là.

Il ignorait qu'au Lavandou, Émile avait été sur le point, certain soir…

— Rien du tout, patron… Une enquête de l'Agence O… Si Mlle Berthe le permet, nous allons quand même boire une coupe de champagne à la soirée du Lavandou…

Hélas ! Mlle Berthe avait déjà trop bu et elle se mit incontinent à pleurer.

— Ce n'est pas bien, monsieur Émile… balbutiait-elle. Je n'aurais pas cru ça de vous…

Les deux autres ne comprenaient pas et ils comprirent encore moins quand Émile répliqua, en essuyant avec soin les verres de ses lunettes d'écaille :

— Mais puisque je vous dis que je vais vous reconduire et que je parlerai à vos parents…

Une heure plus tard, dans un Paris désert, Torrence et Barbet, sérieusement éméchés, faisaient chapelle sur chapelle, en gens qui ont décidé de ne pas se quitter avant le jour. Et Torrence, tapant dans le dos de son employé, dont il oubliait la blessure, affirmait avec force :

— Vois-tu, mon petit Barbet joli, s'il fait ça, l'Agence O est f… ! Parfaitement ! Elle est f… ! Dès qu'un homme comme lui et une femme comme elle se marient…

Un agent faillit les ramasser au coin de l'avenue de l'Opéra et de la rue Daunou où, pour poursuivre leur entretien, les deux hommes s'étaient assis au bord du trottoir.

— Oh !… Pardon, monsieur Torrence… Je ne savais pas que…

Est-ce que l'agent le fit exprès ? Toujours est-il qu'il ajouta :

— … Que l'Agence O était encore ce soir sur une piste !

DU MÊME AUTEUR

Dans la collection Folio Policier

Les enquêtes du commissaire Maigret

SIGNÉ PICPUS, Folio Policier n° 591.

LES CAVES DU MAJESTIC, Folio Policier n° 590.

CÉCILE EST MORTE, Folio Policier n° 557.

LA MAISON DU JUGE, Folio Policier n° 556.

FÉLICIE EST LÀ, Folio Policier n° 626.

L'INSPECTEUR CADAVRE, Folio Policier n° 371.

LES NOUVELLES ENQUÊTES DE MAIGRET, Folio Policier n° 679.

Romans

LOCATAIRE, Folio Policier n° 45.

45° À L'OMBRE, Folio Policier n° 289.

LES DEMOISELLES DE CONCARNEAU, Folio Policier n° 46.

LE TESTAMENT DONADIEU, Folio Policier n° 140.

L'ASSASSIN, Folio Policier n° 61.

FAUBOURG, Folio Policier n° 158.

CEUX DE LA SOIF, Folio Policier n° 100.

CHEMIN SANS ISSUE, Folio Policier n° 247.

LES TROIS CRIMES DE MES AMIS, Folio Policier n° 159.

LA MAUVAISE ÉTOILE, Folio Policier n° 213.

LE SUSPECT, Folio Policier n° 54.

LES SŒURS LACROIX, Folio Policier n° 181.

LA MARIE DU PORT, Folio Policier n° 167.

L'HOMME QUI REGARDAIT PASSER LES TRAINS, Folio Policier n° 96.

LE CHEVAL BLANC, Folio Policier n° 182.
LE COUP DE VAGUE, Folio Policier n° 101.
LE BOURGMESTRE DE FURNES, Folio Policier n° 110.
LES INCONNUS DANS LA MAISON, Folio Policier n° 90.
IL PLEUT BERGÈRE..., Folio Policier n° 211.
LE VOYAGEUR DE LA TOUSSAINT, Folio Policier n° 111.
ONCLE CHARLES S'EST ENFERMÉ, Folio Policier n° 288.
LA VEUVE COUDERC, Folio Policier n° 235.
LA VÉRITÉ SUR BÉBÉ DONGE, Folio Policier n° 98.
LE RAPPORT DU GENDARME, Folio Policier n° 160.
L'AÎNÉ DES FERCHAUX, Folio Policier n° 201.
LE CERCLE DES MAHÉ, Folio Policier n° 99.
LES SUICIDÉS, Folio Policier n° 321.
LE FILS CARDINAUD, Folio Policier n° 339.
LE BLANC À LUNETTES, Folio Policier n° 343.
LES PITARD, Folio Policier n° 355.
TOURISTE DE BANANES, Folio Policier n° 384.
LES NOCES DE POITIERS, Folio Policier n° 385.
L'ÉVADÉ, Folio Policier n° 379.
LES SEPT MINUTES, Folio Policier n° 398.
QUARTIER NÈGRE, Folio Policier n° 426.
LES CLIENTS D'AVRENOS, Folio Policier n° 442.
LA MAISON DES SEPT JEUNES FILLES suivi du CHÂLE DE MARIE DUDON, Folio Policier n° 443.
LES RESCAPÉS DU TÉLÉMAQUE, Folio Policier n° 478.
MALEMPIN, Folio Policier n° 477.
LE CLAN DES OSTENDAIS, Folio Policier n° 558.
MONSIEUR LA SOURIS, Folio Policier n° 559.
L'OUTLAW, Folio Policier n° 604.
BERGELON, Folio Policier n° 625.

LONG COURS, Folio Policier nº 665.

CHEZ KRULL, Folio Policier nº 670.

COUR D'ASSISES, Folio Policier nº 712.

LE BILAN MALETRAS, Folio Policier nº 732.

Nouvelles

NOUVELLES EXOTIQUES, Folio Policier nº 769.

LE BATEAU D'ÉMILE, Folio Policier nº 784.

LE PETIT DOCTEUR, Folio Policier nº 806.

LES DOSSIERS DE L'AGENCE O, Folio Policier nº 807.

COLLECTION FOLIO POLICIER

Dernières parutions

438. Bernhard Schlink	*Le nœud gordien*
439. Joseph Bialot	*Route story*
440. Martina Cole	*Sans visage*
441. Thomas Sanchez	*American Zazou*
442. Georges Simenon	*Les clients d'Avrenos*
443. Georges Simenon	*La maison des sept jeunes filles*
444. J.-P. Manchette & B.-J. Sussman	*L'homme au boulet rouge*
445. Gerald Petievich	*La sentinelle*
446. Didier Daeninckx	*Nazis dans le métro*
447. Batya Gour	*Le meurtre du samedi matin*
448. Gunnar Staalesen	*La nuit, tous les loups sont gris*
449. Matilde Asensi	*Le salon d'ambre*
450. Jo Nesbø	*Rouge-gorge*
451. Olen Steinhauer	*Cher camarade*
452. Pete Dexter	*Deadwood*
454. Keith Ablow	*Psychopathe*
455. Batya Gour	*Meurtre à l'université*
456. Adrian McKinty	*À l'automne, je serai peut-être mort*
457. Chuck Palahniuk	*Monstres invisibles*
458. Bernard Mathieu	*Otelo*
459. James Crumley	*Folie douce*
460. Henry Porter	*Empire State*
461. James Hadley Chase	*Pas d'orchidées pour Miss Blandish*
462. James Hadley Chase	*La chair de l'orchidée*
463. James Hadley Chase	*Eva*
464. Arkadi & Gueorgui Vaïner	*38, rue Petrovka*
465. Ken Bruen	*Toxic Blues*

466. Larry Beinhart	*Le bibliothécaire*
467. Caryl Férey	*La jambe gauche de Joe Strummer*
468. Jim Thompson	*Deuil dans le coton*
469. Jim Thompson	*Monsieur Zéro*
470. Jim Thompson	*Éliminatoires*
471. Jim Thompson	*Un chouette petit lot*
472. Lalie Walker	*N'oublie pas*
473. Joe R. Lansdale	*Juillet de sang*
474. Batya Gour	*Meurtre au Philharmonique*
475. Carlene Thompson	*Les secrets sont éternels*
476. Harry Crews	*Le Roi du K.O.*
477. Georges Simenon	*Malempin*
478. Georges Simenon	*Les rescapés du Télémaque*
479. Thomas Sanchez	*King Bongo*
480. Jo Nesbø	*Rue Sans-Souci*
481. Ken Bruen	*R&B – Le Mutant apprivoisé*
482. Christopher Moore	*L'agneau*
483. Carlene Thompson	*Papa est mort, Tourterelle*
484. Leif Davidsen	*Le Danois serbe*
485. Graham Hurley	*La nuit du naufrage*
486. John Burdett	*Typhon sur Hong Kong*
487. Mark Henshaw & John Clanchy	*Si Dieu dort*
488. William Lashner	*Dette de sang*
489. Patrick Pécherot	*Belleville-Barcelone*
490. James Hadley Chase	*Méfiez-vous, fillettes !*
491. James Hadley Chase	*Miss Shumway jette un sort*
492. Joachim Sebastiano Valdez	*Celui qui sait lire le sang*
493. Joe R. Lansdale	*Un froid d'enfer*
494. Carlene Thompson	*Tu es si jolie ce soir*
495. Alessandro Perissinotto	*Train 8017*
496. James Hadley Chase	*Il fait ce qu'il peut*
497. Thierry Bourcy	*La cote 512*
498. Boston Teran	*Trois femmes*
499. Keith Ablow	*Suicidaire*

500. Caryl Férey — *Utu*
501. Thierry Maugenest — *La poudre des rois*
502. Chuck Palahniuk — *À l'estomac*
503. Olen Steinhauer — *Niet camarade*
504. Christine Adamo — *Noir austral*
505. Arkadi & Gueorgui Vaïner — *La corde et la pierre*
506. Marcus Malte — *Carnage, constellation*
507. Joe R. Lansdale — *Sur la ligne noire*
508. Matilde Asensi — *Le dernier Caton*
509. Gunnar Staalesen — *Anges déchus*
510. Yasmina Khadra — *Le quatuor algérien*
511. Hervé Claude — *Riches, cruels et fardés*
512. Lalie Walker — *La stratégie du fou*
513. Leif Davidsen — *L'ennemi dans le miroir*
514. James Hadley Chase — *Pochette surprise*
515. Ned Crabb — *La bouffe est chouette à Fatchakulla*
516. Larry Brown — *L'usine à lapins*
517. James Hadley Chase — *Une manche et la belle*
518. Graham Hurley — *Les quais de la blanche*
519. Marcus Malte — *La part des chiens*
520. Abasse Ndione — *Ramata*
521. Chantal Pelletier — *More is less*
522. Carlene Thompson — *Le crime des roses*
523. Ken Bruen — *Le martyre des Magdalènes*
525. James Hadley Chase — *Vipère au sein*
526. James Hadley Chase — *Alerte aux croque-morts*
527. Jo Nesbø — *L'étoile du diable*
528. Thierry Bourcy — *L'arme secrète de Louis Renault*
529. Béatrice Joyaud — *Plaisir en bouche*
531. Patrick Pécherot — *Boulevard des Branques*
532. Larry Brown — *Fay*
533. Thomas H. Cook — *Les rues de feu*
534. Carlene Thompson — *Six de Cœur*
535. Carlene Thompson — *Noir comme le souvenir*
536. Olen Steinhauer — *36, boulevard Yalta*

537.	Raymond Chandler	*Un tueur sous la pluie*
538.	Charlie Williams	*Les allongés*
539.	DOA	*Citoyens clandestins*
540.	Thierry Bourcy	*Le château d'Amberville*
541.	Jonathan Trigell	*Jeux d'enfants*
542.	Bernhard Schlink	*La fin de Selb*
543.	Jean-Bernard Pouy	*La clef des mensonges*
544.	A.D.G.	*Kangouroad Movie*
545.	Chris Petit	*Le Tueur aux Psaumes*
546.	Keith Ablow	*L'Architecte*
547.	Antoine Chainas	*Versus*
548.	Joe R. Lansdale	*Le mambo des deux ours*
549.	Bernard Mathieu	*Carmelita*
550.	Joe Gores	*Hammett*
551.	Marcus Malte	*Le doigt d'Horace*
552.	Jo Nesbø	*Le sauveur*
553.	Patrick Pécherot	*Soleil noir*
554.	Carlene Thompson	*Perdues de vue*
555.	Harry Crews	*Le Chanteur de Gospel*
556.	Georges Simenon	*La maison du juge*
557.	Georges Simenon	*Cécile est morte*
558.	Georges Simenon	*Le clan des Ostendais*
559.	Georges Simenon	*Monsieur La Souris*
560.	Joe R. Lansdale	*Tape-cul*
561.	William Lashner	*L'homme marqué*
562.	Adrian McKinty	*Le Fils de la Mort*
563.	Ken Bruen	*Le Dramaturge*
564.	Marcus Malte	*Le lac des singes*
565.	Chuck Palahniuk	*Journal intime*
566.	Leif Davidsen	*La photo de Lime*
567.	James Sallis	*Bois mort*
568.	Thomas H. Cook	*Les ombres du passé*
569.	Mark Henshaw & John Clanchy	*L'ombre de la chute*
570.	Olen Steinhauer	*La variante Istanbul*
571.	Thierry Bourcy	*Les traîtres*
572.	Joe R. Lansdale	*Du sang dans la sciure*

573.	Joachim Sebastiano Valdez	*Puma qui sommeille*
574.	Joolz Denby	*Stone Baby*
575.	Jo Nesbø	*Le bonhomme de neige*
576.	René Reouven	*Histoires secrètes de Sherlock Holmes*
577.	Leif Davidsen	*Le dernier espion*
578.	Guy-Philippe Goldstein	*Babel Minute Zéro*
579.	Nick Stone	*Tonton Clarinette*
580.	Thierry Jonquet	*Romans noirs*
581.	Patrick Pécherot	*Tranchecaille*
582.	Antoine Chainas	*Aime-moi, Casanova*
583.	Gabriel Trujillo Muñoz	*Tijuana City Blues*
584.	Caryl Férey	*Zulu*
585.	James Sallis	*Cripple Creek*
586.	Didier Daeninckx	*Éthique en toc*
587.	John le Carré	*L'espion qui venait du froid*
588.	Jeffrey Ford	*La fille dans le verre*
589.	Marcus Malte	*Garden of love*
590.	Georges Simenon	*Les caves du Majestic*
591.	Georges Simenon	*Signé Picpus*
592.	Carlene Thompson	*Mortel secret*
593.	Thomas H. Cook	*Les feuilles mortes*
594.	Didier Daeninckx	*Mémoire noire*
595.	Graham Hurley	*Du sang et du miel*
596.	Marek Krajewski	*Les fantômes de Breslau*
597.	François Boulay	*Traces*
598.	Gunnar Staalesen	*Fleurs amères*
599.	James Sallis	*Le faucheux*
600.	Nicolas Jaillet	*Sansalina*
601.	Jean-Bernard Pouy	*Le rouge et le vert*
602.	William Lashner	*Le baiser du tueur*
603.	Joseph Bialot	*La nuit du souvenir*
604.	Georges Simenon	*L'outlaw*
605.	Kent Harrington	*Le serment*
606.	Thierry Bourcy	*Le gendarme scalpé*
607.	Gunnar Staalesen	*Les chiens enterrés ne mordent pas*

608. Jo Nesbø — *Chasseurs de têtes*
609. Dashiell Hammett — *Sang maudit*
610. Joe R. Lansdale — *Vierge de cuir*
611. Dominique Manotti — *Bien connu des services de police*
612. Åsa Larsson — *Horreur boréale*
613. Saskia Noort — *Petits meurtres entre voisins*
614. Pavel Kohout — *L'heure étoilée du meurtrier*
615. Boileau-Narcejac — *La vie en miettes*
616. Boileau-Narcejac — *Les veufs*
617. Gabriel Trujillo Muñoz — *Loverboy*
618. Antoine Chainas — *Anaisthêsia*
619. Thomas H. Cook — *Les liens du sang*
620. Tom Piccirilli — *La rédemption du Marchand de sable*
621. Francis Zamponi — *Le Boucher de Guelma*
622. James Sallis — *Papillon de nuit*
623. Kem Nunn — *Le Sabot du Diable*
624. Graham Hurley — *Sur la mauvaise pente*
625. Georges Simenon — *Bergelon*
626. Georges Simenon — *Félicie est là*
627. Ken Bruen — *La main droite du diable*
628. William Muir — *Le Sixième Commandement*
629. Kirk Mitchell — *Dans la vallée de l'ombre de la mort*
630. Jean-François Vilar — *Djemila*
631. Dashiell Hammett — *Moisson rouge*
632. Will Christopher Baer — *Embrasse-moi, Judas*
633. Gene Kerrigan — *À la petite semaine*
634. Caryl Férey — *Saga maorie*
635. James Sallis — *Le frelon noir*
636. Gabriel Trujillo Muñoz — *Mexicali City Blues*
637. Heinrich Steinfest — *Requins d'eau douce*
638. Simon Lelic — *Rupture*
639. Jenny Siler — *Flashback*
640. Joachim Sebastiano Valdez — *Les larmes des innocentes*
641. Kjell Ola Dahl — *L'homme dans la vitrine*
642. Ingrid Astier — *Quai des enfers*

643.	Kent Harrington	*Jungle rouge*
644.	Dashiell Hammett	*Le faucon maltais*
645.	Dashiell Hammett	*L'introuvable*
646.	DOA	*Le serpent aux mille coupures*
647.	Larry Beinhart	*L'évangile du billet vert*
648.	William Gay	*La mort au crépuscule*
649.	Gabriel Trujillo Muñoz	*Mezquite Road*
650.	Boileau-Narcejac	*L'âge bête*
651.	Anthony Bourdain	*La surprise du chef*
652.	Stefán Máni	*Noir Océan*
653.	***	*Los Angeles Noir*
654.	***	*Londres Noir*
655.	***	*Paris Noir*
656.	Elsa Marpeau	*Les yeux des morts*
657.	François Boulay	*Suite rouge*
658.	James Sallis	*L'œil du criquet*
659.	Jo Nesbø	*Le léopard*
660.	Joe R. Lansdale	*Vanilla Ride*
661.	Georges Flipo	*La commissaire n'aime point les vers*
662.	Stephen Hunter	*Shooter*
663.	Pierre Magnan	*Élégie pour Laviolette*
664.	James Hadley Chase	*Tu me suivras dans la tombe* et autres romans
665.	Georges Simenon	*Long cours*
666.	Thomas H. Cook	*La preuve de sang*
667.	Gene Kerrigan	*Le chœur des paumés*
668.	Serge Quadruppani	*Saturne*
669.	Gunnar Staalesen	*L'écriture sur le mur*
670.	Georges Simenon	*Chez Krull*
671.	Georges Simenon	*L'inspecteur Cadavre*
672.	Kjetil Try	*Noël sanglant*
673.	Graham Hurley	*L'autre côté de l'ombre*
674.	John Maddox Roberts	*Les fantômes de Saigon*
675.	Marek Krajewski	*La peste à Breslau*
676.	James Sallis	*Bluebottle*
677.	Philipp Meyer	*Un arrière-goût de rouille*

678.	Marcus Malte	*Les harmoniques*
679.	Georges Simenon	*Les nouvelles enquêtes de Maigret*
680.	Dashiell Hammett	*La clé de verre*
681.	Caryl Férey & Sophie Couronne	*D'amour et dope fraîche*
682.	Marin Ledun	*La guerre des vanités*
683.	Nick Stone	*Voodoo Land*
684.	Frederick Busch	*Filles*
685.	Paul Colize	*Back up*
686.	Saskia Noort	*Retour vers la côte*
687.	Attica Locke	*Marée noire*
688.	Manotti – DOA	*L'honorable société*
689.	Carlene Thompson	*Les ombres qui attendent*
690.	Claude d'Abzac	*Opération Cyclope*
691.	Joe R. Lansdale	*Tsunami mexicain*
692.	F. G. Haghenbeck	*Martini Shoot*
693.	***	*Rome Noir*
694.	***	*Mexico Noir*
695	James Preston Girard	*Le Veilleur*
696.	James Sallis	*Bête à bon dieu*
697.	Georges Flipo	*La commissaire n'a point l'esprit club*
698.	Stephen Hunter	*Le 47e samouraï*
699.	Kent Anderson	*Sympathy for the Devil*
700.	Heinrich Steinfest	*Le grand nez de Lilli Steinbeck*
701.	Serge Quadruppani	*La disparition soudaine des ouvrières*
702.	Anthony Bourdain	*Pizza créole*
703.	Frederick Busch	*Nord*
704.	Gunnar Staalesen	*Comme dans un miroir*
705.	Jack Ketchum	*Une fille comme les autres*
706.	John le Carré	*Chandelles noires*
707.	Jérôme Leroy	*Le Bloc*
708.	Julius Horwitz	*Natural Enemies*
709.	Carlene Thompson	*Ceux qui se cachent*

710. Fredrik Ekelund — *Le garçon dans le chêne*
711. James Sallis — *Salt River*
712. Georges Simenon — *Cour d'assises*
713. Antoine Chainas — *Une histoire d'amour radioactive*
714. Matthew Stokoe — *La belle vie*
715. Frederick Forsyth — *Le dossier Odessa*
716. Caryl Férey — *Mapuche*
717. Frank Bill — *Chiennes de vies*
718. Kjell Ola Dahl — *Faux-semblants*
719. Thierry Bourcy — *Célestin Louise, flic et soldat dans la guerre de 14-18*
720. Doug Allyn — *Cœur de glace*
721. Kent Anderson — *Chiens de la nuit*
722. Raphaël Confiant — *Citoyens au-dessus de tout soupçon...*
723. Serge Quadruppani — *Madame Courage*
724. Boileau-Narcejac — *Les magiciennes*
725. Boileau-Narcejac — *L'ingénieur aimait trop les chiffres*
726. Inger Wolf — *Nid de guêpes*
727. Seishi Yokomizo — *Le village aux Huit Tombes*
728. Paul Colize — *Un long moment de silence*
729. F. G. Haghenbeck — *L'Affaire tequila*
730. Pekka Hiltunen — *Sans visage*
731. Graham Hurley — *Une si jolie mort*
732. Georges Simenon — *Le bilan Malétras*
733. Peter Duncan — *Je suis un sournois*
734. Stephen Hunter — *Le sniper*
735. James Sallis — *La mort aura tes yeux*
736. Elsa Marpeau — *L'expatriée*
737. Jô Soares — *Les yeux plus grand que le ventre*
738. Thierry Bourcy — *Le crime de l'Albatros*
739. Raymond Chandler — *The Long Goodbye*
740. Matthew F. Jones — *Une semaine en enfer*
741. Jo Nesbø — *Fantôme*
742. Alix Deniger — *I cursini*

Composition: IGS-CP
Impression Novoprint
le 20 juin 2016
Dépôt légal : juin 2016

ISBN 978-2-07-046728-0/ Imprimé en Espagne.

290830